CW01667020

EVRENSEL
BASIM YAYIN

Eserin Rusça Orijinal Adı

Burya (Fırtına, 1946-47)

İlya Ehrenburg

FIRTINA

İKİNCİ CİLT

Fransızcadan Çeviren
Aydın Emeç

Roman

DOĞA BASIN YAYIN
Dağıtım Ticaret Limited Şirketi
Tarlabaşı Blv. Kamerhatun Mah. Alhatun Sk. No: 25 Beyoğlu / İstanbul
T: 0212 255 25 46 F: 0212 255 25 87
www.evrenselbasim.com - info@evrenselbasim.com

Evrensel Basım Yayın **185**
Fırtına - 2: İlya Ehrenburg

Çeviren: **Aydın Emeç**
Genel Kapak Tasarım: **Savaş Çekiç**
Kapak Uygulama: **Devrim Koçlan**

ISBN 978-975-6865-92-7

Birinci Basım **Şubat 2002** - Üçüncü Basım **Aralık 2014** • İstanbul

Baskı: Ezgi Matbaacılık Tekstil Pors. İnş. San. Tic. Ltd. Şti.
Sanayi Cd. Altay Sok. No: 14 Yenibosna / İstanbul • Sertifika No: 12142
T: 0212 452 23 02 - www.ezgimatbaa.net

FIRTINA

13

Christine Staube, savaştan önce değerli eşya satan bir dükkâna iş işliyor, emekli memur ve felçli olan babasına bakıyordu. Otuz altı yaşındaydı; çirkin olmadığı halde evlenmeyi düşünmüyordu artık. On yıl önce Muhasebeci Zimmer kendisine kur yapmıştı; Christine'i sinemaya, pastanelere götürüyordu. Babası damat adayının kimliğini öğrenince, bağıra çağıra Christine'in görevini unuttuğunu tekrarlamaya koyuldu; genç bir kız en önemli adımını atmadan önce iyi düşünmeliydi; dilediği kararı vermesine karışmazdı, hasta ve yaşlıydı, ama çeyiz olarak bir fenik bile alamazdı kendisinden. Christine, buluşma yerine gözyaşları içinde geldi. "Her şeye razıyım," dedi sevgilisine. "İstersen şimdi... Ama babam evlenmemize karşı çıkıyor. Ev onun adına kayıtlı. Hayatımı iyi kazanıyorum, ama bunun dışında beş kuruşum yok..." Gustav'ın cevabı şu oldu: "Ben maddeye düşkün bir insan değilim; çeyizin olmasa da seviyorum seni..." O gün çabucak ayrıldı Christine'den; yapacak bir sürü işi vardı. Christine, Gustav'ı bir daha görmedi. Kalbi bir parçası koparılmış, kimsenin el sürmediği ekmek gibi kuruyordu. Ara sıra ağladığı olurdu: Babam ölünce yapayalnız kalacağım. Ara sıra da karmakarışık düşlere dalar giderdi: Öldüğünde evi satıp evlenirim. Kırk yaşındaki kadınların bile isteyeni çıkıyor...

Babası eninde sonunda öldü; ama öldüğünde 1942 yılının Mart ayıydı. Evi satmak olanaksızlaşmıştı: İngiliz uçaklarının saldırısından sonra istasyona yakın mahalleler boşaltılmıştı. Christine evlenmeyi düşünemezdi artık, yirmi yaşındaki güzelleri bile isteyen yoktu; kimse leyleklerle süslü sabahlık ya da süsen çiçeği işli örtü almaya yanaşmıyordu. Christine, Rusya'dan getirilen kadınların bulunduğu bir toplama kampında baraka amiri oldu. Bay Kirchoff şöyle demişti: "Adi suçlu değil bunlar; Rusların hayatı bizimkine benzemediği için hepsini toplama kampına aldık. Sert davranın, ama haksızlık yapmayın; Rusların çocuktan farksız olduğunu unutmayın..."

Christine, yaradılıştan kötü bir insan değildi. İlk kez mavi gözlü Varya'yı tokatladığında korktu: Kötü bir şeydi belki bu yaptığı?

Düşününce rahatladı: Bay Kirchoff Rusların çocuktan farksız olduğunu söylemişti ya... Çocukları her zaman cezalandırmak gerekirdi nasılsa... Kedinin kuyruğunu çektiğim ya da bir şey kırdığımda babam sillesini esirgemezdi... Christine, özellikle en güzel kızları cezalandırdığını fark etmiyordu. Kamp Doktoru Fussner, on altı yaşındaki küçük Şura'dan söz ederken: "Murillo'nun portresi gibi" demişti. Christine kızın eşyalarını karıştırdı ve iki parça sabun buldu. "Nereden çıktı bunlar?" Şura susuyordu. Christine onu hırsızlıkla suçladı ve iyice dövdü. Çocuktu hepsi... Christine Rusları sevmeye başladığını sanıyordu; gazetelerde söylendiği kadar kötü değillerdi, hem sonra, Tanrım, nasıl da tatlı şarkı söylüyorlardı!..

Aç, bitkindiler. Bazı akşamlar rahatlamak, içlerini boşaltmak için şarkı söylerdi kızlar. Bu şarkılar baba evinin, ananın, sevgilinin özlemiyle doluydu. Christine barakaya girmesiyle şarkının kesileceğini biliyordu. Bir hırsız gibi sürünüyor, pencerenin dibine sinip onları dinliyordu. Küf kokan karanlık oda gözünün önüne geliyordu: İlaçlar, teyzelerinin solgun fotoğrafları, koltuğundan kımıldamayan yaşlı bir ihtiyar, uzaklarda bir yerde, yaseminler arasında, yakışıklı Gustav başka bir kızı öpüyordu... Christine deli gibi iç geçirirdi: Tanrım, ne kadar da talihsizmişim!..

Galoşka, hepsinden güzel şarkı söylerdi. Eskiden, "Pickwick-Kulüp"teki arkadaşları şöyle derlerdi: "Hadi bakalım küçük sırıtkan, bize bir şarkı..." O sıralar sevinçten uçardı, ama mutsuz aşkları söylerdi hep. Burada, şen türküler çağırıyordu daha çok. Christine de sinirleniyordu: Bu yumurcağın neşesi nereden geliyor böyle? Güzel bir sesi var ama şarkıları bayağı, iyi bir şey bildiği yok... Yine de Christine dinliyordu onun şarkılarını; sanki az sonra Gustav'la "şimmi" yapacakmış gibi, olduğu yerde de tepiniyordu üstelik.

Galoşka, Kiev'de gençlik kuruluşuna kayıtlı arkadaşlarını bulamamıştı. Havalar düzelince bizimkiler geri döner nasılsa, diyordu. Ama o korkunç yaz geldi çattı. Almanlar Volga'ya varmışlardı. Yolda Galoşka'ya rastlayan Steçenko alaycı bir tavırla göz kırpmış: "Hâlâ çalışıyor musun?" demişti. "Yakında görürüz Valya'yı: Kızıllar üç aydan fazla dayanamaz..." Kentin sesi soluğu kesilmişti;

Gestapo ajanlarıyla polisler her yanı tarıyordu. Ağzından kaçan bir söz yüzünden insanlar tutuklanıyor ve bir daha görünmemek üzere ortadan kayboluyorlardı. Her yanda rengarenk afişler gençleri Almanya'ya çağırıyordu: Orada evler rahattı, bol bol yemek yeniyor, iyi elbiseler giyiliyordu. İlkbaharda Almanlar yüzlerce genç kızı ülkelerine çekebilmişlerdi. Galoşka'nın lisede birlikte okuduğu Ksana da yazılmıştı: "Yabancı ülkelerin nasıl olduğunu görmek istiyorum" diyordu. Galoşka onu vazgeçirmeye çalıştı: "Yabancı ülkeler mi? Sürgüne gitmek gibi bir şey bu... Ya seni silah yapmaya zorlarlarsa? Kardeşin Kızılordu'da, onu öldürmek mi istiyorsun?" "Çok konuştun," dedi Ksana. "Sen istediğini söyle, ben dışarı gidecek ve giyinebileceğim" Almanlar, gönüllü kız sayısının fazla olmadığını görünce zorla gönüllü toplamaya başladılar. Bu arada Galoşka da enselendi.

Biraz Rusça bilen astsubay, ağlamaklı kadınlara bakıp: "Alman iyidir," dedi. "Alman öldürmez." Galoşka birden kahkahalarla güldü. Ardından da sordu: "Nene, senin dişler neden böyle?" Astsubay söyleneni anlamamıştı, ama Galoşka'nın kahkahasına sinirlendi; bir küfür savurup vagondan çıktı gitti. Galoşka'nın çevresine toplanan kızlara da bulaşmıştı neşe, hep birden gülüyorlardı. Bu neşenin yapmacık olduğu akıllarına gelmiyordu bile. Ama Galoşka, şu sıra neşeli görünmek gerektiğini çok iyi biliyordu; "ancak bu yoldan rahatlayabilir, bu yoldan Almanları deli edebiliriz." Böylece küçük "sırıtkan" yeniden canlandı.

Sabah erkenden küçük ve tertemiz kentin içinden geçerek fabrikaya götürüyorlardı hepsini. Berber salonlarının kapılarında bakırdan sakallar parlıyordu. Çocukların üstü başı tertemiz, özenliydi; koşmuyor, ölçülü adımlarla okula gidiyorlardı. Mezeci ya da kasap dükkânlarının kapı tokmağına bağlı, kara ya da kahverengi "basse" köpekler alış veriş yapan sahibelerini bekliyorlardı. Pazarda çiçek satılıyordu, sonbaharın son papatyaları. Galoşka, Kreştçatik yıkıntılarını, Lenia Dayı'sını, asılanları düşünüyordu. Burada çocuk arabaları, kurdeleyle bağlanmış minik saç örgüleri, oyuncak satan mağazalar, çimenlikler görüyordu. Garipti bu adamların karılarının pazara gitmesi, armut ya da elma seçmesi, çocuğunun burnunu silmesi... İnsanı ısırsalar daha iyi ederlerdi!..

Galoşka, okulda Almanca okumuştu; kısa sürede Christine'in paylamalarını, fabrikadaki ustabaşının haykırışlarını, kızlar işten dönerken kent halkının söylediklerini anlamaya başladı: "Üstleri başları yırtık pırtık Karl. Ruslar, zencilerden de beter... Basık burunlu... Hepsi de güçlü kuvvetli... Allahtan hepsini toplama kampında tutuyorlar... Böyle bir kızı asla evime sokmam... Oysa Bayan Jennike'nin evinde bir Rus kızı çalışıyor, çok da memnun..." söylenenleri anlayan Galoşka, Varya'ya dönüp, gülerek: "Şuna bak, diyordu. Ağzı burnu, çenesi, her şeyi alfabelerindeki harfler gibi tersine dönmüş..." Bunları duyan Varya da basıyordu kahkahayı.

Şalgam çorbası veriyorlardı onlara; mideleri açlıktan zil çalıyordu hep. İş zordu: Demir çubuklar, çimento torbaları taşıyor, fırınları temizliyorlardı. Kendi emrine verilen çocukları iyi eğitmek çabasındaki Christine, her gün "gözdelerinden" birini cezalandırıyordu: Ya yiyeceğini keser, ya iş saatleri dışında siper kazmak gibi angaryalar yükler ya da döverdi. Güzel sesinden ötürü olmalı, yalnız Galoşka'ya dokunmazdı. Doktor Fussner'e: "Bu benim bülbülüm," derdi. Belki de korkuyordu kızdan. Öbürlerini cezalandırdığında, Galoşka öyle kötü gözlerle bakardı ki kendisine, Christine düşünürdü: Bu bülbül insanın gözlerini oyabilir...

Christine, Almanların Rusça yayınladıkları bir gazeteyi kızlara verirdi. Gazeteyi okuyup bir şey anlamanın olanağı yoktu: Sanki Almanlar her yerde kazanmışlardı zaferi, oysa savaş bitmek tükenmek bilmiyordu... Genç kızlar arasında, Galoşka gibi sağlamlar, gazetede yazılanların tek sözcüğüne inanmayanlar vardı; kışın Almanların yenilgiye uğratılacaklarına ve anayurda döneceklerine inanıyorlardı. Ama içlerinde umutsuzluğa kapılanlar da çoktu; cepheden epey uzaktaki bu kentin sakin hayatına, mal dolu vitrinlere, besili, hayatından memnun Alman kadınlarına baktıkça, hayır, diyorlardı kendi kendilerine, "bizimkiler bunların hakkından gelemez!..." Yine de Galoşka, hayal gücüne tam yol verdi: Almanlar Rostov önünde yenilgiye uğratılmıştı, müttefikler Fransa'ya ayak basmışlardı bile; Hitler'in öldürüldüğü söyleniyordu... Galoşka umutsuzluğa kapılmamak gerektiğini anlıyordu.

Savaş tutsağı Fransızlar onlarla birlikte fabrikada çalışıyorlardı. Önceleri kızlar Fransızlara fazla yanaşmamışlardı: Bu Fransızların ne düşündüğü bilinir miydi hiç? Belki kendini beğenmiş kişilerdi; hem dillerini bilmeden onlarla nasıl anlaşacaklardı? Fransızlar kibarca gülümsüyorlardı kızlara: Dost olduklarını söylüyorlardı Almanca (bunu bütün kızlar anlamıştı); ekmek, peynir, çikolata veriyorlardı: Hepsine ailelerinden paketler geliyordu.

Galoşka, çok neşeli bir Fransız genciyle dost oldu. Babası doktor, kendisi de fizik öğrencisiydi. Almanca, Fransızca ve Rusça sözcüklerden oluşma garip bir dille anlaşıyor, havadan sudan konuşuyorlardı; yine de birbirlerini iyice tanıdılar. Galoşka, içinde yaşamış gibi, bu alandan dört yana giden sokaklar; sokaklarda, insanların oturup kahve içebileceği masalar, tıpkı Kiev'deki gibi kestane ağaçları. Pierre'in sınavları sona ermiş: Arkadaşlarıyla çift sıra olmuş, bağıra bağıra şarkı söyleyerek yolun ortasından geçiyor: Çok neşeli bir geçit töreni bu... Pierre de, Kiev'in yemyeşil, inişli çıkışlı olduğunu öğrendi: Vladimir tepesinden Dinyeper Irmağı'na bakıldığında görüntü "başka türlü güzel!" Galoşka büyük bir opera meraklısı, Maça Kızı ve Carmen'e bayılıyor... Pierre'in Mr. Pickwick'in Serüvenleri'ni okuduğunu öğrenince çok sevindi. Ama dostlarının kendisine "küçük sırıtkan" dediklerini bir türlü anlatamıyor... Buna karşılık, Pierre'e, Valya, Raya ve Boris'ten söz ediyor. "Bizde yığınla partizan var; Kiev'de bile gebertiyorlar Almanları." Pierre, Fransa'da da partizanlar olduğunu, hem çok iyi çarpıştıklarını söylüyor. Başka bir sürü hain vardı ortada. Paris'i, Majino hattını düşmana teslim etmişlerdi. Kendisi de yığınla arkadaşı gibi Almanların eline düşmüştü. Kızılordu'yu soruyor, Galoşka güvenle cevap veriyordu: "Çok güçlü bir ordudur! Almanlar ne Moskova'yı alabildiler, ne Leningrad'ı, kısa süre sonra Kiev de kurtulacak. Ardından o acı yaz mevsimi geldiği halde, eski bir bildirinin sözlerini aynen tekrarlıyor. Pierre'e baktığında yeryüzünün görünümü değişiyor. Rusların karşı saldırıya geçtiğine iyice inanıyor... Pierre, elinden geldiğince Galoşka'ya yardımcı oluyordu; gizlice ona ekmek, sucuk ve şeker veriyordu. Öyle bir bakışı vardı ki, Galoşka, bu kez iyiden iyiye keyifleniyordu. Ama gülmüyordu:

Ciddileşiyor, kıpkırmızı kesilip başını çeviriyordu. Bir fabrika avlusundaki kalıntıların, mıcırların arasında bir otun yeşerdiği görülür ara sıra: 1942 yılının kasvetli sonbaharında onların aşkı da böyle çıktı ortaya. Duygularından bir kerecik olsun söz etmediler; ama neden söz ederlerse etsinler, basit ve kesik konuşmalarında yalnız ikisinin anlayabildiği gizli bir anlam vardı. Günün birinde Pierre, Galoşka'ya;

— Roger bir Almanın yanında çalışıyor, dedi. Herkes çıktığında radyoyu dinlemiş, Londra'yı yakalamış, Almanlar üst üste yenilgiye uğruyorlarmış: Sizin kentlerinizden birini alamıyorlarmış bir türlü...

— Hangisini?

— Stalingrad'ı...

Akşam, Galoşka haberi arkadaşlarına iletti:

— Almanların durumu kötü. Stalingrad'ı alamadılar...

— Gazete aldıklarını yazıyor, dedi Marussia. Gazeteye basılan her haber Kutsal kitabın yazdığıyla eş değerdeydi Marussia için; gazeteyi Almanların çıkardığını anlamak istemiyordu. Galoşka'ya sordu:

— Nereden biliyorsun?

— Fransızlar söyledi.

Marussia küçümseyen bir gülüşle:

— O kadar çok şey söyleniyor ki, dedi. Hele Fransızlar neler anlatıyorlar. Hepsi de iyi çocuklar, ama içlerinde bir tek ciddi olanı yok, söylediklerinin tek sözcüğüne inanmıyorum... Gazeteye bakılırsa Stalingrad alınalı çok oluyor, geçen ağustosta...

Tam o sıra Chistine girdi içeri. Galoşka yanına koştu, terbiyelice:

— Sizi kutlarım! dedi. Stalingrad'ı almışsınız...

Galoşka gülümsüyordu. Christine kendinden geçip ona bütün gücüyle vurdu, bir daha, bir daha vurdu... İpek üzerine kelebekler işleyen bir elin böylesine ağır olacağı insanın aklına gelmezdi. Galoşka yere yuvarlandı. Christine neden geldiğini unutup koşarak dışarı çıktı.

Hemen soyundu, yattı ama bir türlü uyuyamadı: Galoşka'nın gözlerini, gülümsemesini unutamıyordu. Küstahlığa bakın! Gereken cezayı veremedim kendisine! Savaştan sonra bu pis karı evlenecek bir de! Hoşa gidecek yanı var mı? Sesi güzel ama şarkıları hep kaba... Oysa ben, evimi satsam bile evlenecek kimse bulamayacağım. Hem sonra, bu savaş bitmeyecek. Otto'yu askere almışlar; kırk dokuz yaşında olduğu halde... "Stalingrad"; iki ayı geçen bir süreden beri gazetelerde başka şeye rastlanmıyor... Neden alamıyorlar bir türlü bu kenti? Bu küstah yumurcak da bizi alaya alıyor... Otto Köln'ün baştan aşağı yıkıldığını söyledi. Uçaklarıyla buraya dönebilir, evimi yerle bir edebilirler... Bir türlü tadamayacağım mutluluğu... Christine hıçkırarak ağlamaya başladı. Yan odada öbür baraka amiri Emma yatıyordu. Kocası onu görmeye gelmişti. Bölmeler incecikti. Emma'nın odasından mırıltılar, iniltiler, küçük çığlıklar geldiği sürece Christine doyasıya ağlayabilmişti. Ama daha sonra, komşuların sesi kesildiğinde de Christine hıçkırmaya devam etti. Bölmeye vuruldu. "Uykularını kaçırdığıma sinirlenen Emma'nın kocası bu. Haklı, üç yıldır savaşıyor... Karısını görmeye geldi... Beni kimse görmeye gelmeyecek..." Christine daha da ağlamak isterdi ama hemen sustu.

Ödleri patlayan genç kızlar Galoşka'nın başına toplanmışlardı.

— Nasılsın? diye sordu Varya.

— Pek bir şeyim yok. Yalnız biraz canım acıyor... Biliyor musun, kara kuru ama demir gibi elleri var...

Birden Galoşka gülmeye başladı:

— Şimdi anladın mı Stalingrad'ı alamadıklarını Marussia? Bana o yüzden kızdı... Başlarına kim bilir ne geldi Stalingrad önlerinde...

Düşünde zaferin kazanıldığını gördü. Her yer sakin, sessizdi, sabah olmuştu, kuşlar ötüşüyordu. Büyük bir kentteydi, bütün evler bayraklarla donatılmıştı. Ama Kiev değildi bu kent. Belki Moskova'ydı... Yıldız biçiminde bir alanı vardı... Askerler geçiyordu. İşte Boris, subay olmuş, göğsü nişanlarla dolu... Pierre, Galoşka'nın yanında duruyor ve gülümsüyor. "Galoşka" demeye çalışıyor, bir türlü başaramıyor: "Galiyoşka" Genç kıza bu ad çok garip, çok tatlı geliyor... Uyanan Varya arkadaşına baktı: Yüzü şiş, derin bir uykuya dalan Galoşka gülümsüyordu. Varya içini çekti: Ah, ben de düş görebilsem!..

14

Basit bir ilçeydi burası: Tek katlı evlerle genişleyen, üç kolhozu, yazın gümüş rengi bir tozla, sonbahar sonlarında ve kış boyunca yapışkan bir çamurla kaplı Şevşenko Sokağı'nda gıdaklayarak gezinen tavuklarıyla bir ilçe merkezi ya da küçük bir kent halini almıştı. İlçenin her şeyi tamamdı: Alınan ürün tutarını deftere geçiren Stefa'nın çalıştığı, turneye çıkan sanatçıların gösteriler yaptığı bir Sovyet binası bile vardı; Bölge Komitesi Sekreteri Griçko, örnek bir meyve fidanlığı kurulacağı için ilçelerinin yakında önemli bir merkez haline geleceğini önüne gelene anlatıyordu; okulda Felsefe Tarihi okutan Öğretmen Klavdia Vassiliyevna hep Kiev'den gelecek önemli, gizli bir mektubu beklerdi; üzeri işli pamuklu bezden havluların penceresine asıldığı, ekşimik kokan, sabah akşam helvacı kabağı yenen ailede olup bitenlerin konuşulduğu, dünya politikasının tartışıldığı küçük evler bembeyazdı; kırmızı kravatlı "piyoniye"ler bile vardı; rengarenk pazar başlarına geleceğe isyan edip bağrışan kazlarla, söz dinleyip gürültüyle geviş getiren öküzlerle doluydu; plastik hokkalara varıncaya dek her şey bulunurdu orada; bir kilit atölyesi, bir de testi yapımevi vardı. Aralarında, elli yıldır çevre halkını giydiren yaşlı Şneyerson'un da bulunduğu birçok Yahudi yaşardı ilçede; bir de, göğsünü süsleyen madalyasını göstermek için büyük soğuklarda bile gocuğunu giymeyen traktörcü Ostap'la, hiç durmadan "Tanrı verdi, yine Tanrı aldı!" diye söylenen Ostap'ın ninesi...

Derken Almanlar çıkageldi: Her şey değişti. Bölge sekreteri ormandaki partizanlara katıldı. Ostap, birçokları gibi askere alınmıştı; bazı evlerde, Alman kuşatmasından kurtulamayanlar gizleniyor, bunlar ev halkından biri gibi gösteriliyordu. Yahudiler, Almanlar tarafından kente götürülüp öldürüldü. Klavdia Vassiliyevna'yı da tutukladılar: Hegel okuduğunu söyleyip bir Alman subayını çileden çıkarmıştı. İlçe halkının sesi çıkmıyordu. Tavuklar bile Şevşenko Sokağı'nda görünmez olmuştu. Çevredeki ormanlarda partizanların dolaştığı söyleniyordu; ama ilçeye yaklaşanı çıkmamıştı. Yine de Almanlar, başlarında Astsubay Reckmann'ın bulunduğu otuz kişiyi orada bıraktılar. Küçük kent dikenli tellerle çevrildi, istihkâmlar yapıldı. Almanlar önceleri neşe içinde, rahat bir hayat yaşadılar; koca koca omletleri, piliçleri yutup komünist avına çıkıyorlardı. Sonra ilçeye yüksek rütbeli bir subay geldi; köylülerden bir şey alınmamasını, yiyeceklerin Almanya için gerekli olduğunu söyledi; zaten köylüler neleri var neleri yoksa gizlemeyi öğrenmişlerdi. Peşine düşülecek kimse kalmamıştı. Cesareti artan partizanların kamyonlara saldırdıkları anlatılıyordu. Geceleri ilçe halkını korkutmak ve askerlerin yürek gücünü arttırmak için Almanlar rastgele ateş ederlerdi. Astsubay Reckmann, savaşın kısa süre sonra biteceğini söylüyordu askerlere: Bütün iş Kızılları Stalingrad'dan atıp Bakü'yü ele geçirmeye bağlıydı.

Sonbahar ılıktı. Güzel bir pazar günü, Reckmann can sıkıntısından gürültülü gürültülü esniyordu. Boş zamanlarını nasıl geçireceğini hiç bilemezdi. Savaş öncesi, işinden çıktığında birahaneye gider, sesi kısılana dek Merih'te insan olup olmadığını, Heinz'ın mı yoksa Wolf'un mu daha iyi bira verdiğini tartışırdı. Ara sıra zayıf Getta'sıyla sinemaya gider, gözlerini perdeye diker, aynı zamanda da genç kızı çimdikler dururdu: Bir sürü eğlenceyle dolu panayıra uğradığı da olurdu; gücünü ölçer, tahta bebekleri devirmek için suratlarına atardı topları. Dışarı çıkmak istemediği ya da parasını hesaplı harcadığı sıralar, bir yandan esner durur, öte yandan da kedisinin tırnaklarını keserdi. İllustrierte'lerden birini eline geçirdiğinde de, güzel kadınların yüzüne bıyık takıp eğlenirdi. Bu iğrenç kentte ne yapmalı? Hüzünle, beş yumurta ve bir tabak dolusu kremayı yalayıp yuttuğu günleri hatırlıyordu. Artık insan, doyasıya yemek bile yiyemez olmuştu... Gece Lisa'yı ziyarete gidecekti. Bütün Ruslar gibi o da yabanıldı, bir türlü konuşturamazdı. Fena da değildi ha!.. Ama akşama daha çok vardı: Upuzun, cansıkıcı bir gün...

Neyse ki talihi yolunda gitti. Köylülerin patateslerini nereye gizlediklerini merak eden kurnaz Glaser, okulun yanındaki boş bir evin mahzeninde Terzi Şneyerson'la karısını buldu. Pasaportuna bakılırsa Şneyerson, seksen altı yaşındaydı; yine de sapasağlam iri yarı, kemikli gövdeli, upuzun bembeyaz sakallıydı. Ufak tefek karısı seyrek saçlarıyla bir mumyayı andırıyordu. Almanların anlayamadıkları, bu ihtiyarla karısını kimin gizlediği ve bir yıl boyunca kimin beslediğiydi? Terzinin iki torunu, Almanlar gelince Kızılordu'ya katılmışlardı. Reckmann, ihtiyar terziyi sorguya çekmeye çalıştı. Ama terzi, sorulanlara hep ilgisiz cevaplar veriyordu: Belliydi aklını kaçırdığı... Yine de onu kente gönderecek değillerdi ya! Astsubay Reckmann, garnizonun sıkıcı hayatına renk katmayı düşündü. Hem bu, ilçe halkına da ders olacaktı. Aralarında, Yahudilerin açlıktan gebermesini önleyen alçaklar yok muydu? Görsünlerdi bakalım olacakları...

Askerler ilçe halkını ite kaka alana doldurunca, Reckmann açıklama yaptı:

— Toprağınızı asalaklardan nasıl kurtardığımızı göreceksiniz şimdi!

Şneyerson, karısının elinden tutmuş yürüyordu. Kadın, bilinçsiz, çocuk gözleriyle çevresine bakınmaktaydı: Kafasında her şey birbirine karışalı epey oluyordu.

— Dostlar evleniyorum, neden dans etmiyorsunuz?

Kimse ağzını açmadı; kadınlar ağlıyordu. Şneyerson karısını avutmaya çalıştı:

— Hadi Raşel, az sonra derdimiz kalmayacak...

Reckmann önce yaşlı kadını öldürdü. Tabancasını Şneyerson'a doğrulttuğunda ihtiyar bağışlanması için yalvaracak, Reckmann da, o kızıl saçlıya yaptığını yapacak ve horoz gibi öttürecekti onu... Şneyerson eğildi, ölü karısının gözlerini kapadı, sonra doğruldu ve anlaşılmaz şeyler mırıldanmaya koyuldu: Ölülerin duasını okuyordu. Duası sona erdiğinde gömleğinin önünü açtı, göğsünü gösterdi: Buradan vurun! Deliye dönen Reckmann inatçı ihtiyara kısa bir süre işkence yapmaya karar verdi: Önce omuzundan vurdu. Şneyerson yuvarlandı, doğruldu ve yine göğsünü gösterdi. Reckmann bacaklarına ateş etti. İhtiyar yine yuvarlandı. Alman yanına geldi, ayağını göğsüne bastı. Herkes haykırıyordu: "Ona neden acı çektiriyorsun?" Ostap'ın ninesi koştu, sekiz-on yumurtayı Reckmann'ın cebine doldurdu:

— Canavar, öldür onu, ama acı çektirme!

Reckmann yumurtaları aldı ve Şneyerson'u öldürdü: Tıka basa doyunca da Lisa'yı görmeye gitti; bir yandan hıçkırıyor, bir yandan da kadına sarılmaya çalışıyordu. Lisa çırpındı: Pis hayvan!.." Reckmann doğruldu: "İstemiyor musun? Seni Almanya'ya göndereceğim..." Lisa yüzünü tırmaladı, küfretti Reckmann: "Seni gidi kahpe seni! Tırnaklarını keseceğim..." Birden Glaser haykırdı: "Haydutlar!..."

Küçük kalede mevzilenen altı Alman makineli ateşi açtılar. Ama geç kalmışlar, partizanlar güneyden ilçeye girmişlerdi bile. Astsubay Reckmann uzun süre ateş etti, bir partizanı öldürdü. Sonra karnına yediği bir kurşunla o da yuvarlandı. Savaş yarım saat sürmüştü. Otuz Almandan ikisi kaçabildi. Sonradan partizanların üç yüz kişi olduğunu, başlarında "canavar yüzlü bir Moğol" bulunduğunu anlattılar. Aslında, Striyev'in komuta ettiği partizanlar seksen kişiydi; "canavar yüzlü Moğol" dedikleri de, Kievli "Pickwick-Kulüp" kurucusu Boris'ti. Reckmann'ı da o öldürmüştü. Lisa durmadan Boris'i kucaklıyordu: "Beni kurtardın! Beni bu pis hayvanın elinden kurtardın!"

Belediye başkanı da partizanların ayaklarını öpüyordu: "Suç benim mi? Zorladılar..." Partizanlar birkaç saatlerini ilçede geçirdiler: Köylü hepsine yiyecek ve içecek sundu, Almanlardan sakladığı azıkları verdi. Ostap'ın ninesi hiç durmadan soruyordu: "Torunumu görmediniz mi? Tankçıdır..." Ellerini yüzlerine yaslayan kadınlar ayakta: "Sizi yakalarlar," diyorlardı... "Almanlar çok kalabalık..."

Lisa, kendisini de götürmeleri için yalvardı. Striyev güldü, onu alaya aldı:

— Ağlarsın...

— Hiç ağlamam ben.

— Bizim aramızda ne yapacaksın? Koromuz da yok...

— Savaşırım. İnanmıyor musun? Usta nişancıyımdır.

— Hiç de nişancıya benzemiyorsun, dedi Striyev ama yine de Lisa'yı yanına aldı.

Başarılı bir gündü: Dört kişi kaybetmişlerdi ama yirmi sekiz Almanı öldürmüş, yığınla da silah ele geçirmişlerdi. Yiyecek yönünden de bellerini epey doğrultmuşlardı; oysa kış zorlu geçeceğe benziyordu.

Boris yürürken Kiev'i düşünüyordu: Bahçedeki yaşlı bir kadın ona anasını hatırlatmıştı. Anası neredeydi? Saşa Kiev'e gitmiş, Zina ile konuşmuştu ama anasını bulamamıştı. Herhalde kentten ayrılmış olmalıydı... Tek başına ne yapıyordu yaşlı anası?.. Zina da ne yürekli kızdı! Bizimkilerle işbirliği yapıyordu... Ya Raya, Valya, Galoşka neredeydi?.. Hayatımızın ne denli rahat olduğunu ancak şimdi anlıyorum. Tossia bana yüz vermediğinde nasıl da üzülmüştüm. Dünya başıma yıkılmıştı sanki... İnsanoğlu böyledir işte: Sakin zamanlarda, fırtına düşler. Fırtına bastırdığında sanki bir şey yokmuş gibi davranır: Bir Alman öldürmek, bir makineli tüfek uydurmak, patates yedeklemek önemli sayılmaz sanki... Hayır hayır, böyle değil; şimdi ne olduğunu bilmediğim daha başka bir şey var...

Striyev'in elinde, okul atlasından koparılma bir harita vardı; Partizanlar sık sık bu haritaya bakıp somurturlardı: Volga'dan ne kadar da uzaktılar...

— Zakar haberleri dinledin mi? diye sordu.

— Evet. Stalingrad çevresiyle Tuapse'nin kuzeydoğusunda çarpışmalar var. Almanlar Stalingrad'ın sözünü bile etmiyorlar.

— Orada büyük savaşlar verildi, dedi Boris. Belki de her şey Stalingrad önlerinde belli olacak...

Stalingrad'ı gözünün önüne getirmeye çalışıyordu, ama başaramıyordu bir türlü. Büyük bir savaşa hiç katılmamıştı. Savaşın ilk günlerinde, bağlı olduğu birlik kuşatılmıştı. Ormana dalmış, başkalarına rastlamıştı... On sekiz aya yakın bir süreden beri ormanda geziyor, Alman avlıyorlardı. Son saldırıyı üç haftada hazırlamışlardı. Otuz Alman hiçbir şey değildi! Oysa Stalingrad'da gerçek bir savaş veriliyordu; hepimizin, Leningrad'ın, bütün Avrupa'nın kaderi orada belli olacak...

Haritaya baktı. Nasıl da büyüktü bu ülke, haritaya sığmıyordu. Boris gururlanmadan, neredeyse şaşkınlıkla düşünmüştü bunu. Evet ne kadar da büyüktü... Ama işin aslı, şaşırtıcı yanı şuydu: Burada, ormanda bir avuç adamız, çok uzaklarda, Stalingrad'da büyük bir savaş veriliyor; yine de onlar gibi düşünüyor, onların duyduğunu duyuyoruz... Striyev'e, Gruşko'ya, bana, rastgele birine, Stalingrad'da bir ev, bir evin yarısını kurtarmak için hemen ölmek gerekiyor deseler gözümüzü kırpmadan yürürüz. İşte vatan denen şey bu olmalı: Haritaya sığmıyor ama yüreğe sığıyor işte...

Strijev gülümsedi:

— Neyin var Boris? Düş mü görüyorsun, şiir mi yazıyorsun yoksa?

Boris şiir yazdığını artık gizlemiyordu; ara sıra arkadaşlarına okuduğu da olurdu. "Saçma sapan şeyler" derdi Striyev. "Ama sen biraz daha oku..." Bir gün şiire karşı bile konuştu: "Kim icat etmiş şu mereti? Konuşacak yerde insanlar davul çalıyor." "Kasatura" demiş, ardından da "makineli". Ya makinelileri yoksa ya ellerinde yalnız tüfek varsa?.. Ver şunları bana, kendim okurum, sonra..." Birkaç şiiri defterine yazdı, ama Boris'e bir şey demedi. Homurdanıyordu: "Güzel ama pek anlamı yok. İyi savaşıyorsun ama romantiğin birisin, gerçek bu. Gruşko büyük bir içtenlikle itiraf etti: "Benim hoşuma gidiyor!"

Lisa'ya da şunları söyledi:

— Doğa kördür, diyorlar. Yalan. Rovno'da bir tavuskuşu gördüm; akıl almaz zenginlikteydi tüyleri. Ama bir bağırdı, kulağım pek duyarlı olmadığı halde ben bile dayanamadım. Bir de bülbülü düşün... İnsan fark eder mi hiç onu? Zavallı, minik bir kuştur. Bizim Boris de umacı gibi, insanları ürkütecek kadar çirkin. Ama doğa ona başka bir şey vermiş... Şiir okumaya başladığında genç kızlar suratını unutuveriyorlar...

Lisa itiraz etti:

— Bana kalırsa hiç de umacıya benzemiyor. Tersine... Çok güzel gözleri var.

Gruşko gülümsedi:

— Tamam, şimdi de ona aşık olma sırası sende...

Lisa, Boris'e:

— Sen romantikmişsin, dedi. Doğru mu?

Boris uzun kollarını salladı:

— Matrak geçiyorlar! Baksana, patatesleri nasıl yutuyorum. Böyle romantik görülmüş mü? Romantikler, her şeylerinin olağanüstü olmasına çalışırlardı. Benim böyle bir isteğim var mı?... Doğru, olağanüstü bir hayat yaşıyorum. Ama bu yalnız benim hayatım değil ki, senin, Striyev'in, herkesin hayatı böyle. Bambaşka bir şey düşlüyordum, merak ettiysen söyleyeyim: Daha basit, başka türlü şairce bir şey. Tren uçurmak zorunda kalacağım aklıma gelmezdi. Kiev'de çok ciddi, çalışkan bir kız arkadaşım vardı; destanlara meraklıydı. Şimdi, aldığım haberlere bakılırsa gizleniyor ve bildiri çoğaltıyormuş. Romantizmin burada işi ne?... Ne mehtap tutkunuyum, ne düello ettim.. Ne de kaplan avladım. Benim avım Alman astsubayları... Söz konusu olan bu da değil. İşin kötüsü, yaptığımız şeylerin önemsiz oluşu. Şu sıra hayatımızı bir tek şeyin doldurması gerekiyor. Tıpkı Stalingrad'daki gibi... Hiç durmadan orada verdikleri savaşları düşünüyorum... Biliyor musun, Stalingrad bir ülkeyi, ya da çağı doğrulamıyor yalnız: İnsanı da doğruluyor. Gidip Gruşko'ya sorayım, bakalım Moskova Radyosu ne diyor?

Bir hafta sonra, pusuya yatmaya hazırlanıyorlardı; ormanın ağzında bir düşman müfrezesiyle burun buruna geldiler. En azından yüz kişi vardı. Boris haykırdı:

— Kaçın! Ben onları oyalarım!..

Yaralandıktan sonra bile ateşe devam etti. Almanlar yaklaşmaya karar verdiklerinde soluk almaz olmuştu. Almanın biri ayağının ucuyla Boris'in kafasını itip şöyle dedi:

— Dokuz canlıymış be!.. Şuna bakın, kevgire dönmüş!.. Buna rağmen içimizden altı kişiyi öldürdü itoğlu it.

Boris'in öldüğünü duyan Strijev sesini çıkarmadı. Yüzünü asıp barınağına girdi. Gruşko görmeye geldiğinde, Striyev not defterini aceleyle cebine soktu: Boris'in şiirlerini okuyordu yine.

— Ne yapıyordun? diye sordu Gruşko.

— Hiç... Saşa'yı çağırır mısın? Çizmenin koncunu değiştirmek gerekiyor, neredeyse çürüyecek...

Lisa, hiç utanmadan gözyaşı döktü. Nasıl olsa bir genç kızın ağlamasını kimse ayıplamazdı.

15

Yazın Doktor Paşkov, Dimitri Alekseyeviç'e yazdığı mektupta şöyle diyordu: "Bir günlüğüne Atkarsk'da mola verdim. Tabii seninkilere de uğradım. Varvara İliniçna üzülüyor ama fena sayılmaz. Nataşa'yı tanıyamadım: Küçük bir kızdı, deyim yerindeyse resmi yapılacak güzel bir kadın olmuş çıkmış. Felaket onu etkilememiş bile. Gençlik başka şey dostum!"

Nataşa'nın sözünü ederken doğru söylüyordu Doktor Paşkov. Gerçekten genç kadın çok güzelleşmişti. Savaş öncesinde, Vassia'dan başka herkese güzel ama sıradan bir genç kız gibi geliyordu, şimdi dikkati çekmeye başlamıştı: Herkesin gözü üzerindeydi. Zayıflamıştı, bu yüzden daha uzamış gibiydi; gözlerinde yepyeni bir anlam vardı: Hüzünlü ve coşku doluydular.

Varvara İliniçna'ya gelince, Doktor Paşkov, Krilov'u üzmemek için doğruyu söylememişti. İlkbahardan bu yana pek sık hastalanmıştı yaşlı kadın; mide ağrılarından yakınıyordu, bir şey yediği yoktu, çok zayıflamıştı. Doktorlar söylemiyorlardı hastalığını, ama kuşkulu yüzlerinden annesinin ağır hasta olduğunu anlıyordu Nataşa... Varvara İliniçna hastaneye yatmaya razı değildi: Nataşa bakıyordu ona.

O yaz herkes çok sıkıntı çekti, özellikle de Nataşa. Küçük Vassia dizanteri oldu; günlerce hayatından şüphe edildi. Yapacak çok iş vardı: Yaralı kafileleri birbirini izliyordu. Don cephesinden geliyordu hepsi de. Varvara İliniçna'nın yakındığı yoktu: "Kendimi daha iyi hissediyorum," diyordu ama Nataşa, annesinin sağlık durumunun günden güne kötüye gittiğinin farkındaydı. Haziranda Nina Georgiyevna'dan bir mektup aldı: "Cepbeden gelen gazeteci Romov bize uğradı," diyordu. Nisanda Vassia'yı gördüğünü söylüyor; savaştan önce Minsk'te sık sık rastlaştıkları için yanılmadığından emin. Ona inanmak gerekir mi, bilmem. Çok şaşırdım ve üzüldüm. Söyledikleri doğruysa Vassia, neden sana ve bana tek kelime yazmadı? Romov cephedeki adresini bıraktı. Belki yazarsın diye sana da veriyorum: 18164 K."

Nataşa, Nina Georgiyevna'nın mektubundan annesine söz etmedi; bu önemli olayı ondan sakladı. Ama gizlemek o kadar da güçtü ki. "Vassia'nın yaşadığı anlaşıldı!" diye haykırmak geliyordu içinden. Nina Georgiyevna gibi Romov'un yanılabileceğini düşünüyordu: Pek inanılır gibi değildi doğrusu. Neden Vassia kimseye mektup yazmamıştı?... Ama kuşatmayı nisanda yarmışsa mektup ellerine varmayabilirdi: Aradan iki ay ancak geçmişti, sonra Moskova'dan mektubu kendi adresine yollayacaklardı üstelik...

Romov'a, kocasını nerede ve nasıl gördüğünü anlatmasını rica eden bir mektup yazdı. Ara sıra Vassia'nın yaşadığına inanıyordu, yakında görecekti. Minsk'teki haliyle o sevimli ve beceriksiz Vassia'sını. Oğluna şöyle diyordu: "Büyük Vassia bulundu. Yakında burada olacak. Anlıyor musun?" Sonra kendi kendine kızıyordu: Bu habere nasıl inanırdı; Nina Georgiyevna'nın da inanmadığı mektubundan belliydi... Bütün temmuz ayı bu halde geçti. Boğucu bir sıcak çökmüştü ortalığa. Her gün bildirilerde yeni bir ad çıkıyordu ortaya; cephe gitgide Volga'ya yaklaşmaktaydı. Kent tetikteydi. İnsanlar cephe gerisindeki geçici rahatlığın yıkılmak üzere olduğunu seziyordu. Kimi kaderine sövüp debeleniyor, kimi de yüzünü asıp şöyle diyordu: "Moskova önünde olduğu gibi onları durduracağız. Çok çalışmak gerek... Yaralılar Alman tanklarından, havan mermilerinden, kaçıştan söz ediyorlardı.

Sonunda Romov'un cevabı geldi: "Vassia'yı, yanında bir yüzbaşıyla, bir karargâh arabasında gördüm. Seslendim ama beni duymadı. Eğer gördüğüm o değilse aralarında şaşırtıcı bir benzerlik var demektir. Tabii kesin bir şey söyleyemiyorum, çünkü araba hızla yanımdan geçti. Vassia'nın anasına en ufak bir kuşkum olmadığından söz ettim; umutlandırmak istiyordum, durumu kötüydü, merak ediyordu oğlunu..." Mektubu bitirince Nataşa odasına kapandı, uzun süre sersemlemiş halde oturdu: Vassia'yı ikinci kez yitirmişti sanki. Sonra cesaretini toplayıp hastaneye gitti. Orada, Rostov'un düştüğünü öğrendi. Alman saldırısı devam ediyordu.

Üç aydan fazla zaman geçti. Bir yaralı kafilesi geldi Stalingrad'dan. Kentin içinde verilen savaşlardan söz ediyorlardı: "Pavlov'un evi dayanıyor... Geçen yazın kargaşalığından iz kalmamıştı. Her şey sertleşmiş, katılaşmıştı sanki: İnsanlar taştan birer yaratık olmuşlardı. Sonu belirsiz korkunç bir savaş sürüp gidiyordu...

Dimitri Alekseyeviç, Don kıyılarında bir yerdeydi; mektupları gitgide kısalıyordu, yazmayı unutmuş gibiydi: "İyiyim. Her şey yolunda gidiyor. Seni ve anneni kucaklar, yanaklarınızdan öperim." "Mektup düşünecek hali yok" diyordu Nataşa kendi kendine.

Eskiden, Vassia'nın döneceğine mutlak inanması gerektiğini sanıyordu. Gazeteler de aynı şeyi söylüyorlardı ya. Beklemek gerek. Bu konuyla ilgili şiirler, hikayeler bile yazılıyordu. Şimdi böyle bir umuda kapılmak, cesaretini yitirmek gibi bir şeydi, çevresinde bir sürü kadın kocasını ve oğlunu kaybetmişti; Vassia'nın ölümü doğal geliyordu Nataşa'ya. Savaştan önce, hayatı okuduklarına göre değerlendirdiği sıralar, felaket genelleştiğinde katlanması daha kolay sanırdı. Şimdi başkasının felaketinin bir hafifleme değil, fazladan bir yük olduğunu anlıyordu. Duygularını gizlemeyi öğrenmişti. Dimitri Alekseyeviç'in, "yüzü içinin aynası" dediği Nataşa neredeydi? Yaralıları eğlendirmek için bir konser düzenlenmişti. Moskovalı bir kadın sanatçı komik şarkılar söyledi: Nataşa, ötekilerle birlikte gülüyordu. Böylesine neşeli bir genç kadını görenler, odasına kapanıp ağlamamak için kendini güç tuttuğunu nereden anlayabilirlerdi? Minsk'te, bir sabah evlerini görmeye gittiklerinde Vassia'nın mırıldandığı şarkıyı söylüyordu kadın...

Daha başka yaralılar getirildi. Sabaneyev zorlu bir ameliyat yaptı: Safra kesesine giren bir mermi parçasının çıkarılması söz konusuydu. Sonra Nataşa kolu kesilen Çavuş Kutsin'in başucuna oturdu. Kutsin anlatıyordu: "Almanlar karşıki evdeydiler. Ortalık sessizleştiğinden hiç durmadan konuştukları duyuluyordu. Ama ne dediklerini anlamanın yolu yoktu. Biz konuşamıyorduk bile. Yiyecek getirdiler; elimizi süremedik... Üç kişi kalmıştık... Tam dokuz gün dayandık." Nataşa onu susturmaya çalışıyordu: "Yorulmaman gerek, yarın anlatırsın..." Bir dakika susup devam ediyordu Kutsin: "Almanlar havan ateşine başladılar... Yegorov bağırıyordu ama onu duymuyordum bile... Makinelisinin tutukluk yaptığını söylüyordu... Almanlar üzerimize saldırdılar, el bombasını kaptığım gibi..."

Nataşa çıktı. Dışarda ince, karla karışık yağmur yağıyordu. Kapalı, kasvetli bir hava. Evlerden birinin cephesindeki tabelayı gördü: "XXV" Neredeyse kutlama törenleri başlayacaktı... Ne garip: Böyle bir zamanda kutlama töreni insana aykırı geliyor... İnsanların neşelenecek hali mi kaldı? Stalingrad'da bir ev için, bir duvar için adamlar kendilerini öldürtüyorlar... Akıl alacak gibi değil... Bu çavuş bir kahraman. Ama kim biliyor onun kahraman olduğunu?... Hayır. Tören yapmak gerek, Almanları çıldırtmak için kutlamak gerek. "Yirmi beş yıl... Derken sıra ellinci yıla, yüzüncü yıla gelecek... Yaralılar için bir gece düzenleyeceğiz... Ama çok zor.. çok çok zor...

"Nataşa'cığım üstümü ört," dedi, Varvara İliniçna, "çok üşüyorum." Nataşa, okşamak istercesine annesinin bileğini avucuna aldı ve nabzına baktı: Zayıf, kesik ve hızlı atıyordu... Belki Piyotr Vassiliyeviç'i çağırmak gerekecekti? Ama Nataşa annesini yalnız bırakmaya korkuyordu...

— Anne, bugün kendini daha mı kötü hissediyorsun?

— Hayır şekerim, üşüyordum ama şimdi ısındım...

— Belki çay içersin? Ya da biraz püre yer misin?..

Varvara İliniçna başını salladı. Sonra dalar gibi oldu. Nataşa nabzına baktı: Daha iyiydi... Soluğu da düzenli. Yine de Piyotr Vassiliyeviç'i çağırmalıyım...

Döndüğünde annesi ölmüştü. Başı sarkıyor, yorganı yerde sürünüyordu: Herhalde Varvara İliniçna kalkmaya çalışmıştı.

Nataşa, evden çıktığı için kendini bağışlayamadı bir türlü. Üzerine düşeni yapmamıştı sanki... Doktor: "Yapacak şey yoktu ki," dedi. "Her şey denendi. Tıbbın çaresiz kaldığı bir durumdu..."

Nataşa her şeyini babasına danışırdı: Dimitri Alekseyeviç onun için bir dost, bir yol gösterici, düşüncelerine, duygularına ve davranışlarına yön veren insandı. Şimdi kendisini annesine bağlayan bağların daha başka olduğunu anlıyordu: Gizli, sağlam ve anlaşılmaz bağlardı bunlar. Onunla birlikte ben de öldüm sanki... Hiç durmadan annesini, minik annesini, çocukluğunun o vazgeçilmez, sevgili, tatlı, durmadan iş gören, şefkat dolu annesini görür gibiydi. Babama yazmalıyım. Ne demeli ona?.. Nataşa sorumluluğunun farkındaydı: Hayat ve yüreklilik dolu babası, o an bir çocuktu sanki. Onu yavaş yavaş hazırlamak belki daha iyi olurdu. Ama bir mektuptan öbürüne tasalanacaktı yine. Hayır, gerçeği ondan gizlemeye hakkı yoktu. Vassia'sının ölümünü kendisinden gizleseler bağışlar mıydı ki? Gerçeği yazması gerekiyordu... Ama nasıl?...

Anılarına dalıp gitti. Annesinin büyük bir resmi Moskova'da kalmıştı. Gençliğinde çok güzeldi; utana sıkıla, gülümseyerek anlatırdı: "Babanla tanışmadan önce pek çok kişi koşmuştu peşimden..." Nataşa, annesinin geçirdiği tifüs hastalığını hatırlıyordu. O sıralar altı yaşındaydı. Babası, yatağın kenarına diz çökmüş, annesinin elini öpüyordu: "Küçük Varya'm, dostum benim!.." O sıra annem benimle vedalaşmıştı... Atkarsk'a vardıklarında da: "Üzülme sakın," demişti. "İnsan burada da faydalı olmanın yolunu bulabilir..." Her akşam istasyona koşar, askerlere çay pişirir, elbiselerindeki yırtıkları diker, uzun hikâyelerini dinlerdi. Hasta olduğu halde bir tek gününü boş geçirmek istemezdi... Annemin nasıl biri olduğunu kimse bilmez... Gerçek bir...

"Benim sevgili babacığım,

Başımıza büyük bir felaket geldi. Sendeki büyük gücü biliyorum. Bunun için sana açıkça yazıyor, bir şey gizleyemiyorum. Annem öldü. Hastalığından sana söz etmemi yasaklamıştı. İlkbaharda başladı rahatsızlığı. Önceleri ilerlemiş bir gastrit sandılar. Ancak ağustosta Profesör Stçeglov mide kanseri teşhisini koydu. Midenin filmi çekildikten sonra düzeldi, ama bunun geçici olduğunu biliyorduk. Profesör Stçeglov ve Sabaneyev ameliyata kesinlikle karşı koydular. Gereksiz yere acı çekeceğini söylüyorlardı. Kalbi o kadar zayıftı ki ameliyata dayanamazdı. Annem hastalığı boyunca çok yürekliydi. Biraz düzelince istasyondaki görevine yeniden başladı. Onu vazgeçirmeye çalıştım, ama öylesine mutluluk duyuyordu ki sonunda boyun eğdim. Babacığım, Profesör Ştçeglov sana yazacak. Şimdilik, ellerinden gelen her şeyi yaptıklarını sana söylememi istedi. Son gününe kadar hayat doluydu annem, her şeyle ilgileniyor, mektuplarını bekliyor, yaralıların neler anlattığını soruyordu. Son ay iyice güçsüzleşmişti, hep yattı; *Pravda* ve *Zvezda*'da Stalingrad'la ilgili haberleri okumamı rica ediyordu hep. Ölmeden önceki gün: 'Şimdi her şey değişecek gibi geliyor bana,' dedi. İki Kasım günü, gecenin on birinde öldü. Onu dün gömdük. Mezarının yanında bir kayınağacı var. İlkbaharda mezarına çiçek dikeceğim. Başında duruyordum ve babacığım, seni yanımda hissediyordum. Çok zor biliyorum, ama yalvarırım güçlü ol! Beni merak etme. Çalışıyorum, güçlüyüm, yakın gelecekte zafere ulaşacağımıza, bize döneceğine kesinlikle inanıyorum. Torununun keyfi yerinde, büyüyor; şimdilik yaşadığımız çağın farkında değil. Neredeyse anlamaya başlayacak... Bizim için, benim ve küçük Vassia için gerekli olduğunu hatırla babacığım. Seni öpüyor, kollarımda sıkıyorum. Hep seninleyim, her dakika yanı başındayım! Hoşça kal benim sevgili, çok sevgili babacığım.

NATAŞA'N."

Hastanede Sabaneyev'e:

— Bu gecenin eğlenceli geçmesi için elimizden geleni yapmalıyız, dedi. Yirmi beş yıl!.. Kent komitesine uğrayıp bize gezici bir sinema yollamalarını sağlamaya çalışacağım. Önce Almanların Moskova Önünde Yenilgisi, ardından da neşeli bir şey gösterebiliriz...

Sabaneyev, Hastabakıcı Korşeva'ya:

— İnsanı şaşırtacak kadınlarımız olduğunu biliyordum, dedi. Her zaman, direnmemize yardım eden onlardı. Yine de Nataşa'ya bakıyor ve bir şey anlamıyorum: Bu büyük gücü nereden alıyor?...

Nataşa yüreğindeki acıyı yalnız küçük Vassia'ya açıyordu:

— Artık ikimiz de yetimiz küçük Vassia'm. Korkunç bir şey. Oysa yaşamak gerek. Büyüyünce anlarsın... Şimdilik bir şey anlamaman ne kadar iyi... Annen gözyaşı dökerken sakin sakin dinleniyorsun...

16

Uykusuz geçen geceler boyunca Valya çok düşünmüştü. Kendi kendisiyle alay ediyordu: Her şeyi, her şeyi anlamak istiyorum. Aslında kendi kendisini tanımayı öğreniyor, eskiden nasıl biri olduğunu düşündükçe de, istediği gibi yaşayamadığını anlıyordu. Sinema konusundaki düşleri çocuksu ve gelip geçiciydi. Kişisel hayattan yoksunluk onu sanata doğru itmişti. Dışa yönelme fırsatı bulamayan duyguları onu düşler dünyasına sürüklüyordu. Sergey'e rastladığında her şey değişmişti; her zaman düşlediği, sinema artisti olma hevesi soğuyuvermişti. Raya ya da Galoşka gibi bir memurluk alabilir ve mutlu olurdu. Hayatını yeniden kurma fırsatını da bulamamış, savaştan iki ay önce Sergey'le evlenince, bir çocuk sahibi olmayı ne kadar istediğini ona söyleyememişti. Neden gitmiş, ordu için çalışan bir fabrikaya girmişti? Ülkenin durumu ciddiydi, uçakların sinemadan büyük bir önemi vardı. Ama düşler dünyasında yaşamaya alışkın, annesinin "uyurgezer" diye adlandırdığı Valya'nın bir makine önünde çalışmasına bu görüş yetmiyordu. Sergey de şaşmadı onun için, savaşa öylesine dalıp gitmişti ki bunu çok olağan saydı. Valya'nın bir hafta boyunca gazete okumadığını, radyo dinlemediğini duysa asıl o zaman şaşar kalırdı. Valya, günlük bildirilerdeki sözleri ya yüz kere tekrarlıyor ya da aslında savaşın ne olduğunu anlamaya hevesli bildirilere aldırmıyordu; cephenin nerede olduğundan habersiz, Sergey'in mektuplarında sözünü ettiği, "topçu bataryasının hazırlığı" ya da "uçakların pike inişi" deyimlerinin neyi belirttiğini gözünün önüne getiremiyordu.

Herkes gibi Valya da ortak felaketle allak bullak olmuştu. Ama olayları düşündükçe dönüp dolaşıp kendi alınyazısına varıyordu: Tam, başkalarının hayattan yoksun kaldıkları sıra kavuşmuştu hayata... Fabrikadaki işi, eski hayatından en uzak şey olduğu için seçmişti: Geçmişinden kaçmak istiyordu. İşi çok güçtü, buna seviniyordu: Yorgunluk düşünmesini engellemekteydi (Valya, kendi kendine böylesi daha iyi, diyordu. İnsan hiç olmazsa kendini bırakmıyor.)

Sergey'den ayrıldığından beri yaşamıyor, hayatı bekliyordu; önceleri acı ve coşkuyla, sonra, neredeyse bir yıl boyunca sabırla ve son günlerde umutsuzlukla. Bu durum, işini etkilemiyordu; arkadaşları ondaki değişikliğin farkında bile değillerdi. Valya kendini bir şeye veremiyor, geçmişi tutarlı şekilde düşünemiyordu; aklı fikri Sergey'e sevgi dolu, sakin bir mektup yazmaktaydı.

Eskiden hayatı gördüğü, insanları seçtiği yoktu; düşünde yarattığı kişiler arasında yaşardı. Partizanların yaptıklarını okudukça, sanki babasından söz ettiklerini sanırdı. Belki o da tren uçurmuştu? Kievli dostlarının hiçbirisinden haber yoktu; ama yanında Kiev'in sözü geçse, anlatılmaz bir üzüntü çökerdi üzerine: Hüzünlü bahçeler, dik yokuşlar, yemyeşil kararmış, karmakarışık kent gelirdi gözünün önüne.

Nataşa bir oğlunun dünyaya geldiğini, Vassia'dan hiç haber alamadığını yazıyordu. Valya bütün gece ağladı: Vassia'ya üzülüyor, Nataşa'ya acıyor, Sergey için korkuyordu. Nina Georgiyevna, Valya'yı yanına çağırdı: "Burada da çalışabilirsin, iki kişi daha kolay katlanırız." Valya gitmedi. Sergey'in annesinin yanında acısının daha da artacağından çekiniyordu: Orada kendini iyiden iyiye bırakacaktı. Burada birçok kişiyle tanışmıştı, ama yine de yapayalnızdı: Her zamanki gibi nazik; iyi yürekliliğinden ötürü kendisini çok seven arkadaşlarının yardımına koşuyordu hep. İçine kapanmış, boş şeylere inanır olmuştu. Yeşil bereli bir kıza rastlarsam mektup alacağım, diyordu kendi kendine, eğer Şumov'la yarın aynı vardiyada çalışırsam işler yolunda gidecek. Sonra da kızıyordu: Nineler gibiyim, bu gidişle aklımı da kaçırabilirim! Ama gelecek korkusu her şeyden güçlüydü. Okumaya çalışıyor, bir kitabı almasıyla bırakması bir oluyordu: Gerçeğin yanında romanın birbirine karışan çatışmaları ona önemsiz geliyordu.

İçini rahatlatan tek şey Sergey'in mektubuydu. O da düzenli yazmıyordu: Ya üç gün üst üste geliyordu mektup ya da haftalar geçiyor ve Sergey'den haber çıkmıyordu; aşkı birden, bir cümlede parlayıveriyor. Valya canlanıyor, yürekleniyor, derken bu cümlenin ardından asker hayatının tekdüze, kuru anlatısı uzayıp gidiyor ya da birkaç cümleyle mektup bağlanıyordu: "İyiyim. Bana mektup yaz. Seni kucaklar, öperim."

Son mektuplarından birini okurken, Valya birden Sergey'in nerede olduğunu anladı. Stalingrad'la ilgili bir röportaj basan *Krosnaya Zvezda* gazetesinin yapıştırıldığı tahta perdenin önünde bir süre kalakaldı. "Dünya varolalı beri böyle bir savaşa tanık olmadı." Orada... Kafasında her şey birbirine karışıyordu: Sergey'in yürekliliği karşısında duyduğu hayranlık ve korku, insanda haykırmak isteği uyandıran o belirsiz korku...

Valya'nın duygularını pek çok kişi paylaşıyordu; ama onların bir de ilacı vardı: Çalışma heyecanı, aile kaygısı, dünyadaki olaylarla ilgili konuşmalar, Churchill'in Moskova'ya gelişi, ikinci cephe, Yugoslav partizanlarının mücadelesi, günlük hayatın güçlükleri, sütün görünüp kaybolması, bir çuval patates aramak, yaklaşan kış için odun peşine düşmek; askeri durumla ilgili bir konferans ya da Ruslar oyununun ilk gecesi gibi. Valya, hayat koşullarına kayıtsızdı. Yemekhanede verilen yiyeceğe aldırmıyordu bile; yeni bir elbise düşlediği yoktu; ara sıra tiyatroya gitse de kafasını toplayıp olup bitenleri izlemiyordu. Bütün düşüncelerinin, duygularının üzerinde tek kaygısı vardı: Sergey'in nasıl olduğu, dengesiz yaradılışı, büyük bir hayal gücü, derin bir duygululuk, eskiden kendisini sanata yönelten şeyler şimdi dertlerini büyük ölçüde arttırmaktaydı. Mermi çukurlarıyla dolu bir ovadan, havan ateşinden söz eden cephe hikayelerini dinledikçe, hayattan yoksun, krater ve göllerle, büyük dikenli tel ormanlarıyla kaplı bir Ay görüntüsü gözünün önüne geliyordu: Asitlerle delik deşik, gri-yeşil bir dünya; dilsiz, sağır ve duygusuzlaşmış insanları oldukları yere çivileyen şimşekler. Geceleri anaları, eşleri ve nişanlıları uyutmayan kabuslar uyanıkken bile onun peşini bırakmıyordu. Bembeyaz yüzlü bir ölünün canlıyı gölgelememesi için; üzerinde, bir kimlikten kopardığı Sergey'in küçük resmini taşıyordu: Ara sıra, Sergey'in yüzünü gözünün önüne getiremediği olurdu.

Ekimin ortasından beri bütün fabrika büyük bayrama hazırlanıyordu. Valya'nın arkadaşları sinema enstitüsünde okuduğunu biliyorlardı; tatlılıkla ya da küçümseyerek ona, "artist" dedikleri olurdu. Parti Sorumlusu Joltiyakov: "Bizi güç durumdan sen kurtarabilirsin" dedi. "Tiyatro oyuncuları gelecek ama bizden birilerinin de oynamasını istiyorlar..." Valya reddetti: "Bu işi bırakalı çok oluyor... Yapamam, elimden gelmez..." Bir saatliğine de olsa, geçmişe dönmekten korkuyordu. Ama Joltiyakov'un üstelemesi karşısında kabul etmek zorunda kaldı.

Yemekhanenin bulunduğu büyük barakada hava dumanlı, ampullerin ışığı donuktu. Kalabalık, sıralara, açık kapıların ağzına, hatta sahneye yığılmıştı. Valya, hepsi de savaşla ilgili, üç şiir okuyacaktı. Düşündükçe titriyordu: Ya unutursam? Sanki sanatla ilgilenmemişti hayatında.

Şiirleri çok güzel okudu; dizelerin uyumunu sık sık bozan heyecanı dinleyicileri daha da etkiledi; kuşku, Sergey için duyduğu korku, kafasını dolduran korkunç görüntüler seziliyordu; yalnız kendisinin anladığı başka bir içerik kazandırıyordu sözcüklere. En güzel okuduğu şu dörtlüktü:

Ve kılıçların, mahmuzların, çizmelerin arasından,
Küçücük, bele kadar varamayan,
Yabancı bir kız çocuğu
Mavi mine çiçeği gibi geçip gidiyordu.

Hiç anlayamadığı korkunç bir savaşın ortasına düşen minicik kızın öyküsünü anlatan bir şiirdi bu. Şiiri okurken Valya garip bir duygululukla gülümsüyor, gülümsediği zamanlarda hep görüldüğü gibi, yüzünü anlatılmaz bir çekicilik kaplıyordu. Bütün dinleyiciler savaş alanında gezinen mavi gözlü küçük kızı görür gibiydiler... Valya şiiri bitirince uzun uzun alkışlandı. Yüzü sapsarı, aynı kararsız gülümsemeyle ayakta duruyordu.

Dirsekleriyle kendine yol açan bir subay:

— Cephede savaşan bir askerin elinizi sıkmasına izin veriniz, dedi. İnsanın yüreğini parçalarcasına okudunuz şiiri...

Valya'dan sonra sahneye çıkması gereken aktör Orlovski gülerek:

— Hapı yuttum! dedi. Sizden sonra çıkmak büyük talihsizlik... Hayır, ciddi söylüyorum. Büyük bir oyuncu olabilirsiniz. Çalışmanız gerek...

Orlovski doğru söylüyordu: Valya gerçekten dinleyicileri duygulandırmıştı. Dedikodudan bıkmış, katı insanları bile ağlatan, ellerini ovuşturmalarına yol açan, bağlılık yeminlerini hatırlatıp ölüme gitmelerini sağlayan bir oyunun varlığına inanmış "yalnız" bir aktörün sevebileceği gibi seviyordu sanatı. Valya ona cevap vermedi. Joltiyakov gururlanarak:

— O bizim oyuncumuz, dedi. Savaştan önce yapmıştı bu işi.

Valya'yı kutladıktan sonra da şunları söyledi:

— Orlovski'nin hoşuna gittiniz...

Eskiden olsa Valya kendinden geçerdi: Demek gerçek bir oyuncu yeteneği varmış bende... Ama şimdi, Orlovski'ye bakarken şöyle düşünüyordu: Gözleri ne kadar da hüzünlü, bütün herkes gibi o da üzülüyor herhalde...

Bir kadın şarkı söyledi. Dinleyiciler gürültü yapıyorlardı. İlk kar düşüyordu. Valya evine dönerken kendinden geçmiş gibiydi: Önünde yine yeşilimsi bir Ay görüntüsü, gece, ölüm uzanıyordu. Alçak sesle mırıldandı: "Sergey!.." Cevap alamadı. Sergey burada değil, Stalingrad'da...

17

Her zamankinden farksız bir gündü; dünkü ya da bir hafta önceki gibi, havanlar mermi yağdırıyor, sekiz düşman tankı Şileyko'nun topçularına saldırıyor. Levin yaralıları ameliyat ediyor, ağız ağıza dolu mavnalar nehrin sol kıyısıyla sağ kıyısı arasında vızır vızır işliyordu. Zonin tıraş oluyordu. Kızgındı: Ayna yoktu kimsede! Sakalının batıp batmadığını anlamak için durmadan elini yüzünde gezdiriyordu. Görünüşüne özenirdi hep. Sergey'i ilk kutlayan o oldu, sonra da kendi haline gülmeye başladı:

— Bayramdan başka her şeye benziyor...

Ve Zonin, yüksek sesle, savaştan önce 1940 Ekim bayramını nasıl kutladığını anlattı. Her şeyin birbirine karıştığı uzun bir hikâyeydi bu: Müzikli oyun, iki tiyatro bileti, şarkıcı Kozlovski, kardeşinin evinde yenen yemek, Marussia. Sergey'in uykusu vardı, söylenenleri pek anlayamıyordu. Ah, bir kerecik olsun doyasıya uyuyabilse!.. Paris'te şoförlerin geceleri korna çalmaları yasaktı. Lancier, korna sesinin sinirlerin canına okuduğunu, hayatı kısalttığını söylerdi. Oysa burada bile yaşamanın olanaklılığı anlaşılıyor şimdi. Biteceğe benzemiyor bu savaş. Sağdan, sağ kıyıya geçemiyoruz; soldan Almanlar bizi sol kıyıya sürüp atamıyorlar; on metre ilerliyorlar, sonra biz bu on metreyi geri alıyoruz... Birkaç metre için bir sürü kurban veriliyor. Albay, takviye yollayacağına söz verdi...

Kırmızıyla yazılmış XXV rakamının göze çarptığı ordu gazetesini getirdiler. Yedi yaşındaydı: Büfede tabaklar şangırdayıp duruyordu; annesi pencereye yaklaşmasına izin vermemişti, oysa Sergey bakmak istiyordu. Babası geldi; kolunda bir kızıl şerit vardı. "Nina," dedi, "seni kutlarım. Teslim oldular..." Ağustos bombardımanından önce burada bir sürü çocuk vardı. Çeyrek yüzyıl sonra ne gibi görüntüler canlanacaktı gözlerinde?... Kuşkusuz her şey onlara başka türlü gelecek; bizi giydirecekler, çizmelerimizi boyatacaklar, tarihe geçmiş cümleleri söyletecekler. Okul kitaplarında, istihkâmcıların okkalı küfürleri tekrarlanamıyor bile! Yirmi beş yıl! Bir insan ömrünün yarısı... Dış ülkelerde şöyle düşünülüyordu: İki yıl, diyelim ki beş yıl sonra bu çılgınlık bitecek... Belki şimdi de fazla dayanamayacağımızı sanıyorlar. Oysa dayanacağız! En korkuncu ağustos ayıydı... İnsan doyasıya uyuyabilse yeniden girişebilir savaşa... Volga, neredeyse buzlarla kaplanacak... İnsanın çok narin bir yaratık olduğu söylenir. Werther aşk uğruna can vermiş. Ama buraya bir hipopotam getirin, bir gün dayanamaz... Zonin konuşuyor, onu dinlemiyorum bile, bana kızacak...

— Marussia sanat tiyatrosunu seviyor. Ben tiyatronun hayata benzememesinden yanayım...

Zonin de narin bir yaratık değil mi? Hepsi narin; hepsi dayanıksız görünüşlü. Yine de Almanlar onlara bir şey yapamıyorlar. Belki Çaritsin gibi bu da tarihe geçecek?...

1938 yılında Stalin'i dinledim; acele etmeden sakin sakin konuşuyordu; şakalaşıyordu. Bugün de konuşacak, yok yok dün konuştu. Ne dediğini bugün öğreneceğiz. Dün Almanlar geçidi bombalıyorlardı:

Söylenenler duyulmadı. Stalin herhalde sakin bir sesle konuşmuştur. Sakin kalmayı bilmesi bizim için ne büyük mutluluk...

— Dinle Sergey, dedi Zonin. Demin sen gittiğinde, bizim telefonculardan biri Almanlarla karşılaşmış. Üçünü gebertip canını güç kurtarmış. Baktım, ana avrat sövüyor. Yaklaştım, ne olduğunu sordum. Anlattı: "Allah belasını versin, elim gitti..." Ama Almanlarla boğaz boğaza çarpıştığından söz etmedi bile...

Sergey gülmeye koyuldu:

— Az önce, kendi kendime, yirmi yıl sonra klasik bir romanda Stalingrad'ı yaşayanların nasıl konuşturulacaklarını düşünüyordum. "Volga Nehri... Destan kahramanları... Tarih bize bakıyor..." Oysa, al sana bir tarihi cümle: "Allah belasını versin, elim gitti."

Nivelle'in ifade tarzı değil tabii... Neden bizim insanlarımız büyük sözlerden çekiniyorlar... Bende bile aynı çekingenlik var. Fransızların dokunaklı sözleri bolca harcamalarına bayılıyorum: Her biri Victor Hugo'nun ta kendisi... Ama birden insan rahatsız oluyor, kollarından tutup çekesi geliyor Fransızları... "Ben de sessiz bir Jülyet'im!" demişti Mado. Mado ne alemde? Rahata kavuşamamıştır; kuşkusu çevresinden değil, kendinden geliyor...

Düşle gerçek hayatı ayıran sınırı neden aşmadık? Ne o istedi, ne de ben. İki çocuk gibiydik... Bunu yapmamak gerektiğini ikimiz de anladık. Mado, ikimizin de ayrı bir hayatı olacağını söyledi.

— Giselle, diye söylendi Zonin. Ulanova dans ediyordu. Marussia'nın hoşuna gitmedi. Ben çok güzel buldum. Rüya gibi...

Mado'yu hiç unutmayacağım, diye düşündü Sergey. Anıyla yaşanmaz ama yaşamak için de bu anı gereklidir.

Zonin esnedi.

— Uykum var.

— Ya benim!..

— Ne garip: Bir yanda bütün Avrupa, öte yanda bir karış toprak. Ve dayanıyoruz.

— Neden "bütün Avrupa"?

— Üç aşağı beş yukarı, öyle işte… Bak, şunu bir barınakta buldum... Başlığını da söktüm: Anatole France'ın bir romanı. Okuyan da Almanın biriydi. Sana, Avrupa deyişim boşuna değil!

— Bir elçi, evinin üzerine bayrağını çekerse oranın ülkesi olduğu anlamına gelir. Kural budur... Avrupa şimdi burada. İçinde oturduğumuz şu barınağın tepesine biz de bir bayrak çekebiliriz. Ya da sen, Anatole France'ın Almanlardan yana olduğunu mu sanıyorsun?..

— Onun hiçbir şeyini okumadım: Marussia okumuştur herhalde. Tiyatroya sık gidiyordum ama bir şey okuduğum enderdi. Durmadan plan üzerinde çalışınca insanın kafası şişiyor; eğlence arıyor... Benim en çok sevdiğim baledir. Marussia çok okur. Akıl almaz, doğaüstü şeyleri sevdiğim için benimle alay ederdi: Kendisinin de hoşuna gidiyor ama hep gizliyor. Tıp okuyan biri için böyle şeylerin hoş olmadığını sanıyor... Ama bak, ne kadar neşeli...

Zonin bir fotoğraf gösterdi: Marussia, kollarında küçücük bir kedi tutuyordu; yüzünde yaramaz bir çocuk anlamı vardı; gözleri hafif şehlaydı.

Sergey, Valya'ya mektup yazmak için masa başına oturdu; sevgisini, üzüntüsünü, duygularını açmak istiyordu ona. Ama bir türlü kalemi işlemedi; dehşete düştü. Bir iki ay geçsin, yazmayı da unutacağım.

Zonin'in, esnemekten neredeyse çeneleri çıkacaktı.

— Biraz uyu, dedi Sergey. Gidip binbaşıyı göreceğim: Herhalde Stalin'in söylevini elde etmişlerdir.

Bir kirişin yanına çöken Zonin, gözleri açık uyuyordu. Kafasında her şey birbirine karışmaktaydı: Marussia, bir mavna, Avrupa bayrağı, Giselle, bir el. Sonra Marussia başını göğsüne çekti, onu öpmeye koyuldu. Yarım saat, belki daha da fazla sürdü sessizlik. Zonin cankurtaranda kendine geldi. Ne olmuştu?...

Sonra, mermi barınağın hemen dibinde patladı. Uyuyordum galiba... Sergey binbaşıyı görmeye gitmişti.

— Stalin konuştu mu?

— Senin konuşmaman gerek, dedi Sergey.

— Ne söyledi?

— Sevinme sırasının bize de geleceğini.

Ama Zonin duymaz olmuş, yeniden kendinden geçmişti. Hemşire Katya'nın defterinde, yılbaşına kadar bütün günler kayıtlıydı: Her akşam bir sayıyı çiziyordu. Şimdi de defterini cebinden çıkarıp büyük bir zevkle yedi sayısının üzerine bir çizgi çekti.

— Elli dört gün kalıyor.

— Ne zamana kadar?

— Yıl sonuna.

Levin kederli bir gülümsemeyle:

— Sonra yeniden üç yüz altmış beş tane gün yazacaksın, dedi.

— Kim bilir? Belki de yazmam, cevabını verdi Katya. Onun gibi...

Eliyle Zonin'i işaret ediyordu.

Sergey, sesini çıkarmadan arkadaşına baktı. Sessizlik yeniden çökmüştü ortalığa... Binbaşının yanına gitmeseydim... Ne saçma bir oyun!.. Ama Almanlar yavaş yavaş gevşiyorlar... Durum bir ay önceki gibi değil... Stalin genel durumu biliyor. Sevinme sırası bize gelecek dediyse öyle olacak demektir... Ama ne zaman? Zonin fırsatı kaçırdı... Belki de yaşar ama... Levin, umut var, diyor... Karısı Yaroslav'da sanıyorum. Onların durumu daha da beter. İnsanın, bütün bunları gözlerinin önüne getirneye çalışması feci bir şey olmalı...

Valya'ya bir başka mektup yazmaya kalktı, ama geçitten çağırdılar. Ne karısı kaldı aklında, ne Zonin, ne de savaşın sonucu: Çalışıyordu şimdi.

18

— Yalvarırım dostum, sinir sistemimi rahat bırakın da Roche Ainé'nin geleceğini düşünün. Roy her an Alpert'i ortaya atabilir... Joseph'in ölümünden sonra, o yanda destek olacak kimsem de kalmadı. Bana, Almanlarla arası iyi olan biri gerek.

— Almanlarla hepsinin arası iyi, dedi Morillot. Özellikle Roy'un.

Lancier kendi kendine kızdı. Neden Morillot'ya danışmıştı sanki? Morillot'ya benimle alay etme fırsatı çıksın da...

Oysa Lancier'yi yine Morillot kurtardı: Onu Jérome Pinaud ile tanıştırdı.

Pinaud'da ne Berty'nin parlaklığı vardı, ne de cerbezesi. Kendini, onun gibi iş hayatına delice kapıp koyuvermiyordu. On yıl kadar önce, ortalıkta sessizlik hüküm sürerken şöyle demişti: "Japonya'da yaşamıyoruz, ama yer sarsıntılarına karşı bile kendimi sigorta ettirmek istiyorum. Sade bir hayat sürüyordu, evine gelip giden azdı, parasını sokağa atmıyordu: Büyük kızı Pauline'i Lyonlu bir tüccarla, Bay Pinson'la evlendirmişti; küçük kızı Henriette'in kocası ise, parlak bir geleceği olan Avukat Verneuil'dü. Pinaud, siyasetin vergilere, siparişlere, borsadaki iniş-çıkışlara bağlı olduğunu biliyor ve parlamentoda olup bitenleri büyük bir dikkatle izliyordu. Komünistlerden nefret eder, sosyalistlere "zavallılar" der, aşırı sağ konusunda şöyle konuşurdu: "Bu operatörler, apandistimizle birlikte bütün iç organlarımızı söker götürürler."

Savaş başladığında, Pinaud, yıldızının kısa sürede parladığını gördü. Bunda şaşacak şey de yoktu: Bir radyatör fabrikasının havan mermisi de yapabilmesinden doğal ne olabilirdi; savaş çağında havan mermilerinin peynir ekmek gibi satılması da doğaldı (Pinaud'nun en sevdiği deyimdi bu). Yaptığı havan mermilerini önce Fransız hükümeti almış, sonra da sıra Almanlara gelmişti. 1940 olayları, düşünülebileceği gibi, Pinaud'yu da sarsmıştı; zayıflatmıştı bile: Bütün ceketleri sırtından kayıyordu. Ama iş işti; işlerin yolunda gittiğini görünce de, bir vatandaş olarak duyduğu üzüntüleri unuttu. Hayatı boyunca bu kadar kâr sağlayamamıştı. Almanlarla pek sıkı fıkı değildi; onun bu davranışı adamların hoşuna gidiyordu: Pinaud'da hem görkemli, hem de acılı bir yan vardı; gürültülü bir fısıldamayla konuşur, cenazedeymiş gibi burnunu silerdi."

Pinaud borsa oyunlarından da zevk almaya başladı; büyük bir matbaayı ele geçirdi, bir Yahudinin evini yok pahasına düşürdü. "Çok dertli bir çağda yaşıyoruz," diyordu karısına. "Ama halimizden yakınırsak günah olur. Hayatımız iyi, Pauline ve Henriette iyi adamlara vardılar, ikisinin de kocası gerçekten birer kısmet." Verneuil, Henriette'i aldatıyordu, bunu genç kadından başka bilmeyen yoktu. Ama karısına her zaman iyi davranır, ne isterse yapardı. "Onun gibi biri çok ilerler," diyordu Pinaud. Üç yıl önce Verneuil, neredeyse "Kızıl" tanınmıştı; şimdi Almanların gözünde durumu çok iyiydi, gazetelerde yazılar yazıyor, birtakım ticari işlemlerde aracılık yapmayı da küçümsemiyordu. Savaş başlayınca, Pauline'in kocası Pinson depolarını satıp Cenevre'de bir otel aldı. Yenilgiden birkaç hafta önce de karısı ve çocuğuyla birlikte Cenevre'nin yolunu tuttu. İngiliz yanlısı olduğu söyleniyordu. Pinaud, günün birinde Pinson ile Verneuil'ün karşılaşmasını düşündü. Esaslı bir patırtı kopabilirdi. Pinaud, uçlardan çok uzaktı. Almanlarla çalışıyordu ama savaşı müttefiklerin kazanmasına itirazı yoktu.

Moriot, Roche Ainé'nin tepesinde dolaşan tehlikeden söz ettiğinde Pinaud pek şaşmadı:

— Almanlarla çalışabilir insan, dedi. Ama Roy gibi çakalları hiç sevmem. Bugün iş ve sanayi çevrelerinde pek çok "sonradan görme" var... Lancier ile görüşmeye hazırım ben...

Pinaud, Lancier'ye yardım önerdi. Lancier, bu adamın Roche Ainé'yi kurtarabileceğini anlıyordu: Almanlar ona el sürmeye cesaret edemezlerdi. Fırsattan faydalanan Pinaud da, Lancier'nin işine sermaye koyacaktı. Ama gerek Leo, gerekse Roy yüzünden çok şey yitiren Lancier bir yabancıyla işbirliği yapmak istemiyordu.

Görüşmeler başladı. Pinaud, Lancier karşısında bir "koruyucu" gibi davranıyordu: Onun gözünde, bir işadamına ne Corbeilleli havası uygundu, ne de Lancier'nin hoppa tavırları. İçinden bu garip adamla alay ediyordu ama onurunu kırmamaya da dikkat ediyordu Pinaud; sanki Roche Ainé'nin kurucusuymuş gibi konuşuyordu Lancier ile.

Lancier, Pinaud ve karısını yemeğe çağırdı. Görüşmeler ilerliyordu. Maurice, laf arasında Marthe'a: "Bugün söz keseceğiz sanırım. Belki yakın bir gelecekte de düğünü kutlarız" dedi. "Sağdıcım" diye adlandırdığı Morillot'yu da çağırmıştı yemeğe. Sisli bir kasım günüydü. Sabahtan beri evde ışık yanıyordu. Herkes tıksırıp öksürüyordu. Marthe, sadeliği ve ev hanımlığıyla Pinaud çiftinin hoşuna gitti. Herkes durmadan konuşuyor, savaş öncesinin sözünü ediyordu. Bir tek Lancier olduğu yerde kıvranıp durmaktaydı: Bu Morillot da nerede kaldı? But fazla pişecek... Yaptığı hiç de hoş değil.

Doktoru beklemeden oturdular sofraya. Lancier kızgındı. Pinaud onu yatıştırmaya çalışıyordu:

— Morillot'nun huyunu iyi bilirsiniz. Herhalde kentin öbür ucundaki bir hastaya çağrılmıştır. Üstelik bedava tarafından... İşte size heykeli dikilecek bir adam! Bizde namusuyla çalışanlara gereken değer hiç verilmemiştir; herkeste sanayi şövalyelerine, entrikacılara tapma merakı. İşte çözülmemizin başlıca nedenlerinden biri...

— Almanlar bize çok şey öğrettiler, diye cevap verdi Lancier. Yine de insanın başkalarına bağlı olması acı şey... Ne diyorsunuz bay Pinaud, bütün bunlar günün birinde sona erecek mi?...

Marthe kocasına serzeniş dolu bakışlarını yöneltti: Böyle sözleri niçin söylerdi Maurice?... Evet, Pinaud insanda olumlu bir izlenim bırakıyordu ama bugün insan kime güvenebilirdi ki?... Lancier karısının göz kırpmasındaki anlamı kavradı, yine de söylediğinden pişmanlık duymadı: Pinaud ile işbirliği yapabilirdi, iyisi mi, birtakım tatsız sürprizlerle karşılaşacağına ne mene kişi olduğunu önceden anlardı...

— Almanlar eninde sonunda gidecek, dedi Pinaud. Onlardan yakınamam, bana çok saygılı, çok iyi davrandılar. Ama Fransızım ve sizi anlıyorum... Verneuil, zaferden sonra Almanların bütün Fransa'yı ve işgal ettikleri öteki ülkeleri boşaltacaklarını söyledi...

İşbaşında, ancak kendilerinden yana olan hükümetleri bırakacaklar...

— Mareşal yaşadığı sürece kimse onu başından atmayı düşünemez.

— Aslında mareşal göstermelik olarak iyi. Almanlar Déat'yı Laval'a, Laval'ı da Darlan'a yeğ tutuyorlar. Birtakım incelikler var. Bana kalırsa, Avrupa, yirmi ya da otuz yıl daha Alman kalacak...

Doktor Morillot soluk soluğa içeri girdi. Marthe şaka yollu azarladı onu:

— Kendi kendinizi cezalandırdınız. Isıtılmış et yemek zorundasınız...

Morillot uzun süre sustu. Çorbasını içerken, kurnazca, bir Lancier'den, bir Pinaud'dan yana bakıyordu. Sonra peçetesiyle ağzını silip her zamanki gibi gürültülü bir kahkaha attı:

— Bu gece Verneuil uyuyamayacak. Kendisine Veronal verebilirim... Haberiniz yok mu? Amerikalılarla İngilizler Cezayir'e çıktılar.

Pinaud heyecanını gizleyemedi. Doğrusu böyle bir şey bekleniyordu; ama insan pek çok şeyi bekler, yine de şaşar kalırdı. Savaşı müttefikler kazanırsa onları ilk selamlayacak kişinin kendisi olduğunu düşünmüştü hep. Kendisine taş atmaya kim cesaret edebilirdi? Yurtseverler neredeydi? Pinson, istediği kadar ödün vermesin: Cenevre'de yaşıyor. O Pinson bile kayınpederinin namuslu bir Fransız olduğunu kabul eder... Ama Pinaud biraz tedirgindi. Bir soruşturma açıp matbaasının nereden geldiğini soracaklardı. Evini nasıl almıştı? Alman işgalinde fabrikası neden üç vardiya çalışıyordu? Dünyanın her yerinde kıskanç kişiler bulunurdu. '36 yılındaki gibi beliriverecekti komünistler... Pek de hoş olmayacaktı!...

— Üzüldünüz mü Bay Pinaud? diye sordu doktor.

Bu ihtiyar kuşkucu da kendini, her şeyi söylemeye yetkili sanıyordu! Marthe sorunun yersizliğini fark etmişti; Pinaud cevap verme fırsatını bulamadan:

— Neden yemekte ille de siyasetten konuşuyorsunuz, anlamıyorum, dedi.

Ev sahibesinin haklı olduğuna karar veren Pinaud sulu bir armuda el attı.

Lancier gülümsüyordu. Çıkarma yaptılar demek!.. Savaş öncesinin mutluluğu belki de geri gelecek? Lancier'i kimse canlandıramaz ama Marthe'la birlikte Gelinotte'a gideceğim... Berty'nin ölümü üzerine bir yazı yazdım, sözlerimi tartmayı bilmedim, onlarla birlikte sürüklendim... Ama bu neyi gösterir? Her şey bir yana, Berty damadımdı. Siyasetin burada işi ne? Ben Pinaud değilim. Almanlar beni epey sıkıştırdılar. Louis İngiltere'ye gitti. Mado da orada olmalı. İşte çocuklarımın eğitimi ortada!.. Müttefiklerin yakında Marsilya'ya çıkarma yapıp yapmayacaklarını da öğrensem. Cezayir'le Marsilya'nın arası pek uzak değil. Mareşal onları Marsilya'da karşılar. O anki sevincini gözümün önüne getirebiliyorum! Ve Lancier, gülümsemeye devam ediyordu. Pinaud'nun yanında her şeyi açık açık konuşmamak gerektiğinin farkındaydı. Marthe üzülecekti. Yine de gülümsemesinin nedenini anlatmak istedi:

— Uzun zamandır bu kadar iyi bir armut yememiştim...

Morillot, üstüne başına armut suyu ve tükürük saçmıştı. Yaptığı etkiden memnun, gülüyordu. Sonra:

— Çıkarma yapmakla iyi iş gördüler! Sevinecek şey bulamıyorum ben bunda. Sömürgelerimize el koyuyorlar. Almanlarla savaşmak isteseler çıkarma yapacak daha iyi bir yer bulurlardı...

Konukları gittikten sonra Lancier olayları düşündü: Pinaud'ya bağlanmamak gerektiğine karar verdi. Savaşın sonu yaklaşıyordu. Pinaud, Almanlarla işbirliği yapıp adını lekelemişti. Şu sıra, Leo Yahudi olduğu için başım dertte. Ama Almanlar buradan atılınca başım yine derde girecek. Neden Pinaud ile ortaksınız? Hem bir Yahudinin evinin üstüne oturmuş... En iyisi ortaktan vazgeçmek: İnsan yalnız kendi hayatının hesabını verebilir... Marthe'a:

— Marceline'e ne kadar bağlı olduğumu biliyorsun, dedi. Kader dul kalmamı istedi. Ve yine kader seni bana yolladı. Halime şükrediyorum: İnsanın kalbini bir başkasınınkiyle birleştirmesi ne tatlı şey... İş hayatında durum böyle değil: İnsan yalnızken mutlu oluyor.

Pinaud namuslu bir adam, Berty gibi öne çıkmıyor. Zaferi kazandığımızda başının derde girmeyeceğini umarım. Yine de ona bağlanmamak daha iyi...

İki gün sonra Lancier, Almanların ateşkes sınırını aşıp Lyon ve Marsilya'yı işgal ettiklerini öğrendi. Demek ciddi bir savunma yapmayı düşünüyorlardı; Atlantik kıyıları gibi güneyi de tahkim ediyorlar, Morillot'nun söylediği doğru: Müttefiklerin acelesi yok. Fareler kediyi vaktinden önce gömdüler. İngilizlerle Amerikalılar belki bir gün zaferi kazanabilirler, ama o güne kadar Roy cenaze duamı okutacak zamanı bol bol bulur.

Lancier, birkaç gün düşündü durdu; sonunda Pinaud'nun önerisini kabul etti.

— Geçen gün çok şaşkındım Marthe, anlıyor musun? Almanlar gerçek bir güç! Morillot, birkaç yüz Rusun Stalingrad mahzenlerinde gizlenmesiyle yetiniyor. Ama bunun önemi yok... Cezayir'le Marsilya arasında deniz var: Olanakları hesaba katmak gerek, Pinaud, Roche Ainé'yi koruyabilir. Üstelik damadı Verneuil, eşine az rastlanan alçaklardan. Otto Abetz'le dostluk ettiği söyleniyor...

Pinaud ile Lancier görüşmelerinin işle ilgili bölümünü bitirdiklerinde siyasetten konuştular; on günde çok şey değişmişti: Müttefikler Cezayir'deydi; Almanlar da Marsilya'daydılar şimdi.

— Darlan'ın Mareşal'e ihanet edeceği aklıma gelmezdi, dedi Lancier.

— Ben Darlan'ı mahkûm etmiyorum. Başka ne yapabilirdi?... Birçok insanın hayatını kurtardı. Mareşalin onu Cezayir'e bu amaçla göndermediği ne malum.

Lancier ne diyeceğini bilemedi: Pinaud tıpkı benim gibi, mareşal gibi, gerçek bir Fransız.

— Pinaud, sevgili dostum, olaylar öylesine karışık ki İnsanın aklı başından gidiyor. Ben mareşale güveniyorum.

— Mareşal göstermelikten başka şey değil: Ama çevresindekiler Fransa'yı kargaşalıktan kurtarmaya çalışıyorlar. En korkuncu komünizm. Almanlarla işbirliği yapanlara karşı çıkabilir, yine de lejyon askerlerinin Doğu cephesine gönderilmelerini alkışlayabiliriz. Bolşeviklerle savaşmak her Fransızın görevidir. Bu konuda Laval ile aynı düşüncedeydim

— Laval Münih'e, Hitler'in yanına koştu. Biraz fazla ileri gitmiyor mu sizce?

— Hiç de değil. Görevi bunu gerektiriyor. Tıpkı Darlan'a verilen görevin Amerikalılarla anlaşmak olması gibi. Her türlü olanağı göz önünde tutmak zorundayız... Kendimize özgü bir siyasetimiz var: Fransız Siyaseti... Amerikalılar'ın Darlan ve Giraud'yu yanlarına almalarına çok sevindim. Şimdi komünistler bir müttefik zaferine bel bağlamamak gerektiğini anlayacaklardır...

Lancier şaşkına dönmüştü. Pinaud'yu bir bezirgan sanıyordu. Oysa karşısındaki bir filozoftu. İşini de iyi biliyordu...

Hemen o akşam Lancier, Morillot ile görüşmeye gitti: Buluşunu ona da açmak istiyordu. Morillot, karanlık bir odada oturuyordu, çok üzgündü. Karısı evde yoktu. Kendi düşüncelerine dalıp giden Lancier doktorun ne durumda olduğunu fark etmedi bile. Başladı yüksek sesle anlatmaya:

— Şu Pinaud yalnız işadamı değil, aynı zamanda bir siyaset adamı da, bir yurtsever. Bakın bulduğu çareye; her şeyi önceden kestirmek gerek...

— Vay canına! İlk ayrı yönde çalışan kızlarına varıncaya dek, her şeyi önceden hesaplamış demek. Rahat edebilirsiniz Maurice, onunla birlikte olursanız başınız derde girmez. Mükemmel bir namussuzdur. Darlan kadar değil tabii, ama Roche Ainé için biçilmiş kaftan.

— Darlan'a da namussuz mu diyorsunuz?

— Namussuz deyiminden anladığınız şeye bağlı.

Uşak efendisine sadık kalmak zorunda değil ya. Darlan yer değiştirdi... Laval, Darlan, mareşal, hepsi birbirinin aynı...

Lancier, ancak o sıra Morillot'nun üzüntüsünü fark etti: Bir kere bile gülmemişti.

— Hasta mısınız? diye sordu.

— Ben mi? Bizim gibilerin yaşında hastalığın zerrece önemi yok. Yuvarlanıp gidiyoruz ya, o da bir şey. Gençler can veriyor... Pinaud ya da Darlan düşünüyorlar: Kime yatırım yapmalı, Amerikalı koruyucuya mı, yoksa Almanlara mı? Ve bu arada gençler ölüp gidiyor...

— René'nin nerede olduğunu biliyor musunuz?

— Güneydeydi ama... Belki Almanlar şu güne kadar onu tutuklamışlardır...

Lancier, doktorun büyük oğlu René'nin Almanlarla çatıştığını biliyordu: Bir öğrenci gösterisinden sonra da güneye kaçmıştı.

— Sizi anlıyorum, sevgili dostum. Benim de aklım fikrim oğlumda: Louis ne oldu acaba? Belki Cezayir'dedir. Mado'dan hiç haberim yok. Bir bakıma sizin Pierre en iyi durumda. Düşmanın elinde tutsak olmak iğrenç bir şey. Ama savaşın dışında kalıyor hiç olmazsa. Savaş bitince yine size dönecek.

— Bilmem... Dün Pierre'in arkadaşlarından biri beni görmeye geldi. Kampta beraberlermiş; Almanlar üçüncü derece verem olduğu için çocuğu bırakmışlar. Nasıl yaşadıklarını anlattı: Patates kabuklarından yapılma çorba içiyor, hiçbir zaman ısıtılmayan barakalarda yatıp kalkıyor, öldüresiye çalıştırılıyorlarmış. Ama durumları Ruslarınkinden iyiymiş. Burunlarının dibinde genç Rus kızları dizanteriden can veriyormuş. Baraka amirleri eşek sudan gelesiye dövüyormuş kızları. Ne korkunç şey, ne büyük bir canavarlık!.. Benimle konuşan genç, Pierre'in bir Rus kızıyla dost olduğunu anlattı; birbirlerine yardım ediyorlarmış; neşeli bir kızmış; Pierre'i avutmaya çalışıyormuş. Pierre güçlü değil; sırtına yüklenenleri zor taşır... Sonuna kadar dayanamaz diye korkuyorum. Ciğerleri zayıf.

Lancier, Morillot'nun gözlerinde yaş biriktiğini ilk kez görüyordu. Doktor başını çevirdi ve:

— Stalingrad konusunda haklı olduğumu görüyorsunuz, dedi. Buna diplomasi denmez: Paris Soir'ı okudunuz mu? Almanlar şöyle diyorlar: "Alman ordusu her türlü olasılığa karşı koymaya hazırdır..." Zafer kazanmış kişilerin ağzından garip bir konuşma değil mi? Maurice, savaşın sonuna kadar yaşamayacağımı biliyorum, üstelik o zamana kadar yaşamak istediğim de yok pek. Hayale kapılmıyorum. Değişen bir şey yok, olmayacak da. Ama şu sıra Rusların, Almanları durdurması hoşuma gidiyor. Pinaud'nun titrediğini, Darlan'ın Amerikalıları aradığını, Amerikalılar'ın Darlan'ın peşinde olduğunu bilmek beni ayrıca sevindiriyor...

Ne kötü huylu adam, diye düşündü Lancier. Başkalarının başının derde girmesi onu sevindiriyor. Ama gençlere ben de acıyorum doğrusu: Louis, René, Pierre. Ya Mado ne oldu?..

19

Bir aydan beri Mado göçebe hayatı sürüyordu. Bir kente geliyor, bir sokak, bir ev, bir insan buluyor, saçma sapan şeyler söylüyordu: "Teyzeniz grip oldu" ya da "Satılık bir kanaryam var" gibi. Ardından birtakım direktifleri karşısındakine iletiyor, bildirilerin atılıp atılmadığını soruyor, dinamit yedeğinin ne durumda olduğunu öğrendikten sonra çekip gidiyordu. Mado bağlantı kurmakla görevliydi. Dış görünüşü kimsede kuşku uyandırmıyordu. Anında aptal bir köylü kız, bir orospu ya da süsüne düşkün bir genç kız havasına bürünebilirdi; hemen görünüşü, davranışı, konuşması değişir, havalı, yapmacık tavırlı, saf olmayı bilirdi; babasının can çekiştiğini öne sürüp ağlayabilir, moda olan saç tuvaletlerinden uzun uzun söz edebilir, ne durumda olursa olsun dönüp kalabalığa karışabilirdi. "France'ı yollayalım diyorlardı hep arkadaşları. O gerekeni yapar..."

Kentler birbirini izliyordu. Sisi, karanlık ve kuytu girintileri, iki kapılı avluları, gizlenecek yerleriyle Lyon; karmakarışık, gürültücü kalabalığı, rıhtım orospularının kahramanca çalıştığı, insancıl filozofların kahveden sahte sanat eserlerine, meşhur kişilerin büstlerine varıncaya dek her şey sattıkları Marsilya; dumanlı ve upuzun Saint-Etienne; kırk yıllık hoppa Nice. Bir sonbahar yağmuru vagonun camlarına vuruyor; ineklerin hareketsiz durduğu tarlalar gelip geçiyor. Bağbozumu mevsimi. Kadınlar ırmakta çamaşır yıkıyor; koca koca dağlar dimdik denize iniyor.

Ara sıra France, kavak ağaçlarının gölgelediği bir yolu izler, ihtiyar bir kadının buruşuk yüzünü andıran eğri büğrü bir başka yola sapar, dağa tırmanan bir patikanın üzerinde, köpeğin havladığı, içerde gaz lambasının tüttüğü, soğanların kuruduğu köy evine girer. Pabuçlarının altı ya kalın, kızıl bir kıl tabakasıyla kaplıdır ya da gümüşsü bir tozla. France geceyi orada geçirir, sabah yeniden yola koyulur.

Çevresinde hayat sürüp gitmektedir. Bağcılar, 1942 yılının "büyük bir yıl" olacağını söylemekteler. Köy gençleri, Almanya'ya gönderilmemek için sahte kimlikler satın alıyorlar. Yeni evliler bir dolap, bir yatak alabilmek için vesika ediniyorlar. Okullarda küçük çocuklara Pétain babanın Fransa'yı nasıl kurtardığı anlatılıyor. Almanlara şarap, sucuk, portakal, eski minyatürler, kokular, açık saçık fotoğraflar satılıyor. Almanlardan sigara, jilet, aspirin alınıyor. Herkes ticaret yapıyor, fiyatları öğreniyor, malını elden çıkarıyor. Pek çok kişi para kazanıyor, evini resimlerle süslüyor, büyük davetler veriyor: France gelinlik giymiş genç kızlar, bayramlıklarını sırtına geçirip çocuklarını gezdiren analar, içkiyi fazla kaçırıp düşlere dalanlar, aşıklar, tavla oynayan ihtiyarlar görüyor. Ne kadar yalnızız, diyor kendi kendine. Kaç kişiyiz? On bin, belki yüz bin, kim bilir? Öbürleri yeni düzene uyuverdiler. Hayatlarından hoşnut değiller, uzaktaki savaşın sözünü ediyorlar, müttefikler Afrika'da, Stalingrad hep dayanıyor... Ama Stalingrad'la Cezayir o kadar uzak ki! Oysa Alman komutanlığı iki adım ötede. Para kazanılabilir, karınlar doyabilir, durumdan hoşlanmayan, Almanları benimsemeyen varsa Londra Radyosu'nu dinleyebilir. Ama tek kelime söyleyen ya Almanya'ya gönderilir, ya da Gestapo merkezinde kendisine ölesiye işkence edilir... Ona, bir gece için evini açan avukat: "Almanlarla savaşmak için insanın deli olması gerek!" demiş, sonra da eklemişti: "Ben de delinin biriyim!" Kendini kahraman sanıyordu. Herkes alçak sesle konuşuyordu, bu fısıltı Mado'yu, inatçı bir sonbahar yağmuru gibi izlemekteydi. Yalnız Almanlardan korkulmuyor; herkes birbirinden, komşusundan iş yerindeki arkadaşından, gevezelerden, kışkırtıcılardan, casuslardan, satılmışlardan, gönüllü muhbirlerden, sözde solculardan, çifte kimlikli, çifte vicdanlı adamlardan çekiniyor, kavşaklarda haykıran, yaradılışı, barikatları, balyozlarıyla övünen Fransa nerede? Bir Alman geçmeye görsün, uşak gibi boyun kırıp ona gülümseyecek biri çıkıyor mutlaka...

Toulon olayı* bile bir şey değiştirmemişti. Uzaktan gelen patlama ülkeyi şaşırtmış gibi, bir an her şey donmuştu. Sonra?... İntihar şairlere esin kaynağı olabilir, gözyaşı döktürebilir. Ama taklit edilmez...

Raoul eski bir komünistti. France onu ötekilerden anlayışlı buluyordu, sordu: "Bildirilerimizde Toulon'un sözünü ediyoruz; ama neden gemileri uçurdular, neden Fransa'dan ayrılıp savaşmayı denemediler?..." Raoul hüzünlü bir gülümsemeyle cevap verdi: "Baştakiler Vichy hükümetine bağlı subaylardı. Donanmayı Almanlara teslim etmediklerine de şükür."

Paris'te Mado'nun gözünden pek çok şey kaçıyordu. Orada gizlenmek zorundaydı. Burada her gün kayıtsız kişilere rastlanmaktaydı. Yazın Luc: "Biz keşif kollarıyız," demişti. "Ordu çok gerimizde." Bu ordu zamanında yetişebilecek miydi? Kısa süre önce, biri trende ya da kahvede Stalingrad'ın sözünü ettiğince France sevinirdi. Şimdi bu sözler acısını daha da arttırıyordu. Orada insanlar ölüyor, burada genç ve güçlü bir çocuk, bir fıçı şarabı okutup ardından: "Yaşasın Ruslar!" diye fısıldıyor. Birinin kendilerini kurtaracağını sanıyorlar: Bolşeviklerin, Londra Radyosu spikerlerinin, Cezayir'e çıkan Amerikalıların, kurnaz Darlan'ın, rastgele birinin. En yüreklileri, kendisini bir geceliğine gizleyenler bile başlarını sallayıp: "Acele etmemek gerek," diyorlardı. "Bir Alman öldürürsünüz, karşılığında yüz Fransızı kurşuna dizerler. Rusya'da büyük savaşlar oluyor. Müttefikler çıkarma yapacak; şimdi olmazsa ilkbaharda. Beklemeliyiz." Hepsi de aynı şeyi tekrarlıyordu: Beklemek, mutlaka beklemek!..

Mado, Josette'i gördüğüne sevindi. Bir hücreyi anımsatan duvarları beyaz kireç badanalı bir odadaydılar. Duvarda bir çarmıha gerilmiş İsa, içerde lavanta kokusu, delik deşik bir de masa. Josette,

* İkinci Dünya Savaşı'nda Fransız donanması Almanlara teslim olmayıp Toulon'da intihar etti.

Mado'nun acelesi olduğunu biliyordu. Hemen işten söz etmeye koyuldu:

— Mayın işiyle uğraşacağımızı Raoul'a söyle. Şu sıra yeni bir saldırıya hazırlanıyoruz; silaha gerek duymaktayız. Gülünç gelecek ama elimizde topu topu on tabanca kaldı... Her gün çarpışmak zorunda kalabiliriz... Raoul'u ne zaman göreceksin?

— Treni kaçırmazsam yarın akşam...

— Demek perşembe ya da cuma günü dönersin. O zaman her şeyi konuşuruz. Bir sorun daha var: Henri'yi gördün mü?

— Paris'ten ayrılmadan önceki gün. Bir aydan fazla oluyor... Sağlık durumu iyi, çok yürekli. Bana da cesaret verdi.

Dışarı çıkmak üzereyken Mado, aceleyle:

— Mimi'nin de çok iyi olduğunu bildirmemi istedi, diye ekledi.

France, makinelilerden Raoul'a söz ettiğinde karşısındaki gülmeye başladı:

— Sen bizi zengin mi sanıyorsun? Elimizde dört Alman makinelisi var, dördü de savaş ganimeti. İngilizler ancak öbürlerine uçakla silah atıyorlar, onlar da bize bir şey vermiyor...

Bir an sustu, sonra:

— Onlarla konuşmaya çalış, dedi. Belki sen bir şeyler koparabilirsin. Bir edebiyat hocası var başlarında... Ben kötü bir diplomatım, hem sonra adım uzlaşmaza çıkmış. Sen Parisli'sin, hem sonra tatlı bir görünüşün var... Onların ne yapacağı belli olmaz, keyiflerine bağlı.

France'ın buluşup konuşacağı lise edebiyat öğretmeni Georges Ramel, savaştan önce siyasetle ilgilenmemişti. Yirmi dokuz yaşındaydı, savaştan hemen önce evlenmişti, karısına tapardı. Fransa Almanlara teslim olunca içine kapandı, dostlarından uzak durmaya başladı, karısıyla bile konuşmaz oldu. Bir gün karısı: "Sence devletin şerefi her şeyin üstünde midir?" diye sordu. "Bunun yanında bir de hayat denen şey vardır..." Ramel cevap verdi karısına: "Anlamıyorsun ki. Sınırların nerede olduğu, savaşı kimin kazanacağı umurumda değil: Bu askerlerle devlet adamlarının işi... Şimdi başka bir durum var: Almanlar Paris'teler. İster zengin olsun ister yoksul, insan yaşayabilir de. Ama böyle bir hayat sürmek zahmete değmez..." Bir arkadaşı Ramel'e, Direniş Hareketi'ne katılmasını önerince bir an düşünmeden kabul etti. "Jeanne d'Arc" grubunda her türden insan vardı. Daha önce, Ramel'e elbise diken bir terzi; iki öğrenci, bir Katolik gazetenin başyazarı. 1940'da şehit düşen bir subayın karısı, bir tornacı, bir doktor ve bir noter. İki kere Ramel'e de görev verilmiş, İngilizlerin paraşütle attıkları silahları alıp gizlemişlerdi. Hayatının pamuk ipliğine bağlı olduğunu biliyor, ancak şimdi bu hayatın yaşamaya değdiğini anlıyordu.

France'la buluşması, "Jeanne d'Arc" grubuna yardım eden bir dişçinin muayenehanesinde oldu. Ramel, yüzünde sargıyla geldi: Kısa süre önce pek çok kişi tutuklandığından güvenlik kurallarına dikkat etmeleri söylenmişti. France durumu anlattı. Ramel hemen ona yakınlık duydu. Bizi ayıran nedir? Bu insanlar da bizim yaptığımızı yapıyorlar. Şu sıra seçim söz konusu değil ya; insanlar parti listelerine göre de vermiyorlar hayatlarını... France sustuğunda:

— Arkadaşlarımla konuşacağım, dedi. Yarın yine gelin. Diş doktorunun hastası çok, tehlikede sayılmayız... Yanımızda yine kimse olmayacak.

Hemen o akşam, Ramel komünistlerin isteğini Nadaud'ya anlattı.

— Olamaz, dedi Nadaud. Kesin emir var: Onlara silah verilmeyecek. Karşılıklı haberleşebilir, kışkırtıcıları bildirebilir, onları gizleyebiliriz ama hepsi bu kadar...

— Anlamıyorum; bu kadar çok sayıda makineli tüfeği ne yapacağız?

— Onlarla çok önemli bir noktada birbirimizden ayrılıyoruz. Küçük işler görüyor, Almanları öldürüyor; demiryollarını uçuruyorlar; kısa süre önce de bir su deposunu dinamitlediler. Yaptıkları Alman baskısını arttırmaktan başka işe yaramıyor. Komünistler için önemli olan propaganda. Oysa biz, hareketimizi ulusal açıdan görüyoruz. Gizlice, gerçek bir ordu kurmalıyız. Müttefikler çıkarma yaptığında tepeden tırnağa silahlı, başında çekirdekten yetişme subayların bulunduğu savaşçı birliklerimiz olacak.

France'la tekrar buluştuğunda Ramel:

— Ne yazık ki mümkün değil, dedi. Zamansız hareketlere karşıyız. Yöneticilerimizin görüşü bu.

— Öyleyse, yöneticilerimize göre ne yapmak gerek?

— Gitgide güçlenip beklemek.

Bu "beklemek" sözcüğünü Mado kaç kere duymuştu. Ama o zamanlar bu sözü söyleyenler, emeklilik cüzdanına, aynalı dolabına, bir kadeh içkisine sıkı sıkıya bağlı ödlek kişilerdi. Ama karşısındaki... Aynı gün ele geçebilir, Gestapo tarafından kendisine öldüresiye işkence edilebilirdi...

— Neyi beklemek?

— Müttefiklerin çıkarmasını.

— Garip bir oyun! Müttefikler, Rusların Almanları yıpratmasını bekliyorlar. Siz, müttefiklerin Fransa'ya girmesini bekliyorsunuz. Halk sizin harekete geçme kararı vermenizi bekliyor. Sonuç: Zaferi, Vichy hükümetine bağlı biri kazanacak...

Sinirli sinirli konuşuyor, eldivenlerini buruşturup duruyordu. Ramel, söylenenleri unuttu; bu kadının kendisini ödlek sanmasına dayanamazdı.

— Görüşümü öğrenmek isterseniz, onlarla aynı fikirde değilim. Şu sıra ateş etmek, silah gizlemekten daha kolay... Ama disiplinin ne olduğunu benden öğrenecek değilsiniz. Rus-Alman saldırmazlık antlaşması imzalandığında, birçokları gibi ben de komünistlerin alçaklığına inanmıştım. Haksız olduğumu kabul ediyorum. Sizin de kendinize göre bir taktiğiniz vardı. Bize beklememizi söyleyen kişilerin de kendilerine göre bir taktikleri var. Komünist bir meslektaşım vardı; savaşın başında partisinden ayrılmasını söylediler. Sizin milletvekillerinizden pek çok noktada ayrılıyordu, ama bana şöyle dedi: "Savaş sırasında felsefenin yeri yoktur, insan savaşır..." Tutuklandı. Ne olduğunu bilmiyorum: Şimdi savaşıyor ve Londra'dakilerin haksız olup olmadıklarını düşünmüyorum. Bağlılığın ne anlama geldiğini benden iyi biliyorsunuz, değil mi?

Ramel'den ayrılacağı sıra Mado:

— Ellerim boş dönüyorum, dedi, üzücü bir şey... Size de acıyorum...

Ramel genç kadının elini sıktı:

— Başarılar dilerim!

France, Ramel'le aralarında geçen konuşmayı anlattığında Raoul gülmeye koyuldu:

— Demek bağlılıktan söz etti? Birbirlerine bağlı oldukları gerçek... Bizden korkuyorlar. Ramel olup bitenleri anlayamıyor. En namusluları olduğu için seni ona yolladım. İçlerinde Nadaud diye biri var, Flandin'in eski gözdelerinden. Aklından geçeni saklamaz. "Zafer kazanıldığında komünistlerden daha güçlü olmalıyız" der. Söyle Pauline'e, Almanlardan makineli alsınlar: Bizim tek silahçımız da onlar... Bak bakalım, tungsten işi yolunda mı?

Josette karşısında Mado'yu görünce heyecanlandı:

— Bu gece saldırı var. Almanlar evlere baskın verebilirler. Seni tepelerde, yaşlı bir kadının evine yollayacağım. Sabah, bütün denetleme noktalarının uzağından geçerek Levallet'ye inersin. Yedide, Levallet yakınında biri seni bekleyecek; Raoul'a bildirmen için saldırı sonuçlarını söyleyeceğim sana...

— Saldırı ne zaman?

— Saat dörtte.

— Raoul mayın durumunu merak ediyordu...

France güçlükle yürüyordu: Ev uzaktaydı, dik bir tepeye tırmanıyordu. İki gecedir de uyumamıştı. Soğuk bir geceydi, ilk kış gecelerinden biri. Küçük evde, yaşlı kadın mırıldanarak su ısıttı; sonra konuşmasını hiç kesmeden France ile torununa yemek verdi. France söylediklerini anlamıyordu: Belki kadın aklını kaçırmıştı?

Uyumaya çalıştı, gözünü kırpmadı! Her an kibrit çakıp saatine bakıyordu. Dörde çeyrek kala dışarı çıktı. Karanlık bir geceydi, uzaklarda bir köpek havlıyordu. Vadiden yaklaşan trenin gürültüsü duyuldu: Tıknefes biri soluk alıyordu sanki. Derken büyük bir patırtı duyuldu. Yaşlı kadın: "Çok Aziz Meryem Ana'mıza şükürler olsun!" diye bağırarak dışarı fırladı. Mado gülümsedi. İhtiyar her şeyi anlıyordu... Yalnız değiliz! Bu kadın bile bizimle birlikte... Birden Mado'nun içi rahatladı. Buluşma saatini geçirmekten korktuğu için oturduğu yerde uyukluyordu. Yaşlı kadın ateşi yaktı; yeniden mırıldanmaya koyulmuştu.

France tepeden aşağı inmeye başladığında hava karanlıktı. Levallet Kavşağı'na varmadan önce, örgülü saçı kurdeleyle tutturulmuş, soğuktan titreyen bir kız çocuğu gördü. Kız parolayı söyledi: "Pazardan bir kova alacağım." Mado dayanamadı, kızın başını okşadı.

Kız büyük bir insan gibi:

— Yüz seksen altı Alman, dedi. İzne gidenler. Bizimkilerin hepsi sağ. Tungsten aralık başında hazır olacakmış.

Koltuğunun altında bir kitap ve defterler vardı: Kız okula gidiyordu. Tepenin ardından güneş, pembe ve sisıer içinde yükseldi: Tiyatrolarda görülen türden bir güneşti bu. Mado yine trende gidiyordu. Gözlerinin önünden çıplak ağaçlar, yolcuların kafaları, istasyon adları gelip geçmekteydi. Bitkindi, ne düşündüğünü bilmiyordu. Söyleyemezdi de. Alınyazısını düşünüyordu belki de...

— Yüz seksen altı kişi ha? dedi Raoul. Aferin! Biliyor musun, Almanlar buralarda biraz hareketlendiler, arama yaptılar ve Ramel'i yakaladılar. Yat, uyu. Yarın Lyon'a gitmen gerekecek...

20

Öyle bir mermi yağıyordu ki, Ossip ağzını açtı, gözleri yuvalarından uğradı. Minaev bir baktı yüzüne, az kaldı gülecekti, kendini tuttu. Sonradan o anı şöyle anlatıyordu: "Başka türlü bir müzikti!.. İnsan konserden, senfoniden, Beethoven'den söz edebilir; ama o günü hiç unutmayacağım." Ama o an Minaev'in bir şey düşündüğü yoktu. Buz gibi rüzgâr bile insanların bilincini etkilemiyordu. Bağırsaklarını buran, kuşkulu bir bekleyiş içinde yaşıyorlardı. Minaev dik yamacı tırmandığında iradesi öylesine sağlamdı ki, sanki çocukluğunda oynadığı oyunlardan, okuduğu ilk kitaptan bu yana hayatını bu dakikayı beklemekle geçirmişti. O ana kadar büyük acılar duymuş, bir sürü arkadaşı ölmüş, çok acı bildirilere kulak vermişti. Bu stepi hem seviyor, hem de ondan nefret ediyorlardı. Hayatım boyunca burayı hatırlayacağım, diyordu Ossip. Ama bir keresinde: Allah vere de düşümde görmesem demişti. Ne susabiliyor, ne dolaşabiliyor, ne umut besleyebiliyorlardı. Yüz günü aşan bir süreden beri... Buğday eker, bir yüksek fırını yakmaya çalışır, zorlu bir sınava hazırlanır gibi, gün be gün, ciddi, düşlemeye bile cesaret edemedikleri şeye hazırlanmışlardı. Yerlerin donduğu bir sabahtı: Tepeye vardığında yeniyle yüzünü silen Minaev, havanın soğuduğunu, hem iyiden iyiye soğuduğunu hissetti (ama üşümüyordu, tersine sıcaktı her yanı). Genellikle soğuktu hava, kışın göbeğindeydiler. İnsanın kafasından ne saçma şeyler geçiyor! Kışın burada işi ne? Saldırı başladı...

Milyonlarca kişi, bu an için hazırlanmıştı. Cephe gerisinde, her gün, eğitim gören askerler tepelere saldırıyor, tarlaları geçiyor, arazinin girintilerine siniyorlardı. Fabrikalarda, yalnızlıktan ve yoksulluktan bitkin, sapsarı, savaşın bütün hayatlarını emdiği kadınlar hırsla, gece gündüz çalışıyorlardı. Makinistler, düşman bombalarının altında, soluk soluğa sürüyorlardı ağır araçları. İstihkâmcılar belki bininci kere aynı şeyi yapıyor, dikenli telleri kesip geçitlere yerleştirilen mayınları ayıklıyorlardı: Yakın gelecekte yapılacak köprüler için kalaslar taşınıyordu. Almanların rahat gidip geldiği yollarda görevlendirilen kıvırcık saçlı kadınlar eğitimden geçiyordu. Konserve kutuları, yaralıların yatırılacağı yataklar; yakıt tankları sayılıyordu. Kar başlamamıştı ama keçe çizmeler yükleniyordu şimdiden. Binlerce harita vardı elde; cephe komutanı, general, Albay İgnatov, Ossip, düşman tümenleriyle alaylarının yerlerini belirten haritaları inceliyordu; düşman askerlerinin yorgunluk dereceleri, SS mi yoksa yedek birliklerden mi oldukları hep öğrenilmişti. İtalyanların "Ravenna" tümenindeki askerlerin birbirlerine: "Buraya niçin geldik?" dedikleri duyulmuştu. 71. Alman tümeni ise Reims'den geliyordu. Haberalma servislerinde Alman generallerinin listesi çıkarılıyor, Almanların ikinci hattının yeri saptanıyor, eğik gotik harfli mektuplar, bu arada

Teğmen Schmidt'in karısına izinlerin kaldırıldığını bildiren mektubu okunuyordu. Cephe, ordu, tümen gazeteleri büyük darbeyi indirmeye çağıran sayılarını hazırlıyorlardı. Şairler şiir yazıyor, matbaa işçileri çadırda ya da kamyon-matbaalarda hep aynı sözcüğü diziyorlardı: "SALDIRI" Siyasal komiserler, askerlere Alman cellatlarının hatıra defterlerini okuyorlardı; vatanın yaralarından söz ediyor, bir makinistin motora bakması gibi bakıyorlardı yüreklere. Plan hazırlanmış, en ufak ayrıntılarına kadar, geçirdiği krizi gizleyen uzun boylu bir general mevzileri dolaşıyordu. Albay İgnatov, Ossip'e: "Tam saat altıda," dedi. Stalin uykusuzluktan açılan gözbebekleriyle haritaya bakıyor, step, tepecikler ve arazinin girintileri gözünün önünde beliriveriyordu; bu toprağı ezbere bilirdi. Bir de önceden anlaşılamayan şeyleri düşünmek gerekiyordu; tankçıların Tatsinkaya'da düşman uçaklarıyla karşılaşacakları, sonra bu uçakları yakmak gerektiği ya da şu Alman generallerinin zamanında geri çekilmeyi savundukları, bunların da çekilmeye karşı çıktıkları. Mannstein'in elinde bol sayıda tank bulunduğu, ama son anda bilgiçlik taslayacağı gibi; düşmanın ustalığını, yapabileceği hataları da önceden kestirmek zorundaydılar; geciken yağmurlar, erken gelip nehrin iki yakasını bağlayan don, ayın etkisi, her türlü kaza ve aksilik bile hesaba katılmalıydı.

Bu uzun ve zorlu hazırlık yapılırken, artık Ossip'in komutasındaki tabur bir ateş yağmuru altında dayanıyor, Alman saldırılarını püskürtüyor, geri çekilmemek için karşı saldırıya geçiyor, kanı dalga dalga akıyordu: Boğucu bir ağustos günü, bu kasvetli yerlere içleri karararak ilk kez bakanların pek azı hayatta kalmıştı. Ağırlığından ötürü Minaev'in "Mister" adını taktığı Teğmen Zarubin burada gömülüydü. Bir karşı saldırı sırasında şehit düşmüştü Zarubin. Tanksavar topçusu Şapovalov'un, Jagvozdev'in, Margaradze, Butenko, Brodski ve birçok kişinin mezarı buradaydı. Minaev "uğursuz tepe" adını takmıştı bu yere.

Her şey hazırdı, saptanan saatte herkes ileri atıldı. Taburdakiler için saldırı, Stoçi sanatoryumlarından birinin eski berberi olan öncü Liyubimov'un ilk daldığı siperde kabzasıyla iki Almanı devirip ana avrat sövmeye koyulmasıyla başladı. Sonraki günlerden birinde, Minaev, bu kez ciddi ciddi: "Gerçekten tarihi bir andı" dediğinde Liyubimov sinirlenip başını çevirdi: Geride kaldığı zaman tarihten söz etmek kolay. Oysa şimdi, yapacak çok daha başka işler var...

Albay İgnatov, Ossip'i çok iyi bir komutan sayıyordu. Asıl hoşuna giden, Binbaşı Alpert'in kendinden geçmemesi, umutsuzluğa kapılmaması, tutumunu baştan sona değiştirmemesiydi. Albay, bir gün kendi kendine: Onun gibisiyle yaşasa insan sıkıntısından kendini asar, diye düşünmüştü; ama iyi savaşıyordu... Ossip eskiden nasıl çalışmışsa şimdi de işte öyle savaşıyordu -büyük bir yüreklilikle, aman vermeden- Burası da bir fabrikaydı, ama ne yazık ki yapmak değil yıkmak gerekliydi. Ara sıra "savaş romantizmi" denen şey -tehlikeyle kumar oynama, heyecanın çekiciliği, alışılmamış bir hayat, marşlar, kamp ateşleri, ormanın göbeğinde dikilen çadırlar, kadınsız ve kaşıntı gibi dayanılmaz bir kadın özlemi içindeki köy hayatı, dokunaklı mektuplar ve küfürler- Ossip'e hepten yabancıydı. Savaşın biteceği, yeniden çalışıp, yapıp örgütleyebileceği günleri düşlüyordu; aile hayatını arıyor, Raya'ya hayranlık duyuyor, ama yolladığı fotoğrafa bakarken içini çekiyordu: "O da savaşıyor: İşte Almanların yaptığı!" Kentten ayrılmak zorunda kalan annesiyle küçük Ala'nın çektiği sıkıntıları düşünüyordu (Raya, Özbekistan'da olduklarını yazmıştı). Çocukların hayatını kararttıkları için de nefret ediyordu Almanlardan: Ala'yı bir yıl, belki yıllar boyu anasız bırakmışlardı. Kafasında savaş, halk denen gövdenin yenmek zorunda olduğu iğrenç bir hastalıktı. Belki de bu yüzden, kendisi gibi, ailelerini arayan, yaktıkları evler, öldürdükleri suçsuzlar, alt üst ettikleri hayattan ötürü Almanlardan nefret eden askerlerine böylesine bağlanmıştı. Askerler, komutanlarından söz edildiğinde: "Bizi anlıyor..." derlerdi. Savaşın ilk aylarında Ossip kendi kendine sorardı: Acaba derdimi anlatabiliyor muyum? Belki gazete gibi konuşuyorum? (Raya bu yüzden hep alay ederdi benimle) Ya duygudan yoksunsa sözlerim?... O sıralar siyasal komiserdi... Şimdi bütün bunları düşünmüyordu bile; duyguları ötekilerin duygularının eşiydi.

Saldırı epey zorlu başlamıştı; sağ kanatta durumun daha iyi olduğu söyleniyordu, orada Romenler vardı. Ama burası Alman doluydu ve Almanlar büyük bir inatla karşı koyuyorlardı. İlerleme ağır oluyor, pek çok kayıp veriliyordu. Askerler yorgun, suratları asıktı. Yine de içlerinde bir umut belirmeye başlamıştı: Bu kez ciddi... Ara sıra, Minaev homurdanıyordu: "Üç çiftlik aldık, hayatımızdan hoşnutuz. Bütün Avrupa heriflerin elinde." Ara sıra da coşuyordu: "Şimdi başlayacaklar tüymeye; işin en güç yanı, çakıldıkları yerden söküp atmaktı herifleri..."

Minaev hep aynı. "Almanlar, Romenleri mahsus terk ettiler," diyor. "Şu sıra canları pek savaşmak istemiyor da..." Afrika'daki savaşla ilgili haberleri alaya alıyor. Derken, hiç değişmeyen "Doktor Göebbels" çıkıyor ortaya. Küçük köpek hâlâ hayatta; Minaev'in ardından yürüyor, ateş altında sürünüyor. Minaev, "keşiften dönen asker gibi" kendine bir hava verip şöyle diyor:

— Evet Doktor Göebbels, istekleriniz yerine getirilecek; ilerliyoruz ama ters yönde...

Bu sözleri duyan "Doktor Göebbels" havlıyor.

Birkaç gün sonra rahatladılar: Romenlerle karşı karşıya gelmişlerdi. Minaev Romenlerse mektup yolluyordu: Tutsaklar arasındaki kemancıların sayısı şu kadar! Romenler neşeyle geri dönüp gidiyor, Minaev keyifleniyordu:

— Şuraya bak yahu; nasıl da şen hepsi; düğüne gidercesine koşuyorlar...

Derken, başlarında bir teğmenle kırk Alman askeri ellerini kaldırdı. İşte bu yeni, görülmemiş bir olaydı!... Her neyse, Almanların davranışının nedenlerini çözümleyecek zaman yok. Yedinci şubede psikanalizle uğraşmaya bayılıyorlar, orada bakarlar icabına...

Bir istasyon. Yüzlerce vagon -Almanya, Fransa, Belçika, Polonya, Çekoslovakya'dan gelme- üzerlerinde rengi solmuş aslanlar, taçlar, Fransız bayrağı yepyeni bir kara kartal. Bütün Avrupa buraya; konuktan hoşlanmayan stepe gelmiş. Her markadan yığınla araba karınca gibi kaynayan şoförler çevrelerini dolanıyor, arabalara sahip çıkıyor. Ordu gazetesinden kâğıt peşine düşmüşler; şimdilik buluna buluna iki kasa Fransız şarabı bulunmuş. Askerler, sardalya, kuşkonmaz, çikolata yiyorlar; pipoları, çakmakları değiş-tokuş ediyorlar. İşte yamyassı edilmiş tanklar. Bir top: Ateş etmeye hazırlanıyormuş, vakit bulamamış. "Ölü bir Alman, kalan tek gözüyle upuzun yola bakıyor, bu tek göz de yaşlı.

— Karargâhtan geliyorum, İgnatov yola çıkmış bile...

Ossip gülümsedi; yazın aynı sözleri kaç kere tekrarlamıştı. Ama o sıra geri çekiliyorlardı... Şimdi işler yolunda. Kargaşalık bile hoşlarına gidiyor; herkes hareket halinde; İnsanlar, araçlar ilerliyor...

Uzun süre mektupsuz kalacaklar...

Minaev anasından gelen eski bir mektubu tekrar okudu Ossip'e:

— Anam durmadan bir şeyler uydurur, dedi. Şu sıra aklına gelene bak: Hitler'i kafese sokup bütün ülkelerde gezdirmeyi öneriyor. Bu haber İngiliz gazetelerinde çıksa yapacağı tepkiyi düşünüyorum. Hemen bir "Hitler'i Koruma Derneği" kurulur. Benim anamın bitip tükenmeyen bir hayal gücü var...

Ossip, Raya'ya mektup yazacak sırayı buldu:

"Burada işler tıkırında. Yakında gazetelerde okursun... Her zamankinden daha iyiyim; beni üzen senden haber alamamak, nasıl olduğunu bilememek. Sevgili Raya'cığım, asıl önemli olanı sana bir türlü söyleyemedim, böyle şeyleri hiç kıvıramam, ama sözlere aldırmadan inan bana; başka şey düşünsem bile seni bir dakika aklımdan çıkaramıyorum. Annemi ve Ala'yı çok merak ediyorum; alışkın olmayanların bu iklime güç dayandıkları söyleniyor. Sonra yiyecek durumlarından hiç haberimiz yok, karınları doyuyor mu acaba? Annemden aldığın mektupları bana ilet. Benim sevgili çavuşum, seni yürekten öpüyor, kucaklıyorum!"

İgnatov, Ossip'i çağırttı:

— Bütün gücünüzle dayanacaksınız. Almanlar kuşatmayı yarmayı deneyecekler, başka çareleri kalmadı...

Emirerine şampanya getirmesini söyledi.

— Bu şampanya savaş ganimeti: Fransa'dan geliyor... Hayatımda içmedim. Tadına bakalım... Doğrusu, şerefe içilecek çok şey var değil mi?.. General bugün bir bildiri yayınlayacağından söz etti. Durum ilginç...

Sonra harita üzerinde gösterdi: "İşte şu ünlü at nalı..."

Ossip tabura döndüğünde, Minaev şaşkınlıkla bağırdı:

— Nereden buldun votkayı?

— Ne votkası? Şampanya içtim, üstelik bir bardaktan fazla değil; limonatadan farkı yok... Ne oldu biliyor musun? Kuşatma başarıldı!

— Sarhoş olduğunu ilk görüşte anlamıştım zaten. Ne diyorsun sen dostum: Hangi kuşatma? Daha dün yedi kilometre gerilediler.

— Bir şey anladığın yok. Kuşatılan Almanlar. Yalnız buradakiler değil, bütün hepsi, Stalingrad çevresinde kaç kişi varsa. Adım attırmayacak şekilde sardık. Aklım almıyor...

Genellikle çok sakin, biraz da sert olduğu halde, Minaev'e sarılmış kollarında sıkıyordu arkadaşını. Kendinden geçen Minaev de gülmeye başladı.

— Demek anam haklı: Hepsini kafese sokacağız...

21

Son haftalar, geceyarısı uyanıp hatırlanan bölük pörçük düş parçaları gibi tutarsız ve ışıl ışıldı Louis için. Havaalanındaki denetleme, şişko, göğsü kordonlarla bezenmiş: "Folies Bergères'e bayılırım" diyen İranlı general, Corbeille'deki minyatürler kadar güzel kadınlar, dağlar, derken buzlarla kaplı deniz, kürk başlıklı bir Rus subayı...

Kısa süre önce Londra'da olduğuna inanası gelmiyordu!..

Hareketinden önce Binbaşı Davies:

— Stalingrad son günlerini yaşıyor, demişti. Ama kötümser değilim, kış Almanların sağladıkları üstünlükten faydalanmalarına engel olacak. Dünkü bildiriler her şeyi değiştiriyor. Kuzey Afrika ile yetinmeyeceğimiz apaçık. İlkbaharda, belki Balkanlar'da harekât başlayacak... Yazık ki gidiyorsunuz... Tabii Rusya size çekici geliyor, anlıyorum...

Hayranlıkla acımanın birbirine karıştığı bakışlar genç havacının üzerinde dolaşıyordu: Ona kalırsa Louis ölüme gidiyordu. Londra, kaybedilip bulunan hayatın tadını çıkarıyordu; beş çayları özellikle zevkliydi, basit aile eğlentileri başlamıştı. Bol paralı, sigaralı, çikolatalı, göze batan bir yaşama zevkiyle dolu, pastel tenli İngiliz kızlarıyla kol kola gezen çok sayıda Amerikalı, savaşın bitmediğini, daha pek çok acı çekileceğini hatırlıyordu. Louis özellikle kışın, hava savaşları sırasında sevdiği, ama şimdi kendisine yabancı gelen kentten pişmanlık duymaksızın ayrılıyordu.

Rayak'da bir çırpıda bütün haberler verildi: Amerikalılar Darlan'la anlaşmışlardı: Bu akla gelmezdi! O aşağılık siyaset yine çıkmıştı ortaya! Poker oynar gibi savaşıyorlardı, insanın aklı ermiyordu bu işe. Ölmeye gelince, insanlar basit, soylu bir şey uğruna ölmeye hazır. Anlatılanlara göre Cezayir'de Pétain'in adamlarının tutuklattığı kişiler cezaevlerinden çıkarılmamış. Galiba sonunda bizi asker kaçağı ilan edecekler, siyaset adamları kahraman olacak!..

Yeni arkadaşlarla tanışma, ateşli hazırlık dönemi, göğüste Normandiya filosunun leoparları, hangi avcı uçaklarının -Amerikan mı, Rus mu?- daha iyi olduğu konusunda tartışmalar, Darlan'ı ve gelecek konusundaki düşünceleri arka plana itmişti.

Fransızların havaalanının az ilerisinde de Amerikalılarınki vardı. Fransız havacıları Amerikalı meslektaşlarını akşam yemeğine çağırdılar. Yeni doğmuş bebekler gibi saf bakışlı, dev gibi Teğmen Jeffer, masada Louis'nin yanına oturmuştu. Önceleri hareketleriyle şaşırtmıştı Louis'yi; dirseklerini masaya dayamış, neredeyse masanın üzerine yatarak sigarasının dumanını masadakilerin suratına üflüyordu; cümlelerini, hiç durmadan tekrarladığı, "ah"lar ve "of"larla kesiyordu. Sonra Louis düşündü: "Hiç olmazsa bu aklından geçeni söylüyor. İngilizlere gelince, ağızlarından tek kelime almanın yolu yok..." Yemeğin sonunda hepsi biraz sarhoştu; davet bir gürültü ve patırtı içinde sona erdi.

— Fransızların içinde pek çok yiğit var, dedi Teğmen Jeffer. Öyle ya, Napolyon da sizden çıktı, La Fayette de. Ama son yıllarda geri kaldığınızı kabul edin. Bir "Dewoitine"le bir "Messerschmitt" uçağı düşürülemez. İngilizler de, sizden iyi hazırlandıkları halde geriydiler. Yazık ki Amerika'yı görmediniz, gerçekten bir Yeni Dünya.

Louis sinirlendi:

— Savaş başladığı sıra İngilizler bir şey söylememişlerdi. Biz bozguna uğradıktan sonra işe koyuldular. Size gelince, daha savaşa tam anlamıyla girmediniz bile... Anlamıyorum, neyinizle övünüyorsunuz? Bir Manş Denizi'nden ötürü İngilizler bizden daha kurnazsa, siz de kurnazlığınızı koca bir okyanusa borçlusunuz...

Jeffer anlamamıştı. Louis tekrarladı. Derken Jeffer, gürültülü bir kahkaha attı:

— Gerçekten, Amerikalıların seveceği bir mizah anlayışınız var.

Onun gülüşü Louis'yi daha da kızdırdı.

— Ya Darlan'la yaptığınız pazarlık? O da mı Amerikan mizahına uygun düşüyor?

— Fazla bir şey anlamıyorum, dedi Jeffer. Siyasete aklım ermez. Savaştan önce bütün ilgilendiğim, işim, sinema ve bokstu. Ama kötülük bunun neresinde? Bizim binbaşı bu anlaşmanın, pek çok Amerikalının hayatını kurtardığını söylüyor. Rus değiliz; bizden kimse pisi pisine ölmek istemiyor...

— Sizce Ruslar istiyor mu pisi pisine ölmeyi?

— Canım Rusların yiğitliğini herkes biliyor. Ama bizim bambaşka bir hayat görüşümüz var... Gazetelerden birinde, bir Rus havacısının kendini Alman bombardıman uçağının içine attığını okudum. Filmlere yakışacak özellikte bir davranış. Ama benim aklım pek ermiyor...

— Herhalde felaketle karşılaşmadığınız için almıyor aklınız. Şimdi Fransızlar, Rusları sizden çok daha rahat anlayabilirler. Siz...

— Bir Rusla tanıştım. İki gün aramızda kaldı: Kötü hava koşulları uçmasına fırsat vermiyordu. Çok sevimli bir çocuktu. Kendisine bir çakmak armağan etmek istedim, ne yazık ki sigara içmiyordu...

— Sizin gibi yaşamak istemediğini mi sanıyorsunuz onun? Dünya borsalarında doların değeri ruble ve franktan çok daha yüksek, kabul. Ama bir Rus ya da bir Fransızın hayatı?..

Louis, Jeffer'in kendisini dinlemediğini fark etti.

Amerikalı:

— Çok güzel konuşuyorsunuz, dedi. Bütün Fransızlar güzel konuşuyor. Göreceksiniz, yakın gelecekte Amerikalılar Fransa'yı kurtaracak. Size son model bir çakmak armağan etmek isterim...

Louis, bütün bunları çok gerilerde bırakmış gibiydi! İşte bir Rus kentindeydi şimdi. Kar yağıyordu; bembeyaz kuşlar uçuşuyordu gökyüzünde, sessiz ve düşünceli, insanın başına, omuzlarına, kirpiklerine konuyorlardı. Buralı insanların yüzleri başka türlüydü, mahzundu hepsi. Yakınları cephede olmalıydı. Ne garip kent: Büyük bir ev, yanında tahta bir kulübe, pek az dükkân, kahveye benzer bir yer yok, insanlar çoğu kere sokağın ortasından yürüyorlar...

— Louis, bunların alfabesini biliyor musun?

— Hayır. Konuşmalarından da bir şey anlamıyorum. Ama savaştıklarını insan duyuyor... Stalingrad'a zamanında varabilecek miyiz? Yeni bir uçağı kullanabilmek için aylar boyu çalışmak gerek... Burada her şey değişik. Sigaraların ucunda kartondan bir zıvana var, yemeklerden sonra değil, daha önce likör içiyorlar... Yirmi sözcük yazdım defterime, öğrenmeye çalışacağım. René, gazete okumayalı sekiz günü geçti. Bir şeyden haberimiz yok...

Akşamları bir hoparlörün önünde duruyor, söylenenlerden bir tanesini anlayabiliyorlardı: "Stalingrad".

Louis tercümanı sorguya çekti:

— Kent dayanıyor mu?

Tercüman açıklama yaptı:

— Son bildiride saldırımızın sonuçları açıklandı: Doksan beş bin ölü, yetmiş iki bin yaralı. Koca bir Alman ordusu da kuşatıldı.

— Nerede?

— Stalingrad'da.

Louis, René'nin peşinden koştu:

— Duydun mu? Almanlar kuşatılmışlar! René, asıl savaş şimdi başlıyor: Paris için, Toulon için, her yer için...

René karşımda dikiliyor ve gülüyor. Gökyüzünün masmavi bir köşesini, Fransa üzerinde parıldayan güneşi görür gibiyim. Sarhoş olduğumu sanıyorlar... Votka içmedim ama sarhoşum... Yakında savaşma sırası bize gelecek.. Hepimize "Yak" uçakları veriyorlar. Komutan bunların çok iyi uçaklar olduğunu söyledi. Her şey hızlansa bari... Yazık ki insan bir kaç mektup birden yollayamıyor; Londra'da Binbaşı Davies'e bir mesaj; Stalingrad'da durum tersine döndü... O da duymuştur ama böyle bir haberin altına imzamı atmak isterdim doğrusu... Orada değildim, ama Fransızım ben de. Fransa, annemin mezarı, gökyüzünün mavisi üzerinde seyrek yapraklı koca bir dişbudak ağacı. Ve Almanlar. Jeffer'e de bir mektup yazmayı isterdim: Çakmağa teşekkürler. Karton uçlu sigaralar hoşuma gitmiyor. Buna karşılık Rusya'da savaşılıyor! Size bir şey söyleyeyim mi Jeffer, Ruslar yalnız ölmeyi değil, Almanları yenmeyi de biliyorlar...

Sonra Paris'te, Tours'da ya da küçük bir kasabada, Becon-le-Bruyères'deki meşhur bir genç kıza da mektup: Sevgilim, soğuk Rusya'dan zaferin kanatları üzerinde döneceğiz... Sarhoşum galiba, oysa bir yudum içki içmedim. Almanlar kuşatıldı!.. Şimdi yenilme sırası onların... Şu sıra burada olmak ne iyi!..

Birkaç gün sonra Fransız havacıları sirke gittiler; akrobatı, zayıf ve yorgun kadın süvariyi, hüzünlü palyaçoyu alkışlıyorlardı. Arada, herkes başlarına üşüştü. Soruyorlardı: "İngiliz misiniz?" Louis ve arkadaşları cevap veriyorlardı: "Fransız."

Orta yaşlı bir kadın Louis'nin yanına geldi, küçük bir mendil uzattı. Louis şaşırmış, bir şey anlamamıştı. Tercüman yardımına koştu. Kadın:

— Zola'yı okudum, diyordu... Benim de oğlum havacı. Sizin gibi... Anı olarak alın bu mendili...

Louis'nin içinden kadını öpmek geldi, ama cesaret edemedi. Geniş avucunda kelebeği andıran minicik mendili tutuyor, buruşturmaktan korkuyor ve durmadan tekrarlıyordu: "Spassibo"Kadın anneme ne kadar da benziyor...

— René, burası çok soğuk, ama biliyor musun, hayatımda böyle bir sıcaklık duymamıştım.

Issız, karanlık bir sokakta yürüyorlardı; ve kar gürültüsüz yağıyor, yağıyordu...

22

Elinde tıraş fırçası Keller yüzünü sabunluyor. Bir görseler beni, diye düşündü; ne Gerta tanır, ne de Mimi. Üç ayda yirmi yıl yaşlandım. Otuz dört yaşına bastığımda yolun yarısına vardığımı söylemiştim Willi'ye. O sıra sonun bu kadar yaklaştığını düşünmemiştim... Geriye göz atmak, geçmişin bilincine varmak gerek.

Ama Keller bir türlü dikkatini toplayamıyordu. Uzun süreden beri tıraş olmamıştı; çenesini kesti. Sonra; nedenini kestiremeden düşündü: Ah! Kıçıma bir mermi parçası girse! Bu kadarla kurtulamayacağını düşündü hemen; kuşatma çemberinin en dar yerlerinden birindeydi; eskiden yaralılar "Junker"lerle götürülürdü. Şimdi yalnız yüksek rütbeli subaylar bindiriliyordu uçaklara. Demek son yaklaşmıştı... Renkli, gürültülü geçmişti son yıllar: Mimi, Lotte, Harkovlu ufak tefek, kızıl saçlı kız, alemler, Willi'nin köpeği sallandırışı... Düşünme çağı gelmişti... Ama yeniden daldı: Astsubay Stelbrecht, Krummer ve Grün'ün tayınına konmuştu; oysa ikisi de sabah ölmüştü. Stelbrecht ekmeği çantasına gizlemişti. Şimdi teğmenin yanındaydı... Hayatımda bir şey çalmadım; çocukken bile büfenin içindeki şekerlere el sürmezdim. Ama şimdi kurt gibi açım. Aslında hiç hakkı yok; neden Stelbrecht dört yüz elli gram ekmeğe konacakmış?

Ben ondan daha güçsüzüm... İstediği kadar kuşkulansın benden, nasılsa bir şey kanıtlayamaz; Keller çantayı karıştırdı: Ekmek yoktu içinde. Alçak herif, bir çırpıda yemiş hepsini. Keller birden kahkahalarla gülmeye başladı: İşte yepyeni bir konu. Profesör Borhardt'ın: "Bilim dünyamızın büyük umutlarından," dediği antropoloji bilgininin gözü bir somun ekmekle dönüyor, haksızlık yapmaya kalkıp bir lokma ekmek bulamıyor. Kayınbiraderimden üç yüz mark borç aldığımda söz verdiğim tarihte parayı iade edip edemeyeceğimi düşünmüştüm. Uygarlığımız, göz açıp kapayıncaya dek kaybolan bir ciladan başka şey değil... Öylesine açım ki, bir lokma ekmek için adam boğabilirim...

Bu daracık yerde, kuşatılmış, iki aydır acı çekiyorlardı. Önceleri kimsenin bir şey bildiği yoktu; belki generallerin durumundan haberleri vardı, ama Teğmen Krause'nin değil. Vögler'i izne yolladı; dönüşünde Vögler bir nara atıp: "Tebrikler!" dedi. "Rus kuşatmasının tam göbeğindeymişiz!" Pek çoğu inanmak istemedi: "Biz Rusları kuşatmıştık; bu da nesi?..." Ama Vögler'in haklı olduğu çıktı ortaya.

Teğmen Krause, Keller'le konuşurken karşısındakinin basit bir subay değil, Heildelberg Üniversitesi öğretim görevlilerinden biri olduğuna dikkat ediyordu. Keller pek konuşkan değildi. Krause, ara sıra başkalarına söylemeyeceği şeyleri ona açardı. Aralık başlarında, Keller'e: "Tümen komutanının Rostov üzerine çekilmekte direttiğinden" söz etmişti. Pek çok general bu görüşü paylaşıyordu ama subaylar arasında, "her ne pahasına olursa olsun, Stalingrad'ı korumak" taraflıları çoktu. (Krause şunları demişti: "Hepsi Parti'nin gözü dönük adamları; savaşın ne olduğundan haberleri yok.") Keller şaşırdı kaldı; onu en çok etkileyen de teğmenin "Partili gözü dönükleri" suçlamaktan çekinmeyişiydi. 1933 yılında, kötümserler böyle konuşurlardı işte; ama sonradan bu tür şeyler akla gelse bile, insan ancak karısına, hem de alçak sesle açabilirdi... Krause gibi birinin de dili çözüldüyse işler kötüye gidiyor demekti... Ağustostan beri Stalingrad'a saldırıyoruz. Kısa süre önce; son direniş yuvalarını da ezme emri aldık. Derken, gözle görülür bir değişiklik oldu: Kendimizi, Stalingrad'ı savunur halde bulduk. Bir şey anlamıyorum artık...

Günlük hayat değişmişti. Topların hep o dayanılmaz gürültüsü, bir ev ya da bir siper almak için verilen savaşlar, Willi'nin çocuksu maskaralıkları, Wergau'nun palavraları, Schmidt'in yakınmaları.

Yiyecek vardı ama kötüydü; yeterince beslenemiyorlardı. Vögler, Romen süvarilerinin piyade olduğunu anlatıyordu: Wergau hem tıkınıyor, hem de bağırıyordu: "Şu Romenler'i gebertebilirim! Bir domuz ya da kaz kesildiğinde hepsi 'hazır ve nazır'. Ama sıra 'İvan'ı püskürtmeye gelince koydunsa bul!"

Krause açıklama yaptı: Führer'in emri, ne olursa olsun dayanmaktı. Von Mannstein komutasında, kalabalık, çok sayıda tankı olan bir ordu, kuşatılan garnizonun yardımına koşuyordu.

On beş gün daha geçti. Usta bir Rus nişancısı Vögler'i öldürmüştü. Soğuklar bastırdı. Tayın daha da ufaldı. Askerler güçten düşüyor, donuyorlardı. Teğmen Krause durmadan tekrarlıyordu: "Takviye birlikleri yakında gelecek..." Ama Keller'le baş başa kaldıklarında şöyle dedi: "Von Mannstein'in tankları güç durumda. Bizim onlarla bağlantı kurmamız gerekiyordu, bir yanlış anlaşılma oldu... Yeni atanan ve bağırmaktan başka şey bilmeyen komutanlar var... Artık yapacak bir tek şeyimiz kalıyor: Dayanmak. Almanya'nın şerefi söz konusu. Ah! Noel gecesi parlak olmayacak..."

Noel şerefine yarım okka ekmek, konserve, biraz da rom verdiler. Keller mahzundu; öylesine güçsüz düşmüştü ki ilk yudumda kafayı buldu. Yumuşacık bir kadının tatlı yakınlığına, okşamalarına gerek duyuyordu. Ruslar da, tam onların bulunduğu kesimi dövüyorlardı. Alçak oğlu alçaklar, bayrama seyrana aldırdıkları mı var? Keller, madeni pulların serpiştirildiği Noel ağacını, göğsünde tahta tüfeğini sıkan Rudi'yi hatırladı... Gerta, uzun zamandan beri bu gün için hazırlanıyordu; yağlı bir kaz seçiyor, badem ve meyve şekerlemelerinden bir pasta yapıyordu... Keller'in karnı doymuş gibiydi, ama sakin sakin yiyecek düşünecek hali bile yoktu... İnsanoğlu gerçekten bir hayvan mıydı?.. Böyle bir gecede bile, bu tür kuşkulardan kendimi kurtaramıyorum!... Gerta'yı gözünün önüne getirmeye zorladı kendini; nedenini bilmeden, ilk tanıştığı sıralardaki haliyle çıktı karşısına: Zayıf ve saf. Keller ona sarıldığında içini çekerdi hep. "Seni üzdüm mü?" diye sorardı Keller. "Hayır," derdi Gerta. "Mutluluktan inliyorum." Sevgili Gerta'sını göremeyecekti bir daha! Keller burnunu sildi: Gözyaşları burnundan akıyordu. Kendi kendisine acıdı; öylesine büyük, öylesine dokunaklı bir duyguydu ki bu, uyuyamadı bir türlü:

Keller, kendini avutmaya çalışıyordu: Herkes kötü yiyecekler yüzünden bitkin. Koca bir adam, serçeleri güç doyuracak yiyecekle yetinebilir mi? Wergau, birliğin en dayanıklı adamı sayılıyordu; yürüyüşlere kolaylıkla katlanıyor, korku nedir bilmiyor, soğuktan yakınmıyordu. Hayvanlığıyla bazılarını isyan ettirse bile, yine herkes ona saygı duyardı. Geçtikleri her kent ya da kasabada en azından bir kişi öldürmüştü. Hem yalnız komünist ya da Yahudi değildi bunlar, öldürdükleri arasında sıradan kişiler de vardı. Harkov'da kadının birini balkona asmış bağırıyordu: "Bu karı direnişçilerle işbirliği yapıyordu!" Sonradan itiraf etti: "Tahtaların arasına altın saatini gizlemişti; beni amma da uğraştırdı ha!" Şimdi aynı Wergau, tanınacak halde değildi. Durmadan yakınıyor, söyleniyordu: "Neden acı çekecekmişim? Ne kötülük ettim ki? Midemin altı üstüne geliyor sanki..." Schmidt, yarısı kopmuş eski bir kağıdı gösteriyordu herkese: "7 Ocak 1678 günü Azize Dorothea karşıma çıktı, bu yazıyı temize çekip üç Pater Noster duası okuyan ve bir din adamına sadaka veren kişiyi, yüce kurtarıcımızın, ateşten, soğuktan ve barsaklarının altüst olmasından koruyacağını söyledi..." Keller, Schmidt'e "Eşşek" dedi ama yazıyı bir kenara kaydetti. Üç kere Pater Noster okudu. Kendi kendine de: "Sadakaya gelince ona asıl benim ihtiyacım var" dedi. Schmidt içini çekiyordu: "Neden geldik buralara?" Herkes, Bavyera'da bile böyle bir aptala rastlanmadığını söylerdi (Birlikteki tek Bavyeralı Schmidt'ti). Yine de Keller, aynı soruyu kendi kendine sordu: Neden geldik sanki buralara?...

Rusların bir ültimatom verdikleri söylentisi dolaştı: Teslim olanların hayatına dokunulmayacaktı. Keller bunun doğru olup olmadığını teğmene sorma cesaretini buldu. Krause cevap verdi:

— Ben de sağdan soldan duydum aynı şeyi. Ama üstlerimizin sırlarını bana açtıklarını sanmayın.

— Kurtulabilecek miyiz dersiniz?

— Hayır, karşımızdakiler ne Fransız, ne de İngiliz. Ruslara teslim olamayız. Pek çok... –Bir süre ne diyeceğini düşündü.– Savaş çok amansız bir hal aldı, demek istiyorum...

Gece Willi, Keller'e fısıldadı:

— Dayanamayacağım... Biraz cesaretim olsa siperden başımı çıkarırım, "İvan" beni oracıkta temizleyiverir. Generale ölüm kolay geliyor: Yaşayacağı kadar yaşamış. Hem acı çektiği de yok; istediği kadar yiyecek buluyor, barınağı sağlam, bütün top mermilerine meydan okuyor... Ben daha doğru dürüst yaşamadım bile. On dokuz yaşındayım... Neden ölecekmişim?... Söylentiye göre Ruslar, teslim olmamızı istemişler...

— Tam inanılacak adamları buldun... Söz verir sonra da hepimizi temizlerler.

— Neden?

— Asyalı hepsi. Canavarlık kanlarına girmiş... Hem hepsi bize çok kızgın. Wergau'nun Millerovo'da üç Rusu nasıl astığını hatırlıyorum da.

— Ben kimseyi asmadım, dedi Willi aceleyle. Matrak olsun diye, iki kere darağacı önünde fotoğraf çektirdim yalnız...

— Neden benim karşımda kendini temize çıkarmaya çalışıyorsun? Ben "İvan" mıyım?

Keller düşünüyordu: Dijon'da ne rahattık! Ama pençelerine düşseydik Fransızlar da bize neler yapardı kim bilir?.. Sırf benimle yaşadığı için Mimi'yi nasıl dövmüşlerdi? Ya Profesör Dumas? Ne pis bir moruktu, onun gibiler adamı boğazlayabilir... Belki suç biraz da bizde? Çünkü işgalci olarak ilk gelen biziz, bu iş her zaman tatsızdır... Hem bizimkiler ara sıra çok kaba davrandılar. Ben kimseye kötülük etmedim. Bir iki kere kafayı çektikten sonra patırtı çıkardım ama ne önemi var? Bizi sevmiyorlar. Genellikle kimse sevmiyor bizi, üstelik korkuyorlar da... Wergau'nun Fransızlara iyi davrandığına yemin edemem, bilmiyorum, bizim birlikte değildi. Ama Rusya'da çok ileri gitti. Ben bir tek sivil öldürmedim. Şiddet göstermedim değil; Ruslara "rica ederim" ya da "kusura bakmayın" denmez; alışmamışlar böyle şeylere. Benimle gelmek istemeyen genç kızı zorla sürüklediğim doğru. Ama cinayet mi bu? Bir erkek uzun zaman kadından yoksun kalırsa görgü kurallarını unutabilir. Hem kendisine hiçbir kötülük etmedim; ağlıyordu ama bütün Ruslar biraz kafadan kontaktır. Dostoyevski'yi okumak bunu anlamaya yeter... Wergau ya da Vögler başka. Onlar çok ileri gittiler... Ama kim ağzını açıp bir şey söyleyebilir onlara? Teğmen gözü dönüklerden değil, tersine ince bir adam... O bile eliyle bir sürü haydudu, bir genç kızı astı... Ruslar ilk anda bizi deli ettiler: Durumu bir türlü kabul etmek istemediler... Aslında Krause haklı: Artık dayanmak gerek. Başka çıkar yol yok.

Sabah olduğunda, gece Wergau'nun Ruslara kaçtığını öğrendiler. Teğmen şöyle dedi: "Bende hep, askerden çok cellat izlenimi uyandırmıştı..." Willi sövüyordu: "Alçak herif! Herkesten daha kurnaz çıktı."

Neden böylesine çöktük, diye düşünüyordu Keller. İki ay önce Rusların durumu umutsuzdu. Rusların herkesten yürekli olduğunu söylemek için insanın deli olması gerekir. Ödleklere her orduda rastlanır, sorun bu değil... Ruslar kendi ülkelerindeydiler: Kendi kentlerini savunuyorlardı. Führer bize "Stalingrad Savunucuları" diyor. İnsanın kulağına bu söz pek sahte geliyor. Bir Rus kentinin yıkıntılarını neden koruyacak mışım? Schmidt haklı, nerelere kadar geldiğini düşündükçe insanın başı dönüyor. Yazın hayatımdan hoşnuttum; neredeyse Asya'ya varmıştık, develeri görüyorduk, değişik bir hava içindeydik. Şimdi korkuyorum. İnsan hep ölümden korkar, özellikle evinden çok uzaklardaysa...

On yıl önce, '33 Ocakında, Keller, Müllers'le birlikte üniversiteden dönüyordu. Profesör Borhardt'ın konferansından söz ediyorlardı. Hava çok soğuktu. Müllers birden durdu, alçak sesle sordu: "Hitler deli değil mi sizce? Verdiği söylevi dinledim. Paranoyanın bütün belirtileri var adamda..." Keller şu cevabı vermişti: "Bilmem... Sakın kimseye söylemeyin ama..." Evet, o sıra benim de birtakım kuşkularım vardı. Müllers gibi kuşkularımı açık açık söylemedim tabii, ama yine de kuşkuluydum. Sonra Führer'in bir dahi olduğuna inandım. Herkes inandı. Öyle ya! Bizi zaferden zafere koşturuyordu. Müllers haklıydı belki? Bütün Alman gençliğini bu cehennemin içine itip yüzüstü bırakmak olacak şey mi? En kötüsü, Bolşevik bildirileri gibi düşünmeye başlamam. Belki bir saat sonra öleceğim ve ölmeden önce ihanet ediyorum. Alçakça bir şey!.. Ama neden ölecekmişim? Bilmiyorum... Bir şey bildiğim yok.

Astsubay Stelbrecht tayınları getiriyordu. Bir tane de Keller'e uzattı.

— Teğmen Krause öldü, dedi. Başını siperden dışarı çıkarmıştı...

Keller cevap vermedi; ekmeğini Stelbrecht'in elinden kaptı; gözlerinde, kıvrık parmaklarında öylesine bir hayvanlık vardı ki Stelbrecht bağırdı: "Hey! Kuduz fare sen de!" Keller ekmeğini yedikten sonra gözlerini kapadı. Yeniden düşünmeye başlamıştı: "Fareliğe diyeceğim yok, ama neden ölecek mişim?"

23

Sergey, Tuğgeneral Petriyakov'un nişan dağıtacağını öğrenince sevindi. Geçitte birkaç kere görmüştü generali; ama o sıralar meşguldü, adını çok duyduğu bu adama dikkatlice bakamamıştı; yalnız generalin kısa boylu olduğunu, hafifçe topalladığını hatırlıyordu.

Petriyakov'un cesareti ve soğukkanlılığıyla ilgili hikâyeler anlatılırdı. Binbaşı Şileyko, bir gün generale rapor veriyordu. Bir mayın patladı. Petriyakov yıkıntıların altında kaldı; doğruldu, silkindi, binbaşıya: "Can sıkmaya başladılar!" dedi. "İnsanın çalışmasına bile fırsat vermiyorlar..." Şileyko sonradan şöyle diyordu: "Benim başım dönerken o ne dese beğenirsiniz: Bataryanın yerini bulmak gerek..."

General Petriyakov yaşlı bir ziraatçi ya da bir köy doktorunu andırıyordu: Hatları belirsiz, sevimli bir yüzü vardı; bir türlü oturmayan gözlüğü büyükçe burnunun üstüne düşerdi hep; tatlı, hiç yükselmeyen bir sesi vardı. Albay Rumiyantsev bir gün ona sordu: "İlya Vassilyeviç, hiç kızmıyorsunuz. Nasıl oluyor bu iş? Ben, kimseye bağırdığınızı duymadım." Petriyakov gülümsedi: "Evet kızdığım olurdu... Ama burada olanaksız! Çok gürültü var, bağırsa da insan sesini duyuramaz. Alçak sesle konuşmak daha büyük bir etki yapıyor..."

Petriyakov bir mobilyacının oğluydu; çocukluğunda heykeltıraş olmayı düşlerdi. Ama iç savaş başladığında, Denikin ordularını yenmek için gönüllü yazıldı ve bir daha da askerlikten ayrılmadı. Büyük bir azimle, uzun süre okudu: Bilime tapıyordu. Öğretmenlik yapan karısı, kocasının askerlik sanatına duyduğu merakı hiç anlayamadı. Ortak hayatlarının daha ilk yılında sormuştu kocasına: "Savaşı gerçekten seviyor musun?" Petriyakov gözlüklerini düzeltti, önemli bir şey düşündüğü sıralar takındığı o çekingen tavırla cevap verdi: "Hayır Tanya, savaşı sevmiyorum. Savaşın sevilebileceğine de pek aklım yatmıyor. Ama ordumuzun gücü arttıkça savaş tehlikesi uzaklaşır. Bizim insanlarımız sağlamdır, yalnız bilgiden yoksundurlar. Bunu kendimde duyuyorum..."

Generali yakalamak için Sergey, iki kere Volga'yı aşmak zorunda kalmıştı. Orada başından geçenleri düşünüyordu belli belirsiz. Buzların altında dayandıkları günleri, ekim gecelerini, batan mavnaları, dostlarını savunmayı... Bütün bunlar varacak zamanı bulamamıştı. Daha kısa süre önce, ertesi güne çıkıp çıkmayacaklarını düşünüyorlardı. Alman tankları sürünerek yaklaşıyordu, insanın burnunun ucunu çıkarması olanaksızdı. Ve şimdi sinen, gizlenen Almanlardı. Cephe batıya doğru epey kaymıştı. Her yanda yığınla Alman vardı, ama şimdi kayboluyorlardı. Yüz gün boyunca Sergey'in hayatına egemen olan "sağ kıyı" sözünün eski anlamı kalmamıştı artık. Her şey değişmişti.

General Petriyakov gülümsedi:

— Nişana hak kazanan Yüzbaşı Vlaklov'du. Oysa şimdi, nişanı binbaşıya takıyorum. Yanlış bir şey yapmadığımızı umarım, olayların doğal sonucu bu...

Sergey Kızıl Bayrak Nişanı'nı almış, Teğmen Vassilenko'ya da Lenin Nişanı verilmişti. General ikisini de kutladı. Karargâha vardılar. Her yanın donduğu güneşli bir gündü. Kar sanki onlara acımış, aylardan beri azap çeken toprağı örtmüştü.

— Başından beri burada savaşıyor musunuz? diye sordu Petriyakov. Ne güzel bir kentti. Şimdi her şeyini baştan yapmak gerekecek. Hangi alanda çalışırsınız binbaşım?

— Köprü yapımında generalim.

— Epey iş düşecek size!... Tek köprü kalmadı sanırım. Savaşa Niémen'de başladım. Kim bilir kaç köprü görmüşümdür!.. Yaptık, sonra da... Almanların başına gelene akıl erdiriyor musunuz? Ben, hiçbir şey anlamadım doğrusu. Dün tutsak bir binbaşı getirdiler, okumuş bir adam ama ilkel insanlar gibi düşünüyor. Nice üniversiteleri, kitaplıkları vardı bunların!.. Buralara geldiler, her şeyimizi yakıp yıktılar: Şimdi de yerin altına sinip at kemiklerini kemiriyorlar. Mağara adamı hepsi!..

Vassilenko savaştan önce öğretmendi.

— Bu bir eğitim sorunudur generalim, dedi...

— Haklısınız. Biz askerler savaşmaktan başka şey öğrenmiyoruz. Hem rolümüz de kısıtlı: İyi asker olmak için her şeyden önce insan olmak gerek; oysa insanı yapan biz değiliz. Çocukluktan oluşur insanoğlu... Başlangıçta iyi savaşmadık, bunu bilmeyen yok... Dayanabildikse bunu askerlerimizin düşünebilmesine borçluyuz... Edinilmesi en güç olandan söz ediyorum: Bilinçten...

Petriyakov yeniden yıkık evlere göz gezdirdi, Sergey generalin gözlerinin iyilik ve hüzün dolu olduğunu fark etti.

Bu gözleri, Sergey daha sonra, yattığı yere dönerken de hatırlayacaktı. Ne garip: Savaştan sonra olacak şeylerden söz eden bir asker. Bir Alman generalinin böyle düşündüğünü sanmıyorum. İki ayrı dünya... Sergey, hayatında ilk kez yazma gereğini duydu. Böyle şeyler, bir yazı ya da bir mektupla anlatılabilirdi, bir destan, bir romandı bu... Kahkaha attı: Benden de iyi yazar olur ya! Annesine bile bir şey anlatamayan benim gibi biri... Ordu gazetesinde herhalde bir sürü yazar vardır. Simonov'un geldiği söyleniyor, Grossman *Zvezda*'da çalışıyormuş; geçit yakınında gördüm. Belki onlar yazarlar... Ama güç iş. Büyük bir gözlemci olmak, her şeyi bütün açıklığıyla görmek gerek. Bu kadar büyük açıklıkla görebilen çıkar mı? En kötüsü olup bitenlerin unutulabilmesi; yeni bir şey bir öncekini silecektir. Ben bile ne çok olayı unuttum. Ağustosta Zonin'le birlikte gelişimiz...

"Çattık belaya işte..." demişti Zonin. Evet, büyük bir belaya çatmışlardı. Bunu yaşayanların gözleri Petriyakov'unkiler gibiydi. Bununla yiğitlik taslanamazdı... Eşine rastlanmayan bir hikâye anlatabilen çıkarsa, yüzyıl sonra bile büyük merakla okunur: Okuldaki sırada oturan çobanın oğlu yıldızları, kare köklerini, sayıları nasıl keşfetti, sonra Don Nehri üzerinde nasıl köprü yaptı? *Kızıl Ekim* fabrikasında nasıl çalıştı, sonra bu narin ve sonsuz yeni dünyayı nasıl savundu; bu ufacık toprak parçası üzerinde savundu yeni dünyayı, burada, altında serilip kaldığı yıkıntıların bir yerinde...

Petriyakov, ültimatomdan Sergey'e söz eti: Almanlar teslim olmuyorlardı. Bulundukları yerden söküp atmak gerekliydi hepsini derken Raşevski çıkageldi:

— Levin pisi pisine gitti... Balaşkin Almanlara yüklenmişti, bizi havan mermileriyle gafil avladılar... Kötü bir rastlantı! Yazık!.. Çok iyi bir doktordu, bacağımı kurtarmıştı...

Sergey'in yüzü asıldı: Levin'i çok severdi. Sonra en kötü zamanda ölmüştü... Sen bütün bu aylar boyunca dayan da tam sonunda... Belki de bize saçma geliyordu bu ölüm?... Levin'in oğlu uzun süre önce, Almanların ilerlediği sıralar ölmüştü. Neden onunki pisi pisine değildi? Oğlunun Volga üzerine yazdığı şiirleri okurdu Levin, bu nehrin kederi andırdığını söylerdi. Ve Levin de ölmüştü. Son dakikada biri daha ölecekti mutlaka... Levin'in bir önsezisi vardı. Kendisini görmeye gittiğimde: "İşler tıkırında gidiyor," demişti. "Köşeyi döndük sayılır." Bir an sustuktan sonra da devam etmişti: "Oğlum burada öldü, kardeşimse ordularımızın geri çekildiği sıra; Almanlar herhalde karımı da öldürmüşlerdir; Dniye Propetkovsk'da kalmıştı: Ben nasıl kurtuldum, şaşıyorum..."

Son günler epey gürültülü geçti: Yıkıntıların arasına sinen Almanları yerlerinden çıkarıyorlardı; mahzenler uçuruluyor, siperler yarılıyordu... Katyuşalar, havan mermileri durmadan gümbürdüyordu. Karla kaplı yıkıntılar üzerinde kara bir duman uçuşuyordu. Öylesine büyük bir gürültü vardı ki, Şulyapov: "Sanki bir şeytan öbürüne ana avrat sövüyor..." dedi.

Birden büyük bir sessizlik çöktü ortalığa, öylesine beklenmedik bir sessizlikti ki bu... Sergey şaştı kaldı. Doğrusu daha önceleri de sessiz geçen saatler olmuştu; yine de gürültüsü duyulur, rüzgâr topların homurtusunu getirirdi. Oysa şimdi sessizlik yoğundu, en ufak şey sızdırmıyordu. Stalingrad aniden cephe gerisi kesimlerinden biri oluvermişti. Sessizlik kulaklarını sağır ediyor, eziyor, insanların uyumalarına engel oluyordu.

Sergey bir sokakta yürüyordu: Tek ev kalmamıştı ayakta. Balaşkin'in kesimiydi burası. Bu yolu ele geçirmek için iki ay boyunca savaşmışlardı... Ölüler, miğferler, şişe kırıkları, molozlar, çelik teller...

Bir sürü Almana rastlıyordu; kiminin başına nöbetçi dikilmişti, kimi de ısınacak bir yer peşinde, dolanıp duruyordu. Yeraltından çıkıp yürümeye başlıyorlardı. Açlık onları sendeletiyordu, korku da; boğucu havanın ardından buz gibi, yakıcı rüzgâr başlarını döndürüyordu. Kent gri-yeşil gölgelerle doluydu.

Sergey nefret ve acımadan yoksun bakıyordu onlara. Almanlar henüz Rusya'nın göbeğindeydiler; şimdilik Avrupa'ya egemendiler. Ama hayatını verip zaferi kazanan Stalingrad'ın ani sessizliğinde insanları değil hayaletleri andırıyorlardı.

— Bir an gelip böyle bir sessizliğin ortalığa çökeceğini aklın kesiyor muydu? diye sordu, Sergey Binbaşı Şileyko'ya.

Binbaşı tartışmadan hoşlanırdı; böyle bir topçu ateşi ya da böylesine "şamata" görülmedi denecek olsa hep aynı karşılığı verirdi: "Ben daha beterini gördüm..." Bu kez tartışmaya kalkmadı.

"Mağara"nın içinde oturmuş, gülümsüyordu. Gramofon bile çalmıyordu. Küçük telefoncu Varya, her zamanki gibi makinesinin başındaydı. Şileyko parmağıyla onu gösterdi ve yeniden güldü: Varya uyuyordu. İlk kez rahat bir uykuya dalabilmişti: Telefon alınyazısı olmaktan çıkmıştı artık; çalışmaya başladığında Alman tankları görünürdü ya da makineli tüfekli adamlar saldırıya geçerdi... Varya cılızdı, soluk benizliydi, zeki ve hüzünlü gözleri vardı. Binbaşı, Sergey'e, onun öğrenci olduğunu anlatmıştı; anası babası ve küçük erkek kardeşi Leningrad'da açlıktan ölmüşlerdi. Sergey genç kıza baktı, gülümsedi:

— Bırakın da doyasıya uyusun...

Sergey, Valya'ya mektup yazdı: "Seni nasıl sevdiğimi bilmen gerek! Ne geçmişimi kıskan, ne de birbirimizle ilgisiz düşleri. İnsan düşünde sevdiğini aldatır; ama gerçek hayatta durum değişiktir. Şu sıra hayatımız son derece basit ve zor... İnsan böylesine basit ve zor sevebilse. Bugün bizim için çok önemli bir gün. İlk istediğim şey de, savaş sona erdiğinde neler yapacağımızı sana yazmak oldu. Bunu ilk kez on beş gün önce düşünmüştüm; daha doğrusu general aklıma getirdi bu düşünceleri. Her yanı kaplayan sessizliği hatırlamaya çalışıyorum. Mektuplarımdan birinde sana Voronov'u anlatmıştım, biliyor musun ölmeden önce, Don üzerinde yeni bir köprü yapmak gerektiğini söylemişti; saldırıya geçeceğimizi önceden biliyordu. Daha sonra yapacağımız köprüleri düşünüyorum şimdi. Belki biraz erken düşünüyorum bu köprüleri: Savaşın bitmesine daha çok var. Buluşacağımız günü düşünüyorum bir de. Senin aşkın benim için yeni, ikinci bir hayata atılmış köprü. Birbirini tutmayan şeyler yazıyorsam bağışla. Sana garip gelecek, ama sessizlik dikkatimi dağıtıyor. Kendine iyi bak, beni merak etme; artık her şey daha iyi olacak."

Askerler odun ateşinin çevresinde toplanmışlardı. Şulyapov, kesik kesik okuyordu: "Üç Ocak tarihinde gönderildi. Günaydın ya da tünaydın sevgili Vanya! Önce hayatta ve iyi olduğumu bildiriyor, sana da sağlık ve esenlik dileklerimi yolluyorum. Mitya kahramanca öldü. Ölüm haberini aldığımızda baban sesini çıkarmadı. Ben yıkılmıştım, o susuyordu. Akşam yatağa düştü. Kımıldamadığını söylüyor. Şulyapov'un genzine duman kaçmıştı, öksürdü ve biraz geri çekildi. Askerler, ellerini, uyuşmuş ayaklarını ateşe doğru uzatıyolardı. Öncülerden biri anlatıyordu:

— Yeraltından ellerini kaldırıp tatlı bir yüzle çıkan generaller gördüm. Sonradan tercüman anlattı. Sinirli bir general, tepinmeye, bağırmaya başlamış: Gırtlağını kesmesin diye usturasını almalarına içerlemiş meğer. Bütün istediği tıraş olmakmış adamın. Hayatından bir hoşnuttu ki...

Hepsi neşeyle gülmeye başladılar.

— Alçak! diye homurdandı Şulyapov. Şimdi hayatından hoşnut. Ama kim bilir kaç kişiyi öldürdü?

Sonra hepsi sustular; sessizliğin tadını çıkarıyor, sessizliği içlerine dolduruyorlardı; doymuyorlardı bir türlü sessizliğe...

Şulyapov, Sergey'in yanına geldi:

— Ne diyorsunuz binbaşım, zaferi kazandık mı?

Bu alışılmamış söz Sergey'i şaşırttı. Evet, bu bir başarı değil zaferin ta kendisiydi!

Louvre Müzesi'ndeki heykeli anımsadı; her gezmeye gidişinde heykele bir göz atardı. Sanki, zafer uçarak üzerine geliyordu... Başı yoktu, yüzü, kolları yoktu zafer heykelinin, yalnız kanatları vardı. Ne kadar geride kalmıştı o günler! Barış vardı yeryüzünde o sıralar, Mado vardı, kestane ağacının altındaki sıra vardı. Belki de yaşamamıştı o günleri? Belki bir düş, kapağı sararmış eski bir romandı?...

İnsanlar neden inanırlardı zaferin uçtuğuna? Doğru değil zaferin uçtuğu. Ayakları kan içinde, çamurda, karda sürünüyordu, siperlere dalıyor. Yara içinde, bitkin, soğuktan donmuş... Daha çok Binbaşı Şileyko'nun telefoncusuna benziyor... Yanılmıyorsam adı Varya... Tam onun gibi işte: Sırtında bayramlıkları ama yine de zafer! İşte arıyor tarıyor ve istihkâmcıları buluyor: Ateşin başına çöküyor. Üşüyor. Ve de odun yanıp kül oluyor; bir avuç kızıl korla yoksul insan sıcaklığından başka şey kalmıyor geriye...

24

Bütün gün Keller'in içi içini kemirmişti: Ruslara teslim olmayı kendine yediremiyordu. Direnmenin sona erdiğini, herkesin teslim olduğunu biliyordu. Ama bir Rusun karşısına çıkıp "Kaput" demekten korkuyordu.

Kızıllar dün siperlerini bastıklarında, birliğindeki arkadaşlarını kaybetmişti. Stelbrecht makinelisiyle ateş ediyordu. Schmidt, beyninde bir kurşun, yere devrilmişti. Keller ne yapmış yapmış, kaçabilmişti.

Yıkık bir evde gizlenmişti. Yirmi dört saat lokma koymamıştı ağzına. Taş gibi kaskatı karı aldı, emmeye koyuldu. Hemen dişi ağrımaya başladı. Ruslara söylenecek bir sürü cümle hazırlamıştı: "Kimseyi öldürmedim!" "Nazi değilim, savaşmaya zorladılar beni", ya da "Ben bilginim, antropoloji uzmanıyım," diyecekti. Ama bütün bu sözlerin hiçbiri inandırıcı gelmiyordu ona. Birden Moguilev'de, tavan arasında yakaladığı ihtiyar kadını hatırladı. Yahudi olduğunu hemen anlamıştı. Öldürmemiş, yalnız sokağa sürüklemişti; onu Wergau öldürmüştü. "Kimseyi öldürmedim," dese bile Rus: "Moguilev'de bulundun mu?" diye sorarsa ne yapacaktı? Saçma! Kimsenin bir bildiği yok! Moguilev'de Almanlar var... Yine de korkunç... Başlayacaklardı sorguya, astsubay olduğunu, durumunun iyiliğini öğreneceklerdi; yazdığı kitapta Klitsch'in yanlışlar bulduğuna inanmayacaklardı... Ne kötülük etmişti ki? Duvarın dibinde köpek gibi can vermesini gerektiren ne yapmıştı? Yaşadığı çağ böyleyse suç onun muydu? 19. yüzyılda yaşasa saygıdeğer bir bilgin olurdu... Versailles Antlaşması'yla kurulan diktatörlük ve zenginler iktidarıyla işbirliği yapan Marksistler yüzünden askere alınmış, savaşmak zorunda bırakılmıştı. Ama bunları Kızıllara söylese parçalarlardı kendisini... Ne de müthiş bir soğuk! Gözleri ağrıyordu, bacaklarını duymaz olmuştu, parmakları öylesine uyuşmuştu ki donunun düğmelerini çözemiyordu... Yine de akıl almaz bir felaket: Bizimkiler Leningrad önlerinde, Afrika'da, buraya gelmiyorlar, bizi terk ediyorlar! Belki gelirler ama artık çok geç... Şuracıkta donacağım... Ölmek istemiyorum! Mermi çukuruna düştü, yeniden doğruldu, bir ölüyü çiğnedi, bir şeyin farkına varmadan önüne gelen ilk barınağın kapısını açtı. Alışılmamış bir sıcaklık duydu. Kimseyi öldürmediğini, donmak üzere olduğunu anlatmaya çalıştı ama önceden hazırladığı cümleleri unutmuş gitmişti. Gırtlağı sıkılmışcasına soluyordu. Asker elbiseli, ufak tefek bir kadın gece lambasının başına oturmuştu. Almanı görünce bir çığlık attı, sonra üzerine saldırıp onu dışarı itti. Alman direniyordu; ama genç kız daha güçlüydü; onu karlara yuvarlayıp kapıyı kapadı.

Keller doğrulmayı bile denemedi; ölmekte olduğunu duyuyordu. Düşünceler kafasında karışmaya başlamıştı bile. Dudaklarını oynatıyor, kendisini kovan genç kıza veriştiriyor. Ruslara, Stelbrecht'e, Nazilere sövüyordu. Ah! Yerinden kalkıp gücünü toplasa da asabilseydi şu yumurcağı!.. Şöyle bir sallandırıp havada kıvrandırsaydı onu... Sanki neden yollamışlardı kendisini Rusya'ya? Büyük bir bilgin ölmek üzereydi.. Anıları da birbirine karışmaya başlamıştı. Biri geliyordu gözünün önüne ama Heidelberg'deydi; nedendir bilinmez, kahve öğütüyordu; Rudi oyuncak tüfeğiyle babasına nişan alıyordu. Zavallı Rudi! Yetim kalacaktı.. Bütün bunları kim icat etmişti? Führer haykırıyor: "Ayağa kalk!" Hayır, bağıran Führer, değil, Teğmen Krause. Keller ağırlaşan bacaklarını oynatıyor. Ama Krause öldü... Keller eliyle kara dokundu; ılık, etli canlı Gerta yanındaydı sanki. Mırıldanıyordu: "Seni yumurcak, ne yaptın Mimi ile? Harkov'daki kızıl saçlıyla? Ne kadar da kıskançtır. Ona küfür etmek mi? Gider o zaman; yanında karısıyla ne rahat oysa... Soğuğu duymuyor bile. Ne istiyor Gerta? Öpüşmek mi? Sırası mı şimdi öpüşmenin? Keller çok yorgun; ta Heidelberg'den develere kadar yürüdü; uyumak, yalnız uyumak istiyor. Kim uluyor böyle? Bir köpek mi, yoksa rüzgâr mı? Lanet olasıca Ruslar insana uyumak fırsatı bile vermiyorlar!.. Ama ben, yine de uyuyacağım!

Almanı dışarı atan Varya, yine kitabına dalmıştı. Barınakta bulduğu Turgenyev'in romanını okuyordu. Son yaprakları eksikti. Sonunu düşünmekle yoruyordu kafasını: Romanın kahramanı Assia'ya kavuşmuş muydu? Çok mutluydular herhalde; mutlaka evlenmişti onunla; Gaguin bir şey anlamıyordu. Rosovski de sesini çıkarmamıştı ama Varya, bir şey söylemeden anlamıştı olup biteni...

Birden rahatsız oldu; koyun dersinden şalını omuzuna atıp çıktı. Berrak bir geceydi, belliydi don yapacağı. Barınağın önünde bir Alman ölüsü yatıyordu; hemen tanıdı: Az önce içeri giren adamdı bu... Donmuştu. Canı cehenneme!.. Ama neden dışarı attım?

Varya yatağına uzanıp ağlamaya başladı. Annesiyle babasının, yedi yaşındaki küçük Petya'nın öldüğünü haber aldığında ağlamamış, Stalingrad'da bir kerecik gözyaşı dökmemişti. Teyzesi gerçeği yazmıştı ona; Petya'nın ölüm nedeni midesiydi; açlık çektiği için kötü bir şey yemiş olmalıydı. Babası şubatta ölmüştü. Annesi onu gömecek gücü kendinde bulamamıştı, komşuları gideli çok oluyordu; ölü tam dört gün evde kalmıştı. Varya'nın teyzesi geldiğinde annesi yerinden kalkamıyordu.

Bütün yakınları öldüğü için ağlıyordu Varya: Teğmen Rosovski kasımda ölmüştü. Gideceği, mektup yazacağı kimse yoktu... Sonra, çevresinde alışılmamış bir sessizlik olduğundan ağlıyordu. Stalingrad kuşatması sona ermişti! Savaş bir türlü bitmeyecekmiş gibi geldiği, bir de o pis Almanı barınaktan kovduğu için ağlıyordu...

Marussia gelip: "N'en var?" diye sorduğunda bir şey diyemedi; ne ölen anasıyla babasından, ne Rosovski'den ne de dayanılmaz yalnızlığından söz edebildi.

— Bir Alman geldi buraya, dışarı attım, donarak öldü... Kapının önünde yatıyor. Görmüşsündür...

— Ne var bunda? Herhalde ona acımadın?

— Acımak mı? Yok canım. İğrenç bir suratı var; afişlere onun gibilerin resimlerini yapıyorlar. Kendime acıyorum... Sefiller, onların yüzünden ne hale geldim baksana! Ama onu neden içeri almadım, bilmiyorum? Nefret ediyorum Almanlardan! Öldürmekle yetinmiyor, daha da beterini yapıyorlar. Ona acıdığıma nasıl inanabilirsin? Ona karşı bir şey duymuyorum, hiçbir şey, en korkuncu da bu ya...

Marussia'nın kendisiyle alay edeceğini sanıyordu. Marussia her zaman neşeliydi; yakınlarından ölen yoktu; burada bir topçuyla tanışmıştı, pek mutlu görünüyorlardı. Güzeldi, sağlıklıydı, tasalı anı görülmemişti. Ne olursa olsun, ister alay etsin ister etmesin vız gelir... Ama Marussia gülmüyordu; Varya'nın yanına oturdu, nedenini anlayamadan; belki Varya gözyaşı döktüğü için, hüngür hüngür ağlamaya başladı.

— Yeter, dedi Varya. Ya içeri giren olursa. İşin önemli yanı burayı kurtarmamız... Artık, bir an önce Berlin'e varmalı!..

25

Maria Mihailovna Minaeva, oğlundan son mektubu ocak ortalarında almıştı. Anasına mutlu günler diliyor, yeni yılın gerçekten yepyeni bir yıl olacağını yazıyordu; oğlunu düşünüp tasalanmamalıydı: "Geride sayılırdı" şimdi, artık her şey yolunda gidecekti.

Minaev'in anasına yazdığı mektupları arkadaşları okusa şaşar kalır, sorarlardı kendi kendilerine: Herkesi alaya alan Minaev, bu şefkati, bu sevgiyi nereden bulup çıkarıyor? Oysa, Maria Mihailovna'nın oğlunun mektuplarına şaştığı yoktu. Mitya'sının yüreğini iyi bilirdi; ama yazdıklarının tek sözcüğüne inanmıyordu; ölüm döşeğinde olsa bana: "Sakin bir hayat sürüyorum, sanki tatildeyim!" der. (Taburu küçücük tepeyi Almanlara karşı savunduğunda, Minaev annesine bu satırları yazmıştı.)

Maria Mihailovna bütün hayatını oğluna vermişti. Geç evlenmişti; terzilik yapan kocası hayatını iyi kazanıyordu. Kızlarının dünyaya gelmesi onları çok sevindirmişti: Kızlarına olanca sevgileriyle sarılmışlardı ama küçük Nastia kızıldan ölmüştü. Maria Mihailovna ikinci kez hamile kaldığında otuz dokuz yaşındaydı. Çocuğuna zarar vermemek için kımıldamaktan korkuyordu... Mitya 1918'de doğmuştu güç, karışık bir çağda. Annesi devamlı bir kuşku içinde yaşıyordu: "Ya soğuk alır hastalanırsa?..." Mitya sekiz yaşındayken kocası öldü. Maria Mihailovna bir terzi atölyesinde çalışıyordu. Oğlunu yetiştirdi. Mitya: "Profesör Nikodimov çalışmalarımı beğendi," dediğinde boşuna yaşamadığını anladı. Derken savaş patlamıştı. Altı Temmuz günü Mitya yola çıktı. Küçücük odasında Maria Mihailovna ne kadar gözyaşı dökmüştü! Yakınmamak gerektiğini anlıyordu; herkes için güçtü hayat: İnsanların içindeyken sakindi, oğluna şen mektuplar yazıyordu. Çalışmak, cephedekilere yardım etmek isterdi ama ileri yaşı buna engel oluyordu. Yine de bir meşgale buldu: Evde askerlere gömlek dikiyordu. Mitya sayesinde –savaştan önce hastaneye gidip bir göz doktoruna görünmesinde diretmişti– kendisine iyi gözlükler vermişlerdi. Gece, başucu lambasının zayıf ışığında bile çalışabiliyordu. Mitya'ya yardımcı olduğunu anlıyor ve bununla avunuyordu. Apartman yöneticisi günün birinde, ondan söz ederken "yük olduğunu," söyleyince kızdı: "Artık ben de evde çalışan bir işçiyim; cephedekiler için iş görüyorum." Dikiş makinesi o kadar eskiydi ki Mitya "müzelik" derdi. Maria Mihailovna düşünürken gülümsüyordu: İstediği kadar eski olsun, benim gibi işe yarıyor ya...

Maria Mihailovna son su baskınında Mitya'nın "Nuh'un Gemisi" adını taktığı (her ilkbaharda damları akardı) bir evde oturuyordu. Yerleri azdı, günlerce değil yıllarca yol alan tıklım tıklım dolu bir treni andırıyordu evleri. Minaeva'nın komşuları Parşinlerdi ama odaları kilitliydi: Aile reisi savaşıyordu, karısıyla çocukları Barnaul'a gitmişlerdi, öbür odada Katsmanlar vardı -baba, ana ve Grişa haşarısı- Çocuk 1941'de liseyi bitirmiş, sonbaharda askere alınmış, nisanda da Briansk cephesinde şehit düşmüştü. Katsman şimdi yalnız yaşıyordu, Karısı, öğretmenlik yaptığı okulla birlikte gitmişti. Bir gazetede düzeltmendi. Maria Mihailovna'dan on yaş küçüktü ama çok yaşlı bir görünüşü vardı. Oğlunun ölüm haberini alınca, ne komşularına söyledi ne de iş yerindeki arkadaşlarına, işinde çok önemli bir yanlışı gözden kaçırdı. Yazı işleri müdürü büyük bir şiddetle payladı, ama Katsman yanlışı gözden kaçırmasının nedenini ona da söylemedi. Birkaç hafta sonra, Maria Mihailovna oğlunu sorunca ona doğru eğildi ve mırıldandı: "Grişa yok artık..."

Katsmanların yanındaki odada Kovalevler oturuyordu; 1941'de cephe gerisine gitmiş, ama geçen yaz geri dönmüşlerdi. İrina Petrovna Devlet Bankası'nda çalışıyordu; kızı Nataşa okuyordu daha, oğlu Vassia denizciydi. Bir Alman şilebini batırdığı için oğluna nişan verdiklerini anlatıyordu İrina Petrovna. Yanında "donanma" lafı geçse kulak kabartırdı. Koridorun ucundaki odada, bilya yatakları fabrikasında çalışan genç işçi kız Şura Volkova yaşıyordu. Savaşın hemen öncesinde evlenmişti, kocası tankçıydı. Korkuyla karışık bir hayranlıkla: "Altındaki üçüncü tank," diyordu. Makineler dayanmıyor ama o hayatta; yalnız bundan önce hafif yaralandı..."

Savaş öncesinde ev gürültülü kavgalara sahne olurdu. Parşinler bağıra çağıra küçük Şura'nın pis olduğunu söylerlerdi; İrina Petrovna sinirlenir. Katsman'ın gazeteden sabaha karşı döndüğünden, uykusunun hafif olduğundan yakınırdı; Parşin'in karısı, "Katsmanların çocuklarını yetiştiremediklerini" Grişa'nın "sakarın biri" olduğunu öne sürerdi. Şimdi de hepsinin siniri bozuktu ama kimse kavga etmiyordu artık. Hayat koşulları güçtü, hava soğuktu, pazarda bir şey bulunmuyordu. Hepsinin hayatı koridordaki hoparlöre bağlıydı; spiker "Sovyet Haberleşme Bürosu'nun Bildirisi" dedi mi kiracılar soluklarını kesip kulak kabartıyorlardı. Birinin yakınından haber geldiğinde hepsi mutlu olurdu. Bekleyecek kimsesi kalmayan Katsman, Şura kocasından mektup alınca, Mitya'nın hayatta ve iyi olduğu öğrenilip Kovaleva'nın oğluna ikinci nişan verildiği duyulunca sevinirdi. Herkes odasında ağlar, üzülür, dertlenirdi ama bir araya geldiler mi umut dolu, yüreklendirici sözler söylerlerdi.

Katsman'ın işine gitmediği üçüncü gündü. Doktor şiddetli bronşit teşhisi koymuştu. Çok öksürüyordu; oysa bölmeler incecikti. Eskiden olsa, uyutmadığını bahane ederek homurdanacak biri çıkardı... Şimdi boğuk öksürüklerine kulak vererek, sokakta yumurcaklarla dövüşüp kitabını kaybettiği için perçemli Grişa'sını nasıl azarladığını hatırlıyorlardı... Maria Mihailovna küçücük bir dolaptan ufak parçalara ayrılmış şeker aldı, bir fincana doldurdu, üstüne çay döküp Katsman'a götürdü: "İçin David Grigoryeviç, şekerlidir, hemen iyi gelir..."

Gece yarısı, hoparlör birden hırıldadığı sıra uyuyordu. Omuzuna kısa kürkünü atıp koridora koştu. Hepsi oradaydılar, Katsman bile hasta hasta çıkmıştı odasından.

"En son haber... Faşist Alman birliklerinin imhası sona ermiştir; tarihi Stalingrad savaşı ordularımızın mutlak zaferiyle son bulmuştur..."

Maria Mihailovna kulak kabartmış, tek sözcük kaçırmanın korkusu içinde dinliyordu; yanaklarına akan gözyaşlarının farkında bile değildi, Tanrım, doğru muydu söylenenler?.. Zaferi kazandık! Sonra Katsman'ın yanına geldi.

— David Grigoryeviç, izin verirseniz sizi öpeceğim. Böyle bir anda...

Şura küçük bir kız gibi el çırpıp tekrarlıyordu:

— Yirmi dört general; iki düzine!..

Komşu evlerden sevinç çığlıkları geliyordu. Biri alkışlıyordu. Nataşa Kovaleva sokağa fırladı, neşe içinde geri döndü:

— Bir sürü insan var sokakta! Herkes birbirini kutluyor; öpüşüyor...

Maria Mihailovna düşündü: "Tıpkı Paskalya'nın ilk pazarı gibi..."

Sabah erkenden dikiş makinesinin başına çökmüştü bile. Nataşa Kovaleva geçerken uğradı.

— Maria Mihailovna, böyle bir günde dinlenmelisiniz...

Yaşlı kadın başını salladı:

— Oradakiler dinleniyorlar mı? Benim küçük Mitya'm mutlaka ilerliyordur. Sonra, her şey bittiğinde dinlenirim...

— Artık sonuna bir şey kalmadı.

— Hikâyeler, masallar hızlı anlatılır. Onların daha Berlin'e kadar çok yolları var. (Maria Mihailovna "Berlin" derken ilk hecenin üzerine basıyordu. Mitya yanlış söylediğini belirtince "Ne yapayım? demişti. Başka türlü çıkmıyor ağzımdan.")

Oğluna bir mektup yazdı: "Sevgili Mitya'm, dün 'En Son Haberler'i dinledim. Cellatların teslim olması beni çok sevindirdi; bunca suçsuz insanı öldürmelerini bağışlayamam. David Grigoryeviç bildiriyi dinliyor ve ağlıyordu. Kimse Grişa'sını hayata döndüremez. Söylesene, bu sefiller zavallı ihtiyarların gözyaşlarının hesabını ne zaman verecekler?"

26

Son iki yıl içinde Paul çok şey görmüş, Limoges'da, Brive'de, Toulouse'da bulunmuştu. Önce "Jaurès Grubu"nda çalışmıştı. Silahları yoktu, bildiri dağıtıyorlardı; bir un deposunu ateşe verdiler. Arkadaşlarından birinin kocasını deli gibi kıskanan karısı hepsini ele vermiş, Paul bir yolunu bulup kaçmıştı. Bu kez "Gabriel Péri" grubuna girdi; rayları söküyor, mayın yerleştiriyordu; daracık hendeklere büzülüp katarları kolluyordu; "Savaştan sonra demiryollarında çalışacağım," diyordu gülerek. Şimdi kendisine, yeni bir grup kurma görevi vermişlerdi. Paul merkezden gelecek arkadaşı bekliyordu: Durumu ona anlatmak ve yeni emirler almak gerekti.

Lejean oğlunu görse tanıyamazdı. Savaşın hemen öncesinde, Paul utangaç ve dolayısıyla da sertçe bir çocuktu; ya iyice yükselip incelen ya da çok kalın bir sesle konuşurdu. Bisiklet yarışlarından İspanya'ya ve şiire varıncaya dek her şeyle ilgiliydi. Emperyalistlerin çevirdiği dolapları tartışır, çocukluğunun eğilimlerinden de kurtulamazdı. Pul koleksiyonu yapıyor, bütün parasını çeşit çeşit çakı almakta harcıyor, çadırda yaşamayı düşlüyordu. Genç ve güzel bir kız gördüğünde kızarır, ama arkadaşlarına, ancak aptal birinin kadın uğruna kendinden geçeceğini söylerdi. Babasıyla Josette onu çocuk yerine koyuyorlardı. Felaket Paul'ü lisenin son sınıfında yakalamıştı. Önce bir çiftlikte görev aldı, ineklere baktı. Sonra bir arkadaşı Limoges'da Paul'e iş buldu; gündüzleri eczacının karısına yardım ediyor, müşterilere ilaç götürüyordu; gece de bildiri dağıtıyordu.

Kısa sürede gelişmişti; zevkleri ve kişiliği oluşuyordu. Babasının sertliği onda yoktu. Lejean gençliğinde bile herkesi inatçılığıyla şaşırtırdı. Paul yumuşak bir çocuktu, alaycılıkla gözlediği büyük bir duygululuğu vardı. Polislerin peşine düştüğü en korkunç anlarda bile, durup soluk yeşil gökyüzüne yükselen bir ağacı, üzerine nilüferlerin yayıldığı durgun bir ırmağı hayran hayran seyredebilirdi; duygularını dile getiremediğinden şiirleri tekrarlardı. İyi dans eden bir genci bütün şairlerle partizanlardan üstün tutan Jeannette adlı kıza aşık olduğunu arkadaşlarından gizliyordu. Jeannette'den sıkıldığında da başlıyordu bir şeyler tekrarlamaya:

> Aşılan yol boyunca güller.
> Kargaşalık rüzgârını yalanlayan çiçekler.

— Bu da nesi? diye sordu Grammont.

— Aragon'un dizeleri. Şiir yazan bir komünist. Şaşırttı mı seni?

— Romanları şiirlerden çok severim, dedi Grammont.

— Bak, çağımızda güzel döşenmiş bir evin, sakin geçen akşamların olursa iyidir romanlar. Şiirler bombalara uygun düşer...

— Neden sen de yazmıyorsun?

— Herhalde bombalar şiirlere uygun düşmediğinden... Seninki gibi benim işim de Almanları taşıyan trenleri uçurmak.

Merkezden gelen Carlo adlı, elli yaşlarında maden işçiliği yapan biri gözlerine inanamadı:

— Başarabiliyor musun? Böyle bir iş için çok gençsin... Yaşın kaç?

Paul gülümsedi:

— Pétain'den genç olduğum halde idare ediyorum işte. (Bir ay önce yirmisine bastığını söylemek gereğini duymamıştı.)

Kasımdan bu yana yaptıklarını ayrıntılarıyla anlattı: Butte yakınında bir treni raydan çıkarmışlar, iki lokomotifi işe yaramaz hale getirmişlerdi. Askeri postal yapan bir fabrikayı yakmış, bütün yeraltı örgütüne ekmek karnesi uydurmuşlardı: Alman subaylarıyla bir polisi öldürmüş, hain Durna'yı temizlemişlerdi.

— Eh, başlangıç olarak fena sayılmaz. Dinle: Almanlar, baltalama hareketlerinin "ekşimiş, bezgin kişiler"in eseri olduğunu söylüyorlar. Gelecekte yığınları daha yakından ilgilendiren işler görmek zorundayız. Böyle bir şey var mı aklında?

— Alman subaylarının toplandığı Café Royal'i bombalamak.

— Fena değil. Ama ulaştırma olanaklarını da gözden kaçırmamalı. Şu sıra bunun önemi büyük. Carlo durumu açıkça anlattı. Geçen hafta yayınlanan kararnamede belirtilen iş seferberliği partizanların sayısını artıracaktı. Bir iki ay içinde büyük bir "maki örgütü"* kurulabilirdi. Şimdilik dağlarda birkaç küçük grup vardı ama ilkbaharda hareket genişleyecekti...

Senin grubunun adı ne? "Marseillaise"mi?

— Hayır. "Marseillaise" Dufy'nin çalıştığı grup. Biletleri birlikte topladık.

---

* Maki, Akdeniz ikliminde, özellikle sahil boyu yetişen bodur bitkilerin genel adıdır. Korsikalılar kan davası uğruna adam öldürüp aralarında gizlediklerinde "makiye kaçtı" deyimi kullanılırdı. Zamanla "maki" sözcüğü Fransızcada gizli örgütlere, yeraltı çalışmalarına verilen genel ad oldu.

— Seninki ne?

— "Stalingrad"...

— Öyle bir ad ki...

Trende, Paul'le aralarında geçen konuşmayı hatırlayan Carlo: Amma yürekli çocuk, diye düşündü. Carlo'nun bütün hayatı Parti için çalışmakla geçmişti. Şu sıra ailesinin nerede olduğunu bilmiyor, düşünmek de istemiyordu. Paul ona oğlunu hatırlatmıştı: Benimki on sekiz yaşında... Belki o da çarpışıyor?.. Ötekiler "bekleyelim" diyorlar. Nasıl beklemeli? Bu gençleri Almanlara mı teslim etmeli?.. Hiçbir şey kaybetmek istemeyen insan, sonunda nesi var nesi yoksa kaçırır elinden. Ruslar Stalingrad'ın yıkılmasına aldırmadılar, ama çarpışmadan galip çıktılar, savaşı kazandılar bile denebilir... Amma da yürekli çocuktu!..

Paul, kendinden geçmiş anlatıyordu Grammont'a:

— Café Royal işini benimsediler. Yalnız ulaştırma konusunu iyice incelernek gerek... Bir iki ay sonra "maki örgütü" kuruluyor.

"Maki" ne tılsımlı bir sözcüktü! Fundalıkların, yaban güllerinin, güneyin kokusunu getiriyordu. Savaştan önce, son haydutlar Korsika'da makilerin, gür ve dikenli çalıları içine gizleniyorlardı. Gerçek haydutlarsa sakin çalışma odalarına yerleşmişti, kimsenin makiyi düşündüğü yoktu. Şimdi bu sözcük yeni bir anlam kazanmıştı. Maki Fransa'nın yüreğinde yer etmişti artık...

— Göreceksin, "Maki" on binlerce genci çekecek. Kimse Almanya'ya gitmek istemiyor, kentte gizlenmek de kolay değil. Hem sonra bu gerçek bir savaş. Maki...

Grammont bir kahkaha atı:

— Hepsi de senin gibi romantik mi sanıyorsun? "Maki" yağmur, çamur, kar demektir...

— Ayakların nasır tuttuğunu, bitlenebileceğini unutuyorsun...

— Ya ormanda geçecek kış günleri...

— Ve yazın kazanılacak zafer...

Café Royal, iki yanı büyük mağazalarla dolu geniş bir yol üzerindeydi. Sabahtan akşama kadar kalabalıktı bu yol. Öğleden sonra beşte kahveye Alman subayları dolardı. Fransızlar uğramazdı bu kahveye. Harekat planı, Paul, Grammont ve Paul'ün şakadan "genelkurmay başkanı" adını taktığı, Bibi tarafından hazırlanmıştı: Bibi 1940'da cephedeydi. Uzun uzun kahveye el bombalarını kimin fırlatacağını tartıştılar, Paul bu işin kendisine verilmesinde diretiyordu. ("En temiz ben yaparım.") Ama Bibi'nin planı kabul edildi sonunda. Bisiklete binmekte ustaydı; kahvenin önünden bisikletle geçerken önü camlı terasa el bombalarını atmasına karar verildi. Kargaşalıktan yararlanan Grammont ve Joseph de birer bomba sallayacaklardı. Paul ve grubun öteki yedi üyesi, Almanların arkadaşlarını izleyeceklerini hesaba katıp onlara ateş açarak geri çekilmelerini sağlayacak, onları koruyacaklardı. Harekatın komutası Paul'e verilmişti; herkesi yerine o yerleştirecek, elindeki gazeteyle Bibi'ye işareti verecekti. Grammont'la Joseph, Royal'in tam karşısındaki kahvede bekleyeceklerdi. Paul, sokağın köşesinde, tramvay durağının hemen yanında duracaktı. Bağlantıyı da Louise sağlayacaktı.

Bibi kahvenin önünden ok gibi geçti. Paul köşede durmuş gazetesini okuyordu (Joseph'le Grammont gecikmişlerdi). Bibi iki kilometre gittikten sonra döndü. On dakika sonra yine Royal'in önündeydi. Paul gazeteyi kaldırdı. Bibi el bombasını fırlatıp gidonun üzerine yattı ve son hızla kaçtı. Patlamalar, silah sesleri duyuyordu: Bir şey düşündüğü yoktu. Bacakları sanki onun adına düşünüyorlardı. Saraçın evinde kendine geldi; sabaha kadar orada gizlenecekti. Ama bir türlü gözünü kırpamadı: Grammont'la Joseph ne olmuştu? Kim ateş etmişti? Hepsi kaçabilmiş miydi? Saraç hastaydı, yatıyordu; olup bitenlerden haberi yoktu. Louise ancak sabah gelecekti. Onu gördüğünde Bibi haykırdı:

— Kurtuldular mı?

Kız başını salladı:

— Sen de kendini suikastçı sanıyorsun! Hepsi kaçtı. Yalnız Paul yaralandı, ama daha önce silahını Jacques'a verecek zamanı buldu... Kahvede sekiz Alman öldü; üç tanesi de yaralandı. Charlot iki Almanla bir polisi temizledi. Paul, Grammont'un peşine düşmek isteyen bir Almanı ya öldürdü ya da yaraladı.

— Paul nerede?

— Hastanede. Üzerinde silah yoktu, kimliği de tamam. Onunla birlikte iki yaralı daha yatıyor, ikisi de oradan geçen yayalardan... Claire hastaneye uğradı, Paul'ün nişanlısı pozunda... Başhekim yakınlık gösterdi; bir şeyden kuşkulanmıyor, ya da hareketimizi destekleyenlerden... Yarası ağır ama doktor kurtulacağını sanıyor...

Paul sabah ameliyat edildi. Öğleye doğru da kendine geldi. Otomobilini çalıştırmak isteyen bir Alman vurmuştu, çok iyi hatırlıyordu bunu... Sonra, belli belirsiz, Jacques'ın koşup geldiğini, tabancasını aldığını görür gibiydi. Paul kuşkuluydu: Ötekiler kurtulabilmişler miydi acaba? Claire geldi, kendisini çok sevdiğini, yakında evleneceklerini söyledi, bir sürü palavra attı. Sonra eğilip fısıldadı: "Hepsi kurtuldu. On dört Almanla bir polis. Doktor iyi bir adam, ağzını açmayacak..."

Kurtuldular demek!.. Paul, sırtından büyük bir yükün kalktığını duyuyordu. O ana kadar acı duymamıştı, yarası birden kendini hissettirmeye başladı. Yorganını düzelten hemşire, alçak sesle: "Yanınızda bir Alman yatıyor," dedi. "O da dün akşam yaralanmış..." Paul, Almanın yüzünü göremiyordu. Yataktan düzenli iniltiler yükselmekteydi. Paul yanındakini unuttu: Jeannette, yakasında soluk Parma menekşelerinden bir buket, gözünün önünden gelip geçiyor, duygulu bir şarkı mırıldanıyordu:

Fırtınanın ortasında
Biraz mavilik,
Biraz da aşk istiyorum...

Sonra Bach'ın bir eserini piyanoda çalan annesi geldi gözünün önüne. Ormandaki ağaçların tepeleri hışırdıyordu. Maki, ardından da yazın kazanılacak zafer. Babası, Maki Örgütü'ne katılanların başındaydı. Amma garip: Yatağı sulara kapılmış gibiydi, kayık gibi iki yana sallanıyor... Ne de çok nilüfer var! Ve de Ofelya... Jeannette, gitme!..

Gün doğmuştu. Yatakları, hastaları gören Paul'ün ödü koptu. Sonra hastanede yattığını hatırladı. Hemşire derece koydu. "Sakin olmaya çalışın!" dedi doktor. Birden Paul anladı yaşayacağını; yarası acıyordu ama aklı başındaydı. İki gün bir gece kendini bilmeden yattığını düşündü, kendine geldiğinde pişman oldu; artık düş görmeyecekti. Uzun süre yatıp yatmayacağını, Grammont'un işleri tek başına becerip beceremeyeceğini düşünüyordu...

Başını çevirdi, Almanı gördü. Bakışları karşılaştı. Almanın mavi, tatlı gözleri vardı. Bir çığlık attı. Anlaşılan ağrıları yeniden başlamış olmalıydı. Hemşire koştu geldi. Paul daldı. Uykusunda belli belirsiz, iki kişinin Almanı görmeye geldiğini, hemen çıkıp gittiklerini duymuştu. Gözlerini açtı; Claire'i bekliyordu. Geleceğine söz vermişti genç kız...

Koğuşa birkaç Alman daldı, Paul'ü yakalayıp merdivenden aşağı sürüklediler. Hemşire haykırıyordu:

— Ulu Tanrım, ne yapıyorsunuz?

— Heinz tanıdı bu herifi...

Başhekim Almanları yola getirmeye çalışıyordu:

— Göz hapsinde tutun... Önce iyileştirelim... Alman, başhekimi itti, alaycı bir tavırla:

— Onu artık biz tedavi edeceğiz. Siz Heinz'a bakın.

Paul yine kendinden geçmişti; sürüklendiğini, bir yere atıldığını, götürüldüğünü duyuyordu... Çok kan kaybetmişti. Sorguya çektiler ama soruları anlayamıyordu bile. Çok sakindi; yalnız, yaz gecesi lambanın çevresinde uçuşan pervaneler gibi; kafasında dizeler dolanıp duruyordu.

> Aşılan yol boyunca güller,
> Kargaşalık rüzgârını yalanlayan çiçekler...

Çitlerin, kameriyelerin üzeri güllerle kaplıydı: Yıllara, Jeannette'in saçlarına karışıyor, oturdukları apartmana doluyor, annesinin piyanosunu süslüyor, yaprakları yerlere dökülüyor ve... yeniden açıyorlardı. Güllerden bir yol: Limon sarısı, çay rengi, soluk, parlak, pıhtılaşmış kan gibi koyu güller. Paul, güllerin arasında, kendine gelemeden, balgam kaplı beton zeminin üzerinde öldü.

Jeannette Grammont'a: "Deli olacağım!" diyordu. Bana inanmıyor, eğlenmekten başka şey düşünmediğimi sanıyordu. Oysa, ben onsuz yaşayamam. Öcünü almak istiyorum, bana bir tabanca verin..." Grammont cevap verdi: "Peki. Bekleyin..." Üç hafta sonra Jeannette, Brezilyalı bir mühendisle dans ediyor, ona şunları söylüyordu: "Yaşamaya öylesine susadım ki. Savaştan tiksiniyorum. Rio de Janeiro'da bir gece geçirmek için vermeyeceğim şey yok!

Grammont'un hazırladığı bildiriyi arkadaşları kentin sokaklarına attılar:

"On dört Alman ve bir polis öldürüldü. Savaş yayılıyor. Artık hiçbir Alman, Fransa topraklarında rahat yürüyemeyecek. Grubumuza adını veren kentin üzerine and içiyoruz. Royal saldırısında şehit düşen şanlı arkadaşımız Paul'ün anısına yemin ediyoruz.

Almanlara ölüm! Yaşasın özgürlük!

Stalingrad Grubu."

27

Marie sevincinden uçuyordu: Profesör Dumas birden değişmiş, iki tabak soğan çorbasını büyük bir iştahla içtikten sonra: "Nefis." demişti. Sonra pardesüsünü giyip dolaşmaya çıkmıştı. O güne dek, Marie elinden geleni yaptığı halde onu dışarı çıkmaya razı edememişti "Temiz hava kalmadı, her yanı kokuttular..." diyerek oturuyordu odasında. Ama o gün:

— Kentte olup bitenlere bir göz gezdireceğim. demişti Marie'ye. Artık Almanlara bakmak bile bir zevk. Gezsinler dolaşsınlar... Yakında hepsi gömülecek.

Stalingrad önlerinde olup bitenleri, Marie'ye, belki on kez anlatmıştı ama yaşlı kadın, beydeki değişikliğin yine de dualarından ileri geldiğine inanıyordu.

Profesörün dışarı çıkmadığını, yemeklere el sürmediğini, durmadan sigara içtiğini gördükçe üzülür dururdu. Doktor Morillot da: "Kalbi çok hızlı atıyor..." demişti. Her pazar, Marie, profesörü kurtarması için Meryem Ana'ya yalvarırdı. Tabii, bundan Dumas'ya söz ettiği yoktu: Sonra profesör alaya alırdı kendisini. Oysa gülecek şey yoktu; istediği kadar bilgin olsun. Dumas'nın da akıl erdiremediği şeyler pek çoktu...

Her şey Dumas'nın hoşuna gitti: Temiz, dupduru hava, kaldırım taşlarında zıplayıp duran yumurcaklar, uyuz köpeğini gezdiren ihtiyar. Marie'nin pazarları kendisi için dua ettiği kilisenin önünden geçerken büyük bir kalabalık gördü: Alman subayları, polisler kara giysili adamlar, boz fareler. Fransız kadınları birbirine karışmıştı. Herhalde Almanlardan önemli birinin cenaze töreni vardı... Herifin akıllılık ettiği su götürmezdi: Tarihin vereceği cezayı beklemeden göçmüştü öbür dünyaya. Bir sürü avanak, kilise avlusunu doldurmuştu. Dumas sordu:

— Kimi gömüyorlar?

Oradakilerden biri cevap verdi:

— Stalingrad'ı savunan Avrupalılar için ayin yapılıyor.

Dumas'nın gazete okuduğu yoktu; olayları Londra ya da Moskova Radyosu'ndan haber alıyordu. Bu nedenle "savunan Avrupalılar" deyimi ona gülünç geldi. Kahkaha atmamak için kendini güç tuttu. Babacan bir tavırla:

— Avrupalılar mı? Almanlar demek istiyorsunuz herhalde? Bakın ben bildiğim kadarıyla Avrupalı'yım. General Rakovski de ne Asyalı, ne de Amerikalı...

Piposundan ufak ufak nefesler çekerek yoluna devam etti. "Ah! Şu Alman meslektaşı görmek için neler vermezdim! Bu işlerin sonunun kötü olacağını söylemiştim ona. Kendilerini korumamız için bize yalvaracakları gün de gelecek: "Bilim... uygarlık... insanlık..." Kaç kere insanoğlunun gelişimi anlatılmıştır. Artık başka şeyden söz etmenin sırası: İnsanoğlunun birden nasıl hayvanlaştığından..."

Hastalık ve efkarla geçen iki ayın sonunda profesörün ilk sokağa çıkışıydı bu. Leo'ya uğramayı düşündü. Kapıcı yolunu kesti:

— Gittiler... Bay Alpert'i almaya gelenler de oldu: Evvelki gün yine sordular. Nerede olduğunu bilip bilmediğimi öğrenmeye çalışıyorlardı...

— Küstahlığa bak! diye haykırdı Dumas. Hem ayin düzenliyor, hem de namuslu bir adamın hayatına göz koyuyorlar. Vampir bunlar!..

Kapıcı tir tir titriyordu:

— Bayım, Tanrı aşkına alçak sesle konuşun... Hiç istemediğim halde eve almak zorunda kaldığım kiracılar var...

Dumas'ın keyfinden iz kalmadı. Sinirden deliye dönmüştü; ilk rastladığı Almanın gırtlağına sarılıp tarihin yargısını beklemeden Sen Nehri'ne atmak istyordu.

Rıhtımdan ayrılıp daracık, eski bir yola saptı. Birden duvarda, tebeşirle yazılmış "Stalingrad" yazısını okudu Dumas yeniden gülmeye başladı: Almanların sonunun geldiğini artık herkes görüyor... Leo gitmekle iyi etti. Anna bana uğramayalı çok oldu; başına bir şey gelmese bari!.. Ah, şöyle esaslı bir çıkarma yapılsa bugünden yarına! Trablusgarp'ı almaları iyi; ama Paris de düşünülmeye değer bir kent... Stalingrad'dan sonra Almanlar bellerini doğrultamayacaklar. Orada yapılan bir genel provaydı... Şu evin güzelliğine bakın! En azından üç yüz yıllık olmalı... Kafasına perukasını geçirmiş biri, büyük yenilik sayılan Voltaire'in Candide'ini okuyordu. Jakobenler bu evde yemin ediyorlardı: "Ya özgürlük ya ölüm!" Ve Naziler, bu kenti askerlerine kerhane yapmak, peşkeş çekmek için çalıştılar! Dumas, tahta perdeler üzerinde de "Stalingrad" yazısını okudu. Bütün evlerde, bütün tahta perdelerde aynı yazı vardı. Mane, Thecel, Pharès. Her şey tartıldı, ölçüldü, biçildi...

Profesör, büyük bir neşe içinde evine döndü. Bütün gördüklerini Marie'ye anlattı. Yaşlı kadın, kilisede yapılan ayinle alay etmesine üzülmüştü; ama Dumas'nın kahkahaları bulaşıcıydı sanki, Marie de gülümsedi.

Dumas battaniyeye sarındı (evde kömür yoktu), Penguenler Adası'nı okumak üzere koltuğuna yerleşti. Okurken yüksek sesle gülüyordu. Yan odada yün ören Marie, onun her kahkahasında, olduğu yerde sıçrıyordu. Daha iyi bizim bey, diye düşündü. Uyurken çok mutluydu.

Kapı çalındı. Dumas şaşkın şaşkın baktı saate: On bir buçuk.. Kapıyı açtı. İki Alman içeri girdi: Bir teğmenle bir astsubay; aralarında, cılız, kış ortasında tiril tiril yazlık elbiseler, bir de kahverengi pardesü giymiş polis memuru duruyordu. Sordu:

— Bay Dumas burada mı oturuyor?

— Evet, Dumas benim...

Arama başladı. Marie ağlıyordu. Olay kendisini hiç ilgilendirmiyormuş gibi, Dumas sakin sakin piposunu tüttürüyordu. Teğmen göz ucuyla onu izlemekteydi. İşi gören astsubayla polisti. Kitaplarla dolu rafları görünce ne yapacaklarını şaşırdılar: Bir haftada bile elden geçirilemezdi hepsi. Sinirlenen polis:

— Ne çok kitabınız varmış yahu, diye söylendi.

Dumas omuz silkti:

— İşimin gereği. Belki şaşacaksınız ama casus değilim, profesörüm ben.

Astsubay iyice şaşırdı. Dumas'ya baktı, "sayın profesör" demeye başladı. Kendinden geçen teğmen haykırdı:

— Onun gibi profesörler bizde tuvalet temizliyor.

Dumas esnedi, kısa boylu, tıknaz, arkalıksız iskemleye çıkıp üst raflardaki kitapları aşağı atan astsubaya baktı. Hepsinin genzine toz dolmuştu.

Profesörün halinde teğmeni sinirlendiren bir yan vardı. İhtiyar bunak!.. Karikatürlerdeki Fransızlar tam bu herif gibiydiler işte: Giyimine özenmeyen, üstü başı tütünle kaplı biri; her şeyle alay eder, kendini büyük bilgin sanır, dünyaya Leibnitz ve Kant gibilerini veren bir ülkeye karşı çıkmaya çalışır.

Astsubay, raflardan eski bir ansiklopedinin koca koca ciltlerini güç bela çekerken dengesi bozuldu ve düştü. Dumas bir kahkaha koyverdi.

— Yakında ağlarsınız, dedi teğmen. Kendi boşluğunuzu ve Almanya'nın güçlülüğünü düşünecek çok zamanınız olacak.

— Yeterince düşündüm, dedi Dumas.

Sonra, kimsenin beklemediği bir soru sordu:

— Baksanıza, cenaze törenine katılmadınız mı?..

— Anlamadım..

— Sizinkiler bugün "Avrupalılar" adını verdikleri insanlar için bir ayin yaptılar. Onu soruyordum...

Teğmen haykırdı:

— Weber! Götürün şunu! Arama işini Richard yapar!

Marie polisin yakasına yapıştı (Almanlardan ödü patlıyordu)

— Ne yapıyorsunuz? Profesör hastadır. Bugün sokağa ilk çıkışıydı... Kalbi zayıf, Doktor Morillot'ya sorabilirsiniz...

Dumas gülümsedi:

— Bana birkaç çamaşır hazırlayın Marie. Belki gerek duymam ama yanımda bulunsun. Hem siz üzülmeyin. Geçen sonbaharda tutuklansam ben de üzülürdüm. Ama şimdi içim çok rahat...

— Nereye götürüyorsunuz onu? Hastadır kendisi! diye bağırıyordu Marie.

Dumas, yaşlı kadını öptü.

— Merak etmeyin, her şey düzelecek. Siz üzülmeyin Marie...

Dumas'yı götürdüler; aramayı bitirmek için polis memuru evde kalmıştı. Marie sordu:

— Marsilyalı mısınız?

Adam istemeyerek cevap verdi:

— Hayır, Toulouse'luyum.

— Utanmıyor musunuz? Ananız sizi Toulouse'da mı doğurdu, yoksa Berlin'de mi ha?

— Kapa çeneni! yoksa seni de atarız içeri.

Marie hıçkırıyordu. Birden profesörün Stalingrad'dan söz ettiğini hatırladı: Orada öldürdükleri Almanlar sayılamayacak kadar çoktu. Daha doğrusu kaç Alman geberttiklerini profesör söylemişti de, Marie unutmuştu. Her neyse, bir yığın öldürmüşlerdi ya. İyi etmişlerdi. Bu heriflerin hepsini temizlemeli. En başta da şu pis subayı. Profesöre ne cesaretle bağırır? Marie dua etmeye başladı. Hayatı boyunca böyle yakarmamıştı Tanrıya. Günah olduğunu bile bile tekrarlıyordu aynı şeyi: "Ulu Tanrım! Hepsini gebertin! Ulu Tanrım! O sefil Alman subayının yarından tezi yok canını alın! Ulu Tanrım! Paris'i de Stalingrad gibi kurtarın!"

Dumas sorguya çekileceğini umuyordu; cevaplarını da hazırlamıştı. Belki Yahudilere yapılanlara isyan ettiği, ileri geri konuştuğu ihbar edilmişti? Belki Leo'nun kapısında söyledikleri duyulmuş ya da Nivelle bir kötülük etmişti? Şöyle diyecekti: "Yadsıdığım yok. Ben antropoloji bilginiyim. Oysa sizin teorileriniz delilikten başka şey değil. Yahudi olmadığıma da pişmanım, sarı yıldızı bir kahramanlık nişanı haline getirdiniz." O gün kilisenin önündeki konuşması da Almanların kulağına gitmiş olabilirdi? Öyleyse, şunları söyleyecekti: "Fransa Kralı IV. Henri, Paris bir ayine bedeldir, demişti. Hitler de Stalingrad'ın, ölülerin ardından okutulacak birkaç duaya değdiğini düşünmüş olmalı..."

Uyuklayan bir astsubay, adını, yaşını, doğduğu yeri, mesleğini sordu. Kıvırcık saçlı bir kız daktiloya yazıyordu cevaplarını. "Adınızı heceleyin..." diye seslendi. Dolmakalemine, saatine, baş ağrısına karşı yuttuğu haplara el kondu. Piposunu bıraktılar ama tütününü de Alman aldı. Sonra da Fresnes Cezaevi'ne gönderildi. Hücre karanlıktı. Dumas içini dikkatle inceledi. Bir iğne ya da tırnakla kazılan yazıları güçlükle seçebildi: "Fransa için ölüyorum. Jean Moutier. 19 Kasım 1942." "Chartier'den uzak durun, hainin biridir." "Blois'li bayan Doriac'a, oğlunun şerefiyle yaşadığını, ölmeden önce de kendisini kucakladığını söyleyin." Dumas, yalnız olmadığını, bütün bu ölülerin kendisiyle aynı yerde bulunduğunu duyuyordu. Chartier'nin canı cehenneme! Ama Moutier ile Doriac, işte adam diye bunlara derler! Onlara benzeyenlerin sayısı çoğalsa, ölmek korkunç gelmeyecek insana...

Ertesi sabah Dumas'ın kulağına, belli belirsiz bir mırıltı geldi. Kulak kabarttı. Yavaş yavaş konuşmaları anlıyordu. Tutuklular açılıp kapanan pencereden haberleşiyorlardı. Yasaktı konuşmak, ama ölmek üzere bulunan bütün bu insanların cezadan çekindikleri yoktu. Dumas dikkatle dinliyordu. Pétiot René ile, Pierre Kanarya ile konuşuyor, Serge Fıçıcı'yı çağırıyor, o cevap vermiyordu... Ne de garip savaş adları takmışlardı birbirlerine! Sorgulardan konuşuyorlardı: Petiot'ya yine işkence etmişlerdi. Geçmişi anıyorlardı hep: "Baksana Kanarya, ormanda nasıl yolumuzu kaybetmiştik, hatırlıyor musun?" Önemli haberleri birbirlerine söylüyorlardı: Victor kurşuna dizildi; Didi'den çekinmeliydik... Dumas, bütün bu insanların ortak bir eserle birbirlerine bağlandıklarını anladı: Kendini yabancı hissetti, üzüldü. Sonra:

— Hey, yeni gelen! diye seslendiklerini duydu... Adını sorduklarında ne dedin?

— Profesör Dumas.

— Nerede yakaladılar seni?

— Evimde. İki Almanla bir polis geldiğinde kitap okuyordum. Bütün kitaplarımı yerlere saçtılar.

Ortalığa bir sessizlik çöktü. Dumas yine üzüldü: Onlardan olmadığım için benimle konuşmaları belki sakıncalıdır? Burada bulunduğuma göre hain olmadığımı anlamaları gerekir ama...

— Hey profesör, dışardan ne haber?

Birden canlanan Dumas, Stalingrad konusunda bütün bildiklerini anlattı. Almanlar, ölülerin ardından bir ayin düzenlemişlerdi.

— İtoğlu itler, kendilerine "Avrupalı" dedirtiyorlar! diye seslendi.

— Yavaş ol bağırmamak gerek... Garip bir şey ama: Ölülerin ardından ayin ha?

Uzaklardan "Stalingrad" adı duyuluyor, profesörün anlattıkları hücreden hücreye geçiyordu.

Sonra hepsi sustular. Bir Alman, Dumas'ın hücresine girmişti.

— Ayağa kalk! diye bağırdı.

Sonra profesörün yüzüne vurdu. Alman gittiğinde Dumas, elleriyle gözlerini kapadı. Düşünüyordu: İşte zorlu günler geldi çattı... Yaşlıydı, gövdesi bütün bunlara dayanamayabilirdi. Buna karşılık bir üstünlüğü vardı, kendini çok iyi tanıyor, çok iyi biliyordu; diz çöküp yalvarmayacaktı kimseye. Onun gözünde Naziler birer koca böcekti! Böyle bir böcek insanı küçültmez, ancak öldürebilirdi.

— Hey profesör!..

Pencereye yaklaşıp kulak kabarttı.

— Profesör, sizin derslerinizi dinlemiş bir öğrenciniz Georges, haber yolluyor. Ölüm cezasına çarptırılmış; kurşuna dizilecekmiş. Selam söyledi size... Durun, bir şey daha söylüyor... Sizin burada bulunmanızdan kıvanç duyuyormuş...

Neyse ki aşağılık Alman kapının önünde değil, diye düşündü Dumas... Kendi yüzünden ağladığını sanabilirdi. Bu Georges'un kim olduğunu hiç öğrenemeyeceğim. Anfide, öbürlerinin arasında oturuyordu herhalde... Ölüm cezasına çarptırıldı, bana selam söylüyor, güç aşılamaya çalışıyor... Cellatların iktidarı biter: Ne alçaklığa, ne de şerefsizliğe mahkûm edebilirler insanı...

Her şeye rağmen, ne yürekli bir ulus!.. Fransa'nın çürüdüğü söyleniyor. Bu sözde gerçek payı var. Daha kopuğuz birbirimizden, daha güçsüzüz; pek çoğumuz göbeklendi, yağ bağladı... "Biz, Philippe Pétain..." Nivelle, Persefon üzerine şiirler yazıyor... Chartier ya da Didi hain... Ama bunlar kaç kişi?.. Fransızların bir iyi yanları var, insanlıkları. Evet, gerçekten insanız biz; yiğitliliğimizde, güçsüzlüğümüzde, yemek yerken, sevişirken, barikatlar üzerinde çarpışırken insanız... İngilizlerle, Norveçlilerle, Gomez'le çalıştım. Belki daha temiz, daha güçlü, daha soylu onlar. Ama biz daha insanız. Faşistler diledikl erini yazabilirler; insanlık onuru vardır. Georges'un sakin sakin ölümü beklemesini sağlayan o. Benim yerime başka birini de sürükleyebilirlerdi, Marie'yi... Ama duvarlara "Stalingrad" yazan, ne öç almayı, ne zaferi, ne savaştan sonra pazarlık ve blöflerin birbirini kovalayacağı konferansları düşünüyor; aklı fikri insanoğlunun onurunda, biliyor insanoğlunun demirle ezilemeyeceğini. Eti ezebilirler, ama insanın özünü, hayır!..

Dumas'nın yüzünde öylesine mutlu bir gülümseme belirdi ki, delikten tek gözle ona bakan Alman. "İhtiyar korkudan çıldırdı galiba," dedi kendi kendine...

28

Binbaşı Scheffer, bir ay önce Schirke'ye: "Stalingrad savaşlarını çok önemsiyorsunuz," dediğinde Schirke'nin cevabı şu olmuştu: "Saklambaç oynamayı sevmem. 1932 yılında Katoliklerle sosyal-demokratlar, Nazilerin zaferini önemsememek gerektiğini söylüyorlardı. 1938 yılında Paris gazeteleri, Südetler bölgesinin, Fransa ve İngiltere'nin birleştirilmiş gücü yanında hiç sayılması gerektiğini yazıyorlardı. Gerçeği görmek gerek; Führer'in dehasına inancım var. Ama sıkıntılı aylar geldi çattı: Şimdiye dek yalnız fethettik, artık sıra savaşa geldi..."

Şubat ayının büyük haberi pek çok kişiyi şaşırttı, ama Schirke'yi değil: Çoktan kendini buna hazırlamıştı. İyi eğitilmiş, tecrübeli komutanlardan pek çoğunun "savaş coşkusu" adını verdiği şeyden yoksun olduğuna inanıyordu. Birçok generalin gözünde Führer, sonradan görme, rastlantı sonucu başa geçmiş adamın biriydi. Geçmişte yaşıyor, hesaplaşmadan başka şey düşünmüyor, kafaları köhnemiş bilgilerle dolu çıkıyorlardı sefere. Bu adamlar, tıpkı on dokuzuncu yüzyıldaki gibi, iki ordu arasında düello yapıldığını sanıyorlardı; yenenler ve yenilenler olacak; barış konuşmaları yapılacak, ödünler verilecekti. Ne saçma bir görüş! Alman ulusu kaderini ortaya koyuyor: Ya efendi olacak ya köleliğe düşecekti. Canlı, gözü pek, her türlü önyargıdan uzak bir gençlik yetiştirdik. Bu gençlik, Stalingrad felaketinden sonra bile zaferi kazanabilir. Yalnız ordudan yaşlı dalaverecileri, yumuşak ve ikiyüzlü adamları atmak gerekiyor.

Schirke'nin Fransa'da çalışması kolay değildi, olayların akışına göre yön değiştirmek gerektiğini biliyordu; Berty'ye iyi davranmıştı, Nivelle'i pohpohluyor, övüyor, yüzüne gülüyordu. Masasının üzerinde tunçtan bir Jeanne d'Arc heykelinin durduğu söylenirdi. Oysa yürekten nefret ediyordu Fransızlardan. Seslerini titreterek bana: "Sevgili dostum Schirke..." diyorlar; öte yandan da "bu pis Almanı" sokak lambasında sallandıracakları günü düşlüyorlar... Schirke, ortalıktaki geçici durgunluğa kanmıyordu. Fransa yan bakıyor: Bir gözü Batı'da, öbürü Doğu'da. Birbirlerini gırtlaklamaya hazır hepsi;

tek birleştikleri nokta Alman düşmanlığı. Sinirlenen Scheffer "Bu Fransız köpekleri azdılar" -oturduğu evin üstüne "Stalingrad" yazmışlardı- dediğinde, Schirke alaycı bir gülümsemeyle: "Umarım uykunuzu kaçırmaz?" sorusunu sormuştu. Bu Scheffer korkusundan tir tir titriyor, en sıkıntılı anda karşı tarafa geçerse şaşmamalı...

Schirke, Führer'e ihanet etmeyeceğini biliyordu. Harekete katılmadan önce sönük, ilgi çekici yanı bulunmayan bir hayat yaşıyordu. Führer'in başa gelişiyle zaferin tadını aldı, iktidarın şarabını içti. Schirke, çekingenlik, dostluk, sevimlilik ya da sevimsizlik üzerine kurulu insan ilişkilerinden nefret ederdi... İnsanoğlu ya emredecek ya da boyun eğecekti. Albay Bayer, Schirke'ye komuta ediyordu. Schirke de Jentsch ya da Forst'a. Kendini ülkücü sayıyordu. Bir gün karısı, Polonya'da çocuklara varıncaya dek bütün Yahudilerin öldürüldüğü haberinin doğru olup olmadığını sormuştu. Şu cevabı verdi: "Ayrıntılardan haberim yok; bu iş başka bir örgütün görevi. Ama Doğu'da, şimdiden Yahudilerden arınmış kentler bulunduğunu bana söylediler. Çocukları da yok etmenin acı bir şey olduğunu anlıyorum, ama gerekli: İyi tohum ekmek için, tarlalardaki ağaç kütüklerini sökmek zorundasın. Yirmi yıl sonra, insanlık, bugün liberallerin "cellat" dediklerini alkışlayacak." Bayan Schirke: "Haklısın demişti kocasına. Kendisini ilgilendirmeyen konularda kocasının fikirlerini benimserdi hep. Ama para konusunda Nuh der peygamber demezdi, Schirke karısının hiçbir isteğini geri çevirmiyordu: Yine de kadın çok para harcadığı, bir kenara iki kuruş koymadığı gerekçesiyle kocasının başının etini yerdi. Kötü günler geldiğinde biriktirdikleri paranın bir işe yaramayacağını anlatabilmek için boşuna uğraşmıştı Schirke. "İnsan bu kadar bencil olmamalı," diyordu karısı. "Be-ni, Hans'ı düşünmelisin." Bayan Schirke, oğlunun siyasetten uzak durması için elinden geleni yapmıştı: Hans'ı küçük bir kız çocuğu gibi yetiştirmiş, kendi yapamadığını başkalarının yapabileceğini umarak onu zengin aile kızlarıyla tanıştırmıştı. Ama yaşadıkları çağ bayan Schirke'den güçlü çıktı. Çağının fikirlerini benimseyen Hans, bir SS tümenine katıldı.

Şubat başında, Schirke karısından bir mektup aldı: "Hans'ın bağlı bulunduğu birlik senin bulunduğun yerin yakınına gönderildi; müttefik birliklerinin çıkarmalarını püskürtmekle görevlendirilecekleri söyleniyor. Korkunç bir şey! Hepsi daha çocuk. Hans'ın yaşında! İntihar etmeyi düşünüyorum." Schirke de, Hans'ın cepheye yollanacağını kaç kere dehşet içinde düşünmüştü. Karısının mektubunu alınca sevindi: "Neyse, Rusya'ya gitmiyor. Hem savaş burada daha hafif geçecek... Yumurcağın talihi var." Schirke karısına cevap yazdı: "Yakınmaların beni şaşırttı. Bütün Alman anaları senin durumunda, Hans'ımız Stalingrad'ı savunanlar arasında bulunsaydı vatana ve Führer'e bir kahraman vermiş olmakla gururlanmaktan başka şey yapmayacaktık."

Yakın gelecekte oğlunu göreceğini umuyordu. Ama umduğunun tersi oldu. Bir şubat günüydü; rüzgâr bütün gücüyle esiyordu, Schirke, Pinaud ile yemekteydi. Berty'ye çok yazık oldu; onunla tartışmak bir zevkti... Oysa bu adam insana hiç karşı çıkmıyor... Pinaud sert bir sesle: "Sanayiciler hayatlarından hoşnut," dedi. "Direnişçilerin davranışlarını doğru bulmuyorlar.." Hepsi aynı şeyi söylüyor, ama içlerinden geçen ne malum? Schirke, Stalingrad'dan söz etti:

— Ağır bir darbe oldu, gerek biz, gerek bütün Avrupa için.

Pinaud acıyarak içini çekiyor, görüşünü belirtmiyordu. Schirke soruyu doğrudan doğruya sorunca şu cevabı verdi:

— Komünistlere eğilim duyamayacağımı tahmin edersiniz. Her şeyden önce, bu görüşü benimsememe yol açacak kadar sıkıntı çekmedim hayatta...

Kahveler geldi.

— Darbe gerçekten ağır, diye devam etti Pinaud. Romanyalıların dışında yirmi Alman tümeni önemli bir kayıp. Bu durumdan nasıl kurtulacağınızı merak ediyorum...

"Kayıp" sözü Schirke'yi kızdırdı! Ama bir şey belli etmedi gülümseyerek:

— Bu rakamları veren Kızıllar, dedi, Londra Radyosu'nu dinlediğinizi görüyorum... Dediğim gibi, ağır bir darbe. Ama yaza kendimizi toplayacağız... Her ne pahasına olursa olsun, Bolşevikleri durdurmak gerek. Yoksa, yalnız Spree'ye değil Sen Nehri'ne de gelecekler...

Pinaud, gösterdiği tedbirsizliğe kızmıştı. Aceleyle:

— Ordunuza güveniyoruz, dedi.

Schirke, yemekten sonra işinin başına döndü.

Binbaşı Scheffer:

— Albay sizi istedi, dedi.

Scheffer başına geleceği biliyordu herhalde. Schirke'ye acıyarak baktı.

Albayın odasından çıkarken, Schirke, sakin ama düşünceliydi.

— Beni Doğu'ya yolluyorlar.

Scheffer içini çekti:

— Evet, gerçekten zor... Doğrusu, pek genç bir adam da sayılmazsınız...

— Tersine, çok mutluyum. Burada yapacak şey kalmadı. Fransızlar duvarlara tebeşirle yazı yazmaktan başka şey bilmiyorlar... Müttefik çıkarmasına da hiç inanmıyorum. Balkanlar'a ya da İtalya'ya yönelecekler. Rusya'da durum çok değişik: Gerçekten ciddi.

— Albay görevinizi söyledi mi?

— O da bir şey bilmiyor. Şu sıra kimi bulurlarsa Rusya'ya yolluyorlar. Minsk'e gidip genel komiser Kubbe'nin emrine gireceğim.

Yalnız kalan Schirke düşünceye daldı: Hans'ı göremeyeceğim, çok yazık. Belki de hiç göremem oğlumu... O asker oldu. Ben Rusya'ya gidiyorum: Orada her yer cephe...

Schirke balkona çıktı, hava pek sıcak değildi ama uzun süre kurşuni, yaşlı, hüzünlü, hafif bir sisle örtülü Paris'i seyretti. Schirke, uzun yıllar yaşadığı kente bir otel odasına bakar gibi bakıyordu. Düşünceleri uzakta, karlar içindeki Rusya'daydı. Kızıllar Kursk cephesinde ilerliyorlar. Albay, Von Mannstein'in önemli bir kuvvet topladığını söylüyor... Kazanmak güç. Ama biz Almanız, hedefimize ulaşacağız...

Scheffer balkona çıktı:

— Sizin çok yakınınızda, Wagram Caddesi'nde direnişçilerin izindeki bir teğmenimizi öldürdükleri bildirildi telefonla. Güpegündüz!.. Siz, duvarlara yazı yazmaktan başka şey yapmadıklarını söylüyordunuz...

— Beni nasıl da uğurluyorlar, dedi Schirke sırıtarak.

Wagram Caddesi'nde atılan kurşuna kayıtsızdı: Bu iş artık onu ilgilendirmiyordu. Hem koca Stalingrad'dan sonra bir tek teğmen nedir ki? Scheffer'e:

— Bir engel yoksa eve döneceğim, dedi. Yol hazırlığına girişmem gerek.

Bir kere daha, mor alacakaranlığa gömülmekte olan Paris'e baktı. Burada beni kimse sevmiyordu, ben de onları sevmedim. Böylesi daha iyi. Kendimizi her türlü duygudan kurtarmalıyız, ancak o zaman zaferi kazanabiliriz.

29

Gerta yeni yılı iyi kutladı. Kardeşi Friedrich Norveç'ten izinli gelmiş, Rudi'ye bir yün kazakla eldiven, ançuez ve çikolata getirmişti. Frenzeller de onlara davetliydi. Alfred Frenzel'in askerliği yine tecil edilmişti: Sağ elinin üç parmağı yoktu. Eskiden Gerta Martha'ya acırdı: Birine rastladığında, kocasının tokalaşmak için sol elini uzatması hoş değildi. Gerta, uzun süredir. Johann'dan mektup almıyordu. Sakin sakin oturup yılbaşı gecesi içkisini içerek eğlendiyse, ne Johann'ın mektupların arasının uzayacağını bildirmesinden, ne de Friedrich'in "savaşta insanın kafasında aile sorunlarından çok başka şeyler dolaşır," demesindendi bu: Gerta, Johann'ın talihine inanıyordu. Geçen kış Moskova önündeki korkunç savaşlara katılmış ve ayakları bile donmamıştı... Son mektuplarından birinde, Johann karısını avutuyordu: "Neredeyse Asya'dayım; ama buranın havası güneyinkinden farksız, geçen yazdan çok daha sıcak..."

Frenzel, parlak sözlerle kaldırdı kadehini: "Führer'in silahlarına ve Goethe'nin ışığına yönelme arzusuna içelim! Galiplerin gönlü yüceliğine içelim!" Friedrich kadehini kaldırdı, sade, askerce: "Bütün bu köpek alayının toz edilmesine içiyorum!" dedi. Bu sözler Rudi'nin hoşuna gitmişti; bağırdı: "Sieg Heil!" Yılbaşı şerefine onun da bardağına bir parmak şampanya koymuşlardı. Friedrich, güzel Norveçli kızların fotoğraflarını gösterdi. Martha yolculuk ve aşktan başka hayali olmadığını söyledi. Frenzel sakat elini kaldırıp ona "papaz" dedi. Gerta'ya gelince, kalbi uzaklarda, Johann'ın deyimiyle "neredeyse Asya"daydı. Gerta düşüncede bile bağlıydı kocasına: Başka bir erkek karşısında hiç kendinden geçmemişti. Fazlaca özgür davranan birtakım arkadaşlarının hareketlerini beğenmiyordu. Sıradan bir yumurcak izinli mi gedi, kadınların hepsi başına üşüşüyor, evlerine çağırıyor, yediriyor, içiriyor; cephedeki hayatı soruyor, iç geçiriyorlardı: "Uyuyamıyorum, hep kocamı düşünüyorum!" Profesör Wirth'in karısının dediği gibi, bütün bu soru yağmuru "yatakta" son buluyordu: Ne yaparsınız hayat... Daha kötüleri de vardı. Savaştan önce Kellerlere gündeliğe gelen Bahçıvan Krauss'un karısı, bir Fransız tutsağıyla zina yaptığı için hapse atılmıştı. Gerta sinirden kıpkırmızı kesilmiş: "Ben olsam kafasını keserdim!" diyordu. Bir Alman kadını, nasıl olur da sefil bir Fransızı yanına sokar? Leş gibi sarımsak kokuyorlar, hepsi frengili..."

Gerta, "Yardımseverler"de çalışıyordu; çocuklar için bir kantin hazırlanmıştı. Geçen kış çok zor geçmişti: Küçük Gretchen'i komşulardan birine bırakmak zorundaydı. Yazın bir Rus hizmetçi tuttu, on sekiz yaşında genç bir kızdı. Gerta memnundu hizmetçisinden: Rus kızı fazla bir şey istemiyordu, ağırbaşlı ve çalışkandı, hatta fazla ağırbaşlı, neredeyse bezgin. Bütün gün çalışıyor, akşam mutfakta oturup ağlıyordu. Friedrich geldiğinde Gerta ona Olga'yı göstermişti (hizmetçinin adıydı bu): "Şuna bak... Johann, hepsinin Bolşeviklerden yıldığını söylüyor; ne kadar doğru söylediğini, bu kızı gördükten sonra anladım..." "Ruslar acı çekmeye bayılır," dedi Friedric. "Dostoyevski'yi okusanız anlarsınız..." Gerta, Olga'nın iç dünyasını düşünüyordu: Bir hizmetçi bulabildiğine memnundu; savaştan önce böyle bir şeyi düşünemezdi bile..

Yeni yılın ilk günlerinde; İrma, Gerta'ya haber bile vermeden çıkageldi. Gerta, kız kardeşini gördüğüne memnundu ama başına bir felaket geldiğini hemen anladı. Yıllardır birbirlerini görmemişlerdi. İrma bir mühendisle evliydi... Dortmund'da yaşıyordu; kocası kısa süre önce askere alınmıştı.

— Neden ağlıyorsun? diye sordu kardeşine. Willi'nin başına bir şey mi geldi?

İrma cevap vermedi. Kara damlalar -göz boyası- yanaklarına akıyordu. Sonunda çenesi açıldı:

— Korkunç!.. Sizin burada bir şey gördüğünüz yok. Dortmund, Stalingrad'dan beter... Düşünsene, vakit geçirmek için sinemaya gitmiştim: Willi askere alındığından beri deli gibiyim... Son Gölgeler adlı saçma sapan bir film oynuyordu. Birden filmin ortasında canavar düdükleri çalmaya başladı. Sığınağa inecek zaman bulamadık: Öyle bir patırtı koptu ki, anlatamam sana... Çılgınlar gibi "Anneee!.." diye haykırıyordum. Zavallı annem! Stuttgart da öyleymiş. Neyse, sinemadan çıktık. Schillerstrasse diye bir şey kalmamıştı... Eve nasıl döndüğümü bilmiyorum... Max, gitmem gerektiğini söyledi... Bana su versene, birkaç damla ilaç alacağım. Deliriyorum, şaşma, delireceğim... Bundan eminim.

İrma, Gerta'nın küçük dairesine yerleşti ve kısa sürede parfüm kokuları ve pasaklığıyla yayıldı. Johann'ın kitapları üzerinde yırtık çoraplar sürünüyordu. İrma, bağıra bağıra, Olga'nın gerçek bir domuz bakıcısı olduğunu, Rudi'nin çok kötü yetiştirildiğini yüksek sesle konuşup, insanı selamlarken topuklarını bitiştirmeyi bilmediğini söylüyordu; kardeşinin Norveç'ten getirdiği şekerlerle besledi Gretchen'i (Gerta bunları Johann'ın dönüşüne saklamıştı). Her akşam isteri nöbetleri geçiriyor, Dortmund'un yeryüzünden silindiğini, annelerinin öldürüldüğünü, Willi'nin Rusya'dan dönmeyeceğini söylüyordu.

Gerta da çok bitkindi. Johann'dan habersiz bir ay daha geçirmişti. İrma, gözyaşları içinde tekrarlıyordu: "Johann Stalingrad'da, Willi de Stalingrad'da; hepsi Stalingrad'da." Gerta, kardeşinin saçma sapan konuştuğunu biliyordu: Willi; Novgorod önlerinde bir yerdeydi. Ama Johann Stalingrad'da olabilirdi.

Üç gün sonra yas ilan edildi: Ne açık sinema vardı, ne de tiyatro. Radyo, hüzünlü parçalar çalıyordu. Frenzel uğradı; Gerta'yı avutmak için: "Belki Johann orada değil de Kafkasya'dadır," dedi. Demek Frenzel de Johann'ın Stalingrad'da olduğunu sanıyordu. Gerta bardak almak için mutfağa gitti. Olga, pencerenin başına oturmuş gülümsüyordu. Gerta, niçin geldiğini unutup yatak odasına koştu ve ağlamaya başladı. Birden durulan İrma, ona birkaç damla valeryan verdi. Frenzel durmadan söyleniyordu: "Neden bilmem ama Johann'ın Kafkasya'da olduğunu hissediyorum..." Oysa Gerta hırsından ağlıyordu. Koynunda yılan beslemiş, Olga'yı bir kere dövmemişti; üstelik ona eski bir eteğini vermişti... Ve şimdi bu pis karı, sürüyle namuslu Almanın ölümüne seviniyordu...

Aralarında belki Johann da vardı. Doğru Rusların insanlıkla ilgisi yok. "İnsan bunlara acımak isterse acıyamaz..." derken haklıydı Johann.

— Bu alçak karı pek memnun, dedi Gerta Frenzel'e.

Frenzel bir süre düşündü; sonra elini ceketinin yakasına sokup:

— Genel bir katılaşma, dedi. İnsanlık arabası bir duvara çarptı. Ama Hitler'in ışık, Febüs olduğuna inanıyorum... Korktuğum tek şey, insanların birbirini boğazlaması...

Frenzel gidince, İrma:

— Eksik olan bir elinin üç parmağı değil, dedi. Bana kalırsa bu adam deli... Şu sıra, başımıza gelenlerden ötürü akıl hastalıkları pek yaygın. Dortmund'da bir banka memuru, dünyanın sonunun geldiğini söylüyordu. Bir hava saldırısından sonra çırılçıplak sokağa fırladı... Dinle Gerta, şu domuz bakıcısını geceleri kapamalısın... Rusların ne halt edeceği belli olmaz.

Gerta, yirmi Ocaka kadar Stalingrad'da kalmış olan bir binbaşıyı dinlemişti radyoda. Korkunç bir soğuğun hüküm sürdüğünü, yiyecek bulamadıklarını söylüyordu; Almanlar kenti, eski çağların destan kahramanları gibi savunmuşlardı. Ama saldırganlar çok kalabalıktı, eşit olmayan bu savaştan yenik çıkmışlardı.

Gerta, nefret dolu gözlerle Olga'ya bakıyordu: Kızın dört erkek, üç kız kardeşi vardı. Bu Ruslar çok kalabalık oluyor! Ve bizi ortadan kaldırmak istiyorlar. Bizim kültürümüz, üniversitemiz, fikirlerimiz var; onların kaba kuvveti. Olga'nın kömür çuvalını nasıl kaldırdığını görmek yeter...

Gerta annesinden bir mektup aldı: "Sevgili Gerta. Hep seni düşünüyorum. Johann ne alemde? Başımıza gelmeyen kalmadı; öyle bir gece yaşadım ki son gecem sandım. İstasyon binası yok oldu. Bayan Ziegel bodrumda, yıkıntıların altında kaldı. Neden bu kadar acı çektiğimizi bilmiyorum..."

Neden bu kadar acı çekiyorum? diyordu. Gerta kendi kendine. Kimse ona cevap veremezdi. Friedrich, uzun süre önce Norveç'e gitmişti. İrma birden ağlamaz olmuştu: gepgenç bir uçaksavarcıyla kırıştırıyordu. Frenzeller uğradılar. Martha sızlanıyordu:

— Alfred'in de askere alınacağı söyleniyor. Parmakları olmayınca nasıl ateş eder? Akıl alır gibi değil...

— Karanlığı seven baykuşlara Geothe'nin ışığı ve Führer'in iyi niyetiyle karşı koymalıyız, dedi Frenzel.

Sonunda haber geldi: Astsubay Johann Keller, Almanya ve Führer için şehit düşmüştü.

Gerta bütün gününü, perdeleri inik, başında ıslak bir havlu odasında geçirdi. İrma ölüm ilanını gazetelere verdi, kız kardeşinin siyah elbisesinin pembe süslerini söktü. Gerta hareketsiz oturuyor, karları görüyordu; bir yığın kar; Johann bu karların arasında yatıyor ve kocaman Rus kargaları, gagalarıyla onu parçalıyorlardı...

Sabah gayrete geldi, kalktı. Gretchen'i giydirmek, Rudi'yi okula yollamak gerekiyordu. Mutfağa girdi, Olga küçük çocuğa kahve içiriyor, Rudi de ona Almanca öğretiyordu. Sabuna Rusça nasıl dendiğini sordu; "milo" dedi Olga; Rudi söyleyemedi, birlikte gülmeye başladılar.

Olga bir süredir daha neşeliydi. Eczanede çalışan bir Rus: "Almanlara esaslı bir dayak attık," demişti. "Yakında evlerimize döneceğiz..." Olga'nın güveni vardı: Yakında annesiyle kız kardeşlerini görecekti. Almanlar, savaşın başında kardeşi Mişa'yı öldürmüşlerdi; babasıyla öbür erkek kardeşlerinin ne olduğunu bilmiyordu.

— Nasıl diyordun? Milo mu?

Rudi gülüyordu hep.

Gerta birden kendini kaybetti, süpürgeyi kaptığı gibi Olga'ya vurdu. Dehşete düşen Rudi masanın altına gizlendi. Gerta süpürgeyi atmış, ayakta ağlıyordu; nasılsa Johann bir daha geri dönmeyecekti...

30

Krilov her yanda on üç sayısını görüyordu: Alman haritalarında, Voroneje-Kursk yolu on üçle belirtilmişti. Herhalde kör inancı olan kişiler, felaketin on üçten geldiğini sanmışlardı... Almanlar kaçarken her şeylerini geride bırakmışlardı: Toplarına ve dosyalarına varıncaya dek. Binlerce araba, uçaksavar topu, Avrupa'nın bütün otellerinin etiketini taşıyan bavullar, hasır pabuçlar, ağız mızıkaları, mayınlar, daktilo makineleri, Fransız konyakları, dürbünler, yığınla hurda demir, parçalanmış gövdeler... İğreti gözlüğü burnunun ucuna düşmüş bir kafa karların içinden fırlamıştı; tam yanında da garip bitkileri andıran bir çift pembe topuk. Kararmış kar. Araba, katılaşmış, donmuş cesetlerin üzerinden geçiyor. Ve bütün bu ceset ve kar yığınının tepesinde bir at başı... 13 sayısı. Cehennem çarşısı gibi bir şey... İena'da mercekler cilalanmıştı; Neuchâtel saatçileri kronometreleri ayarlamışlardı; Hollandalı peynirciler rıhtımlar yapmış, denizi kurutmuş, inek yetiştirmişlerdi. Neye yaramıştı bütün bunlar? Polinezya'da ilkel insanların yaşadığı söyleniyordu... İyi ama optik alanındaki üstünlükleri, düşmanın yerini sesle bulan araçları, "Leica" makineleriyle bunlara ne ad vermeli? Kursk tarlalarını bunca garip şeyle kaplı görmek ne acı! Altılı havanlarla tuvalet kâğıdının haçlı seferi...

Yorgunum, diye düşündü Krilov. Bir sürü saçma sapan şey bu yüzden kafama doluyor. Önemli olan herifleri buradan kovmamız. Yürüyüşümüzün üçüncü haftasındayız, az şey değil! Yakında Kursk'a varacağız!

Akşama doğru fırtına yeniden başladı. Ovada kardan sütunlar dönüp duruyordu. Şubat ayı boyunca, böyle bir kasırga görülmemişti hiç. Soğuk ısırıyordu sanki. Gizlenmeye çalışan Almanlar, ormanlardan çıkıp kulübelerin kapısını vuruyor, yol kenarlarında donuyorlardı. Herkes Batı'ya yütüyordu: Arabalar, piyadeler, traktörler, hastaneler, havlamaları dünyayı tutan köpekleriyle istihkâmcılar, eşya dolu kamyonlar –Askeri konsey odası için–, gazeteciler, Kursklu milisler. Kar yığınları da ilerlemekteydi.

Krilov şarkı söylemeye başladı (her zamanki gibi yalan yanlış): "Postacı olduğum günlerde..." Neden gerek kendisi gerek ötekiler hep postacının, kızağın şarkısını söylüyorlardı? Yolculuk, işte insanları çeken şey. Ama ister neşeli olsun, ister insanı Batı'ya götürsün, yolculuğun hep hüzünlü bir yanı vardı...

Birkaç haftadır Krilov'un acısı depreşti. Nataşa'nın mektubunu kargaşalık içinde almıştı: Macarların savunma hattı yarılıyordu. Derken gecenin sessizliğine gömülen Voroneje'ye vardılar. Üç yüz metre ötelerinde evler uçmaya başlamıştı... Ayaklarının altında yer sarsılıyordu. Yaralılar taşınıyordu: Bizimkiler, Macarlar, Almanlar. Kimse zaferin bilincinde değildi; gerilim hepsinin aklını başından almıştı. Bu ölümcül itişmede, kanı emen gazlı bezlerin, can çekişenlerin iniltilerinin; hırıltılarının, hıçkırıklarının araçlarla şişeleri sallayan patlamaların aralık ayındaki savaşların arasında Krilov'un acısı uyuşmuştu. O sıralar başına gelen felaketin büyüklüğünü fark etmemişti daha. Ancak Kızılordu Batı'ya yürüyünce, Kastornaya'ya varınca, Alman yenilgisi göz alabildiğine seyredilebilince -tankların yardığı, uçakların paraladığı bir ova- Krilov, Varya'nın artık yaşamadığını, zaferi anlatacak, hayatını birlikte sürdürecek kimsesi kalmadığını anladı.

Nataşa'sı hayattaydı, ama insan küçük bir kıza her şeyini anlatamazdı ki...

Karısıyla bir sürü olayı birlikte yaşamışlardı! Tartışmış, kavga etmiş, ayrılık acısı çekmişlerdi! Dağdan inen sel gibi başlangıçta köpürüp homurdanan, sonra durulup derinleşen aşkları, ilk yılların ateşinden sonra öyle bir yakınlık halini almıştı ki, şimdi Dimitri Alekseyeviç her bakımdan yıkıldığını anlıyordu.

Arkadaşlarından hiçbiri çektiği acının farkında değildi. Krilov'un karısının öldüğünü biliyorlardı; ama yaşlı bir kadının, bunca kargaşalık arasında sessizce sönüşü hayal güçlerini etkileyecek gibi değildi. Ve sevincini, şaşkınlığını, kızgınlığını gizleyemeyen Krilov, acısını herkesten iyi saklıyordu. Belki daha sessizleşmişti; daha seyrek gülüyordu. "Yorgunsunuz Dimitri Alekseyeviç, hissediyoruz..." diyorlardı. Kendisi de, sonunda inanmıştı buna. En kederli anında kendi kendine kızıyordu: Herkes yorgun...

Yürüyüş gitgide güçleşiyordu. Yollar temizleniyor, iki saat sonunda kar yığınlarından tepeler oluşuveriyordu. Beyaz okyanus coşmuştu; arabalar, insanlar, kızaklar bu okyanusun köpüklü dalgaları arasında kayboluyordu. Ama Batı'ya yürüyüş bir saat bile durmuyordu. Soğuğa, ölümcül yorgunluğa rağmen inanılmaz bir güç insanları ileri itiyordu. Sağda solda Almanlar dayanmaya çalışıyorlardı. Havan mermilerinin bile yapacağı bir şey kalmamıştı: Askerler mermi yağmuru altında ilerliyorladı. Oysa, kısa süre önce bu ordu aceleyle çekilmekteydi; askerler birtakım söylentilere kulak veriyor, Alman tankları görülünce dağılıveriyorlardı. Hepsi acı acı, düşmanın büyük gücünü, durmadan, hiç durmadan gerilemek gerektiğini düşünüyordu. Birkaç gün içinde zafer hepsini değiştirmişti; kendine güven yeniden canlanmıştı; hepsi engelleri aşacaklarını, ilerleyeceklerini biliyorlardı artık; artık onları hiçbir şey durduramazdı...

Gece Krilov küçük bir kentte buldu kendini. Geçen yüzyıldan kalma, tahtadan küçük evlerle dolu bir kentte; sanki beş yıllık planların hepsi bu uzak kenti unutmuştu. Krilov bir kapıyı vurdu. Alındığı odada genç bir kadın çocuğuyla yaşıyordu. Krilov, bacaklarını altına alıp daracık bir sedire yerleşti.

— Yatağa uzanın... Orada dinlenemezsiniz...

— Yok canım... Böyle çok daha rahatım.

Küçük çocuk uyanmış, şımarıklık ediyordu: "Anne, bana reçel ver." Krilov, uykuya dalarken düşündü: "Reçeli nereden bulmuşlar?"

Ortalık henüz karanlıktı, çocuk Krilov'u uyandırdı. Annesi kahvaltı hazırlamıştı. Reçel düş değil gerçekti: Almanlar giderken depoları ateşe vermiş, halk da yanan depolara saldırıp sandık sandık konserve çıkarmıştı.

Krilov genç kadına sordu:

— Memnun musunuz?

— İnanamıyorum... Ah bir de kocama kavuşsam. Kocam havacıydı. Sağ kalıp kalmadığından haberim yok...

Hüzünlü, güzel gözleri vardı.

— Almanlar, size kötülük ettiler mi? diye sordu Krilov.

— Gelir gelmez ne var ne yok yağma etmeye başladılar; benim de semaverimi, çalar saatimi aldılar. Ama sonra, bir daha gelmediler evime...

Küçük çocuk birden araya girdi:

— Anne, her akşam Otto geliyordu ya!

— Susacak mısın yalancı!

Çocuk ağlamaya başladı:

— Yalan söylemiyorum... Otto benimle oynuyordu, seninle de oynuyordu...

Kadın başını çevirdi. Krilov kıpkırmızı oldu ve dışarı çıktı.

Yaşlı bir kadın onu evine aldı:

— Otur bakalım yiğidim! Bir bakayım sana... Bizimkilerdensin ya...

Ağlıyordu, ağlıyordu ama bir yandan da Krilov'a kaskatı sucukla bir de insanın yüzünü buruşturan Alman balı veriyordu. Ona bir fotoğraf gösterdi:

— İşte benimki. Orduda. Miloşka'yı Almanlar götürdü...

Önceki güne kadar Alman komutanlığının bulunduğu binaya bayrak çekildi. Yerlerde, masalarda, dosyalar, gazeteler, altında "Kurtarıcı" yazısıyla Hitler'in bir resmi sürünüyordu. Krilov çocuklar gibi kendinden geçip resmin üzerinde tepinmeye koyuldu: "Uğursuz hayvan!"

Kadının biri anlatıyordu:

— Gitmek üzereydiler, Lossinov koşarak geldi; onların belediye reisliğini yapıyordu. "Beni de götürün!" diye bağırmaya başladı. Alman şöyle cevap verdi: "...r git! Seninle uğraşacak vaktimiz vardı da sanki. Depoların içindekileri bırakıyoruz, bir de senin gibi boklarla mı başımızı derde sokacağız!" Alman, bütün bunları Rusça söylemeyi becerdi. Lossinov da koştu, bana geldi: "Senin İgnace'i ipten kurtardığımı söyleyen bir kâğıt yaz, bir inek veririm" dedi. "Akşama doğru Kızıllar geldiler..."

Krilov kükredi:

— Kızıllar mı?..

Kadın utana sıkıla gülümsedi:

— Almanlar öyle diyorlardı da. Birçok şey gibi bu da insanın diline yerleşiyor...

— Doğru, dedi Krilov. Bir yığın şey gibi. Kafalar pislik dolu, her yerde frengililer, hepsinin canı cehenneme! Üstelik bir de bit!..

Sonra Krilov, kadın Doktor Galkina ile tanıştı. Almanın biri kadını dövmüş, bir kolunu kırmıştı: Hastanede gizlediği iki Kızılordu erinin partizanlara katılmasını sağlamıştı kadın.

Galkina'da, Krilov'un karısını hatırlatan bir yan vardı: Bir beyaz perçem, yüzünde mavi damarlar; heyecanlandığında soluğu sıklaşıveriyordu. Krilov, geçirdiği günlerin kısa hikâyesini dinledi; homurdandı:

— Gerçek bir kahramansınız! İzin verin de sizi kucaklayayım. Biliyor musunuz, burada pek çok süprüntü gördüm, havası bozulmuş. Bizden birine rastlamak insanın hoşuna gidiyor, gerçek bir Rus demek istiyorum...

Kadın tatlı bir sesle karşılık verdi:

— Ben başkalarının yaptığından farklı bir şey yapmadım; herkese işkence ettiler...

Bir şey daha söylemek istiyordu; ama herhalde gereken sözcükleri bulamadı.

Kursk. Bir soru hiç durmadan Krilov'un kafasını kurcalıyordu: Kursk'un ünlü bülbülleri nereye gitmişti? Yorulunca insanın kafasından yığınla saçmalık geçiyor... Barbar herifler, kim bilir kaç ev uçurmuşlar! Yanından geçen ırmak ve dik yollarıyla kent güzel... Her yanda "Almanlara mahsus" yazıları. Canları cehenneme, bütün dünya onlara mahsus! Kimi gömüyorlar, sorarım size? Dünyayı altüst ettiler, herkese acı çektirdiler, her şeyi pislettiler, ilerde çok daha sıkıntı çekilecek. Bir sürü ev yapmak, daha da ötesi, insanları tedavi etmek gerekecek. Krilov, ilk kez geleceği düşündü. Savaşın sonunu gözünün önüne getiremiyordu. Öylesine ani başlamıştı ki. O pazar sabahını çok iyi hatırlıyordu... Belki o an değil de çok daha önce başlamıştı: Polonya'da, Madrid'de, belki daha önce, o maskara ortaya çıktığı sıra... Belki bir anda da bitmeyecek? Ah, sonu gelse. Havan mermilerinin sesi duyulunca insanın içine pişmanlık doluyor: Ne ettim de savaştan önce bülbül sesi dinledim? İyi ama Kursk'un bülbülleri nerede? Aptal mıyım neyim? Kış ortasındayız ya...

Krilov bütün gün çalışmış, on bir ameliyat yapmıştı. Akşam Çavuş Kukuşkin'i getirdiler. Sedyeci kadın, çavuşun kente ilk girenlerden olduğunu söyledi; damlarda mevzilenen Alman nişancılarını avlıyordu. "Usta bir nişancı. Onun gibisi yoktur..." Krilov yarasına baktı: Epey ağırdı. Hastabakıcı derece koydu: Ateşi 39.8'di. Hiç kuşku yok, kangren olmuş...

— Kesecek misiniz? diye sordu hemşire.

Homurdandı sonra:

— İşiniz gücünüz kasap gibi doğramak...

Krilov şişi yardı, kemik parçalarını çıkardı, pansuman yapıp alçıya koydu.

— Kurtulacak sanırım. Bacaksız bir usta nişancı işe yaramaz. Pek de genç; ya karısı vardır ya nişanlısı... Benim gibi değil... Yirmi üç yaşında, gücünün kuvvetinin doruğunda...

Gece, askeri konsey üyesi Albay Tisçenko'ya Galkina'nın hikâyesini anlattı:

— Onun gibi kadınlara adım başında rastlanmıyor. Kolunu kırmışlar, "başıma bir şey gelmedi..." diyor bana. Karmakarışık bir yumakla karşı karşıyayız... İlk bakışta çözmenin olanağı yok: Pislik ve kahramanlık bir arada... Almanların baskısı altında on beş ay yaşamak az şey değil! Paris ya da Varşova'ya neler yapabildiklerini düşünebiliyor insan...

Albay haritanın üzerine eğildi, kısacık kalın parmağını Dinyeper'in üstüne koydu:

— Şimdi daha çabuk ilerleyeceğiz.

— Benden iyi bilirsiniz albayım. Ama daha uzun süre bu havayı dinleyeceğiz gibime gelir. Almanların zekasını hesaba kattığımı sanmayın. Bu avanakların aklı başına gelmeden biz Berlin'e varırız. Yalnız bir yıl, belki daha da fazla savaşmak gerekeceğini sanıyorum...

Hastane arabasına döndü:

— Ne alemde? Adını hatırlamadım, Kuroşkin miydi neydi?

— Kukuşkin mi? Uyuyor... Kurtulacak. Ama Vassia galiba öldü. Nataşa'ya mektup yazmalıyım...

Krilov dışarı çıktı: Fırtına bütün şiddetiyle devam ediyordu. Yol yeniden karla kaplanmıştı. Krilov başladı şarkı söylemeye:

> Postacım sustu. Ama önümdeki yol uzun,
> Daha çok uzun...

Yol gerçekten uzundu. Yaşamak gerekiyordu. Ama Varya ölmüştü... Yorgunum, pek tabii... önemi yok: Paçayı kurtaracağım. Torunumu görmeyi ne kadar isterdim! Nataşa, "eşi bulunmaz bir çığırtkan," diyor. Demek bana benzemiş...

BEŞİNCİ BÖLÜM

1

Karargâh bir kayınağacı ormanına yerleşmişti. Çevrede kuşlar ötüşüyor, mor boru çiçekleri açıyordu. Zırhlı koruganlar geniş ve çok rahattı; Albay Gabler kendine bir çalışma odası, kitapları için de bir raf ayırabilmişti.

Albay keyifsizdi. Richter zarfı verdiğinde ağzını açmadı. Richter topuklarını birbirine vurdu, kapıya yürüdü.

— Bir dakika, dedi albay. Bayan Richter nasıl?

— Sağolun albayım, iyidir. Daha dün mektup aldım kendisinden.

— Berlin'den ayrılmasını söyleyin. Daha iyi. Benim ailem tam zamanında gitti. Benim için yaptığınız ev yok artık: Tam isabet aldı...

Richter durakladı: Bir şeyler söylemek doğru olur muydu?

— Bu canavarca hava saldırıları çok korkunç... İsterseniz albayım, zaferden sonra size yeni bir ev daha yaparım. Kafamda birtakım yeni tasarılar var.

Richter çıktığında albay kötü kötü güldü: "Zaferden sonra..." Durumun farkında bile değiller. En ufak ayrıntılarına dek ruhunu koyarak yaptırıp döşediği evi bir bombayla yıkıldığı için üzülüyordu; yakın gelecekte saldırıya dalıp gitmişti, suratı bu yüzden asıktı. Doğru, bu kez daha iyi hazırlandık; hem harekat planı çok daha alçak gönüllü... Yine de başarıdan kuşkuluydum: Son iki yıl içinde çok hata yapıldı... Richter gibi bir adam bile takvimin tılsımına inanıyor. Bunlar yılı paylaştığımızı sanıyorlar: Kış Kızılların, yaz Almanların. Her şeye rağmen bu inancı devam ettirmek zorundayız: Askerler bitkin, yılgın; yakınlarından aldıkları mektuplarda hep bombardımanlardan söz ediliyor; herkes müttefiklerin ne yapacağını düşünüyor, bu iş neredeyse dört yıldan beri sürüyor. Bezmeyen kalmadı... Daha önce savaşın akışı bizim elimizdeydi; şimdi akıntıya kapıldık, sürükleniyoruz.

Akşam albay, haberleşme servisinden Binbaşı Hillebrandt'la konuştu. Ona birden sordu:

— Harekat planı hakkında ne düşünüyorsunuz?

— Ciddi bir plan. Bana kalırsa, bu saldırı geri çekilmemizi geciktirebilir.

Albay binbaşıyı çocukluğundan beri tanırdı: Öğrenimlerini birlikte yapmışlardı, düşüncesini gizlemedi.

— Buna güvenmek bile güç. Askerler eskisi gibi değil... En iyilerini kaybettik. Her şeyden önce moral bozuldu. Geçen kış başımıza çok iş açtı. Ben bile, gelenekleri olan ordumuzun bunca hatayı nasıl yaptığına şaşıyorum. Biliyorum, ordunun suçu olmadığını, işe acemilerin karıştığını söyleyeceksiniz. Doğru. Yine de hatanın bizim payımıza düşen bölümü de var. Örneğin haberalma servisleri çok kötü işledi.

— Rusların yedeklerinden haberimiz yok muydu sanıyorsunuz? Gelir gelmez, Stari-Oskol'da size Kızılların planından söz ettim. Rusların doğuda ya da kuzeyde yedek birlikleri olduğunu biliyorduk. General Grimm'e anlatmaya çalıştım, ama boşuna nefes tükettiğimi hemen anladım... Tabii Ruslar bu yedek tümenlere sahip olmasalardı çok daha iyiydi. General Grimm, Orgeneral Von Salmuth'u üzmenin yersiz olduğunu düşündü. Palavra attığımı sanmayın; General Grimm bana açıkça şunları söyledi: "Ordu komutanı bu rapora sinirlenir..." General Von Salmuth'un da Führer'i kızdırmaktan çekindiğine eminim. Rusların büyük yığınak yaptıklarını Hitler'e söylese esaslı bir zılgıt yiyecek, daha sonra da adı Führer'de birtakım tatsız çağrışımlar yapacaktı... Birbirimizi aldatıyoruz, tabii bundan da Ruslar faydalanıyorlar. Yakın gelecekteki harekatın sözünü ettiniz... Dün General Grimm beni çağırttı. Raporumu verdim. Sözümü kesti:

"Önemi yok, sağ kanattan SS tümeni bizi destekleyecek..." demez mi? Ona Kızılların yürüyen toplarından söz ediyordum, ilk görevimdi bu. SS tümenine gelince, durumu benden iyi biliyordu. Yine de sözlerimin geri kalanını dinlemedi... Neden kaybetmeye başladık biliyor musunuz? Çünkü başta çok kolay kazandık. Dünyamız kadar eski bir atasözüdür...

— Bu kez üstünlük bizden yana gibi. General Batı'daki bütün birliklerin buraya aktarıldığını söyledi...

— Doğru. Aldığımız haberlere göre bu yaz, Fransa cephesinde hiçbir hareket olmayacak...

— Yine de tehlikeli... İki cephede birden savaşamayız... Diplomasi, Von Ribbentrop denen o işe yaramaz herife bırakılmamalı... Herhalde artık Kızıllarla anlaşmamız güç olur; çünkü uyguladığımız politika çocukları bile bezdirdi. Ama elimizde usta diplomatlar olsaydı, Batı'yla bir anlaşmaya varabilirdik... Tabii, en iğrençlerinden birkaç kişiyi başımızdan atmak şartıyla...

— Sizce ne yapmak gerek? diye sordu Binbaşı Hillebrandt.

— Yapmakta olduğumuzu sonuna dek götürmek. Çaremiz kalmadı. Başkalarının günahlarını örtmek zorundayız... Orduya güveniyorum: Almanya'nın tek dengeli gücü. Kazanmasak bile, direnmeye, ülkeyi işgalden kurtarmaya çalışmalıyız. Belki tarihçiler, bu kaçınılmaz harekatı Kursk savaşı değil de Almanya savaşı diye adlandırırlar?

Richter, Gabler'in bütün bu karamsar düşüncelerini anlayamazdı; sadece albayın keyifsizliğini fark etmiş, bu keyifsizliği evinin yıkılmasına yormuştu. Taburuna döndüğünde o da üzüntülüydü. Birkaç kere Hilda'ya yazmış, Harz'a yeğeni Johanna'nın yanına gitmesini rica etmişti. Hilda, verdiği cevapta, hava saldırılarıyla ilgili haberlerin abartıldığını belirtmekle yetiniyordu: "Oraya gitsem çıldırırım; seni o kadar merak ediyorum ki. Burada en ufak şey bana seni hatırlatıyor, içim biraz daha rahat ediyor..." Mektubu aldığında Richter duygulandı; ama hemen ardından, Hilda'nın kendisini aldattığı aklına geldi. Hava saldırılarının çok tehlikeli olduğu biliniyordu. Gitmek istemiyorsa Berlin'de bir dostu var demekti. Bu kadın bombaların altında bile sevişebilecek yaradılıştaydı... Richter sertçe bir mektup yazma kararını verdi: Hemen Harz'a gitmesi gerekiyordu. Kalemi eline almıştı ki Karafatma geldi:

— Albayla konuştun mu?

— Birkaç kelime... Hallensee'deki evinin yıkıldığını söyledi.

Karafatma bir küfür savurdu:

— Alçaklar! Sivil halkı öldürüyorlar... Bizim Köroğlu Hamburg'dan ayrılmak için dünyanın sıkıntısını çekmiş. Akıl almaz bir savaş... Neredeyse burada da başlar. Albay savaşla ilgili bir şey söylemedi mi?

— Hayır. Sanki biraz düşünceliydi...

— Nasıl düşünceli olmasın... Saldırıya biz geçeceğiz, bana kalırsa Kızıllar da hazırlanıyor... Kazansak bari! Eğer herifleri alt edemezsek bu kış yine başımız belaya girecek...

Richter Karafatma'ya baktı ve düşündü: Karafatma'nın bile sinirleri bozuk! Brest yakınında kırk Rusu enselemekle övünmüyor artık; kızları da düşündüğü yok, aklı fikri "bizim Köroğlu" dediği karısında; homurdanıyor. Savaştan bıktığını söylüyor, "başımız belaya girdi" diyor. Yaşlandı, yirmi dokuz yaşında ama kırkında gösteriyor...

— Savaşa başladığım arkadaşları geri verseler içim rahat eder. Ama yolladıkları bok alayını biliyorsun. Birinin nefes darlığı var, öbürü burnunun ucunu görmüyor, üçüncüsü Viyana'da yıllar yılı gizlenmiş ödleğin biri... Bir tek "Kaplan"lara güveniyorum. Savaş aracı diye bunlara derler! Zırhları her türlü mermiye dayanıklıymış deniyor... Belki "Kaplan"lar bizi bu badireden kurtarır... Ne de olsa boğaz boğaza savaşamayacak kadar uygar bir ulusuz, o iş "İvan"lara özgü. Onları ancak teknik üstünlüğümüzle yenebiliriz. Bütün soru, elimizde bu "Kaplanlar"dan kaç tane bulunduğunu öğrenmek.

Richter Karafatma'ya acıdı, cevap verdi:

— Albay, çok var, dedi.

Bu cevap Karafatma'ya yetmedi. O güne kadar ölebileceği aklına gelmemişti; ölümü düşünmenin ödleklik olduğunu sanırdı. Ama şimdi, kendi kendine "kurtulamayacağımı sanıyorum" diyordu... Çepeçevre, batan güneşin altın sarısı ışıklarıyla, aydınlanan orman uzanıyordu. Karafatma, doğup büyüdüğü kentin hemen yakınındaki küçük ormanı hatırladı: Çam pürçüklerinin halı gibi örttüğü yollar, koca koca kızıl sümüklüböcekler, yeşile boyalı sıralar. Büyük bir hüzün çöktü üzerine; "Köroğlu"na mektup yazmak için masa başına çöktü; ama hemen kalemi bıraktı, düşündü. Neden ölmesi gerekiyordu? Yeryüzünde insanların hepsine yetecek kadar toprak yok muydu, ille de birbirlerini boğazlamaları mı gerekiyordu? Yazdı: "Paramla saatimin, Leimert'te oturan karım Anna Grün'e yollanmasını diliyorum. Sevgili karımdan, çocuklarımızı din saygısı içinde ve zavallı babalarının adını anarak büyütmesini rica ediyorum. İyi bir Hıristiyan olarak öldüğümü kendisine bildirin." Karafatma kiliseye ayak basmayalı en azından on yılı geçmişti. Neden az önce Tanrıya inanmaya başladığını kendi de bilmiyordu. Belki "kilise kokuyorsun" dediği karısını sevindirmek istemişti. Belki de ne yapacağını şaşırmıştı: Aptalca, boşu boşuna ölmek gerekiyorsa, demek gerçekten bir Tanrı vardı... Zarfın üzerine: "Ölümümden sonra açılmak üzere" diye yazdı.

Richter de Hilda'ya mektup yazdı. Berlin'den ayrılması için yalvardı. Gözdağı verdi: "Biriyle ilişkin varsa öleceğime güvenme, cephe gerisindeyim ve yakında izin alıp geleceğim." Karısına bağlılık yeminleri ediyordu. "Uyuyamıyorum, sanki bu gece Berlin'e bir hava saldırısı yapılacakmış gibi geliyor."

Mektubuna tarih atmak için Turna'ya sordu:

— Bugün ayın kaçı?

— Dördü. Güneyde saldırıya geçeli tam bir yıl oluyor. Az önce not defterime baktım: Beş Temmuz. O sıra Gijatsk önündeymişiz. Son savaşı verdiğimize inanıyordum... Bizimkiler Harkov'dan Kafkasya'ya hiç durmadan yürümüşlerdi...

Richter acı acı güldü:

— Sonra da durup Kafkasya'dan Harkov'a döndüler. Bu "kadril" seni bıktırmadı mı?

— Richter, böyle şeylerle alay edilmez...

— Alay eden kim? Bu "kadril"de ben de kardeşimi kaybettim.

— Çok şey kaybettik Richter: Ara sıra, Almanya bir hayaletler bölgesi halini almış gibi geliyor bana. Yalnız ödleklerle ikiyüzlüler kaldı geriye. Albay Gabler düşüncesi hadım edilmiş biri, mesleği askerlik olduğu için savaşıyor.

Richter sinirlendi:

— Senin neden savaştığını merak ediyorum doğrusu.

— Ben mi? Führer'e inanıyorum. Geçen kış şımarıklığımızın cezasını çektik: Yağmaya ve kızlara fazlaca dalmıştık; gevşedik, yumuşadık, kızlarla dostluk kurduk. Rjev'de Ruslarla ahbaplık ettiğini, çocuklarıyla oynadığını hatırlıyorum...

— Kötülük bunun neresinde? Haydutları asmak gerek, ama kendi halindeki halk yığınlarıyla da savaşmıyoruz ya?

— Kendi halinde halk yığını diye bir şey yok. Modası geçmiş bir görüş...

Turna bir çiçek kopardı.

— Sence nedir bu?

— Papatya...

— Her yerde biter, bir inek çobanı bile bu çiçeği seyredebilir. Führer'in aslanpençesini sevmesi boşuna değil. O çiçeği koparmak için, insanın dik yamaçları tırmanması gerek...

Richter gürültülü gürültülü esnedi:

— Şiirinle başımı ağrıtıyorsun Turna. Ne papatya istiyorum, ne aslanpençesi. Yıkanmak, sırtıma bir sabahlık geçirmek, sedirime uzanmak istiyorum; ne Rus topçusunun gürültüsü, ne tarihi görev, ne de sen. Anladın mı?

Akşam Karafatma günlük emri okudu: Astsubay tanınmaz haldeydi, kederli hali geçip gitmişti. Bıyıklarını oynatarak, gururla:

— Artık iyice hazırlandık, dedi. Ruslara tekniğimizin nasıl olduğunu hissettireceğiz. Sonucu "Kaplanlar" gösterecek.

Ertesi gün savaş başladı. Mermiler, mayınlar kayınağacı ormanını altüst ediyordu. Tanklar önde gidiyordu. Richter, birkaç saatliğine yüreklendiğini duydu: Her şey zaferin ateşini hissettiriyordu. Dört kilometre ilerlediler. Rusların karşıdaki siperde tutundukları kimin aklına gelirdi? Sonraları Richter bu kısa çarpışmayı, savaş boyu gördüklerinin en korkuncu olarak hatırlayacaktı. Oysa ilk kışı, Kastornaya önünden kaçışı, "İvan"ın topçu ateşini görmüştü. Özellikle korkunç bir an yaşadı: Richter, Rusun birinin, makinelisinin kabzasını kaldırıp Turna'ya savurduğunu gördü... Hemen kaçtı: Nasıl kurtulduğuna aklı bir türlü ermiyordu...

Kayıpların sayımına girişildiğinde hepsi büyük bir korku duydular: Bu daracık toprak parçasını pahalıya ödemişlerdi. Karafatma, hem kendini, hem arkadaşlarını yüreklendirmeye çalıştı: "Başlangıç her zaman güçtür... Daha ilerde Kızılların bu kadar iyi tahkim edilmiş yerleri yok...

Richter Turna'yı düşünüyordu. Savaştan önce onu kırdım, ne acı... Ara sıra dayanılmaz olurdu ama inanmış çocuktu. Hem sonra eski bir arkadaştı, savaşa birlikte başlamıştık... Richter, felsefe, şiir ve mimarlık üzerine yaptıkları konuşmaları hatırlıyordu. Turna'nın kendine özgü görüşleri vardı; Almanların Avrupa'yı ele geçirince şövalyelerinki gibi sağlam kalelerde oturacaklarını, mimarların doğaya egemen yepyeni bir mimari yaratacaklarını söylüyordu. Yarı cahil ve gözü dönük bir asker tarafından öldürüldüğünü düşündükçe... Fikir ve kaba kuvvetin trajik çatışması...

Ertesi gün üç kilometre daha ilerlediler. Üçüncü gün saldırıya geçtiler, iki kere tepeye vardılar ama ikisinde de püskürtüldüler. Karafatma hep "Kaplan"lara güveniyordu. Dördüncü gün zırhı delinmiş bir "Kaplan" görünce keyfi kaçtı. Homurdandı: "Alçaklar! Büyük ısı çıkaran mermileri var..."

Toprak sarsılıyordu ama hepsi savaşın durulduğunu hissediyorlardı. Askerler öylesine bitkindi ki: "Kursk'un canı cehenneme!" diyordu çoğu. Top yuvaları onlara en tatlı yer geliyordu. İki topçu saldırısı arasındaki molalarda yumuşuyor, duygulanıyorlardı. Bu molalardan birinde, Karafatma, paramparça olmuş ormandan hâlâ ayrılmayan çılgın bir guguk kuşunun sesini duyunca daha kaç yılının kaldığını saymaya koyuldu. Ama guguk kuşunun sesi kesilmiyordu.

Richter bir kahkaha attı:

— Ne oluyorsun? diye sordu Karafatma.

— Dinle, savaştan önce bir albay, Rusya'ya gerçek bir savaş vermeden girdiğimizi söylemişti. "Yarı barışçı sızma"ydı bunun adı. Ne garip değil mi?

Karafatma bir komutanın sözünü hiçbir zaman alaya almazdı.

— Önceden kestirmek güçtü, dedi, yine de Rusya'nın derinliklerine dalmamız iyi bir şey. Savaşı gerilerde kabul etseydik Almanya'nın başına neler gelecekti, düşünebiliyor musun?.. Dün gazetede, bu kadar geniş toprak parçasını Almanya'yı işgalden korumak için aldığımızı okudum. Çok doğru. Belki Kursk'u ele geçiremedik ama almak için elimizden geleni yaptık. "İvan" çakıldı kaldı, yaptığımız planlar gerçekleşmedi...

Oysa Karafatma da ötekiler gibi bekliyordu: Ya Ruslar karşı saldırıya geçerlerse? Gerçekten de, 11 Temmuz sabahı, gün doğarken Kızıllar bir cehennem ateşi açtılar. Onların bu saldırısına karşı hazırlık yapılmıştı. Birkaç zorlu saatten sonra Kızıllar durduruldu.

Karafatma'yla Richter, gösterilen başarıdan ötürü birbirlerini kutladılar.

— Şöyle bir sürtünmeye kalktılar, gördüler başlarına geleceği. Herhalde bu yaz rahat geçecek. Ruslar müttefikleri bekliyorlar. Biz de hem orada hem burada, boş bulunmamak için hazırlıklı duruyoruz...

Korkunç bir haftadan sonra içi rahatlayan Albay Gabler başarı kazandıklarını sanıyordu. "Bizden daha iyi durumda değiller," dedi kendi kendine. "Şimdi denge sağlandı işte..."

Gün batarken Ruslar yeniden zorlu bir ateş açtılar. Topları aralıksız üç saat ateş etti. Sonra Karafatma uzakta Rus tanklarını gördü. Tanksavar topçumuz nerede kaldı yahu? Havada yalnız Kızıllar var, bizimkiler görülmüyor... Ortalıkta öyle bir kargaşalık vardı ki, Karafatma'yı asıl şaşırtan da buydu. Makineli tüfek taşıyanlara hendeklere yerleşmelerini emretti. Ruslar sipere girerse bacaklarına ateş edin...

Yarım saat sonra Karafatma bağırıyordu: "Geriye çekilin!"

Albay Gabler, General Grimm'e telefon ediyordu:

— Bölüklerde üç dört kişi kaldı. Dayanmamı nasıl istersiniz?

Bir yaz yağmuru yağdı. Sonra güneş göründü. Damlalar yaprakların arasında parıldıyordu. Richter -Hilda'nın istasyondaki gözyaşlarını hatırladı. Kadınların önsezisi var, kediler gibi felaketi duyuyorlar.

2

Gökyüzünün koyu mavi bir renge büründüğü şiddetli yağmurlarla, ortalığın aydınlığa boğulduğu saatler birbirini izliyordu. Minaev hayatında bu kadar çiçeği bir arada görmemişti sanki: Boru çiçekleri, aslanağızları, sarı amberler. "Gerçek bir cennet," diye düşündü. Sonra bu düşüncesini garip buldu: Cennet güzel yer demek. Dün makineli başındaki bir Alman beni az kaldı vuruyordu, gece cehennem ateşi tepemize yağdı; Almanlar bu uğursuz köyü geri almayı kafalarına koymuşlar anlaşılan, iki "Kaplan"ı üzerimize saldılar. Ama bundan çiçeklere ne? Açmaya devam ediyorlar işte...

— Tabur komutanı nerede?

Patika çalılıkların arasında kayboluyordu; ilerleyebilmek için çavuş dalları eliyle itmek zorunda kaldı.

Sonunda, önceki gün almışlardı köyü. Hem epey de güçlük çekerek. Minaev takılıyordu: "Bizim alay için burası Cannes kenti gibi." Tanklar kestirme yoldan göründüğünde, Ossip'in komuta ettiği tabur, ırmağın yüksek kıyısındaki köye saldırdı. Almanlar köyü iyice tahkim etmişlerdi. Yarbay Medvedev, Minaev'in taburunu arkadan sardı: Ormandan geçip kestirme yola çıkarak Almanların geri çekilmesini önleyeceklerdi. Güneyden köye daldılar. Tavanlarına çekilen Almanlar öğleye kadar dayandılar. Bir yüzbaşıyla yüz kadar da er tutsak edildi. Bir binbaşının ölüsü bulundu...

Ossip'i görünce Minaev bir kahkaha attı:

— Savaştan önce bir Amerikan filmi görmüştüm; cezaevinden kaçan bir mahkûmun hikâyesini anlatıyordu. Tıpkı seninki gibiydi filmdeki herifin yüzü...

Ossip'in yüzü gözü toz içindeydi: Sakalı uzamıştı; gözleri yorgunluktan parlıyordu. Sesi boğuktu, içkiden sesi kısılan sarhoşlarınki gibiydi; büyük gürültüyü bastırmak için son günlerde çok bağırmıştı anlaşılan. Elini yüzünde gezdirdi:

— Ne garip: Önemli bir olayı yaşarken insanın sakalı daha çabuk bitiyor.

— Sana bunun bilimsel açıklamasını yapabilirim: Bir olayı yaşarken tıraş olmuyorsun. Yüzbaşıyı getirecekler şimdi, onun da sakalı sekiz günlük. Ama suratı kötü ürünleri andırıyor. Oysa senin suratını sanki tropikal bitki örtüsü kaplamış. Böyle, iki üç direnme noktasını daha tepelemek gerekse, yüzün kürek mahkûmlarına benzemekten çıkar, patriklere dönersin.

Bir er, Alman yüzbaşısını getirdi. 1941 sonbaharında Fransa seferine katılmış, bu yüzden nişan almış, kırk yaşlarında bir muvazzaftı. Tutsak olduğu halde askerce duruşunu yitirmemişti. Çekingen, ama terbiyelice cevaplar verdi. Sorgu bittiğinde, Ossip'e:

— Binbaşım, size bir şey sorabilir miyim? dedi.

— Buyurun, dedi Ossip.

— Rus subaylarıyla konuşma fırsatını bulamadım. Bana kalırsa bu saldırıyı büyük bir ustalıkla gerçekleştirdiniz. Askeri öğreniminizi nerede yaptığınızı sorabilir miyim?

Ossip güldü:

— Stalingrad önlerinde...

Tutsağı götürdüklerinde Minaev gülmeye başladı.

— Sana bakıyor, karşısında bir kürek mahkûmu görüyor ama tutsak olan kendisi. Tabii seni Harp Akademisi'nden çıkma bir Kızıl Von Clausewitz sanıyor. Bir şeye şaşıyorum: Bizimkilerin hepsi birer gerçek asker. Yorgun hepsi, homurdanıyorlar ama ustaca savaşıyorlar! Bugün sekiz tutsak getirdiler; bizimkiler öylesine büyük bir patırtı koparmışlar ki, herifler karşılarında en azından bir tabur var sanmışlar. Oysa hepsi üç kişiymiş. Kolhozcu Şarapov -traktörcü ya da ekip şefi değil, en basitinden bir kolhozcu hem–, daha önce aşçılık yaptığını söyleyen Kloçko -bir yemekhanede çalışıyormuş, yemek yapmayı bildiği yok ama görsen sakınmayı nasıl beceriyor– üçüncüsü de kasadarmış, belki de hırsızın biri. Kekeme olduğundan sonuna kadar dinleyemedim bir türlü. Bir astsubay yakaladılar. Göreceksin herifi: On yıllık asker, dört nişanı var, saçları fırça gibi; konuşmuyor, kükrüyor sanki herif. Von Paulus'un ta kendisi sanırsın... Bir şey söyleyeyim mi sana: Almanlar gevşiyor.

Ossip, aynı ormanların 1941 yılının kasvetli soğuk sonbaharındaki halini hatırladı. Briansk'dan çekiliyorlardı; birlikler darmadağın olmuştu. Bolkhov önlerine gelindi: Almanlar orayı da almışlardı. Tula'ya girdikleri de söyleniyordu. Kimsenin bir şey bildiği yoktu. Yolun ortasına dikilen bir general, kaçanların ardından bağırıp duruyordu. Sözlerinin kimseyi etkilediği yoktu: Kaçanlar durmuyordu bile...

Şimdi Orel için çarpışıyoruz, Rusya'nın göbeğinde, Moskova'dan üç yüz kilometre ötede. Ama, sanki sınıra yaklaşmışız gibi geliyor. Saçma bir düşünce, büyük kayıplar veriyoruz; daha Orel bile alınmadı ama bu sorunun da çözüldüğü, işi bitirmekten başka yapacak şey kalmadığı söyleniyor... Almanlar gevşedi, diyor Minaev. Hadi oradan! İnatla çarpışıyor, her tepeye yapışıyorlar. Değişen Almanlar değil, biziz. Bir yıl önce sanki sisler içinde savaşıyorduk; şimdi rahatça, düzenli çarpışıyoruz!

Gidip alay komutanının karşısına çıktılar. Yine şiddetli bir yağmur yağdı. Yıllardır bu kadar yağmurlu bir yaz görülmemişti.

Askerler bağırıyor, çamura gömülü bir kamyonu kurtarmak için uğraşıyorlardı:

Havada bir Alman uçağı belirdi.

— Çabuk! Geliyor herifler...

Hepsi ter ve yağmurdan iliklerine dek ıslanmışlardı. Almanlar koruluğa on tane kadar bomba attılar. Konuşmaları sanki yarıda kesilmiş gibi, devam etti Minaev:

— Düzenli savaşmakla ilgisi yok bunun. Almanlar gevşedi... İlk yazı hatırlıyor musun? Uçakları yolda ilerleyen her arabanın peşine düşüyordu. Durup dururken inişe geçiyorlardı... Şimdi, gökyüzünde bile ayakları sürçüyor... Bak!.. Bizimkiler geliyor! "Yak" uçakları eşliğinde dokuz bombardıman uçağı güneye gidiyordu.

— Ne güzel! dedi Ossip.

— Bir "Kaplan" görmek ister misin? Yakında, bir kilometre ötede. Sinelnikov uçurmuş.

"Kaplan"ın görünüşü berbattı: Bir demir yığınına dönmüştü; "Mermi tam yakıt deposuna gelmiş," dedi Minaev. Çevrede çiçeklerden, bol çiçekten başka şey yoktu. Sanki iki aşık geziniyordu ortalıkta...

Ossip'le Minaev karargâha yürüdüler. Ceviz ağaçları arasında, bir sandığın üzerine çöken Yarbay Medvedev horluyordu. Gözlerini araladı, silkindi, sanki ırmaktan çıkmış, kurunuyordu.

— Yola kadar ilerlemek gerekiyordu. General İgnatov telefon etti: Almanlar Orel'i bırakıyor, Karaçev'e doğru gidiyorlarmış.

Haritayı uzun uzun incelediler: Kızıl oklar Orel'i çevrelemişti; en alttaki Kromi'ye doğru gidiyordu; bir başkası Mtsensk'den çıkıyor, bir üçüncü de Bolkhov'dan; bir ok da Stanovoy-Kolodez'den kuzeye dönüyordu; dümdüz bir ok yola saplanmıştı:

— Kotinze'ye çıkıvermek gerek, dedi Medvedev. Kolay olmayacak, orman bitiyor, açık arazi başlıyor. Almanlar da oraları iyi tahkim etmiş... Komşumuz çok iyi başladı...

— Gurov mu?

— Hayır, Petriyakov.

Yarım saat sonra, Petriyakov'un birliğinden bir istihkâmcı geldi. Sergey'di bu. İstihkâmcıların, Medvedev'in geçeceği yolu da açabileceklerini bildirdi:

Sergey eğilmiş, kalemini haritanın üzerinde gezdiriyordu:

— Şurası... ve şurası... Ah, bir sigara tüttürebilsem!

Kimsede sigara yoktu. Medvedev tütün uzattı; gazete kağıdına sardılar... Sonra Medvedev domuz konservesi yemeyi önerdi. Ossip'le Sergey konuşuyorlardı. Şubatta ikisi de Katarja'da bulunmuşlardı.

— Amma da bombaladılar şu Katarja'yı!..

Ossip adını söylese, belki Sergey, Valya'nın Kiev'de "Pickwick-Kulüp"teki arkadaşlarından, huysuz, uzun kirpikli Raya ve cansıkıcı kocasından söz ettiğini hatırlayacaktı. Ama Ossip adını söylemedi; hem Russki Drod, hem de Katarja'da bulunmuşlardı, dostça gülümsüyorlardı birbirlerine, şimdi de Kotinze yakınlarında rastlaşmışlardı...

Sergey, Petriyakov'un yanına döndü. Üç saat sonra askerleri, ıslak toprağa yapışmış, Alman havan mermileri altında sürünüyorlardı. İstihkâmcılar dedektör ve makaslarla çalışıyorlardı; çelik tellerin hışırtısı duyuluyordu. Sergey çok sinirliydi, ama görünüşü de o denli sakin ve kayıtsızdı ki. İki geceden beri uyumadığı halde uykusu yoktu; yalnız yüzü ve avuçları alev alev yanmaktaydı. İstihkâmcılar hiçbir aksilikle karşılaşmadan dönünce esnedi, keyifsiz uzandı ıslak otların üzerine. Yakınında bir batarya vardı, yine de hemen uyudu ve ancak saldırıdan sonra uyandı.

Sergey gittiğinde Ossip, Minaev'e:

— Bu binbaşı akıllı birine benziyor, dedi... Şimdi pek çok şey istihkâmcılara bağlı. Dün Odinedz'de iki tank uçtu: Mayınların yerini bulamamışlar...

— Ama askere de pek benzemiyor –ıslak kaputunun içinde, başını geriye atmış Sergey gözünün önüne gelince gülümsedi– Şiirlerini Derjavin'e okuyan Puşkin'i andırıyor. Böyle bir resim vardır...

— Sana göre herkes birine benzer, dedi Ossip. Ben kürek mahkûmuna benziyorum, bu binbaşı da Puşkin'e. Peki ama sen neye benziyorsun?

— Ben mi? Herhalde Lenski'ye. Dün bir Alman beni vurmaya çalıştı, karavana tabii. Sonra dans etmeyi bilmem. Senin buza, benim ateşe benzediğimize karar vereli de çok oluyor...

Bir süredir ilgilendiği telefoncu kızın adının Olga –tıpkı Lenski'nin nişanlısı gibi– olmasından söz etmedi Minaev. Olga yiğit kızdı; yine de yüzünde, azıcık korkmuş gibi bir anlam vardı. Bu cehennemi andıran temmuz ayını yaşamasalar, Minaev, savaşta bile insanın başına her şey gelebileceğini söylerdi Olga'ya herhalde. Ama duyguları açmanın sırası değildi... Minaev'de duygular, Olga'ya sık sık şu şekilde bağırarak dile geliyordu: "Hemen gidip yatın! Telefonun başında ben dururum..." Altın tozu serpiştirilmiş gibi, çillerle kaplı soluk ve çocuksu yüzünü hatırladı. Düşündü: Lenski'nin sözünü etmemeliydim, belli oluyor...

İki saat sonra saldırı başlıyordu. Bir girintiye kadar koşup mevzilendiler: Almanlar şiddetli ateş açmışlardı. Ossip'in taburu, sağda çalılarla kaplı bir tepeyi işgal edecekti. Zorlu bir gündü. Almanlar, savaşa girmemiş bir alay taze kuvvet almışlardı; karşı saldırıya geçip ormana ulaştılar. Gece, Ossip'in taburunun öteki birliklerle bağlantısı kesildi. Sabaha doğru Minaev ileri yürüyüşe geçti yeniden. Ossip tepeden saldırdı. Sabahın on birinde Almanlar geri hatlara doğru çekiliyorlardı.

— Ağır ağır ama düzenli, diyordu Ossip. (Bu deyim hoşuna gitmişti.)

Minaev de takılıyordu arkadaşına:

— Sana kalırsa her şey düzenli. Valla, "Almanlaştın" gibime geliyor...

3

Sergey, daha bir içine kapanmıştı; ölüme yakınlığın getirdiği o ahlak çıplaklığı içinde ötekilerle birlikte yaşayıp insanları daha iyi tanımayı öğrenmişti. Oysa, eski Sergey'e artık benzemediğini sanmakla yanılıyor, sakin görünüşünün altında büyük bir ihtiras, sabırsızlık, birbirini izleyen umut ve kırgınlık nöbetleri kaynıyordu.

Saldırının gevşediğini, yerlerinde saymaya başladıklarını sandı... Şubat olaylarının tekrarlanmasından korkuyordu. O zaman da Orel'in sözü edilmişti.

General Petriyakov, Sergey'e:

— Beklediğimiz günler yaklaşıyor, demişti. Irmaklara geliyoruz...

Sergey anlamamıştı. Hangi ırmaklardan söz ediyordu general? Vitebet ya da Rassveta gibi akarsulardan mı yoksa?

Petriyakov, gülümseyerek ekledi:

— Desna. Dinyeper. Ardından da Vistül...

Sergey gülümsedi. Belki doğrudur söylediği... Ama gözümle görmeden inanmam. Bir tek ordu, belki daha da az: Rikaçev'in kesiminde de bulunmadım üstelik... General durumu daha iyi görebilir tabii. Annem, Moskova'da havanın çok iyi olduğunu yazıyor. Herkesin morali yerindeymiş. Ne garip, savaşı duyuyoruz, kokusunu alıyoruz, ama bir bakışta görebilmek için biraz geri çekilmek gerekiyor. Geridekiler için, saldırıdan hemen önceki son on dakikayı anlamak herhalde çok güç, buna karşılık olup biteni, canlılığı, yeni harekatı bütünüyle görebiliyorlar.

Sergey ordu karargâhından dönüyordu: Taburun yer değiştirmesine karar verilmişti. İliklerine dek ıslanmış, bir cipte gidiyordu: Yağmur sabahtan beri durmamıştı. Çevrelerinde yıkıntıdan, devrilmiş arabalardan, parçalanmış direklerden, dikenli tellerden başka şey yoktu. Cephe kesiminin her zamanki görüntüsüydü, ama insan yine de kolay alışamıyordu. Savaşırken insan dikkat etmiyor ya da çevresini düşünmeden bakıyor. Ama gözlemci olarak baktığında bir üzüntü çöküyor içine, Sergey bir şey düşünmüyordu, üzgündü; savaş gibi, bu delik deşik yolun da sonu gelmeyecekti sanki.

Cip durdu..

— Yağ kalmadı, dedi şoför...

Sergey baktı:

— Yataklarda da bir şey var...

Birden Fransızca konuşulduğunu duydu. Döndü: Havacılar duruyordu biraz ilerde. On beş gün kadar önce, biri; *Normandiya* filosunun Orel savaşlarına katıldığını söylemişti Sergey'e. O sıra Alman savunma hattını yarmakla meşguldüler. Sergey'in anılarına dönecek hali yoktu. Ama şimdi Paris karşısına dikilmişti; bu zavallı yolun üzerinde Concorde alanının fenerlerini, dikili taşı, güzel sesli genç kızları, fıskiyeyi, gazete satıcılarını görür gibi oldu; dil, sesler ve yüzlerle her şey yeniden canlanmıştı.

— Binbaşım, şunlardan yağ istesenize, dedi şoför. Hem sonra benzin de alsak iyi ederiz. Depodaki, yolun sonunu getirmeyebilir...

Havacılar, Sergey'i ormana götürdüler; içlerinden biri ille de Rusça konuşmak istiyordu; sözcükleri de bir garip söylüyorlardı ki. Sergey, Mado'nun sözlerini hatırladı: "Cehennemin dibine yolluyor..."

Gülerek, bir Almanın alana indiğini Fransızları görünce korkudan deliye döndüğünü anlattılar. Bir Rus generali, Almanlardan alınan bir kasa şampanya armağan etmişti onlara: 14 Temmuzu kutlamışlardı o şampanyalarla. Asıl şaştıkları, bir Rus binbaşısının Fransızcayı bu kadar güzel konuşmasıydı. Sergey gülümseyerek bakıyordu yüzlerine; Fransa'yı da böyle hatırlıyordu: Yiğit, şen ve hüzünlü. Havacıların kahkahalarında, şakalarında bir hüzün vardı: Önceki gün arkadaşlarından ikisini kaybetmişlerdi.

Uzun boylu, kara gözlü bir teğmen, Sergey'e:

— Beni tanımadınız mı? diye sordu. Babamın evine gelmiştiniz, *Corbeille*'e.

Sergey dondu kaldı, Louis'yi öpmek geçiyordu içinden, aynı zamanda da heyecanını saklayamadığı için utanıyordu.

— Herhalde yanıldım, dedi Louis.

— Hayır, hayır!... Bağışlayın... Pek beklemiyordum da...

— Haziran başından beri buradayız. Otuz Alman uçağı düşürdük... Çok mutluyum, Paris'ten ayrılışımdan bu yana Paris'te tanıdığım birine ilk kez rastlıyorum...

Louis, Sergey'e, nerelerde çarpıştığını sordu; Stalingrad'da bulunduğunu öğrendiğinde:

— Ben de çok isterdim orada bulunmayı, dedi. Londra'dan izliyorduk Stalingrad savaşını, yerimizde duramıyorduk... Ama geç kaldık, ancak kasımda gelebildik... Burada işler fena değil, her gün bombardıman uçaklarına eşlik ediyoruz.

Sonra Sergey Louis'ye, Rusya'ya nasıl geldiğini sordu. Louis'nin yüzü asıldı: Yenilgiyi, Bordeaux'yu, babasıyla aralarında geçen tartışmayı hatırladı.

— Alman saldırısı boyunca bizi İsviçre sınırında tuttular. Mütarekeden hemen sonra Fransa'dan ayrıldım. Önce Londra'ya gittim. Orada savaşa katıldım, Almanlar aşağı yukarı her gün kenti bombardıman ediyorlardı. Son bir yıl pek bir şey yapmaz olmuştuk. Biz Fransızların çok ağırına gidiyordu bu durum.

— Şimdi Fransa'da durum nasıl? Henüz herkes Almanlardan yana çıkmadı sanıyorum...

— Bir avuç hainin dışında kimse onlardan yana değil... Arkadaşlarımızdan biri geçen sonbaharda geldi Fransa'dan, her gün bir Alman öldürdüklerini söylüyor. Direniş gitgide güçleniyormuş. "Fransızları şimdi görseniz tanımazsınız," diyor.

Louis, Fransız partizanlarının yaptıklarını anlattı; farkına varmadan durumu abartıyor, görmek istediği gibi gösteriyordu Fransa'yı.

— Binbaşım, depoyu doldurdum. Çok da iyi bir benzin.

Gitmek gerekiyordu. Sergey, en önemli soruyu sormamıştı daha. Nasıl olur da Louis, Mado'nun sözünü etmezdi? Ama Louis, Savoie'li yurtseverlerden, bir bulut yığını ardında kaybolan "Messerschmitt" uçağından, bombardıman uçaklarından söz ediyordu. "Dün Orel-Karaçev yolu üzerinde bir Alman taburunu uçurmuşlar."

Sonunda Sergey sormaya karar verdi:

— Ailenizden haber alıyor musunuz?

— Annem, ben Fransa'dayken öldü. Felaketi gördü, acısından öldü... Babamı tanıdınız, olayları açıkça görme yeteneğinden yoksundur...

— Ya kızkardeşiniz?

— Mado evlendi, bir rastlantı sonucu öğrendim. Paris'te oturuyorlar, Direniş Hareketi'ne katılmışlar...

Sergey kafasını toplayamıyordu bir türlü. "Yataklara bakmak gerektiğini ben de biliyorum. Ama her gün yola çıkıyoruz, zaman yok ki!" diye homurdanan şoförü de duymaz olmuştu. Derken hava karardı. Sergey, Mado'yu düşünmek istiyor, düşünemiyordu bir türlü. Oysa, ormanda rastlamışcasına yakındı ona.

Ama Mado'yu düşündükçe anılar yığını altında sersemliyordu. Acı, sevinç, keder: "Mutlu musun? Üzüntülü müsün?" diye sorsalar ne cevap vereceğini bilemezdi. Mado şarkı söylüyordu:

Asker mutluluğun geri mi geldi?
Asker mutluluğun sona mı erdi?

Yitirdim mi Mado'yu? Onu yeniden mi buldum? Hiçbir şey bilmiyorum... Evet, evet, yeniden buldum onu! Yalnız canlı değil, bizimle birlikte: Düşünemiyorum bile, Mado Direnişçilerle birlikte. Demek savaş her yerde aynı, korkunç... Neden Mado'dan kuşkulandım? Rahatını pek sevdiğini sanıyordum... Ara sıra yabancı geliyordu bana. Oysa sandığımdan da yakındı. Değişti, zaman eskisinden farklı. Bu kadarla kalmıyor. Ben de eskiden böyle değildim; pek çok şey dikkatimden kaçar, dış görünüşe göre yargıya varırdım. Ama savaşta ne kılıf kalıyor; ne de yaldız, her şey çırılçıplak. Mado'yu anlayamadım. Seviyordum, sevdiğimden haberim yoktu... Şimdi rastlaşsak başka türlü olur, gerekli sözleri bulurduk. Sonra konuşmadan da anlardık birbirimizi... Şu küçük koruda yeniden buluşmuş gibiyiz; bütün olup bitenlerden, ayrılıktan, karşılıklı kuşkulardan, korkunç savaş tecrübesinden sonra... İlk kez yan yana yürüdüğümüzde de ağaçlıklı bir yerdeydik, yağmur yağıyordu...

Demek Mado evlendi. Beni unuttu... İnsan delirebilir... Hiç birlikte olamayacağımızı ona söylememiş miydim? Hem evlendim, hem de onu kıskanıyorum. Aşkı, hayatı bulması iyi bir şey. Kocasının kim olduğunu neden sormadım sanki? Belki Mado gibi sanatçıdır?... Şimdi onlar da dövüşüyorlar... Üstelik onlarınki daha zor: Çevreleri sakin bir hayat, kayıtsızlık, ihanetle dolu. Mado'nun böyle bir zamanda yalnız kalmaması çok iyi. "İyi" diyorum ama neler hissediyorum? Aptalca, bundan da öte iğrenç bir şey: Onu kıskanıyorum... Hayır, istemem. Benim kendi hayatım var, Valya var. Bütün bunlar geçmişte kaldı... Olanla, olacakla yetinmek gerek...

Mado'nun görüntüsünü uzaklaştırmaya çalıştı bir türlü başaramadı. Kamyon farları ıslak ağaçları aydınlatıyor. Sergey, Mado'yu yanında duyuyordu. Düşündü: En korkuncu da bir daha hiçbir şeyin düzelmemesi, eskisi gibi olamaması! İnsanın geçmişi nasıl aradığına aklım ermiyordu. Şimdi anladım: İnsan yapmadıklarına, yapamadıklarına üzülüyor. Peki neden böyle oldu? Duygularımızın yeterince güçlü olmamasından değil herhalde. İnsan daha fazla sevemezmiş gibi geliyor... Ayrılacağımız sıra Mado şöyle demişti: "Asla böyle bir anımız olmayacak artık..." Aşktan da öte bir şeydi, ama basit bir eksiği vardı sanki. Mado ikimizin de kendi hayatını yaşayacağını, ama aşkımızın hiç sönmeyeceğini söylüyordu. Anlıyordu her şeyi... Doğru söyledi. İşte, evlendiğini öğrendim ve hiç üzülmüyorum. Benim de karım var, ama o başka şey. Mado'ya ihanet etmedim, o da beni aldatmadı. Bu duyguya ihanet edilemez... Şu an Paris'te ortalık kapkara, yağmur yağıyor, Belki Mado, ormandaki patikaları, daracık bir yolu izliyor? Ardından da bir Alman... Peki neden ayrıldık öyleyse? Bilinmeyen bir güç hem bizi birbirimize itiyor, hem de ayırıyordu. "Kader böyle istedi..." diyor Binbaşı Şileyko. İyi ama kader insanın kendine bağlıdır. Tersi kaderciliktir... Belki de değil…

Araba durdu.

— Yağ kalmadı, dedi üzgün üzgün, yataklara baktırmak gerek...

Sergey meraklandı, epey geç olmuştu. Neyse ki kısa süre sonra bir kamyon göründü: Sergey durmasını işaret etti. Birkaç dakika sonra askerlerle hararetli bir konuşmaya dalmıştı. Hepsi topçuydu, Orel'in girişinde sürüp giden savaşları anlatıyorlardı.

Kısa süre sonra gökyüzü kıpkırmızı kesildi. Öylesine bir gümbürtü kopuyordu ki, anlaşmak için bağırmak gerekliydi. Sergey, Louis ile karşılaşmasını düşündü. Sanki dört saat değil, yıllar önce konuşmuştu onunla. Yağmur damlalarıyla kaplı dallar ara sıra farların ışığında parıldadığında ona Mado'yu hatırlatıyordu.

Orel'i alacağız, bu kesin... Sergey artık Mado'yu değil, aşacağı geniş ırmakları düşünüyordu: Desna'yı, Dinyeper'i, Vistül'ü...

4

Sergey gidince Louis düşündü: Neden Mado ile Berty'nin direnişçilerle birlik olduğunu söyledim ona? Evlenme ilanını okuduğumda aklıma gelmişti bu; aptalca bir temize çıkarma çabası, başka şey değil... René, Berty gibilerin düzene ayak uydurduklarını, Berty'nin adını gazetelerde gördüğünü söyledi... Artık bir şey anlamaz oldum. Babam Pétain'e inanabilir, çocuklar gibi düşünür hep. Ama Mado'nun kaderini bir haine bağlayacağını hiç sanmam!... Belki de yaşamak zorunda olduklarını düşünüyor, birbirlerini gizlemeye çalışıyorlar. Korkunç bir bilmece...

Louis ve René, ara sıra ya kızgınlık ya da büyük bir sevgiyle anıyorlardı geçmişi. Konuşmalarının konusu ne olursa olsun, -okuldaki eğlenceler, "garip savaş" ya da savaştan sonraki alçalma, küçük düşürme- hep aynı düşünceye varıyorlardı: Fransa ne durumdaydı? Anlamak istiyor, anlayamıyorlardı. Louis şöyle demişti: "Belki bir gün geri döner ve bir şey anlamaz, vatanımıza yabancı kalırız..."

Kuşkularını Sergey'e açabilir miydi? Sergey bir dosttu, Fransa'yı sevdiği hissediliyordu ama yine de yabancıydı. Belki Stalingrad'dan söz ederken şöyle düşünüyordu: "Ama siz hemen teslim oldunuz..." Burada da, Fransa'da olduğu gibi gerçek Fransızların bulunduğunu bilsin! Hainlere gelince. (Hayır, Berty'nin hain olabileceğine inanmıyorum, René yanıldı herhalde), bu da bizim acımız. Ama bir yabancıya anlatılamaz...

Louis gülümsedi: Ne kadar da değiştik! Eskiden böyle bir şey aklıma bile gelmezdi... Ruslar ülkerinden söz ederken, insan, kıvanç duyduklarını seziyor. Sergey, Nivelle'in ağzının payını nasıl vermişti... Aralarında bile, vatanları konusunda şakalaşmıyorlar gibi... Biz eskiden, Fransız olmakla gururlanır mıydık? Nerede Fransa ile alay eder, şarkılarda matrağa alırdık. Annem Tahiti'ye gitmek isteyip istemediğimi sorduğunda, ne cevap vermiştim? İnsanın, her yerde Fransa'dakinden daha rahat olacağını. Neler yitirdiğimi ancak Londra'da anladım.

Ruslar bize İngilizlerden iyi davranıyor. Onların da başından öyle şeyler geçti ki bizi anlamakta güçlük çekmiyorlar pek... Londra'da, bize paralı asker gibi bakanlar vardı. Burada herkes, *Normandiya*'nın, müttefik ordusunun bir birliği olduğunu belirtiyor. Belki bu da siyaset, kim bilir; ben, dostluklarını hissediyorum. Bize gerek duymadıklarını bilmeyen yok. İstedikleri kadar usta olsunlar, on beş, yirmi havacının böyle bir savaşta yapabileceği nedir? Gerçek, bizi dostça karşılamış olmalarıdır; bize Yak uçakları vermeleri, "Göklerimizde Paris'iniz için savaşabilirsiniz" demeleridir.

O "garip savaş" sırasında, savaşa katılıp katılmayacağımızı beklerken, kimse niçin savaşacağını bilmiyordu. Oysa Fransa'daydık... Şimdi Fransa öyle uzak ki, gözümüzün önüne getiremiyoruz; ama hepimiz Paris için savaştığımızın farkındayız. Eskiden havacılık yüce bir spor gibi geliyordu bana; rekorlar kırmak, savaş patlarsa zafer üzerine zafer sıralamak. Şimdi zaferi bile düşündüğüm yok. En basit şeyler için çarpışıyorum artık: Bir ev, yanındaki bir ağaç –karaağaç ya da akağaç– pencerelerde yeşil kepenkler, minik minik sarmaşık gülleri, vızıldayan bir eşek arısı için... Burada her şey değişik: Ağaçlar, evler, gökyüzü bile soluk... Kırmızı kiremitli bir ev, kurşuni, sarmaşıkla kaplı bir taş duvar, küçük bir kahvenin terası, göğüslüklü öğrenciler, siyah bereli kadınları görmedim ne zamandır.

Eskiden Louis duygulu görünmekten korkardı. Savaş onu değiştirmişti. Annesinin mezarından alıp Londra'ya, Suriye'ye, İvanovo'ya ve buraya, Orel'e kadar taşıdığı bir avuç toprağı René'ye gösterirken utanmadı. Basit bir avuç topraktı bu; ama baktığında, Louis tepeleri, ölü kokan mersin ağaçlarını, güneyin masmavi göğünü hatırlıyordu...

Evet, burada Paris için çarpışıyoruz. Bir türlü çıkarma yapmamalarını insanın aklı almıyor... Koca bir yıl daha geçti; Almanlar, Stalingrad önünde yenilgiye uğradılar, iki haftadır burada büyük savaşlar oluyor. Neden Sicilya'da takılıp kalıyorlar? Ruslar, müttefiklerin, her şey bitince geleceğini söylüyorlar... Rusların duygularını anlıyorum, her gün binlerce kişi kaybediyorlar. Fransa da bekleyemez artık. Almanlar gireli üç yıl oluyor... Londra'dan ayrıldığım için çok mutluyum; burada daha yakınım Fransa'ya, savaşıyorum.

Genellikle şen ve gürültücü olan Louis o gün öylesine üzgündü ki, arkadaşlarının, hatta René'nin karşısına çıkmaktan çekiniyordu.

Sergey'e rastlamak yarasını tazelemişti; geçmişi karşısına dikildi: Annesi, Mado, Paris. Yemek yemek gerekiyor; saat altıda uçakların başında bulunmak zorunlu. Louis kantinin yolunu tuttu. Ağaçların altına, reçine kokan, beyaz boyalı tahta masalar dizilmişti. Louis geç kalmıştı: Kimseler yoktu görünürde. Klava onu azarladı:

— Neredeyse akşam yemeği çıkacak...

— Kızmayın Klava... Ben yarım saat geciktim, ama müttefikler, ikinci cepheleri için bir yıl geç kaldılar.

— Her şeyi alaya alırsınız...

Klava gülümsedi. Tombulca, kirpiksiz, yüzü çille kaplı, okşayan bakışlı gri gözlü genç bir kızdı. Önce çorbayı, ardından kızartma eti getirdi.

— Yemiyor musunuz?

Suçüstü yakalanmış çocuklar gibi cevap verdi:

— Karnım aç değil...

Louis hepsinden iyi Rusça konuşuyordu. Arkadaşları ona gıpta ediyorlardı: Tercümanın aracılığına gerek duymadan, bir "Messerschmitt"in peşine nasıl takıldığını Rus havacılarına anlatabiliyordu. Ötekiler el hareketleri ve herkesin anlayabileceği "pike", "viraj" gibi sözcüklerle konuşuyorlardı. Oysa Louis, "kuyruk" anlamına gelen "khvost" sözcüğünü bile söyleyebiliyor arkadaşlarını şaşkına çeviriyordu. Sık sık Klava'yla konuşur, Rusya'daki hayat konusunda sorguya çeker, ona Fransa'dan söz ederdi. Klava'nın kendisini dikkatle dinlemesine, şaşkın çığlıklar atmasına bayılırdı: "Yok canım!" ya da "Doğru mu bu söylediklerimiz?" der dururdu genç kız.

Klava, önceleri, Fransızların nasıl insanlar olduğunu anlayamamıştı. Yılbaşı gecesi bir yemek vermiş, içki içmiş, bir ağızdan kilise şarkılarını andıran, insanın içini ürperten şarkılar söylemeye başlamışlardı. Klava tercümana sordu: "Kantik mi bu söyledikleri?" Tercüman bir kahkaha attı: "Yok canım,

Benim ninem hastadır.
Derdi kara sevdadır...

gibisinden neşeli şarkılar."

Klava sinirlendi, kızardı; Fransızların kaba insanlar olduğu sonucuna vardı. Sonradan anladı yanıldığını. Akıllarından geçen şeyi söylüyor, ama ellerini pek hareket ettirmiyorlardı: İnsanın peşinde dolaşsalar bile büyük bir incelikle yapıyorlar bunu, diyecek yok. Fransızlar artık hoşuna gidiyordu: Şendiler, üstlerine başlarına özeniyorlardı, yürekliydiler. Bizim albay, çok iyi savaştıklarını söylüyor, yalnız biraz delişmenmiş hepsi... Öyleyse nasıl olur da kendi ülkelerinde bu kadar kolay yenildiler? Dün içlerinden biri geri dönmedi, Pierre'di adı, tıpkı bizdeki Piyotr gibi. Klava'ya, Rusçada adının Piyotr Castonoviç olduğunu söylemişti. Sabah herkesle şakalaşıyor, Fransa'da polis memurlarına "inek" dendiğini anlatıyordu. Öyle güzel böğürmeye başladı ki, Lena koşarak geldi: "Duyuyor musunuz? Bir inek böğürüyor..." Ve işte, geri dönmemişti. Klava bütün gece gözünü kırpmadı, durmadan Pierre'i düşündü.

İçlerinde en çok Louis'den hoşlanıyordu. Anlamlı gözleri vardı, öyle güzel gülüyordu ki, nedenini anlamasa bile insan onunla birlikte başlardı gülmeye; hem sonra Rusça da biliyor... Bugün neden böyle üzgün? Klava içini çekti:

— Yemek yemek, güçlenmek gerek...

— Karnım aç değil Klava.

Louis'nin yanına oturdu, pırıl pırıl gözleriyle yüzüne bakarak sordu:

— Fransa'da bir karınız mı var?

— Hayır.

— Öyleyse nişanlısınız?

Louis anlamamıştı. Klava anlattı:

— Genç bir kız demek istedim?

— Hayır. Bir annem vardı, öldü. Artık kimsem yok, Fransa'dan başka kimsem...

Louis düşündü: Altında Fransa toprağı, Fransa'nın tepeleri, bağları, kiremit ya da arduvaz damları olduğunu bilerek ölmek ne güzel... Louis'nin gözleri daha da bir gölgelendi.

— Üzülmeyin, dedi Klava, savaş bitecek evinize dönecek, ve kendinize bir genç kız bulacaksınız...

Kadınlar, okşamalarıyla pek şımartmamışlardı Louis'yi. Kendinden emin, neredeyse kaba bir havası vardı, ama aslında, hastalık derecesine varan bir çekingenlikteydi. Bir genç kızın hoşuna gittiğinde ya çok aptal ya da çok akıllı olduğuna kendi inandırmak isterdi. Kızla yalnız kalmaktan, ona gülünç gelmekten çekinirdi. Klava'ya hayrandı: Ne kadar kadın, ne kadar şefkatliydi! Birden minnet duygularıyla doldu içi; geniş ve pürtüklü elini avuçlarına aldı ve öptü. Klava kıpkırmızı kesildi:

— Ne yapıyorsunuz?

René koşarak geliyordu:

— Komutanın emri var. İkimiz bombardıman uçaklarına eşlik edeceğiz...

Louis en iyi havacılardan sayılıyordu; kısa sürede üç Alman uçağı düşürmüştü. Komutanın gördüğü tek hatası, sinirliliğiydi. "Göreviniz düşman uçaklarının peşinden koşmak değil, bombardıman uçaklarına eşlik etmektir" dedi Louis'ye. "Unutmayın!"

O sabah Louis, kendi kendine: "Kantinde Lena değil de Klava duruyorsa iyi, demişti. İşler yolunda gidecek demektir." Gülümsedi. Her geçen gün kör inançlara biraz daha saplanıyorum, yolun kenarındaki çam ağaçlarını sayıyor, uğursuz gelmesin diye yola çıkmadan önce "yarın" demeye korkuyorum. Neredeyse uykumda tahtalara vuracağım... Klava ne kadar tatlı... Hayat ne kadar güzel olabilirdi, tam tersi...

Louis ve arkadaşı Briansk yolu üzerindeki Alman kamyonlarına saldıracak bir "İl" filosuna eşlik ediyorlardı. Louis, Alman askerlerinin yolda koşuştuğunu görüyordu. Ortalıkta kimseler yoktu, büyük bir zevkle dalışa geçti. Birden, bulutların arasından avcı uçakları, altı "Messerchmitt"le iki "Focke" fırladı. Louis hemen bombardıman uçaklarına haber verdi: Güç dengesi bozuldu, üssümüze dönmeliyiz. Bombardıman uçakları ortalarında ilerliyor, onları koruyamamaktan çekinen Louis ve René bir türlü savaşa giremiyorlardı. Louis'nin durumu daha güçtü; soğukkanlı da değildi üstelik. Çevresinde üç "Messer" vardı. Makinelileri işletti; bir "Messer"in alev alıp döne döne düştüğünü gördü. İkinci "Messer" kaçmıştı; üçüncüsü Louis'nin hemen ardındaydı. René saldırıya geçti, onu da kaçırdı. Ama öteki "Messer"lerle "Focke" saldırıya geçti. Bir sarsıntı oldu: Louis büyük bir acı duydu. Bir şey göremiyordu. Kaslarını gerdi; uçağı üssüne götürmeliydi... Hayır varamayacağım... Varmalıyım... Altında kiremitli damlar; bağlar, Fransa vardı sanki.

René bir "Focke" düşürdü ve kazasız belasız üssüne döndü. Komutana raporunu verdi:

— Louis birini düşürdü; sonra onu kuşattılar. Yükseldi iyice, peşinden gittiler. Bir yerlere kondu sanıyorum.

Komutan, gece gelebileceğini düşünüp alanı hazırlattı. René de bekliyor ama Louis dönmüyordu. Sonra sabah, alanın on kilometre ötesinde, tankçıların Fransız bayrağının renklerini taşıyan bir "Yak" uçağının kalıntılarını buldukları bildirildi.

Sergey'e rastladığı küçük ormana gömdüler Louis'yi. Bembeyaz, ince bir sürü kayınağacıyla doluydu orman, pek ince ve pek beyaz kayınağaçlarıydı bunlar... Rus albayı: "Rahat uyu yiğit dostumuz!" dedi. Bu sözlerde öylesine büyük bir dostluk gizliydi ki, herkes, üzüntüsünün daha da arttığını hissetti. Havacılar mezarın çevresine dizilmişti, hepsi Louis'nin doğup büyüdüğü, oynadığı, sevdiği uzak toprakları düşünüyordu. Selvileri, mersin ağaçları, gül fidanlarıyla Fransa'daki mezarlıkları, gümüşsü yapraklarıyla zeytinlikleri, incir ağaçlarını, ıhlamurları görür gibiydiler. Kayınağaçlarını gösteren bir havacı mırıldandı: "Tıpkı bizim oralarda, Sologne'daki gibi..." René herkesten sonraya kaldı: Louis'nin Fransa'dan getirdiği bir avuç toprağı arkadaşının mezarına serpti... Sonra havaya ateş edildi...

Klava, kır çiçeklerinden yapılma koca bir demet koydu mezarın üstüne. Gece, yattığı yerde durmadan ağladı. Neden bu kadar üzgünüm? Ona bizimkilerden daha çok acıyorum... İnsanın doğduğu evden uzaklarda ölmesi ne acı... "Ne karım ne de nişanlım var," diyordu. Fransa'dan başka kimsesi kalmamıştı... Ve göremedi Fransa'yı.

5

Ölçülü bir hayat, çok düzenli bir günlük yaşayış, herkesin soğukkanlılığı en büyük acılara katlanmayı sağlar, derler. Nataşa'yı da ayakta tutan, olayların acılı yanı, '41 ve '42 yıllarının aralıksız çalışması, hayata hiç benzemeyen bir hayattı. Bildiriler Alman saldırısını bir ay önce haber verdiğinden beri canavar düdükleri sık sık çalıyordu: Herkesin sinirleri gergindi. Mart ayında Almanlar Harkov'u almışlardı. Yeniden başarı kazanmaları mümkün müydü?... Nataşa, babasının Kursk yakınlarında bir yerde olduğunu biliyordu. Neyse ki korkulu günler fazla uzamadı. Bir hafta sonra, kimse Kursk'un sözünü etmez olmuştu: Artık Orel saldırısının sonuçları bekleniyordu. Dimitri Alekseyeviç, kızına yazdığı mektupta: "Hitler'in 'Kaplan'larından birini gördüm," diyordu. "Aracın ne kadar zamana ve paraya mal olabileceğini düşündüm. Üstelik, havaya uçuran Gorokhov diye biri: Savaş öncesinde, bir tavuk çiftliğinde çalışıyormuş. Dün de elimle apandistini aldım..."

İlkbaharda, Nataşa Moskova'ya döndü. Kent, yavaş yavaş barış günlerindeki görünüşüne bürünüyordu; tiyatroların bir çoğu kapılarını açmıştı; sokaklarda şimdi daha çok otomobil vardı. Kiminin içi rahatlamış, eski işine dönmüştü. Herkes ev bulma derdindeydi: Kimi oturduğu yerden atılıyor, kimi de taşınıyordu. İki yıllık bir aradan sonra, ortak kullanılan mutfaklarda yeniden kavgalar baş göstermişti. Pazarlar yine malla doluydu, hediyelik eşya satan mağazalar bile iyi işliyordu. Ama bunun yanı sıra, vicdanları, yürekleri ve kanlarıyla cepheye bağlı olanlar insanüstü çalışmalarını sürdürüyorlardı. Moskova evlerine göz atmadan Orel saldırısına akıl erdirme olanağı yoktu. Fabrikalarda, bütün güçlerini toplayan kadınlar ağır yükler kaldırıyorlardı. Paydos verildiğinde çocuklar el arabalarıyla oynuyorlardı; çocuktu hepsi, oynamadan edemezlerdi. Yaşlılar, kolu ya da bacağı kesilenlere çalışmaları öğretiyorlardı. Moskova kan ter içindeydi: Savaş devam ediyordu. Nataşa'nın komşusu, fabrikada çalışan Maria Nikolayevna bir türlü uykusunu alamazdı; Nataşa da öyle. Karşılaştıklarında, büyük bir bitkinlikle boğuşan irade gücünün okunduğu çakmak ve bulanık gözlerle bakışırlardı.

Doğduğu, annesinin yanında büyüdüğü, Gogol Bulvarı'nın kumlarıyla oynadığı, daha sonraları da okula, enstitüye gittiği, Vassia'ya rastladığı kente dönmek Nataşa'nın acılarını yeniden canlandırdı: Artık umudunu kesmişti, babası partizan müfrezelerinden söz ettiğinde, beni avutmaya çalışıyor, diyordu. Vassia'nın öldüğünü biliyordu, ama ona duyduğu sevgi sönmemiş, alevlenmişti. Ara sıra kendi kendine sorardı: Yaşamayan biri böylesine sevilebilir mi?

Odasında, Vassia'nın yazdığı pusulaları, taslaklarla dolu defterini buldu. Kışın, Minsk'e gitmeden önce bırakmıştı. En ufak şey Nataşa'ya büyük acısını hatırlatıyordu: Çikolata dolu kutu (Nataşa'nın doğum gününde Vassia getirmiş, bir türlü veremediği için de kitapların altına koymuştu; öyle ki, bunu kimin getirdiğini, Nataşa ilk bakışta anlayamamış, sonradan Vassia'yla çok alay etmişti). Kırık bir vazo (bir bale gösterisinin "ideolojik" olup olamayacağını tartışıyorlardı; tartışmanın ateşiyle Vassia, küçük bir sehpayı devirmişti)...

Vassia'yla aralarında geçen uzun konuşmaları hatırladı, ne kadar da çocukmuşuz, diye düşündü. Bir gün ölümden söz etmişlerdi. Ölümün kaçınılmaz olduğunu kabul edince insanın yaşamayacağını savunuyordu Nataşa. Vassia karşılık vermişti: "Bilginler ölüme çare bulmaya çalışıyorlar." Bir başka keresinde Nataşa, felaketten korktuğunu, kötümserliğe kapılmanın kolay olduğunu söylüyordu. İkisi de çok okur, okudukları kitaplar üzerinde uzun uzun düşünür, ama hayatı hiç bilmezlerdi o sıralar...

Nataşa'nın arkadaşları onun çok güzelleştiğini, tanınmaz hale geldiğini söylüyorlardı. Değişen, yalnız dış görünüşü değildi. Gorev cepheden döndü. Savaş öncesinde Krilovlara sık sık uğrardı; o sıralar Nataşa küçücük bir kız gibi gelirdi ona. Şimdi aşıktı, soruyordu kendi kendine. Az rastlanan bir insan, üstün bir yaradılış olduğunu nasıl da fark etmemiştim?... Gorev filologdu, topçu binbaşısı olmuştu, zekiydi, cana yakındı; savaşta kendini göstermişti ama aşk konularında utangaçtı. Cepheye döneceği günün gecesi açılma cesaretini gösterebildi. Nataşa elini tuttu tatlılıkla ama ısrarla: "Hayır," dedi.

"Olamaz..." Gorev kıpkırmızı kesildi; düşündü: Nataşa beni namussuz bir herif sanıyor... Yola çıkacağı sıra Nataşa, Gorev'i öptü: "Bana kızmayın... Başka türlüsü olamazdı. Benim için büyük bir dostsunuz, size içtenlikle cevap verdim..." Yalnız namuslu, kocasının anısına saygılı olduğundan değil, böyle şeylerin, tekrarlanmayacağını anladığı için bir daha mutluluğu tadamayacağını biliyordu. Her türlü mutluluğu Vassia'nın yanında tatmıştı bir kere...

Nataşa, acının insanı öldürmediğini, onunla birlikte yaşanabileceğini, yepyeni bir güç verdiğini, insan ruhunu yücelttiğini anlıyordu şimdi. Doktorlar, hemşireler ve hastalar Nataşa'nın neşeli olduğunu, herkesten daha iyi avutup yüreklendirdiğini söylüyorlardı. Maria Nikolayevna, uzun süre kocasından haber alamazsa Nataşa'yı görmeye gelirdi, yarın ya da öbür gün bir mektup alacağına, Piyotr İvanoviç'in tehlikede olmadığına inandırmayı bilirdi Nataşa. İçi rahatlayan Maria Nikolayevna gittiğinde, Nataşa, en anlaşılmaz şeyi, ölümü düşünürdü. Ya her şeyi olduğu gibi kabul etmek... Ya da Vassia gibi, bilginlerin bir gün ölümsüzlüğü bulacaklarına inanıp kendini avutmak gerekliydi. Eskiden çok daha kolaymış: Büyükanne, öteki dünyaya inanan bir insandı... Belki de insanın kaderi, tek başına, herkesten ayrı düşünülmemeliydi? İnsan kendi kendine, kendisi için yaşadığında ölüm korkunç bir şeydi. Eğer orman canlıysa, ağaç ölse bile ölümsüz olduğunu, ölmediğini bilir... Maria Nikolayevna'nın mektup aldığını duyunca seviniyorum, çünkü onun mutluluğu benim de mutluluğum... Almanlar, Kursk önünde ağır bir yenilgiye uğradılar... Küçük Vassia gelişiyor, büyüyor...

Nataşa, küçük Vassia'nın kendisine ne büyük bir destek olduğunun farkında değildi. Artık, bir özel yaşayışı olamayacağını düşünüyor, oğlunu kollarına aldığında öyle büyük bir mutluluk duyuyordu ki, kocasının bir gün görüp pek beğendiği o dalgın, belli belirsiz gülümseme belirliyordu yüzünde. Nataşa, alevler içindeki Minsk'de kendisine söylediklerini hatırlıyordu: "Her zaman senin yanındayım..." Haziran gecesi, her şeye rağmen ve küçük Vassia'nın bütün hareketlerinde canlıydı. Nataşa'nın yüreğinde yaşıyordu. Oğluyla uzun uzun konuşuyor, küçük çocuk gülümsediğinde, Nataşa her şeyi anladığını, gülme, soluk alma, yaşama hakkının bilincine vardığını sanıyordu. Küçük Vassia nasıl yaşayacaktı? Yirmi yıl sonra da faşistler, bombalar, o büyük amansız kin yeniden ortaya çıkabilir miydi? Hayır, böyle bir şey olanaksızdı!

Hastanedeki işi hem çok zamanını, hem de gücünün büyük bir parçasını alıyordu. Askeri durum değişmişti. Almanlar artık Moskova'yı tehdit etmiyorlardı, ama yine eskisi gibi, mermiler, mayınlar, bombalar insanları parçalıyor, sakat bırakıyordu. Beyaz gömleğini giyerken Nataşa, artık alıştığı bir dünyaya giriyordu; savaş burada, bir strateji, amansız bir çatışma, güç bir iş değil, yalnız ve yalnız bitip tükenmeyen insan acılarıydı.

Başından yaralı havacı Riazantsev'i getirdiler. Bir başka yaralı, Riazantsev'in Briansk bölgesinde, bombardıman uçaklarına eşlik ettiğini anlattı; uçağı yara almıştı ama pilot, alevler içindeki aracını ülkesinin topraklarına indirebilmişti. Riazantsev'e bir beyin ameliyatı yapıldı, kafası oyuldu. Doktorlar yaşayacağını söylüyorlardı. Sayıklıyordu: "Ani bir dönüş yaptım... Hey ufaklık, koru beni! "Yak" önümde dans ediyor... Çekil kenara..." Sonra haykırıyordu birden: "Maşa kov şu arıyı, seni sokacak? Çiçek kokuyor... Ne çok şebboy var..." Ne ufaklık vardı ortada, ne Maşa, ne de şebboy. Yalnız hastanenin bembeyaz duvarları ve Riazantsev'e gülümsemeye çalışan Nataşa. Genç kadın Vassia'yı görür gibiydi... Bütün gece başucunda oturdu: Riazantsev sabah öldü.

Topçu ateşi Nataşa'yı korkuttu: Günlük emri işitmemişti. Maria Nikolayevna seslendi: "Orel'in alınması şerefine... Bakın, ne güzel..." Gürültü, küçük Vassia'yı uyandırmıştı. Ağlamaya, bağırmaya koyuldu. Nataşa onu kucağına aldı. Vassia hemen sustu. Gerçekten çok güzeldi: Yeşil ve kırmızı fişekler gökyüzüne yükseliyor, sonra sönüyorlardı, ama hep içlerinden biri -sanki bir kuyruklu yıldız- gecikiyor, sönmek istemiyordu. Nataşa ellerini çırptı. Küçük Vassia gülüyordu. Sonra Nataşa cepheyi düşündü: Oradaki fişekler böyle değil, toplar başka türlü gürlüyor... Yeşil bir fişek evleri aydınlatıyordu. Nataşa, Riazantsev'in çakmak çakmak gözlerini gördü. Bir yaylım ateş, bir fişek daha! Orel geri alındı. Ne kadar iyi! Nataşa yüksek sesle tekrarlıyordu: "Ne kadar iyi!"

Sonra ortalık yeniden karardı, sessizleşti. Sanki bütün bu gürültüden önce sessizlik bu kadar derin değildi; gece daha aydınlıktı, daha az engindi... Nataşa'nın yüreği sıkıştı: Bir daha mutlu olamayacaktı... Hemen kendine hakim oldu; komşusuna uğradı, büyük bir neşeyle:

— O kadar güzeldi ki küçük Vassia bile anladı, dedi... Artık her şey çok daha hızlanacak Maria Nikolayevna, göreceksiniz. Alınan bir tek Orel değil. Almanların artık tükendiğini gösteriyor bu... Piyotr İvanoviç yakında dönecek, bundan eminim...

Ertesi sabah, ilk işi Dimitri Alekseyeviç'e mektup yazmak oldu: "Sevgili babacığım; şenlik biraz da senin adınaydı. Küçük Vassia'mla birlikte pencerenin önünde durmuş bakıyorduk. Çok, çok güzeldi. Herkesin duygularını dile getiriyordu. İnsanın yüreği çarptığında kimse duymaz. Ama burada her şey birden, herkes için söylendi. Babacığım, sonunda mutluluğa kavuştuk!.."

6

Ossip gülümsüyordu, bembeyaz evler, kapkara geceler, Ukrayna dilinin garip çınlaması ve her gün biraz daha Kiev'e yaklaşmanın sevinci, her şey arttırıyordu neşesini. Almanlar, saldırıyı geciktirmek için boşuna uğraşmaktaydılar. Arada bir öylesine aceleyle kaçıyorlardı ki, evleri yakıp insanları öldürecek zaman bulamıyorlardı. Askerler capcanlı, tatlı ve alaycı bakışlı genç kızlar, askerlere içki, krema, helvacı kabağı sunan konuksever kadınlarla dolu köylere rastlıyorlardı. Kadınlar, o güne dek küstahlığından yanlarına varılmayan Almanların birden içlerini çekmeye, Tanrıya yakarmaya başladıklarını anlatıyorlardı.

Ufacık tefecik yaşlı bir kadın, geçen tankları, topları, kamyonları haç çıkararak kutsuyordu: "Sabahtan beri buradayım, geçiyorlar, geçiyorlar, bir türlü arkası gelmiyor. Bir de, Rus askeri kalmadı, diyordu Alman..." Dünün işbirlikçileri, kendilerini partizan diye tanıtıyorlardı. Gerçek partizanlar ormanlardan çıkıyorlardı. Onları gördüğünde Ossip'in gözleri mutlulukla doluyordu. Derken büyük bir çölle karşılaştılar: Almanlar her şeyi yakıyorlardı. Geceleri alev alev yanan köyler göz alabildiğine uzanıyordu. Tarlalarda, Almanların öldürdüğü inekler davul gibi şişmiş karınlarıyla yatıyorlardı. Yanan köylerde oturanlar, tek tük geri dönüyorlardı. Kadınlar anlatıyorlardı: "Bu aşağılık Almanların gitmeye hazırlandıklarını görünce, kenevir tarlalarına gizlendik..." Ossip, bir köyün mezarlığında oturan yaşlı bir adam gördü. Almanlar her şeyi yakıp yıkmış, köy halkını götürmüşlerdi; kalan yalnız bu yaşlı adamdı. Gözkapaklarının ağırlığıyla kapanan gözleri artık dünyayı görmek istemiyordu. Başka bir köyde Ossip, kesilmiş elma ağaçlarına rastladı: Kararmayan yapraklar titriyordu daha, balmumundan meyvaları andıran iri elmalar sanki ağustos güneşinde iyice olgunlaşmaktaydı. Düzenli kesilmiş olan bu ağaçların görünüşü yıkıntılardan da beterdi. Kızgınlıktan gözü dönen Ossip, başını çevirdi.

Yaralı Çavuş Selitski hastaneye gitmek istemiyordu bir türlü; "Şu herifleri biraz daha avlamayı çok istiyorum..." diyordu durmadan. Hepsi de Almanları avlamak için yaşıyorlardı. Yorgunluk ve kuşku artık unutulmuştu: Büyük bir neşe, kızgınlık ve sabırsızlık ateşinin etkisindeydiler.

Almanların, Desna'da tutunmaya çalışacakları sanılıyordu: Geniş bir ırmaktı Desna, sağ kıyısı da sarptı. Almanların bildirilerinde sık sık sözünü ettikleri "Doğu hattı"nın oradan geçtiği söyleniyordu. Yarbay Medvedev, ordu karargâhına atanmıştı. O günden beri alaya Ossip komuta ediyordu. Irmağı, hangi noktadan daha iyi zorlayabileceklerini görüşmek üzere Minaev'in taburuna uğradı. Uzun araştırmalardan sonra bir yer seçildi: Dimdik suya inen sağ kıyının bir noktasında incecik kumla kaplı bir şerit vardı; buraya bir köprübaşı kurulacaktı. İstihkâmcılar telefon direklerini, kalasları sürüklüyor, aceleyle çivileyip sal yapıyorlardı. Desna öylesine çabuk geçildi ki Almanlar şaşkına döndüler; savaş çok kısa sürdü.

Minaev bir sıraya çökmüştü: Ayaklarının altında Desna, çevresinde de Çernigov yıkıntıları uzanıyordu. Almanlar kenti daha '41 yılında yıkmışlardı; otlar, çiçekler ve çalılarla kaplı taşlar yüzyıllar öncesinden kalmış gibiydi. Roma... Sağda solda görülen paslanmış tabelalar, bu kentin kısa bir süre önce var olduğunu gösteriyordu; şurada bir kitaplık, az ilerde bir manav dükkânı... Hava sıcaktı, sonbahar başlangıcının sıcaklığı kaplamıştı her yanı... Kestanelerin yaprakları altın sarısıydı. Minaev gülümsüyordu: Ardınızda kalmasa Desna Irmağı'na bakmak çok daha zevklidir... Ukrayna'yı ilk kez görüyordu; görüntü, renklerin güzelliği ve çevrenin kusursuzluğuyla Kuzey insanına yabancıydı. Başını döndürmüştü...

Sonra Minaev, geniş, ağaçlıklı bir caddeyi izledi, Olga'yı gördü. Tek başına oturmuş, hayranlıkla seyrediyordu görüntüyü. Takılmak istedi, söyleyecek söz bulamadı. Amma garip, diye düşündü. Maskaraların önde geleni sayıyorlar beni. Daha dün, Ossip benim için: "Ordunun Şçedrin"i dedi. Oysa, Olga'yı görür görmez bizim Şçedrin buzağıya dönüyor...

Genç kadının yanına çöktü, yerden aldığı bir çöple kumda çizgiler çizmeye koyuldu. Mendiliyle yüzünü kuruladı.

— Ne güzel değil mi? diye sordu.

Olga "evet" dedi ve tetikte bekledi: Yüzbaşı da benimle alay mı ediyor ne? Hepsi Minaev'den biraz korkarlardı: Dili çok keskindi. Olga herkesten daha fazla çekiniyordu yüzbaşıdan; çünkü, kendi kendine de itiraf ettiği gibi "çok hoşuna gidiyordu." Olga on dokuz yaşındayken, sırasıyla, önce tarih öğretmenine, ardından Vakhtangov tiyatrosu oyuncularından birine, kabak kafalı bir öğrenciye aşık olmuş ya da aşık olduğunu sanmıştı. Hatıra defterine: "İşte sabırsızlıkla beklediğim adam" ya da "Bütün gece Valya ile dans etti, çok onurlu olduğumdan onu hiç bağışlamayacağım!" yazardı. Bir ay sonra da aynı sayfanın kenarına şunları eklerdi: "Bütün hepsi çocukluk, geçici bir eğilim, başka şey değil..." Evet, savaştan önce gerçek aşkı tatmak için aranmış durmuştu: Kitaplarda görüldüğü kadarıyla aşk, yüce ve gizemli bir şey değil miydi? Cephede, hayale kapılacak vakit yoktu; aşk konusundaki yüksek düşünceleri nasıl da sarsılıyordu: Telefoncu Liyuda, önce Binbaşı Koşkarev, ardından da Teğmen Nesterov'la kırıştırmıştı. Yüzbaşı Zolotukhin de Hemşire Abramtseva ile yaşıyordu; karısının Yaroslav'da yaşadığını, savaştan sonra buluşacaklarını, hemşirenin "cephe yoldaşı" olduğunu söylüyordu hep. Bu bir aylık ya da bir yıllık "eş"leri çok kötü alaya alırlardı. Olga'nın annesi, bir mektubunda, Kovrigin'in karısının kendine yeni bir koca bulduğunu yazmıştı; "Öbürü ölebilir, oysa bu cephe gerisinde. Çok da iyi bir işi var..." Yaptıkları ne kadar iğrençti. Aşk buysa, aşksız yaşamak çok daha iyiydi. Yüzbaşı Minaev'in iyi yanı, kadınlara fazla aldırış etmemesi. Aklı başında biri. Binbaşı Alpert: "Alayın en kültürlü adamı" diyordu onun için. Kötü yanı, yaptığı ağır şakalar. Öyle ki, kurbanı uzun süre kendine gelemez. Oysa yüzbaşı, bir dakika sonra unutur söylediğini!

Minaev, Olga'ya kendini sevdirdiğinin farkında bile değildi; yanına oturmuş, ne yapacağını bilmez halde susuyordu. Bir yumurcak, süslü cümlelerle konuşan biri olmadığını söylemek isterdi ama söze nasıl başlayacağını kestiremiyordu. Aklına birtakım hikâyeler, fıkralar, Lermontov ve Heine'nin dizeleri geliyordu; ama bütün bunlar değildi söylemek istediği. Kaç kere bir siperde ya da zırhlı koruganda yalnız kalmışlardı. Minaev çok duygulu sözler etmek istiyor, ama cesaret edemiyordu. "Ordunun Şçedrin"i utangaçtı; her şeyi şakaya boğuyorsa biraz da duygularını gizlemek içindi bu. Ama birden, belki Desna'yı geçtiklerinden belki de görüntünün güzelliğinden ötürü, gerek Olga ve gerekse kendisi için beklenmedik şeyleri ağzından kaçırıverdi.

— Biliyor musun Olga, savaş sonunda sağ kalır ve siz de herhangi bir sakınca görmezseniz evleriniz, ha?

Olga kıpkırmızı oldu. Yüzbaşı duygularını keşfetmiş, kendisiyle alay etmeye kalkışmıştı işte. Doğruldu:

— Yüzbaşım, izin verirseniz gideyim, dedi.

Minaev, daha sonra, kendi kendine söylendi durdu. Ahmak! Kabul edeceğini nereden çıkardın? Onun gibi yiğit bir kızın en azından on hayranı vardır. Ya ben kimim? Burada, tabur içinde önemli bir kişi sayılabilirim; ama savaş bittiğinde, Yoldaş Minaev milli eğitimde görevli biri ya da taşradaki eğlence sitelerinden birinde eğitmen olacak. Hem sonra koca bir burnum var, dans etmeyi de hiç mi hiç bilmiyorum. Onu kırdım, açıkça belli. Aptalca sözler söyledim! "Savaş bittiğinde sinemaya gidelim, ha?..." der gibi. Yazık... Onun gibi birini hiç bulamam; yüzlerce genç kız var, ama insan ömür boyu bekler de teki hoşuna gitmez... Neyse, gelelim günlük işlere; şimdi bir an önce Berlin'e varmaktan başka derdimiz olmamalı. Ancak daha sonra, bekarlığın erdemleri konusundaki kara düşüncelere kendimi bırakabilirim.

Minaev, kendi kendini gülünç düşürmeye çalışıyordu ama keyfi yoktu; birden Çernigov ona daha da kasvetli, yıkıntıların görüntüsü daha da acı geldi. Ah! Alçak herifler! Bir tek kente acımadılar! "İntikam!.." diye haykırıyoruz yazılarımızda. Sanki bir Alman kentinin alevler içinde kalması acılarımızı dindirecekmiş gibi!..

Bir hafta sonra, bir kulübede oturmuş gazete okuyordu. Olga telefonun başındaydı. O tatsız olaydan bu yana ilk kez yalnız kalıyorlardı.

— Çok gülünç, dedi Minaev. Almanlar Mussolini'yi kaçırmışlar. İtalya'yı elden kaçırdılar, hiç olmazsa Duçe'yi tutmak istiyorlar...

Sonra birden, değişen sesiyle sordu:

— Olga açık söyleyin, bana kızdınız mı?

Olga kızardı; hemen de belli olurdu kızardığı. "Yalan söylemeyi beceremezsin" diye takılırlardı hep okulda. Sinirlenir, şöyle derdi: "Yalan söylemiyorum, tenimin rengi böyle…" Dışarı fırlamamak için kendini güç tuttu. Minaev gözlerini üzerinden ayırmıyordu. Sonunda Olga mırıldandı:

— Neden bana takılıyorsunuz?

Minaev yerinden kalkıp yanına geldi:

— Size takıldığım yok Olga, mutluluk isteği kışkırtıyor beni...

Sonradan, bu işin nasıl olduğunu bir türlü hatırlayamadılar. Sözde Minaev, Olga'nın elini okşamıştı. Ya da heyecanını gizlemek için, Olga başını Minaev'in omuzuna koymuştu.

— Savaş bitince beni bırakırsınız, dedi genç kız birden.

— Bakın bana Olga: Hiç herhangi birini bırakıp gidecek adamlara benziyor muyum? Benim gibileri bırakırlar hep... Ama biz başkaları gibi olmayacağız, bırakmayacağız birbirimizi. Bir kere duygularımız ortada... gayet açık; sonra bütün bir yıl birlikte savaştık. Belki daha da sürecek... Senli benli konuşabilir, Hitler'in "Hitler kaput..." demesini bekleyebiliriz sanıyorum.

Minaev karargâha, Ossip'in yanına gidiyordu. Şaşkındı: Evleneceğini söylemeli mi, yoksa gizlemeli miydi?

Ossip heyecanlıydı:

— Ordumuzu Ukrayna cephesine naklediyorlar. Düşünebiliyor musun bunun ne demek olduğunu? Kiev üzerine yürüyeceğiz işte! Şu sıra Pakul-Passeka'ya doğru ilerliyoruz. Ardından Dinyeper... Dönemeci aştığımız belli. Almanların keyfi kaçtı. Bizimkiler de, tersine keyiflendiler... "Acelem var!" diyordu bugün askerin biri: "Niye acele ediyorsun?" diye sordum. "Bir an önce bu iş bitsin istiyorum!" demez mi. Almanlar kışı Dinyeper üzerinde geçireceklerini sanıyorlar. Pek fırsat vermeyecekmişiz gibi geliyor bana. Bu işin sonu belli oldu...

— Öyle, dedi Minaev. Sana, çok daha başka alanda, bu işin sonuna geldiğimizin kanıtını göstereceğim: Evleniyorum. İnanmadın mı? Bundan daha doğru bir şey olamaz, evleneceğim kızı da tanıyorsun: Olga.

Ossip şaşırmış, bir türlü kafasını toplayamıyordu: Evet, bir Olga var. Ufak tefek, kızıl saçlı bir kız. Ama o kız nerdeee, evlenmek nerde...

Sanki Minaev, Ossip'in kafasından geçenleri anlamıştı.

— Az önce söylediklerin bundan iyi doğrulanamaz: Geçen yıl, o uğursuz tepenin üzerindeyken böyle bir şey aklıma gelebilir miydi?.. O zaman biri gelecek yıl evlenmek için resmen başvuracağımı söylese matrağa alırdım... Evlenmekten çok cenaze törenini düşünüyordum. Bir "dönemeç"te olduğumuzu söylemedin mi? Ne diyorsun seçtiğim kıza?

— Çok iyi. Ciddi bir görünüşü var... Yine de şaşırttın beni. Herkesi alaya alır, kimsen olmadığını söylerdin. Derken birden, güm!.. Desna ile Dinyeper arasında... Romanlardaki gibi...

Minaev gittikten sonra, Ossip ilk kez savaşın biteceğini düşündü. Kiev'e dönecek, annesi, Raya, Ala geri geleceklerdi. Belki annem ölmüştür? Annemin nasıl olduğunu sorduğumda Raya susuyor. Herhalde çok güçlük çekti; yenilgi, yabancı yerlerde yaşamak... altmış dört yaş az değil... Birden Raya'nın cephede olabileceğini düşünen Ossip korktu. O güne dek hiç şaşırmamıştı bu işe. Ama şimdi korkarak düşünüyordu: Ben savaşıyorum anladık, ama Raya neden savaşıyor? Basit bir mutluluktu aradığı: Savaş bittiğinde karısını, evini bulmak istiyordu. Aksi halde savaş çok güç gelecekti Ossip'e... Belki Minaev'in sözleri aklını karıştırmıştı: Kadın, aile havası, okşamalar savaşın dünyasına da girmişti artık. Ya da Kiev'in yakınlığıydı yüreğindeki yarayı kanatan. Ordu komutanı önceki gün: "Pek fazla uzamaz bu iş" demişti. Evet, Kiev iki adım ötedeydi... Biraz daha kuzeyden, Çernigov'dan geçiyoruz tabii. Yine de iki adım ötemizde sayılır... Parmaklarını pergel gibi kullanıp harita üzerinde ölçtü. Yüreği yatışmıyordu bir türlü. Her şey doğduğu kenti hatırlatıyordu ona: Ağaçlar, insanların konuşması, yıldızlar... Raya'yla birlikte tırmandığı dik yokuş gözünün önüne geliyordu. Birlikte, eskisi gibi parkta dolaşabilirler miydi acaba? Raya uzun kirpiklerini kırpıştırıyordu: "İyi ama," diyordu. "Şimdi Yaşçenko'dan bana ne? Seni nasıl sevdiğimi ona anlatabilir miyim?.. Bir şey anlamıyorsun!.." Doğruydu Raya'nın söyledikleri; o sıra pek bir şeyin farkında değildi; her şey, sanki bir plan gereğince yürüyordu. Aslında sandığından çok daha karışıktı her şey... Stalingrad önlerinde geçirdiği üç ayda, otuz yıllık hayatından çok daha fazlasını yaşamıştı... Raya'ya bir şey olmasa! Hiç ayrılmayacağız artık. Böyle bir deneyden geçen kişiler bir gün bile ayrılamazlar birbirlerinden...

Minaev oturmuş, başı omuzuna eğik, yazıyordu:

"Sevgili, minik anacığım,

Beni kutlayabilirsin: Sekiz günde tam yüz kilometre ilerledik. Demek Almanlar da bizim kadar yol gitmişler, ama onların kutlanacak yanları kalmadı. Dün, yakaladıklarımızdan birine gelecek hakkında ne düşündüğünü sordum. Tabanlarının su toplamasından düşünemediğini söyledi. Bana gelince, geleceği düşünmekle kalmıyorum, evlendim bile. Basit bir cephe macerası sanma. Olga, yeryüzünde rastlamak fırsatını bulduğum genç kızların en ciddisi. Bir üniversite öğretim üyesi neredeyse; tezi ve gözlükleri eksik. Liseyi bitirmiş, pedagoji enstitüsüne girmek üzereyken kaderin ve Hitler'in oyunuyla telefoncu olmuş. Herhalde hoşuna gidecek, çünkü onu herkes seviyor. Sonra, daha bugün, tıpkı senin gibi, neşeli görünmeye çalıştığımı söyledi. Sevgili anacığım, yakında birlikte seni görmeye geleceğiz. Mussolini gibi Hitler'i de kaçırmamaları için elimden geleni yapacağım. En kötü halde, onu öldürmek zorunda kalırız. Anacığım, yakında budala Mitya'nı ve kendisine benzeyen karısını bekle!"

Dışarı çıktı, yaşlı bir köylüye sordu:

— Pakul'a daha ne kadar var?

İhtiyarın yanında sevimli bir tankçı duruyordu; hazırola geçti, elini kasketine götürdü ve hiç gülmeden:

— Yüzbaşım, dedi. Dedeyle birlikte Berlin'e kaç kilometre kaldığını hesaplıyorduk biz de...

7

Ders yılı, 8 Eylül günü, bir hafta gecikmeyle başladı. Müdür Steçenko bir konuşma yaptı: "Bugün Avrupa kültürüne ortağız biz de. Şanlı Alman orduları tarafından ekilen eğitim tarlalarında görev alacak çiftçiler yetiştirip, Führer'in güvenine layık olduğumuzu, kanıtlamaya çalışacağım..." Konuşmasını önceden, yazılı olarak hazırlamıştı. Yine de heyecanından kekeledi durdu. Okuldan çıkarken, Tanrıya şükür bu iş de bitti, diye söylendi. Köşebaşında Dişçi Levşin çıktı karşısına:

— Olup bitenlerden haberiniz var mı? Kimseye söylememeniz şartıyla anlatıyorum size... Haberi istasyon komutanından aldım... Kenti boşaltmaya başlamışlar...

Steçenko'nun bütün rahatı kaçtı. Sanki boğazını sıkıyorlardı, tükürüğünü yutamıyor, soluk alamıyordu. Belki onuncu kez bildiriye göz gezdirdi: "Savaş, iki yanda da akıl almaz bir şiddete döküldü... Asker ve malzeme üstünlüğüne rağmen, Sovyetler Alman cephesini hiçbir yerden yarmayı başaramadılar. Savaşa girmemek için birtakım manevraların yapıldığı yerlerde harekat büyük bir düzen içinde başarıldı ve bütün önemli hedeflerin yok edilmesi unutulmadı... Monetz havzasındaki madenler uçurulduktan sonra planlara uygun olarak ordumuz tarafından terk edildi... Binbaşı Kecht komutasındaki yetmişinci topçu alayının üçüncü taburu özellikle yararlık gösterdi..." İşler kötü gittiği zaman hep bunlar yazılır... Almanların yenilmekte oldukları açıkça belli... Dün Yuşçenko Bolşeviklerin Konotop'a vardıklarını söyledi; ona inanmadım ama Almanlar kenti boşaltmaya başladıklarına göre doğruymuş söyledikleri. Kızıllar belki Bakhmaç'a gelmişlerdir, kim bilir? Binbaşı Kecht numarasını yaptı, hem tüyecek, hem de nişan alacak... Ya ben ne olacağım? Başvuracak kimsem de yok. Kimi Gestapo'ya gidip ortalığı karıştırdığımı söyleyecek. Ötekiler de... Ötekiler Kızılları bekliyorlar. "Bir şey olduğu yok. Kalın burada!" diyecekler. Sonra da beni ele verecekler... Antonina da yok artık...

Antonina Petrovna mayısta ölmüştü. Sabah kahvaltıyı hazırlamış, kocasının bez ceketini ütülemişti. Her zamanki gibi Valya'yı göremeyeceğini düşünüp içini çekiyordu; sonra sedire uzandı, kocasına: "Aleksey bana bir bardak su ver," dedi. "Kalbim ağrıyor!" Kocası suyu getirdiğinde Antonina Petrovna, kendinden geçmişti. Acıdan ölmemişti; Antonina'nın kalbi hastaydı; yine de kocası, "kendi kendini yiyip bitirdiğini" söylüyordu. Bu "adı batasıca kavga"(Steçenko, içinden böyle diyordu savaşa) olmasa daha yirmi yıl yaşardı.

Steçenko, karısına hoşgörüyle davranmıştı hep: Siyasetten bir şey anlayabilir miydi hiç? Şimdi düşünüyordu: Antonina haklıymış, Almanlar beni aldattılar...

Bolşevikleri hiç sevmemişti. Ama karısından başkası bunu bilmezdi. Kızı Valya'nın önünde bile ağzından bir şey kaçırmazdı. En fazla, Mayakoyski'nin şiirleriyle ya da Ossip'in konuşmasıyla alay etmişti. Tabii, Antonina Petrovna kocasının Sovyet rejimi konusundaki düşüncelerini biliyor, o da yapılan "yenilikler"den hoşlanmıyordu. Nasıl olmuştu da otuz yıllık ortak hayatın sonuna doğru, bu karı koca, en çok anlaşmaları gerektiği sıra birbirlerinden kopmuşlardı? Bütün her şey savaşın ilk haftalarında başlamıştı. Antonina Petrovna kentten çıkıp Valya'nın yanına gitmek istiyordu. Steçenko bağırıyordu durmadan: "Sürünecek miyiz? Yağma yok! Bolşevikler tüyebilir, onların hesabı tamam. Ama bizim korkacak hiçbir şeyimiz yok." Antonina Petrovna diretiyordu: "Böyle bir zamanda Valya ile beraber olmalıyız..." Kocası da şu cevabı veriyordu: "Saçma sapan şeyler bunlar! Kış olmadan savaş bitecek..."

Derken Almanlar kente girdiler. Steçenko, tankların, otomobillerin sayısını, subayların şıklığını, askerlerin şen kahkahalarını görünce kendinden geçti: İşte gerçek galipler bunlardı. Hayatını bir düşündü ve dilediği gibi yaşayamadığını anladı. Üniversite profesörü olmayı düşlemişti. Oysa neydi? Sefil bir hayatı ardında sürükleyen basit bir hoca. Alpert gibi birinin bile Steçenko'dan fazla önemi vardı... Hem sonra, toplantılardan, birtakım parolalardan, Marksizmden ve ödeneğinden kesilen paralardan bıkmıştı... Neyse ki bütün bunların sonu gelmişti artık!

Khana çıkıp giderken: "Bir daha buraya ayak basmayacağım!" dediğinde Antonina Petrovna kocasına serzenişte bulundu: "Onu neden kırdın? Suçu ne?" Steçenko, cevabı hemen yapıştırdı: "Hiç suçu olmasa bile, dünyaya bir Bolşevik getirmesi yeter..." Sonra Babi Yar cinayetini duydular. Antonina Petrovna hem ağlıyor, hem de durmadan: "Tanrı bunun cezasını bize verecek..." diyordu. Steçenko kızgındı. Tanrının ne işi vardı burada? Antonina hiç kiliseye gitmezdi... Önemli olan, bizim bu işle ilgimizin bulunmaması! Ben Babi Yar'da değildim ya!...

Bir ara kuşkuya düştü; gençlik günlerini ve durmadan değişen Kiev'in yöneticilerini hatırlıyordu. Önce Hetman, ardından Petliyura, sonra Bolşevikler, arkalarından Denikin, sonra yeniden Bolşevikler... Almanlara oynamak tehlikeliydi: İşlerin nereye varacağını kim kestirebilirdi önceden? Ama cephe, hızla Kiev'den uzaklaşıyordu. Almanlar Moskova'ya yaklaşmaktaydılar; Leningrad'ı kuşatmışlardı. Sonunda Steçenko, Hitler'in zaferi kazanacağına inandı.

Belediyede çalıştı, okul müdürü oldu, söylevler verdi; yerel gazetede "Mazeppiste" takma adıyla yazılar yazmaya da başlamıştı geçen yıl, Almanlar Kafkasya'ya vardıklarında zafer kazanmışçasına: "Kim haklıymış? diye sordu karısına. Cevap olarak karısı hüngür hüngür ağlamaya başladı: "Valya nerelerde?.."

Antonina Petrovna susuyordu, ama kocası kendisinden yana olmadığını hissetmekteydi. Bir gün kocasının kaleme aldığı "Kızılordu'nun Ölüm Dansı" başlıklı yazıyı okuduğunda şöyle dedi: "İyi bir şey yapmıyorsun Aleksey... Ne olursa olsun bizim ülkemizin insanları bunlar..." Steçenko kendinden geçti, evinde böyle şeyler söylenmesine izin veremeyeceğini haykırdı. Geçen sonbahardı, Antonina Petrovna'nın ölümünden altı ay önce.

Antonina tam zamanında öldü, diye düşündü Steçenko. Siyasetten bir şey anlamıyordu ama kadınların özel bir sezgisi vardır. Onu dinlememekle hata ettim. Kentten ayrılabilirdim. Ya da burada kalır rahat dururdum. Kızıllar Levşin'e bir şey yapmaz. Oysa Almanların yönetiminde beyler gibi yaşıyor. Gestapo ajanlarının dişlerine bakıyor, iki tarafı da idare ediyordu. Doktor Mendeleviç'in kuyruklu piyanosuna bile el koydu. Ama ağzını açmıyordu hiç olmazsa. Ben niçin coştum böyle? Yine de '42'de Almanların zaferinden kuşkulanan birini göstersinler bana. Tabii, o zamanlarda da bildiri dağıtan, silah bile atan gözü dönükler vardı. Ama onlar siyasetle ilgili kişiler, benim okula gittiğim kadar rahat darağacına gidebilirler. Benim gibi basit kişiler Almanlarla bağlantı kurmaya çalıştılar; eski bir Sovyet yüksek memurunun evine konmaktan, bir Yahudi'nin eşyalarına el koymaktan başka dertleri yoktu. Bolşevikler zamanında çok çektiğimi Ropp'a söylemem her şeyi değiştirmeye yetti; müdür oldum, büyük bir törene çağrıldım, bir teşekkür telgrafının altına imzamı attım... Şimdi Kızıllar beni asacak. Kendimi nasıl savunabilirim? Almanlardan nefret ettiğimi söylesem inanmazlar. Oysa doğru: Almanlar bize yüksekten bakıyor, kaba davranıyorlardı. Sanki kendi evlerinde yaşıyorlardı, mübarekler. Gidecekler, bizi kaderimizle başbaşa bırakacaklar... Basit bir teğmeni düşünüyorlar ama bana aldırdıkları bile yok...

Akşam Yuşçenko uğradı; Kızılların durdurulduğunu, Kiev'in bırakılmayacağını, "Doğu Hattı"nın Dinyeper'den geçtiğini söyledi. Önceki gün bir Alman uzmanının ailesi gelmişti; kentin boşaltılacağı söylentilerinin yalan olduğu anlaşılıyordu... Steçenko'nun içi biraz rahatladı. Yatmadan önce gazeteye göz attı, iş seferberliğiyle ilgili bir yazı okudu: "Genç delikanlılarımızla kızlarımıza dünyanın en güzel ülkesi Büyük Almanya'yı görme fırsatı sağlanacaktır..." 1927'li gençleri Almanya'da çalıştırmak istiyorlardı. Steçenko gülümsedi: Levşin'in kızı da gidecek. Sevinmekte acele etti biraz, kendini çok kurnaz sanıyordu. Steçenko'yu en çok rahatlatan "Beyaz Leylaklar" adlı Alman filmiyle ilgili yazıydı. Bir şey olmamış gibi, aşk konularıyla uğraşıyorlar... Aslında Almanya büyük güç, Bolşevikler asla üstesinden gelemezler!

Böylece on gün geçti: Steçenko Almanların hareketlerini gözlüyor, istasyona gidip gitmediklerine bakıyordu. İçi rahatlıyor, dükkânları dolaşıp kendine kürklü başlık arıyordu. Yine aklını başından alan Yuşçenko oldu:

— Bolşevikler Nejin'e varmış...

Steçenko, eşsiz sonbahar görüntüsünü hayranlıkla seyrederek gezintiden dönüyordu. Birden dünyası karardı. Yuşçenko haklı, anlaşılıyor: Alman kamyonlarını görmek yeter, tüyüyorlar...

Komutanlığa koştu, orada tanıdığı biri Teğmen Ropp vardı.

— Almanya'ya gidebilmem için bana bir pasaport verir misiniz?

— Şu sıra olanaksız, dedi teğmen. Kusura bakmayın...

— Ama kenti boşalttığınıza göre...

— Sizden bunu beklemezdim Bay Steçenko. Ortalığı karıştırıyorsunuz...

Steçenko kendinden geçti:

— Demek beni bırakıyorsun? Posası çıkmış limon gibi...

Teğmen Ropp omuz silkti:

— Namuslu bir insan olduğunuzu biliyor, bunun için sözlerinizi önemsemiyorum...

Almanlar, arşivleri, resimleri, eski kitapları, yiyecek maddelerini de beraberlerinde götürüyorlardı. Alman kadınları önden gittiler. Sonra "Vikado"da çalışanlar, Sonderführe'ler, çeşitli firma temsilcileri kentten ayrıldı. Dükkânlarla kahveler kapıları kapattılar. Artık Kızılların nerede olduğunu sormak gereksizleşmişti: Tam karşıda, Darnitsa'daydılar. Steçenko da artık cephedeydi. Mermiler, bombalar onu ürkütmüyordu. Bolşevikler gelecek: Aklı fikri bundaydı. Levşin'in kentin boşaltıldığını söylediği günkü gibi boğazı sıkışıyor, soluk alamıyordu.

Levşin, Kiev'de kalacağını söyledi: "Ne olursa olsun, bu yaştan sonra dünyayı gezecek halim yok..." Yuşçenko Jitomir'e gitti. Ayrılırken Steçenko: "Jitomir'de ağaç yok mu sanıyorsunuz? dedi. Burada ya da orada asılmak, ne fark eder?"

Jitomir ya da Rovno'ya gitmek ne saçma. Bolşevikler Dinyeper'i aşarlarsa sınıra varabilirler. Dudnik çok kurnaz çıktı. Almanya'ya tüydü. Bolşevikler nasılsa oraya kadar gidemezler! Dudnik daha '42'de Alman uyruğuna geçmiş, vatandaşlık belgesini de eline almıştı. Bütün iş bunda. Ah, ben de onun ki gibi bir kâğıt uydurabilsem!

Steçenko umutsuzluğun verdiği güçle sağa sola koşup duruyor, her gün komutanlığa başvuruyordu; sonunda Binbaşı Risst tarafından kabul edildi. Binbaşı yakınlık gösterdi, ama Steçenko'ya Jitomir'e gitmesini salık verdi. Kurtuluş çaresi, tam Steçenko umudu kestiği sıra karşısına çıktı. Kovalenko, Zanders adlı birinin Alman uyruğuna geçmek isteyenlere belge verdiğini söyledi. "Kâğıt para almıyor; eğer mücevheriniz varsa..." Steçenko firuze ve minik incilerle süslü, karısından kalma bir madalyonu saklamıştı. Evlendiği gün bunu annesi vermişti Antonina Petrovna'ya. Steçenko, günlerden beri peşinden koştuğu belgeyi incelerken, "Antonina öbür dünyada olduğu halde beni kurtardı," diye düşündü. Rovno'ya gidecekti. Kovalenko oradan kolayca Almanya'ya geçeceğini söylemişti.

Büyük güçlükle bir banliyö trenine tırmandı, oturdu da; gözlerini kapadı ve büyük bir halsizlik duydu. Topların gürlemesine, kadınların hıçkırıklarına, askerlerin haykırışına kulak astığı bile yoktu. Sonra Almanlar içeri daldılar:

— Aşağı inin!...

Steçenko ağırdan alıyordu. Almanın biri suratına vurdu:

— Hadi, daha çabuk ol bunak herif!

Bir astsubay:

— Bu tren askerlere ayrılmıştır, dedi. Siz yarın gidersiniz...

Steçenko ağır ağır evine döndü. Tam on altı yıl içinde yaşadığı odaya şaşkın baktı. Ziyarete gelmiş gibi bir iskemlenin ucuna ilişti. Yapacak şey yok. Yarına kadar beklemek gerekiyor... Ama yarın ne olacak? Bu belgeye bakılırsa ben Almanım; oysa doğru dürüst Almanca bilmiyorum bile. Orada kim bana gerek duyacak? Açlıktan gebereceğim... Almanlara vız gelir... Bir sokağın köşesinde durup dilenirim. Elli yedi yaşında!.. Benim gibi profesör olabilecek bir adam!... Bolşevikler zamanında bile öğretmendim, takdirname aldım...

Sehpanın üzerinde Valya'nın çerçeveli bir resmi duruyordu. Genç kız gülümsemişti, o kadar güzeldi ki, Steçenko içini çekti. Kızım bir sinema enstitüsü öğrencisi, çok ünlü bir oyuncu olabilir. Ama Almanların umurunda mı? Sarhoş bir köylü ile otuz yıldan beri çalışan bir pedagogun onların gözünde hiç farkı yok... Valya benden nefret edecek, kuşku yok; gençlik kuruluşlarında üye kocası da Partili... Antonina öldü. Yatağın ortasındaki oyuğu o bıraktı. Kimsem yok artık, ne yakın hısımım, ne de aile yuvam kaldı... Nereye gitmeli? Gitmek neye yarar?

Alman askerinin tokadını hatırladı. Güçlükle edinebildiği kâğıdı cüzdanından çıkardı ve büyük bir rahatlıkla parçaladı. Sonra yatağa uzandı... Halsizim, Tanrım, nasıl da halsizim! Bu kâğıdı elde etmek için de ne kadar koştum... Saçma... Her şey saçma... Bütün gece gözleri açık yattı. Gün ışımaya başlamıştı. Kalktı, üst üste iki sigara içti, dumanını iyice çekti içine. Dolapta, Antonina'nın eskileri arasında bir ip buldu. Ağır ağır, alıştığı bir hareketi yaparcasına bir şey duyup düşünmeden ilmiği hazırladı. Masayı pencerenin yanına itti, perde kornişinin çengelinin sağlamlığını denedi. Sonra, yine ağır ağır ilmiği boynuna geçirdi, bütün gücünü toplayıp ayağıyla masayı itti. Bir şangırtı duyuldu: Valya'nın resmi yere düşmüştü: Toplar gürlüyordu. Ama Steçenko bir şey duymaz olmuştu.

8

"Kiev yönünde..." sözlerini radyoda duyan Valya heyecanlandı: Annesiyle babasının kurtuluşu yakındı demek! Bari Almanlar onları öldürmemiş olsa... Kaç kere Almanların Kiev'deki halini düşünmüş, bir türlü getirememişti gözlerini önüne: Ya kentin savaş öncesi görünüşüydü hatırladığı, insanlar gülümsüyor, Kreştçatik'te çiçek satılıyordu, gökyüzü firuze maviliğindeydi ya da yıkıntılar tütüyor, tek canlı görünmüyordu ortalıkta. Gazetede Almanların kent halkını toparlayıp götürdüklerini okumuştu: İyi ama Harkov'da halk bizimkileri karşıladı... Demek Almanlar herkesi götürememişti. Belki babam bir yere gizlenebilmiştir? Annem hasta onu götüremezler... Valya, Sergey'e şunları yazıyordu: "Kiev'e varırsan annemle babamın ne olduğunu öğrenmeye çalış."

Sergey düzenli yazmıyordu ama mektuplar şendi, duyguluydu, öyle ki Valya bu mektupları başkasının yanında okumaya utanıyordu. Sık ve karanlık bir ormandan ağır ağır çıkar gibiydi.

Uzun yola giden trende bile, yolcular arasında ortak bir hayat kurulur, fazla konuşmadan anlarlar birbirlerini; vagon rahat, teklifsiz bir havaya bürünür. İki yıldır insanlar evlerinden, barklarından uzakta yaşıyorlardı; koşullar çok güçtü -herkes gücünün üzerinde çalışıyor, karınları pek doymuyordu- ama yine de hayatlarının dengeli, oturmuş bir görünüşü vardı. Yalnız Valya bu hayata bir türlü alışamamıştı: Eskisi gibi gülüşünde, alın yazısında bir belirsizlik, bir kararsızlık vardı. Valya'dan söz ederken: "Garip bir kız," derlerdi, "ama iyi çalışıyor..." Mühendis Kozlov onu herkese örnek gösteriyordu. Bir gazete muhabiri gelmişti: Valya'nın resmini çekerken: "Biraz daha ciddi olun canım, demişti. Bir "stakhanovist"* olduğunuza kimse inanmayacak sonra." Valya da gülmeye başlamıştı: "Başta ben inanmıyorum..."

Geçmişinden kopmak, daha az düşünmek için fabrikada iş bulmuştu: Ayrılık Valya'ya gerçekten çok güç geliyordu. Şimdi sakin,

* 1935 yılında Stakhanov adlı işçinin bulduğu çalışma yöntemi. Bu yöntemde işçi, üretimin artması için iş yerinin yeniden düzenlenmesine ve iş koşullarının değiştirilmesine fiilen katılır.

güvenle çalışıyordu: Tezgâhının başında kendini Sergey'e daha yakın hissediyordu. Doğru, Sergey makineli tüfekle ateş etmiyor, köprü yapıyordu; ama öbürleri ateş ettiğine göre makineli Sergey için de gerekliydi, onu yakından ilgilendiren bir şeydi. Savaş onları ayırmıştı. Elden ne gelirdi? Bütün varlığıyla kendini savaşa vermekten başka çaresi yoktu; ancak bu yoldan, sonunda yine birleşebilirlerdi. Valya çalışırken ötekiler harcadığı gücün farkına varmazlardı; her işi oyun oynar gibi yapardı. Ve akşam, ölü gibi atardı kendini yatağa.

Oturduğu oda minicik, hücre gibiydi: Başucuna astığı Sergey'in fotoğrafından başka Valya, kendine ait bir şey getirmemişti buraya. Ara sıra, tam geceyarısı uyanır ve uzun uzun, kendinden geçerek kocasının resmine bakardı; her keresinde korkunç bir düştü gördüğü: Ya Sergey Almanlar tarafından kuşatılmıştı ya da bir göle düşüp boğuluyordu. Ne iş yaparsa yapsın, Valya hep kocasını düşünüyordu: Yaptığını görse, Sergey kahkahayı basardı. Sergey bunu hiç sevmezdi... Ayrılık acısı geçmek bilmiyordu; Sergey'in otuz kilometreyi yürüyerek aştığını yazdığı gün, Valya, birden fabrikadan çıkıp eve dönecek gücü kendinde bulamadı: Dizleri titriyordu.

Sergey yanında olsa, savaş öncesi ilkbaharında kısa süre için duyduğu rahatlığı duyacağı kuşkusuzdu, hayatının tek ilkbaharıydı o. Artist olma düşünden artık hepten vazgeçtiğini sanıyordu. Bir yıl önce de düşüncesi hiç değişmemiş, Orlov'un övgüleri bile döndürememişti başını. Şimdi bildiriler ve Sergey'in mektupları yakın gelecekte buluşacaklarını gösteriyordu. Valya mutluluğa susamıştı, ama mutluluk bir türlü gelmek bilmiyordu. Derken varlığının derinliklerinde yendiğini, hayatından silip attığını sandığı şeyin yeniden uyandığını duydu: Sanat özlemiydi bu. İnatla karşı koyuyordu eğilimine; ama birden bildik bir şiirin dizeleri, bir kahramanın konuşması, birtakım hareketler, sözler, kısa ve çın çın öten karşılıklar aklına geliveriyordu...

Duru, ılık bir pazar sabahıydı. Lida ile kocası Valya'yı şehir dışında gezintiye çağırmışlardı. Gitmemişti Valya. Küçük odasında oturup kalmış, derin düşüncelere dalıp gitmişti. Ne düşündüğünü sorsalar cevap veremezdi ya... Her şey birbirine karışıyordu: Sergey, savaş, Kiev, tiyatro...

Artık küçük bir kız çocuğu değildi, kararlı olması gerekiyordu, yine de telaştan kendini kurtaramıyordu... Neden Sergey burada değil?..

Sonra Valya bir şey düşünmez oldu; elinde bir kitap odanın ortasında duruyordu,

Belki yıldızlar ateşten değil
Güneş de dönmüyor, kim bilir;
Gerçekse yalan ve oyun olabilir.
Ama asla kuşkulanma seni sevdiğimden.
....
İşte bir papatya. Menekşe vermek isterdim
size... Ama babam öldüğünde soldu
Hepsi: Rahat ölmüş dendiğine göre.
....
Gelmemesi mümkün mü?
Gelmemesi mümkün mü?
....
Ve bir kucak çiçeğiyle,
Bıraktı kendini ağlayan pınara...

— Delirdin mi?

Valya Lida'nın içeri girdiğini fark etmemişti bile. Arkadaşını görünce bir çığlık attı ve kitabını elinden düşürdü. Lida kitabı yerden aldı.

— *Danimarka Prensi Hamlet...* Tiyatroyla mı ilgilenmek istiyorsun yoksa?

Valya, suç işlediğine inandırılmış kişiler gibi kızardı; güçlükle:

— Rastgele elime geçen bir kitap, dedi. Yüksek sesle okuyordum da...

Lida inanmazcasına güldü:

— Orman o kadar güzeldi ki. Yığınla mantar topladık görüyor musun?...

Lida gidince Valya düşüncelere daldı. Neden eski tutkum çıkıyor yine ortaya? Kararımı vereli çok oldu: Artist olmayacağım. Sergey'den önce bu saçma düşe dört elle sarılabilirdim, hayatta yerimi bulamıyordum... Şimdi her şey değişti: Savaş yakında sona erecek, Sergey yuvaya dönecek... Gerçek olan bu.

Valya, on beş gün önce Moskova'ya dönen ve kendisini yanına çağıran Nina Georgiyevna'dan bir mektup almıştı. Nina Georgiyevna mektubunda şöyle diyordu: "Savaş öncesi okuduğun enstitü yeniden kapılarını açtı. Yerinde olsam bırakmam bu işin peşini. Yeteneğin olmadığını söylemekle kendi kendine haksızlık ediyorsun. Bir hoca yanılabilir. Ayrılmadan önce bize Blok'un şiirlerini nasıl okuduğunu bir türlü unutamıyorum. Çok, çok güzeldi. Valya şekerim, inan bana, önemli olan insanın bir şeye duyduğu eğilimdir. Sanat sana çekici geliyorsa başarısızlıklara aldırma. Sergey dönene kadar benim yanımda oturabilirsin; birlikte hayatımız biraz olsun renklenir. Haberler çok iyi; savaş bu kış bitmese bile gelecek yaz sona erecektir."

Valya, sinema enstitüsüne dönmek istemediğini yazdı Nina Georgiyevna'ya. Savaş süresince burada çalışacaktı; sonra başka bir iş bulurdu nasılsa. Mektubun havası oldukça sakindi. Ama postaladıktan sonra Valya, gecenin yarısını ağlamakla geçirdi.

Şimdi de Lida onu Hamlet'ten bölümler okurken yakalıyordu... Ayyaşın şarabı özlemesi gibi, neden sanata eğilim duyuyorum acaba? Sergey değiştiğimi sanıyor; küçük bir taşra kentine gidip fabrikada çalışmama, irade gücüme hayran olduğunu yazıyor. Ve ben ona gerçeği söylemiyorum; bir kere bile sahneyi düşlediğimden söz etmedim. Sergey beni anladı... "Senden önce bir kadın sevmedim" demişti bana. "Sevdiğin neydi öyleyse?" diye sorduğumda da şu cevabı vermişti: "Bir düştü... Burada değil, Paris'te..." Belki düşü bir kadındı? Evet, bir kadındı kuşkusuz. Ne önemi var, onu hiç kıskanmıyorum, beni sevdiğini hissediyorum... Ama sağlam, güçlü Sergey kendini düşe kaptırırsa neden ben aynı şeyden utanç duyayım?... Düşü çalışmasına, köprüler yapmasına, savaşmasına engel olmadı. Oysa ben, düşlerimden kurtulamazsam her şeyimi, hem Sergey'i hem de kendimi yitireceğimi sanıyorum...

Radyo çalmaya başladı. Saat altı. Fabrikaya gitme zamanı geliyor... "Bobrik İstasyonu'nu ele geçirmek için birliklerimiz amansız savaşlar verdiler..." Ne aptalım! Çarpışma sürüp gidiyor, "amansız savaşlar" veriliyor; belki Sergey de orada, üzerine ateş ediyorlar belki... Ve ben oturmuş, birtakım düşsel kuruntularla kendimi yiyorum... Bobrik mi? Kiev'in burnunun dibi! Son gittiğimde vagonun penceresinden bir türlü ayrılamamıştım: "Bobrik, sonra Brovan, ardından orman ve kumsal: Darnitsa. Ve köprü, Dinyeper, manastır, ne güzel yerler!... Bizimkiler ne kadar da çabuk ilerliyor!... Belki birkaç gün sonra Kiev'i de kurtarırlar? Şu sıra babam radyoyu dinliyordur: Duyuluyordur kuşkusuz top sesleri. Annem bekler, durmadan da ağlar... Ve ben, saçma saçan şeyleri, tiyatroyu, Ofelya'yı, "bir kucak çiçeği" düşünüyorum...

Mühendis Kozlov: "Ah!" diyordu. "Atölyedekilerin hepsi Valya Vlakhova gibi çalışsa..." Valya onu dinlemiyor, dalgın dalgın gülümsüyordu. Belki kulağı Kozlov'daydı, ama kafası çok başka yerlerde. Eve döndüğünde yorgunluğunu yenip Sergey'e bir mektup yazdı.

"Ne kadar mutlu olduğumu bilemezsin! Her geçen gün biraz daha uzaklaşıyor ama daha çok yaklaşıyorsun bana, yakında her şey bitecek. Sabırla bekliyorum, kafamdan bir sürü saçmalık geçiyorsa da sana anlattığımda bana hak verir kızmazsın. Biliyor musun, seni ilk kez Krilovlarda gördüğümde şair sanmıştım; dalgın, esin dolu gözlerin uzaklardaydı, beni aşıyordu; yüreğimin titrediğini duydum. Sergey sevgilim, seni ne kadar sevdiğimi, seninle, yaptığın işle, acılarınla, savaşmaktan iyice yorulduğun düşüncesiyle yaşadığımı bilsen. Yaptığın köprüleri görüyorum; zaferi ve seni de, tıpkı kırda çektirdiğin fotoğraftaki gibi: Sırtında pardesü, başında kasketle, alınyazım, sevgilim, her şeyim!"

9

Richter alevlere baktı ve sövdü saydı. Yine geri çekilmek gerekiyordu... Albay Gabler on bir kişiyi askeri mahkemeye verdi. Ne yapılsa boşuna. Arkasına bakmadan kaçıyor herkes. Desna Irmağı üzerindeyken: "Doğu'nun savunma hattı burası" demişti. Ama yüz kadar Rus sağ kıyıya ayak basınca koca tümen tüyüverdi. Böyle büyük bir zafere ulaştıktan sonra bu denli alçalmak! Oysa daha çok kısa bir süre önce Kafkas dağlarının tepelerindeydik... Ben de ötekilerden iyi halde değilim ya: Rus sözünü duydum mu tabanları yağlayıveriyorum.

Dün yeni gelenlerden bir avanak: "Doğu'nun savunma hattı nereden geçiyor?" diye sormuştu. Richter şu cevabı verdi: "Savunma hattı da bizimle birlikte tüyüyor." Herkes gülmüştü bu sözlere, ama aslında hiç de gülünç değildi söylediği.

Karısından mektup alan Richter düşündü: Harz'a gitmesini salık vermekle halt ettiğimi şimdi anlıyorum... "Burada rahatım yerinde, bir tek bombardıman olmadı ama insanlar çok keyifsiz, diyordu" Hilda. "Her ailede bir ölü var. Ortalıkta erkek görülmüyor, sonra herkes bencil. Göçmenlerin gelmesi hiç kimseyi sevindirmiyor; evlerin dar geldiğinden, fiyatların yüksekliğinden yakınıyorlar. Beni çalıştırmak istediler, ama Robert engel oldu. Berlin'e bütün öncekilerden daha zorlu bir saldırı oldu. Neyse ki Margarita teyze, küçük Gratchen için yapılan dinsel törene katılmak üzere Postdam'a gitmişti. Döndüğünde ne evini buldu, ne sokağını, geriye yıkıntıdan başka şey kalmamıştı. Sevgili Kurt, ne olup gittiğini yaz bana. Bir şey anlamaz oldum! İtalya bize ihanet etti, Ruslarla yaptığımız savaş da tersine döndü: Çok kalabalık bu Ruslar. O korkunç ülkede çektiğin sıkıntıları düşünüyorum durmadan! Şimdi burada İtalyanlar var; tutsak mı yoksa müttefik mi adamlar, akıl erdiremiyorum. Bütün bildiğim ellerini kollarını sallayarak gezdikleri ve çalıştıkları. Johanna her şeyin İtalyanlar yüzünden başımıza geldiğini söylüyor. Savoie hanedanıyla komünistler el ele verip bizi arkadan vurmuşlar, İtalyanlar Mussolini'yi dinlememişler, şimdi de günahlarını unutturmaya çalıştıkları yok. Bilirsin, siyasetten bir şey anlamam; ama burada bir İtalyan var, çok efendi bir çocuk, arada Johanna'yı görmeye geliyor; Badoglio'dan nefret ettiğini söylüyor. Savaştan önce tiyatro eleştirmeniymiş. Bir şey anlattığında Johanna'yla kahkahadan kırılıyoruz. Bütün haberler bu kadar. Biraz zayıfladım, zayıflığın bana yaraştığını söylüyorlar. Buralar köyden farksız, süslenmek bile gelmiyor insanın içinden. Krep Jorjet'ten şirin bir elbise diktirdim, izinli geldiğinde giyerim..." Makarnacıyla yatıyor, açıkça belli. Robert yetmedi kaltağa... Savaş dendiğinde İtalyanları koydunsa bul, ama bir tek dişiyi kaçırmazlar... Alçak herif! Hepsi alçak ya... Önemli olan yakın gelecekte izin alma umudunun kalmayışı; Ruslar, soluk alma fırsatı bile vermiyorlar.

Albay, bütün ambarların, buğdayın ve araçların yakılmasını emretmişti. Richter düşünceliydi, soruyordu kendi kendine: Ben bir mimarım, kültürlü bir adamım, neden ev yaktığımda keyifleniyorum? Ruslar bildirilerinde bu işin cinayet ve insanlık suçu olduğunu söylüyorlar. Hepsi maval! Savaşta adalete yer yok. Yapmak kadar yıkmak da insanoğluna özgü bir şey. Hepimizin içinde büyük birikim var... Nice umut kırıldı, ne çok arkadaş gitti! Hem sonra bizim askerler Hamburg ve Köln yıkıntılarının öcünü alıyorlar. Bir köy alevler içinde kaldığında Hilda'nın gözlerini görüyorum sanki: Pırıl pırıl, hüzünlü ve küstah. İtalyanı'nı öpmekle meşgul...

Önceki gün bir Rus kadını ağlamıştı; kulübesini sağlam bırakmaları için yalvarıyordu. Richter kızdı: Unter den Linden üzerinde nefis binaları yıktılar, Albay Gabler'e yaptığım evi yerle bir ettiler, bu avanak karı da ahırının ardından gözyaşı döküyor! Richter evi yakmakla kalmadı, ineği öldürdü, bütün tavukları kesti ve haykırdı: "Bir tek canlı kalmamalı!..." (Kadını öldürense o değil, kızıl saçlı Karl'dı.)

Durmadan et yiyoruz; barsaklarımızın canına okunuyor: İkide bir sıradan ayrılan kenarda diz çöküyor... Diyecek şey yok, nefis bir görüntü! Neyse ki şimdi yazın içindeyiz... Kış gelince ne oluruz? Düşünmek bile istemiyorum...

Burada, Ukrayna'daki gibi beyaz binalar yok. Tahtadan kulübeler, tepesi sırıklı garip kuyular; ilk yaz saldırısında da benzerlerini görmüştük... O sıra hiç canımız sıkılmıyordu! Köydekilerin partizanlarla ilişkisi bulunduğu sanılıyor. Komutan kadınlara dokunulmamasını söyledi. Yine de kızıl saçlı Karl bir ihtiyarla iki kız çocuğunu temizledi. İşçilerden biri yalvarıyordu: "Öldürme bizi Almanya'ya gönder daha iyi..." Hepsi bize karşı bileniyorlar. Sonra ne olacak?... Erkekleri kurşuna dizdik. Uzun süre hayvanlarını aradık: Haydut herifler, sürülerini gizlemişler. Karafatma, yarın dibinde bir sürüye rastladı. Önce nişan alıp ateş etmekle yetindik. Ben üç inek öldürdüm. Sonra komutan acele etmemizi söyledi; biz de yaylım ateş açtık.

Soj Irmağı üzerinde mevzileneceğimizi söyledi komutan. Führer'in emri varmış. Rusların sağ kıyıya varmalarına fırsat verirsek albay hepimizi askeri mahkemeye verecekmiş. Tanrı yardım etse de dayansak!...

Ayaklarım ağrıyor, midem sancıyor, yüreğim sıkışıyor. Bu kadar neşesiz olduğumu hatırlamıyorum. Bütün bu tarlalar, sürüler, köyler bizim olacaktı. Neden elimizden kaçırıyoruz Rusya'yı? Sözde birtakım askeri hatalar yapılmış. Herkes hata yapar. Sanki Ruslar hiç yanılmadı mı? Komutan, başımıza bütün bu belaları İtalyanların açtığını söylüyor. Yüzbaşı Heibing ise İtalya'da fazla askerimiz bulunmadığı inancında. Peki öyleyse neden geri çekiliyoruz? Yetti artık. Dört yılı aşkın bir süre insan savaşamaz. İlerlediğimiz sürece, savaşın bir anlamı vardı. İçimden bazı aşırılıklara karşı çıkabilirdim, ama Führer'in Alman ruhunun canlılığını ortaya koyduğunu da görüyordum. Oysa şimdi savaş kimseyi ilgilendirmiyor. "Bu savaş da ne zaman bitecek?" sözleri duyuluyor her gün. Farkına bile varmadan barışsever olduk: Soj Irmağı'nda tutunursak, sırf askeri mahkemeyle şaka edilmeyeceğindendir...

Geceyi bir köyde geçiriyorlardı. İstedikleri kadar uyuyabilirlerdi: Nasılsa üçüncü tabur arkalarındaydı. Teğmen, tek katlı okul binasına yerleşmişti. Richter de en temiz evi seçmişti kendine. Karafatma göründü: Bir şişe Macar konyağı getiriyordu. İçtiler, biraz yemek yediler. Richter, Hilda'yı düşünüyordu. Tatlı mektuplar yazıyor, biraz fazla tatlı... Yarının bize ne hazırladığını bilememek korkunç! Bütün bu işler nasıl bitecek? Belki 1918'den de beter olacak her şey? O sıra karşımızda uygar düşmanlar vardı. Lloyd George'la konuşulabilir, Bolşeviklerle ne mümkün? Lukutin çılgının biri! Hem sonra adamları çileden çıkardığımızı da kabul etmeli. O aptal ihtiyara kulübesinin kibrit kutumdan az değer taşıdığını nasıl anlatabilirdim? Sanki elinden koca bir şato alınıyordu karının! Kızıl saçlı Karl bir kurşunla öldürdü onu. Ama kadının bir kocası, bir kardeşi olmalı... Ya bu vahşiler Almanya'ya girerlerse? Hayır, olacak şey değil; Führer var, Almanların bilimsel üstünlükleri var, ordu var!

Richter, Karafatma'ya sordu:

— Soj üzerinde direneceğimize inanıyor musun?

Belki Karafatma konyağı fazla kaçırmıştı, aptal aptal güldü; uzun, ince bıyıkları hoplayıp zıplıyordu.

— Bir şeye inandığım yok. Anam gibi Tanrıya inandığımı sanıyordum, ama o da propagandaymış. Astsubay oluşum da palavra, gülünç!...

Durmadan gülüyordu. Richter ürktü; Karafatma da saçmalarsa hapı yuttuğumuzun resmidir... Richter şişenin dibini bulmuştu; bir şey düşünmemek için hemen uyumaya çalıştı.

Yaylım ateşle uyandı: Karafatma pantolonunu ilikleyip makinelisini kaptı. Gece karanlıktı, yağmur inceden çiseliyordu. Kimin ateş ettiğini anlamak olanaksızdı. Karafatma'yla Richter okula doğru koştular.

— Ardımızda üçüncü tabur var. Rusların baskın vermesi olanağı yok, diyordu Richter.

Karafatma'nın sözlerini duyduğu yoktu; öne geçmiş, yine örnek bir astsubay oluvermişti.

Biri haykırdı: "Çeteciler!..."

Karafatma'ya dokuzuncu takımın komutası verildi, taburun geri çekilmesini sağlayacaktı.

Gün ışıdığında Astsubay Grün'le on dört asker kayıptı. Kızıl saçlı Karl bir partizanın Karafatma'yı vurduğunu görmüştü.

Richter, Karafatma'yı sersemin teki sayardı; şimdi hiçbir dostunu aramadığı kadar arıyordu onu. Karafatma bütün geçmişleri demekti, neşeli yaz, korkunç kış. Rjev cehennemi, kafa çekmeleri, karılar, korku, heyecan, mektuplar... Ve bir çeteci onu öldürmüştü. Karafatma'nın Paris'i görmesi, Senegallilerle çarpışması, Bielostok'a ilk girenler arasında bulunması herife vızgelmişti... Zavallı Karafatma! Sanki bir önsezi vardı içinde; şakalaşıyor, bir şeye inanmadığını söylüyordu ama yiğitçe ölmüştü, kırk yıllık savaşçılar gibi...

Bu köy hainler yuvasıydı. Yazık ki yakalayamadık. Ama ardımızdan üçüncü tabur geliyor, onlar bizimkilere taş çıkarır; sağlam şey bırakmayacaklar...

Richter yoldan biraz uzakta bir köy gördü, hemen bağırdı. Öylesine bir yangın, hıçkırık ve ölüm gereği duyuyordu ki, tehlikeyi unutmuştu.

Duygulandığı anlar Richter karısına "benim küçük kedim" der, kızdığı ya da kıskandığı sıralar, "gerçek bir sokak kedisi" diye düşünürdü! Gerçekten de, Hilda'da kediyi andıran bir yan vardı: Yemyeşil yuvarlak gözlü, kıvrak, Richter'i çıldırtan bir kayıtsızlıktaydı. Karısının kendine özgü bir hayat yaşadığını seziyor, kadın ona boyun eğdikçe biraz daha uzaklaşıyordu.

Richter, ilkbaharda izinli gelmişti. Kararsız adımlarla Berlin'deki dairesine girdi, çocuk gibi gülümseyerek biblolara dokundu. Sonra birden postallarının tekini yere vurdu, küfür etti. Hilda'nın ödü patladı. "Rjev'in ne olduğunu anlayabilir misin?" demekle yetindi Richter. Hilda banyoya sıcak su doldurdu, içine biraz çam losyonu döktü. Richter, başı sonu belli olmayan şeylerden, Scheffer ve Walter'in öldürüldüğü çam ormanlarından söz etmeye koyulmuştu. Hilda ölenleri tanımıyor, askeri terimleri, asker küfürlerini anlamıyordu. Kurt'un korkunç anılarından uzaklaşması için gevezelik ediyor, giyimden kuşamdan günlük ufak tefek sorunlardan, arkadaşlarının sevgililerinden söz ediyordu. Richter sözünü kesti: "Bunlar beni ilgilendirmiyor, anlamıyor musun?..." Hilda'nın çektiği acıları duyup dertlenmek istemediğini sanıyordu. Duygusuz taş bebek! Kendisi siperlerin pisliğinde sürünürken burada, sekiz, on kaçakla gönül eğlendiriyordu. Richter karısına "kaltak" diyor, sonra özür diliyor, kıvırcık saçlarını okşuyor ve mırıldanıyordu: "Benim küçük kadınım."

Canını acıtırcasına sıktı elini: "Aşığın kim?" Hilda cevap verdi: "Sen." Kurt kocası değil de yabancı, çekici sevgilisiydi. Ardında savaşın soluğunu sezdiği kabalığını bağışlıyordu Kurt, Robert'ten kuşkulandığını söylediğinde, Hilda bir kahkaha attı: "Yok canım! Dokuz yıldır bana aşık, senden önce söyledi sevdiğini!... Ve sen, birdenbire onun metresi olmamı mı istiyorsun? Olacak şey değil!" Hilda, Robert'i "emirerim" diye tanıtıyor, kendisine ipek çorap ya da kahve bulduğunda da: "Bir baba gibi yanağımdan öpmenize izin veriyorum!" diyordu.

Genel seferberliğe rağmen bir sürü hayranı vardı, bunu şişinerek söylüyordu Hilda. Yine de kocasına bağlıydı. Flört ediyor, önüne gelenle kırıştırıyordu. Otuz yaşına basmıştı. Dehşete düştü: Yaşlanıyorum. Ama güzelleştiğini söyleyenlerin dedikleri doğruydu. Meraklı bir küçük kız muzipliği vardı Hilda'da, gözlerinde giderilmemiş bir ihtiras okunuyordu. "Beyaz tenli bir zencisin," diyordu ona Kurt. "Palmiye ve kırbaç gerekli sana..."

Bombardımanlardan korktuğu halde, Hilda Berlin'den ayrılmak istemiyordu; kocasıyla altı yıl yaşadığı apartman sakin bir sığınak gibi geliyordu ona. Aptal ve ahlaksız, bir dudak boyasına baştan çıkmaya hazır Johanna ile kendini küçük bir kentte bulunca umudu kırıldı. Gözü yaşlı kadınlar, dedikoducular ve yiyeceklerle ilgili konuşmalardan başka şey yoktu ortalıkta: Bayan Müller'e Danimarka'dan üçüncü bir paket gelmiş: Klara iki paket aldı. Elsa, zeytinyağsız da patates salatası yapabiliyor... Aşağı yukarı bütün erkekler askerdeydi, gençler arasında yalnız Doktor Lange kalmıştı ama o da cam gözlüydü, insana iltifat etti mi ödünü koparıyordu. Genç kadınlar pantolon giyiyor, ineklere bakmanın ve Polonyalı karıları cezalandırmanın yollarını tartışıyorlardı. Kamptan kaçıp ormanda gizlenen bir Rus kızından herkes çekiniyordu; yoldan geçen arabalara saldırdığı söylentisi dolaşıyordu ortalıkta. Her şeyden çok korkulan da hava saldırılarıydı: Kentin çok yakınında bir kimyasal madde fabrikası vardı.

Hilda'yı ancak İtalyan oyalayabiliyordu. Luigi ona geliyordu tabii, Johanna'ya değil. Kaç kere ateşli itiraflardan öpücüklere geçmeye kalkmıştı, ama Hilda onu hep durduruyordu. Artistler gibi "ilan-ı aşk" etmesine bayılırdı: "Ey tanrıçam benim! Yıldızım!" Ellerini öpmesine izin veriyordu, ama o kadar: "Delirdiniz mi, ben evli bir kadınım!" Luigi, Hilda'nın oturduğu bodrum katına inerken Johanna soluk dudaklarını sıkardı; Hitler bu alçaklara güvenmekle hata etti, diye düşünürdü; İngilizlerle anlaşsa daha iyiydi...

Johanna yalnız İtalyanlardan değil, geride kalan Almanlardan, Doktor Lange'den de nefret ediyordu ("İnsan tek gözle de pekala dövüşebilir") Kocaları yaşayan kadınlara müthiş kızardı, kendininki 1942'de, Volkhov üzerinde can vermişti. Savaştan önce Johanna, çapkın ve müsrif kocasıyla hep kavga ederdi. Şimdi her yana fotoğrafını asmıştı, içeri giren konuk Karl'ın fotoğrafı önünde birkaç dakika saygı duruşu yapmak zorunda kalıyordu. İltifatlarıyla Hilda'yı bile bezdirmişti: "Güzel yeğenim, bugün yüzünüz çok iyi!" ya da " Öyle zarifsiniz ki, sizi gören savaşın dehşetini unutur!" gibi.

Hilda, gazete haberlerinin kendisini çok ürküttüğünü yazıyordu kocasına: Aslında, böyle yazması gerektiği inancındaydı. Yoksa Rus adlarını birbirine karıştırıyor, Rusların Orel ya da Harkov'u ele geçirişine aldırmıyordu bile. Kurt, Rus kentlerinin kocaman birer köy olduğunu, üstelik yarıdan çoğunun yıkıldığını bildirdi. Ayıp olmasın diye de, Hilda Rusya'da olup bitenleri sordu kocasına. Ama cevap aldığında hüngür hüngür ağladı. Kurt daha önce de savaşın güçlüklerinden söz etmişti. Yine de Hilda, her mektupta avutucu birkaç söz bulurdu. İzinli geldiğinde Rusların umutsuzca çarpıştıklarını, ormanların çeteci dolduğunu, havanın berbatlığını, "insanı deli eden" özel toplarla ateş ettiklerini anlatırdı. Savaşın nasıl sonuçlanacağını sorduğunda, Hilda'ya şöyle demişti: "Albay Gabler'le konuşmak, stratejimizin Ruslarınkinden ne denli üstün olduğunu anlamaya yeter. Her ne pahasına olursa olsun, savaşı kazanacağız. Ve aynı Kurt, şimdi şöyle yazıyordu: "Sorun yalnız bu işten kurtulup kurtulamayacağımız değil; bu yabani heriflerin oralara kadar geleceğini de sanıyorum..." Kurt çok iyimserdir, böyle konuştuğuna göre durum pek kötü. Hilda'nın üzgün halini gören Johanna sevindi: "Kötü haberler mi aldınız? Ne oldu kocanıza?

— Kocamın bir şeyi yok, dedi Hilda. Almanya kötüye gidiyor..." Johanna onu avutmaya çalıştı: Belki Kurt çok sinirliydi? Berlin bombalandığında deliye dönmüştüm; cephede her gün bombardıman var. Üstelik özel toplarla. Kurt'un aklının başından gitmesi boşuna değil... Yine de Hilda kuşkularını üzerinden atamıyordu; sanki bu uğursuz savaşın içine sürüklenivermişti birden.

Birkaç gün sonra kardeşinden mektup aldı, izinli bir arkadaşıyla birlikte geleceğini bildiriyordu. Hilda, Arthur'ü her gördüğünde sevinirdi, üstelik şimdi ona eskisinden de çok gerek duyuyordu: Özellikle buradaki ağlamış suratlardan, Kurt'un o korkunç mektubundan sonra...

Arthur'ün yüzü iyiydi; şendi, şarkı söylüyordu:

Sevgili dostum, umudunu kırma,
Aralık ayından sonra mayıs gelir.

Hilda'ya üç kilo şeker, koca bir kalıp sabun getirmişti. Arkadaşı Teğmen Heibing, şakağında yara izi bulunan çifte nişanlı, yakışıklı bir gençti. Arthur durmadan konuşuyor, Teğmen Heibing ses çıkarmadan gülümsüyor, gözünü Hilda'dan ayırmıyordu. Sonunda Hilda dayanamadı:

— Belki hipnotizmacısınız? dedi. Ama beni daha önce de uyutmaya kalktılar, uyutamadılar...

— Yok canım! diye takıldı teğmen. Rus cephesinden sonra rahat bir Alman evinde, güzel bir kadınla birlikte olmak hoşuma gidiyor...

Saygılı davranıyor, Hilda da onunla kırıştırıyordu, bunda şaşılacak bir şey yoktu: Erkeklerle kırıştırmaktan kendini alamazdı. İyi bir yemek hazırladı: Bezelyeli jambon. Moselle şarabı ve konyak. Arthur çok içiyor, türlü maskaralık yapıyordu; Rusların dans ederken sıçrayıp nasıl topuklarının üzerine düştüklerini gösterdi. Teğmen gözlerini Hilda'dan ayıramıyordu. Hilda sordu:

— Şimdi nerede savaşıyorsunuz?

— Güneyde, Kırım'da.

— Oraları çok sıcak olmalı.

— Hem de nasıl!

Arthur kahkahalarla güldü.

— Kurt Rusya'nın göbeğinde. Durumlarının kötü olduğunu söylüyor...

Gramofonu işletti. Teğmen, Hilda'yı dansa kaldırdı. Uzun uzun dans ettiler. Hilda'nın başı döndü: Şaraptan, heyecandan ve zevkten.

Arthur maskaralığı sürdürüyordu.

— Cephe neye benziyor biliyor musun? Bir sinemaya. Ön sıralar zangır zangır titriyor, gözü ağrıyor insanın, en iyi yerler arkada...

Hilda gülümsedi:

— Biz en arka sıralardayız, yine de içimiz rahat değil.

Teğmen başını salladı:

— Haklısınız Bayan Richter, şimdi herkes tehlikede...

Hilda, teğmene, kardeşine, kara biçimsiz sabun parçasına baktı; gözleri yaşla doldu.

— Arthur, Fransa dönüşü bana Guerlain'in bir kokusunu getirdiğini hatırlıyorum; yakında İngiltere'ye çıkacağınızı söylemiştin...

— Bekle biraz, yine çıkacağız, dedi Arthur.

— Bu kadar uzun süre insan savaşabilir mi?

— Büyük Frédéric tam yedi yıl savaştı ve kazandı. Bizim de daha üç yılımız var.

— En önemlisi hiçbir şey düşünmemek, dedi teğmen.

Hilda şaşkınlıkla ona baktı, sonra başını çevirdi: Teğmenin insanı okşayan bakışları vardı.

— Rus askerlerini yenip yenmediğinizi bilmiyorum, ama Rus kızlarını yere sermişsinizdir kuşkusuz...

Gece kardeşiyle teğmeni yemek odasında yatırdı, kendisi yukarı çıktı. Gülümsüyordu, gözleri yaşlarla buğulanmıştı. Kurt'un söylediği doğru... Onlara Polonya ile Bohemya'yı versinler, ama buraya yaklaştırmasınlar... Neden erkekler bu kadar basit bir şeyi fark edemiyorlar?... Arthur, daha üç yıl savaşmak istiyor... İyi ama ne cephede ne de burada kimse kalmayacak... Hepsi çıldırmış... Yalnız bu teğmen gerçekten hoş...

Ertesi gün Arthur, sabahtan akşama kadar dinlendi: Sedire uzanıp polis romanı okudu. Hilda, teğmenle birlikte *Marie-Louise* kahvesinde oturdu; oradan vadinin nefis bir görünüşü vardı. Teğmen savaştan söz etti. Hilda Kurt'tan çok daha iyi anlattığını düşündü. "Hepsine acıyorum," diyordu. "Özellikle çocuklara... Çok güzel bir kadın yakalamıştım, bir Rus casusu; parmağımı ısırdı, sonra da kendini öldürmek için bir tabanca istedi benden... Kent yakmak az rastlanır güzellikte bir görüntüdür. Beethoven bunu görse Dokuzuncu Senfonisi çok daha güçlü olurdu sanıyorum... Hepimiz mahkûmuz, ama bu haliyle hayat daha çekici geliyor..." Akşam yine konyak içip dans ettiler.

Hilda ışığı söndürdü, ama uyuyacak zaman bulamadı; biri yukarı çıkıyordu. "Arthur olmalı," dedi kendi kendine... Lambayı yaktı. Teğmendi gelen. Bir çığlık attı:

— Deli misiniz?

Teğmen eliyle ağzını kapadı ve fısıldadı:

— Saçmalamayın, Arthur uyuyor...

Işığı söndürdü, Hilda bir daha bağırmadı. Yarım saat sonra teğmen aşağı indiğinde, olup bitene akıl erdiremeden sırtüstü uzandı kaldı. Asla kendini bağışlamayacaktı... Ne cesaret! İznini almadan evli bir kadının yatağına girmek! Üstelik yakın bir arkadaşının kızkardeşinin yatağına... Gerçek birer vahşi hepsi... Kurt da böyle olmalı... Bir tek tatlı söz çıkmamıştı teğmenin ağzından. Yine de Hilda hoşnuttu. En kötüsü de bu ya... Günah mı? Saçma! Yarın uçaklar kenti bombalayabilir ya da Ruslar gelebilir. Demek ki insan yaşadığı sürece hayatın tadını çıkarmaya bakmalı...

Teğmen, her gece kendisini bekleyen Hilda'nın yanına çıkıyordu. Gündüz, yalnız kaldıklarında şundan bundan konuşuyorlardı hep. Sonra Arthur'la teğmen yola çıktılar. İstasyonda Hilda gözyaşı döktü, kardeşine:

— Rusların buralara gelmesine fırsat vermeyin, dedi.

Arthur gülümsedi:

— Olur, fırsat vermeyiz.

Teğmen kasketini salladı. "Yüzünüz pek bozuk," dedi Johanna Hilda'ya. "Şanlı ordumuzu sevmenin sonucu budur..." Hilda, Johanna'nın, teğmenin yukarı çıkışını duyduğunu anladı. Ne önemi var!.. Cevap verdi: "Otuz yaşındayım Johanna, dadıya gerek duymuyorum."

Teğmeni unutamıyordu. Şimdi her şey daha da kötüydü. Gazeteler, Rusların çok yedekleri bulunduğunu bildiriyordu. Bir hafta Kurt'tan mektup gelmedi. Hilda telaşlandı, ağladı. Sonra bir kart aldı dalgın dalgın göz gezdirdi, kısa ve sevgi dolu bir mektupla cevap verdi. Derken Luigi uğradı, üzgündü o da: Magdebourg'a gönderiyorlardı hepsini. Veda etmeye gelmişti, Hilda'nın elini öptü. Hilda birden Luigi'ye sarıldı: "Yeğenim dışarda..." dedi.

Gülümseyerek baktı sonra aynaya. Hâlâ güzelim. Yaşadığımız kadar yaşamalıyız. Bu zamanda insanlar ihtiyarlıktan ölmüyor... Önceleri Hilda kocasına düzensiz yazar, günler geçer eline kalemi almazdı; şimdi her gün bir mektup atıyor; git gide tatlılaşıyordu yazdıkları: Kurt'u beklemekteydi, mezara kadar ona sadık kalacaktı...

Soğuk, bulutsuz bir gece -mehtap vardı- camlar şangırdadı, canavar düdükleri öttü. Hilda, sırtında gecelikle, bir sığınağın toprak zeminine uzanmıştı. Soğuktan ve korkudan ürperiyordu. Burası Berlin'den de beter bir yerdi... Kendi kendine söz verdi: Tanrım, sağ kalırsam Kurt'u hiç aldatmayacağım! Hiçbir zaman!..

Sabah yıkılan evleri gördü. Johanna yüzden fazla ölü olduğunu söylüyordu. Hilda kocasına yazdı: "Beni merak etme, burada durum iyi. Seni bekliyorum, bekliyorum, bekliyorum..."

Günler geçti. Hilda'nın göğsü ağrıyordu: Herhalde sığınakta üşütmüş olacaktı. Doktor Lange'yi çağırttı, adam göğsünü dinledi, ilaç verdi. Sonra da: "Her şey bir yana, güzelleşiyorsunuz" dedi. Hilda ona bakmamaya çalıştı: Sol gözü cansız, buz gibiydi... Gözlerini kapamış mırıldanıyordu Hilda: "Delirmişsiniz! Hayvan gibisiniz doktor!... Hepimiz hayvanız..."

11

— Binbaşım, yatakları yeniledik ama yine de...

Sergey sövdü, saydı: Yine bu yataklar! Dinyeper'e vardık, bir türlü şu yatakların hakkından gelemiyoruz. Dakikanın önemi var. Herkes acele ediyor, haritada küçücük bir kare daha aştık mı Dinyeper göründü demektir... Arabalar bembeyaz kuma saplanıyor; farların ışığında kar gibi. İşte bir saz, bir haberci bu; farları söndürmek gerek, nehir çok yakın!

Kum gürültüyü geçirir. Alçak sesle konuşuluyor, sigara içilmiyor.

İstihkâm erleri kalas taşıyorlar. İşte telefoncular, ellerinde telleri ve sahra telefonlarının yeşil kutuları. Şurada da sahra topları. Tanklar ormanda gizli. İşte, General Petriyakov göründü...

Bir ihtiyar, Almanların eline geçmemesi için balıkçıların nehrin sığ yerinde sekiz kayık batırdıklarını söylüyor. Kayıkların yeri bulundu. Koca avlu kapısının iki kanadını getirdiler. Sal yapıldı. Çadır bezleri saz ve samanla dolduruluyor.

Sergey ormanda. Gerçek bir bıçkı atölyesi kurulmuş. Köprü dubaları yarın gelecek, yollar kalabalık.

İlerlemek çok güç. Çizmeler kum doldu. İnsan hem şaşkın hem de neşeli. Nehrin ötesinde savaşın biteceği, herkesin doğduğu eve, kapısında duran genç kıza; büyük bir mutluluğa kavuşacağı sanılıyor; asker sabırsız. Oysa, nehrin ötesinde Almanlar var. Körlemeden mermi yağdırıyorlar, bizimkiler ormanda gizli. Bir mermi ormanda dinlenen askerlerin üzerine düştü. Dinyeper önlerindeydi, göremeyecekler...

İşte nehir! Herkes yıkanıyor, avucunun içini suyla dolduruyor, içiyor: Dinyeper Nehri bu... 1941 yılında ayrılmışlardı bu nehirden: Kimi Kiev yakınında, kimi Moguilev'de, kimi de Smolensk'de, Dinyeper'i düşlüyor, onu düşünmeye korkuyor, şarkılar söylüyorlardı: "Ey Dinyeper, Dinyeper, uzaklarda akıyorsun, suların gözyaşı gibi." Ağlamamak, küfür etmemek için şarkı söylüyorlardı. Pek çok benzeri gibi, öylesine bir nehirdi Dinyeper; ama felaket gelip çatmış ve Dinyeper ister Sibiryalı olsun ister Volga kıyılarından gelsin, herkesin kaderini damgalamıştı. Dinyeper'den uzaklaşırken herkes kendini lanetliyordu, şimdi ona bambaşka birer insan olarak dönmüşlerdi. Üstelik hepsi de değil... Askerlerin adımları eskisinden çok daha ağır: Ölenlerin anısı kurşun gibi çökmüş üzerlerine. Don'dan gelen var, Volga'dan gelen var; ama "Geldik işte!" deyişinden tanınıyordu Stalingrad'ı yaşayan.

Neden bütün kentler nehirlerin öbür yakasındadır? Almanlar talihli. Ama şimdi talihleri bir işe yaramayacak. Böyle bir çığ durdurulabilir mi? Birkaç tümenden çok fazlası var burada: Bütün ülke

Dinyeper önlerinde, acıları, korkuları, yaraları, açlığı, göçmenlerin çıkınları, çektiği işkenceler ve yanan kentleriyle. Herkesin düşüncesi aynı: Daha çabuk! Yaşamak istiyoruz! Karı yazar, ana yazar... Dinyeper'e gelmeden önce insan düşünmeyebilir, saldırılara, karşı saldırılara ve yürüyüşlere ayak uydurabilirdi; eğilimi kendinden uzak tutabilirdi hiç olmazsa. Ama burada gerçek apaçık çarpıyordu yüzlerine: Sonunu getiriyoruz, eziyoruz onları.

Yine de acı acıdır; ölüm de ölüm. Yumuşacık, açık renk kuma kan bulaşmış. Sedyeciler iki kişiyi götürüyorlar; biri inliyor, öbürü gülümsüyor; gülümseme mi, yoksa yüz buruşturma mı bu?

Günler, ılık, bulutsuz geçiyor. Ama geceler serin. Su buz gibi. Karşı kıyıya ne kadar var? Sergey cevap veriyor: "Dört yüz seksen." Rüzgâr esiyor. Bir dalga yükseliveriyor.

— Böyle kayık mı olurmuş? diye homurdanıyor Çavuş Sadoviyev alçak sesle: Kova nerede?..

Küreklere paçavra sarıyor: Almanlar karşı kıyıda... Almanlar, Ruslarda köprü dubası bulunmadığını biliyorlardı; keşfe çıkan uçaklar General Siebert'in içini rahatlatmıştı. Yine de düşmanı korkutmak için nehre ateş etme emri verildi.

— Kahpe, su alıyor, diye mırıldanıyordu Sadoviyev.

Akıntı, öbür iki kayığı epey uzağa sürüklemişti. Almanlar ateşe devam ediyorlardı. Su kaynıyordu. Kayıkta iki askerle bir makineli vardı. Üç saattir kürek çekiyorlardı, elleri kan içinde kalmıştı. İşte çalılıklar. Almanlar yakında olmalı.

Gökyüzü yıldız dolu; Ukrayna hiç değişmez: Böyle bir gecede bile yıldız gerekli ona...

Sonra, makineli takırdıyor. Öbür kayıklar da göründü, Direklerden, benzin bidonlarından yapılma sallar atılıyor suya.

Sonra köprü dubaları geliyor. Şçedrenko yüzerek nehri geçiyor, ip geriyor. Sal mayına çarpıyor. İstihkâmcılar ceketleriyle delikleri tıkıyorlar. Rabinoviç dalıyor; makineliyi kurtarmak gerek. Yanaşacakları noktaya kurşun yağdırıyor Almanlar...

Şimdi Sadofiyev soluk alıp dilediği kadar sövebilir. Binbaşı dört yüz metre demişti, ama insan kürek çekince dört kilometre gibi geliyor... Staritsin ne düşünüyordu acaba? Bütün kayıklar dağılsa hapı yutmuştuk! Almanlar da üstümüze çullandılar...

Sonra?.. Herkes Sadofiyev'i kutluyor. Sergey rapor hazırlıyor. Telefon başındaki Şura Baranova uzun bir mesaj yazdırıyor karşısındakine, *Krasnaya Zvezda* muhabiri yırtınıyor: Nasıl biri bu Sadofiyev? Canlı, çavuşun özelliğini belirten bir şeyler yazması gerekli... Moskova'da bildiri hazırlanıyor. Yarın herkes Çavuş Sadofiyev'in kim olduğunu öğrenecek.

Stalin bir an gözlerini haritadan ayırıyor. Cephenin genişliğini, Dinyeper hattını, yollarda ilerleyen taburları, düşmanın hazırlığını ve bütün bunların arasında alaycı ve hüzünlü gözleriyle gepgenç çavuşu görür gibi. Sadofiyev mi? Çaritsin'de, benimle birlikte bir Sadofiyev vardı yanılmıyorsam... Belki de bunun babasıdır? Ve Stalin, Sadofiyev'le birlikte, Dinyeper'i geçiyor; tıpkı Ossip ve Minaev'le birlikte Stalingrad önlerindeki tepeciklerin birinde durduğu, Don Irmağı'ndan Dinyeper'e kadar kar fırtınası altında yürüdüğü gibi. Yaşa Sadofiyev! Seninle Vistül ve Oder'i aşacağız!..

Gabler, sönmüş purosunun ucunu kemiriyor. Çok sinirli. Ah bu Ruslar! Nehri dubasız aşmak ha! Yabani hepsi, üstünlükleri de buradan geliyor... Albayın önüne bir harita yayılmış. Karşı saldırıyı düşünüyor. Rusları devirmek, en azından iki hafta kazanmak gerekli. Ve birden, tümen numaraları, köy adları, adalar, kum tepecikleri arasından elmacık kemikleri fırlak, ufak tefek, kafasında kepiyle biri görünüyor. Sadofiyev bir kaidenin üstüne çıkıyor ve gri-nefti bakır kartalı alaşağı ediveriyor.

Paris'te Lejean radyo başında; yüzü asık. Kısa süre önce Paul'ün ölümünü bildirdiler. Bir aydır Josette'den haber yok; evvelki gün André ile Garrot tutuklandı; Rouen'a bir grup yollamak gerekiyor ama silah yok. "Burası Moskova Radyosu!" Sanki Dinyeper yaklaşıyor, yaklaşıyor da Sen Nehri'nin yanına geliyor, arkadaşları, dostları, kader birliği ettikleri acele ediyorlar. Aralarında Sadofiyev. Millet'ye benziyor ama saçlarının rengi daha açık...

General Petriyakov, Sadofiyev'e: "Gerçek bir kahramansın! diyor. Denecek şey yok, gerçek bir kahramansın!..." Sadofiyev mırıldanıyor: "Karaya çıktığımda küreğimi kaptım..." Olağanüstü bir şey yok, diye düşünüyor Sadofiyev. Kayık da ne kötüydü ama, neyse karşı kıyıya vardık ya. Önemli olan mevzilenecek zamanı bulabilmekti.

Krilov'un yüzü güldü: İşte, ilk ürün! Amerikalı gazeteci nerede acaba? Bana inanmamıştı... İşte yetiştirdiklerimiz! Şu sıra elimizde köprü dubası bulunmadığını sanıyor herhalde. Ne önemi var! Bazen insanın bir kazıkla da iş görmeyi bilmesi gerekir... Bunu asla anlayamayacaklar; bizimkiler iki yıldır hazırlanıyor, başka iş yaptıkları yok... Bu gidişle kısa sürede Berlin'e bile varırız... Bir Sadofiyev tanımıştım. Pek genç değildi, üçüncü sınıf levazımcı. Rossoch'tan çekildiğimiz sıra iki Alman öldürdü. Zeki adamdı... Pek çok Sadofiyev var, şaşmamak gerek. Şaşırtıcı olan bunca kahramanın çıkması!

Ve bütün Sadofiyevler, neşeyle bir ağızdan cevap veriyorlar: "Belki bir akrabamızdır, kim bilir..."

Kostrama'da, tekstil fabrikasıyla eski manastır arasında, tatlı bakışlı, hastalıklı görünüşlü bir kadın çocuklarını yatırdıktan sonra büyük oğlunu düşünüyor: Saşa yararlık göstermiş... Sağ salim dönse bari!...

Bembeyaz kumlarda kazılmış, pek derin sayılmayacak bir siper, her şey bu noktadan yola çıkarıldı. Alayın topları buraya indirildi. Almanlar dik yamaçlı bir tepeden ateş ediyorlardı. Ama aşağıdakiler iyi dayandılar. Sergey Stalingrad'ı hatırlıyordu. Orada: "Dayanıyoruz!" denirdi. Burada: "Almanlar dayanıyor!" demek gerekiyordu.

Alman uçakları harekete geçti; en ufak kayığa bile ateş açıyor, ırmağın aşıldığı yerleri hemen keşfediyorlardı. Üçüncü gün ağız ağıza dolu bir salı batırdılar. Dubaları kurtarmak gerekiyordu. Gaz maskelerine boru takıldı: Ossipenko ile Zaitçik daldılar. Üç saat boyunca dipte çalıştılar; salı söktüler, dubaları olduğu gibi çıkardılar. Generalin, kendisini Lenin Nişanı'na aday gösterdiğini öğrenen Ossipenko içini çekti: Karım duysaydı belki beni bırakıp kaçmazdı...

Sonra General Petriyakov:

— Ordu çok büyük, geniş bir köprü gerekli, dedi.

— Her şeyi hazırladım, cevabını verdi Sergey. Adaya kazıklar üzerinde duran bir tahta köprüyle varılıyor, geri kalan yol ise yüzer köprüyle aşılacak...

Başını arkaya atıp dalgın dalgın gülümsedi.

Sergey Stalingrad'da amansızca, kendinden geçerek savaşmıştı. O sıralar şakalaşmak bile gelmiyordu içinden, kafası bomboştu: Tek yaptığı inatla savaşmaktı. Şimdi gözlerinde, Nina Georgiyevna'nın çocukluğundan beri çok iyi bildiği ve şairliğine yorduğu o parıltı vardır...

Buz gibi suyun içinde, ayakta çakıyorlardı kazıkları. Almanlar top ateşine tutuyor, bombalıyorlardı. Gece çalışılıyordu, ama Alman füzeleri Dinyeper'i aydınlatmaktaydı. Sedyeciler her an bir yaralı götürüyorlardı. Akıntı kazıkları sürüklüyor, bir istihkâmcı dalıp dikiyordu hemen kazığı; bir başkası da tokmağıyla devam ediyordu çakmaya. Üç gündür askerler uyumamıştı. Sergey köprünün başından ayrılmıyordu. Çavuş Şirikov on dört saat suda kalmıştı. Sergey sordu: "Ne haber?... Şirikov cevap verdi: "Tamam!"

Sonra, iki yakayı birleştiren köprüden yüzlerce araba geçerken Sergey gülmeye ve konuşmaya başladı; Binbaşı Şileyko sordu:

— Dayanması için ne kadar tahta gerekli?

— Kitaba göre, üç yüz kiloluk ağırlığa bir metreküp.

Sergey, soğuktan donan çavuşun verdiği "Tamam" cevabını hatırladı.

— Tahtayı hesaplamak kolay. Zor olan insanları ölçmek...

Şileyko sordu:

— Ne demek istiyorsun?

— Hepimiz için aynı şey söz konusu. Bir insanın dayanıklılığını ölçmenin güç olduğunu anlatmak istiyorum...

Sağ kıyıda büyük bir savaş devam ediyor, Orel'den bu yana böyle savaş görülmediği söyleniyordu. General Petriyakov on iki kilometre ilerlemişti; ama Almanlar büyük ölçüde takviye aldılar. General: "Herhalde geride tuttukları yedekleri de ateş hattına sürdüler..." dedi.

Askerler homurdanıyordu: Almanlar hırstan delirecek gibi, işi burada bitirmek istiyorlar..." Durum ciddiydi. Geri dönülecek değildi herhalde... Ordu komutanı, taptaze bir tümenin takviye yollanacağına söz verdi. Asıl felaket o sıra geldi başlarına: Alman uçakları köprüye yüklendi, iki bomba hedefi buldu... Her saatin büyük değeri vardı...

Raşevski'nin şaşkına döndüğünü gören Sergey suya atladı, ne yapmak gerektiğini gösterdi. Tam o anda da, on kadar Alman uçağı pike yaparak istihkâmcılara saldırdılar. Raşevski, Sergey'in yanında duruyordu. Bir gün Stalingrad'da: "Gece ölürsem sırf rastlantı sonucudur..." demişti. Sergey'in kollarında can verdi. Köprü onarıldı. Takviye tam zamanında yetişti.

Raşevski yok artık. O korkunç 1942 yazını birlikte geçirdikleri dostlar da öldü. Zonin Stalingrad'da şehit düştü... Tiyatrodan, Marussia'dan söz ederdi; sonra bir çocuk gibi ufacık gövdesiyle ameliyat masasına uzandığı görüldü. Voronov, Don üzerinde köprü yapacağımız, geri döneceğimiz günü düşlerdi. İşte Dinyeper. Ama Voronov da hayatta değil. Sergey, Voronov gibi bir dostu olmadığını düşündü. Ona her şeyini anlatırdı: Acıydı yaşadıkları yaz... Paris'i de anlatmıştı Voronov'a, Valya'yı da... Onunla konuşmak büyük bir zevkti; hafifçe gülümser, koca kafasını sallardı... Eski silah arkadaşlarından kimse kalmamıştı... Nasıl olmuş da Sergey bugüne dek yaşamıştı? Kuşkuyla, alev alev, bereketli sonbahara gülümsüyordu.

Bir hafta sonra Sergey komutanlık karargâhına gitti: General Petriyakov, küçücük, beyaz ve tertemiz bir evde oturuyordu. Ev sahibesi, bir eli yanağına dayalı ayaktaydı; Gritso'sunun ardından gülümsüyor, general apoletlerini hayranlıkla seyrediyordu. Petriyakov da çok şendi.

— Bir şey yapamamışlar. Barsukov bildirdi. Kiev'i bırakıp kaçıyorlar: Dört dizi kamyonla...

Sonra Sergey'i azarladı:

— Neden hayatınızı tehlikeye atıyorsunuz? Olacak iş mi! '41 yılında değiliz artık... Yorgunsunuz ondan herhalde...

— Herkes yorgun...

— Ben herkesten değil, sizden söz ediyorum. Hep böyledir. Yorgun olunca insan kendini tutamaz, frenleri işlemez. Aniden hiçbir şeyden yılmaz olur.

Sergey başını salladı:

— Asıl şimdi korkuyorum. Stalingrad'da korkmuyordum; kayıtsızdım bir bakıma. Şimdi, savaşın sonuna yaklaşırken içimde en ufak bir ölüm özlemi yok...

Karşısında bembeyaz saçlı, gözlüklü, babacan tavırlı bir adam duruyor, sigarasından nefes çekiyordu durmadan. Ama Sergey'in aklında Valya, Moskova'nın ilkbaharı, köprü üzerindeki elektrik fenerleri vardı. Durup dururken:

— Dünyanın en kolay yıkılabilecek şeyi köprüdür, dedi...

O an Dinyeper üzerindekini, Kırım'dakini, hareketinden bir gün önce Valya ile geçtikleri Moskova'daki ya da Sen Nehri üzerindeki eski köprüleri düşündüğü yoktu; hayatı düşünüyordu.

12

Ev bir tepenin dik yamacında, köyden epey uzak, meşe ve akçaağaçlar arasındaydı. Dul Bayan Lagrange pencere önünde dikiş dikiyor, kızı Marie ocağı üflüyordu. Güneş batmak üzereydi. Birden kapı vuruldu. Gelen bir Almandı. Kapıyı açmaya korkuyordu; açmazsa adam kapıyı kıracak ya da ateş edecekti. Neden geliyordu acaba? Miki'nin ya da Dédé'nin mi peşine düşmüşlerdi yoksa? Dul Bayan Lagrange sordu:

— Ne istiyorsunuz?

— Ekmek.

Açıkça belliydi Gestapo'dan olduğu. Mortier'yi almaya geldiklerinde de su istemişlerdi... Araba herhalde aşağıda, yolun kıyısındaydı...

Kadın kapıyı açtığında şaşırdı kaldı: Adam yırtık pırtık giysiler içindeydi! Belki bir asker kaçağı! Ekmek verdi, adam aç kurt gibi yedi bitirdi. Asker kaçağı olduğu kuşkusuz... İçi rahatladı: Bu uzun boylu; zayıf, çocuk gibi gülümseyen adama acımıştı.

— Durun, Marie size bir tabak çorba ısıtsın. Bugün de hava ne soğuk...

Alman teşekkür etti. Dul Bayan Lagrange kendi kendine: Bunların içinde de namuslu olanlar var, dedi... Neden kaçtı acaba? Belki savaştan bıkmıştır? Üstlerinden biriyle de kapışmış olabilir! Kaçmışsa iyi bir insan demektir... Marie yeni gelene bir kere bile bakmadı: Temmuzda Almanlar nişanlısını kurşuna dizmişlerdi. "Acaba ne kadar zamandır ormanda gizleniyor?" diye düşündü Bayan Lagrange. Ne kadar da iri! Sırtındaki kaput onun değil, ceket gibi duruyor ya... Sonunda kararını verdi:

— Herhalde yolunuzu şaşırdınız?

Adam başını salladı.

— Saint-Jean'a mı gidiyorsunuz, yoksa oradan mı geliyorsunuz?

Adam güç bela, Almanca ve Fransızca sözcüklerle bir cümle kurdu:

— Madenlerden çıktım, dağlara gidiyorum.

— Nereye?

— Almanların bulunmadığı bir yere.

Belki bir başka Almanı öldürmüştü? Fena da olmazdı hani... Peki ama madende işi ne? Orada Gestapo var... Yaşlı kadın merak içindeydi: Karşısındaki iyi bir adam mıydı, yoksa bir haydut mu? Ona çorba verdi. Alman susuyordu... Dışarısı karanlık ve soğuktu. Gece nereye gidecekti? Evde de bir Almanı gizleyemezdi ya! Belki Gestapo'nun güvenlik kuruluşunun adamıydı bu?.. Sanki kafasından geçenleri anlamış gibi:

— Ben Alman değilim, dedi adam.

Dul Bayan Lagrange kızdı: İçeri aldım, yemek verdim, ona acıdım, bir de benimle alay ediyor!

— Fransız olduğunuzu mu söyleyeceksiniz yoksa?

Adam gülümsedi. Yaşlı kadın düşündü. Ne tatlı bir gülüşü var.

— Ellerinden kaçtım Almanların. Rusum ben.

Başını çevirip dikkatle konuşmayı izleyen Marie birden bağırdı:

— Bir Rus tutsağı olduğu aklıma gelmişti!

Yuvarlak bir masanın başında oturuyordu. Cephenin kırmızı bir çizgiyle işaretlendiği haritayı getirdi Marie.

— Ruslar Dinyeper'i aştılar.

Bir süre sustuktan sonra alçak sesle devam etti:

— Partizanları arıyorum...

Yaşlı kadınla Marie bakıştılar anlaştılar, cevap vermediler. Rusu yatırdılar. Bembeyaz çarşaflarla yastık yüzüne çekinerek baktı, ama hemen uyudu: Kırk sekiz saati aşkın bir süredir ormanda dolaşıyordu.

Marie annesine:

— Yarın sabah gider Miki'yi bulurum, dedi. Ne yapmak gerektiğini öğrenirim ondan.

Rus uyuyor, düşünde soluk bir ırmak görüyordu. Birden köprü uçuyor, koyu mavi bir duman havaya yükseliyordu... Sonra büyük bir sessizlik çöküyordu ortalığa. Sırtında parlak saten ceket, yuvarlak masanın başına oturmuştu; yaşlı bir Fransız kadını Mişka'yı kucağında tutuyordu... Beni neden tanımıyor?.. Mişka!..

— "Mişka"... Ne demek?... Biliyor musun anne, Rusları hep bunun gibi düşünürdüm. İyi bir yüzü var ama Almanların Rusya'dan neden korktuklarını anlıyorum. Böyle bir adam tuttuğunu kolayca boğabilir...

Marie şafakla yola çıktı; konuğu uyandırmamak için sessizce dışarı süzülmüştü. Kepenkler sıkı sıkı kapalıydı; genç, garip kılıklı biri odaya girdiğinde Rus uyandı: Yeni gelenin sırtında bir kalın palto, bir Alman subayının ceketi ve bir Fransız kasketi vardı. Miki'ydi bu. Sordu:

— Kimsin?

— Rusum. Savaş tutsağı. Nikolai Voronov, istihkâm teğmeni.

Fransa'ya kadar nasıl geldiğini anlatmaya kalktı, sözcükler gırtlağında düğümleniverdi.

— Peki, peki, dedi Miki. Bizimkilerle konuşuruz. Dédé Almanca bilir.

Başka bir dönemde Voronov'un serüvenleri herkesi şaşırtabilirdi, ama o sıra öyle akıl almaz şeyler oluyordu ki. "Guy Moquet" müfrezesine bağlı partizanlar bir Rus subayının ortaya çıkışına hiç şaşmadılar. Yalnız harita üzerine eğilen Marie içini çekiyordu: Don Nehri ile Brive birbirinden ne kadar uzak!... Bu arada Dédé, gelecek saldırı konusunda Voronov'la görüşüyordu: Brive-Toulouse hattındaki bir demiryolu köprüsünü uçurmak gerekliydi. Daha sonra Dédé arkadaşlarına şunları anlattı: "Keşif diye buna derler! Çok daha önemli köprüleri uçurmuş bu adam..."

Voronov kısa sürede herkese alıştı. Direnişçiler dostluklarını göstermek için sırtına vuruyorlardı "Russun demek, iyi, çok iyi." "Almanlar kaput ha!" "Biz partizanız!" Voronov'a Ayı adını verdiler. Voronov yeni adından hoşlandı; Nina beyaz bir ayıya benzediğini sık sık söylerdi.

Delik ciğerle, genç ve sapasağlam adamların her gün ölüp gittiği açlık kampında nasıl dayanmıştı? Dev yapısı kurtarmıştı Voronov'u. Daha sonra, nasıl kurtulduğu sorulduğunda utana sıkıla gülümsedi. Yetmiş yaşında odun yaran ve söylenen dedesini düşündü: "Arhangelskliyiz ama meleklikle ilgimiz yok..."*

Susuzluktan bitmiş, uzanmışlardı bir köşeye; Almanlar bir kova su getirmiş gülüyorlardı: "Yaklaşana prim var..." Susuzluğu öylesine büyüktü ki kovaya kadar sürünmüş, bu arada Almanlar dört kişiyi öldürmüşlerdi... Sonra Köln ve ceset dolu arabalar geldi gözünün önüne, her sabah ölüleri bir çukura atıyorlardı, bazen ölü sayısının yüzü bulduğu olurdu. Canlıları, ayakta duramayanları da atıyorlardı bu çukura. Mişa Goloviyev şiir bile yazmıştı:

---

* Arhangelsk hem Rusya'da bir kent adıdır, hem de Cebrail, Mikâil gibi üstün meleklere verilen addır.

Köln çukurunda uzanıp yatarken
Ekmek gösterip kışkırtıyorlardı bizi,
Alçaltmak istiyorlardı her birimizi,
Partililer: "Gitmeyin!" diyorlardı.
Okuyun mezar taşlarımızdaki yazıları.
Şerefli bir ölüme hak kazanalım!
İçimizden birinin acı çekecek gücü kalmazsa.
Parti komitesi zayıfların intiharına izin verir.

Mişa, SS'lerden birine bağırdı: "Yakında sizi asacağız!" SS bir kurşunda öldürdü Mişa'yı. Voronov şiiri hatırladı: Mişa'nın acı çekecek gücü kalmamıştı...

Son olarak Voronov madende çalışıyordu. Uyandığında insanın yüreğini sıkıştıran korkunç bir düş gibiydi yaptığı iş; ama bu düş şimdiden bulanıklaşmış, insan anlayışının ötesine geçmişti. Stepte bir yaz gününü, Şuliyapov'un asık suratını hatırladı. Sonra birden başka bir güne, kaçtığı güne geçti. Alman kızıl saçlıydı, yüzü çillerle kaplıydı. Voronov taşı kafasına indirdi... Orman, ardından dul Lagrange'ın küçük evi...

Yeniden hayata dönmüştü. Soruyordu: Oralarda neler oluyor? Aylardır, ne gazete okumuş, ne radyo dinlemişti. Leningrad kuşatmasının yeni yarıldığını, ama kentin yine de Alman toplarının ateşi altında bulunduğunu öğrendi. Nina yaşıyor muydu?... Smolensk alınmıştı; Kiev'i ele geçirmek için savaşıyorlardı. Ara sıra büyük bir özlem kaplıyordu içini: Bütün bağları kopuktu... O kadar uzaktaydı ki! Yüzü asılıyordu böyle anlarında. Dédé geliyor: "Ruslar bir kent daha almışlar ama adını unuttum... diyordu. Voronov kentin adını öğrenmek isterdi, ama Dédé'nin güleç yüzünü görünce gülümsemekle yetiniyordu: Hayır, yalnız değilim. Bu insanlar bizlerle beraber. Demek ki Sergey gibi, Zonin gibi, bütün tabur gibi Kiev'i almak için çarpışıyorum...

Direnişçiler arasında başka yerlerden gelenler, yerliler, işçiler, madenciler, bağcılar, çobanlar, bir öğretmen, bir baytar, iki İspanyol, bir Çek, genç kızlar vardı. Müfrezeye, İspanya'da çarpışmış köy öğretmeni Dédé komuta ediyordu. Hepsi Voronov'un sözlerini büyük bir merakla dinliyorlardı: O başka bir dünyanın adamı. "Ayı söyledi" sözü, temyizi olmayan kesin mahkeme kararı gibiydi.

Çek -herkes ona Çek diyordu- yaşlı bir adamdı, usta bir saatçiydi. Minicik dişlilerin gizemli ve şaşmaz işleyişine alışkındı, ama sabrı tükenmiş ve Alman subayını bıçaklayıvermişti. Voronov'u gördüğünde o kadar heyecanlandı ki ağzından tek söz çıkmadı.

— Rusçayı anlıyor musunuz? diye sordu Voronov.

O zaman Çek, aralıksız konuşmaya başladı: Ana dilini altı yıldır ilk kez konuşma fırsatını bulmuştu. Voronov onun dediklerini anlamaktan çok el yordamıyla çıkarıyor, cevap veriyordu:

— Evet... Tabii...

Bu karşılaşma partizanları şaşırttı. Dédé sordu:

— Baksana Çek, sen Rusça da biliyor musun?

— Bütün Slavlar Rusçayı anlarlar, cevabını verdi Çek.

Sözkonusu dilbilgisi değildi, anlatmak istediği buydu ama gülümsemekle yetindi ve iyilik akan miyop gözlerini mendiliyle sildi.

Barcelonalı Duvarcı Ustası José Voronov'a:

— Ebro Irmağı kıyısında bir Rus gördüm, adı İvanoviç'ti dedi. Şimdi bir alaya mı komuta ediyor, yoksa bir tümene mi?

— İvanoviç diye birini tanımam.

Bu cevap José'yi öylesine üzdü ki, Voronov dayanamayıp gülümsedi:

— Ha! Şimdi hatırladım. Tümen komutanı oldu.

— Ben de aynı şeyi düşünmüştüm. Biliyor musun Ayı, faşistlerin Rusya'ya saldırdıklarını söylediklerinde hem üzüldüm, hem de sevindim. Savaşın bir felaket olduğunu biliyorum, Barcelona'da bomba bir kızımı öldürdü. Ebro Irmağı kıyısında Rusu gördüğüm için memnunum; faşistlerin işini bitireceklerini daha başlangıçta anladım...

Miki, Voronov'dan boş zamanlarında kendisine Rusça öğretmesini istemişti. Miki, Renault fabrikalarında kaynakçıydı. "Ben eski bir komsomolum" diyordu kendisi için. Bazı Rusça sözler ona epey güç geliyordu:

— Peki ama "masa" neden bir "stol" oluyor, bir de "stola"? Amma da karışık be!.. Yine de öğreneceğim! Ölmezsem savaşın sonunda, bir haftalığına da olsa Rusya'ya gideceğim... Ne... ne... ne... dedin? "Za stolom?" Yok ağa, ben bu işi kıvıramıyorum... Bir göz atmak için de olsa uğramak isterdim Moskova'ya.

Désiré Baba şarapçıydı. Hayatta iki şeye değer verirdi: Parti'ye bir, şaraba iki. Savaş öncesi radikallere verirdi oyunu; Almanlar Fransa'ya girdiklerinde belediye başkanı -bir radikal- duvara mareşal Pétain'in resmini astı ve bir Alman teğmenine yıllanmış şarap şöleni çekti. Désiré Baba çok kızdı. Sonra komünistler iki Almanla bir haini öldürdüler. Şairin şiirlerini sevmesi gibi Désiré Baba da şarabı severdi; kokladı mı ayırıverirdi şarapları birbirinden; şu ya da bu şarabın nereden geldiğini hemen bilirdi: "Mezarlığın yanındaki Michaud'nun bağından, değirmenin oradaki Baba Bellay'ınkinden." Bu iki eğilim çatışınca Désiré Baba uzun süre beklemedi: Katıldı partizanlara. "1942 yılı korkunç bir yıl oldu," diyordu. "Almanlar Michaud ile Joseph'i öldürdüler; ancak şarap yönünden de eşsiz bir yıl..." Bağ bozumundan bir ay önce girmişti müfrezeye. "Bu yıl da şarap iyi olacak" diyerek içini çekiyordu. "Bağım ne alemde, hiç haberim yok. Almanlar her şeyi çiğnemiş olmalılar!" Günün birinde Voronov'a sordu:

— Baksana, Moskova çevresinde şarap bizimkinden iyi midir?

— İyi şarap Kafkasya'dan çıkar. Moskova çevresinde bağ yoktur. İklim çok sert de ondan...

Désiré Baba'nın gözleri, geçirdiği şaşkınlığı yansıttı: İyi şarapsız güzel bir hayat düşünülemezdi. Az sonra Voronov'un sırtına vurdu:

— Ne önemi var be Ayı! Şu uğursuz savaş bitsin, bir iki beşyıllık plan sonunda Moskova çevresinde de bağ olur. Göreceksin! Buradakinden iyi şarap çıkaracaksınız...

Voronov, bu insanların kendi ülkesine güvendiklerini anladı. Hem kıvanç duyuyordu, hem de duygulanmıştı: Onların gözünde ülkemi temsil ediyorum, ama basit, kendi halinde bir adamım, yanılabilir; yanlış yola sürüklenebilirim...

Yanılmadı hiç (ne köprünün uçuruluşunda, ne de bir Alman konvoyuna saldırdıklarında). Voronov'la Dédé, her şeyi en ince ayrıntılarına dek hazırlamışlardı. Ellerinde Alman makineliileriyle otuz partizan, yolun kıyısındaki dere yatağında pusuya yatmıştı. Mayını yerleştiren Voronov'du. Başlarında Dédé'yle on beş partizanı ormanın içinde, bir tepede bıraktı. Patlama olduğunda Almanlar uyuyorlardı; çoğu bir an kendine gelemedi. Voronov, Almanların kendilerini aşağı attıkları tümseğe koştu ve makinelisini bırakmadı elinden. Müfrezenin ilk önemli işiydi bu. Yüz kadar makineli ve yığınla cephane elde ettiler. Korkudan kekeleyen bir Alman teğmeni de yakalamışlardı. "Sayın baylar, beni öldürmemelisiniz, dünyanın en sakin adamıyım ben..." diyordu. Partizanlar iki kişiyi, ilk anda ölen Robert'le Désiré Baba'yı kaybetmişlerdi. İhtiyarı ormana götürdüler; Jeannette yarasını sardı; çok acı çekiyordu. Voronov yanına geldiğinde gülümsemeye çalıştı ve:

— İyi değilim, dedi.

— Düzelirsin. Bak ben nasıl iyileştim.

— Hayır Ayı, işim bitik, hissediyorum... Her şey bir yana, günümü de doldurdum nasılsa...

İhtiyarın öldüğü gece komşu köylerden on sekiz köylü geldi; "Daha fazla bekleyemedik..." diyorlardı. Bitip tükenmeyen bir sonbahar yağmuru yağıyordu. Orman ölüm kokuyordu, Voronov, radyonun başına geçmiş, Moskova'yı yakalama çabasındaydı. Miki alçak sesle şarkı söylüyordu:

Özgürlük kolay verilmez
Söke söke alanındır.
Arkadaş, iyi öttür ıslığını.
Gelip çatan savaş çağıdır...

13

Kompartmanın bir köşesine yerleşen şişko, pardesüsünü çıkarıp alnını kuruladığında Mado korktu: Gerçekten sıcak mı burası? Oysa Mado titriyor, bir türlü ısınamıyordu. Gece, bardaktan boşanırcasına yağan yağmur altında Saint-Remy'den dönerken üşütmüştü. Hastalanmamalıyım, korkunç bir şey olur... Mado için en önemli şey müfrezesine ulaşmak ve makineli tüfek sorununun görüşüleceğini haber vermekti.

Kentle dağ, dağla kent arasında mekik dokuyordu. Küçük bir otelin sahibine hasta teyzesini görmeye geldiğini anlatır, köylülerden ne yapıp da bir çuval patates edinebileceğini sorar, bir noterle kendisine kalan mirası konuşurdu. Sonra daracık, sarp bir yolu, kışın soğuğuna ve ağustos ayının sıcağına aldırmaksızın tırmanır, yağmur altında bir çoban kulübesine ya da kıyıda köşede kalmış bir çiftliğe varır, ocakta elbiselerini kurutup bir bardak su içtikten sonra yeniden yola devam ederdi. Yabancılarla -arkadaş, düşman, kayıtsız kişiler- yaptığı konuşmalar; tren istasyonlarının canlılığı; dağ yolları, adresler; sigara kâğıdı üzerine çizilmiş planlar; bir yapmacık neşe ya da inceden inceye hazırlanmış bir ciddilik; bu devamlı ölüm tehlikesi sanki hayatta başka şey olmamış gibi doğal geliyordu Mado'ya... Geçmişten söz ettiği enderdi; geleceği düşünmüyordu, arkadaşlarından biri: "Zaferden sonra..." dediğinde şaşar kalırdı. Günleri ufak tefek güçlüklerle doluydu; polisin dikkatini nasıl dağıtıp denetim noktasını aşmalı? Tek başına, yolda, bağlantıyı sağlayacak adamı bekler ya da bir vagonun koridorunda buğulu camlar ardında dururken yaptığı işle bağlandığı adamları düşünürdü. Onların hayatı, aynı zamanda kendi hayatıydı: Silah taşıyor, trenleri havaya uçuruyor, bir yerlerde saklanıyor, seyrek ağaçlı ormanlarda gizleniyor, bildiri basıyor, depoları ateşe veriyor, elde tabanca ya da bomba yerlerde sürünüyorlardı. Aşağı yukarı her gün, Mado, bir hafta ya da altı ay önce tanıdığı birinin ölümünü haber alıyordu: Kimi çarpışma sırasında düşüyor, kimi de Gestapo ya da jandarmalar tarafından yakalanıyordu. Mado, bunların hepsinin ne iş gördüğünü bilirdi ama savaştan önce nasıl yaşadıklarından, neyi istediklerinden ve nasıl sevdiklerinden haberi yoktu. Yüzleri, sözleri ve yalnız bir kadın belleğinin kaçırmayacağı ayrıntıları hatırlıyordu: Bir mendil, dil çalması, duvara asılı bir fotoğraf gibi. Bu ayrıntılarla karşılaştıklarının hayatlarını gözünün önüne getirmeye çalışırdı. Kendisini ötekilere yaklaştıran bağın, sevgisinin desteği Mado'yu ayakta tutuyordu. Hiç yalnız kaldığı yoktu; onunla birlikte, rastlantı sonucu bir an için hayatından geçen, ama silinmemek üzere yüreğine kazınan insanlar da yolculuk ediyorlardı sanki.

Şimdi Maurice'i düşünüyordu. Onu iki kere görmüştü. Herkes "delifişek"olduğunu söylüyordu. Mado'da hayalci bir insan izlenimi uyandırmıştı. Yeni saldırının sözü ediliyordu ki, batan güneşin kızıla boyadığı pencerelere bakan Maurice birden: "Sanki ortalık yanıyor..." dedi. Mado, yaka düğmesinin koptuğunu fark etti; bakışı yakalayan Maurice, nedenini bilmeden açıklama yapma gereğini duydu: "İğnem yoktu da..." Lucie, savaş öncesi Maurice'in sanat tarihiyle ilgilendiğini anlatmıştı. Elli yaşlarında vardı. Nasıl dayanabilirdi bütün bu işlere?..

Mado, şişkonun karşı köşesinde oturan yolcuya göz attı. Luc'e benziyordu... Acaba Luc şimdi neredeydi? Josette, eylül başından beri ondan haber alamadığını söylemişti: Paul'ün ölümünden bu yana tanınmayacak haldeydi Josette, ayakta güç duruyordu... Önemli olan hiç durmamak... Gece yürürken kendimi iyi hissediyorum, ama bir an dinlenmek garip düşüncelerin kafama dolmasına yetiyor. Başım müthiş ağrıyor...

Koridorda biri şarkı söyledi: "Şarkı söylemek boş, her şey şarkısız da apaçık..." Geceydi. Sacré-Coeur yakınında Sergey bana annesinden söz ediyordu. O an gideceğini ve beni birlikte götürmeyeceğini anladım... Neden bu kadar üşüyorum? Hastalanıyorum galiba. Hiç de sırası değil. Tren on biri çeyrek geçe Limoges'e varıyor. Daha üç saat var... Orada Lucie'ye uğramam gerekli. Adresi hatırlıyorum. Ama ya Lucie orada değilse? Amma da aptalca düşünce! Gece ona uğrayacağım konuşuldu ya. Yarın sabah da Maurice'i Jourdan Bahçesi'nde göreceğim. Neden bahçelerde, parklarda buluşuluyor? Özellikle sabahları hiç de akla yakın değil; hadi akşam olsa aşık numarası yapar, atlatır tehlikeyi insan... Ne kadar da soğuk, çok üşüyorum!

Mado, mantosunun yakasını kaldırdı. Komşusunun durmadan kendisini gözlediğini fark etti. Uzun boylu, kırk yaşlarında minicik bıyıklı ve baygın bakışlı biriydi adam. Bu yüz bana yabancı değil... Bir yerlerde ona rastlamış olmalıyım. Ama nerede? Hayır. Sadece bir sinema artistine benziyor. Filmin sonu kötü geldiğinde hepsinin yüzü böyledir... Peki ama ne bakıyor bana böyle? Titriyorum. Belki dıştan görülebiliyor titrediğim? Sinirlendiğimi sanacak... Mado hemen düşündü: Yeğenime gidiyorum, Racine Sokağı'nda oturuyor, terzi. Belki de polistir bu adam? Hiç havası yok ya. Ama türlü türlü polis olduğu da bir gerçek. Vagon değiştirmek olanaksız. Hainin tekiyse polis çağırabilir: Herkes birini öldürdüğümü sanacak... Üşüttüğümü söylesem? Konuşamamaktan korkuyorum, gerçekten hastayım, kafam kazan gibi. Belki benden hoşlandı da yaklaşmanın yollarını arıyor? Biz yeraltı çalışmasını sürdürüyoruz ve herkesin de aynı hayatı yaşadığını sanıyoruz... Oysa bütün bunlar öyle değişik ki: Millet para kazanıyor, öpüşüyor, üşütüyor, sıcak yatağına girip sakin sakin romlu çayını içiyor... Kafam çatlayacak sanki... Uyumaya çalışacağım...

Mado gözlerini sıkı sıkı yumdu, daldı. Tutuklandığını görüyordu düşünde: Sorguya çekiliyor, cevap verirken dili dolanıyordu... Yeğenini tanıyamadığı, Almanın da gülerek, "Uydurduklarınız çok saçma şeyler..." dediği için uyanıverdi. Her yanı ateşler içindeydi: Şakaklarından ve dudak kenarlarından, koca koca ter taneleri sızıyordu.

— İyi değil misiniz?

Komşusunun okşayıcı bir sesi vardı.

Mado başını salladı.

— Aspirinim var; size bir bardak su getireyim. Mado hapı aldıktan sonra adam sordu:

— Paris'e mi gidiyorsunuz?

— Hayır Limoges'a.

— Ben de oraya gidiyorum. Geç vakit varacağız ama. Tren bir saat rötar yaptı. İstasyonda bekleyecek kimseniz var mı?

— Hayır. Yeğenime haber vermedim.

— İzin verirseniz sizi gideceğiniz yere kadar götürürüm.

— Sağ olun, yalnız giderim. Küçük bir çantadan başka eşyam yok; bir hafta kalacağım burada...

Cevapları sevimli fakat çekingendi. Yine de şaşkınlığını belli ettiği inancındaydı. Aspirin uykusunu getirdi. Dalarken komşusunun gözlerini üzerinden ayırmadığının farkındaydı. Herhalde benden hoşlandı; Mado bir şey düşünemediği için kendini avutmak istiyordu. Öyle derin bir uykuya dalmıştı ki komşusu onu uyandırmakta güçlük çekti.

— On dakika sonra Limoges'a varacağız.

Çantasından bir küçük ayna çıkardı, saçlarını düzeltti, yüzüne pudra sürdü. O an kendini biraz daha iyi hissetti; ama ayağa kalktığında dizleri titriyordu. Buz gibi bir yağmur yağıyordu. Lucie'nin evine kadar yürümesi gerekliydi. Koşarak Théodore Bach Sokağı'nı izledi. Sadi-Carnot Alanı'na çıktığında arkasına baktı ve birlikte yolculuk ettiği adamı gördü. Polisti hiç kuşkusuz... Grange-Garrot Sokağı'na sapacak yerde soldan ilk yola girdi. Ardına bakmaya korkuyordu. Sanki biri, yakalamak için peşinden koşuyordu. Ne yapmalı? diye düşündü. Lucie'ye gitmek olanaksız; adam herhalde peşimden geliyor... Durdu; görünürde kimseler yoktu... Ama gizlenmiş de olabilir. Yağmur yağıyor, bir şey görme olanağı yok. Birkaç sokak daha geçti. Peşinden kasketli bir ihtiyar geçiyordu. Az öncekinin yerini başka biri aldı... Sabaha kadar sokakta kalamam... En iyisi otele gitmek. Peşime düşmüşlerse de yalnız ben yakalanırım... Kafam bomboş, kim olduğumu, nereden geldiğimi hiç bilmiyorum.

Uykulu katip kapıyı açtı. Mado defteri doldururken yanağını kaşıyıp homurdanıyordu. Bir şeyden kuşkulandığını sanıyorum... Bu işe başlayalı bir yılı geçiyor, başıma hiç böylesi gelmedi... Nedeni de ateşimin yükselmesi...

Katip, ufacık pis bir odaya soktu Mado'yu. Kuştüyü yorganlı yüksek bir yatak. Duvar kâğıtlarının üzerinde tahtakurusu ölüleri, kurumuş tıraş sabunu. Mado çabucak soyundu, yattı. Çarşaflar buz gibiydi. Kuştüyünün altında bir türlü ısınamıyordu. Yan odada bir çift vardı; kadın durmadan aynı şeyi tekrarlıyordu: "Alçak!" Ve adam boğuk sesiyle sinirli sinirli karşılık veriyordu: "Kızma bebeğim." Uyutmayacaklar beni... Oysa, polisler gelmeden önce bir saat olsun uyusam ne rahatlayacağım. Yataktan atladı, çantasını boşalttı: Kimlik kâğıtları, dudak boyası, para, pudra kutusu; başka şey olmadığını biliyordu ama bir kere daha göz attı. Zil çalındı, biri yukarı çıkıyor. Herhalde beni almaya geliyorlar... Hayır, bir kapı gıcırdadı... Saat daha iki. Genellikle dörtte gelirler... Herhalde oda çok sıcak, ter içindeyim. Zavallı başım... Sanki çekiçle enseme vuruyorlar... Kuştüyü yorganı üzerinden attı. Birden kendini daha iyi hissetti. Sırtüstü uzanmış kıpırdamaktan çekiniyordu. Başına bir buz kesesi koymuşlar. Annem...

Sergey, anlıyor musun şimdi?... Sadece kuş beyinli bir kızım ben ama kötü değilim. Bekle. Neden konuşturmuyorsun? Belki de bu yüzden seviyorum seni, hiç beni konuşturduğun yok, hep düşüncelere dalıyor, bir şey görmüyorsun... Gözlerini kısıp başını geriye atıyor Sergey. Sevgilim! Cehennemin dibine yollayacak mısın beni? Bunu yapalı yıllar oluyor... Yine de buluştuk ama...

Mado uyandığında saat sabahın sekiziydi. Daha iyiydi; baş ağrısı yerleşmişti ama kafası kazan gibi değildi artık. Çok güçsüzüm... Herhalde dün gece ateşim yükseldi. Trendeki adamı da polis sandım. Oysa evine dönen biriymiş. İstasyondan kentin merkezine giden tek yol vardır... Islanmamak için hızlı yürüyordu herhalde...

Ağır ağır giyindi: Maurice onda gelecekti. Bir saat süreyle, peşinden kimsenin gelip gelmediğini anlamak için ıssız sokaklarda gezindi. Hayır. Yanılmış, boşuna şüpheye düşmüştü. İşin en kötü yanı da ayakta güç duruşum. Oysa Maurice yarın sabah arkadaşlarla buluşmamı isteyecek.

Mado bir çiçekçinin önünde durdu. Kapı açıktı. Şişko, bıyıklı bir kadın içerde çorba içiyor, parmaklarını tastan çıkan buharda ısıtıyordu. Minesi dökülmüş koyu renk bir su kabındaki papatyalar, kopkoyu ve pas rengi leylaklar solmuştu. Mado kara tahta üzerindeki yazıyı okudu: "Toussaint yortusu" Yarın ölülerin günüdür; bu çiçekleri mezarlığa götürünüz. Siyah pardesülü bir adam yaklaştı; papatyalara dokundu.

— Bu çiçekler taze değil...

— Bayım, şimdi insan umduğunu değil bulduğunu alıyor...

Bir ses:

— Ölüler için fark etmez nasılsa, dedi.

Mado başını çevirdi, kimseyi göremedi.

Saat ona gelmişti. Bahçenin bir ucundan öbürüne yürüdü. Islak sıralar, kızıl kumlar üzerinde minicik su birikintileri. Kadının biri beyaz köpeğini gezdiriyor. Küçük bir çocukla bir ihtiyar kadın dolaşıyor. Maurice ortada yok. Onu çeyrek geçiyor. Lucie, Maurice'nin dakika sektirmediğini söylemişti. Onu yirmi beş geçiyor... Buçuğa kadar bekleyeceğim; gelmezse Lucie'ye uğrarım altıda işinden dönüyor.

Mado bahçenin çıkışına doğru yürüdü; birden gazetelerin dağıtıldığı gün Lucie'nin yanındaki çocuğu gördü. Jacquot'ydu adı. Lucie, kısa süre önce, ağustos sonunda gruba katıldığını söylemişti. Nedenini bilmiyordu ama Mado çocuktan hoşlanmamıştı. Sonra da kendi kendine kızmıştı: Babam gibi, insanların dış görünüşlerine bakıp yargıya varıyorum... Mado, Jacquot'nun yanından geçti: Gelmesi gereken Maurice'di; belki Jacquot ile bir rastlantı sonucu karşılaşmıştı; hem dışarda birbirlerini görünce selamlaşmaları gerekiyordu. Jacquot kendiliğinden yanına geldi.

— Günaydın France.

— Günaydın Jacquot. Bir şey mi söyleyecektin?

— Maurice'in yerine geliyorum.

— Kendisi nerede?

Jacquot cevap vermedi, kenara çekildi. Mado düşünecek zaman bulamadı, polisler koluna yapıştılar ve Mado'yu cezaevi arabasına sürüklediler.

İyi aydınlatılmış bir çalışma odasına soktular Mado'yu. Masanın üstünde porselenden kadın çobanlar ve eski bronz çerçevede güzel bir kadın resmi vardı. Binbaşı Kraussgrell kibar davrandı; insanda yakınlık uyandıran sevimli bir yüzü vardı. Mado'yu bir koltuğa oturttu, sigara içip içmediğini sordu; sabırla, dudaklarında belli belirsiz bir gülümsemeyle uzun hikâyesini dinledi (nereden ve nasıl geldiğiyle ilgili); sık sık tekrarlıyordu: "Tamam, tamam! Bütün bunlara bakarız, siz de akşama doğru kentte dolaşabilirsiniz!" Mado'yu kuşkulandıran tek şey vardı: Adını sorduklarında, Antoinette Larue demişti, oysa binbaşı ısrarla "Bayan France" diyordu kendisine, Jacquot ihanet etmiş olabilir mi?... Bu düşünceyle geçirilecek zamanı yoktu; can sıkıntısı ve güven numarası yapıyor, gülümsüyordu.

— Yine de beni neden yakalattığınızı anlamıyorum binbaşı?

— Doğrusu benim de pek anladığım yok. Ama astlarımın hatasına neredeyse şükredeceğim; bu hata çok tatlı bir hanımla konuşabilmemi sağladı...

Birden yan odadan bir çığlık geldi, öyle korkunç bir sesti ki bu Mado yerinden fırladı. Binbaşı güldü:

— Hep böyledir... Rahat rahat çalışmama engel olurlar...

İki kanatlı kapıyı ağır ağır açtı. Mermer bir masa üzerine Maurice yatırılmıştı. Bir Alman askeri kırbaçla karnına vuruyordu. Maurice haykırıyordu:

— Aaaaaaah! Jacquot hainin biridir! Sen de alçaksın! Aaaaaaah!

— Bırakın artık Alfred, dedi binbaşı... Bir hanımla görüşüyorum, beni rahatsız ediyorsunuz.

Mado gözlerini Maurice'ten ayıramıyordu. Yüzü kan içindeydi. Hareketsiz yatıyordu, ölü gibi... Binbaşı kapıyı kapadı.

— Özür dilerim, bu görüntü genç bir kadının sinirlerine pek iyi gelmez, biliyorum. Hem buranın havası pek tatlı değildir.

Her şeyin bittiğini anlamıştı Mado: Jacquot hepsini ele vermişti. Bütün gücünü topladı:

— Beni neden burada tutuyorsunuz? Vakit kaybediyorum...

— Evet, tatsız bir şey. Neyle uğraşırsınız Bayan France? Yani barışçı çalışmalarınızdan söz ediyorum...

— Limoges'deki bir çini fabrikasında desen çiziyorum...

— Ne güzel! Daha çok çiçek yapıyorsunuz herhalde? Karıma siklamenlerle süslü bir çay takımı aldım. Sakın sizin resminiz olmasın üzerindeki? Jacquot'ya gelince, ona hiçbir kötülük yapmadık; iki, üç güne kadar salıverilecek; çözümlenmesi gerekli birtakım resmi işlemler kaldı, o kadar...

— Beni de bırakacak mısınız?

— Bilmem. Sizi bırakabilirim... Yapabilirim bunu... Nasıl anlatmalı? Bütün olup bitenler çok tatsız, hele sizin gibi güzel bir yaratığın başına geldiğinde. Size işkence etmek değil, sizi okşamak isterdim... Bakın, ne öneriyorum. Önce bana her şeyi söyleyeceksiniz: Direnişçilerin listesini, adresleri verecek, yaptıklarınızı ve öteki ayrıntıları anlatacaksınız. Sonra bir dantel örtünün altına uzanacağız ve ben günahlarınızı bağışlayacağım. Ardından da özgürlük ve bol çiçek... Gerçekten böylesi yan odada sorguya çekilmekten çok daha iyi, üstelik Alfred oraya "cennet" diyor...

Mado'nun yanına geldi; yanağını okşadı, ama hemen çekti elini:

— Gidi yılan seni!... Alfred, şuna küçük bir ders verin!

14

Alman teğmenini görünce José makineliye yapıştı. Herkes kahkahadan kırılıyordu.

— Miki olduğunu anlamadın mı?

— Çek'in görünüşü daha da etkileyiciydi: Kurşuni bir gabardin pardesü, bir fötr şapka giymiş, koltuğunun altına da domuz derisinden koca bir evrak çantası sokmuştu. Dört direnişçinin sırtında Alman üniforması vardı. Çek, çok iyi Almanca konuşuyordu. Miki ile kıyafet değiştirmiş partizanlar ona eşlik edeceklerdi. Muhafızın kentteki Almanları çağırabileceğini düşünerek, Dédé ile makineli tüfekliler büyük kapının yanında mevzilenecek, gerektiğinde ateş açacaklardı. Voronov, Charlot ve José de kuledeki nöbetçiyi alaşağı etmeye çalışacaklardı.

Herkes toplandığında Dédé:

— Cezaevine yüz yirmi kilometre var, dedi. Sabahın üçüne kadar işimizi bitirmiş olmalıyız. Geç kalırsak yarın hepsini kurşuna dizerler...

Döne döne giden yolda, karanlık ve yağmurlu gecenin içinde delicesine ilerlediler. Şoförler bir an önce varmak istiyorlardı: Arkadaşları kurşuna dizilecekti yoksa! Denetim noktalarına rastlamamak için kestirmeden vurdular. Yağmurun taradığı karanlıkları delmeye çalışıyorlardı...

Çek, büyük kapıyı vurdu.

— Açın!

— Kimsin?

— Gestapo. Mahkumları almaya geldik...

Nöbetçi Fransızdı. Görevli iki Gestapo subayı, cezaevi komutanının odasındaki sedirlerde mışıl mışıl uyuyorlardı. Nöbetçi kapıyı açmadı: Emir almıştı kapıyı kimseye açmamak için. Çek haykırıyordu:

— Sersemler! Hepinizi Almanya'ya süreceğim!...

Nöbetçi küçük pencereden bir kere daha baktı: Gelen gerçekten Gestapo'ydu. Allah belalarını versin! Biri emrediyor derken öbürü gelip tersini söylüyor, ceremesini de biz çekiyoruz! Böyle bir herifi kızdırdık mı, gözünü kırpmadan bizi çalışma kampına sürüverir alimallah...

Çek kapıya vuruyor, sövüp sayıyordu. Nöbetçi içini çekti, küçük yan kapıyı açtı.

Gürültüyle uyanan Gestapo ajanları avluya koştular. İçlerinden biri haykırdı:

— Ateş!

Bir makineli takırdadı: İki Alman aynı anda yere devriliverdi. Voronov, kuledeki nöbetçiyi bayıltabilmişti. Şimdi avluyu makinelisiyle tarıyordu. Direnmeye niyetlenen bir gardiyan iki Gestapo ajanının akıbetine uğradı.

— Hücreleri aç, dedi Miki.

Ölüm cezasına çarptırılanlar Almanların geldiğini, kendilerini götüreceklerini sandılar. "Biz direnişçiyiz be..." diye bağıran Miki'ye kimse inanmadı.

— Arkadaşlar, şerefimizle ölelim!

Bir ağızdan *Marseillaise*'i söylemeye başladılar. O zaman Miki, "avanak alayı" "salaklar" "sersemler" ve daha birçok yakıştırma adla topuna sövdü. Ağzını bozdukça mahkûmlar keyifleniyorlardı: Ancak bizden biri böyle küfredebilir...

Derken tutuklulardan biri ona doğru atıldı.

— René!..

Miki arkadaşının boynuna sarıldı, sonra:

— Bir kere adım René değil Miki, dedi. Sonra söylevler ve çiçek işi akşama. Şimdi elinizi çabuk tutun! Kamyonlar aşağıda bekliyor, yerler numaralı değildir, önceden bilesiniz...

Hücrelerden birinin kapısı açılmıyor, gardiyan sövüyordu:

— Anahtar kırıldı!

— Anahtar mı? dedi Miki. Dur bakalım, daha bir şey görmedin sen. Ağzını burnunu kırdığımda anlarsın...

Zindancı homurdanarak kapıyı açtı. Maurice yerde yatıyor kımıldayamıyordu; sırtlayıp götürdüler.

Mado, gardiyanlar arasında Jacquot'yu gördü.

— Burada ne işiniz var?

Jacquot yüzüne bakmadan cevap verdi:

— Sabah salıverecekler. Almanlar burada beklememi söylemişlerdi.

Mado, Dédé'yi farketti: "Gabriel Peri" müfrezesinde çalıştığı sırada tanıyordu onu.

— Dédé, burada bir hain var: Maurice'i ele verdi.

Dédé karşılık verdi:

— Haini de götürüyoruz.

Aşağı yukarı tümü o sabah kurşuna dizilecek yirmi yedi kişi kurtarmışlardı. Charlot kardeşine kavuşmuştu. Miki bir türlü kendine gelemiyordu: "Şu işe bak yahu, birden Pierre'i gördüm birlikte, aynı atölyede çalışmıştık..."

Kamyonlar dağa tırmandı. Gün ışıyordu. Çevreleri, yapraksız ve nemli bir ormanla kaplıydı. Dédé kamyonu durdurdu. Jacquot'ya:

— Bir hain için kurşun harcamak rezillik, dedi. Ama biz hain değiliz, partizanız. Al sana en iyisinden bir sigara. İçebilirsiniz. Hepsi bu kadar.

Jacquot'yu vurdu. Yola çıktılar. Yakayı sıyırmışlardı!

José, Charlot ve Ayı'nın bulunduğu araba görünürde yoktu.

— Nasıl olur da onları geride bırakırsın?

— "Gidin, biz size yetişiriz" dedi Ayı. Anlıyorsun ya, Ayı bir şey dedi mi...

— Ayı da kim? diye sordu Mado.

— Görmedin mi? Çam yarmasının teki... Bir Rus subayı, beyazlardan değil, gerçek oralı. Madenlerden kaçmış...

Herkes Ayı hakkında ne biliyorsa anlattı. Bir tek Dédé somurtuyordu: Bu Ayı da nerede kaldı?

Miki hücreleri dolaşırken, gardiyanlardan biri Charlot'ya cezaevinde olup bitenleri anlatmıştı. En kötüsü SS subayı... Beş yüz metre ötede duruyor; bir villa vermişler herife. Akşam buraya gelip tutukluları sorguya çekiyor. Almanlar ona '1 numaralı usta' diyorlar. Tutukluları ayaklarından asıyor..." Voronov bir öneride bulundu: "Şu ustayı bir görsek mi?" Charlot ile José kabul ettiler.

Her şey yolunda gitti: SS subayı tabancasına davranacak fırsatı bile bulamadı. Voronov dolapta ne kadar dosya varsa topladı. Yola çıktıklarında hava aydınlanmamıştı daha. Jandarmaların arasına daldılar. Şoför bütün gücüyle gaza bastı, küçük Citroen zikzaklar çiziyor, tavşan gibi sekiyordu. Neyse yırtmışlardı kefeni...

Genç kızlar ellerinden geleni yaptılar: Yemek nefisti. Önceki gün "levazım subayı" dedikleri Yves dört koyunla bir fıçı şarap getirmişti. İçildi, şarkılar söylendi, öpüşüldü. Miki'nin eski dostu Pierre, belki yüzüncü kere aynı şeyi tekrarlıyordu:

— Amma iş ha! Biz sabah kurşuna dizilmeyi bekliyorduk... Onun yerine şimdi dostlarla kadeh tokuşturuyoruz.

Maurice bir kulübede yatıyordu. Sordu: "Jacquot nerede?" "Hesabını gördüm" dedi Dédé. "İyi," dedi Maurice, "Kaçmasından korkuyordum da..."

Mado sonunda Ayı'yı gördü. Dev yapılıydı ama gözleri çocuklarınkinin eşiydi. Ona içini döktü:

— Yıllar önce eski hayatımda bir Rus arkadaşım vardı...

Bildiği Rusça sözleri hatırlamaya çalıştı. Yüzü hüzünlü bir gülümsemeyle aydınlandı, Rusça:

— Cehennemin dibine yollayacaklar beni... dedi.

Voronov gülmeye koyuldu:

— Nerden öğrendin bunu?

— Sizde papatya yaprakları koparılırken böyle denmez mi?

— Hayır -Voronov Mado'yu dostça kucakladı- Beni göğsünde sıkacak, işte Rusçada böyle denir... Yarın büyük bir bayramı kutluyor bizimkiler. Devrimin yıldönümünü...

Dédé yerinden kalktı:

— Rusların sağlığına içelim!

Voronov sürüp giden büyük savaşı düşündü. Yakın bir gelecekte Kiev ele geçirilecekti. Zor işti bu: Nehir genişti, kıyılar da dimdik. Herhalde bir çevime hareketine girişilecekti... Sonunda kent alınacaktı ya... Bir başka yaz geliyordu gözünün önüne: Step, pelin ağaçlarının kokusu. Don Nehri... Sergey'in yanı sıra yürüyordu. Susuyorlardı: Yürekleri büyük bir acıyla doluydu... O günden bu yana çok şey değişmişti. Sergey neredeydi acaba? Belki de Dinyeper kıyılarında?

Mado kendini toparlayamıyordu bir türlü. Sırtı, bacakları acıyordu hep: Almanı ısırdığında sığır sinirinden kamçıyla dövmüşlerdi. Ölüme hazırlamıştı kendisini. Önceki gün kafasında bir tek şey vardı: "Sam-paix" müfrezesindekiler beni bekliyor... Ölüm Mado'nun gözünde çektiği işkencelerden kurtulmaktı, bunun ötesinde bir şey göremiyor, anıları bile canlanmıyordu. Ve birden Dédé hücresine dalıvermişti.

Kuru yaprak kokuyordu ortalık; ocak tütüyor. Miki şarkı söylüyordu:

Hayatın keyfini çıkarabilirdik,
Ama bizim kaderimiz başka.
Duyamadan ölmek gerek
Doğan günü karşılayan horozu

Bir genç kız, okşayan bakışlarla onu süzüyordu.

Bu Rusa Ayı diyorlardı. Oralı... Hayır, Sergey beni kucaklayıp göğsünde sıkamaz. Hem neye yarar? Bütün bunlar geçmişte kaldı... Mado'nun gözleri yaşardı; bir şey değil canım, ocak tütüyor da. Çam kozalakları da ne garip yanıyor! Yaşayacak mışım demek! Hayat yeniden tatlılıkla capcanlı, anlaşılmaz, odun ateşi gibi sarılıyordu Mado'ya.

15

Lejean, Avukat Garcy'nin geniş yazıhanesinde oturmuş, Châtelet adında birini bekliyordu: Ne garip, şu *Boa* temsilcileri de metroya takmışlar kafalarını: Bütün delegeler bir metro istasyonunun adını taşıyor. Peki ama Châtelet de nerede kaldı? Geceyi kentin öbür ucunda geçireceğim. Aramalar yüzünden metroya binmek de olanaksız...

Çalışma yerinin duvarları, avukatın siyah cübbesiyle çekilmiş bir sürü fotoğrafıyla dolu: Kollarını gökyüzüne kaldırıyor, yumruğuyla tehdit ediyor, gözlerinden fotoğrafta görülebilen yaşlar akıyor ya da hoşnutlukla gülümsüyor. 1941 yılında Garcy şöyle diyordu: "Pétain Jeanne d'Arc'tır." Şimdi hava değişti. Garcy direnişçilerle ilişki kurdu; Almanlar ülkeden kovulduğunda onları Garcy kovmuş sayılacak, başkası değil. Lejean esnedi. Öyle bir çağ gelir ki, insanlık güldürüsü usandırıcı olur... Châtelet de gelmiyor bir türlü... Neyse, göründü. Châtelet zayıf, uzun boylu, zeki gözlü bakışlarıyla insanı delip geçen bir adamdı. Lejean, onun basit bir el ulağı olmadığını hemen anladı.

Châtelet, Fransız kentlerinin bombalanmasından söz etti: Alman Radyosu Fransız halkını müttefiklere karşı kışkırtmaya çalışıyordu.

— Görevimiz, Fransızlara bütün bu felaketlerden kurtulacakları günün yaklaştığını anlatmaktır.

— Hiç kuşkusuz diye cevap verdi Lejean. Ancak bir sorun var: Silah sorunu. Havacıların tutumunu yermek benim işim değil. Kendi görüşümüzden, Fransızların görüşünden söz etmek istiyorum. Bir demiryolu köprüsünün uçurulması kararlaştırılıyor. Yedi kere çevre bombalanıyor. Kent neredeyse tümüyle yıkılıyor. Ama köprü ayakta. Oysa biz son altı ay içinde yirmi sekiz köprü uçurduk. Daha fazlasını da yapabilirdik. Silah sıkıntısı çekiyoruz...

— Paraşütle silah atılması dertli bir iş, ama şimdiden sonra işlerin yoluna gireceğini sanıyorum...

— Canım, paraşütle atılmasından vazgeçtik. Neden eldeki silahlardan bize de vermiyorlar? Neden silah koleksiyonu yapmak istiyorlar?

— Neden mi? Çıkarma gününe saklamak için.

— Şu, yapılacağı hep söylenen çıkarma gününe mi?

— Yapılır, yapılmaz. Kararı biz vermiyoruz ki...

— 1942 yılında Almanlara saldırmanın yersiz olduğu, birkaç hafta içinde çıkarma yapılacağı bana söylendi. Bu yaz, General Schaumburg'un öldürülmesinden sonra, arkadaşlarımızdan biri bana: Güçleri parçalamak neye yarar? dedi. Nasılsa ağustos ayında çıkarma yapılacak... Oysa kasım ayındayız... Kışın sis birliklerin karaya çıkarılmasını engelliyor; ilkbahar ve sonbaharda ise Manş Denizi'nde fırtına var, yazın da hava çok açık, deniyor bize. Tek umudum, Ruslar Alman sınırına vardığında bu bayların barometreyi incelemekten vazgeçmeleri...

Châtelet gülümsedi:

— Ruslar iyi savaşıyor, kimse tersini söyleyemez. Ben de askerim Bay Luc, Kızılordu'nun stratejisini değerlendirecek durumdayım. Ama Rusların değil. Amerikalılarla İngilizlerin planlarını hesaba katmak zorundayız. Londra'da büyük görüş ayrılıklarının ortaya çıktığı söyleniyor. Örneğin General Arnold, Alman kentlerinin bombalanmasıyla yetinilebileceği inancında. Güneye kayılmasını savunanlar var. İtalya'ya büyük sayıda asker çıkarıldı...

— Demek oturup beklemeliyim...

— Kimse beklemeyi önermiyor...

— Beklemenin başka türlüsü olabilir mi?

— "Bekleme" dostlarınızca uydurulmuş bir sözdür.

— Belki ama sebep olan da sizsiniz. *Boa* ülkenin iç güçlerini hareketsizliğe itiyor...

— *Boa*, elinden geldiği kadar paraşütle silah atmaya çalışmaktadır...

— İyi ama atılan bu silahlar toprağa gömülüyor...

— Almanlardan gizleniyor Bay Luc, niçin kızdığınızı anlayamıyorum doğrusu.

Lejean yerinden kalktı; geniş odayı enine boyuna dolaştı; gözlerinin içine bakıp Châtelet'ye:

— Belki zaferden sonra, parlamentoda ya da barış konferansında böyle konuşulacak. Ama şimdi bu sözlerin sırası değil. Bu akşam, her birimiz kendini Gestapo merkezinde bulabilir... İkiyüzlülük neye yarar?

Châtelet sakin cevap verdi; sinirliliği yalnız, hırsla sigarasını söndürüşünden sezilebiliyordu:

— Peki, sizinle *Boa* temsilcisi gibi değil, sıradan bir Fransız gibi konuşacağım. Ben Katoliğim, siz komünistsiniz. Garcy'nin iş yerindeyiz. Az sonra gelip ikimizi de tutuklayabilirler. Aynı Gestapo ajanları bize işkence edebilir, hatta aynı arsada kurşuna dizilebiliriz. Çok haklısınız: Almanlar tarafından birleştirildik...

— Bizleri birleştiren tek şey Almanlar değil korkarım; birleştirip birleştirmedikleri de ayrı bir konu... Sizinkilerden pek çoğunun gözü bir türlü açılamadı. Bize silah vermekten korkuyorlar.

— Bu da doğru. Bir yıl önce durum başkaydı. O sıra herkes sizinkilerin yiğitliğine hayrandı. Ben bile mucizenin gerçekleştiğini ve halkın birliğe kavuştuğunu sanmıştım. Ama mucize çağında yaşamıyoruz... Durum düzeldi. Doğrudan Almanlar yenilgiye uğradılar. Kötümserliğinize rağmen, er ya da geç müttefikler çıkarma yapacaklar, İtalya'nın işi bitti. Alman halkının morali sıfır. Ve şimdi bizde ilk çatlaklar kendini gösteriyor. Şaştınız mı? Ben hiç de şaşmadım... Dünya olaylarına bakın: Tıpkı böyle. Volga kıyısında savaşılırken düşmanlık söz konusu edilemezdi. Herkes Bolşevikleri alkışlıyordu;

oysa şimdi, Anglo-Saksonlar, Ayı'yı öldürmeden paylaşmayı düşünüyorlar. Elden ne gelir: "İnsanım, insanla ilgili hiçbir şey yabancım değil..." diyen Terentius.

Lejean büyük bir bezginlik duydu. Bu adamla konuşmak neye yarar? Châtelet'nin her sözünde nefret okunuyor... Ve Lejean kestirdi attı:

— Yeterince felsefe yaptık. Söyleyin bakalım, bize silah verecek misiniz, vermeyecek misiniz?

— *Boa* temsilcisi mi, yoksa basit bir Fransız olarak mı cevap vermemi istiyorsunuz?

Lejean gülümsemekten kendini alamadı.

— Her şeyden önce *Boa* temsilcisi olarak.

— Mümkün olduğu kadar. Özellikle de, yeni paraşüt merkezlerinin kurulmasından sonra. Aralık ya da ocakta...

— Peki Fransız olarak?

— Fransız olarak vermem.

Lejean giderken Avukat Garcy dışarı fırladı. Lejean'ın elini avuçlarına aldı, sesini titreterek: "Sizler birer kahramansınız! Bizim kahramanlarımız..." diye tekrarladı. Lejean alaylı alaylı gülümsedi: Hadi bakalım, duvara asılacak bir fotoğraf daha çıktı...

Dalgın dalgın yürüyordu kentin içinde. Bir şey elde edemeyeceklerini daha görüşmeden önce biliyordu. Arkadaşları direttiği, zorladığı için görüşmeye gelmişti. Ama Châtelet ile yaptığı konuşma ağzında bir acılık bırakmıştı: Lejean ister istemez geleceği düşünüyordu. Saf kişiler, ortalıkta hiç faşist kalmayacak ve yeryüzü cenneti kurulacak sanıyorlardı... Oysa bizi bekleyen sıkı, amansız, belki şimdikinden de zorlu bir savaş... Dünün kukuletalıları bizimle barış yapar mı? Şu sıra bize gerek duyuyorlar: Adamlarımız ölmeyi biliyor, '43 yılında bunun önemi henüz büyük... Ama '49'da bizimle nasıl konuşacaklar? Savaş bitse de iş başındakiler ayrılmayacak. Ne acı! İnsan hiç olmazsa mutluluğu düşleyebilse...

Geceyi kentin öbür ucunda, hiç tanımadığı birinin evinde geçirdi. Ev sahibesi onu içeri aldıktan sonra komşusuna gitti. Lejean saatine baktı: Sekize geliyordu. Marie dokuzda orada olacaktı. Biraz dinlenebilirdi. Küçük yatağa oturdu. Bomboş oda soğuktu; Lejean pardesüsünü çıkarmamıştı. Derin ve yoğun bir üzüntü her yanını kapladı. Gelecek konusundaki düşüncelerine kendi kişisel acıları karışıyordu. Dört yıl önce mutluydu. İyi hatırlıyordu, ilkbahardaydı; işinden dönmüştü. Mimi yaramazlık yapıyordu: Babasının dolmakalemini açmış, içindeki bütün mürekkebi halının üzerine dökmüştü. Paul sınavlara hazırlanıyor, şöyle diyordu: "En zor gelen de trigonometri..." Josette, Chopin'in bir noktürnünü çalıyordu... Şimdi hiçbiri kalmamıştı. Josette nerede? Belki O da yabancı ve buz gibi bir odada Gestapo ajanlarının gelip kendisini götürmesini bekliyor? Belki köylerdeki direnişçilere katıldı?... Belki çoktan öldü?... Bağlantı kötüydü, uzun süredir karısından mektup alamıyordu... Paul öldü, Mimi de. Savaş bitebilir ama onlar dönemeyecekler. Josette'le ikimiz dalları kesilmiş birer ağaç gibiyiz. Bu dallar bir daha yeşermeyecek...

Kapı vuruldu. Kucağında küçük Jeannot'suyla gelen Marie'ydi.

— Onu yanıma alırsam rahat ediyorum, polisler tebelleş olmuyor. Hem bırakacak kimsem de yok. Şimdiye kadar görmemiştin değil mi Luc? Pépé'ye benzemiyor mu?

Lejean gülümsedi: Bir minicik bebeğin Pépé'ye benzeyebilmesi ona garip gelmişti. Ama uzun uzun baktıktan sonra düşündü: Bir bakıma doğru, Millet'den aldığı yanlar var, gözleri, hareketleri; kollarını anasına uzatışı, minicik ellerini oynatışı, gülümsemesi...

— Şeytan gibi, dedi Marie. Gerçekten Pépé'nin çocuğu.

— Kaç yaşında? İki oldu mu?

— Yok canım. Daha on dört aylık.

Lejean Millet'yi düşündü, yeniden bir üzüntü dalgası her yanını kapladı. Saçları darmadağınık, coşku dolu, her zaman hayatından memnundu Millet... Marie'si vardı, yeni yeni hayata bağlanıyordu... Ve öldürdüler onu, Paul gibi...

— Henri, Vincennes'da yirmi makineli ele geçirebileceğimizi söylüyor. Altı tecrübeli adam gerekliymiş, dedi Marie...

— Ne güne?

— Dokuzuna.

— Olur. Yarın seçerim. Kışlada mı?

— Hayır. Askerlerin koğuşunda.

— Ben de geleceğim.

Marie'nin bir çocuğu var ama çalışıyor, bildiri ve silah taşıyor. Kurşuna dizilebilir. Ya da Ravensbruck'a gönderilebilir ki böylesi daha da kötü. Kurtulsa bile... Lejean, Châtelet'nin amansız gözlerini hatırladı... Mutluluk, o basit mutluluk geri gelmeyecek...

— Luc, Jeannot'um bizlerden daha mutlu olacak değil mi?

Hemen cevap verdi:

— Evet, daha mutlu olacak.

Düşündü. Doğru mu bu? Güvendiği bütün kitaplar hep aynı şeyi söylüyordu: İnsanoğlu doğum sancıları çekiyor ama durmadan da ilerliyor. Yolu bazen dolambaçlı; bir helezonu andırdığı da oluyor. Güçsüzler bu sonsuz "devran"da ne bir anlam ne de bir hedef görebiliyorlar; oysa insanoğlu ilerliyor. Bir Gestapo ajanı vahşilerden de beter: Kötülük de gelişiyor. Kötümser biri çıkıp, eskiden namuslu kişiler vardı, diyebilir. Ama onlar Tanrıdan esinlendiklerini sanıyorlardı. Şimdi insanların bilinci var. Mutluluğun bedeli bilinç. Zaferi o kazanacak. İnsanların kişisel hayat diye tarif ettikleri şeyi bir Henri Lejean'ın yitirmesi ne değiştirir? Hayat çok daha geniş bir şey... Sık sık "başkalarının mutluluğu" sözü işitiliyor; iyi ama Millet'nin oğlunun mutluluğu benim için "başkasının mutluluğu" mu? Ya da diyelim ki Rusların mutluluğu? Demek ki doğru. Yalnız kötülüğü yenmek söz konusu. Bitkinim. On yıl sonra değilse bile yüzyıl sonra hayat güzel olacak...

Jeannot'yu kollarına aldı, Mimi'nin minicik bir kızken bayıldığı şarkıyı söylemeye koyuldu:

> Duvar üstünde tavuk,
> Gagalar sert bir kabuk

Lejean artık geleceği düşünmüyordu. Ne yalnızlık, ne kuşku, ne savaştan da uzun öbür kavgayı düşünüyor, bu yabancı odanın çıplaklığıyla yaşlanan kişinin korkusuna aldırmıyordu. Hayat minicik, gürültülü, ona doğru gelmişti; Châtelet'nin "gördüğüm adam gerçek bir bağnazdı" dediği, askeri konvoya saldıranlar arasında yer alan, üç gün sonra nöbetçiye el bombası savuracak olan Luc, tatlı tatlı Jeannot'ya gülümsüyor Jeannot da ellerini çırpıyordu.

16

Leo, güneşli bir şubat gününü düşünüyordu. Sokakta mimoza satıyorlardı. Leontine için bir dal aldı. Havailikten bir türlü vazgeçemeyecekti. Yakında kurtulacaklarını karısına sık sık tekrarlayıp duruyordu. Bir gün önce Leontine ona yalvarmıştı: "Gizlenmen gerekiyor, bütün Yahudileri tutukluyorlar..." Leo cevap verdi: "Stalingrad'dan sonra buna cesaret edemezler..." Elinde mimoza dalı, neşe içinde, kafası sokağın ilkbahar öncüsü gürültüleriyle dolu evine dönüyorlardı. Leontine köşede kocasını bekliyordu: "Seni almaya geldiler... Neyse ki evde yoktun!"

Karısını Saugerlere yolladı, Leontine'i evlerine almayı kabul ettiler. Bay Leo'yu da barındırmak isterlerdi ama çok tehlikeli işti, çocukları da vardı üstelik... Bunun üzerine Leo, Lancier'yi aradı. Felaketten sonra, Maurice'in başını derde sokmamak için bir kere bile gitmemişti *Corbeille*'e. Ama şimdi çıkar yol kalmamıştı, kendisine gerek duyduğunda eski dostuna elinden geleni yapacağını söylememiş miydi Lancier? Leo'yu gören Lancier'nin nutku bir tutuldu, ağzını açıp konuşamadı. Ne büyük felaket! Evine bir Yahudinin girdiğini belki de görmüşlerdi... Lancier'nin halini fark etmeyen Leo, "Günaydın Maurice," dedi, "ne alemdesin? Evlenmişsin duyduğuma göre."

Lancier kendini tutamadı, bağırdı: "Ne istiyorsun?" Leo ona baktı ve gülmeye koyuldu: "Ne mi istiyorum? Manevi gıda. André Gide'in güncesi konusundaki fikrini, Perigord usulü tavuğun nasıl yapıldığını öğrenmek. Elveda Maurice. Rahatsız ettiğim için kusura bakma. Son günlerde çok dalgınlaştım; gideceğim yerleri bile şaşırır oldum." Lancier peşinden koştu, kulağına fısıldadı: "Paraya ihtiyacın varsa biraz verebilirim..." Leo cevap vermeden çıktı. Lancier bu ziyareti karısından gizledi: Marthe çok kolay heyecanlanıyordu, dertlenebilirdi... Karısı kimin geldiğini sorduğunda, Lancier şu cevabı verdi: "Numaraları şaşırıp yanlış kapı çalmışlar..."

Leo, üç hafta Sembat'ın atölyesinde yaşadı. İçerisi çok sıcaktı. Leo, yarı çıplak, sedirde yatıyordu. Sembat ona dışarı çıkmayı yasaklamıştı. Leo ıslıkla bir hava çalıyordu. Sembat, hem bir "natürmort" yapıyor hem de düşünüyordu: "Doğrusu insanlar çok kötü. Sanata inanıyordum ama onu da insanlar yapıyor, üstelik insanlar için. Demek ki sanat da pislik. Nivelle, anlayanların hoşuna giden şiirler yazıyor. Oysa Almanlar hesabına Emniyet Müdürlüğü'nde çalışıyor ve şüpheli kişilerle ilgileniyor. Persefon'un yaratıldığı çağda yaşamadım. Korkarım o çağda da bir Gestapo vardı, kimi yüceltiliyor, kimi de hayvanlara bağlanıp yerlerde sürükleniyordu. Hiç ilginç değil... Sonra biri, kapıcıya Sembat'ın atölyesinde bir paraşütçünün gizlendiğini söyledi. Leo da kendine başka yer aramak zorunda kaldı.

Yeraltı çalışmalarına katılanlarla ilişki kurma yolları ararken Gazeteci Buisson'la tanıştı; Buisson, onu İspanya yoluyla Londra'ya geçirebileceğini söyledi. Ama çok para gerekiyordu... Leontine birkaç değerli parça alabilmişti yanına. Buisson, her geçen gün yeni bir binlik istiyordu: "Kimlik kâğıtları çok pahalıya mal oluyor..." Satacak şey kalmayınca, Buisson Leo'yu kapı dışarı etti.

Leo, Melun yakınında, bir köylünün yanında iki ay geçirdi, çiftlikte çalıştı. Sonra köylü ona: "Yeter!" dedi. "İyi bir Fransız olduğumu kanıtladım; ama dün, bir jandarma gerçekten buğday saklayıp saklamadığımı sordu."

Doktor Morillot, Leo'yu hastalarından Levasseur'ün yanına yerleştirdi. Leo, altıncı kattaki hizmetçi odasında yatıp kalkıyordu. Bu daracık oda onu kurtardı. Polis geldi, bir yeraltı kuruluşuyla ilişkisi bulunan Levasseur'ü götürdü (Morillot'nun bundan hiç haberi yoktu). Kapıcı hizmetçi odasının sözünü etmedi. Leo'nun kurtuluşunu neye borçlu bulunduğunu öğrenen Morillot: "Böyle talihli herif görmedim..." dedi.

Leo, yaşama sevincini yitirmemişti. Sembat'yı avutuyor, sanatın bir pislik olmadığını, bütün insanların hayvan sayılamayacağını söylüyordu. Yersiz yurtsuz, avcıların izini sürdüğü insanlar gibi gezindiği günlerin birinde Morillot'ya dedi ki: "Dostumuz Nivelle'in, güzel sanatlar akademisi önünde asıldığını görmeden ölmek beni çok üzüyor." Somurtuk ve hasis çiftçiyi bile güldürmeyi, neşelendirmeyi başarmıştı. Leontine'le seyrek buluşabiliyor, beraber olduklarında tatlı tatlı, sinirlenmeden, en ufak bir acılıktan uzak, aşktan söz ediyordu. Leontine, onu dinlerken bir an korkunç gerçeği unutabiliyordu.

Sık sık eski günleri gözünün önüne geliyordu; hem anlamsız, hem de eşsiz geliyordu o zamanki hayatı. Anlamsızlığına da şükrediyorum, diyordu kendi kendine. Geçmişini yadsımıyordu, ama bu karışık, saçma ve yine de güzel hayatı şerefiyle tamamlamak istiyor, hiç durmadan Almanlara karşı çarpışan adamları arıyordu. Ancak dostları arasında Direniş Hareketi'yle ilişkisi bulunan tek kişi yoktu. Gereken kişilerle dostluk kuramamışım, diye düşündü acı acı… Kiev yolculuğu aklına geldikçe de kardeşine gıpta ediyordu. Ossip, Bidart'da bir villa edinmek ya da Corbeille'de ziyafetler vermek için yaşamadı; şimdi herhalde savaşıyor... Aslında Ruslar haklı gibi. Adalet denen bir şey var. Benim hayatım da çok rahat geçti… Çoğu kez farketmediği büyük bir yas, çamur gibi gibi yüreğinin dibine çöküyordu.

Sonbahar geldi: Minicik bir ihtiyar kadın onu karanlık, boğucu bir yerde gizliyordu. Dayanamadı; ihtiyatsızlık ettiğini bile bile bir akşam sokağa çıktı. Kentte arama yapılıyordu. Serin havayı zevkle içine çekti. Alacakaranlık çökmüş, yeryüzü mora çalan kurşuni bir renge bürünmüştü. Leontine'i, çektiği üzüntüyü düşündü. Oğlu Robert'i hiç görmemişti... Biri elini omuzuna koydu. Düşüncelere dalıp giden Leo bunu bir dost eli sandı. "Yahudi misiniz?" diye sordu polis memuru. Leo sinirlendi haykırdı; "Ben Fransızım bayım. Oysa siz bir Alman köpeğisiniz." Leo esaslı bir dayak yedi, sonra da Drancy'ye gönderildi.

Drancy'de bile Leo'nun keyfi kaçmadı. Çevresinde herkes ağlıyordu; pek çok kadın ve çocuk vardı aralarında: Leo onları avutmaya çalıştı:

— Polonya'da çok rahat edeceğiz. Müttefikler Fransa'ya ayak basmadan Ruslar oraya girecek...

Polonya'ya çıkar çıkmaz kaçmayı kafasına koymuştu. Rusça biliyordu, Polonyalılara da derdini anlatabilirdi nasılsa. "Fransa'da şerefimle savaştım," diyecekti Ruslara. "Savaş kötü yönetildiyse, pek çok kişi kötü savaştıysa suç benim değil..." Leo'yu Kızılordu'ya alacaklardı. Kim bilir, belki Ossip'i ve anasını görebilirdi?

Polonya'ya gönderilmeyi bekleyenlerin sayısı iki bindi. Kimi yakınıyordu; çalışma kamplarında işin çok ağır olduğu, kimsenin uzun süre dayanamayacağı anlatılıyordu. Biri Lublin ya da Auschwitz'e gönderilip orada öldürüleceklerini söyledi. Ama bu görüşe en kötümserlerin bile aklı yatmadı: Yakıt harcayıp bunca insanı vagonlara doldurmak neye yarardı öyleyse? Birçoğu Leo gibi keyifliydi. "Bizi öldürmek isteseler başka türlü davranırlardı" sözü sık sık duyuluyordu. Drancy'de açlık çekmiyor, doktorlar hepsine özenle bakıyor, saat beşte çocuklara kahvaltı bile veriliyordu: Tereyağlı ve reçelli ekmek. Tiyatro gösterileri düzenlendi. Uzun sakallı, Cracovie'de doğup büyümüş yaşlı bir Yahudi:

— Bize neden bu kadar iyi baktıklarını anladınız mı? diye sordu. Hepimizi zevkle öldürmek istiyorlar. Onları bilirim: Çılgın birer cellattırlar...

Leo gülümsüyordu:

— Yok canım. Sadece kuyrukları kısıldı. Çocuklara neden reçel veriyorlar biliyor musunuz? Gayet basit: Çünkü Kızılordu Dinyeper'i geçti. Kimin Polonya'ya daha önce varacağı belli değil: Belki biz, belki Ruslar.

Alelacele hepsini trene tıktılar; Leo yanlışlıkla ailelere ayrılan bir vagona kondu. Vagonlardan çıkmak yasaktı. Kımıldanacak yer kalmamış, bir köşeye de pislik kovası konmuştu. Yaşlı bir adam yolda öldü. Yakın gelecekte kurtulacakları umuduyla avunuyorlardı. Üç yaşındaki kızıyla yola çıkan genç ve güzel bir kadın:

— Bizi bir düğme fabrikasına gönderdiklerini duydum, dedi. Kızımı elimden almasınlar da, düğme yapmaya razıyım.

Leo, hep kaçmayı kuruyordu. Sınıra erişme fırsatını bulamasa bile ormandaki partizanlara katılabilirdi. İyi nişancıydı, kendisini de aralarına alırlardı nasılsa. Polonya'da ormanlar uçsuz bucaksızdır. Kiev dönüşü Polonya'dan geçerken gördüklerini hatırladı. O sıra herkes savaşın patlayıp patlamayacağını merak ediyordu. Şimdi herkes, savaşın ne zaman biteceği merakına düşmüştü. İnsanların neden bu kadar acı çekmeleri gerekiyordu sanki? Bilinmez. Şarkı söyleyebilir, gülümseyebilir, dikiş makineleri yapıp sinemaya gidebilirdi... Leo'nun babası savaşta ölmüştü; saldırıya geçerken gülüyordu; göğsünden vuruluvermişti.. Belki Ossip de öldürülmüştü?... Bundan daha kötüsü düşünülebilir miydi? İnsanlar yaşıyor, evler yapıyor, çocuk dünyaya getiriyor, yirmi beş yılda bir de yaptıkları evleri yıkıyor ve çocukları öldürüyorlardı! Yanılmıyorsam bunu Yunanlılar düşünmüş; Sisyphe koca bir kaya parçasını dağın tepesine çıkarır ve kaya hiç durmadan aşağı düşer. Sisyphe yeniden onu yukarı çıkarır, kaya yine yuvarlanır... Hayat başka türlü kurulamaz mı? Ossip kurulabileceği inancındaydı... Biliyorum, belki Ruslar haklı. İnsan daha çok sıkıntı çekmeli, ama şerefini korumalı. Fransa benim anayurdum küçükken geldim, alıştım, seviyorum bu ülkeyi. Cennetle Fransa'dan birini seç deseler, Fransa'yı seçerim. Ama Ruslarda Pétain gibi birinin olmadığına da eminim, olamaz. Pétain gibi birinin yetişmesi için o ülkede pek çok Maurice'in yaşaması gerekir. Maurice kötü bir adam mı? Hayır. Onu mahkûm etmiyorum. Ne iyi, ne kötü: Hiçbir şey değil. Yaşamıyor, hayatla oynuyor. Ben de oynadım belki... Belki de oynamadım... Ama Leontine'i gerçekten sevdim, ama gerekli kişilerle bir türlü bağlantı kuramadım... Gideceğim yerde bulacağım onları...

Geceydi. Tren bir istasyonda mola vermişti: Leo, vagondaki aralıklardan birine gözünü uydurdu, temiz havayı içine çekmeye çalıştı. Vagonun yakınında, aralarında konuşan Alman askerleri duruyordu. Leo Almanca anlıyordu; kulak verdi. Belki gidecekleri yeri ağızlarından kaçırabilirlerdi? Ama Almanlar kişisel sorunlarını konuşuyorlardı.

— Dün Günther'i askerlik şubesine çağırmışlar. Fıtığı var ama bugün kimsenin fıtık mıtık düşünecek hali kalmadı. Mariechen'e uğradın mı?

— Evet, kocasından iki mektupla bir paket almış.

— Kocası nerede?

— İtalya'da.

— Fena yer değil. Ben de İtalya'ya gönderilmeyi isterdim; orada hiç olmazsa hava sıcak. Ama Rusya beterin beteri. Kiev'den çekildiğimizi okudun mu?..

Leo askerleri dinlemekten vazgeçti. Kendinden geçmiş, gülüyordu; önüne gelene fısıldıyordu: "Ruslar Kiev'i almış..." Bitkin insanlar onu kayıtsızlıkla dinliyorlardı: Kiev'in ne önemi vardı? Herifler şimdi topunu sürgüne gönderiyorlardı...

Düğme fabrikasında çalışmaya hazır olduğunu söyleyen genç kadına:

— Kiev'de doğdum, dedi. Şaşırtıcı bir kenttir; öbür kentler gibi yapılmamış, sanki keşfedilmiş! Yürüdükçe insanın soluğu kesilir, yalnız yokuşlarının dikliğinden değil, görüntüsünün güzelliğinden de... Demek istediğim aslında başka... En önemlisi Rusların bütün güçleriyle bu heriflere bindirmesi... Kızınız çok tatlı; bakıyorum da iyi bir hayatı olacağını düşünüyorum. Ağlamayın; artık kurtulacağımıza eminim. Bir oğlum var. Görmedim hiç, o sıra askerdeydim. Karım Paris'ten ayrılırken onu da kucağına almış... Bir bombardıman sırasında öldü yavrucak... Pek çok felaket geldi başıma doğru, ama en kötüsünü atlattım.

Küçücük mendiliyle gözlerini kurulayan genç kadın:

— En kötüsünün geçtiğini nereden biliyorsunuz? diye sordu.

Leo omuz silkti.

— Bilmemin ne gereği var? Anlaşılıyor. Rusların Kiev'i ele geçirdiklerini söylüyorum size. Bir, iki ay sonra Polonya'ya girecekler...

Bir gün, bir gece ve bir gün daha geçti. Akşam Auschwitz'e vardılar. Almanlar haykırıyordu:

— Aşağı inin!

Askerler. Eli kırbaçlı bir subay, Amerikan filmlerindeki kürek mahkûmlarını andıran çizgili giysili adamlar. Yağlı, bileklere gömülen bir çamur. Hava buz gibi. Ufak tefek ihtiyar bir kadın pabuçlarını giyme fırsatını bulamamış, çıplak ayakla dışarı sürükleniyor. Yalvarıyor:

— Subay efendi, izin verin de pabuçlarımı giyeyim. Dışarısı çok soğuk...

Subay cevap veriyor kadına:

— Hanım, yakında ısınacaksın nasılsa...

Genç kadın küçük kızını göğsünde sıkıyor, aceleyle üstüne başına çeki düzen veriyor: Çantasından bir ayna, bir kutu pudra, dudak boyası çıkarıyor. Herkes soluk alıyor. Sonunda geldik. İyi ama subayın elinde neden cop var? Ya kürek mahkûmları gibi giydirilmiş adamlar?

— Dizilin!

Kürek mahkûmlarından biri Leo'nun yanına düştü. Polonya diliyle:

— Bana bir sigara verin, dedi.

Leo ona bir sigara uzattı ve sordu:

— Neredeyiz?

— Auschwitz, yani Oswiecim'de... Bütün sigaralarınızı verin bana, artık ihtiyacınız kalmadı, nasılsa hepinizi hemen öldürecekler...

Leo anlayamadı; kürek mahkûmu Polonya diliyle, üstelik çok hızlı konuşuyordu.

Subay hepsini teker teker inceliyor ve emir veriyordu. "Sola" ya da "sağa". Sola gençlerle gücü kuvveti yerinde olanları diziyordu. Ötekiler -hastalar, ihtiyarlar, çocuklar- sağa sıralanmıştı. Leo düşündü: Herhalde ağır ve hafif iş görebilecekleri birbirlerinden ayırıyorlardı. Sıra Leo'ya geldiğinde subay epey düşündü: Leo son zamanlarda çok yaşlanmıştı. Savaş öncesi gergin, sağlıklı bir yüzü vardı; şimdi yanakları sarkmış, gözlerinin feri sönmüştü.

— Yaşın kaç? diye sordu subay.

— Kırk üç.

Subay güldü.

— Bana mı yutturacaksın... sağa!

Leo kendini yaşlılarla hastalar arasında buldu. Kendi kendine: Barakaları süpürürüm, dedi... Yine bir yolunu bulur tüyerim nasılsa...

Açık havada insan kendine geliyordu! Soğuktu ortalık, ama bunun da bir zevki vardı: Özellikle sonbaharda, yaşamak, harekete geçmek, mücadele etmek gelirdi insanın içinden... Rüzgâr bulutları dağıtmıştı, sapsarı, kabak gibi çıkıvermişti Ay ortaya. Böyle soğuk ve rüzgârlı bir gecede kaçacağım...

İhtiyarlar ağlıyor, inliyor, yakarıyorlardı. Her şeye rağmen, onların korkusu Leo'ya da geçti. Kendine gelebilmek için en sevdiği şarkıyı tutturdu.

İlkbahar gelecek, çiçekler açacak.
Kahpe felek bize de gülecek...

— Bizi nereye götürüyorlar? diye sordu bir Almana.

— Yıkanmaya. Sizin gibi pis domuzlar önce yıkanıp temizlenmeli.

Ve asker bir kahkaha attı.

Soyunmaları emredildi; sonra çırılçıplak, barakadan dışarı atıldılar. Artık herkes haykırıyordu; hepsi başlarına bir felaket geleceğini sezmişti. Leo şarkı söylemiyordu. Korkuyla eziliyordu yüreği. Birden anladı: Hemen öldüreceklerdi topunu. Bir Almanın üzerine saldırdı ve yumruğunu kafasına indirdi. Bir başkası yetişti ve Leo'yu "banyo" dedikleri yere tıktı. Kapı ardından kapandı, demir kapı.

Bir motor homurdanıyordu. Fırtına bulutları gibi tepeden kara gaz dalgaları inmeye başladı. İnsanlar debeleniyor, iç parçalayıcı çığlıklar atıyorlardı. Leo ölmekte olduğunu hissetti. Gözlerinin önünden hayatından parçalar geçip gidiyordu.. Leontine'le beraberdi, karısı: "Sevgilim, işte cennetteyiz..." diyordu. Kurşuni, kalın bir duvarda türüz otu bitiyordu. Her şeyin üzerine anlatılmaz bir sessizlik çökmüştü; yaz gününün sıcaklığı azalmaktaydı; bir eşek arısının hafiften vızıldadığı duyuluyordu. Leontine başını Leo'nun omuzuna dayamıştı; dağınık saçları rüzgârda uçuşuyordu. "Leo, Rob'u çağır," diyordu... "Deli misin, görmüyor musun oğlumuzu? Üç yaşında. Elindeki sarı topu atıyor…" Ve top tepelerindeydi. Hayır top değil, Ay bu... Annesi mırıldandı: "Leo, ne kadar da büyümüşsün, seni tanıyamadım..."

Gaz bulutları döne döne yayılıyordu. İnsanlar debeleniyor, yerlere yuvarlanıyorlardı. Gövdesine bir çengel sokulmuş da parçalanıyormuşcasına, dayanılmaz bir acı duyuyordu Leo. Yüzüstü yere düştü, uzun süre yüzmek ister gibi kollarını oynattı durdu. Alman camlı bir delikten baktı, kolu çevirdi: Ölü ya da can çekişen adamlar alt kattaki fırına düştüler.

Yazıcı Hesling'in suratı, alçıdan bir maskeyi andırıyordu. Kaleminin ucunu ufak bir paçavraya sildi, yeryüzünün bütün defterlerinin eşi koca bir defter açtı. O güzel yazısıyla kaydetti:

11- XI GÜNÜ DRANCY'DEN GELEN	1018
TEMİZLENEN	872
GERİ KALAN	246

Canı sıkkın, düşündü: "Geri kalan" sütununda neden hep iki haneli bir sayı vardı? Diziyi bozuyordu. Yukarıda hep üç haneli bir sayı vardı. Yeniden gözden geçirdi:

21- X GÜNÜ WESTERBURG'DAN GELEN	1388
TEMİZLENEN	1041
GERİ KALAN	347
22- X GÜNÜ VİYANA'DAN GELEN	772
TEMİZLENEN	447
GERİ KALAN	325
23- X GÜNÜ THERESİENSTADT'TAN GELEN	2862
TEMİZLENEN	3700
GERİ KALAN	162
29- X GÜNÜ POSEN'DEN GELEN	406

TEMİZLENEN	212
GERİ KALAN	194
30- X GÜNÜ LEMBERG'DEN GELEN	819
TEMİZLENEN	637
GERİ KALAN	132

Sayfa dolmuştu, Hesling bir cetvel aldı, dikkatle çizgiyi çekti ve topladı. Sayfanın altına yazdı.

TOPLAM	
GELEN	8265
TEMİZLENEN	7059
GERİ KALAN	1206

Sonra Hesling çekmecedeki *Berliner İllustrierte* dergisini çıkardı ve uzun uzun sinema yıldızlarının fotoğraflarına baktı. Berlin'dekilerin keyfi yerinde, orada güzel kızlar var, bir şeyler oluyor ve ben burada, bu leş kokulu Auschwitz'de kalmak zorundayım.

Ay kaybolmuştu. Gökyüzü alevlerin parıltısıyla kıpkızıldı: Koca fırınlarda sabaha kadar Drancy'den getirilenler yakılacaktı. Yoğun bir kara duman Oswiecim üzerine çökmüştü. Bu duman barakalara, genizlere, kulaklara doluyor, kana karışıyordu; bir yastozu gibi toprağa, binaların üzerine, yazıcı Hesling'in soluk ve belirsiz yüzüne konuyordu.

17

Minaev Ossip'i hiç bu kadar keyifli görmemişti. Ekim devriminin yıldönümüyle Kiev'in alınışı kutlanıyordu. Kulube gürültü doluydu; bir sürü konuk vardı içerde: Tümen gazetesini yöneten Çali, Binbaşı Poliştçuk, Yüzbaşı Leonidze. Durmadan kadeh kaldırıldı, şarkı söylendi, kahkaha üstüne kahkaha atıldı. Çali bir fıkra anlattı: "Amerikalı arkadaşına sormuş: 'Yahu şu Ruslar nasıl oluyor da bu kadar iyi dövüşüyorlar?' Arkadaşının cevabı: 'Rahatları yerinde de ondan; Bolşeviklerle savaşmıyorlar ki..." Sonra sıra danslara geldi, Yüzbaşı Leonidze bu alanda hepsini geçti. Poliştçuk Ukrayna şarkıları söyledi. Ossip Kiev'i, sokaklarını, bahçelerini düşünüyordu. Raya ve arkadaşları, bir şerbetçinin önünde durmuş limonata içiyor, torununa masallar anlatıyordu: "Bir varmış bir yokmuş..." Sonbaharın sonuna gelinmişti, ama Ossip, nedendir bilinmez, yaz günlerindeki haliyle görüyordu Kiev'i, koyu yeşil ağaçlarıyla, yapraklarında güneş ışınlarıyla. Yarım bardak votkayı dikti, birden Minaev'e anlatmaya koyuldu:

— Karımı tanıdığım sıra evleneceğimiz aklıma gelmemişti. Konsere gitmemizi istedi. Yerlerimize oturduk, orkestra çalmaya başladı. Raya bana doğru eğildi ve sordu: "Ne çaldıklarını biliyor musunuz?" Müzikten hiç anlamam ama itiraf etmek de istemedim; başımı salladım. "Ne çaldılar?" diye sormaz mı arada? Hareketli, insanı sürükleyen "ovada şarkı duyuldu" ya da "Carmen" gibi bir şeydi. "Carmen..." dedim. Beni ilk kez görür gibi baktı yüzüme: "Ne kulak varmış sizde de!..." dedi. Çaldıkları Beethoven'in bir senfonisiymiş... Nereden bilebilirdim? Canım sıkıldı. Eve döndüğümdne aynada kendimi gördüm... Kulaklarım hiç de güzel değildi, saçlarımı da kestirdiğimden ikisi de iyice ortaya çıkmıştı. Raya'nın başka şeyden söz ettiğini biliyordum, ama sanki kulaklarıma da takılmış gibi geldi. Anama sordum: "Benim kulaklarım herkesinki gibi mi?" Anam şu cevabı verdi: "Babanın kulaklarına çok benziyor." Oysa babamı hiç hatırlamıyordum; ben çok küçükken çekip gitmişti. Sonradan, evlendiğimizde kulak hikâyesini Raya'ya anlattım. Beş yıl takıldı bana. Şimdi seyrek yazıyor. Anlıyorum onu; ben de mektup yazmak için kendimi zorlayamam; oysa mektup yazmak bana daha kolay gelir. Raya başka koşullarda savaşıyor. Bizim koşullarımız beni sıkıyor... Ah! Ne kadar isterdim Kiev'i görmeyi! Üstelik bize çok da yakın... Ailem orada değil, ayrılmış. Ama ne kent! Yazık ki hiç görmemişim Kiev'i. Hele yazın, eşsizdir...

Ossip, güneş ışınlarının parıldadığını, Kiev manastırını, Raya'nın beyaz elbisesini görür gibiydi ama anlatamıyordu.

Daha sonra Minaev, Olga'ya:

— Çok tatlı bir adam, dedi. İlk bakışta anlayamamıştım. Önceleri sinirime dokunuyordu: Rastgele bir şey söylerdim, bana bir atasözüyle cevap verirdi. Lahana derdim, diyalektikten söz ederdi. Aslında taş yürekli değil, tam tersi. Yaradılışı böyle... Örneğin ben birden duygulanıveririm, oysa duygululuk onu rahatsız eder. Kaplumbağanın neden bir kabuğu var bilir misin? Çok duyarlıdır da ondan...

Olga, utana sıkıla, bir çeşit iç güvenle:

— Ben de çok iyi bir adam olduğunu biliyorum, dedi. Ama mutlu değil sanki.

— Mutlu değil mi? Neden acaba?

— Bilmem. Bende öyle bir izlenim uyandırdı.

— Dün ne kadar şendi, görmedin mi? Seninle dans ederken benim ayağıma bastı.

Olga gülümsedi, yine de inatla:

— Şendi ama... Mutlu değildi, dedi.

On gün sonra Ossip'in düşü gerçekleşiyordu: Tümeni Jitomir'e nakledildi, Kiev'i gördü. Kreştçatik'e çıktığında şaşırdı kaldı: Düşleyip durduğu kent ortada yoktu. Buz gibi yağmur altında yıkıntılar kara kara lekeler bırakıyordu. Ossip, pek çok yıkık kent görmüştü, ama onu bu kentlere bağlayan sırf savaş kavramıydı. Oysa Kiev, belleğinde barış çağının kenti olarak, bıraktığı gibi canlanıyordu. Ve birden kendini Kreştçatik'te buluvermişti. Kiev orada yoktu ve savaş devam ediyordu...

Yaşadığı evin ayakta kalıp kalmadığını anlamak üzere Saksağankaya Sokağı'na koştu; evi görünce sevindi. Komşuları Yakovenkoların kapısını vurdu; onları iyi tanımazdı, ama şimdi yakın akraba gibi geliyorlardı Ossip'e. Uzun süre önce, mutluluk yıllarında evlerinin yakınında yaşamamışlar mıydı?... Yakovenko askerdeydi; küçük kızı Nina'yı Almanlar, çalıştırmak üzere götürmüşlerdi. Geriye Maria Nikiforovna ile topal Glaşa kalıyordu. Bir subay gören Maria Nikiforovna hemen canlandı; Ossip'i tanımamıştı ama her asker ona kocasını hatırlatıyordu.

— Şu koltuğa oturun. Size bir şey sunmak isterdim ama Alman işgalinde pek yoksullaştık...

Ossip adını söyleyince Maria Nikiforovna hüngür hüngür ağlamaya başladı.

— N'eniz var? diye sordu Ossip.

— Zavallı annenizi hatırladım: Bana geldi ve "Bizi sürüyorlar, dedi. "Yaşayıp yaşamayacağımı bilmiyorum. Bizimkiler geri dönene kadar eve, eşyalara göz kulak olur musunuz?..." O zamanlar bu hayvanların ne yapacağını kestiremiyorduk. Sonra Nina geri döndü: "Çocuklara varıncaya dek hepsini öldürdüler..." dedi. Bir türlü inanmak istemiyordum, sonradan doğru söylediğini öğrendik... Babi Yar'ın sözü edildiğinde, elimde değil ağlamaya başlıyorum... Sizin odanıza alçağın birini yerleştirdiler: Almanya'ya gönderilecekleri bulup çıkarıyordu. Nina'nın felaketine de o sebep oldu...

Maria Nikiforovna devam ediyordu ama Ossip bir şey duymaz olmuştu. Kımıldamadan oturuyordu koltukta; genellikle sert ve somurtuk yüzünde öylesine büyük bir acı belirmişti ki Maria Nikiforovna ona baktı ve sustu. Glaşa mutfağa kaçtı, orada hıçkırarak ağlamaya koyuldu. Sonunda Ossip yerinden kalktı, alçak sesle:

— Hoşça kalın Maria Nikiforovna dedi.

Kadın korktu.

— Nereye gidiyorsunuz? Oturun biraz benimle...

— Hayır, gitmem gerekiyor.

Merdivenden inerken düşünüyordu: Ya bir şey bilmiyor ya da anlatılanları birbirine karıştırıyorsa? Raya, anamla Ala'nın başka yere gönderildiğini yazıyordu... Kulikovlar'ın kapısını vurdu. Kapıyı yaşlı bir kadın açtı.

— Ben Alpert, dedi Ossip. Almanlar geldiğinde burada mıydınız?

— Hep buradaydım. Ne kadar acı çektim bilseniz...

— Anamı gördünüz mü?

Umutsuzlukla konuşuyor, sesi titriyordu. Kulikova kendisini suçladığını sandı. Hızlandı konuşması:

— Yapacak şeyimiz yoktu. Fikrimizi mi soruyorlardı sanki?.. Beni de karargâha götürdüler, canımı güç kurtardım... Evimizde aranmadık köşe bırakmadılar...

— Sizden tek şey istiyorum, cevap verin bana: Anamla kızımı gördünüz mü?

— Akşam görmüştüm ama çıktıklarında öyle korktum ki dışarı adım atamadım.

Ossip Babi Yar'a gitti. Gözlerini evlere, ağaçlara, mermilerle delik deşik olmuş yola dikmiş, anasıyla kızının adım adım çektiklerini belleğine kazımak ister gibiydi. Bir şey düşünmüyordu, yitirdiği şeyin büyüklüğünün bilincine varmamıştı daha; yalnız güçlükle soluk alıyor, bir şey duymuyor ve yürüyor, yürüyordu. Aklına bir şey geldi: Ne kadar da uzundu şu Lvov Sokağı! Ala ile ölüme yürürken aynı şeyi Khana'nın da düşündüğünü bilmiyordu.

Çevrede kimseler yoktu. Derken bulanık bakışlı, sarhoş gibi biri yıkık evlerin arasından çıkıverdi. Ossip seslendi adama:

— Babi Yar nerede?

— Sağa sapın, hemen görürsünüz. Yakınlarınız mı öldü orada?.. Yalnız, bir şey bulamayacaksınız... Almanlar, tüymek gerektiğini anladıklarında buraya savaş tutsakları getirdiler; arkalarında iz bırakmamak için ne kadar ceset varsa hepsini toprağın altından çıkardılar. Gece gündüz burada ölü yakıldı. Soluk alınmıyordu. Şey sevgili yoldaş, sigaranız var mı?

İşte Babi Yar. Yer yer doldurulmuş. Külle karışık kum. Kararmış ufak ufak kemikler. Anam, elinde yiyecek torbasıyla dönerdi çarşıdan: "Ossip, sana ağaç çileği aldım, seversin ağaç çileğini... Tiyatronun tam karşısına ne ev yapmışlar!.. Ala'ya Maskara'dan bir ayı getireceğine söz vermişti; Ala da sormuştu: "Isırmaz mı?" Bütün sevdikleri, tanıdıkları, birlikte yaşayıp büyüdükleri... Ossip diz çöktü, yüzünü nemli ve soğuk kumlara yapıştırdı.

Karanlık epeydir çökmüştü ama bir türlü oradan ayrılamıyordu. Şimdi Raya'yı, yalan söylemesine yolaçan aşkının gücünü düşünüyordu; bütün dertleri sırtlamış, kocasına duyurmak istememişti...

Uzun süre Raya ile yaşadım da ne yürekli karım olduğunu anlamadım. Cepheye gitmesi, asker hayatının ve ölümün onu korkutmaması beni şaşırtıyordu. Oysa çektikleri bütün bunlardan da beterdi: Bana, mektuplarında Ala'nın sözünü ediyordu. Bir ana yüreği için bundan büyük işkence olamaz. Ve ben, anamla Ala'nın kentten ayrılmakla iyi ettiklerini, Kiev'de adam öldürüldüğünü yazıyor, acısını daha da arttırıyordum. Ala'nın nasıl olduğunu, büyüyüp büyümediğini soruyordum ona...

Babi Yar kumları üzerinde Raya'yı düşündüğü an hayat zafer kazanıyordu. Savunmasız biri öldürülebilir, ceza korkusuyla ölüsü yakılıp külleri savrulabilir, tanıklar ortadan kaldırılabilir; ama insanoğlunun en yüce yanı, aşk yok edilemez. Raya, katillerden daha güçlü olduğunu göstermişti.

Ossip, yazı yazma ve konuşma sanatında pek başarılı sayılmazdı; içinde birikenleri nasıl anlatacağını bilmiyordu. Daha Stalingrad önlerindeyken, kendi kendine, neden bende konuşma yeteneği yok, diye düşünmüştü. Tıpkı Minaev'in köpeği gibi; o da mutlaka bir şey duyuyor ama ne diyeceğini bilmiyor... İki gün sonra Ossip, Raya'ya mektup yazdı:

"Raya, sevgilim, sorularımla seni üzdüğüm için beni bağışla. Artık her şeyi biliyorum. Babi Yar'ı gördüm. Başımıza gelen felaketi sen benden de önce biliyordun nasılsa. Dinle Raya, bu felakete birlikte katlanmalıyız; sözler ne senin işine yarar ne de benim. Ama elini tutup sana şunları söylemek istiyorum: İşte yalnız kaldık, başımıza gelen korkunç bir şey, ama hiçbirini unutmadan yaşamaya devam edeceğiz; bu anıyla yaşayacağız. Artık sendeki büyük gücü öğrendim. Bu akşam ön saflara gidiyoruz. Kiev'de kaç kişi öldürdüklerinden haberim yok; yetmiş bin kişinin sözü ediliyor. Ama sayılar bir şey göstermez; canlı insanları öldürdüler. Bu, bağışlanabilecek şey değildir. Cesaret sevgilim! Babi Yar'da duyduklarımdan sonra sözcükler beni ürkütmüyor. Sonsuza dek birlikte olacağımızı sana söylemek istiyorum, bu ölümden de güçlü bir şeydir.

Ossip."

Ossip'i gören Minaev başına bir şey geldiğini hemen anladı; yine de arkadaşını sorguya çekmedi. Ossip susuyordu. Ancak birkaç gün sonra, Minaev'in kesimini dolaşırken (Almanlar oraya taze bir tümen getirmişlerdi; herhalde yeni bir oyun hazırlamaktaydılar) Ossip:

— Anam ve Ala, Babi Yar'da can vermiş, dedi.

Minaev sesini çıkarmadan dostunun elini sıktı. Bir daha da bu konuya dönmediler.

Sonraki haftalar öyleydi ki, Ossip olup bitenleri düşünecek zaman bulamadı... Zorlu savaşlar veriliyordu. Sanki Almanlar yüreklenmiş, '41 ve '42 yıllarını hatırlamışlardı. Bielgorod ve Donetz havzasından beri geri çekilen askerleri yüreklendirmenin ne kadar güç olduğu biliniyordu aslında. Alman komutanlığı bitkin düşen birlikleri geri çekmiş, batıdan gelen yeni tümenleri bunların yerine cepheye sürmüştü. Kursk savaşında olduğu gibi, Alman askerleri "Kaplan" ve "Ferdinand" tanklarına körü körüne güveniyorlardı. Kendilerine verilen görevle hepsi kışkırtılmıştı: Kiev'i geri alacak ve Kızılların başarısının rastlantı sonucu elde edildiğini bütün dünyaya göstereceklerdi.

Alman karşı saldırısı iyi başlamıştı; amansız savaşlardan sonra Almanlar Jitomir'e girmiş, Kiev'e doğru ilerlemeye devam ediyorlardı. Tümen Komutanı General Zikov, bir yol ve demiryolunun geçtiği kesimi savunma görevini Ossip'e vermiş ve şöyle demişti: "Kısa sürede elden geldiği kadar çok siper kazdırmak önemli..."

Ossip, emir subayına:

— Bana Leonidze'yi bulsana, dedi.

Ama Leonidze ile bağlantı kurulamıyordu. Minaev, kendi kesiminde durgunluğun devam ettiğini, yalnız Almanların tıpkı Stalingrad'daki gibi durmadan mermi yağdırdıklarını belirtti. Poliştçuk'la da bağlantı kopmuştu, ancak sürünerek onun kesiminden gelen bir asker Almanların siperlere yaklaşıp geri püskürtüldüklerini anlatmıştı; üçüncü tabur dayanıyordu. Bütün bunlar sabahın dokuzunda olup bitiyordu, ama 10.15'e doğru yedi "Kaplan" alay karargâhının bulunduğu tepeye yaklaştı. Çevrede mermiler patlıyordu. Her patlayışta da yerinden fırlayan Ossip sağına soluna bakınıyor, bir şey olup olmadığını anlamaya çalışıyordu. Tümen komutanı onu aradı.

— Ne alemdesiniz? diye bağırıyordu Zikov.

— Dayanıyoruz, dedi Ossip. Yirmi altı tank var. Leonidze'nin kesiminden geçtiler. Bizim safların tam karşısında yedi "Kaplan" duruyor. Topçu ateşine başlansa fena olmaz...

İki "Kaplan" hasara uğradı; öbürleri sağa Poliştçuk'un kesimine yöneldiler; üçüncü tabur çekilmişti. Tankların ardından Alman piyadelerinin saldırısı geldi. Minaev püskürtüldü. Akşam Almanlar, alay karargâhıyla iki bölüğü kuşattılar. Ossip düşündü: '41'deki gibi, bir alay yerine iki bölüğe komuta etmem gerekecek. Yirmi dört saattir dayanıyorlardı. Ossip yaralanmıştı; başı dönüyor, kafası çatlayacak gibi oluyordu. Yakıcı madde dolu şişelerle tank saldırısı püskürtüldü. Hava kararırken, generalin yolladığı birkaç zırhlı arabayla Minaev'in taburu Alman saflarını yarıp alay karargâhıyla bağlantıyı kurabildi. Ossip hemen Leonidze'nin yanına koştu, askerleri yüreklendirdi. Sabah tabur karşı saldırıya geçiyor ve köyü geri alıyordu. Öncekine oranla daha durgun bir gün geçirdiler... Zikov Ossip'i çağırdı. Ossip raporunu verdi: Her yanda durum düzelmişti. Yalnız Poliştçuk, tepe üzerindeki küçük köyü almak zorundaydı, iyi bir mevzi olabilirdi köyün bulunduğu tepe... Ancak Poliştçuk ağır kayıplar vermişti. Yedek tabur savaşa sürülse...

— N'en var diye sordu Zikov. Yüzün hiç hoşuma gitmedi...

— Hafif bir sıyrık, önemsiz bir şey.

— Bir saatçik olsun uyumalısın.

— Hayır, gidip Poliştçuk'u göreceğim.

— Dur, bir şeyler ye önce.

General, büyük çini bardaklara votka doldurdu; birden Ossip'in uyuyakaldığını farketti. Vay canına! Bütün asker yorgunluktan bitmişti işte! Zikov, yemek yerken gürültü yapmamaya çalışıyordu. Ama top patlatılsa Ossip'in uyandırılamayacağını da anlamıştı; üç gecedir gözünü kırpmamıştı zavallı. Bir süre sonra yerinden fırladı, başını sağa sola salladı ve Poliştçuk'un yanına koştu.

— Minaev, ne alemdesin dostum?

— Fena değil: Savaşın devam ettiği anlaşılıyor...

Savaş, daha dört gün anlamsızca sürdü gitti. Saldırılar, karşı saldırılar. Sonra yine durgunluk çöktü ortalığa: Almanlar artık Kiev'i düşünmüyorlardı. Ossip tam altı saat uyudu, sonra buz gibi suyla yüzünü yıkadı -dışarda don vardı- Birden içini korku kapladı: Neden Raya'dan hiç mektup alamadım? Oturdu, karısına mektup yazdı: "İyiyim, mektuplarını bekliyorum. Artık bütün varlığım, hayatım sensin..."

18

— Haydutlarda utanma sıkılma kalmadı, dedi Albay Schummer. On beş günde dört askeri treni uçurdular... Onları harekete getiren nedir bilmiyotum, genel valinin ölümü mü yoksa Kızılların saldırısı mı? Her neyse sonbahardan beri hayatı bize zehir ediyorlar...

— Bizde de suç var, dedi Schirke. On aydır buradayım, hep aynı şeyi işitiyorum: "Ruslarla ilişkilerde kibarlığın gereği yok." Kibar olalım demek istemiyorum anlarsınız. Hiç kuşkusuz Fransa'da işler çok daha basitti. Ancak burada da biraz idare yoluna gitmek gerek. Rus halkının yaradılışı biraz çapraşıktır, içinden kolay çıkılamaz; bu ormanı insan geçebilir, ama orada yolunu da kaybedebilir. Albayım size bilgi vermemi ister misiniz?

Çantasından, sık yazıyla kaplı bir kâğıt çıkardı, görüşünü anlatmaya koyuldu. Schummer yarım kulakla dinliyordu onu. Bu Schirke kimin nesi? diye soruyordu kendi kendine de. Bir kere binbaşı, ya sonra?... Kube'nin koruduğu bir subay. Zavallı Heinz, binbaşıya "sahtekar" dediği için cephenin yolunu tuttu. Ama Schirke alçakgönüllülük numarası yapıyor, "sıradan bir emekçi" olduğunu söylüyor; üstelik kendini "her işe koşan biri" diye de gösteriyor. Mutlaka Himmler'le ilişkisi vardır... Her neyse, onu kızdırmamak gerek.

Schirke sustuğunda, albay:

— Bura halkı için fazla ince şeyler düşünüyorsunuz dedi. Uzun süre Fransa'da çalıştığınız nasıl belli. Yine de deneyin. Size bir şey söyleyeyim mi binbaşım: Çalışkanlığınızın hayranıyım...

Gerçekten de Schirke çok çalışıyordu. Çevresindeki hava boğuyordu onu. Berty ile karşılıklı yediği yemekleri hatırladıkça gülüyor, artık işim vahşilere gözdağı vermek, diyordu.. Kemanla duvara çivi çakıyoruz... Yine de yakınmıyordu halinden. Durum ciddiydi. Kızıllar ilerliyorlardı. Nasyonal-sosyalizmin kaderi burada, Rus topraklarında belli olacaktı. Ana baba kuzusu Hubert ya da zevkine düşkün Schummer paçayı kurtarma peşinde olabilirler, böyleleri her an Anglo-Saksonlarla kırıştırmaya hazır. Ben, ancak Üçüncü Reich yaşarsa yaşarım...

Gözlemci ve zeki olan Schirke ahlak yönünden az gelişmişti; inceliği, yöntemlerinin karışıklığından ve cevaplarının keskinliğinden geliyordu; ruhu kaba, taş gibi sertti. Führer'in sözleri onun gözünde insan düşüncesinin belirtisi değil, "On Emir"in ta kendisiydi. Alman egemenliğini iyice yerleştirebilmek için Paris'te lüks lokantalara gitmiş, Nivelle'le şiirden söz etmiş, kayıtsız neredeyse havai görünmüştü. Burada, tahtakurusundan geçilmeyen ahşap bir evde yatıp kalkıyor, domuz yağıyla pişmiş patates yiyor, bir tabanca kurşununa kurban gitme korkusu duymadan kentte geziniyor, pasaportuna göre Protestan olmasına ve Tanrıya inanmamasına rağmen Katolik kilisesine devam ediyordu. Düzeni yerleştirme çabasındaydı, ama aptallar ve tembeller iş görmesine engel oluyorlardı.

Albayla konuştuktan sonra keyfi yerine geldi. Uzun süreden beri, Litvanya'dan bir polis müfrezesi getirtilmesi için uğraşıyordu. Sonunda istediği olmuştu. Schummer'le konuşurken elinden bırakmadığı kâğıtta "paratoner" sözcüğü yazılıydı... Schirke, aptal suratlı genç bir polis memuru seçti:

— Buralı kızlar hoşuna gidiyor mu? diye sordu.

Ödü patlayan polis:

— Birine bile elimi sürmedim, dedi.

— Halt etmişsin. Bugünden tezi yok, en güzel kızlardan birini seçecek ve yattığın yere götüreceksin...

— Beklesem daha iyi...

— Emrediyorum: Bu akşam bir kızı kolundan tutup evine götüreceksin. Anlaşıldı mı?

Kent halkı, Almanların düzene önem verdiklerini hemen anladı: Kızın ırzına geçen polis memuru çarşı alanında ipe çekildi: "Burada görülen bütün kötülükler polis tarafından yapılmıştır; halkın yakınmasına yol açan olaylarla Almanların en ufak ilgisi yoktur.

Schirke, Minsk'ten bir sürü tuhafiye ve büro malzemesi getirmişti; kent dükkânlarında bunlar satılmaya başladı. Bir köylü kadının kazını çalan iki ulaştırma eri yakalandı. Schirke, beyaz Rus dilinde sekiz-on cümle ezberledi. Sonra da belediye binasındaki halka söylev verdi: Herkesin rahatının sağlanacağını yakın bir gelecekte de eksikliği duyulan malların getirileceğini bildirdi.

Bu söylevin ardından da en önemli işe, Nalibok Ormanı'na el attı. Bu ormanda, Kızıl partizanlardan başka Londra'daki geçici hükümetle ilişkisi bulunan Polonya mültecileri gizleniyordu. Schirke, uzun süredir onlarla anlaşmak gerektiğini savunuyordu ama Hubert çok korkaktı. Neyse ki şimdi albay, Schirke'nin önündeki engelleri temizlemişti. Bir orman korucusunun kulübesinde Schirke, "Londralıların" (ormandaki Polonyalılara bu adı veriyorlardı) temsilcisiyle görüştü.

— Bizi sevmiyorsunuz, dedi. Bu doğal bir şey. Size aşk ilan edecek değilim. Birbirimizi kandırmamız neye yarar? Ancak Rusları da hiç sevmediğinizi biliyorum. Bir önerim var: Karşılıklı, her türlü düşmanca davranıştan vazgeçelim. Bu bölgedeki Kızılları sürüp atabilirsiniz.

Yarım saat sonra anlaşma imzalanmıştı. Gündüzleri, küçük gruplar halinde Polonyalıların kente inip alışveriş yapmalarına izin verildi. Ancak bu gruplar on kişiden kalabalık olmayacaktı. İki taraf da Kızıllara karşı savaşmayı kabul ediyordu. Schirke, ilk zaferi kazandığı inancındaydı.

Bulundukları yerde, Schirke'nin yalnız Vali Yardımcısı Vassilenko'ya güveni vardı. Otuz yaşlarında yalnız, hastalıklı bir adamdı Vassilenko. Bulundukları topraklar Polonya sınırları içindeyken Vassilenko'nun bir bakkal dükkânı vardı. Ayrıca kaçakçılık yapar, aşktan söz eden şiirler yazardı. Sovyet iktidarı yerleşince beyaz Rus efsanelerinden esinlenen bir oyun yazmış, bu oyunla yarışmaya katılmıştı. Almanlar şehri işgal eder etmez komutanlığa koştu. "Kızılların baskısından şikayetçi miydiniz?" diye sordu Alman subayı. Vassilenko şu cevabı verdi: "Fizik yönden hayır ama ruhsal bakımdan beni eziyorlardı, her şeyden önce idealistim ben."

Schirke, Vassilenko'ya:

— Bir adam gerekli bana, dedi. Ama partizanlara yollamak istiyorum, lekesiz bir adı olmalı...

Bir süre düşünen Vassilenko, eczacı kalfası Paşa Kutas'ı seçti. İri yarı, ama yumuşak başlı bir çocuktu Paşa; ondan söz edenler gülerek, Albay Schummer'in çoban köpeği karşısında bile şapkasını çıkardığını söylerlerdi. Gece Kutas'ı yakaladılar, kıyasıya dövdüler. Sabah da Schirke'nin karşısına çıkardılar.

— Ben suçsuzum, dedi Kutas.

— Olabilir. Sizi tutuklayan Gestapo ajanlarıdır. Benim ilgim yok. Ancak size bir kurtuluş çaresi gösterebilirim... Nalibok Ormanı'na gidecek ve partizanları bulacaksınız, Alman baskısına daha fazla dayanamadığınızı söyleyeceksiniz. Müfrezelerinin mevcudunu ve uçaklara verdikleri işaretlerin neler olduğunu öğrenmek zorundayız. Bu işi yaparsanız on bin ruble alacak ve rahata ereceksiniz...

— Beni öldürürler, dedi Kutas.

— Sizi kollarını açıp karşılayacaklar. Elinizde arayıp da bulamayacağınız bir belge var: Gömleğinizi çıkarın ve Gestapo merkezinde size neler yapıldığını gösterin. Hem sonra sizi biz bırakmayacağız; kendiniz kaçacaksınız. Minsker Zeitung'a ilan verecek, sizi yakalatanın para alacağını açıklayacağız...

Kutas sızlanıp duruyordu. Schirke kendi kendine söylendi: Şu Vassilenko'nun bana yolladığı ahmağa bak! Gözleri bununkilere benzeyen bir başkasına rastlamadım şimdiye kadar: Tam bir koyun... Sonunda Kutas öneriyi kabul etti.

— Sakın Kızılların safına geçmeyi düşünmeyin, dedi Schirke. Parayı aldığınızı gösteren makbuz elimde. Namussuzluk ederseniz, bu makbuzu Soyyetler Birliği İçişleri Komiserliği'ne yollayıveririm...

Aradan bir hafta geçti. Schirke, Kutas'tan haber bekliyordu. "Londralılar" Kızıllarla çatıştıklarını bildirdiler; Kızıllardan altı kişi ölmüştü. Başlangıç için fena sayılmaz, diye düşündü Schirke. Yine de keyifsizdi. Kiev'in alınması için girişilen karşı saldırı püskürtülmüştü. Kızıllar Vitebsk önlerinde de kıpırdanıyorlardı. Güneyde durum güçleşmişti. Angouléme'den mektup yollayan Hans; Fransızların iyice azıttığını, müttefik çıkarması beklendiğini yazıyordu. Zorlu günler yaklaşmaktaydı...

Kent yakınlarında partizanlar bir konvoya saldırdılar. İçlerinden biri ele geçirildi. Gestapo ajanları adamı uzun uzadıya sorguya çektiler, bir sonuç alamadılar. Albay Schirke'ye:

— Herifi asmaktan başka yol yok, dedi. Gençten biri. Öğrenciymiş. Dikkati çekmeyen bir yüzü var, sevimli de...

— Bir sakınca görmezseniz kendisiyle konuşayım, dedi Schirke. Niyetim sorguya çekmek değil. Gestapo ajanları ağzından bir şey alamadıktan sonra... Bu haydutların ne düşündüklerini, ne istediklerini anlamak çabasındayım...

"Ne isterseniz yapın", dedi Schummer. Az sonra da gülerek, Hubert'e: "Schirke edebiyat alanında ün yapmaya niyetli," dedi. "Önemsiz şeylerle başladı, sonunda bir psikolojik roman yazacak sanırım. Neredeyse bir Dostoyevski..."

Schirke'nin yanına getirilen, gerçekten pedagoji enstitüsü öğrencisiydi. Adını bir türlü söylemiyordu; Gestapo fişlerine "İvan" diye geçmişti. Bakışı Schirke'nin dikkatini çekti: Güvenli, meydan okuyan bir bakıştı bu.

— Oturun, isterseniz sigara da içebilirsiniz. Bir düşmanın sigarasını almak istemezseniz içmeyin. Sizi sorguya çekmek niyetinde değilim. Sizinle genel konuları tartışmak istiyorum. Kim bilir, belki benim içimde de davanızın haklılığı konusunda birtakım kuşkular uyanmıştır?... Sorularıma cevap vermek ağırınıza gidiyorsa konuşmayın. Bizden niçin nefret ettiğinizi söyler misiniz?

— Cevabını bilmıyor musunuz? -Tutsak, alaylı alaylı gülümsedi.- Çocuklar bile söyler bunu size. Çünkü topraklarımıza girdiniz...

— Savaş patlayınca mutlaka biri öbürünün toprağına girer.

— Savaşı siz başlattınız.

— Biz sizin başlattığınıza inanıyoruz; sadece sizden önce davrandık. Zaferi kazanırsanız bizim başlattığımızı söyleyebilirsiniz. Zaferi biz kazanırsak, sizin başlattığınızı anlatmaya, kulaklara sokmaya çalışacağız. Bunun önemi yok... Benim düşündüğüm başka şey. Ülkenize, sizden çok daha yüksek bir kültürün temsilcisi olarak geldik, bunda kimsenin kuşkusu yok. İlkel gereksinimlerden yoksun evlerinizde askerlerimizin neler çektiğini görmek yeter. Gerçekten de sizden çok üstünüz. Neden bir şey söylemiyorsunuz?

— Ne diyebilirim? Dün yurttaşlarınız beni kızgın demirle dağladı. İşte kültürünüzün doruğu!

— Bizim çok altımızda olduğunuzu anladığınız için küstahlaşıyorsunuz. Hareketlerinize tek şey egemen: Nefret!

— Yalnız nefret değil...

— Başka ne var?

Adının İvan olduğunu söyleyen adam, Schirke'nin gözlerinin içine bakarak cevap verdi:

— Sizi küçümsüyoruz da...

— Gülünç! Neyimizi küçümsüyorsunuz? Gestapo yöntemlerini mi?

— Yalnız onu değil. Felsefenizi, rahatınızı, insan olarak sizi küçümsüyoruz...

— Çok terbiyesizsiniz, ama anlıyorum, kaybedecek bir şeyiniz yok nasılsa. Düşmanı küçültme çabanızda iğrenç bir yan var. Sizin karşınızda duran bir Almanım. Beni küçük gördüğünüzü söylüyorsunuz. Peki ama neden savaştığımı biliyor musunuz?

— Belki akılsız olduğunuz için verilen emirleri yerine getiriyorsunuz; aptaldan çok hayduda benziyorsunuz ya. Belki açgözlülüğünüzden sürdürüyorsunuz savaşı; ülkenizde askı satardınız, burada durumun hakimi, tek efendisisiniz. En iyi biçimiyle düşünsek,

Almanya'nızın bütün ülkelerden üstün olduğuna inandığınız için savaşıyorsunuz.

— Sanki siz, ülkenizin öteki ülkelere üstün olduğunu sanmıyor musunuz?

— Sizin aptaldan çok hayduda benzediğinizi söylerken yanılmışım; hem aptalsınız, hem de haydut. İnsanın kendini vermesiyle kendi kendini tatmin etmesini nasıl birbirine karıştırabilirsiniz? Bizim düşüncemiz ülkemizden çok daha geniş, üstelik ülkemizin küçük olmadığını da gördünüz...

— Düşüncenizin büyüklüğü nereden geliyor? Küstahlığınızın ölçüsünden mi?

— Çok basit. Safınızda kimler var, hırsızlar, ayyaşlar, hayatta bir baltaya sap olamamışlar. Bunun siz de farkındasınız, resmi törenlerde dostlarınızı ortaya çıkarmaktan çekiniyorsunuz. Oysa bizim safımızda Thaelmann var. Onun en namuslu Alman olduğunu sanıyorum. Onu küçümsemek şöyle dursun, Thaelmann'a saygı duyuyorum ben. Alman oluşu ondan tiksinmeme yol açmıyor. Sizi de Alman olduğunuz için değil, faşist olduğunuzdan ötürü küçümsüyor, nefret ediyorum.

Schirke bir işaret yaptı: Götürün şunu... Tartışma onu yormuştu. Evet, bu herifin görüşü değişmezdi nasılsa... Ölümüne bir savaş vermek zorundayız. Ya onlar bizi yiyecek ya biz onları. Albay Schummer'e:

— Bizimkilerden bazılarının bu konuşmada hazır bulunmalarını isterdim, dedi. Şimdiye dek Bolşeviklerle anlaşabileceğimi savunuyorlardı. Onu asacak mısınız?

— Asmak gerek...

— Ben olsam kurşuna dizerdim...

Farkına varmadan, konuştuğu adam Schirke'nin aklını karıştırmıştı. Ama albay: "Demek size göre kurşuna dizilmesi gerekir?" diye sorduğunda kendini topladı ve şu cevabı verdi: "Hayır hayır, asmak daha iyi. Hem halka da iyi bir ders olur..."

Gece çok kötü uyudu: Hiç durmadan, kara kara geleceği düşünüyordu ama düşünceleri karışıktı, başağrısı gibiydi. Schirke, fırtınanın Almanlar üzerine çökeceğini duyuyordu.

Adının İvan olduğunu söyleyen partizan on dokuz aralık günü asıldı. Birkaç gün sonra da, yirmi dördünde, Schirke albayın evindeki eğlentiye çağrılıydı. Çam ağacı pamuk ve küçük bayraklarla süslenmişti. Emireri, Noel onuruna yiyecekleri kazı tam kıvamında pişirmişti. Hubert bir gramofon getirdi. Ihlamur ağacı altındaki genç kızdan söz eden şarkıyı dinlerken Schirke, gırtlağına bir şeyler düğümlendiğini hissetti: Eskiden annesi söylerdi bu şarkıyı... Schirke duyguluydu, mutsuz bir aşk hikâyesi, kitap sayfaları arasındaki kuru bir yaprak, laternanın sesi, batan güneşin görüntüsü neredeyse gözlerini yaşartırdı. Şu sıra da şarap, müzik ve anılara dalıp gitmişti. Bir şey düşünmeden gözlerini kapadı...

Patlama korkunçtu. Albay Schummer'in bir kolu koptu. Hubert hemen öldü. Schirke birkaç sıyrıkla paçayı kurtardı. Sokakta ateş ediliyordu. Schirke koşarak alana vardığında nöbetçinin ölüsüyle karşılaştı. Seslendi; askerin biri koşarak geldi. Ödü patlamıştı, bir şey anlamıyor ve durmadan "haydutlar, haydutlar" diye söyleniyordu. Kışlalar kentin öbür ucundaydı; askerler Noel eğlentisi düzenlemişlerdi. Schirke'nin olup biteni anlaması için en az bir saat geçmesi gerekti. Nalibok Ormanı'nda gizlenen partizanlar kente kadar sızabilmişlerdi. Nöbetçileri öldürmüş ve albayın oturduğu eve bomba atmışlardı. Ertesi sabah, Schirke Belediye Başkanı Yardımcısı Vassilenko'nun partizanlarla kaçtığını öğrendi. Paşa Kutas'tan da haber yoktu.

Schirke, oğluna yazdığı mektupta şöyle diyordu: "Şu sıra burada çok sıkıntı çekiyoruz, ama her zamanki gibi zaferimizden eminim. Hans, Führer ve Almanya için ölmeye hazırlan!"

19

Müfreze bir tek kişi kaybetmemişti; aşağı yukarı yirmi Alman öldürmüş, albayın evini uçurmuş, yığınla silah ve yiyecek ele geçirmişlerdi. Konyağı devirince Vassilenko düşlere daldı:

— Savaş sona erdi mi partizanlarla ve Almanlarla ilgili bir oyun yazacağım. Ah! O Schirke denen herifi görseydiniz! Oyunu mutlaka yazıp yarışmaya katılacağım.

Vassia gülümsedi:

— Beni de jüriye sokmaya çalış; birinciliği almanı sağlarım...

Albayın evine bomba atan Vassia'ydı: İvan'ın öcünü alabilmek için bu görevin kendisine verilmesinde diretmişti. Sonra da kuşkuya kapılıvermişti birden: Ya evde kimseler yoksa? Vassilenko, albayın evine gelen konukları görmüş olmalıydı ama ya son dakikada çıkıp gitmişlerse?

İki gün sonra Nastia'yı kente yolladılar; iyi haberlerle döndü: Yüzbaşı Hubert ölmüş, Albay Schummer ağır yaralanmıştı. Schirke'ye bir şey olmadığını öğrenen Vassilenko sinirlendi: "Onu tanırım, hepsinin beteridir..." Vassia ise rahatlamıştı: Partizan asmanın ne demek olduğunu anlamışlardır.

İvan'ı bir türlü unutamıyordu: Trostianetz Kampı'ndan kaçan İvan'la bir yıl birlikte savaşmışlardı. Çoğu kere, geceleri dertleşirlerdi. İvan öğrenciydi, edebiyatla ilgileniyordu; yığınla şiiri ezbere biliyor okuduğu romanları anlatıyordu. Vassia arkadaşına "ayaklı kitaplık" adını vermişti. Vassia ise hep mimariden söz ederdi: Piramitlerden, Moskova'daki eski konaklardan, "incecik bir iplikle tutturulmuş gibi duran" Ayasofya'nın kubbesinden, gökdelenlerden. Ara sıra da sevgililerinden konuşurlardı. İvan, başkasını seven bir kız öğrenciye aşıktı; kederli bir gülümsemeyle aynı şeyi tekrarlardı hep:

Bir eski hikâye
Durmadan yenilenir...

Vassia bir gece süren, ama kendisine upuzun, karışık ve inanılmaz gelen mutluluğundan nasıl söz edeceğini bilemiyordu; ancak ara sıra sevdiğinin adını yüksek sesle tekrarlardı.

Savaş olmadığı sıra insanlar büyür, olgunlaşır, yaşlanır, yılların akışına ayak uydururlardı. Garip bir olay gibi, birinin çocuk kaldığı, bir başkasının erken ihtiyarladığı söylenirdi. Olgun kişiyle genç adamı birbirinden ayıran kafa yapısı, zamanla, ağır ağır edinilir. İnsanın iç dünyası ise, sınav yıllarında başka türlü oluşur: O zaman insanlar büyük bir çabuklukla zenginleşirler; yaş kavramı kaybolur, yürek katılaşır, aynı zamanda da aşırı bir duyarlılık kazanır. Dünya daralır: Asker için yeryüzü bir tepe, partizan için orman olur. Aynı zamanda da genişler: Çünkü açığa vurulan duygular, öbür insanlarla sıkı bağlar kurma duygusu kişide, yalnız kendi hayatını değil, aynı zamanda başkalarınınkini de yaşadığı izlenimini uyandırır.

Vassia, Nina Georgiyevna'ya çok basit gelirdi. Savaştan önce hayatı yaşamaktan çok keşfeder gibiydi. Herhalde sıkıntının, yoksunluğun ne olduğunu biliyordu ama hayatı, rahat ve mutlu görünen pek çok gencin yaşadığı tehlikelerden, eğilimlerden, içinde dolanıp durdukları o manevi labirentten yoksundu. Annesinin basitlik saydığı, gerçek sınavdan geçmemiş yeni yetmelikten başka şey değildi. Vassia'nın görünürdeki basitliğinin aslında engin bir kafa ile eşsiz bir yürek gizlediğini ilk fark eden belki Nataşa oldu; ancak o sıra Nataşa küçücük bir genç kızdı... Vassia'nın ruh zenginliğini fark etmekle birlikte bunun bilincine pek varamamıştı. Şimdi Vassia hep düşünüyordu: Nataşa'yla karşılaşırsak beni tanıyamaz. Ara sıra da içine korku giriyordu: Ya birbirlerine yabancı oluverirlerse? Ama yüreği gerekeni fısıldıyordu Vassia'ya: Hayır, böyle şey olamaz. Görüşleri uyuşuyor, fazla konuşmadan anlaşabiliyorlardı. Birkaç kere karısına mektup yazmış, Rusya'ya dönen arkadaşlarıyla yollamıştı; ancak mektuplarının yerine varıp varmadığını hiç bilmiyordu. İki kere paraşütle silah ve gazete almışlardı, ama hiç mektup gelmedi. Vassia, Nataşa'nın kendisini bekleyip beklemediğini de düşünmemişti; Minsk'de yaşadıkları geceden sonra ne kendisi, ne de Nataşa için başka birinin olamayacağını biliyordu. Partizanlar arasında genç kızlar vardı, çevresinde aşk hikâyeleri gelişiyordu: Aşık oluyor, birbirlerini kıskanıyor, ayrılıyorlardı. Ölümün yakınlığı eski yeminleri yok ediyor, anıları siliyordu. Vassia ise Nataşa'dan başka kadın düşünemezdi. Duygusunun ne denli güçlü olduğunu çok düşünmüştü; kendi kendisiyle alay etmek istiyor, ama sevgili karısını düşününce alaycılığı kayboluveriyordu.

İyi bir komutan olmuştu, büyük bir dikkatle saldırı hazırlıklarını yapıyor, gözü pekliğini emrindekilere de aşılıyordu. Ve akşamın durgunluğunda, barış çağında yaşadığı günleri düşünmeye devam ediyordu; işini düşlüyor, aydınlık yüzlü ve şen evler gözünün önüne geliyordu; içine tütün sarmadan önce gazete kâğıtlarına geleceğin kent planlarını çiziyordu. Savaş öncesi gökdelenler Vassia'ya pek çekici gelirdi. Şimdi içine kuşku düşmüştü: Gökdelen düşüncesi boşluğu yenme isteğinden doğmuştu. Oysa otomobil sayısı artıp yeraltı demiryolu şebekesi geliştikçe, katları üst üste yığmanın saflık olduğu çıkıyordu ortaya: Boşluk yenilgiye uğratılınca taşların gökyüzüne uzanması sona ererdi. Vassia bahçeyi andıran kentler düşlüyordu, çağının ifadesini bulmaya çalışan kentler: Öyle ya, fabrikalarla beton yığınlarından daha başka şeyler de yapacağız!... Eskiden mimari ona yalnız bir sanayi inşaatı gibi gelirdi; şimdi, gitgide artan bir sanat özlemi çekiyordu. Tekniğin gelişmesi öylesine hızlıydı ki, birbirinden ayrılan çağlar kalmamıştı artık, her şey birbirinin içine giriyordu. Çok çekiciydi... Oysa bu da bir düştü: Teknik geliştikçe maddi gereksinimler artıyordu. Burada elektrik yokluğundan yakınıyoruz, 1812'nin partizanları böyle bir sıkıntının varlığından habersizdiler. On iki yerine altı silindirli arabası olduğu için insan soğuktan donarak ölebilir. İki yıl önce Almanlarda bizden çok daha fazla malzeme vardı. Öyleyse neden alamadılar Moskova'yı? Şimdi "Kaplan"ları buldular, bizimkiler onları da zevkle havaya uçuruyor... Gazetelerinde, bilinmeyen bir "gizli silah" hazırladıklarını yazıyorlar. Durum nasıl olsa değişmeyecek. Amerikalıların da tekniği çok ilerde; herhalde onlar da bir şey bulup çıkarmışlardır. Bütün bu buluşlar karşısında insan hayali şaşırıyor; ilk kez sözü edildiğinde de ağzı açık kalıyor. Ama sonucu elde eden başka şey: İnsan. Ne yazık ki insan ruhu çözümlenemiyor. İşte İvan, Avanesyan, Smirnov, bütün bizimkiler, özellikleri yok, hepsi sıradan kişiler, dostlarından başka onları tanıyan yok; bir rastlantı sonucu gazetelerde onların sözü de edilebilir;

ama ahlak yönünden düşmanlarımızın çok üzerinde olduklarından eminim...

Bir gün İvan'la tartıştıkları sıra, ülkelerinin en iyi yanının ne olduğu, buna karşılık yabancıların neden daha ileri gittiğini konuştular.

— Bizim durumumuz hepsinden üstün dedi Vassia, dolayısıyla da birçok alanda önde gidiyoruz, örneğin ulusların bağımsızlığı, öğretimin halka dönüklüğü, vb gibi konularda. Almanların bize üstünlüğü nerede ortaya çıkıyor?

— "Almanların mı?"

İvan bu soruyu sorarken yüzünü ekşitmişti; onların kendilerini herhangi bir alanda geçebileceğini kabul edemez gibiydi; ancak sorunu tarafsızca tartışma kararını vermişlerdi.

— Resimli dergilerine bakılacak olursa, Alman evleri bizimkilerden rahat.

— Canım, bu ufak ayrıntı. Bak, mimarilerinden hoşlanıyor musun?

— Bilmem, pek az bina resmi gördüm, hem işin bu yanı seni ilgilendirir!

—Sanayi alanında Amerika'yı daha üstün sayarım, sanata gelince... Akropol'den iyisi yapılmamıştır derim...

— Amerikalıların otomobilleri çok iyi...

— Bizim de müziğimiz...

— Demek ki insanın iç dünyasıyla ilgili bir şey...

— Doğru.

Vassia canlanmıştı: "Açık söyleyeyim: Bizim en iyi yanımız insanımız; bence önemli olan da bu. İnsan makine yapabilir, ama insan yapabilecek makine düşünemiyorum..."

Bu konuşma, İvan'ın ölümünden kısa süre önce geçmişti. Şimdi Vassia düşünüyordu: Eski dostlardan pek kimse kalmadı. Smirnov, Luntz, Rudin ve ben. Topu topu dört kişi... İki buçuk yıldır da partizanların arasındayım. Nedenini bilmem ama, konuşma sırasında içimizi döktüğümde hep barış çağında geçirdiğimiz günlerin sözünü ediyoruz. Geridekiler belki de bizim savaştan başka şey düşünmediğimizi, savaştan başka şeyin bizi ilgilendirmediğini düşünüyorlar; Mayne Reid ya da Fenimore Cooper'in kahramanlarına döndüğümüzü sanıyorlar belki. Oysa her şey basit olduğu ölçüde de karışık. Sipariş üzerine duygululuğa yer yok... Çarpışmadan önce İvan, Miloşka'sının sözünü ediyordu; sonra Çehov'un Üç Kızkardeş adlı oyununu hatırladı ve: "İnsan gençken Çehov'u anlaması güçtür," dedi. Bunlar İvan'ın son sözleriydi. Gazeteler gelince kapışıyor, Moskova'da metro yapımının devam ettiğini okuyup seviniyor, tiyatrolarda neler oynandığını merak ediyoruz. Herhalde gücümüz buradan geliyor: Yılmadan dövüşmemize rağmen barışçı kişileriz...

Artık işin sonu yaklaştı, bizimkiler saldırıyor. Hemen ardından Vassia, bu düşünceyi kafasından sildi attı. Düşe çok kaptırdım kendimi, bizimkilerin bir ayda buraya varacaklarını sanıyordum... En iyisi hiç düşünmemek, ne zaman gerekirse o zaman gelirler. Epey ilerledik; '39'dan önce burası Polonya topraklarındaydı... Bildirilerde "Vitebsk yönünde..." sözünün tekrarlandığını hatırlayınca gülümsedi.

Yirmi sekiz aralığı yirmi dokuza bağlayan gece yeni bir görev başardılar. İçinde önemli kişilerin bulunduğu bir trenin geçeceği Vassia'ya bildirilmişti. Luntz, mayın yerleştirme uzmanı diye ün salmıştı. Almanlar çok dikkat ettiklerinden, yeni yağan kar üzerindeki taze izleri dikkatle silmek gerekti. Vassia ile arkadaşları, demiryolunun aşağı yukarı altı yüz metre uzağında pusuya yatmışlardı. Patlama duyulunca, arka vagonlardaki Almanlar karmakarışık yere atladılar. Partizanların makinelileri takırdadı. Acemi partizan Paşa Kutas da harekâta katılıyordu. Sonradan Vassia ona sordu:

— Çok korktun mu?

— Evet, dedi Paşa.

— Önemi yok, olağandır. Alışacaksın... Benim de her keresinde ödüm kopuyor ama alıştım..

— Alıştınsa nasıl oluyor da yine korkuyorsun?

— Korkuya alıştım işte...

Yeni yılı eğlentiyle karşıladılar. Önce Kalinin'in söylevi dinlendi;

herkesin yüzü gülüyordu: Ne güzel, şu sıra Moskova'dakiler de onu dinliyor... Kremlin'in saati çaldı... Sonra kadehler herkes için kalkmaya başladı: Lossev, üç sandık Alman romu yedeklemişti.

Smirnov doğruladı:

— Komutanımızın karısının şerefine, eşlerimizin şerefine içelim!

Vassia'nın yüzü, Nataşa'nın çok sevdiği gülüşle aydınlandı. Nice yıllara Nataşa! Yaşadığımı biliyor musun? Ne garip, yüreğim çarpıyor... Nisanda patlayan bir mayının parçası kolumu yaraladı; saatim kırıldı. Ama yüreğim çarpıyor... Çok iyi bildiğin o gece hep devam ediyor; yılın en kısa günüydü, hem de en uzun, hayattan da uzun. Sevgilim benim...

20

Raya'nın birliği yer değiştirmişti. Ossip'in mektubu iki ay eski posta kutusunda bekledi. Raya, kötü habere kendini çoktan hazırlamıştı. Yeni yıl öncesi Kiev'den gelen bir savaş muhabiri ona Babi Yar'dan söz etmişti; yine de Raya umudunu kesmiyordu. Kendi kendine kaç kere, bir şeye güvenmemesi gerektiğini tekrarlamıştı; yine de bir umut kırıntısı yüreğinin derinliklerinde yatıyordu: Ya bir köye gittilerse? Ya biri onları gizlediyse? Ancak Ossip'in mektubunu okuyunca Ala'nın artık yaşamadığını anladı.

Tümenin en iyi nişancılarından, suskun iri yarı bir Sibiryalı olan Çavuş Kuznetsov savaştan önce avcıydı. Kendisi de ormanda yaşayan hayvanları andırıyordu; yalnız gözleri tatlı ve saftı. Bir gün: "Almana ne diyeceğimi bilemiyorum," demişti. 'Yabani' desem ayı kızar. Karnı doyan ayı hiç insana saldırır mı sanıyorsun? Asla. Oysa Alman insanlara işkence etmekten zevk alıyor..." Saflığı, temiz yürekliliği dokunuyordu Raya'ya. Asteğmen Raya'nın kötü bir haber aldığını Birlik'te kimse duymadı; yalnız Kuznetsov'a:

— Kocam mektup yazmış, dedi... Anasıyla küçük Ala'm artık yaşamıyor. Kiev'deydiler...

Sesi titrememişti bile; Kuznetsov'un birliğinde işlerin yolunda olup olmadığını sordu, sonra yürüdü gitti. Kuznetsov, uzun süre, Raya'nın bu büyük gücü nereden aldığını kendi kendine sordu durdu.

Eskiden Raya, Ossip'in sert bir sözüne gözyaşı dökerdi; durduk yerde de ağladığı olur, Valya'ya şöyle derdi: "Birden ağlamak geldi içimden..." Gerçekten de, o sıralar her şey boldu: Uyku, ekmek, gözyaşı. Kuraklığın toprağı kurutması gibi felaketin de insan yüreğini kuruttuğu söylenir. Ama Raya'nın yüreği capcanlı ve duyarlıydı; yalnız akıtacak gözyaşından, yakınmadan, insanın büyük umutsuzluklardan düzenli bir günlük hayata geçmesini sağlayan o görünür hüzünden yoksundu. Ancak kirpiklerini sık sık kırpıştırmasıyla ve boğuklaşan sesiyle duygularını açığa vuruyordu. Başına gelen felaket hem küçük, hem sınırsızdı. Öbürleri için amansız savaş günleriyle düşler, ara sıra ufak bir ilişki, ateş başında çınlayan şen kahkahalar birbirine karışıyordu. Ama Raya ortak felaketin etkisinden bir an bile kendini kurtaramamıştı; Smolensk yöresinde yakılan köylerin kara ve kızıl sisi gibi üzerine çöküyordu bu felaket. Yakın zamana kadar birlikte savaştığı Kostia Belov'un hastanede nasıl öldüğünü anımsıyordu. Raya'dan beş yaş küçüktü Kostia, çocuk gibi geliyordu ona. Ölürken durmadan bir genç kızın sözünü ediyor; kupkuru ve renksiz dudaklarıyla ona gülümsüyor: "Tanya, şimdi geliyorum..." diye bağırıyordu. Kapkara, buruşmuş yüzlü süt çocuklarını buldukları hendeği hatırlıyordu Raya. Tarlaların ekildiği sıra dikkatlerini çeken başka bir görüntüyü de unutamıyordu. Bir kadın, sabana koştuğu yaşlı ve cılız ineğinin peşinden yürümekteydi; yorgunluğa dayanamayan inek keseklerin arasına devrildi, koşumlar iyice gerildi, hayvanın iri gözlerinde yaşlar belirmişti. Yanında duran kadın da ağlıyordu...

Raya'nın yanında, "onlara aynen karşılık vereceğiz" dendiğinde başını salladı: Onlara aynen karşılık verilemez. Babi Yar'dan söz edildiğinde Raya'nın duyduğu acıyı hiçbir Alman anası duyamaz... Günün birinde Belov sormuştu: "Öç mü alıyorsun?" Raya şu cevabı verdi: "Hayır, savaşıyorum" Gazetelerin "faşizm" diye adlandırdıkları korkunç şey yıkılmadıkça yaşayamayacağı için savaşıyordu. Böylece savaşın gerekliliği, akılcı yanı ortaya çıktığında da rahatlıyordu. İnsanlar şaşıp kalıyorlardı: Bu incecik kadın, siperlerin sıkıntısına, iri yarı ve güçlü birçok erkekten daha iyi katlanabiliyordu. Patlayan bir mayınla bacağından yaralanmış, hastanede iki ay yatmıştı; kurşun kemiğe değmemişti ama yara güç kapanıyordu. Yarasından Ossip'e söz etmedi bile. Hastane çıkışı, albay, eğitime göndermeyi önerdi. Raya reddetti ve usta nişancı tüfeğini kaptı: "Boş geçen zamanı kazanmalıyım..." Tam elli üç Alman öldürmüştü.

Temmuzun sıcak günlerinde başlayan saldırı aralıksız devam ediyordu. Düşman saflarını şu ya da bu cephede yaran birlikler batıya doğru atılıyorlardı; savaşlar güneyde durulunca kuzeyde kızışıyor, Dinyeper'den İlmen'e, Novgorod'dan Rowno'ya atlıyordu. Koskoca cephe harekete geçmişti, ama bir oradan ilerliyordu bir buradan; düşman ertesi günkü saldırının nereden geleceğini bir türlü anlayamıyordu. Raya'nın tümeninin bulunduğu kesimde iki aydır önemli bir çarpışma olmamıştı. Her gün toplar mermi yağdırıyor, uçaklar yüklerini yere boşaltıyor, keşif kolları düşman öncülerinin barınaklarını tarıyordu. Bir tür program düzenlenmişti sanki; sakin geçen saatler, tehlikesiz yollar vardı. Düşmanın huyu artık öğrenilmişti. Raya'nın birlikte savaştığı Çubarev: "Bizim mevsimimiz," diyordu. "Usta nişancıların mevsimi..."

Rüzgârlı, yerlerin donduğu bir gündü. Bugün elli dördüncü Almanı da vurmalıyım, diye düşündü Raya. Sıcacık barınakta oturmuş, Çubarev'in dönüşünü bekliyordu. Ossip'in mektubunu çıkardı, bir kere daha okudu. Mektubu önceki gün almış ve ancak Ala'yı düşünebilmişti. Birden, Ossip diye bağırası geldi. Kiev'de neler duyduğunu, çektiği acıyı, hayat kadar engin ve gevezelikten uzak, belli belirsiz, bir türlü anlayamadığı sevgisini hissetti. Sıcacık soluğunu, iri ellerinin gücünü ve aynı zamanda çocuksu güçsüzlüğünü yakınında duydu. Bu da nesi? Bir şey görmüyor, yüreğini kupkuru sanıyordum; oysa her sözüyle alev alev yanıyorum. Kitaplarda aşk aramıştı; oysa aradığı yanı başındaydı. Ne garip, insanlar böyledir işte: En basit şeyi anlamaları için dünyanın acısını çekmeleri gerekir!.. Çok acıyordu Ossip'e, çok yanıyordu... Kimsenin acımayı düşünemeyeceği, iri yarı, güçlü kuvvetli bir erkeğe ancak seven kadın yanabilir. Bu gece ona yazacağım, her şeyi yazacağım ki, gerçekten birlikte olduğumuzu anlasın; belki hayat eskisinden güç gelecek ama birlikte yaşayacağız ya, hem gerçekten yaşayacağız bu kez...

Yüzbaşı Çigankov barınağa daldı. Sırılsıklamdı; buz kesen ellerini göğsüne vuruyor, güçlükle soluk alıyordu. Sonra sırtındaki koyun postu gevşedi, su damlacıklarıyla kaplandı da yüzbaşı keyifli keyifli gülümsedi. Bir gezici radyo istasyonuna kavuştuklarını söyledi; Almanlara "Özgür Almanya"dan mesaj gönderecekler, dinlemeleri için de müzik yayını yapacaklardı.

— Geçen yaz Kalinin cephesinde bu tür bir yayına rastladım. Almanlar müziğe bayılıyorlar. Orada bir teğmen vardı, bir tercüman, kendi kendine "fareli köyün kavalcısı" adını takmıştı. Flütle çaldığı Almanları siperden çıkarmasını sağlayan bir bestesi vardı. Çok da matraktı...

Alman siperleri yüz metre ötede. Artık geceler aydınlık: Yeni Ay çıktı, ortalıkta bol kar da var...

Sessizlik devam ediyordu. Birden tatlı, hatta çok tatlı sesler duyuldu. Bu Strauss'un bir valsiydi. Raya eskiden çalardı... Bir an her şeyi unuttu; Kiev'i, eski mutluluğunu görür gibiydi. Kar yeşilimsiydi. İşte tümsekle çam ağacı: Gözetleme noktası. Bir vals daha; ama öylesine hüzünlü ki insanda nasıl dans etmek isteği uyandırdığına şaşılır; ocağın başına geçip ağlayarak bu valsi dinlemek, minicik bir mendille de ara sıra gözlerini kurulamak geliyor insanın içinden...

Almanlar yoğun bir ateş açtılar. Yüzbaşı Çigankov homurdanıyordu:

— Mesajı yayınlama fırsatı vermediler bize...

Ne vals kalmıştı, ne de sessizlik. Raya, durmadan ileriye bakıyordu.

— Elli dört, elli beş.

Parmakları uyuşuyordu. Uzun kirpikleri bembeyaz kesilmişti...

Yüzbaşı Çigankov bir türlü yatışmıyordu:

— Buradaki Almanlar yabani... Strauss'un ta kendisi heriflerde en ufak bir tepki uyandırmıyor. Mesajı da yayınlayamadık...

Kuznetsov gülümsedi:

— Ne olmuş yani? Mesajsız olamazlar mı sanki?

— Canım, görüşlerini değiştirmelerini sağlamak gerek.

— Sen güzel söylevlerle heriflerin görüşlerinde değişiklik yapmak istiyorsun. Bak Raya'ya, iki Alman görüşünü toptan değiştiriverdi.

Raya içerde ısınmıştı. Yüzü yanıyor, uyku bastırıyordu.

Bir haberci koştu geldi ve bağırdı:

— Asteğmenim, albay sizi istiyor.

Alçak sesle ekledi:

— Kutlayacak. Koruluktan geçebilirsiniz, şu sıra hiç ateş etmezler...

Raya çamların arasında yürüyordu. Rüzgâr durulmuştu ama kar da lapa lapa yağmaya başlamıştı. Raya'nın kafasında vals, aptalca ve hüzünlü, dolanıp duruyordu. Ne öldürdüğü Almanları düşündüğü vardı, ne de albayla yapacağı görüşmeyi. Sanki Ossip'le Svlatoşin Ormanı'nda gezer gibiydi: Yeni evliydiler, yılbaşını geçirmek üzere bir dinlenme evinde kalıyorlardı... Ossip beline sarılmıştı konuşmuyordu. Kar döne döne iniyor, düşünceler kafasında dolanıp duruyordu. Ve sessizlik. Derin bir sessizlik.

Mermi birkaç çamı birden devirmişti. Uzaktan izleyen haberci Raya'nın yanına vardığında genç kadın soluk almaz olmuştu bile.

— Ne saçma kaza! diye haykırdı albay.

Sonra da kendi kendine kızdı: Neden saçma olsun? Burada her şey hem saçma hem de çok mantıklı, savaş bu... Ama böylesi yürekli bir kızın ölmesi çok yazık...

Raya'nın cenazesinde tüfeği, usta nişancı Kuznetsov'a verildi. Kuznetsov sert bir sesle konuşmaya başladı:

— Nefret ettiğimiz düşmanı gözümü kırpmadan devireceğime...

Sesi alçaldı, kırıldı, Kuznetsov gözlerini kırpıştırdı, sonra kendi kendine konuşurcasına, boğuk boğuk:

— Başına büyük bir felaket gelmişti, dedi Almanlar çocuğuna ölesiye işkence etmişlerdi. Bunu asla unutamayacağım...

Tüfeği havaya kaldırdı, sonra kendinden geçerek dudaklarına götürdü.

21

Christine gerçekten hasta olduğunu sanıyordu: Çift görüyor ya çarpıntısı tutuyor ya da midesi bulanıyordu. Kamp Doktoru Füssner:

— Önemli bir şey yok, dedi. Yaşdönümü ve sinir, yani kadının en zor çağıyla Almanya'nın en sıkıntılı dönemi...

Doğrusu fazla ileri gidiyordu! Kısa süre önce de şöyle demişti Christine'e, "Artık dişçiler dişleri burundan alacak." Christine anlamamış, Füssner de açıklama yapma gereğini duymuştu: "Kimse ağzını açmaya cesaret edemiyor da..."

Birkaç gün önce, Christine arkadaşı Aennschen'i ziyarete gitmişti. Doğu cephesinde yaralanan Aennschen'in erkek kardeşi Richard'ın iyileşmesi kutlanıyordu. Akrabalar, bu arada Berlin'den gelen Halle çifti vardı. İri yarı, astımlı bir kadın olan Bayan Halle:

— Korkunç bir şey! diyordu. Fritz hasta oldu; X ışınlarıyla tedavi ediliyor. Şaşacak ne var? Evimiz alev aldığında asansördeydi; asansör iki kat arasında durmaz mı? Fritz'e atlamasını söylediler, ama bacakları işlemiyordu sanki. Kabus değil mi? Doğum yıldönümünde Fritz'e bir Sevr vazosu almıştım; şimdi mağazalarda böyle bir şey bulmak olanaksız. Eşsiz bir vazoydu; Fransa'dan izinli gelen bir asker getirmişti; beş yüz mark istiyordu, yüz elliye bana sattı; vazo en azından bin mark ederdi. Doktor Winter müzelik bir parça olduğunu söylemişti. Düşünün, o vazo da bin parçaya ayrıldı!...

— Habersiz saldırılara nasıl olup da izin verildiğini anlamıyorum, dedi Christine. Bir anlaşma olmalı... Bay Kirchoff dün, bacağının bodrumda gömülü kaldığını anlattı.

Richard aptal aptal güldü:

— Gömülü mü kaldı? Olur böyle şeyler... Ben dünyanın bütün bombardımanlarını, Rus topçusunun ateşine yeğ tutarım.

Savaşın geleceği konuşuldu. Bay Halle:

— Haberler çoğunlukla tatsız, dedi. Yine de umutsuzluğa kapılmamak gerek... Führer sinirlerinin boşanmayacağını söyledi, en önemlisi de bu.

Bayan Halle mendilini gözlerine götürdü:

— Benim sinirlerim artık dayanmaz oldu ama...

Richard yine aptal aptal güldü:

— Führer olmak ya da olmamak, dedi. Bütün sorun bu... Savaştan önce Hamlet'i gördüm, hoşuma gitmedi. İlginç olan bütün bu işlerin nasıl sona ereceği...

— İyi sona erecek, dedi Bay Halle. Ruslar, ikinci bir cepheye güvenmekle hata ediyorlar. Müttefikler bu yıl çıkarma yapamaz. Altı aydır Napoli ile Roma arasında sallanıp duruyorlar ya.

Tıka basa lahana turşusunu yiyen ve o ana kadar ağzını açmayan Doktor Füssner eliyle bıyıklarını sildi ve alaylı alaylı güldü:

— Rusların ikinci bir cepheye gereksindikleri mi var sanıyorsunuz? Hiç bile... Ama buralı bir tüccar, kısa süre önce bakın bana ne dedi: "En kısa zamanda, Kızıllar gelmeden önce çıksınlar..."

— Ne ayıp! diye bağırdı Bay Halle.

Richard kahkahalarla gülüyor, Christine hıçkırıktan boğulacak gibi oluyordu; koşarak dışarı fırladı.

Kampta çalışmaya başlayalı on sekiz ay olmuştu. Rus suratlarından, Rus şarkılarından gına getirmişti artık. Christine'e bıraksalar hepsini temizlerdi... Bu yabani kızların bazıları da yumuşak başlılık oyunu oynuyorlardı; içlerinden biri Christine'e, savaş bittikten sonra Almanya'da kalmak istediğini söylememiş miydi? Christine ona hiç inanmamıştı. Bir tek Rus kızına inanmazdı: Çünkü hepsi Almanların yenilgisini istiyordu. Bombardıman sırasında nasıl keyiflendiklerini görmek yeterdi. Christine'in başvurmadığı çare kalmamıştı; tokatlamış, tatlılıkla konuşmuştu. Hiçbiri kızları etkilemiyordu; nefret ediyorlardı Christine'den. Ve Christine korktu: Kızıllar Almanya'ya girerse bu kızlar kendisini boğardı.

Özellikle Galoşka'dan nefret ediyordu. Bu "ötücü kuşu", "elebaşı"nı hepsi dinliyor, Galoşka da öbürlerini kışkırtıyordu. Böyle bir durumdaki genç kızın üzgün durması gerekirdi. Oysa Galoşka, başlıyordu birden kahkaha atmaya. Üstelik erkeklerin de hoşuna gidiyordu haspa... Bay Kirchoff, çamaşır için kızıl saçlı Olga'yı kendisine yollamasını istemişti de bir gün Christine mutfağa uğramıştı. Öğle paydosuydu. Galoşka bir sandık üzerine oturmuştu, yanında Fransızlardan biri duruyordu. Christine adamı hayranlıkla seyretmekten kendini alamadı: Resmi yapılacak kadar yakışıklıydı. Yuvarlak bir yüz, kartal gagasını andıran bir burun, kara ve pırıl pırıl gözler... Kendilerinden geçen gençler Christine'i fark etmemişlerdi bile. Fransızın ne dediğini anlamıyordu ama çocuk öylesine büyük bir canlılıkla konuşuyordu ki olduğu yerde dondu kaldı. Herhalde Galoşka'ya kendisini sevdiğini söylemekteydi. Bu Fransızların hepsi gerçekten çılgındı! Bir Alman hiç böyle konuşabilir mi? Gustav, nişanlı olduğumuz günlerde bile benimle, ağır ağır, sakin konuşurdu... Bu yumurcağın talihi var. İyi ama hoşa gidecek yanını da göremiyorum. Burnu düğme gibi... Christine sinirli sinirli seslendi:

— Ne yapıyorsunuz orada?

Galoşka, yerinden bile kıpırdamadan:

— Paydos saatindeyiz, dedi.

Christine ona vurabilirdi, ama kendini tuttu: Rusların nefreti yetişiyordu kendisine, bir de Fransızların dikkatini üzerine çekmek neye yarardı?...

Galoşka, bir genç kız utangaçlığı ve katılığıyla kendi kendine soruyordu: Pierre'le aramda ne var? Dostluk mu, yoksa daha ileri bir şey mi? Böyle bir şey olsa bile aralarında hiç sözünü etmiyorlardı; herkesin içinde buluşuyorlardı hep; ara sıra Pierre elini okşuyor, "sevgilim" diye mırıldanıyordu. Galoşka ona Petya diyordu. Pierre Rusçayı öğrenmişti; sözcükleri ağzında çiğniyordu ama hiç çekinmeden konuşuyordu. Ara sıra, pazarları, suları çamurlu, yağ lekeleriyle kaplı bir akarsuyun kıyısında buluşma fırsatı yakalarlardı. Ne ağaç vardı ortalıkta, ne de kuş; maden kalıntıları, taş duvarlar ve kurum; ama bayılıyorlardı yine de bu gezintilere. Pazartesinden başlarlardı ertesi pazar buluşmanın yollarını aramaya.

Pierre Galoşka'yı sevdiğini biliyordu. Ama bildiği başka bir şey daha vardı: Uzun süre yaşayamayacağı. Bir Fransız olan doktor açık açık söylemişti ona: "Akciğerlerinizden biri sıfırı tüketmiş. Bu koşullar içinde..." Ölüm, kamptakilerden birçoğuna kurtuluş gibi geliyordu ama Pierre için ölmek çok güçtü. Ancak şimdi anlıyordu hayatın ne olduğunu.

Savaştan önce Pierre, kendisini çevreleyen dünya ile pek az ilgilenmişti. Toplumu değiştirmek gerektiğini söyleyen çıkarsa, alaycı bir havayla, babasının sözünü tekrarlardı: "Değiştikçe eskisine daha çok benzer." Doktor Morillot, oğullarına kuşkuculuğun bir olgunluk belirtisi olduğunu aşılamıştı; kendine saygısı olan kişi mevcut düzeni hor görürdü ama aynı zamanda da bundan iyisinin bulunamayacağını bilirdi. Ağabeyi René, ara sıra babasıyla bu konuyu tartışırdı. Pierre'in kişisel bir görüş kazanacak zamanı olmadı: Savaş patladığı sıra hayalci, her an gülmeye hazır bir gençti. Savaş bile önceleri ona saçma bir oyun gibi gelmişti; kimi Daladier'nin insanların onurunu koruduğunu söylüyordu; kimi de bütün bunların bir güldürüden başka şey sayılmayacağı, dış pazar bulmanın ve hammadde elde etmenin her şeyin önünde geldiği karşılığını veriyordu.

Pierre'in tutsaklığı bir hayat okulu oldu. Göz açtırmayan bir okul. İçerdekiler yavaş yavaş kendilerini bırakıyor, en ilkel içgüdülerin ortaya çıktığı görülüyordu. "Kendimi kurtarayım da, Pétain ya da cumhuriyet bana vızgelir," diyen aşağılık herifler vardı. Her an arkadaşlarını ele vermeye hazır alçaklara da rastlanıyordu. İnsanların açlıktan öldüğü soğuk gecelerde savaş öncesi Fransa'sını özleyen, balıkçıların yasemin kopardığı Marne Nehri üzerindeki çardakları, aşıkların sazan balığı tavası yedikleri yerleri düşleyenler bile çıkıyordu. Kızılhaç'tan gönderilen evde yapılmış bir kangal sucukla ya da kocası asker olan bir Alman kadınının kaçamak okşayışlarıyla yetinen kayıtsızlar da görülüyordu. Tutsakların hemen hiçbiri savaşa katılmamıştı. Savaşla ilgili bildikleri tek şey, kampın dikenli telleriydi.

Pierre için Galoşka bir hayat kaynağı olmuştu; bu onurlu ve kendi halindeki genç kızın derin iyimserliği Pierre'e destek oluyordu. Kiev'de, eski bir bildirinin kopyasını nasıl çıkardığını anlattığında Pierre düşündü: "Evet, böyle bir hayat yaşanmaya değer..." Galoşka sık sık sorardı: "Anlatsana, bu kadar çok şey biliyorsun..." Pierre çok okumuştu, pek çoğu da kafasında kalmıştı; romanların konusunu oldukça çekici biçimde anlatıyor, değişik ülkelerden gezip görmüşçesine rahat söz edebiliyordu. Galoşka, Pierre'den beş yaş büyüktü ama ara sıra kendisinin öğrenci, Pierre'in öğretmen olduğunu sanıyordu. Günün birinde de ona:

— Benden çok şey biliyorsun, dedi.

— Belki, diye cevap verdi Pierre. Ama sen çok daha önemli şeyler biliyorsun.

Kapkara, küçük ırmağın kıyısında yürüyorlardı. Buz gibi bir rüzgâr çıkmıştı. Pierre üzgündü, öksürüyordu. Galoşka onu avutmak için: "Senin yanında çok iyiyim Petya," dedi. Sonra da kıpkırmızı kesildi. Pierre'in cevabı: "Ben de senin yanında çok iyiyim," oldu.

Ertesi sabah Pierre fabrikaya gelmedi. Hastalığını Galoşka'dan saklamıştı. Öksürüyor, bir ağırlık kaldırsa alnı terle kaplanıyordu. Galoşka kaç kere nesi olduğunu sormuştu. Pierre'in cevabı hep: "Bir şeyim yok"tu. "Sürüp giden müzmin bir bronşit işte..." Öbür gün de gelmedi. Galoşka ona ne kadar bağlandığını ancak şimdi anlayabiliyordu. İyi ama Pierre'in nesi vardı? Hasta mıydı? Yoksa Almanlar onu başka bir kampa mı nakletmişlerdi?..

Birkaç gün sonra, Pierre'in arkadaşlarından Roger, Galoşka'ya:

— Pierre hastanede, dedi; onu bir kere gördüm, kendisini merak etmemeni söyledi.

Roger düşünceli gibiydi; Galoşka, Pierre'in pek iyi olmadığını anladı. O an hayatı da kararıverdi. Gece, herkesin uyuduğuna aklı yatınca başını yastığa gömdü ve uzun uzun ağladı. Acısını gösteremezdi; dayanması gerekiyordu: "Sırıtkan" da kendini bırakırsa ötekiler ne olurdu sonra?...

İki yıl süren tutsaklık izlerini gösteriyordu: Barakada gözyaşı dökenlerin sayısı her geçen gün artmaktaydı. Galoşka'nın kurtulmalarına pek az kaldığını söylemesi boşunaydı. Yakın zamana kadar çoğuna mektup ve kart gelirdi; Kızılordu'nun aşağı yukarı bütün Ukrayna'yı ele geçirdiği şu sıra son bağ da kopmuş, baba evi iyice uzakta kalmıştı.

İki günde bir, koca burnu sivilcilerle kaplı, Rigalı Fraulein Strossenreuter adlı bir Alman karısı gelirdi barakaya: Ukrayna'da taş üstüne taş kalmadığını anlatır, ardından da: "Bolşevikler tükendi!" derdi.

Galoşka, Pierre'in hastalığından önce haberleri düzenli olarak kızlara iletirdi: Fransız doktor Londra'nın yaptığı yayınları dinliyordu. Ama şimdi, iş iyiden iyiye güçleşmişti: Roger başka bir atölyede çalışıyor, Rus kentlerinin adlarını hatırlayamıyordu. Bir gün Galoşka sertçe:

— Eğer Pierre'in dostuysan herşeyi doğru dürüst hatırlamaya çalış, dedi.

Birkaç gündür Christine de çekilmez olmuştu. Kızlara plastik düğmeler armağan etti. Ağlıyor, hepsini sevdiğini söylüyordu. Aynı akşam Varya'ya saldırdı, bir kutu pudra çalmakla suçladı ve kızı dövdü. Sonra pudra kutusunu odasında buldu; bu çirkin olayın etkisini yok etmek için Galoşka'ya:

— Boş olduğunuz bir akşam neden konser düzenlemiyorsunuz? dedi. Öbür barakalardaki genç kızları çağırmanızda da bir sakınca görmüyorum. Şarkı söyler, şiir okuyabilirsiniz. İçinizden birinin doğum gününü seçin ve aranızda kutlayıverin işte.

Galoşka hemen cevabını verdi:

— Olur.

Kızlara, Kızılordu gününü kutlamalarını önerdi.

— Christine çok kızacak, dedi Varya.

— Anlamaz ki, hem sonra bir şey söylemez, yalnız o gün kutlama törenı düzenleriz...

Kızlar barakayı silip süpürüp topladılar. Birkaç şarkı söylediler. Christine de aralarındaydı; başını sallayarak beğendiğini gösteriyordu. Şarkılar hüzünlüydü, Christine'in havasına uyuyordu. "Beni öldürecekler, kimse de acımayacak," diyordu kendi kendine...

Galoşka, öbür barakalardaki kızlara Kızılordu'nun saldırısından söz etmek istedi: Bu kez Roger isteneni yapmıştı. Galoşka başladı:

Elimdeki kartta şunlar okunuyor:

Novgorod, Puşkin, Luga, Gatçina,
Peypus gölü kıyısındaki Gdov kenti;
Yıldönümünü kutladığımız
Kirovograd ve Mozir'de
Sarni'de, Smigiel'de, Rowno'da, Luck'ta,
Yakında olacak Odessa'da,
Şu sıra da Vitnitsa yakınında...

Kızlar gülüşüyorlardı. İçlerinden biri dayanamayıp bağırdı:

— Annem kurtuldu!..

Christine bir şey anlamıyordu; neşeli yüzleri görünce çılgına döndü. Niçin seviniyorlardı? Korkunç bir çağdı yaşanan; Aennschen'in erkek kardeşi, bir asker, bir erkek, dayanamamış da istasyonda ağlamıştı... Ve bu Galoşka kızları yine güldürüyordu. Ne küstah yaratık!...

— Neydi okuduğunuz?

Bir övgü: Nice mutlu yıllar geçirmesi dileğinde bulundum...

Kızlar kıkırdadılar. Galoşka, yüzünde kıl oynamadan cevap verdi:

— Kendime...

Christine kendini tuttu, akşam olaysız kapandı.

Ama Christine bütün gece gözünü kırpmadı. Bu köpekler bizim felaketimizi kutluyorlar!... Ve ben onların arasında yaşamak zorundayım. Ne rezalet! İçin için kanıyordu. İki gün sonra fırtına patlak verdi. Christine birden küçük Nastia'ya saldırdı. Nastia topallıyor, ancak bir değneğe dayanarak yürüyebiliyordu; Almanya'ya neden getirildiği de anlaşılır gibi değildi. Hep geride kalırdı: Christine ona bağırdı: "Çabuk ol!" Nastia tatlılıkla cevap verdi: "Bundan hızlı yürüyemem ki" Christine, o an değneğini elinden aldığı gibi kıza vurmaya koyuldu. Galoşka, başı önde Christine'e koştu ve onu tokatladı.

Galoşka'yı içeri attılar. Karanlık bir hücreye kapatılmış, düş kuruyordu: Pierre iyileşecek. Kızılordu gelecek, birlikte Kiev'e gideceklerdi. Kendisini nelerin beklediğini bilmiyordu bile: Kamp şefi kurşuna dizileceğini söylüyor, gardiyan kadın alaylı bir sesle: "Burada işini bitirmediklerine pişman olacaksın..." diyordu. Cezaevinde uzun süre kalmadı. Götürülürken, bileklerine kelepçe vurulan Roger'yi gördü. Roger Galoşka'ya bir şeyler söyleme fırsatını buldu:

— Subaylarına sövdüğüm için beni tutukladılar... Pierre yirmi altısında öldü. Ölmeden bir gün önce onu gördüm. Seni düşündüğünü, ülkene dönmeni istediğini söyledi. Sonra Rusların aldığı önemli bir kentin de sözünü etti ama yine unuttum adını...

Pierre'in ölürken adını mırıldandığını bilmiyordu Galoşka; bir türlü doğru söyleyemediği adını tekrarlıyordu zavallı: "Galyoşka, Galyoşka..."

22

Profesör Dumas, Hollandalı Koster'e şöyle diyordu: "Almanları tarif etmek gerekirse, sözcükleri ikişer ikişer söyleyebilen adamlar diyebiliriz: "Heil Hitler","Juden Schiessen", "England kaput", "Verrückte Franzosen", "Sieg Heil" gibi... İşte yeni ırk dedikleri bu. Yaratmak için on yıldan az bir süre yetti: Bir lastik cop savuruyor, yiyor, içini boşaltıyor, kendini yarı tanrı sanıp iki sözcükle "sözde tanrısal" görüşlerini ortaya koyuveriyor.

Koster, Utrecht'te puro satardı; evinde bir Yahudiyi sakladığı için tutuklanmıştı. Dumas'ya hayrandı: İnsanın ölümcül bir korkuyla haykırmak istediği sıra şakalaşabilen bir Sorbonne profesörü...

Dumas'nın bir Alman toplama kampına gönderildiğini duyan Lancier Nivelle'e koştu:

— Ne komünistti, ne de Yahudi. Hem sonra dostum, altmış sekiz yaşında bir adam böyle deneylerin altından kalkamaz! Geçmişi düşünün. Yalvarırım, zavallı Marceline'im adına yalvarırım...

— Elimden bir şey gelmez, dedi Nivelle. Dumas fazlaca tedbirsiz davrandı. Bana hakaret ettiğinde önemsememeye çalıştım. Ama herkes bu kadar geniş görüşlü değildir... Hem sonra tehlikede de değil. Aldığımız haberlere bakılırsa Weimar'a gönderilmiş. Goethe'nin kenti. Almanya'nın belki de en tatlı köşesi...

İçi rahatlayan Lancier, Marthe'a:

— Dumas'nın durumu pek fena değilmiş, dedi. Morillot her şeyi büyütmeye bayılır. Leo'nun çok kötü hallere düşmesinden çekiniyorum. Zavallı Leo, düşünülürse bütün bunları hiç de haketmediği anlaşılır. Ama gerçek ortada: Almanların gözünde her şeyden önce ari ırkından olmayan biri...

İnsanların odunla dayak yediği, ipe çekildiği büyük avlunun, uzun barakaların üzerinde fırının bacaları yükseliyordu; kapkara, boğucu bir duman çıkıyordu bu bacalardan. Burası "ağır ölüm kampı"ydı. Burada insanlar gazla öldürülmüyordu. Madenlerde, yeraltında kurulan fabrikalarda, açlıktan ve susuzluktan, sıcaktan ve soğuktan, veremden, kansızlıktan, lastik cop ya da deri kırbaç altında dayaktan can veriyorlardı. Minsk'ten, Prag'dan, Belgrad'dan, Paris'ten, Oslo'dan, Varşova'dan, Alman işgalindeki bütün kentlerden getiriliyorlardı: Partizanlar ve şaşkına dönmüş basit siviller, komünistler ve papazlar, yeraltı çalışması yapan suskun yurtseverlerle zararsız fıkra meraklıları, demiryolu dinamitleyenlere aval aval bakınan her şeyden habersiz kişiler; rejim düşmanı ya da bezgin Alman gençleri de atılıyordu kampa. Tutuklulara kürek mahkûmlarının giydiği çizgili elbiselerden veriliyordu. Yorgunluktan bitene dek çalıştırılıyorlardı. Genç SS'ler ve iyi yetiştirilmiş amansız kurt köpekleri başlarındaydı. İçlerinden biri ölünce hemen fırına atılıyordu. Meşelerin, bir süre önce Schirke'nin siparişiyle Nivelle'in şiirinde dile getirdiği çamların üzerine bir duman bulutu çöreklenmişti: Burada insan eti yakılıyordu.

Neyse ki Marie, yaşlı profesörün patates kabuklarından yapılma yal gibi çorbayı paslı kaptan içtiğini, halat örüp tuvalet temizlediğini görmüyordu. Profesör Dumas'nın bütün bunlara rağmen nasıl dayandığı akıl alır gibi değildi... Onu kurtaran sağlam bünyesiydi. Anlaşılan Dumas ailesinin kişileri çok yaşardı; mesleği kalemkârlık olan profesörün büyükbabası ünlüydü. Napolyon yönetiminde yaşamış, yirminci yüzyılı elinde şampanya kadehiyle karşılamıştı. Kendisiyle konuşmak isteyen gazeteciye şunları söyledi: "Genç kızların hoşuna gitmeyecek kadar yaşlıyım ama gazetelerde adımdan söz ettirecek kadar da gencim." Dumas, asırlık, budaklı bir ağacı andırıyordu. Sonuna kadar yaşamak gibi dayanılmaz bir istekle dolu olmasa çoktan ölürdü. Barakadakilere şöyle demişti: "Şimdi ölmek çok saçma, pes etmek gibi bir şey. Sözcükleri ikişer ikişer sıralamaktan başka şey bilmeyen bu herifleri yıpratarak alt etmeliyiz."

Çok yoruluyor, yine de az uyuyordu. Geceleri, kurt köpeklerinin havlamaları duyulurken, uzak geçmişi, havai ve yiğit ondokuzuncu yüzyılı, "lanetli şairleri", anarşistleri, Cayenne'de cezalarını tamamlayıp dönen "komüncüleri", lândonları ve "Dreyfüsçüleri"yle o çağın Paris'ini düşünürdü; Pasteur'ün konferanslarını, Jaures'nin ateşli söylevlerini, Zola'yı hatırlardı; bağa gözlüğünü düzelten Zola, bir natüralist roman yazmayı düşünen öğrenci Dumas'ya şöyle demişti: "Delikanlı, edebiyatla uğraşmak her şeyden önce gerçeğe hizmet etmektir..." Dumas, Curie ve Berthelot, Meçnikov ve Reclus gibi, anılarına hep saygı duyduğu kişilerin görüşlerine bağlı kalmış, hayatı boyunca bilimin zaferine inanmıştı. Ve derken, Ansiklopedicilerin ardından, sözcükleri ikişer ikişer söylemekten başka şey beceremeyen kişiler gelivermişti. İnsan ömrünü uzatma yolları aranıyordu, derken ağır ölüm kamplarına varılmıştı. Dumas kurtuluşu görmek istiyordu. Aksi halde hayatı, son sayfaları koparılmış bir kitap gibi yarım kalacaktı.

Her gün, her saat Dumas ölümle savaş halindeydi. Hiçbir noktada ödün vermemenin en önemli şey olduğunu da biliyor, herkesle terbiyelice konuşuyor, çoğu kere imkansız da olsa elinden geldiğince yıkanıp temizlenmeye çalışıyor, bu arada işini düşünmeye devam ediyordu. Elinin altında kitap yoktu; buna çok üzülüyor, eskiden okuduğu kitapları anıyordu. Pascal'ın sözlerini sık sık tekrarlardı: "İnsanoğlu bir sazdır, doğanın en güçsüzüdür ama düşünen bir sazdır. Bir damla su onu öldürmeye yeter. Evren onu ezse bile insanoğlu kendini ezenden hep daha soylu kalacaktır; çünkü öldüğünü, evrenin üstünlüğünü bilir. Evrenin bir şeyden haberi yoktur. Üstünlüğümüz düşünce yeteneğimizden gelir..." Felaket arkadaşlarını avutuyordu; Koster'i neşelendirmek gerektiğini bildiğinden ona Marsilya fıkraları anlatırdı; Çek Franz'a çağdaş antropoloji sorunlarından söz eder, Parisli Ducray'la İtalya'dan Etoile'a dek Paris'in bütün metro istasyonlarını hatırlamaya çalışırdı. Çok yanlı ve çok çapraşıklı hayatı hatırlatan ne varsa büyük bir istekle yutuyordu sanki. Kaldıkları blokta esir kamplarından iki kere kaçmaya kalkan Yestigneyev adlı bir Rus subayı da vardı. Dumas onunla dostluk kurdu. Başladı Rusça öğrenmeye; kolhozların kuruluşu, Yakutların gelenekleri, Moskova balesi konusunda subayı sorguya çekiyordu. Yaşlı profesör her şeyle ilgiliydi. Savaştan önce Delard, Toulouse yakınlarında tavşan yetiştirmişti; ve Dumas tavşan hastalıkları konusunda anlatılanları merakla dinliyordu. Hayatı boyunca puro içmediği halde, Koster'in sözünü ettiği Sumatra'nın açık renkli yaprak tütünleriyle ilgilendi. İçten neşesiyle herkese demişti: "Kampın bir ucunda fırın var, öbür ucunda da Dumas; profesör burada hayatı temsil ediyor."

İlkbahar başlarında, capcanlı bir gündü; güneş ortalığı ısıtmaya başlamıştı ama dağlardan soğuk bir rüzgâr esiyordu. Dumas ile Koster, ölüleri barakadan fırına taşıyorlardı. Neşenin, kanın ve hayatın ağır ağır boşaldığı kurbanların yüzlerine bakıyordu Dumas. İçlerinde Fransızlar, Ruslar, Sırplar, Polonyalılar, yanık suratlar ya da bembeyaz olanlar vardı; çoğu da gepgençti... Birden Dumas ölümcül bir bezginlik duydu, yüreği pes ediyordu, yüzü terle kaplanmıştı. Tam o sıra ekip başı olan '41 yılında içeri alınmış Alman komünisti Erich yanına yaklaştı ve alçak sesle:

— Ruslar Romanya topraklarına girdiler, dedi...

Dumas birden canlandığını duydu. Ruslar Volga Prut arasını almışlarsa yakında burada olacaklar demekti. Beklemek gerekiyordu!..

Bir gün Erich'e Anna'dan söz etti, iyi Almanlarla da tanıştığını göstermek istiyordu. Erich içini çekti:

— Sayımız pek az...

Eskiden Anna'ya yaptığı gibi Dumas, Erich'i de avutmaya çalıştı:

— Zamanla artarsınız. Önemli olan, her şeye rağmen var oluşunuz... Bir ülke yirminci yüzyılı yaşarken öbürü onuncu yüzyılda kalamaz. Savaş pek çok şeyi değiştirecektir. Sözcükleri ikişer ikişer söylemekten başka şey bilmeyen bütün bu adamlar çoktan iflas etti. Demek ki Almanlar yeniden düşünmeyi öğrenecekler.

Dumas bıyık altından güldü -dersi de Ruslardan alıyorlar, hem de kaba bir ders- ama aklından geçeni Erich'e söylemedi; bu çelimsiz ve inatçı Almana acıyordu. Kendi kendine, herhalde bunların sayısı çok az, diyordu. Ama böyle bir Alman, oyunu sandığa attıktan sonra sakin sakin yemeğe giden bin tanesinden çok üstündür. Büyük bir güç var adamda; ne olduğu bir bakışta fark ediliyor; böyleleri iyi dayanıyor, arkadaşlarına yardım ediyor; umutsuzluğa kendilerini kaptırmıyorlar. Kilisede mum yakmak değil de kaplanların kaynaştığı arenalara inmek söz konusu olduğunda ilk Hıristiyanlar da böyle davranıyorlardı herhalde...

SS Subayı Hagen çok keyifsizdi: Yüzbaşı Kloss'un kendisini Fransa'ya göndermeyi düşündüğünü o sabah öğrenmişti. Fransa kötü bir ülke değildi, ama herkes yazın Fransa'da savaş başlayacağını söylüyordu... Ve Hagen nefret ediyordu Fransızlardan. Köpekler, dört yıl beklediler ve ancak şimdi diklenmeye başlıyorlar...

İçtima vardı. Çalışmayanlar sıraya dizilmişti; ilk sıranın son kişisi de Profesör Dumas'ydı. Hagen yanına yaklaştı, bir şey söylemeden sopasıyla vurdu. Dumas gık demedi. Hagen ikinci kere vurdu ve haykırdı:

— Neden ses çıkarmıyorsun? Kafana vurduklarını fark etmez gibisin...

Dumas sakin sakin cevap verdi:

— Fark etmez görünmeye çalışıyorum. Kendimi buna alıştırmak için yıllar boyunca yaşadım ve düşündüm.

Hagen hemen kenara çekildi, ihtiyar aklını kaçırmış gibiydi; oysa Hagen, çocukluğundan beri delilerden çok korkardı.

Akşam, Koster profesöre sordu:

— Nasıl ses etmeden dayanabildiniz?

— Yüz kere vursa yine gık demezdim. Bağırmak istemiyordum. Bakın Pascal bu gerçeği üç yüzyıl önce anlamıştı: "Beni öldürebilirler" derdi, "ama düşündüğüm sıra kimse bana bir şey yapamaz..."

23

Güzel günler geri gelmişti. Çiçek açan kestanelere, bahçenin o tatlı yeşilliğine baktıkça Lancier üzerine çöken tehlikeyi unutabiliyordu. Ama gazeteler, radyo, dostlar onu hemen gerçekle karşı karşıya bırakıveriyorlardı. Bugünden yarına müttefikler çıkarma yapacak, o zaman da Almanlar herkesi kamplara tıkacaklardı. Gece gündüz bomba yağacaktı... Genellikle çok sakin duran Marthe bile durmadan ağlıyordu. Lancier yiğitlik taslıyor, Verdun'den söz ediyor, cepheyi düşündükçe savaşın orada çok daha feci olduğunu söylüyordu. Ama bir türlü de içi rahatlayamıyordu. Ya beni kara listeye geçirdilerse? Roy beni her an ele verebilir; Louis'nin İngiltere'de olduğunu, Mado'nun bilinmeyen bir yere gittiğini ve direnişçilerle ilişki kurduğunu, eski ortağımın Yahudi olduğunu, evime komünistlerin, hatta Rusların geldiğini söyleyebilir... Bu kadarı beni darağacına yollamaya yeter de artar bile. Bir saat sonra, başka bir kuşku Lancier'nin kafasına çörekleniyordu: Almanlar ülkeden atılacak, silahlı birtakım adamlar kendisini sorguya çekmeye geleceklerdi. "Leo Alpert'in hisselerinin üzerine mi oturdunuz? Bu bir. Berty için bir övgü mü yazdınız? İkiii, Pinaud ile Almanlar hesabına mı çalıştınız? Üüüüç. Yeter!" Beni bir köpek gibi öldürüverecekler... Henriot'nun söylevlerine inanmayabiliriz, ama herkes, direnişçilerin yarısının haydut, öbür yarısının ise gözü dönük kişiler olduğunu biliyor... Lancier dehşet içindeydi: Bir an önce başlayıp bitse bari! En fecisi de bekleme süresince duyulan korku. Kestane ağaçları çiçek açtı, ilkbahar geliyor ve ben, daha kaç yıl yaşayabileceğimi bilmiyorum bile...

Pinaud'ya alışmıştı. İnsan neye alışmıyordu? Aslında herkes Almanlara bile alışmıştı. Pinaud, Roy değildi tabi, namuslu bir adamdı ama çok da ilkeldi. Savaş öncesinin Corbeille geceleri, Leo'nun şakaları, gala geceleri ve sergilerle ilgili tartışmalar Lancier için yitik bir cennet gibiydi. Pinaud; Valéry'nin dizelerini anlayacak yetenekte mi? Valéry'nin varlığından bile haberi yoktur onun... Benim için Alman işgali oldukça karışık bir iş, çok da acı, Louis'nin gidişi ne kadar güç gelmişti; Pinaud, her şeyi çok daha kaba, maddesel bir yönden görüyor: "Almanlarla çalışılabilir." Ve ben, Pinaud ile aramdaki ilişkiler yüzünden öldürülebilirim; oysa aramızda para dışında hiçbir ilişki yok...

Tam Lancier bunları düşünürken Pinaud geldi; onun yönünden alışılmamış bir saatti bu. Lancier; ortağının kendisine söyleyecek önemli bir şeyi bulunduğunu anladı. Oysa Pinaud hiç acele etmiyordu; yakın gelecekteki çıkarmayla ilgili söylentileri anlattı, böbrek ağrılarından yakındı, havanın güzelliğini övdü. Lancier için için köpürüyordu: Sallanma da asıl konuya gel be adam...

Bir yılı aşkın süredir birlikte çalışıyorlardı, aralarında en ufak anlaşmazlık olmamıştı. Eskisi gibi, Pinaud Lancier'yi havai bir adam sayıyor, sesinde sık sık bir koruyucu havası seziliyordu. Lancier buna içerliyor, ama kızgınlığını çabucak unutuyordu. İş dışında, çok seyrek görüşüyorlardı. Pinaud birden dostluklarından söz edince Lancier çok şaşırdı:

— Birkaç ay sonra her şey değişecek sanıyorum. Ama biz ayrılmayacağız. En korkunç çağı birlikte geçirmedik mi?

— Bütün bu işlerin birkaç ay içinde biteceğinden emin misiniz?

— Kesinlikle.

— Verneuil mü söyledi?

— Hayır. Verneuil'ü seyrek görüyorum artık. Doğrusunu isterseniz yollarımız ayrıldı...

Lancier kulaklarına inanamıyordu. Ne zamandan beri Pinaud damadına karşı çıkıyordu? Gerçekten şaşırtıcı bir olaydı bu! Almanların işleri çok kötü bir yoldaydı anlaşılan...

Pinaud devam ediyordu:

— İşgale hep kaçınılmaz bir kötülük gözüyle baktığımı biliyorsunuz. Şeytana katlanmak bir şeydir, bilinçle ona hizmet etmekse başka şey. Verneuil bir çocuk; oynadı ve kendinden geçti...

— Lancier dayanamadı:

— Peki ama biz ne olacağız? Durumumuz feci... Almanlarla çalışmamızı bağışlamayacaklar.

— Kim bağışlamayacak?

— Direnişçiler. Kimler olduğunu biliyorsunuz bunların...

Pinaud hoşgörüyle gülümsedi:

— Onları ciddiye almamak gerek. Henriot'nun söylevinin sizi de etkilediğini görüyorum. Komünistleri hiç sevmediğimi biliyorsunuz. En iyi haliyle bile her biri tehlikeli bir hayalci. Rejimlerini kurma fırsatını onlara kim verecek? Neyse ki biz Polonya değiliz, Ruslar buraya kadar gelemez. Amerikalılar gelebilir, ama onlar, sizin ve benim gibi adamlar... De Gaulle'ün ne düşündüğünü bilmiyorum, yalnız çevresinde bir sürü aklı başında kişi var. Sizi ve beni namuslu birer Fransız sayıyorlar. Bunu öğrenebildim... Ad vermiyorum, çünkü Almanlar daha Paris'te... Rahatlamanızı sağlamak için geldim. Bir de dikkatinizi çekmek için. '42 yılında değiliz artık... Bazı ilişkilerden vazgeçseniz iyi edersiniz.

— Ama ben...

— Siyasetle ilgilenmediğinizi biliyorum, ama evinizde Nivelle'e rastladım. Verneuil türünde damgalı biridir. Ondan uzak dursanız iyi edersiniz. Çok dikkatli olmak gerek... Bu baylar son anda adamın başını belaya sokabilirler... Sevgili Lancier, herkese kolayca güveniyorsunuz; bunu size dostça söylüyorum. Oysa çok kötü bir çağda yaşıyoruz. Birbirimize dayanırsak kurtuluruz...

Pinaud gidince Lancier düşündü: Ona haksızlık ettim. İşin kötü yanı sanattan ve güzellikten hoşlanan biriyim, sanatla zehirlenmişim, görünüşlerine bakıp insanlar hakkında yargıya varıyorum. Pinaud, kuşkusuz dış görünüşüyle katı bir işadamı, ama onda gerçek bir Fransız yüreği var...

Lancier'nin keyfi yerine geldi, eski dostları Doktor Morillot ile Sembat'yı çağırmaya karar verdi. Her ikisine, sözlerinin taşıdığı değeri belirtircesine: "Nivelle olmayacak!" dedi. Sembat daveti hemen kabul etti. Morillot'ya biraz yalvarmak gerekti. Doktor bir süredir yabanıllaşmış, kötü haberler onu sonunda canından bezdirmişti: Küçük oğlu Pierre kampta ölmüş, büyüğü René Almanların eline geçmişti. Neyse ki René'nin kimlik kâğıtlarının sahteliği anlaşılmamıştı da çocuğu Doğu Prusya'ya yollamışlardı. Pierre'in ölümünü bildiren bir yazı almıştı Morillot; sonra da hastalık nedeniyle kamptan salıverilen bir savaş tutsağı kendisini görmeye gelmişti. Pierre'in de hastalarla birlikte geri gönderileceğini, ancak listenin bir yerde takılıp altı ay geciktiğini o anlatmıştı doktora. Adam, ölümünden önce Pierre'in bir Rus kızıyla seviştiğini söyleyince Morillot başını çevirdi, upuzun, kahverengi atkısıyla gözyaşlarını sildi.

Lancier, birkaç şişe yıllanmış Bordeaux şarabının daha da değerlendirdiği güzel bir yemek hazırlamıştı. Artık Bordeaux şarabını seviyor, şöyle diyordu: "Bourgogne şarabı gençlerin, patırtılı serüvenler ve sağlam karaciğerlerin şarabı. Bordeaux, elliyi aşanların içini ısıtır..."

Anlamlı bir sesle:

— Yaklaşmakta olan yazın şerefine içelim, dedi. Fırtınalı geçecek.

Kadehler tokuşturuldu. Lancier duygulanmıştı: Eski dostlar sonunda buluşmuşlardı işte!... Zavallı Marceline yoktu artık; savaşı kimin kazanacağı Lancier'nin umurunda bile değildi, nasılsa Marceline geri dönmeyecekti. Çocukları ne olmuştu? Belki ikisi de ölmüştü? Dumas ortada yoktu. Nerelerdeydi acaba? Nivelle'e inanmak çok güçtü; doğruydu, bilinçli olarak Almanlara hizmet ettiği... Belki Leo da karşılaştığı güçlüklere fazla dayanamamıştı? İşte onun yeri, köşede, lambanın altında...

— Gidenleri düşünelim, dedi Lancier alçak sesle. Nuh'un Gemisi'nde sanki yalnız üçümüz kaldık...

O ana kadar sesini çıkarmayan Morillot birden canlandı:

— Marie beni görmeye geldi; Dumas'yı toplama kampına yolladıklarına bir türlü inanmak istemiyor. Her gün komutanlığa koşup profesöre paket göndermeye kalkıyor... Acaba Dumas hayatta mı? Kim bilir...

— Nivelle, Dumas'ın tehlikede olmadığını söylüyor ama ona inanmıyorum, ne yapacağını iyice şaşırmış bir kumarbaz. –
Marthe kocasına şaşkınlıkla baktı, bu bakışı hisseden Lancier kızardı– Evet, ona güveniyor ve namuslu bir adam sanıyordum. Sanat beni yanılttı. Sembat, siz anlarsınız...

— Hayır. Nivelle sanatın kötü bir kopyası. Üstelik ben artık sanattan da nefret ediyorum...

— Bana kalırsa sizi sanat yaşatıyor...

— Evet ama yine de nefret ediyorum. Gerçek sanattan bile... Kendimizi peygamber diye satıyoruz. Ne yapıyoruz sonra? Şarkı söylüyoruz. Ama müziği çalan başkaları...

Lancier, Sembat'nın şarabı fazla kaçırdığını düşündü; sonra tartışacak hali de yoktu, her şey onu tatlı bir hüzne sürüklüyordu. Alçak sesle cevap verdi:

— Şu duvarları süsleyen resimleri, bana, en umutsuz saatlere katlanma gücünü sağladı. Ya kır çiçekleriyle bezenmiş Mado'nun şu vazosu... Şimdi Mado nerede? Belki öldü?... -Lancier'nin sesi titriyordu.- Bakın renklerdeki şu inceliğe? Hayır dostum, sanat yeryüzündeki en yüce şey. Sanatın beni yanılttığını söylerken başka şey düşünüyordum... Çoğu kere dış görünüşe göre yargıya varırım, benim zayıf yanımdır. Şair ve ince bir adam olduğu, düşüncesini bir aykırılık gibi kısaca ortaya koyduğu için ona güvenmiştim. Kralın çırılçıplak olduğunu ancak şimdi anlıyorum... Pinaud, dış görünüşüyle bana kaba geldiği için duygusuz sanıyordum. Ne kadar da celebe benziyor. Sonradan zekadan yoksun olmadığını fark ettim, oyunu iyi sürdürüyordu, yine de soylu bir yüreğe sahip bulunduğunu anlayamamıştım. Ancak şimdi biliyorum Pinaud'nun da gerçek bir Fransız sayılacağını, bizim gibi kurtuluşu sabırsızlıkla beklediğini. Bugün onu çağırmayışımın nedeni eski dostlarımla başbaşa kalmak isteyişimdendir.

— Çağırmamakla da çok iyi ettiniz, dedi Sembat.

Morillot bir kahkaha attı:

— Pinaud namuslu bir Fransız mı? Tanrım, kim alçak öyleyse? Almanlarla yaptığı işbirliği, hayatı boyunca kazandığından fazlasını kazandırdı ona.

— Ne yaparsınız, hepimiz çarkın dişlilerine kapıldık... Ama Pinaud Almanlardan nefret ediyor, bana açıkça söyledi.

— '44 mayısındayız doğrudur nefret ettiği. Ama iki yıl önce ağzı değişikti. Şimdi Herr Schmidt bavulu kilitlemekte, odayı havalandırmak, çarşafı değiştirmek gerek; yakında Mister Smith geliyor. Doğru mu değil mi?

— Kurtarıcılarla baskı yapanları aynı gözle mi görüyorsunuz?

— Ben mi, hayır... Pinaud aynı gözle görüyor... Paranın rengine de aldırdığı yok... İnsanı en çok tiksindiren de ne, biliyor musunuz? Benim onu tedavi etmem. Böbrekleri hasta... Söyleyin Sembat, neden hep nefret ettiğim kişilere bakmak zorunda kalıyorum? Onları inceliyor, reçete yazıyor iyileştiklerinde seviniyorum. Evet, evet, bu sefilin iyileşmesi bile benim için önemli...

Sembat gülümsedi:

— Bakmazsınız olur biter: Doktor kıtlığına kıran girmedi ya...

— Ona bakma buna bakma, peki kime bakacağım o zaman? Pierre öldü... Yaşlanıp bir şeye inanmamak ne acı... Nergisleriniz pek güzel Bayan Lancier...

Doktor Morillot, geniş ve kıllı yüzünü nergis demetine gömdü.

24

İlkbahar yağmurluydu, dünya yarım kalmıştı sanki, toprak sudan ayrılmadan önce, ilk yıllarında da yeryüzü böyleydi herhalde. Çamur, yorulmak nedir bilmeyen insanları yutmaya hazır bir öğe oluyordu. Top mermileri, cephane sandıkları insan sırtında taşınıyordu. Bir Alman yüzbaşısı, neye uğradığını anlayamadan tutsak ediliverdi. Mineav'e şunu sordu:

— Böyle yollarda nasıl saldırıya geçebiliyorsunuz?

Minaev gülümsedi:

— Yürünmez hale gelmiş yollara bayıldığımızı bilmiyor musunuz? Kuru havada biz yerimizden bile kıpırdayamayız. Ne yaparsınız, böyleyiz işte...

Çamurlara gömülen Alman yüzbaşısını nasıl tutsak ettiklerini Ossip'e anlatırken, gülümseyerek ekledi:

— Herife, "silinip temizlenin," dedim. Hemen reddetti: "Temizlenmeye kalksam tam bir yıl sürer..." dedi. Doğrusu diyecek şey yok, büyük bir rahatlık içinde savaşmak istiyorlar; motorlu birlikler nefis asfalt yollarda ilerleyecek, sağda bir ok: "Hindistan'a gider" derken bir ikincisi: "Mutlak zafer. Ele geçirilen toprakları kuşbakışı görebilirsiniz. Büfemiz ve orkestramız da var."

Yürümekten bezdikleri, çamurun, akçaağaçların, kerpiç evlerin ötesinde berisinde, yağmurun kurşuni perdesinin ardında belli belirsiz Berlin göründüğü için yürüyorlardı; çünkü evden gelen mektuplarda sezilen aydınlık hüznü gitgide daha belirgin bir hal alıyordu. Neredeyse üç yıl olacaktı savaş başlayalı... Bardaktan boşanırcasına yağan yağmur altında yürüyorlardı. Derken buz gibi bir rüzgâr çıkıveriyordu; üstü başı sırılsıklam kesilen askerler tir tir titriyorlardı; bu kez üstlerinin kuruyabileceğini düşünerek ilerliyor, ama yağmur yeniden bütün gücüyle bastırıyordu. Ter taneleri yağmur damlalarına karışıyor, çamura saplanan bir top arabası çekiliyor, neşesiz ve isteksiz, ama bütün dertlerin sona ereceği günün yaklaştığını hisseden kişinin iç rahatlığı ve ciddiliğiyle yeniden yola devam ediliyordu.

Bir yıldır pek az değişiklik olmuştu sanki. Her zamanki gibi Ossip tümsekleri, girintileri, korulukları, bataklıkları iyice gözden geçirip düşmanın savunma hattında bir gedik arıyordu. Her zamanki gibi, Sergey'in istihkâmcıları kalaslar taşıyor, köprü yapıyorlardı. Olga, ruh çağıran bir medyum gibi saatlerce aynı sözleri tekrarlayıp duruyordu: "Rozet, burası muhabbet çiçeği." Tümen gazetesi başyazarı Pitçugin şiir üzerinde uğraşmaya devam ediyor, Krilov da insan gövdesinin derinliklerinden demir parçaları çıkarıyordu. General Zikov her zamanki gibi renkli kalemle yer yer çizilmiş bir haritanın üzerine eğilmiş homurdanıyordu: "Çaduşkin'i elimden aldılar, şimdi de Seltsi'yi ele geçirmek istiyorlar..." Koskoca ordu durmadan ilerliyordu, sanki bir kavimler göçüydü bu; bir sürü kentin halkı göçebe olmuştu, bütün bir ülke yollardan, tarlaların içinden yürüyordu.

Üstelik yazdan bu yana da pek çok şey değişmişti; o sıralar saldırı, gerilip gerilip de ileri atılma, zıplama gibi bir şeydi. Herkesin kafasındaki de aynıydı. Ya bir gün hareket durursa? Oysa saldırı artık devamlı, günlük bir olay halini almıştı, neredeyse hayatın ta kendisi.

Hepsi, hedefe varılmadan durulmayacağını biliyordu. İlerlemek de mümkün değil, neredeyse olanaksızdı aslında. Ayaklar çamura saplanıyor, gözler yorgunluktan kapanıyordu. Askerlerle yanyana yürüyen General Zikov birden düşündü: Bizler uykusuz yaşayan insanlarız, gerçekten uykusuz yaşayan insanlar! Hem böyle düşünüyor, hem de yürümeye, çamuru yoğurmaya devam ediyordu.

Yaralanan Çavuş Gubenkov ilk yardıma koşup yarasını sardırdı; sonra yine birliğine döndü. Minaev:

— Hastaneye koş çabuk, dedi. '41 yılında değiliz artık.

Gubenkov, aritmetiğe duyduğu büyük merakla tanınıyordu. Bir yerlerde okuduğu sürüyle sayıyı not defterine geçirmişti: Bir litrede kaç buğday tanesi vardır? Venüs ve Jüpiter gezegenlerinin arası ne kadardır, gibi. Yaklaşık sayılardan hiç hoşlanmıyordu; örneğin, yanındakilerden biri kente aşağı yukarı on kilometre olduğunu söylese Gubenkov hemen atılıyor ve: "On bir buçuk kilometre" diyordu. Günün birinde Minaev ona sordu: "Yahu, senin kaç tel saçın var?" Gubenkov kılını bile kıpırdatmadan cevap verdi: "Yüzbaşı yoldaş, daha sayan çıkmadı ki..."

Sinirlenen Minaev:

— Neden revire gitmiyorsun? diye çıkıştı.

— Mümkünü yok yüzbaşım.

Bir an sustuktan sonra ekledi:

— Bizim yürekli Orel tümenimiz Stalingrad'dan bu bataklığa kadar, yüksek izninizle, tam bin dört yüz yirmi iki kilometre yürüdü. Berlin'e ise yedi yüz seksen kilometre var.

Almanlar ya aceleyle çekiliyor ya da büyük bir inatla karşı koyuyor, sanki savaşı kabul ettikleri noktada tutunmaya çalışıyorlardı, ancak bir hafta süren amansız çarpışmalardan sonra yine aniden çekiliveriyorlardı. Tutsaklar büyük kayıplardan, subayların dar görüşlülüğünden, askerin gitgide artan hoşnutsuzluğundan söz ediyorlardı ama Almanlar her şeye rağmen iyi dövüşüyorlardı. Alman ordusunda kendini gösteren bilinçlenmeden söz eden subayı dinleyen Minaev, alaylı alaylı güldü:

— En korktuğum şey ne, biliyor musunuz teğmenim? dedi. Onlar bilinçlenmeye başlamadan Berlin'e girmemiz... O zaman hata ettiğiniz anlaşılacak...

Almanlar Seltsi'yi bırakmamaya karar vermişlerdi; zaman kazanmak istiyor ya da düşmanın yorgunluğunu hesaba katıyorlardı. İlçe bir tepenin üzerindeydi; Almanlar oradan bütün ovaya egemendiler.

General Zikov sinirliydi; ordu komutanı her an telefon ediyor, günaydın bile demeden: "Seltsi ne oldu?" diye soruyordu. İlçeyi almakla Ossip görevlendirildi. Düşünüp taşındıktan sonra da tepenin sağ yamacından saldırıya geçmeye karar verdi. Yerler kuruydu, toplar ilerleyebiliyordu. Tepenin solunda, çalılarla kaplı bir bataklık vardı. Almanların dikkatini dağıtmak üzere Minaev oraya gönderildi. Sabah erkenden üç tabur Seltsi'ye saldırdı. Almanlar, ancak sağdan geçilebileceğini bildiklerinden saldırıyı oradan bekliyorlardı. Bu nedenle de piyade doğrulur doğrulmaz mermiden bir perde yolunu kapayıverdi; askerler dört kere tepeye tırmanmayı denediler, dördünde de geri çekilmek zorunda kaldılar. Bu arada Minaev'in taburu bataklıkta kalmıştı. Askerler sık çalıların arasında kayboluyor, Almanlar orada en fazla bir bölük bulunduğunu sanıyorlardı. Öğleye doğru Minaev, Leonidze ve Poliştçuk'un işlerinin kötü gittiğini sezdi. Ossip'le bağlantı kurmak olanaksızdı. Bir adam yollamak en az üç dört saat alacaktı. Kararını verdi: Bu işi çözümlemeye bakacaktı... Tepeden tırnağa kızılımsı ve yapışkan bir çamurla kaplı askerler eski görülmedik hayvanları andırıyorlardı. Minaev, askerlerinin başında, dimdik, yapışkan yamaç boyunca süründü. Bir saat sonra ilçenin içinde savaş başlamıştı.

General Zikov, Ossip'in karargâhındaydı. Yaylım ateş kesilir gibi olunca Seltsi'ye koştu; cipi yolda çamura saplandı. Minaev'i gören general dayanamadı, bir kahkaha koyuverdi. Korkunçtu Minaev'in görünüşü: Yüzü kıpkırmızıydı; üniformasına yapışan çamur kurumuş, bir hipopotamın çatlak derisine dönmüştü. General elini sıkmak istedi:

— Sakın ha generalim! diye bağırdı Minaev. Ellerim ellikten çıktı, sebze bahçesine döndü...

General, yine de çamurlu elini yakalayıp:

— Ne diyorsunuz siz? diye çıkıştı. Şu lanet olasıca Seltsi ilçesini aldınız!... Bu gece ordu komutanı telefonla bana ne dedi biliyor musunuz? Yararlık gösterenlerin nişan alması için yazacağım ama Seltsi'yi ele geçireceksiniz.

Bir ay sonra, bu büyük olayın kutlama töreni yapıldı. Minaev'e Lenin Nişanı verildi. Yeryüzü çiçek kokularıyla kaplıydı: Baharlar kar taneleri gibi uçuşuyor, dışarda yemek yeniyordu. Birkaç gündür ortalık durulmuştu top ve cephane getiriliyor, yaz hazırlığı yapılıyordu. Bütün konukların keyfi yerindeydi; arkadaşlarının aldığı nişanı, geçirecekleri güzel geceyi, savaşın yaklaşan sonunu düşünüyorlardı. Minaev'e bakarken Ossip, stepin göbeğindeki tümseği hatırlıyordu. Günün birinde Polonya sınırında akşam yemeği yiyip gülüşebileceğimiz o sıra aklımın köşesinden bile geçmezdi... Bizimle birlikte stepte olanlardan pek azı hayatta kaldı...

Almanlardan alınan Fransız şarabı getirildi. Minaev tadına baktı ve:

— İlk yudumda adamın hoşuna gidiyor ama devamlı içilmez, dedi.

Poliştçuk hemen votka istedi:

— Bu limonata bizlere göre değil...

Şarap, Ossip'le Leonidze'nin hoşuna gitti. Şarikov önce içmek istemedi, sonunda açıklama yapmak zorunda kaldı:

— Aslında ben içmiyorum, ama koşulları hesaba katarak...

Ve bir yudumda koca votka kadehini deviriverdi.

Ossip, Minaev, Leonidze, Poliştçuk, Şarikov, Olga, Gazeteci Çali birbirlerini tanıyor ve iyi geçiniyorlardı.

Kafayı çektikten sonra düşlere daldılar. Savaştan sonra olup biteceklerin sözünü etmeye koyuldular. Gelecek, bu nisan akşamı gibi apaçık geliyordu hepsine. Poliştçuk çok sevdiği işinin başındaydı; Niejin'de matematik öğretmenliğine devam ediyordu. Çali savaştan sonra yüklü bir kitap yazma kararındaydı: Bir roman ya da anı kitabı. Ancak, bu işe yatkın olmamaktan ve başkalarının kendinden önce davranmalarından korkuyordu. Yine de o an nefis şeyler döktüreceğine kesinlikle inancı vardı, okurları güldürecek ve ağlatacaktı, Leonidze genç karısının, vadinin dibinde ateş böcekleri gibi göz kırpan Tiflis ışıklarının özlemini çekiyordu: Kitaplarını özlemişti, savaş başladığı sıra üniversite ikinci sınıf öğrencisiydi.

— Anamın ne kadar sevineceğini düşünüyorum da, dedi Minaev. Ama çok serttir. Mektup yazacak, "Şımarma," diyecek. "Bir tepeyi tırmanmışsın işte, ama tepetaklak aşağı yuvarlanmak tırmanmaktan daha kolaydır..."

Anasını kucakladığı, ona Olga'yı tanıştıracağı ve anasının: "Bana çabuk torunlar yetiştirin!" diyeceği anı sabırsızlıkla bekliyordu.

Şarikov mühendisti; mesleğini seviyordu, ama nedendir bilinmez, savaş sonrasının ilk sabahını makine gürültüleri arasında değil de küçük bir ırmağın kıyısında geçirmeyi düşlüyordu. Sazlar tatlı tatlı hışırdıyor, bir sinek vızıldıyordu kulağının dibinde. Şarikov hayatında şiir okumamıştı, ama aklına en şairane şeyler geliyordu işte. Sessizliği dinlemek ne güzeldir; bir hafta boyunca hiç bıkmadan sessizliği dinleyebileceğimi sanıyorum...

Ossip tatlı tatlı gülümsüyor, şakalaşıyor, Polištçuk'un okulundan, Minaev'in anasının sevinç gözyaşlarına atlıyordu. Alay komutanının Raya'nın ölümünü bildiren mektubunu alalı bir hafta olmuştu. Bundan kimseye söz etmemişti. Minaev'e bile söylemeye niyetlenmişti aslında ama sözcükler gırtlağında düğümlenivermişti... Bulduğu an yitirmişti Raya'yı; ya daha hayatında oynadığı rolü ilk fark ettiği an, Kiev'den yolladığı mektubu Raya'nın alıp almadığını bile bilmiyordu. Buluşmalı, birbirlerine çok önemli şeyler söylemeliydiler, ama ölüm aralarına girmişti. Ossip, yalnız kaldığında Raya'nın Rjev'den yolladığı fotoğrafa bakıyordu. "Senin için değişmedim, Kievli Raya..." Ara sıra başına gelen felaketin bir ceza olduğunu sanmaya başlamıştı. Mutluluğu değerlendirmeyi bilememiş, Raya'yı önemsememiş katı davranmıştı. Kendisinden çekinen annesine varıncaya dek kimseye yakınlık göstermemişti... Ama savaştı bu... Raya askerce ölmüştü: "kahramanca savaştığını" yazıyordu binbaşı. Oysa savaş uzundu; Raya savaştan önce başlamıştı mücadeleye ve zamanı yetmemişti. Ossip, gerçek duygularının farkına varalı pek az oluyordu: Belki bunun nedeni, savaştan önce hayatı düşünmemesi, ancak geçen yaz, Batı'ya yürüyüş başladığında büyük bir ateşle mutluluğu, sıcaklığı, Raya'yı özlemesiydi... Artık Babi Yar'ın kumuyla Smolensk yöresindeki bir mezardan başka şeyi kalmıyordu... Bütün sevgisini arkadaşlarına yöneltmişti. Alay ailesiydi. Minaev'in anası ona Khana'yı hatırlatıyordu, Minaev takıldığında kızaran Olga da Raya'yı. Savaş bittiğinde bu kadar bile kalmayacaktı elinde. Yine de Ossip en az arkadaşları kadar büyük bir ateşle savaşın sonunu bekliyordu. Kuşku, yorgunluk, askerlerin umutları bu işin bir an önce bitmesini gerektiriyordu!...

— Bu yaz savaşacağımız son yaz olacak herhalde, dedi Şarikov.

— Sondan bir önceki, diye cevap verdi Poliştçuk. (Her şeyin kış başında sona ereceğine inanıyor, ama uğursuz gelmemesi düşüncesiyle söylemiyordu.)

Birden Ossip gülmeye başladı:

— Hatırlıyor musun Mitya, ikinci bir cephe açtıklarını sanmıştım hani? Ne kötü bir zamandı. Stepteydik... Durmadan çekiliyorduk.

— Sözcüklerin bir anlamı var sanmıştım, dedi Minaev; gerçek bir "centilmen" olduklarını sanmıştım. Şimdi açacaklar o ikinci cepheyi, açmamaları çok tehlikeli olur. Sonra geç kalabilirler. Anamın dediği gibi, yemekten sonra hardal atıştırmaya benzer bu...

— Onlar gelse de gelmese de bu iş biter yakında, dedi Ossip. Bir kadeh atmanın sırasıdır, sevenler için; ben "limonata" içeceğim.

Sabah Ossip bir kulübenin yanından geçerken Çavuş Nikitenko'yu genç ve güzel bir kadınla gördü. Gülümsedi:

— Hemen dostluğu ilerletmişsin.

— Yok binbaşım! Karımı buldum; savaştan hemen önce kızımızla birlikte kızkardeşini görmeye gitmişti. Beni görünce gözlerine inanamadı. Adıyla çağırdım, öbür dünyadan gelmişim gibi bakakaldı yüzüme...

Genç kadın ateşli bakışlarını çavuşa dikmişti, uzun kirpiklerinin ucunda gözyaşları titriyordu.

— İçeri buyurun binbaşım. Kızımı görürsünüz.

Küçük kız beş yaşındaydı. Boş mermi kovanlarıyla oynuyordu. Ossip kızı kaldırdı, tıpkı Ala'ya yaptığı gibi havada döndürdü. Ona bir masal anlatmaya kalktı; her şeyi unutmuştu, şaşırdı, kekeledi, ama küçük kız büyülenmiş gibiydi. Dudakları aralanmış Ossip'i dinliyordu. Sonra göğsünü süsleyen nişan ve madalyalarla oynamaya koyuldu; hem gülümsüyor, hem de peltek peltek:

— Bu biy küçük güneş, diyordu... Bu da biy minik yıldız...

Ossip, köyün tozlu ve güneşin altında kavrulan yolunda tek başına yürüyerek geri döndü; gülümsüyordu, daha önce duymadığı büyük bir mutluluk duymuştu. Belki bu bir başkasının mutluluğu olduğundan gülüşü daha aydınlık, sıcak ve dost bakışı daha saftı.

Akşam, General Zikov:

— Beyaz Rusya üçüncü cephesine gidiyoruz, dedi... Şimdi heriflere öyle bir darbe indireceğiz ki bir daha bellerini doğrultamayacaklar...

25

İlkbaharda, Fransa'nın bütün öbür ormanlarındaki gibi garip bir hayat bu ormanda da başlıyordu. Guguk kuşlarının ve sürüyle başka kuşun cıvıltısına karışan insan sesleri ortalığı kaplıyordu. Karanlık yıllarda ormana çekilen yiğitlere; her geçen gün yüzlerce yeni gönüllü katılıyordu. Kentlere şimdiden yaz sıcağı çökmüştü, fırtınanın homurtuları duyuluyordu, insanlar alçak sesle müttefik çıkarmasının yakınlaştığından, Almanların sivil halkı cezalandıracağından söz ediyorlardı. Duvarlardaki ve tahta perdelerdeki kelebekler sanki yeni bir seferberliğin belirtisiydi. İşçi ve esnaf, doktor ve kadastrocu, şarapçı ve öğrenciler ormana giden patikaları birlikte tırmanıyorlardı.

Nisandan beri Dédé'nin komutasındaki müfreze kesin saldırıya hazırlanmaktaydı. Merkez, müttefik çıkarmasının başladığını belirten işaretle Almanların ulaştırma şebekesini felce uğratmak gerektiğini bildirmişti. Dédé ile Ayı Almanların en zayıf göründükleri otuz kadar yer bulmuşlardı; her şeyi iyice düşünen Voronov açıklamasını yaptı: "Almanlar, bir haftadan önce bellerini doğrultamazlar."

Ve partizanların saldırısı başladı; mayıs ayı içinde Limousin yöresinde yüzlerce köy ve kasabayı kurtardılar. Ama büyük bir engel; silahsızlık durmadan karşılarına dikiliyordu.

Nicole göründü. İyi ve kötü haberlerle geliyordu.

— Çıkarma şu sıralar yapılacak. Gustave kararlaştırılan işareti bana gösterdi. Bu işareti Londra Radyosu verecek. Almanların asker nakliyatını durdurmamız gerekiyor. Silah yönünden işler kötü... Gustave durumun her yerde aynı olduğunu söyledi. Askeri komite halka çağrıda bulundu. Londra'dakilerin partizanlara silah vermekten kaçındıklarını açık açık söylüyor. Gustave bize silah vermek istemeyenlerin baştakiler olduğunu belirtiyor... Amerikan haberalma kuruluşunun temsilcisi Charlie, Vauban'a şöyle demiş: "Size silah veririz ama FTP'ye asla. Aralarında pek çok komünist var..."

Dédé gülümsedi:

— Vauban'ı tanırım, lise öğretmeni ve sosyalisttir. Her şey anlaşılıyor. Bu baylar açık açık konuştuklarına göre Almanların sonu yaklaştı demektir... Her neyse, üzerimize düşeni yapmak zorundayız. Amerikalılardan yüz tank da alsa AS onlara zırnık vermez.

Mado, o akşamı çok iyi hatırlıyordu. Dédé, Ayı ile konuşurken küçük bir açıklıkta otların üzerine oturmuş, soluk ve ekşi, ilk yaban çileklerini atıştırıyordu. Derken Ayı yanına geldi. Kısa sürede yakın birer dost olmuşlardı. Ayı, artık çekinmeden Fransızca konuşabiliyordu. Mado ona sık sık Rusya'yı sorardı; söylediklerinin tekini kaçırmadığını hisseden Voronov da büyük bir istekle anlatırdı. Belki savaşın sonuna gelindiği için Voronov, geçirdiği en zor anın sözünü etti: '42 yazıydı, Don Nehri üzerindeydiler, geri döndüklerinde köprüyü nereye kuracaklarını Sergey'le uzun uzun konuşmuşlardı... Sık sık anlatmıştı France'a geri çekilmelerini. Ama ilk kez Binbaşı Vlakhov, dedi. Sergey'den söz ediyordu. Mado bağırmamak için kendini güç tuttu, sordu sadece:

— İlk adı ne?

— Sergey.

Kendinden geçti, parmakları arasında otları ezip sormaya devam etti:

— Nasıl biri?

Voronov bir kahkaha attı:

— Ne diyeceğimi bilemiyorum. Tam kadınca bir soru. Uzun boylu, açık renk saçlı, yakışıklı bir genç işte... Peki ama neden soruyorsun bütün bunları?

— Dur... Sözünü ettiğin kişinin böyle yapıp yapmadığını söyle, yeter. Heyecanlandığı ya da telaşlandığı sıra başını arkaya atıp şöyle bakar mı? Şöyle, görüyor musun?

— Ta kendisi! Demek onu tanıyorsun? Akıl almaz bir rastlantı değil mi?

— Şaşacak bir şey yok. Paris'e gelmişti, orada tanıştık.

— Paris'ten severek söz ederdi hep; hoşlandığı bir kentti Paris.

— Şimdi nasıl? Yaşlandı mı?

— Amma da garipsin be France! Ne cevap vereceğimi kestiremiyorum ki. Bir kere onu savaştan önce tanımamıştım. Genç olmasına genç, benden daha genç... Söylediğine göre de evli ama çocuğu yok... Çok iyi bir komutan ve eşsiz bir arkadaş...

Ayı, Mado'nun neden sevindiğini, güldüğünü, deli gibi çığlıklar attığını anlayamadı; genç kadın Voronov'un kepine bir papatya takıp:

— Çiçekli Ayı! dedi.

Dédé, Ayı'yı çağırdı. Demiryolu köprüsünü uçurmakla görevli Arthur'ün takımına gideceklerdi.

Mado hep gülümsüyordu. Mucize, gerçek bir mucize! Yaşadığını biliyordum. (Ayı'dan ayrıldıktan sonra Sergey'in ölebileceği aklına bile gelmiyordu; oysa arada Stalingrad vardı, Kursk vardı, uzun süredir devam eden saldırı vardı. Ama hayır, sanki Sergey daha dün Mado'ya mektup göndermişti. Tatlı tatlı gülümseyerek onu düşünüyordu Mado.

Kendine özgü bir hayat yaşıyor. Uzakta, çok uzakta! Ama ne kadar yakın, ne çok seviyorum onu! Birlikte, kestane ağacının altındaki sıraya oturduğumuzdan da yakın... Voronov'un sözlerini hatırladığında bile ne kıskançlık duyuyordu, ne üzüntü. Bir an daldı: Karısı nasıldı acaba? Güzel olmalıydı... Sonra düşünceleri yine Sergey'e yöneldi. Ayı ile birlikte stepte yürürlerken, bir efkarlı anında Paris'i düşünmüştü demek. Ve Mado, onun gözünde bu uzak kentin bir parçasıydı. Tıpkı Site'nin o eski, daracık sokağı, panayırda atlıkarınca, Lüksemburg bahçesinde yelkenlilerini yüzdüren çocuklar gibi. Zamanın güçsüzlüğü ne kadar şaşırtıcı. Ya uzaklık... Bizi binlerce kilometre ayırıyor, belki hiç görüşemeyeceğiz, bunun gerekli olup olmadığını da bilmiyorum, bir gereği yok herhalde. Ama onu şu an görüyor, kucaklıyor, elinden tutup ormanın içinden geçiriyor ve şöyle diyorum: "Bunlar kestane değil meşe ağaçları; ne birlikte yaşadığımız yaz, ne de aynı Mado yanındaki. Artık bana France diyorlar. Uzun süredir ne fırça gördüm, ne de sehpa. Ateş ediyorum yalnız. Fena da dövüşmediğimi söylüyorlar... Ama bütün bunların fazla önemi yok. Ben Mado'yum. Eskiden ressam olmanın ne önemi var? Önemli olan rastlaşmamız, birbirimizi keşfetmemiz. Bir yıldız ya da bir ada keşfetmekten çok daha önemli. Sergey, olup biteni silip atmak olanaksız. Beni kurtardın. Belki sen değil -çektin gittin çünkü- sana duyduğum aşk kurtardı ama ikisi de aynı şey... Beni bu ormana getiren sendin... Asla unutamayacağım; Ayı'nın birden senin sözünü etmesi gibi bir mucize bu. Bir şey söylemeyebilirdi, altı ay boyunca hiç sözünü etmemişti. Başka bir müfrezeye düşebilirdi... Dedim ya, bir mucize! Senin varoluşun da bir mucize sevgilim! Papatyalar da senin, yeryüzündeki bütün papatyalar. Yapraklarını koparmıyorum onların, verecekleri cevabı sorguya çekmeden biliyorum. Bayağı, şairane bir mutluluk olmayacak; aslında mutluluğu yaşadık, mutluluk var, her zaman olacak, en büyük, en acı, en güç, en saf mutluluk... Sergey!..

Dédé ile Ayı karanlık bastırdığında döndüler. Telsizci, Dédé'yi bekliyordu.

— Radyo yayın yaptı, dedi. "Yeşil bahçede büyük bir ağaç var!" cümlesini söyledi.

Dédé sağa sola emir yağdırdı:

— Bütün arkadaşlara bildirilecek: Demiryollarıyla köprülerin uçurulması gerekiyor. Arthur'den başlayın. Hepsine hazır olmalarını söyleyin...

Otlara uzandı, Ayı'ya:

— Müttefik çıkarması yarın, dedi... Geç oldu ama neyse...

Müfrezedekilerin hepsi çıkarmayı öğrenmişlerdi. Mado gülümsüyordu: Mucizelerle dolu bir gün!.. İyi ama bugün ayın kaçı? Beşi yanılmıyorsam. Bu tarihi aklımda tutmalıyım.

Miki'yi Arthur'ün takımına yolladılar; karanlık ormanda ilerlerken şarkı söylüyordu:

> Hayatın keyfini çıkarabilirdik
> Ama bizim kaderimiz başka.
> Duyamadan ölmek gerek
> Doğan günü karşılayan horozu...

Gün doğmadan önce ortalığa çöken yoğun sisle kaplı vadinin derinliklerinden, uzakta patlayan bir kasırganın gürültüsünü andıran boğuk homurtu duyuldu: Paris-Toulouse demiryolu köprüsü uçurulmuştu.

Sabah Arthur geri döndü. Almanlar tarafından kuşatılmışlardı, ondan başka kurtulan yoktu.

— Miki üçünü gebertti. Sonra onu da öldürdüler... Ama köprünün yerinde yeller esiyor baylar...

ALTINCI BÖLÜM

1

Montauban'ın kahvelerinden birinde oturan Hans Schirke vermutunu yudumluyordu ki, Tank Teğmeni Seidel koşarak geldi:

— Başlıyor, dedi arkadaşına. Güzel günlere elveda diyebilirsin, Cherbourg'a gönderiliyoruz...

Hans Schirke bir buçuk yıldır Fransa'daydı; önceleri hayatı gerçek bir sayfiye hayatıydı. La Rochelle'in kemerli yollarında geziniyor, denize giriyordu. Ortalıkta bol bol üzüm, balık ve konyak vardı. Hans yanmış çok daha erkeksi bir görünüşe bürünmüştü; "kaderi düelloya çağırmaya hazır olduğunu" yazıyordu babasına. Tatsız bir olay bu güzel günleri biraz gölgeledi. Bir gece Hans, karanlık bir sokakta ilerliyordu ki genç bir kıza rastladı; cep feneriyle onu aydınlattı ve: "Küçük hanım," dedi, "size refakat etmek istiyorum. Gecenin bu geç saatinde yalnız dolaşmakla hata ediyorsunuz." Terbiyelice kızın koluna girdi; kız kurtuldu ve bağırarak kaçtı. Nereden geldiği belirsiz birtakım kişiler göründü. Dirsekleriyle kendine yol açan Hans ilerledi. Bir başka genç kız yanına geldi: "Bırak o aptalı," dedi. "Ona yakışmayacak kadar güzelsin sen." Hans cep fenerini yine yaktı ve bu değişiklikten zararlı çıkmadığını görerek sevindi. Kız onu yaşadığı izbeye götürdü. Hans'ın eşyaya aldırdığı yoktu; genç kızın güzelliği onu büyülemişti. Ayrılırken para vermeye kalktı; kız istemedi: Ben sana bir armağan vermek istiyorum..." dedi. Hans güldü: "Sen bana ne verebilirsin ki? Belki Fransa tahtını..." Sonradan eski kentin daracık sokaklarında uzun uzun dolaştı, o yılanı bulmaya çalışıyordu. Gerçekten de Hans'ta büyük bir iz bırakmış, genç adamın bir ay hastanede yatması gerekmişti. Daha sonra "Führer" alayı, direnişçilerin ortaya çıktığı Dordogne dağlarına gönderildi. Noel'de Walter öldürülünce Hans, "kurbağa yiyenler" adını taktığı Fransızlardan öç alacağına yemin etti. Rastladığı ilk eve daldı ve içindekileri öldürdü; ölülerin arasında bir süt çocuğunu sağ bıraktı. Küçük yılan dilediği kadar inlesin, nasılsa birilerinin gelmesi epey sürer...

Bütün kış ve ilkbahar boyunca SS'ler partizanlarla çarpıştılar. Güzel bir tatil geçiriyordu doğrusu!... Ama Normandiya'da işler daha da kızışacaktı. Burada hiç olmazsa kahveye gidebiliyor, içki içip eğlenebiliyorlardı...

Schwabe, akşama doğru Limoges'da olacaklarını sanıyordu. Oysa iki gün kaybettiler. Direnişçiler iyiden iyiye azmışlardı; Cressensac yakınında Almanlar gerçek bir savaş vermek zorunda kaldılar. Groleyrac yakınındaki köprü uçurulmuştu. Rouffignac'ta üçüncü kez duruldu. Yüz kadar SS öldü ya da yaralandı. Hans babasının mektuplarını anımsıyordu. Evet ama Rusya'da insanın bu tür işlere aklı ererdi, nasılsa adamlar vahşiler gibi ormanda yaşamaya alışmışlardı. Oysa bu "kurbağa yiyenler" parfüm yapmaktan ve garsonluk etmekten başka şey bilmezlerdi. Bu gözü peklik onlara nereden gelmişti? Aklından geçenlere cevap verircesine Seidel anlattı:

— Sırbistan'da bulundum; orada ne kadar insan varsa o kadar da haydut vardı. Önceden söylemişlerdi hepimize, köyleri yakıyorduk. Rusya'da, Leningrad önlerinde de bulundum. Orada bir kız çocuğu bizimkilerden ikisini öldürdü. Ayaklarından astık. Köyleri, halkıyla birlikte yakıyorduk. Evler, tahtakuruları, çocuklar, hepsi birlikte diyorduk... Burada halt ettik, tam dört yıl heriflere kibar davrandık. İşte sonucu... Hayır, bunlarla başka dil konuşmak gerek. Tulle şehrinde bizimkiler tam yüz elli Fransızı sallandırdılar. Çok da iyi etmişler... Amerikalıları sürüp atmak istiyorsak arkamız sağlam olmalı.

Ertesi sabah yeniden üstlerine ateş edildi. Balkan ve Rus seferlerine katılan Tankçı Seidel ölümcül yara aldı. Herkes bitkindi. Schwabe komutanla konuşacağını söyledi; sert tedbirler almak gerekiyordu. Ormanda direnişçilerin peşinde koşmayacaklardı herhalde. Boşu boşuna zaman ve asker kaybetmelerine yol açardı bu iş...

Güzel bir yaz günüydü. Oradour-sur-Glane kasabası büyük bir sessizlik içinde yüzüyordu sanki. Çevredeki çayırlar yeşeriyor, benekli inekler yüzyılların durgunluğuyla burunlarını parlak, zümrüt yeşiline daldırıyorlardı. Sabırlı balıkçılar Glane Irmağı'nın kıyısına oturmuştu. Salkımsöğütler suya eğiliyor, düşüncelere dalmış, yalnız kişileri andıran kavaklar uzakta yükseliyordu. Bu kasaba bir cennetti: Çevrede ne direnişçilerle dolu ormanlar, ne de bombardıman uçaklarını çekebilecek fabrikalar vardı. Paris'ten, uzak Lorraine bölgesinden, Bordeaux'dan kaçanlar buraya sığınmışlardı. Cumhuriyetin ezilmesinden sonra ülkelerinden ayrılan İspanyol aileleri de burada iş bulmuştu. Oradourlular birçok Yahudi gizliyorlardı: Aslen Kaliszli Sarah Jakubowicz, Budapeşteli Berber Kanzler, Parisli Marguerite Simon Auschwitz fırınları yerine buraya yerleşme fırsatı bulmuşlardı. Beş gündür Normandiya'da büyük savaşlar oluyordu, ama buralıların telaşa kapıldıkları yoktu. Bir cumartesi günüydü, ortalıkta görülen telaş savaşla ilgisiz bir nedenden ileri geliyordu. Okulda doktor muayenesi vardı; yakın köylerden köylüler gelmişti (haziranda dağıtılacak tütünün bir bölümünün verileceği bildirilmişti). Limoges'lular da pazarı açık havada geçirmek, bu fırsattan yararlanıp biraz tereyağ ve birkaç parça sebze almak için Oradour'a uzanmışlardı.

Yemek saatiydi. Otel ve lokantanın sahibi yaşlı Bayan Avril, aralarında çocuklarıyla bir Parisli hanımın, Reimsli bir emekli baytarın ve belediye sekreterinin bulunduğu müşterilerine alçak sesle açıkladı:

"Bugün şalgamlı ördek var..." Baytar en son haberleri bildiriyordu: "Çıkarma yapan birlikleri püskürtemediler..." Öğretmen yardımcısı iki genç kız yemeklerini Milord otelinde yiyorlardı; sinirlendiler, okula geç kalacaklarını söylediler. Yemeklerini bitiremeden kalktılar. Globe kahvesinde yaşlı köylüler şıra içiyor ve aralarında konuşuyorlardı: "Söylenene bakılırsa direnişçiler tüneli uçurmuşlar..."

Kilisenin saati ikiyi on geçtiğini gösteriyordu. Çan kulesinin tepesinde bütün Fransa'daki çan kulelerinde görülen bir horoz vardı. Gökyüzünde birkaç bulut dolaşıyordu: Berber Brouillard bir çiftçinin kırmızı yüzünü sabunlamakla meşgüldü. Eczacı Pascaud ihtiyar kadına, ilacını yemekten önce değil de sonra alması gerektiğini anlatmaya çalışıyordu. Limogeslu genç daktilo Bayan Couturier tereyağ almaya geldiğini unutmuş, bir ağacın dibine çökmüş, mutluluk düşleri içindeydi. Okullarda, başıboş çocuklar bağrışıyorlardı; "Susun bakalım," dedi Bayan Rousseau. "Anlatılanların hiçbirini anlamadınız..." Noter Montazeaud gazetesini okuyordu. Yeni doğmuş bir bebeği muayene eden Doktor Desourteaux kendinden geçmiş: "Bebeğin güzelliğine bakın!..." diyordu. Tam bu sıra Almanlarla dolu ilk kamyon göründü. Hans Schirke de kamyonun içindeydi. Tabelayı okudu: "Oradour-sur-Glane." Düşündü: Küçük bir kent için amma da uzun ad... Esnedi. Dört gündür epey yorulduk ha. Dinlenmemiz için Normandiya bizleri bekliyor.

Almanlar, kent halkının alanda toplanmasını emrettiler. Yaşlı bir adam, Hans'a:

— Hastayım, yerimden kalkamıyorum, üç yıldır yataktan çıkamadım, dedi.

Hans gülmeye başladı:

— Belki ben doktorum?

İhtiyarı yataktan yere devirdi, dipçik vuruşlarıyla beynini dağıttı.

Alan epey kalabalıktı. Kadınlar çocuklarını kucaklarında sıkıyor, çocukların hepsi ağlıyordu. Birkaç yaşlı adam ve kadın da alana getirildi; çoğu torunlarının koluna abanıyorlardı. Terzi Zeler, Eskici Sauviat, Öğrenci Rousseau, Demirci Renaudin, Fırıncı Reynaud, Eldivenci Mercier, İplikçi Leblanc, Arabacı Lesparat, Papaz Lorich, Marangoz Doutre, Kuyumcu Doire, Ocakçı İto, Tornacı-makinist Giachino, Postacı Buisson, Öğretmen Couty, Erkek Terzisi Michaud, Posta Memuresi Bouicière, Uncu Poussta, Duvarcı Lachaud, Makinist Beaubreuil, Garajcı Poutaraud, Hemşire Herbas, Paketçi Jouhaud, Katip Tessaud, Boyacı Barthelemy, Cilacı Tessaud oradaydılar; on dört kişilik köylü Thomas ailesi de oradaydı. Bütün Oradour-sur-Glane halkı oradaydı. İki okulun çocukları da gelmişti; gülüşüyor, eğleniyorlardı. Almanlar, alanda herkesin fotoğrafının çekileceğini söylemişlerdi. Ama askerlerin nefret dolu yüzünü gören çocuklar sustular.

Bu arada Almanlar küçük kenti kuşatmışlardı; tarlaları tarıyor, otlar arasına gizlenen olup olmadığını anlamaya çalışıyorlardı. Saat tam üçtü. Herkes alanda toplanmıştı. SS'ler kadınlarla çocukları ayırıp kiliseye soktular. Erkekler, küçük gruplara ayrıldı ve garajlara, ambarlara tıkıldı. Sonra Almanlar işe koyuldular, garajlarla ambarları ateşe verdiler. Yanan binalardan çıkmak isteyen makineliyle taranıyordu. Kilisenin kapısı da kadınlarla çocukların üzerine kapatılmıştı. Makineli tüfekli SS'ler kilisenin çevresine yerleştirilmişti: Kilise ateşe verilince deliye dönen bir kadın pencereden çocuğunu attı. Schirke hiç kaçırmadı; yeni doğmuş bebeği yakaladığı gibi alevlerin içine fırlattı.

Kasaba halkını temizleyince, Almanlar, evlerde değer taşıyan ne varsa, (ipekli kumaşlar, şarap fıçıları, gümüşler ve yiyecekler) çıkardılar ve hepsini kamyonlara yüklediler. Sonra evlere benzin döküp yaktılar. Klotz:

— Rusya'daki yangınlar daha güzeldi, dedi. Orada tahta ev sayısı pek çoktu da...

Schwabe saatine baktı:

— Ona beş var. İkide geldik. Sekiz saat uzun bir süre değil. Eninde sonunda yaktığımız da bir kentti...

Artık Oradour-sur-Glane diye bir kasaba yoktu. On sekiz kişi kurtulmuş, halkın geri kalanı ölmüştü.

SS'ler Oradour'dan aldıkları şarapları yakın köylerde içtiler; gülüyor, haykırarak marşlar söylüyorlardı. Köylüler, müttefiklere karşı kazandıkları zaferi kutladıklarını sandılar. Hans Schirke'nin içi rahatlamıştı, sonunda bu "kurbağa yiyenlerin" hesabını görmüştü işte: Çocuğu ateşe attığı sıra anasının nasıl haykırdığını hatırladı ve güldü: Walter için, uçurulan köprü ve başıma gelen bütün dertler için...

Ertesi sabah Hans babasına şu mektubu yazıyordu:

"Sevgili babacığım,

Bugünlerde seni hep yanımda duyuyorum. Direnişçiler bizi arkadan vurmak istiyor, ama başaramıyorlar. Dün gerçek bir eşek arısı yuvasını temizledik. İçin rahat etsin: Oğlun ne gevşeyecek, ne de şımaracaktır. Annemden iki mektup aldım; tabii seni ve beni çok merak ediyor. Sabırsızlıkla Doğu'daki savaşın haberlerini bekliyorum. Kızılları her yerde durdurduğunuz sanılıyor. Seni yürekten öperim. Heil Hitler!

Oğlun Hans."

Hans Schirke'nin öldürdüğü ihtiyarın adı Armand Clavaud'ydu; seksen iki yaşındaydı ve 1870 savaşını hatırlıyordu. Hans Schirke, Michèle Aliotti'yi alevlerin arasına fırlatmıştı; küçük Michèle daha iki aylık bile değildi, 14 Nisan'da doğmuştu.

"Führer" alayı Poitiers üzerine yürüyor, Hans Schirke en sevdiği şarkıyı mırıldanıyordu:

Sade bir menekşe
Yol kıyısında bitmekte,
Koparırsak yazık olur,
Gidersek çok daha yazık...

Yol, bir meşeliğin içinden geçiyordu döne döne. Birden makineliler takırdadı. Tepede direnişçiler mevzilenmişti anlaşılan SS'ler durdular, top ateşine başladılar. Schwabe:

— Akıl almaz bir gözü peklik, dedi. Ama...

Ardından ne söyleyeceğini kimse öğrenemeyecekti; yolda bir mermi düştü, Schwabe bu merminin bir parçasını yedi ve öldü. Direnişçiler, bir Alman tanksavar topuyla ateş ediyorlardı. Çarpışma dört saat sürdü. Sonra SS'ler Eymoutiers'ye doğru çekildiler; gece yaklaşıyordu, ormana dalmak tehlikeliydi.

Ölüleri kamyona doldurmuşlardı; aceleyle, üst üste yığmışlardı hepsini. Hans Schirke'nin kafası sarkıyordu, ağzı aralanmıştı. Kamyon yolda sarsıldıkça Hans Schirke'nin de kafası sağa sola oynuyordu; sanki iyice sinirlenmişti de birine sövüyordu.

— Eh, dedi Dédé, fena sayılmaz ha? Ne dersin Ayı?

Voronov bir kahkaha attı:

— Hiç fena değil. Ötede de aynı şekilde karşılanırlarsa müsamereye yetişemezler...

Voronov, savaşta can veren Duvarcı José'yi düşünüyordu. Önceki gün Voronov'a: "Baksana Ayı," demişti. "Acaba Barcelona'yı görebilecek miyim? Voronov sonrasını da düşündü: Leningrad'a döndüğümde eski dostların belki hiçbirini bulamayacağım?... Ya da ben geri dönemeyeceğim?...

Rüzgâr çıkmıştı; bütün gece meşelerin mırıltısı işitildi. Başka türlü bir mırıltıydı bu; sanki yıllanmış ağaçlar insanların duygularını anlıyor ve bu duyguları sözle dile getirmenin olanaksızlığını biliyorlardı.

2

Leo, "çok mantıklısın" demişti Ossip'e. Kiev'deki görüşmeleri sırasındaydı; iki kardeş mutluluğun ne olduğunu tartışıyorlardı. Ossip şaşırmıştı: "İnsan çok mantıklı olabilir mi?" Çocukluğundan beri açıklığı sevmişti. Belki bu nedenle yürek denen bilimi öğrenmekte bunca güçlük çekmişti; dertlerin teoremlerin yerini tuttuğu, istisnaların kuralı bozduğu bilimi. Savaşta da dakik, düzenli olmaya çalışmıştı hep (ona takılmak isteyen Minaev hep "düzenli" derdi). Meslekten yetişmiş subaylar cepheye, askeri harekat konusunda belirli birtakım fikirlerle gelmişlerdi. Okulda öğrendikleriyle gördükleri karşısında önce epey şaşırmışlardı. Ossip askeri konularda hiçbir hazırlık görmeden başlamıştı savaşmaya; dolayısıyla ilk ayların kargaşalığı ona doğal gelmişti. Dövüşerek öğrendi savaşmayı, bütün kendi kendini yetiştirenler gibi, içi, büyük güçlükle elde edilmiş beceriklilik ve bilime duyduğu saygıyla dopdoluydu. Komutanlığın hazırladığı planlardaki ustalık ve gözü peklik karşısında hayran kalıyor, kendi kendine: Stalin'in parmağı hissediliyor, diyordu... Bir yıl önce beklenmedik bir olay, akla gelmeyen bir ayrıntı çoğu kez harekatı aksatırdı. Şimdi uygulama plandan aşağı kalmıyordu.

O güne dek Ossip, böylesine bir topçu hazırlığı görmemişti. Hoşnut gülümsüyordu. Gazeteler Almanların bir bomba-uçak bulduklarını ve Londra üzerine saldıklarını yazıyordu. Hiç değişmiyordu şu adamlar; sanki bütün dünya, bayılmaya hazır zayıf bir kadıncağız gibiydi de, Almanlar onu psikolojik yönden etkilemeye çalışıyorlardı. Bizim topçu çok daha emin, nereye nişan aldığını biliyor... Ossip yıkık tabyaları hayranlıkla seyrediyordu. Temiz iş! Her mermi yığınla insanımızın hayatını kurtardı. Bu yüzden hızla ilerlememiz kolay oluyor...

Ormanların, bataklıkların içinden günde otuz, kırk kilometre hızla yol alıyorlardı. Ruh yüceliği yorgunluğu yenmeye yardım ediyordu. Herkes Almanların yolunu kesmek gerektiğinin bilincindeydi. Tanklar önde gidiyordu. Pek çok tank vardı görünürde. Gerçekten tankçılar savaşıyorlardı. Askerler de kendilerine: İşte, diyorlardı. Almanlar iki tank arasında kalmanın ne olduğunu anlayacaklar... General Zikov, gülümseyerek Ossip'e şöyle dedi:

— Uçakların desteğinin sağlanmasını istiyorum, Simouşkin: "Piyadeye yetişmenin olanağı yok, havaalanları gecikiyor," cevabını veriyor.

Aslında General Simouşkin alçakgönüllülük gösteriyordu. Hava kuvvetleri de çok iyi iş görmekteydi. Daha ilk günlerde "İlyuşin"ler düşmanın muhabere merkezlerini yok etmişlerdi. Almanlar her türlü bağlantıyı yitirdiler; on iki tümen, ormanlarda gezinen ve tüymek için boşuna delik arayan bir subay ve asker yığını haline geldi.

Geride kalan Alman kuvvetlerine aldırmadan ilerliyorlardı. Güçlerinin bilincine varmak askerlerin tümünü değiştirmişti. Yorgunluktan bittikleri sırada bile bir sıçrayışta doğruluyor, daha yüksek sesle konuşuyorlardı; hareketleri eskiye oranla çok daha canlıydı.

Tutsak edilen bir Alman yüzbaşısı Ossip'e şöyle dedi:

— Savaş burada, Minsk yöresinde başladı. O sıralar sanki siz ortada yoktunuz, öylesine rahat ilerliyorduk. Ama şimdi korkunç bir şey oldu. Siz bizi hesaba katmadan yürüyorsunuz. Roller değişti.

Ossip, alaycı bir gülümsemeyle:

— Yine de arada fark var, dedi. Siz topraklarımızı zorla almaya geldiniz, biz ülkemizi kurtarıyoruz. Sizin topraklarınıza girdiğimizde de kurtarıcı olarak kalacağız. Köle haline getirdiklerinizi kurtaracağımız gibi sizin de budalalıktan sıyrılmanıza yardımcı olacağız.

Rus askerleri, kuşatılan Almanlara "başıboş Fritzler" adını takmışlardı. Tankları ve toplarıyla koca koca tümenlerin başıboş gezindiği görülüyordu; küçük küçük gruplara bölünenleri de vardı. Bazı subaylar sivil giyinmişti. Bir Alman generalinin havan mermisini sürükleyerek ormanda dolaştığı; açlıktan deliye dönen Alman askerlerinin Minsk yakınındaki bir ekmek fabrikasına saldırdıkları anlatılıyordu. Ordu gazetesinin başyazarı, evinin önünde makineli tüfekli Alman askerlerinin belirdiğini görmüştü; içlerinde bir şair, bir düzeltmen ve mürettiplerin de bulunduğu gazeteyi hazırlayan ekibin işbirliğiyle Almanlar püskürtülebildi. Nakliyeciler, köylü kadınlar, çocuklar Alman yakalayıp getiriyorlardı; on iki yaşındaki Alyoşa Sverçuk, bitkin, ter içinde yüzen bir Almanı sürükleyerek geldi, ilgililere teslim etti. İçlerinden biri cephenin nereden geçtiğini bilmediğini anlattı; yolu geçer geçmez yurttaşlarına kavuşacaklarını sanıyorlardı. Ama ormandan çıkınca akıl almaz bir şey gördüler: Bir Rus makinistinin yönetimindeki tren geçiyordu önlerinden. Alman geleneğine sadık kalan adam not defterine hemen şunları geçirmişti: "Ruslar, geri çekilirken erişemediğimiz bir hızla demiryolu döşüyorlar..."

Tümen Gazetesi Başyazarı Çali, Alman kağıdı, daktilo şeridi ve bir şişe konyak edinmişti. Bir yazı hazırladı: "Artık düşmanı kovalamıyor, yok ediyoruz." Sonra düşündü: Doğrusu çok derin bunun anlamı. En iyisi "özel muhabirimizden" diye büyük gazetelerden birine yollamalı. Hemen "Kurnaz Anton" imzasıyla mısra döktürmeye koyuldu: "Seyrediyorum buradan kardeşler, Almanlar Beyaz Rusya'dan tüyemezler..."

Minsk'de çiçek ve bol sevinç gözyaşlarıyla karşılandılar: Ossip duygulandı. Yüreğin dilini çok geç öğrendiğinden midir nedir, her şey onu duygulandırıyordu. Minicik, sıçan kuyruğu saçıyla bir kız çocuğu ona bir demet peygamber çiçeği uzatıp çabucak: "Kızılordu geldi!" dedi. ("r" leri söyleyemiyordu.) Ossip dudaklarını ısırdı; kızı öpmek istedi, yapamadı ve yoluna devam etti.

Bir patlama duyuldu. Ossip patlamanın geldiği yöne baktı; Yolun ucu duman kaplıydı. Almanlar bu yanlarıyla da değişmemişlerdi hiç. Ağız ağıza yaralı dolu bir hastane bırakmış, ama yeni evleri uçurmaktan da geri kalmamışlardı. Yıkıntıları gören asker basıyordu küfürü; düşman, yürekte biriken kinin durulmasına bir an bile fırsat vermiyordu ki.

İki gün sonra Ossip yeniden gördü Minsk'i; geriye, Moguilev yolu üzerine çağrılmışlardı. Oldukça kalabalık bir Alman topluluğu batıya doğru Kızılordu saflarını yarma çabasındaydı. Kent çok kasvetliydi. Alman uçakları, sağlam kalan mahalleleri bombalamıştı. Yıkıntıların altından küçük bir kız ölüsü çıkardılar. Belki bana çiçek veren kızdı bu? diye düşündü Ossip. Sefil herifler; topu geberse yeğdir, ama hâlâ ısırıyor!..

Hava çok sıcaktı. Minsk'lilerin çok iyi bildikleri bir yerde duruyorlardı; üç yıl savaşan, arkadaşlarının öldüğünü gören, hatta Stalingrad'da bulunan bir adamın bile pek rastlayamayacağı, bir gün önce Tolotçin'i; o parçalanmış kaburgalar, ezik demirler, kopuk bacaklar ve parçalanmış silahlar karışımını seyredenin bile aklına getirmeyeceği şeyi gördüler... Boş bir arsada odun gibi üst üste yığılmış ölülerle karşılaştılar; Almanlar ölüleri boy sırasına dizmiş, önce uzun boyluları; sonra orta en son da kısa boyluları temizlemişlerdi. Çocuklar dizilerin ucundaydı hep. Cesetler kömürleşmişti. Almanlar hepsini ateşe verdikten sonra tüymüşlerdi. Ölüler yığınının hemen yanında yine kömürleşmiş kemiklerle dolu bir arsa uzanıyordu. Her gün sımsıkı kapalı kamyonlar Minsk'ten buraya gelirdi; kapalı kamyonların içindekiler yolda gazla boğuluyor, sonra altı açılan kamyondan ölüler buraya boşaltılıyordu. Almanlar ölüleri üst üste dizdikten sonra da ateşe veriyorlardı. Sakin ve pek genç olmayan Onbaşı Kudrevatikh, Ossip'in yanında duruyordu. Koluyla gözlerinin yaşını sildi.

Bir saat sonra ormanda mevzilenen Almanlar ateş açtılar. Trostianetz'den geçmek istiyorlardı. Onbaşı Kudrevatikh birden haykırdı:

— Ne bekliyorsunuz çocuklar? İleri!..

Akşama doğru her şey olup bitmişti. Savaş bir an ilkel basitliğiyle çıkmıştı ortaya. Ne strateji kalmıştı, ne hesap; yalnız kin, savaş ve ölüm...

Güneş altında kalan Alman ölüleri kısa sürede karardı, buruştu, ortalığı leş gibi kokuttu.

Geceyi ormanda geçirdiler. Sabah hava serin, neredeyse soğuktu. Ossip üç saat uyumuştu. Harita üzerinde izleyecekleri yolu inceledi; sonra Minaev'in yanına vardı. Minaev uyumuyordu; çömelmiş, dikkatle bir şeyi inceliyordu.

— Ne buldun? diye sordu Ossip.

Mirnaev şaşırdı:

— Hiç... Kalkıyor muyuz?...

Yazın ilk günlerinden biri başlıyordu; ağustos ayının yakıcılığını henüz tatmaya ağaçların pırıl pırıl bir yeşillik içinde kendi sorunlarını konuştukları, bu fısıltının gizemli bir görüşme havası yarattığı günlerden birinde, tepelerinde gökyüzü epey uzak ve çok açıktı; ayaklarının dibinde hayvanlar, böcekler, kelebekler kıvıl kıvıl dolanıyordu. Bir tek, sık bitki örtüsü içinde dönüp duran kuşlar, ormanın o bilgece mırıltısına yumuşak ya da kızgın seslerini katıyorlardı.

Ossip gerindi, sonra:

— Kuzeye, Niemen'e yolluyorlar bizi, dedi. Bu gidişle kısa süre sonra sınıra varacağız. Hatırlıyor musun, '42'de, savaş bittiğinde bir roman yazacağını söylemiştin bana. O çağda henüz yazacak şey yoktu; yerimizden kımıldamıyorduk. Alman da "tepemize tepemize" biniyordu. Bugün epey bilgin var. Her geçen gün kitabın bir bölümü olabilir...

Minaev gülümsedi:

— Hayır Ossip, roman orada; o tepeciğin üzerinde sona erdi, dedi. Bugün olaydan geçilmiyor, haklısın. Her geçen gün bir kent alınıyor. Dün Leonidze bir general yakalamış; herifin hiçbir özelliği yoktu, evcilleşmişti, bir Kazbek sigarası aldı, duygulandı. Ben İtalyanlara çattım. On iki adada uzun süre kaldıklarını söylediler;

savaşmak istemiyorlarmış; Almanlar hepsini tutup Minsk'e, toprak tesviyesinde çalıştırmaya getirmişler. Tepeden tırnağa "egzotizm", Berezina yakınında da ben, ufak tefek bir Fransıza rastladım, 1812 yılında da değiliz üstelik*; karşımda Mareşal Ney var sanmıştım. "A la Fleur de Lys" lokantasının sahibiymiş. "Lokantama gelirseniz size esaslı bir şölen veririm," dedi. "Gördüğün gibi, herifin aklı fikri tıkınmada...

— Romanın içinde fena kaçmaz sanki, tuz biber olur be canım...

Minaev düşünceliydi.

— Nasıl anlatayım bilmem... Her şey o tepenin üzerinde kararlaştı. Orada savaş herkesin içinde oluyordu... Bütün sorun, kimin daha çok dayanabileceğindeydi... Şimdi görülen alışılmış askeri harekâttan başka şey değil; sonradan, olup bitenler bütün askeri okullarda incelenecek. Artık sonuç belli. Bütün sorun uygulamayı tamamlamakta. Bunu yapacağımız da açıkça ortada... Ama ben, şimdi, sık sık savaştan sonra neler olacağını düşünüyorum. Belki biraz erken; henüz Almanlar bütün güçleriyle savaşıyorlar, kesin zafere kadar benim sağ kalıp kalmayacağım belli değil. Alınyazımız neyse o olacak... Yine de gelecekten başka şey düşünemiyorum. Nasıl yaşayacağız, kentlerimizi nasıl yeniden yapacağız, neler değişecek dünyada ve bizde her şey nasıl düzenlenecek?... Şu karınca yuvasını görüyor musun, dikkatsizlik sonucu üzerine bastım; geldiğinde dikkatle inceliyordum. Ne garip! Gerçek bir hazırlık var! Karıncalar koşuşuyor, ufacık taneleri taşıyor, çalışıyor, hepsi de sağda solda bir işle uğraşıyor. Her biri fişek gibi!.. Belki savaşla ilgili bir roman yazmam; ama otuz, kırk yıl daha yaşarsam çok ilginç bir roman çıkaracağım kuşkusuz...

— Neyle ilgili olacak romanın?

— Hiiiiç. Günlük hayatla...

Doğruldu, üstünü başını temizledi.

— Demek Niemen'e doğru gidiyoruz,dedi. "Egzotizm", başka şey değil! Bugün mutlaka, Salomon adalarında çarpışmış bir Avusturyalıyı kurtaracağız. Daha aşağısı beni sarmaz.

---

* 1812, Napolyon'un Rusya Seferi

3

Kaç kere Schirke bu ormanları düşünmüştü; ama hiçbirini de iç görünüşüyle gözünün önüne getirememişti. Derinlikleri ve sessizlikleri altında ezildiğini duyuyordu. Derinliklerine dalınan denizler gibiydi bu ormanlar. Schirke, bakımlı, güler yüzlü, temiz patikaları, yeşil sıraları çiçek tarhlarıyla bezenmiş açıklıkları, av köşkleriyle Alman ormanlarından başkasını görmemişti. O ormanlar alışılmış, düzenli bir hayatın uzantısıydı. Oysa burada bir kargaşalıktan başka şey değildi... Şimdi "İvan" gibi kişilerin nereden çıktıklarını anlıyordu. Ruslar, diledikleri kadar edebiyata başvurabilirler; yine de doğaya çok yakın, ilkel kişiler hepsi; güçleri de buradan geliyor.

İlk gün, durumun kötülüğüne rağmen Schirke ormanı hayranlıkla seyretmişti. Bu ormanı gotik katedrallerle karşılaştırıyor, romantik şiiri anıyordu. Hayatı boyunca iki büyük ihtiras Schirke'nin iç dünyasında çatışmış durmuştu: Düzene sokma merakı, tükenmeyen bir düzen isteğiyle yığınlara duyduğu nefret ve yalnızlık merakı. "Büyük Almanya", içinde kendisine de yer verilmedikçe bu orman gibi bir soyutlamaydı. İnsanları sevmezdi; az rastlanan istisnalar dışında tümünün sersem ve küçük hesaplar peşinde olduğuna inanırdı. Üstelik de pis kokarlardı (toplantılarda hep midesi bulanırdı). Berchtesgaden'de, dağların ortasında kendisine bir malikâne yaptıran Führer'i anlıyordu... Bu orman, çağların karanlığı içinden çıkmış gibi geliyordu Schirke'ye; ne bezirganların ne eşitlik üzerine saçma sapan kuramların, ne de dar görüşlü bilimin ortaya çıkabildiği çağlarda, Germenler bunu andıran ormanlarda gizlenmişlerdi.

Karanlık basarken içine korku girdi. Ödlek değildi; ama karşıdaki düşman başka şeydir, insana yabancı gelen bir çevrede bulunmak başka şey: Ormanda gece çok karanlıktı; ortalığa çöken sessizliğin hain bir yanı vardı; bir dalın çıtırtısı, bir gece kuşunun çığlığı yüreğinin atışını hızlandırıveriyordu. Her ağaç bir partizan gizleyebilirdi. Schirke, bu ormanda çok sayıda partizan bulunduğunu herkesten iyi biliyordu; partizanlar kente bu ormandan inmişlerdi.

Schirke'nin yanında otuz kadar asker vardı; bunlardan dördü subay, geri kalanlar erdi. Binbaşı Schirke komutanlarıydı; yakında Alman birliklerine ulaşacaklarını söyleyerek onları yüreklendirmeye çalışıyordu. Ama daha ilk gece öleceğini anlamıştı. Bu düşünce onu korkutmadı. Eskinin şövalyelerini gören meşe ağaçlarıyla konuşuyor, Uhland'ın dizelerini hatırlamaya çalışıyordu. Birden dehşete düşerek titredi. Bir haydut gördüğünü sanmıştı, oysa haydut sandığı Teğmen Werner'di. Neyse ki karanlık ötekilerin, binbaşının duyduklarını anlamalarını önledi.

Her şey akıl almaz bir çabuklukla olup bitmişti. Oysa kentin belediye başkanına, küçümseyen bir tavırla, müttefiklerin Normandiya kıyılarına takılıp kaldıklarını Kızılların da bundan hoşnutluk duyduklarını, yardımlarına koşma niyetlisi görünmediklerini anlatalı ne kadar olmuştu? Kentten büyük güçlükle çıkmışlardı. Minsk-Rakov yolu üzerinde büyük bir felaket olduğu söyleniyordu. Kızılların tankları bir Alman taburunu yok etmişlerdi... Her şey inanılmaz halde, diye düşündü Schirke, daha doğrusu çok iyi anlaşılıyor... Führer kartallar arasında uçuyor, insanların alçaklığını fark etmiyordu bile. Engerek yılanlarını zamanında topuğuyla ezmemişti. Oysa insanların hepsi birbirine benziyordu; Führer kendilerini zafere götürdüğü sürece "Heil!" diye bağırmışlar, şimdi susuyorlardı; herhalde yarın yapılanlarla ilgisiz görüneceklerdi. Benim yanımdakiler içinde kaç hain var acaba? Dün bir onbaşı "zorunluk olduğundan" savaştığını söylemişti. Benim yanımda böyle konuşma gözü pekliğini gösteriyorsa kendini Kızıllar arasında bulduğunda kim bilir nasıl şakıyacak?... Ribbentrop düşmanlarımızı bölmeyi bilemedi. İyi başlamıştık. Sonra... Hatamız nerede, pek anlayamıyorum. Herhalde Fransızlardan sonra İngilizlerin işini bitirmeyişimizde. Ya da doğuya yürümekte çok acele ettik... Üstelik burada da pek sersemce şey yaptık. Komutanlar, rahatlarından, ailelerine yollayacakları paketlerden anayurdu düşünme fırsatını bulamadılar. Düşümün gerçekleştiğini Almanya'nın dünyaya egemen olup Führer'in insanlığın dümenine geçtiğini göremeyeceğim.

Tek insan iradesini bütün ötekilere kabul ettirmeli, çağımızın anlamı bu. On dokuzuncu yüzyılı sildik. Kayzer, bir saraçın bile isteğini hesaba katmak zorundaydı. Oy pusulaları ha! Zekadan yoksunluk diye buna derler! Goethe'nin bir domuz çobanına üstünlüğünü kanıtlamak için aritmetik gerekirmiş sanki! Führer-insanın varolduğu an, bir de Führer-halkın varlığı gereklidir. Biz değilsek kim yönetecek insanlığı?.. Bugün yenilsek bile düşümüzü yirmi yıl, otuz yıl sonra gerçekleştireceğiz. Hiç olmazsa Hans görecek gerçekleştiğini...

Zavallı çocuk, kim bilir nerede şimdi? Herhalde Normandiya'da. Amansız savaşlar oluyor oralarda, müttefikler teknikleriyle bizi ezmek istiyorlar. Küçük, böyle sınavlara hazır değil. Annesi onu çok şımarttı. Nasıl şımartmasın ama? Küçüklüğünde perçemleri, güzelim mavi gözleri, tertemiz ve saf gülüşüyle melekleri andırıyordu...

Duygulanan Schirke içini çekti...

Bu lanet olasıca ormanda ne kadardır gizleniyorlardı acaba? Üç günden fazla olmuştu herhalde... Açlık içlerini kemiriyordu. Yanlarına aldıkları yiyecekleri bitireli çok olmuştu. Artık yabani yemiş, böğürtlen yiyorlardı. Yemişleri ilk topladıkları gün Schirke duygulandı. Annesi yemişlerden pasta hazırlarken kenara ayırdıklarını nasıl çaldığını hatırlamıştı. Annesi hemen fark eder, "göster bakalım dilini!" derdi. Artık bıkmıştı bu yabani yemişlerden; sıcak, ağzını yakan bir et parçası çekiyordu canı... Dokuz kişi kalmışlar öbürleri kaçmıştı; alçak herifler! Kızıllara koştular! Teğmen Walter, Astsubay Glaser ve yedi er vardı yanında. Bunlara güvenmek de çok güçtü. Astsubay daha o sabah şöyle demişti: "En iyisi ormandan çıkmak: Rus askerlerine rastlarsak fena olmaz hani. Bütün iş haydutlarla karşı karşıya gelmemekte..." Schirke, ölümün her türünün aynı olduğunu astsubaya anlatmak için boşuna uğraşmıştı. Herif "En iyisi yola çıkmak" diyor başka şey demiyordu. Artık onun gözünde binbaşı değil, kendisi gibi bir serseriyim. Eşitlik sözünü o kadar çok duydular ki, bu hayvan canını Führer'inki kadar değerli sanıyor. Elinde fenerle gün ışığında adam arayan Diyojen ne kadar haklıymış...

Astsubay Glaser haklı görüldüğünden değil, ister istemez bir yola çıktılar. Pusulaya göre ilerliyorlardı; Schirke'nin haritası vardı, ama bu yol haritada yoktu. Kızılların tanklarını geçirmek için partizanlar tarafından kullanılmıştı.

Rusları görünce Schirke, adamlarına yere yatıp ateş açmalarını emretti. Ruslar hemen karşılık verdiler, bir asker öldü. Schirke de sol elinden yaralanmıştı. Tam o sıra akıl almaz bir şey oldu; kendisi bile sonradan davranışına bir anlam veremeyecekti. Teğmen Walter ellerini kaldırdığında, Schirke, büyülenmiş gibi makinelisini attı ve teğmeni izledi.

Savaş tutsaklarının toplandıkları yerde, Schirke bir kenara çekilmiş kimseyle konuşmuyor; çektiği acı, yüzünden okunuyordu. Herkes bu acının yarasından ileri geldiğini sanmıştı. Oysa bir tek sorun kurcalıyordu kafasını: Neden ellerimi kaldırdım? Benim gibi eski bir Nazi'nin böyle bir anda, acemiler gibi Führer'e ihanet etmesi mümkün mü? Saatler boyu üzüntü içinde kıvrandı durdu. Birden, Führer için yaşaması gerektiği aklına geldi. Yenilirsek zafer yıllarının hikâyesini gençlere kim anlatacak? Hans'ın çocuklarının hikâyesini gençlere kim anlatacak? Hans'ın çocuklarına, "Paris'e girdik, Rusya'ya kadar uzandık" diyebilmek için yaşamalıyım. Oralara vardık, bir süre sonra tekrar uzanacağız... Bayrağı yetişen kuşağa iletmek gerek... Schirke rahatladı, biraz neşelendi bile. Başka şeyler düşündü: Bugün bize yemek verecekler mi acaba? Rusların hepsi yabani; insan onlardan iyilik beklememeli... Kuşkuları gerçekleşmedi. Tutsaklara ekmek ve konserve verdiler. Schirke gülümseyerek, büyük bir iştahla verileni yaladı yuttu.

Sonra onu revire götürdüler. Genç bir doktor yarasını sardı. Schirke'yi dikkatle inceleyen elli yaşlarında bir doktor daha vardı revirde, Almanca da biliyordu; böyle birine rastlamak Schirke'yi hem sevindirdi, hem kuşkulandırdı: Doktor gömleği giymiş bir polis olmalıydı adam...

Oysa gördüğü, İvanetz'den ilaç almaya gelen Krilov'dan başkası değildi. Almanların tam dört sandık ilaç bıraktıklarını duymuş, hemen koşmuştu.

— Tutsak olmak nasıl şey? Neler duyuyorsunuz bakalım? diye sordu karşısındakine. Etinizden sosis yapmayacağımızdan emin misiniz? Ormanlarda dolanıp durmak neye yarar, sorarım size? Hem kendiniz rahatsız oluyorsunuz, hem de bizi rahatsız ediyorsunuz.

Almanya'ya doğru yola çıkmamızın tam zamanı. Bunun yerine sizin gibi serserilerin peşine düşmek zorunda kalıyoruz...

Krilov bütün bunları homurdanarak, ama sevimli bir tavırla söylemişti; binbaşıya bir sigara uzattı. Canı çok istediği halde Schirke bu sigarayı geri çevirdi. Son sigarasını iki gün önce tüttürmüştü, ama düşmandan sigara almak da ağırına gidiyordu. Cevap verdi:

— Biz askeriz, verilen görevi yerine getiririz. Sizi bir saat bile olsa durdurabilmişsek davranışımız doğrulanmış demektir. Üç yıl önce kuşatılan, ama teslim olmak yerine bizim gibi ormanlarda gezinen Rus subaylarını haksız bulmuyorsunuz ama...

Krilov'un sesi yükseldi:

— Bakın da hele! Gördüğüm kadarıyla bir şeyler biliyorsunuz. Çünkü şimdiye dek karşıma çıkan Almanların topu hıyardı. Zeki bir faşistle konuşmak iyi oluyor... Anladık, ama bizimkiler kendi topraklarındaydılar, oysa siz buralara; kendiliğinizden, kimsenin çağrısını almadan geldiniz. Demek ki durum sandığınızdan değişik.

— Ya sizin askerleriniz Almanya'da kuşatılsa, sizce teslim olmaları mı gerek?

— Hayır... Ama siz teslim oldunuz ya...

— Yaralıydım...

— Başkalarına yutturun... Ben doktorum! Böyle bir yarayla hem karşınızdakini, hem de kendinizi öldürebilirdiniz. Oysa bunların hiçbirini yapmadınız...

Schirke sustu. Görevinin yaşamak, sağ kalanlar arasında Führer'in ateşini yaşatmak olduğunu bu Bolşeviğe nasıl anlatabilirdi?

— Peki peki, dedi Krilov. Bırakalım bunları. Teslim oldunuz ya, mesele yok... İyi ama, siz öbürleri gibi sersem değilsiniz, giriştiğiniz bu serüvenin anlamını bana açıklayabilir misiniz? Size sorduğum soruyu en az yüz kere başkalarına da sordum, aklı başında bir cevap almadım şimdiye dek.

— Maddeciliğin iliklerine işlediği sizin gibi birine bunu anlatmak çok güç. Yine de, korkup cevap vermekten kaçındığımı sanmamanız için açıklamaya çalışacağım. Ailenin büyüğüne her zaman birtakım zorunluklar düşer; kendinden genç olanları eğitmek zorundadır. Bir baba oğlunu cezalandırdığında, şiddete başvurduğunu söyleyip onu kınamak saçma olur; yaşlı babasının şarap içmesine engel olan bir oğulu da kimse, baskı yapmakla suçlayamaz.

— Size göre kim oğul, kim baba?

— Avrupa ailesinin kısır üyeleri Fransızlarla İngilizlerdir. Uzun süre Fransa'da yaşadım; Fransızların birtakım üstün yanları bulunduğunu kabul ediyorum. Ancak hepsinde damar sertliği var. Delice düşlerden onları tam zamanında kurtardık... Çocuklara gelince... bağışlayın ama… çocuklar da sizlersiniz.

— Çok ilginç. Akıl almayacak kadar sersemce, ama ilginç. Siz de, cebinde her kapıyı açan maymuncukla gezen taşınmaz mal sahibisiniz demek?

— Biz tam olgunluğa varmış bir ulusuz. Almanların yerine getirmeleri gereken bir ödevleri var; çok önce Hegel ve Fichte bize bunun sözünü etmişlerdi. Avrupa'ya yepyeni bir düzen getirmek zorundayız. Bu yapılmazsa, Avrupa, yakın bir gelecekte bir ucunda çocukların oynaştığı bahçe, öbür ucunda ihtiyarların pineklediği bir yurt haline gelir... Biz buralara kültür taşıyıcıları olarak geldik...

— Tam üstüne bastın! diye kükredi Krilov. Dün Trostianetz'den geçtim. Orada tam yüz bin kişiyi boğmuşsunuz. "Gaz vagonlarını icat ettiniz öyle ya, kültür taşıyıcıları sayılırsınız... Demek siz, sapına kadar Nazi denenlerden birisiniz?...

Schirke ürperdi; yan gözle baktı Krilov'a. Hiç kuşkusuz bir NKVD ajanı olmalıydı.

— Ben şimdiye kadar hiçbir partiye katılmadım. Size açıkladığım da kendi görüşüm değil, Nazilerin görüşüydü. Sordunuz diye anlattım... Bana gelince, pek genç sayılmam, ılımlı liberal düşüncelerle yetiştim...

Artık sigara içmesine engel olan bir şey yoktu. Krilov'un sigara tabakası önünde açık duruyordu. "İzninizle" dedi Schirke. Sonra aceleyle bir nefes çekti.

— Sürün onu da, dedi Krilov genç doktora. Kendisiyle konuştum, ötekilerden farklı sanmıştım. Neyse, siz de anladınız ne mal olduğunu. Hayvanın teki. Üstelik kurnaz da... Hepsi kurnaz bunların. Kafası işlemeyenler "kaput" diye bağırır. Bu da "ılımlı liberal düşünceler"den söz ediyor. Nazi'nin ağababası, hem de kodamanlarından...

Schirke'yi götürdüler. Krilov, şimdi genç doktorla konuşuyordu:

— Dediklerini duydunuz mu? Korkunç bir şey düşünmüşler. Dünyayı ışıktan ayırmak istiyorlar. Onları niçin yendiğimizi biliyor musunuz? Daha çok silah ve cephanemiz bulunduğundan, deniyor. Öyle. İyi ama nereden aldık bütün bunları? Mühendis olan kardeşim Urallar'da çalışıyor. Bana mektup yazdı: Akıl almaz güçlükler çekiyoruz; adamlar yorgunluktan yere yuvarlanıyor ama yine de dayanıyorlar... Bundan böyle tümeninize General Ableukov komuta edecek. Çocukluğunda kaz güdermiş. Saldırıdan önce yanına gittim. Kitap okuyordu. Adına baktım: *Faust*. İşte Almanları yenişimizin başlıca nedeni... Bizim insanlarımız çok başka, anlıyor musunuz?

Schirke, o şüpheli doktorla her şeyi açık açık konuştuğu için kurşuna dizileceğini sanıyordu. Gece uyuyamadı; Führer'i, sonsuzluğu, Hans'ı düşünüyordu. Sabah genç doktor yarasına baktı, tatlı tatlı gülümsedi. Sonra yemeği getirdiler. İçi rahatlayan Schirke sakalının tıraş edilmesini istedi. Rezalet, tıraş olmayalı bir haftayı geçiyordu. Serseriyi andıran bir Alman binbaşısı!... Olacak iş mi?

Düşünüyordu. Kızılların Vilnus yakınında oldukları söylenmekteydi. Savaşı kaybetmemiz mümkün... Bir şey değişmez, Hans düşümün gerçekleştiğini görecek nasılsa. Kafkasya'ya ulaştık, yine gideriz... Dün açık konuşmakla hata ettim; yılan gibi sinsi olmak gerekiyor. Bir yıl, beş yıl susmak zorunda kalabilirim. Hem sonra her şeye yeni baştan başlayacağım...

Tutsaklar arasındaki bir topçu yüzbaşısı yanına geldi. Birlikte, nereye gönderildiklerini tartışmaya koyuldular. Sonra Rus konservelerinin iyiliğinden söz ettiler; yüzbaşı doktordan hoşnut değildi... Birden Schirke, Vilnus'un kaderinden çok kendisini bekleyen yemekle ilgilendiğini fark etti. Demek kendisi de yığın yığın benzeri gibi bir tutsak; işe yaramayan mankafa, değersiz biri oluvermişti. Hayır, büyük Almanya'yı düşünmeliydi!...

Ana kapının önünde bir asker, sarı saçlı şen bir genç nöbet tutuyordu. Gülümsüyordu; belki Almanya iyice yakınlaştığı için gülümsüyordu. Anlaşılan savaş kısa sürede sona erecekti. İyi ama belki güzel, tertemiz sabah havası nöbetçiyi keyiflendirmişti? Schirke ona nefretle baktı. Herifin herhalde bir karısı ya da nişanlısı var. Uçkurdan başka şey düşünmüyor; köylünün biri ya da buradakilerin deyimiyle kolhozcu... Berty ile kurnazca oynuyor. Nivelle'le papağanmışcasına eğleniyordum... Bu herif karşımda sırıtıyor, beni yakaladığına memnun. Böyle biri, iyilik ve kötülüğün ötesinde yaşamanın ne demek olduğunu anlayabilir mi?

4

Sergey, istihkâmcılara yapacak iş kalmadığından yakınıyordu. Almanlar geri çekilirken köprüleri uçuracak zaman bulamamışlardı; yine de keyfi yerindeydi, saldırının hızlanması hoşuna gidiyordu. Savaş, yaradılışına uygun bir yola dökülmüştü neyse.

Bir kulübede oturmuş gazete okuyor, Tanya da; belli etmeden hayranlıkla ona bakıyordu. Üniformayla bile ötekilerden ayrılan bir yanı vardı. Hareketlerindeki canlılık, tatlı, sanki dalgın bakışlı gözlerinde yanıp yanıp sönen ateş, kafasından geçen karmakarışık görüntüler, dalıp birden gülümsemesi dikkati üzerine çekiyordu. Tanya, ilerleyen Kızılordu birlikleriyle bağlantıyı kurmak üzere, bir partizan müfrezesinden gelmişti. Savaşın insana beklenmedik şeyler hazırladığı ormanın derinliklerinde iki yıl savaşmıştı; yine de gazetesini okuyan istihkâm binbaşısı ona öteki subaylardan çok farklı geliyordu. Savaştan önce Tanya, Minsk'de edebiyat öğrenimi görmüştü; binbaşının neden bu kadar hoşuna gittiğini araştırırken bir okullu gibi kendi kendine cevap veriyordu: Onda Rus romantizminin en belirgin yanları var...

Sergey, İrtibat Subayı Pleştçeyev'i bekliyordu. İstihkâm taburu, Vilnus üzerine yürüyen tümene katılacaktı. Sergey düşünüyordu. Durmadan güneyden kuzeye doğru ilerliyoruz. Vistül nehrine varmayı umuyordum, herhalde Niemen'i göreceğim. Bu da iyi, canavarın inine daha yakın... İyi ama nerede kaldı bu Pleştçeyev?

Dışarı çıkınca şaşırıp gözlerini kırpıştırdı. Bu görüntü de ne oluyor? Gece gündüz kafilelerin, konvoyların gelip geçtiği o ciddi askeri yol bir Paris sokağına dönüşmüştü sanki. Şen, gürültücü yabancılar geliyordu; aralarında da birkaç genç kız vardı. Başında beresi, uzun boylu biri sandviç yiyordu, bir başkası da hem yürüyor, hem not alıyordu. Bunlar İngiliz ve Amerikalı savaş muhabirleriydi. Binbaşıyı gören bereli, Rusça:

— Tebrikler! dedi. Çok büyük bir zafer kazandınız.

Bu sözleri rastladığı bütün Ruslara tekrarlıyordu. Gerçekten de saldırının hızlanması onu çok etkilemişti; işini de unutmuyordu ama. En azından beş yazı çıkarması gerekliydi. Yol kenarında yapacağı konuşma birkaç ilgi çekici çizgi verebilirdi okurlara... İngilizdi bu gazeteci; yurttaşlarının birçoğunun tersine yüksek sesle konuşuyor, güneyliler gibi ellerini kollarını sallıyordu. Sergey'e, nasıl iki Alman enselediğini anlattı:

— Yolun kıyısındaki tarlaya gizlenmişlerdi. Sizinkilere görünmekten çok korkuyorlardı. Belki İngilizce konuştuğumuzu duydular, belki de görünüşümüzden Rus olmadığımızı anladılar. Her neyse, yolun ortasına fırladıkları gibi ellerini kaldırıp: "Teslim oluyoruz!" diye bağırdılar.

Sergey gülmeye başladı:

— Ne sersem herifler! Bizimkiler onların kılına dokunmazdı. Savaş başka şey. Savaşta askerimiz çok kızgın oluyor. Ama bir saat sonra... Siz Rusça biliyorsunuz -herhalde uzun süre Rusya'da kaldınız- bizim insanlarımızın kin tutmadığını fark etmişsinizdir... Bakın dün burada ne oldu? Sağdaki küçük koruluğa Almanlar gizlenmiş, görüyor musunuz, şuraya?... Yolu geçmek istediler; teslim olmalarını söyledik; ateş açtılar ve emrimdeki askerlerin ikisini öldürdüler. Karşılık verdik. Bir sürüsünü öldürüp on kadarını tutsak ettik. Birini sorguya çektim. Askerlerim şamata ediyorlardı: "Bu heriflerle konuşmak neye yarar? Bir kere teslim olmak istemediler... Üstelik Zakarçenko ile Şustov'u öldürdüler..." diye. Almana sordum: "Neden teslim olmak istemediniz?" Sustu. "Almanya'nın savaşı kazanabileceğine gerçekten inanıyor musunuz?" dedim bu kez. Cevabı şu oldu: "Bir şeye inanacak halim yok, susadım..." Dün, fırtınadan önce hava çok sıcaktı... Ona içecek su getirttim. Baktı, sonra: "Maşrapa çok pis!" dedi. Başladı kenarlarını silmeye, maşrapanın içindeki suyun yarısını döktü, içti ve yüzünü buruşturdu: "Ilık bu su." '42 yılında stepte yürüyüşümüzü hatırlıyorum, su birinkitisine rastlasam hiç düşünmeden içerdim... Doğrusu herif midemi bulandırıyordu. Bizim istihkâmcılar da: "Binbaşım, karınları acıkmıştır: İzin verirseniz şunlara yemek verelim..." demezler mi? Bu olayı, askerlerimizi daha iyi anlayabilmeniz için anlattım...

Bereli İngiliz çabuk çabuk not alıyordu.

Öbürleri sinirleniyor, genç kızların birinden "konuşmaları kelimesi kelimesine çevirmesini" istiyorlardı. Ama genç kız da söylenenleri izlemekte güçlük çekmekteydi. Sergey sustuğunda, ufak tefek ve şişman bir Amerikalı altın dişlerini göstere göstere bir kahkaha attı: Sonra tercümana döndü:

— Binbaşıya söyleyin...

— Fransızca bilir misiniz? diye sordu Sergey.

— Evet, biraz bilirim. Demek eğitim görmüş bir subaysınız. Fransızca biliyorsunuz ha? Anlattıklarınızdan, savaştan sonra güçlü bir Almanya kurmayı düşündüğünüz sonucu çıkıyor.

Sergey omuz silkti.

— Sözlerimi yanlış çevirmişler. Emrimdeki istihkâmcıların tutsaklara ne kadar acıdıklarını göstermek istedim hepsi bu...

— Az rastlanan savaş görüntülerinden söz etmeyi seven meslektaşlarım için anlattıklarınız ilginç: ben çok daha ciddi haberler yollarım gazeteme. En çok ilgilendiğim, hikayenizin siyasal yanı. Çıkardığım sonuç da, SSCB'nin, iyice beslediği savaş tutsaklarına dayanıp güçlü bir Almanya kurma niyetini güttüğüdür.

— Almanlardan nefret etmemiz için çok neden var, Amerikalılarınkinden çok daha fazla neden. Gjatsk'dan Minsk'e kadar tek sağlam ev kalmadığını görmüşsünüzdür. Üstelik, önemli olan ev de değil... Taburumda bir çavuş var, Beyaz Rusyalı. Voloki köyünden geçtik, çavuşun doğduğu köymüş orası. Ama ortada köye benzer bir şey yok: Yabani otlarla bütün ölülerin birlikte gömüldüğü koca bir çukur arta kalmış. Almanlar bütün köy halkını yok etmişler; süt çocuklarına varıncaya dek. Çavuşun karısını öldürmüşler, yaşlı anasını, üç kızını öldürmüşler. İşte bize yaptıkları. Dün, Er Kutsel bana şunları söyledi: "Kimim varsa öldürüldü: Sefil herifler, yirmi dokuz kişiye öldürünceye dek işkence ettiler, tek sağ kalan benim..."

Altın dişli adam:

— Bütün bu ayrıntılar çarpıcı, dedi. Ama beni ilgilendiren işin siyasal yanı. Sizce Almanları ne yapmalı?

— Bir kere Almanları yeneceğiz, bundan kimsenin kuşkusu olmamalı. Siz olmasanız da yenecektik nasılsa; ama siz geldiğinize göre savaş çok daha çabuk bitecek. Cherbourg'da kazandığınız zaferden ötürü sizi kutlarım. Bir şeyden ötürü kutlama fırsatı çıktığı sıra sizi gördüğüm için de mutluyum. Böylece...

Kara gözlüklü bir Amerikalı sözünü kesti; konuşma süresince ciklet çiğnemiş, bön bön Sergey'e bakmıştı. Genç kıza:

— Fransızca bilmiyorum, dedi... Lütfen sözlerimi çevirir misiniz?... Sorun bakalım şu binbaşıya Amerika'nın savaşın başından beri kendilerine yardım ettiğini biliyor mu? Bizi çok daha önce kutlayabilirdi. Rusların kazandığı zaferlere biz de yarı yarıya ortak sayılırız.

Sergey sinirlendi:

— Bize yardım ettiğinizden haberim var. Sizin domuz konservelerinizi yedim, sizin sahra telefonlarınızdan yararlandım. Bakın, yoldan sizin 'Studebaker'leriniz geçiyor. Çok da iyi arabalar bunlar; size minnettarız. Ama elinizdeki araç ve gereç sayısı alçakgönüllülüğünüze oranla çok yüksek. Terazinin bir kefesine domuz konserveleri, öbürüne de insan kanından ırmaklar konabileceğine inanıyor musunuz? Evet, bize 'Studebaker'lerinizi yolladınız. Biliyoruz. Ama ben Stalingrad'daydım, orayı kendi elimizle kurtardık, bunu da çok iyi biliyorum.

Altın dişli Amerikalı sabırsızlıkla Sergey'in sözünü bitirmesini bekliyordu:

— Yazının sonunu bağlamak için mükemmel sözler... Ancak başlıca soruma cevap vermediniz: Almanları ne yapmalı?

— Almanları yenecek, canilerin cezasını vereceğiz. Ama bununla Almanların kökü kazınmayacak. Bu soru üzerinde hiç düşünmedim, mühendisim, istihkâmcıyım, diplomat ya da pedagog değil. Almanları yeniden eğitmek, bilime, gerçek gelişime, ahlak ilkelerine alıştırmak gerek...

Kara gözlüklü Amerikalı tercümanın koluna yapıştı:

— Çevirin... Kendisiyle aynı düşüncedeyim. Almanya'yı parçalamamak gerek. Dört yıl süreyle bir Berlin gazetesinin muhabirliğini yaptım. Almanları iyi tanırım. Almanya, Batı Hıristiyan uygarlığının önde gelen ülkelerindendir. Bizde kimse Rusların içişlerine karışmayı düşünmüyor. Ama anlatın kendisine, pek çok yurttaşımız Rusların kendi rejimlerini Almanya'da uygulayıp uygulamayacaklarını merak ediyor, kuşkulanıyorlar. Bunları dostça söylüyorum; biz müttefikiz, bir gazete muhabirinin görevi her şeyi açıkça ortaya koymak olmalıdır. Sorun kendisine, Ruslar Almanya hakkında ne düşünüyorlar?

— Ne mi düşünüyoruz? Her şeyden önce Berlin'i almayı ve faşistleri ipe çekmeyi. Yalnız korkarım, sayın muhabir Amerika'nın vizesi olmadan Almanya'ya girmemize izin vermeyecek...

Son sözler muhabirleri güldürdü; çevrelerindekilere bol bol çikolata ve sigara dağıttılar. İçlerinden biri Sergey'in yanına geldi, Fransızca, Rusça ve İngilizce karışımı eşi görülmemiş bir dilde, alçak sesle:

— Amerikan mizahı var sizde, dedi. Okurlarımız bunu çok sever. Sırf benim için komik bir şey söyleyemez misiniz? Çünkü *United Press*, nasıl olsa haberini benimkinden çok daha çabuk yollayacak...

Sergey somurttu. Pleştçeyev ya da başka bir subay hayatında ilk kez yabancı görüp gazetecilerle konuşma yapsaydı kara gözlüklü adamın sözlerine aldırış etmeyebilirdi. Kendi kendine, böyle aptal herifleri de neden yollarlar anlamam, der geçerdi. Ama Sergey savaş öncesini, Paris'i, Nivelle'in kibarlık perdesi altında gizlenen nefretini, Roy'un minik bıyığını, Lancier'nin boşluğunu, resmi dairelerde ya da iyi döşenmiş salonlarda rastladığı insanların açgözlülüğünü ve körlüğünü hatırlıyordu. Kim bilir şimdi ne olmuştu hepsi? Belki çoğu almış yürümüştür. Ya da Almanlar gırtlaklarına basınca hepsi bizi alkışlıyordur... Ama bu heyecanları beş para etmez. Kara gözlüklü Amerikalı da; kazandığımız zaferden ötürü beni kutladı. Ormanın dışına sürüklediğimiz Alman gibi bakıyordu ama yüzüme. Bizi sevmiyorlar, bu açıkça belli. Kazandığımız zaferleri bir türlü bağışlayamıyorlar.

Sergey ilk olarak, barışın sakin ve Stalingrad'daki geçit noktasındayken düşündüğü gibi gök mavisi olmayacağını anladı. Geleceği görmeye çalışıyor, gözleri gitgide kısılıyor; bakışları sertleşiyordu.

Tanya, yabancılarla yapılan konuşmayı duymamıştı. Sergey'e göz attı ve bir tedirginlik sezdi. Binbaşının havası kötü... Yavaşça komşu eve, telefoncuların yanına geçti.

— Sizi uyandırdım mı binbaşım? diye sordu Pleştçeyev.

Gerçekten dalmışcasına ürperdi Sergey. Durumu konuştular. Pleştçeyev gitmeye hazırlandı.

— Burada uyusanız daha iyi edersiniz, dedi Sergey. Gece başıboş gezen Almanlar çok tehlikeli oluyor...

Pleştçeyev kulübede, birtakım matematik problemleriyle dolu eski bir okul defteri buldu; çok sevindi, savaştan önce Kirov'da öğretmendi. Her sayfası resimli bir kitap bulmuşçasına zevkle karıştırıyordu defteri.

— Savaş bitince yine terleteceğim çocukları.

İşinin ne denli çekici olduğunu uzun uzun anlattı; birden Sergey'in kendisini dinlemediğini fark etti.

— Belki yatmak isterdiniz binbaşım? diye sordu.

— Hayır, hayır, uykum yok... Evet, öğretmek çok iyi bir şey. Annem de öğretmendir. Pek çok okul, yığınla kitap, tuğla, köprü ve eskisinden çok daha fazla traktör gerekli. Eskisi gibi değiliz artık, pek çok dostumuz ve pek çok düşmanımız olacak. Çok şey verildi bizlere, çok şey istenecek...

— Peki siz binbaşım, savaştan sonra ne yapmayı düşünüyorsunuz?

Küçük pencerenin önünde ayakta duran Sergey cevap vermedi. Yoldan durmadan kafileler geçiyordu. Sonunda:

— Haklısınız, dedi. Yatıp uyumanın sırasıdır.

5

Binbaşı Schiltes sinirlenerek: "Ancak düzenli bir ordunun subaylarıyla görüşebilirim, haydutlarla değil..." demişti. İki saat sonra ise, Vassia'nın önünde esas duruşa geçmiş anlatıyordu:

— Şef, bize karşı savaşan Ruslara her zaman saygı duymuşumdur. İster... -birden sustu, az kalsın "ister haydut olsun, ister asker" diyecekti ki tam zamanında kendini topladı ve daha da yüksek bir sesle devam etti- ... sivil bile olsalar.

Vassia, tüyü yoluk bir kuşun derisini andıran, kara sivilcelerle kaplı gri-pembe yüze, hareketsiz, fırtlak gözlere baktı ve başını çevirdi. Almanların canavarlığını, insafsızlığını çok düşünmüştü; şimdi, üstelik dayanılmaz biçimde sıkıcı olduklarını anlıyordu. Doğrusu hava Almanları düşünmeye fırsat vermeyecek kadar güzeldi. Vassia partizanların harekât hazırlıklarına, ağaçların tepelerine, yemyeşil bir çerçeve içinde daha da mavileşen gökyüzüne bakıyordu.

Vassia binbaşının doru atına binmiş önde gidiyor, tutsak dizisi ardından geliyordu. Gülmekten kendini alamadı. Sayıları neredeyse bizim iki katımız...

Elveda kulübeler, barınaklar! Elveda silah arkadaşlarımın mezarları! Elveda kayınağaçları, akçaağaçlar, akça kavakları, çamlar! Elveda orman! Üç yıl boyunca sizlerle birlikte yaşadık... Almanlar, Moskova dışındaki villaları işgal ettiklerinde, Kafkasya'ya vardıklarında, Minsk'de yirmi yıllığına arsa kiraladıklarında, bu ormanların içinde hep bir Sovyet toprağı vardı... Partizanlar dört yandan kurtulan kente doğru ilerliyorlardı. Büyük yararlıklar gösteren müfrezeleri, Çapayev Alayı, Kutuzov Müfrezesi, 406. Müfreze, "İntikamcılar", Parkhomenko Birliği, Frunze Alayı bunlar arasındaydı. Renkli ve gürültücü bir geçit töreniydi bu. Alman atları kişniyordu. İçlerinden birine, ipek gibi sapsarı perçemli, Macar subayı üniforması giymiş genç ve yakışıklı bir adam binmişti. Bir Alman tankı homurdanıyor, bir karnaval arabasına binercesine tankın tepesine tünemiş üç genç kız, ellerinde makineliyle gülümsüyorlardı. Almanlardan alınan toplar taşınıyordu. "Getto"lardan ya da Almanların cezalandırmaya kalktığı köylerden kaçan partizan yakınları talikalara dolmuştu. Bir müfreze komutanı sırtına Alman kaputu geçirmişti; bir başkası ise yırtık parlak satenden ceket giymişti. '41 yılında felaket şerbetini içen ve Alman kuşatmasını tadanlar, Alman kamplarından kaçan askerler, köylüler ve öğrenciler, yerel komite sekreterleri ve öğretmenler, savaş öncesinden kalma kısa paltolarıyla Kafkasyalılar, "getto"lardan kaçabilen Yahudiler geçiyordu; "ihtiyar demirci" diye adlandırılan bembeyaz sakallı, beli bükük partizan göründü. Bir Alman subayının beynini dağıtıvermişti. Alman sinemasına bomba atan on bir yaşındaki neşeli yumurcak Petrus geçti; kara tütüne dinamit diyen ciddi Smirnov. "Korkunç Mişa" diye adlandırılan Ziraatçi Çelişçev, on sekiz düşman katarını raydan çıkaran Luntz, Bielostok'dan gelip partizanlara katılan Polonyalı Broniyevski, Çck Frantişek, mayın tarlalarının temizlenmesiyle görevlendirilen "çalışma taburu"ndan Macar Yahudisi Leizer, "Todt Örgütü"nden Parisli işçi Cornet onu izlediler. İtalyanlardan alınan akordeonların güneşte parıldadığı görülüyordu; kolhozcu Kostroma bu akordeonlardan birinin tuşlarında parmaklarını gezdiriyor, bir yandan yakınıyor, yakınırken havanın güzelliğine seviniyor, sevinirken günlerin çabucak geçip gitmesine üzülüyordu. Yaşlı, akıllı uslu bir akordeoncuydu Kostroma. Köylerden geçerken, uzun boylu ve zayıf bir genç Almanların boşalttığı karargâhlardan birinde yepyeni demirhaç nişanlarıyla ağız ağıza dolu bir sandık bulmuştu. Her nasılsa hayatta kalan ve gelip geçene havlayan köpeklere bağırıyordu: "Ağır ol Yuşka, yakala! Fuhrer'in armağanıdır..." Yumurcağı gören yaşlı köylü kadınları hem gülüyor, hem mutluluk gözyaşları döküyor ve ardından; "iyi yolculuklar yavrum" diye sesleniyorlardı.

Teğmen Sazonov göründü; savaşın dördüncü günü kuşatılmıştı. Ağır yaralanmış, "bizimkileri görmeden ölmemek gerek" diye durmadan tekrarladığı için ölmemişti... Demirden bir çember içinde debelenen otuz kişiydiler o sıra. Sonra müfrezeleri genişlemişti. Geçen hafta ise, koca bir tümenin tanklarını Nalibok Ormanı'ndan geçirmişlerdi.

İvan Şelega geçti. Almanların köyüne girişlerini unutamamıştı. İvan Şelega'nın dört yaşında, tatlı yeşil gözlü, Marussia adında bir kızı vardı. Almanlar bahse tutuşmuşlardı: Koşmaya başladığı an ilk kim öldürecekti kızı. Yirmi yedi yaşında bembeyaz olmuştu İvan Şelega'nın saçları. Sert adımlarla, hayatından hoşnut yürüyordu. Katillerin hesabını görmüştü.

Sırtında ağır bir tüfekle zayıf nahif Lia Kogan geçti. Almanlar babasını Getto'da asmışlar, annesiyle küçük kardeşlerini Trostianetz'de yakmışlardı. Lia on dokuz yaşındaydı. Yedi Alman öldürmüştü. Ailesinden, yakınlarından, evinden iz kalmayan kente dönüyordu; ama cellatları yenilgiye uğrattığını biliyor, hafif bir gülümseme, zayıf, acılı yüzünü aydınlatıyordu.

Hipodromun önündeki büyük alan bayram yerine dönmüştü; kalabalık, dalga dalga koşuyordu alana.

— Partizanlardan Stalin yoldaşa selam!

Vassia öyle bir hurra çekti ki kendi bile rahatsız oldu. Çocukken de böyle deli gibi, olur olmaz yerde bağırır, Nina Georgiyevna: "Dikkat et oğlum," derdi, "bir yerin yırtılacak!"

Vassia, Moskova'da doğmuştu; ama yıkılan, işkence gören, yanan evlerinin kör cepheleri ve moloz kaplı sokaklarıyla Minsk ona doğduğu kent gibi geldi. Burada çalışmaya başlamıştı. İşte yaptığı evler... Duvar kalıntıları üzerinde ot ve çalı yeşeriyordu.

Vassia, Minsk'e ilk geldiğinde kentin görünüşü onu şaşırtmıştı. Koca koca evler ve onların yanında yıkıntılar, daracık eğri büğrü sokaklar, görünürde pislikten başka özelliği olmayan bir yer. Oysa

Minsk'in capcanlı ruhu, tıpkı Beyaz Rusya ormanları gibi gizliydi. Yavaş yavaş Vassia alışmıştı buraya Moskova'ya döndüğünde şöyle diyordu: "Minsk açıldı saçıldı; şaşırtıcı bir şey!... Yirmi bir Haziran günü de* yeni bir okul tasarısı üzerinde çalışıyordu.

Şimdi ne düşünüyordu Vassia: Tam şu sıra Minsk'de bulunmam ne büyük mutluluk. En büyük şeyi burada tattım... Minsk biraz da Nataşa değil mi? Burada çok kısa süre kaldı ama her şey ona bağlı. Birlikte gezindiğimiz sokaklar, park, bütün fırtınaların atlatıldığı şu sıra, ayrıldığımız şu alan... Geldiğinde elma ağaçlarının nasıl aşılandığını anlatmış, sonra da sormuştu: "Neden inanmıyorsun?" Sevgilim benim!..

Geçit töreni sona erdiğinde o sokağı görmeye koştu. Ev kaybolmuştu, Almanlar havaya uçurmuşlardı. Birden garip, kör bir inançla karışık korku Vassia'nın yüreğine çöktü: Ne olmuştu Nataşa'ya? Neden hep, hayatta kalırsam nasılsa birbirimizi görürüz, diye düşünmüştü? Nataşa şu ürkütücü yolu tutmuştu. O günden beri de Vassia karısı hakkında bir şey bilmiyordu…

Birden Vassia'nın gözünde günün anlamı değişti. Şarkılar daha bir hüzünlü oluverdi; geri dönmemecesine denize açılan gemiden, bir daha görülmemek üzere sallanan mavi mendilden, Odessa yangınından söz ediliyordu şarkıda... Yıkıntılar büyüyor, büyüyor, yeryüzünü gizliyordu. Vassia konuşmaya, şakalaşmaya bile devam ediyordu; ama içinde hep bir kuşkuyla düşünüyordu: Ne oldu acaba Nataşa'ya?

Bir romanı okurken, bazen yazarın, konudaki karışıklığı çözmekte tembelce davrandığı sezilir; sonuca varmak için akıl almaz bir rastlantıdan başka şey bulamamıştır. Oysa hayat da bunun gibi akıl almaz rastlantılarla doludur... Bu düşünce Vassia'nın aklına neden sonra geldi. Krilov'un o bildik kalın sesini duyduğunda ona sarılmakla yetindi ve alçak sesle sordu:

— Ya Nataşa?

— İyidir. Bir oğlun var; bak bu yeni haber. Daha görmedim. Ama

---

* Almanların Rusya'ya girdiği gün.

Nataşa anlata anlata bitiremiyor. Mart ayında iki yaşına bastı; Nataşa uzun uzun konuşmalar yaptığını ya da buna benzer şeyler gevelediğini anlatıyor. Adı da senin gibi, Vassia. Neyse, kısaca...

Krilov heyecanını gizlemek için aceleyle, hatta biraz sertçe konuşmuştu; ama dayanamadı, sesi titredi ve kesildi, burnunu sildi, mırıldanırcasına devam etti:

— Mucize bu! Umudumu kesmiştim artık. Nataşa'ya içimin çok rahat olduğunu yazıyordum ama aslında hiç rahat değildi...

— Ya Sergey? Anam?

— Hepsi iyi. Nataşa Sergey'in binbaşı olduğunu bildirdi, bilmem kaç tane de nişanı varmış. Nina Georgiyevna Moskova'da, Nataşa'yı her gün görüyor. Varvara İliniçna '42'de öldü... Neyse, iyi işte, biraz da kendinden söz et.

Ama Vassia bir şey söyleyemiyordu. Nataşa ile oğlunun fotoğrafına bakıyor, gülümsüyor, hayranlıkla seyrediyor, bir şey düşünemiyordu. Sonradan, o an bir sürü şey düşünmüş gibi geldi ama neydi düşündükleri? Hatırlayamıyordu. Krilov yine homurdanmaya başlamıştı:

— Nataşa her mektubunda senin sözünü ediyor. Doğrudan değil ama tutamıyor kendini. Hiç de kurnaz sayılmaz. Mucize bu, gerçek mucize!.. Anlatsana nasıl oldu bu iş?

Vassia, o yoğun, yakıcı mutluluğundan silkinerek kurtardı kendini; cevap vermek istedi ama yapamadı. Şu son üç yıl geçmişin derinliklerinde kalmıştı. Şimdi bir tek şeyi, uçsuz bucaksız yeşil ormanı hatırlayabiliyordu.

— Bilmem... Temmuzdan bu yana partizanlarla savaşıyorum... Ya siz?.. Her şeyi unuttum, sanki size hep "siz" dermişim gibi geldi...

— Bir torunum var, senin oğlun, anladın mı? Sen de gelmiş sizli bizli başımı ağrıtıyorsun. Partizana bakın!

Krilov, Vassia'yı revire götürdü, yemek yedirdi, sert bir sesle:

— Burada yatacaksın, banyo var, sana temiz çamaşır ve gerek duyduğun her şeyi vereceğim. Bizimkilerin Vilnus'a yaklaştıklarından haberin var mı? Artık bu iş fazla uzamaz... Dün bir savaş tutsağıyla, faşist kere faşist bir herifle konuştum. Hani şu mezardan başka yerin paklayamayacağı tiplerden. O bile teslim olmuş düşünsene... Ne yapmayı düşünüyorsun şimdi?

— Ne mi yapmayı? Savaşmayı tabii.

— Moskova'ya gitmeyecek misin?

— İşlerin iyice karıştığı şu sıra olanaksız. Beni bir birliğe yollayacaklarını sanıyorum. Aslında topçuyum. Son yıl elimizde top bile vardı, Almanlardan alınma ama top işte. Hiç aldırmıyorduk tabii, Rus usulü "gümletiyorduk" tepelerinde...

Krilov hastaları dolaşmaya çıktı. Vassia, Nataşa'nın babasına yazdığı mektubu okuyordu dönüp dolaşıp. "Her şeye rağmen ara sıra umutlanıyorum" sözlerine vardığında gülümsüyordu.

Krilov döndü, yan gözle Vassia'ya baktı. Değişmemiş, hem hiç değişmemiş... Belki biraz daha zayıf?... Nataşa'yı sevdiği hissediliyor. Sonra uzun uzun konuştular, Krilov karşısındakinin bambaşka bir adam olduğunu anladı. Hayır, değişmiş, hem çok değişmiş! Korkunç, akıl almaz şeyler anlatıyor ve bakışları sakin...

— Ne zaman fark ettin dönemeci? diye sordu Krilov. '42 yılının sonlarında mı?

— '41 Ekiminde fark ettim.

— Ben, o sıralar Karaçev'den kurtulmaya bakıyordum. Kargaşalık almış yürümüştü. Neyse ki yürekli bir yüzbaşıya rastladım... Dur bakalım, dönemece gelindiğini sen nasıl sezdin?

— Desna'nın ötesinde bir alaya katılmıştık. Hemen arkasından da yenilgiye uğradık. Durum korkunçtu: Kimi kaçıyor, kimi kılık değiştiriyordu... Biz kırk kişi kaldık. Yanımda Avanesyan diye çok iyi bir arkadaş vardı. Bildiriler berbattı, Orel düşmüştü, falan filan. Büyük bir kuşatmadan kurtulup daha küçük bir kuşatmaya düştük: Bir koruluktaydık ki görsen dantel sanırdın; baktın mı içi görünüyordu mübareğin. Almanlar da koruluğu çepeçevre sarmışlar. Geçmenin mümkünü yok, açıkça belli. Ölme pahasına talihimizi denemeye karar verdik; beklesek adamlarımızın yarısı çeker giderdi. Hiç hoş bir durum değildi hani. Bir telefoncu geldi, beni buldu, adı da

Bulanov: "Partiye girmek istiyorum," dedi. Kırk yaşında, aslen Tulalı. Toplantı yaptık. Tüfek sesleri, kulakları sağır eden bir gürültü: Yine de söylevler verildi; biri Teğmen Bulanov'u tanıttı... O sıra ne duyduğumu anlıyor musun Dimitri Alekseyeviç? "Sovyet Rusya'nın sonu geldi!"diye haykırıyorlardı Almanlar. Kuşatılmıştık. Bir tek makineli, birkaç tane de tüfek vardı elimizde topu topu. Böyle bir anda orta yaşlı bir adam geliyor, partiye girmek istiyordu. Avanesyan'a: "Şu heriflerin hesabını göreceğiz, açıkça belli..." dedim.

— Nerede şimdi bu Bulanov? diye sordu Krilov boğuk bir sesle.

— Öldü. Hem de partiye alındığı sıra... Ormandan çıktığımızda on dört kişi kalmıştık. Neden sonra Avanesyan'la ikimiz bir müfreze toparlayabildik. Avanesyan da '42 ilkbaharında öldü...

Vassia, Avanesyan'ın Nataşa'ya duyduğu sevgiyi, Nataşa'nın gözcü olarak göreve çıkıp dönmeyişini hatırladı. Yaz günü çöken ılık sis gibi bir kasvet her yanını kapladı. Uykuya daldığı sıra kafasında her şey karışmıştı: Minsk, Partizan şarkıları, Bulanov'un boğuk, çatlak sesi, "rezalet" diyen Avanesyan, içinden çıkılması olanaksız orman, iki Nataşa, yaşayan ve ölü...

Yandaki yatakta Krilov yatıyordu. Soyunmamıştı; uykuya dalacağını sanmış yerinden kalkacak gücü bulamamıştı. Ama gözleri açık yatıyordu. Birden ölümcül bir bitkinlik duydu. Kalbinin atışı hızlanmıştı, arada durur gibi oluyordu; omuzu ve sol kolu ağrımaktaydı, güçlükle soluk alabiliyordu, Neyse, Vassia'ya kavuşmuşlardı. Artık Nataşa mutlu olacaktı... Bizimkiler Vilnus'a varıyorlar, demek ki son yaklaştı... Şimdiye dek Krilov'u ayakta tutan devamlı bir gerilimdi. Sonun belli olmaya başladığı, Nataşa yönünden de içinin rahatladığı gün, bir geceliğine de olsa kendini yorgunluğuna, hastalığına, aşınmış bir makinenin çalışmasını andıran kalbinin düzensiz atışına bırakabilirdi. Ağustos ayında yaşım elli altıyı bulacak... Son yaklaşıyor Dimitri Alekseyeviç... Savaşı mı, yoksa kendi hayatını mı düşündüğünü pek bilemiyordu aslında.

6

Valya güçlükle tanınacak haldeydi; çok zayıflamıştı; gözlerinde ateşin verdiği çakmak çakmaklık vardı, hareketleri kesik, aynı zamanda da güvensizdi.

Ocak ayında annesiyle babasının ölümünü haber almıştı; komşularından Kudriyatseva mektup yazmıştı Valya'ya: "Annenle baban işgal sırasında öldüler." Valya uzun uzun ağladı. Sonradan bu gözyaşlarını en az acı verenler arasında anacaktı.

Mart ayında eski bir okul arkadaşı, Mişa Zolatorenko onu aradı, buldu. Zamanında Zina'ya aşıktı; "Pickwick-Kulüp"e girmek istemişti ama genç kızlar ona pek dostluk göstermemişlerdi o sıra. Spora çok meraklıydı, ancak hareketleri kaba sabaydı. Valya onu gördüğüne sevindi; Mişa geçmişini hatırlatıyordu. Kiev'de bulunduğunu söylediğinde genç adamı soru yağmuruna tuttu. Mişa eski arkadaşlarını bulmaya çalışmış, ama uğraşması boşa gitmişti.

— Zina kahramanca davrandı! Onunla ilgili bir yazı bile yazdılar, gazeteden kestim. Görüyor musun? Kimin aklına gelirdi?...

Valya'nın gözleri yaşlarla doldu.

— Bir gün Zina bana: "İçimdekini ifade edip edemeyeceğimi bilemiyorum..." demişti. O sıra yazar olmak istediğini anlamıştım ben de... Oysa Zina içindekini hayatıyla ifade etti... Şaştınsa Mişa, onu iyi tanımamışsın demektir. Bizlerden biri için aynı şey anlaşılmaz olabilir; ama Zina için bu davranış çok doğaldı. Kaç kere ölümden söz etmişizdir...

Mişa, öbürleriyle ilgili haberleri de verdi:

— Boris partizanların safındaydı: Ne olduğunu bilmiyorum. Almanlar, daha savaşın başında anasını öldürdüler. Raya cephede. Kayınvaldesiyle kızı Babi Yar'da öldürüldü. Galoşka Almanya'ya sürüldü...

— Sırıtkan mı?

Şu şen sözcük garip bir biçimde ortalıkta çınladı. Yaşlar Valya'nın gözünden akmaya devam ediyordu.

— Oralarda hayat çok karışık, dedi Mişa. Yabancı kalan birinin anlaması güç. Babanın nasıl olup da heriflerin oltasına geldiğini aklım almıyor...

Bunları söylerken Valya'nın durumu bildiğinden emindi. Konuşmanın başında, Valya'ya annesiyle babasının başına gelenleri duyup duymadığını sorduğunda genç kadın başını sallamıştı. Valya haykırdı:

— Ne diyorsun?

— Hiç... Haberin yok mu?

— Hemen anlat!..

— Ama Valya, aslında fazla bir şeyden haberim yok... Doğrusu cesaret göstermediği anlaşılıyor. Almanların hizmetine girmiş sonra da kendini asmış. Kudriyatseva, annenin sağlığında çok dertlendiğini anlattı...

Valya artık ağlamıyordu. Mişa'a bakıyordu ama genç adam kendisini görmediğinden emindi. Biraz daha oturdu, sonra kalktı gitti.

Valya hemen Kudriyatseva'ya mektup yazdı. Bir ayı aşkın bir süre cevap bekledi; henüz içinde bir umut parıltısı vardı: Ya Mişa yanılmışsa? Cevap geldi. Valya, insanların hareket ve duygularını her zaman olağanüstü birer olay saymıştı; bu yanı arkadaşlarını şaşırtırdı. Boris her zaman: "Valya, büyük büyük düşünür" derdi. İrade yönünden zayıf, kararsız yaradılışlı ve ölen annesinin deyimiyle "ayakta uyuduğundan" böyle bir yanının olabileceği akla pek gelmezdi. Biri Valya'ya tutulsa, genç kız, aşkın derinliğini ve karmaşıklığını düşünüp üzülürdü. Yıllar önce, Zina şımarık ve coşku dolu bir kızken Valya onu kahraman olarak görürdü. Bu da Valya'nın geniş hayal gücünden, okuduğu romanlarla çevresindeki hayat arasında bir ayrım yapmamasından ileri geliyordu herhalde. Başkaları babasının davranışında bir zayıflık belirtisi görebilirlerdi. Kudriyatseva da mektubunda böyle diyordu: "Gevşek biri olduğu anlaşıldı." Ama Valya'nın gözünde babası ihanetin canlı örneğiydi. Çocukluk anılarına dalıyor, babasının davranışının nedenlerini anlamaya çalışıyordu; gözünün önünde hep, babacan halli, sırtında ince ipekli ceketi, elinde su kovası, küçücük bahçesinde gidip gelen ya da gençlerin gözü pekliğinden yakınan bir öğretmen vardı. Bu görüntü bir vatan hainine hiç yakışmıyordu. Demek körmüşüm, diye düşündü, Valya. Onun yanı başında yaşıyor ve bir şey görmüyormuşum...

Pis bir işe bulaşmıştı sanki o da. Çalışma odasına girdiğini görüp genç kadına bakan fabrika müdürü korktu; sakin, sapsarı gözleri çakmak çakmak, bakışları sabit, alçak sesle:

— Cephe için çalışan bir fabrikada kalıp kalamayacağımı sormaya geldim, dedi. Babam vatanına ihanet etti.

Müdür, içini rahatlatmak için uzun uzun konuştu; fabrikada çalışan herkesin kendisine büyük değer verdiğini, bunlar arasında parti örgütçüsünden atölye şefine kadar çeşitli insanın bulunduğu anlattı. Aklı bir noktaya takılan Valya susuyordu: Babamın alçaklığını fark etmediysem ben de onun gibiyim demektir...

— Lida, bana neden güveniyorsun? Belki ben de vatanıma ihanet edebilirim?

— Saçmalamaktan vazgeç. Sana dokunan yok, bu düşünce kimsenin aklına gelmiyor. Başındaki felaketler yetmiyor mu? İlle de yenilerini yaratman mı gerekli?...

Sergey mektubunda; kendisini eskisinden de çok sevdiğini yazınca bir tek ona inandı. Mişa Zolatorenko'nun gelişinden bu yana ilk kez ağladı. Mayıs ayı gelip çatmıştı. Valya, yavaş yavaş canlanıyordu. Eskisi gibi değildi ama. İçinde bir şey kırılmıştı: Bu duygudan kurtulamayacağını biliyordu; yalnız, Sergey'in mektubundan sonra yaşamaya devam edeceğini anladı. Ona duyduğu sevgi daha da arttı, güçlendi.

Hayata dönerken elinde olmaksızın alınyazısını düşünüyordu. Günün birinde Raya, hiçbir işe yaramadığını söylemişti; Valya artist olacaktı nasılsa, Raya'nın hayatta yeri yoktu. Oysa şimdi Raya, Boris gibi, Sergey gibi savaşıyordu. Ben de çalışıyorum tabii, ama onların yaptıklarıyla kıyaslanır mı benimkisi? Hem fabrikada çalışmam bir rastlantı. Bilinçli olarak istedim buraya girmeyi, yine de rastlantı ama. Lida'nın fabrikadaki işi devamlı, kendisine ait bir şey. Oysa ben burada konuk gibiyim. Savaş bittiğinde ne yapacağım? Neden sanata sırt çevirdim? Belki sandığım kadar kötü bir oyuncu değilimdir?

Bu eğilimden uzaklaşmak istiyor, kendi kendine kızıyordu. Delice düşler bunlar! Çocuğum olduğunda hırsım geçecek... Valya, iki kez amatör oyunlarda rol aldı. Kent tiyatrosunun sahneye koyucusu, oyuncular ve seyirciler, hepsi Valya'yı kutladı: "Büyük bir yetenek." Valya, kendi kendine verdiği sözü unutuyor, büyük düşü yine her şeyin üzerine çıkıyordu...

Sıcak temmuz günlerinden biriydi. Valya, her zamanki gibi çalışmıştı. Akşam, yorgun argın eve döndü. Masasının üzerinde, bir kap içinde duran gül iyice açılmıştı; Lida'nın armağanıydı bu gül. Çiçeğin yaprakları dökülüyordu ama bunda hüzünlü bir yan yoktu. Biraz bezginlik, belki mutluluğun getirdiği doygunluk, aşırı güzellik. Valya'nın kafasından görüntüler, dizeler, sesler geçiyordu. Sergey'e mektup yazmak için oturdu. Artık kocasına her gün bir mektup atıyordu.

"Sergey, şu sıra çevremde savaşın sona ermesi konuşuluyor, gelecek için planlar yapılıyor. Birtakım kör inançlarım var, düşünmeye korkuyorum ama yine de düşünüyorum. Sen benim hayatımsın, ama seni aldatmak istemem: Zaman zaman eski düşüm canlanıyor. Kanıma işlemiş anlaşılan. Bir keresinde söylemiştim ya: Sıradan bir oyuncu olmaya mahkûmum. Herhalde kendimi yeterince dışa vuramayışım bunun nedeni. Bilmem. Delice bir düşse beni azarla, bir daha üzerinde bile durmayacağıma yemin ederim. Senin en ufak sözüne bile güvenim var. Jülyet'i oynamayı, başka yoldan kimseye, sana bile söyleyemeyeceğim şeyleri söylemeyi ne kadar isterdim:

> Aşkımın zenginlikleri öylesine arttı ki
> Altınımın yarısını bile sayamıyorum...

Bütün bunlar çocukça şeyler. Önemli olan Sergey, senin işlerinin yolunda gitmesi: Askeri bildiriler çok iyi, her biri senden bana ulaşan mektup gibi. Yakında savaş sona erecek, bana döneceksin. Kendine iyi bak sevgilim! Aşkım senin koruyucu meleğin olsun! Benim sevdiğimden çok sevmekse, mümkünü yok..."

Mektubu yazarken gülün yaprakları dökülüyor, her biri masanın üzerinde kırmızı lekeler bırakıyordu.

7

Savaşın yüzü değişiyor, giysileri değişiyor, ama yine savaş olarak kalıyordu. Kentin çevresinde nefis tepeler, yeşeren vadiler, döne döne akan ırmaklar görülmekteydi. Bu küçük kentte, Sergey'e Fransa'nın eski kentlerini hatırlatan bir yan vardı. Daracık minik sokaklar, barok üslupta yapılmış, gösterişlice acı çeken azizleri, uçuşan küçük melekleriyle dokunaklı kiliseler; yüksekte bir şato, meyhanelerin ışıklı tabelaları, koca koca, kırmızı tavşan kanı, açık sarı güller, düşüncelere dalmış gitmiş yığınla akçaağaç, meşe ve ıhlamur.

Toplar aralıksız gürlüyor, makineliler takırdıyordu. Serseri kurşunlara hedef olan asker ve sivil ölüleri kaldırımlara yayılmıştı. Ostrobama kapısında da başörtülü bir yaşlı kadın diz çökmüş, güzel ve kayıtsız bir Meryem'e yakarıyordu.

Sergey ıssız bir eve daldı. Duvarlara, göz kamaştırıcı mavi denizi ve palmiyeleriyle Nice'nin renkli resimleri asılmıştı. Bir de sararmış fildişinden çarmıha gerilmiş İsa ile pileli elbiseli bir kadın resmi. Yeşil kadife koltuğa sahiplerinin unuttuğu yaşlı bir köpek oturmuştu, ne havlıyor, ne uluyor, yaslı başı yana eğilmiş olayları düşünüyordu. Sergey açık bir kitap buldu. Savaştan bir saat önce belki biri okumuştu kitabı. Küçük bir şiir kitabıydı bu.

Derin uykusundan uyandırdım bir gülü.

Aşağıya, karanlık mahzendeki boş fıçıların arasına kadınlar, çocuklar, rengarenk sabahlığıyla yaşlı bir adam sığınmıştı. Yakına mermi düştükçe: "Ulu Tanrım, İsa efendimiz!" diye haykırıp duruyorlardı.

Tümen karargâhı boş bir evin mahzenine yerleşmişti. Burada her şey, stepteki dere yatağı ya da Dinyeper kıyısındaki barınaktaki gibiydi. Hastalıklı görünüşlü, zeki ve yorgun bakışlı kurmay başkanı albay, yine aynı şekilde, çizgilerle kaplı bir harita üzerine eğilmişti. Ancak bu kez harita kentin planıydı; daracık sokakları, evleri, derin ve karanlık avluları ele geçirmek için çarpışılıyordu şimdi. Tıpkı Orel ya da Çernigov önündeki gibi, somurtuk bir general telefoncu kıza:

"Bana Yeruşkin'i bulun!" diyordu. Telefoncu kız uzun uzun: "İnci çiçeğini istiyorum," diye tekrarlıyordu. Sonra general haykırıyordu: "Ne sallanıyorsunuz?" Yine aynı şekilde, beş dakika sonra ordu komutanlığına Yeruşkin'in suçu olmadığını söylüyordu. Duvarlar çok sağlamdı, tankları geçirmek mümkün değildi... Sokaklarda askerler, tıpkı bomboş tarlaların ortasındaki gibi, iki büklüm, bir mevziyi öbüründen, hayatı ölümden ayıran otuz-kırk adımlık yeri koşar adım alıyorlardı. Aynı şekilde; sedyeciler yaralı toplarken mayınlar ve mermiler çevrede patlayıp duruyordu.

— Ordu komutanı sizi istiyor, dedi general Sergey'e. Karargâh kentin hemen gerisinde, pembe mezarlığın karşısında.

Sergey, elinde olmaksızın gülümsedi:

— Ne de şairane bir ad! Burada pek çok gül var, belki adını çiçeklerden almıştır.

General de gülümsedi. Ciddi, sert ve kurşuni taştan oyulmuş gibi sevimsiz yüzü birden hayalci bir görünüşe büründü.

— Gerçekten güller nefis. Yalnız mezarlığın adı güller mezarlığı değil de pembe mezarlık. Bu adın nereden geldiğini bilmiyorum. Kim bilir...

Yüzü yeniden sertleşti. Bağırdı: "Bana Yeruşkin'i verin!"

Ordu komutanı meşguldü. Cephe askeri komitesi üyelerinden biri kendisini görmeye gelmişti. Sergey'e ordu komutanının bir saat sonra yalnız kalacağı söylendi.

Hava ılıktı, sık sık ve ince bir yağmur yağıyordu. Mezarlıktaki güllerin son günleriydi. Hava, çiçek ve ıslak ot kokusuyla dopdoluydu. Sergey, zarif ve özenti dolu, bezgin melekleri, dokunaklı yazıları ve ölümsüzlerin çelenkleriyle kaplı mezar taşlarını, anıtları inceliyordu. Bunlardan bazıları en az yüzyıllıktı; taşların üzerindeki yazılar silinmişti; deyişler ve cümlelerden kopuk sözcükler arta kalmıştı: "Ayrılık... gözyaşı döküyorum... ebediyen...

Orası aynı zamanda savaş tutsaklarının toplanma yeriydi. Kasvetli, saçı sakalı birbirine karışmış Almanlar mermilerin ve güllerin arasında geziniyorlardı. İçlerinden biri Sergey'e:

— Belki sayın binbaşı, Almanca, Fransızca ya da İngilizce bilir? diye sordu.

— Fransızca biliyorum buyurun, dedi Sergey.

— Sayın binbaşımdan bizi ne yapacaklarını öğrenmek istiyorum, teğmenimiz Kızılların Cenevre Antlaşması'nı tanımadıklarını, tutsakları öldürdüklerini söyledi.

— Subaylarınızın yalan yanlış şeylerle kafalarınızı doldurduklarını hâlâ anlamadınız mı?

— Doğrusu teğmenimizin benim aklımı çelmesi mümkün değil, liseyi bile bitirmemiş. Oysa ben, Marburg Üniversitesi'nde doçentim. Yalnız uzmanlaştığım dal Devletler Hukuku değil de "Sanskritçe". Rusların tutsaklara nasıl davrandıklarını nereden bilebilirim? Buraya geleli bir aydan biraz fazla oluyor.

— Daha önce neredeydiniz?

— Her yerde. Narvik'te bulundum; orada evler yüksek kazıkların üzerindedir, isli Ren geyiği eti yenir. Yunanistan'da bulundum, Akropol'ü gördüm; yalnız şarapları çok kötüydü. Leş gibi kokuyor ve Olemp tanrılarının içkilerine hiç benzemiyor. Mısır'a kadar da uzandım. Küçük kardeşim Rusya'ya gönderildi, kendisi öğrencidir; hiç ummadığı halde Kırım'ın Rivera'yı andırdığını yazıyor...

Sergey, bu kayıtsız Almana tiksinerek baktı.

— Neden süründünüz ülkeden ülkeye?

Tutsak alındı, cevap verdi:

— Savaşıyorduk binbaşım, hem de oldukça iyi savaşıyorduk... Burada başımıza bir felaket geldi. General Stael, yüz tankın yardımımıza koşacağını bildirmişti, ama nedendir bilmiyorum tanklar görünmedi...

Sergey geveze Almanın yanından uzaklaştı; yağmur altında yaprakları dökülen bir yaban gülü çalılığını seyretmek için durdu: Rus binbaşısının sözleriyle içi rahatlayan Alman da bir mezar taşının üzerine çöktü, cebinden parafinli kâğıda sarılmış sandviçini çıkardı, kendinden geçerek dişlemeye koyuldu.

Ordu komutanı, Sergey'e:

— İşte önemli noktalar, dedi. Cezaevi, kiliselerin bulunduğu mahalle ve şu küçük koruluk. Piyademiz yerinde sayıyor... Tankların ilerleyebilmesi için geçitler açmak gerekli. Anladınız mı?

Sergey, durumu yerinde inceledikten sonra bulunduğu noktaya koşut olan sokağa bol kestane fişeğiyle bir grup istihkâmcı yollamaya karar verdi. Evlerden birinin ilk katındaki pencereden geçip bu sokağa varılabilirdi. Avluda Almanlar mevzilenmişti... Öbür sokağa geçilirse bina yıkılabilir. Sergey bu görevi, yeşil gözlerinin içi gülen, yapı enstitüsü öğrencisi herkesin Yaşa dediği usta mayıncı Teğmen Gussarov'a vermeyi kararlaştırdı.

— Dikkat et Yaşa, olur mu?..

— Sergey, harekâtı izlemek üzere üçüncü kata çıktı. Kum torbayla iyice kapatılmış bir pencerenin önünde ayakta duruyordu; daha sabah Almanlar buradaydılar. İstihkâmcılar sürünüyordu, Teğmen Gussarov'un bir kurşunda nasıl can verdiğini seyretti. Sonra bir alev, duman ve taş yığınının fışkırdığını gördü. Tanklar o yolun öbür ucunda beliriverdiler.

Sergey döndü, çevresine bakındı. Bir küre, birkaç tüp; cam vitrinler içinde duvara asılmış, soluk ölgün renkli kelebekler; az ötede bir Alman ölüsü, kolları kavuşmuş yatıyor.

— Yüzbaşım, gitsek iyi olur, ateş açtılar, diyen Çavuş Gorski'yi duymamıştı Sergey...

Çavuş, küre, kelebekler, her şey zangır zangır titredi. Çavuş yaralanan Sergey'i karanlık merdivenden indirip kaçırdı. Kediler miyavlayarak koşuşuyorlardı. Aşağıda biri: "Ulu Tanrım, İsa efendimiz!" diye yakınmaktaydı. Sergey güçlükle ayakta durabiliyordu; bir basamağa çöktü. Omuzunda büyük bir acı vardı; gözü bulanıyor, ev devrilecekmiş gibi sallanıyordu. Sonunda sedyeciler yetişti.

Almanlar teslim olmaya başlamışlardı. Yalnız, kentin batısındaki küçük ormanın içindekiler direnmekteydi. Kent merkezinde gidip gelmeye başlayan ciplerin gürültüsü ortalığı kaplamıştı bile. Terkedilmiş, dizi dizi Alman arabası görülüyordu; Alman komutanlığının bulunduğu büyük binanın önündeki alana makineliler, miğferler, kitaplar, el bombası sandıkları, sigara, sabun ve nişan dolu sandıklar yığılmıştı. Bardaktan boşanırcasına yağmur yağıyordu. Ufak tefek, düşünceli bir asker rastgele atılmış eşyayı inceliyor, yağmurun tütünleri bozmasına yanıyordu; sonra üzerine garip bir etiket yapıştırılmış kavanozu aldı, evirdi çevirdi, kokladı ve tercümana ne olduğunu sordu; beriki de kavanozun üzerindeki yazıyı okudu. "Güneş yanıklarını önleyen Fransız kremi." Küçük asker kavanozu yere çaldı ve okkalı bir küfür savurdu. Yarbay Yeruşkin yeniyle yüzünü siliyor, maşrapadan kana kana su içiyordu. Ordu komutanı, cephe kurmay başkanına raporunu vermekteydi: "Koruluğa mevzilenen birliğin hesabını gördük, yüz elli altı top ele geçti..." Moskova'da spiker, derin bir soluk aldıktan sonra konuşma hazırlığı yapıyordu: "Birliklerimiz, Litvanya Sovyet Cumhuriyeti'nin başkenti Vilnus'a saldırarak ele geçirdiler..."

Sergey, taburun hastane arabasına yatırılmıştı; yarası pek acımıyordu yalnız büyük bir bitkinlik çökmüştü üzerine. Hemşirelerden biri ona bir demet çiçek getirdi, üzüntülü sesiyle:

— Artık geçiyor gül zamanı, dedi. Toplarken yaprakları dökülüyor...

Yağmur durmuş, güneş çıkmıştı. Tepedeki ağaçların yeşili şimdi daha da bir parlaktı sanki.

Doktor şaşırdı:

— Talihiniz varmış. Yarım santim daha sağa girse durum çok başka olurdu. Bir ay sonra yeniden savaşabilirsiniz...

Sergey, Valya'nın mektubunu okudu. Çavuş Gorski kente girdikleri sıra vermişti. "Aşkım senin koruyucu meleğin olsun..." diyordu Valya. Düşüncelere dalarak gülümsedi. Bir ay sonra yeniden dövüşebileceğim... Evet, daha savaşmak gerekiyor; hepsi tıpkı mezarlıktaki sersem gibi, bir şey öğrenemediler daha... Yaşa'ya yazık oldu!.. Ben nasıl kurtarabildim paçayı? Anlıyorum. Doktorun dediği gibi, talihim varmış anlaşılan... Bu dördüncü yara, her keresinde de hafif atlatıyorum...

Hava kararmıştı. Tepenin ağaçları üzerinde, belirgin, iri, uzak bir kentin ışıklarını ya da güneyin kara gecelerini dolduran ateş böceklerini andıran yıldızlar göründü. Uykuyla uyanıklık arasında Sergey, yıldız da nedir, diye düşünüyordu: Valya'nın aşkı mı? Kepin üzerindeki küçücük yıldız mı? Ya da hem yakın, hem çok uzak olan, az sonra kalkıp yakalayacaklarımdan biri: Çadırımızı iyice aydınlatsın...

8

Dağların arasında küçük bir kentti. Çevresi çok güzel olduğu halde turistler buraya pek uğramazlardı. Hemen yakınında kömür madenleri vardı, kara toz yolcunun burun deliklerine dolup onu rahatsız ederdi. Bu yoğun toz, belediye binasına, alanın otları üzerine, işçi evlerine konardı durmadan. Kentte mevzilenen Almanlar talihlerine sövüp sayıyorlardı; bu kasvetli görüntüye katlanmaya hazırdılar ama kışın bile rahat etme olanağını bulamıyorlardı. Şimdi de bitliler (Teğmen Schmidt madencilere böyle diyordu) canavar kesilmişti.

Yüzbaşı Von Gerlach'ı avutan tek şey, Niemen yakınlarında durumun daha da kötü olması gerektiğiydi. Dostlarıyla konuşurken, Von Gerlach bir "epikürcü" olduğunu özellikle belirtirdi. İpekli çamaşır, sek şampanya, avarelik bayıldığı şeylerdendi. Talihi vardı, cepheye gönderilmemişti. Geçen yaz rastlantı sonucu, bir arama sırasında Von Gerlach, Boucher'nin nefis bir tablosunu bulmuştu. Sık sık düşlere dalıyordu: Savaş bittiğinde tabloyu satacak, Schwalbach'ta ev alacak, sakin, iyi ev kadını bir genç kızla evlenecekti. Savaştan ve bekarlıktan bezmişti. Paçayı bir kurtarabilse...

Madenciler, on dört Temmuz günü greve başlamışlardı. Savaştan önce o gün dans edilir, eğlenilirdi. Derme çatma sahnede ter içinde kalan çalgıcılar nefesli sazlarını üfler dururlardı. Genç kızlar limonata ve bira dağıtırdı. Çınar ağaçlarının sık yaprakları arasında, belli belirsiz fark edilen kağıt fenerler parıldardı. Sabaha kadar dans edilir, belediye binasının önündeki alan kocaman bir balo salonunu andırırdı. Ama şimdi, on dört Temmuzun, yalnız yaz tatilinin başlangıcı değil, aynı zamanda dansların ve donanma fişeklerinin günü olduğunu düşünen kimdi? Madenciler, Jaures Anıtı önünde toplanmışlardı. Dağ rüzgârı koca Fransız bayrağını dalgalandırıyordu. Pauline kürsüdeydi; uzaktan bakan onu heykel sanabilirdi. Yüzü madencilerin lambalarıyla aydınlanmıştı. Zayıf ama pürüzsüz sesi asırlık yeminin sözlerini tekrarlamaktaydı: "Ya özgürlük ya ölüm!" Binlerce ses ona karşılık veriyordu: "Ya özgürlük ya ölüm!.." Ve bu sözler yankılanıyor, çevreye yayılıyordu: "Ölüm!"

Josette ya da şimdiki adıyla Pauline, geçen sonbahardan beri bu bölgede görevliydi. Epey uzakta, kuzey illerinden birinde doğmuştu, ama burada her şey ona çocukluğunu hatırlatıyordu: Madencilerin zorlu çalışması, kaba şakaları, gösterişsiz iyilikleri. Burada her şey uzun uzun konuşulmadan anlaşılıyordu. Herkes ona güveniyor, "Pauline söyledi..." demek inanmalarına yetiyordu.

Grev, kısa sürede bütün bölgeye yayıldı. Bazı köylerde işçilerle Almanlar arasında çatışmalar olduğu söyleniyordu.

Kendinden geçen Teğmen Schmidt, Yüzbaşı Gerlach'ın çalışma odasına dalıverdi:

— Topunu hemen dağıtmak gerek!..

Yüzbaşı, kepenkleri sıkı sıkı kapamış sedire uzanmıştı. Sokaktan çığlıklar, *Marseillaise*'in sözleri geliyordu.

— Bağırmayın, dedi yüzbaşı. Nöbet geldiğinde kendimi yormamalı, dinlenmeliyim. Onları nasıl dağıtacağınızı merak ediyorum doğrusu. Elimizde altmış kişi var, madencilerin sayısı üç bin.

— Evet ama bu bitlilerin silahı yok.

— Yanılıyorsunuz. Fransız jandarma yüzbaşısı, ellerinde üç, dört yüz Amerikan makinelisi bulunduğunu söyledi. Siz savaşmaktan başka şey düşünmüyorsunuz... İyi ama askerlerimin hayatına kim güvence verecek!

— Öyle ama yüzbaşım...

— Nöbet geldiğini söylemiştim. Çıkın ve beni rahatsız etmemelerini söyleyin. Bağırıp çağırmalara gelince, hiçbirine aldırmamalısınız. Tanrıya şükür, üç yıldır Fransa'dayım. Bağırmaktan yorulunca dağılırlar...

Astsubay, Schmidt'i bekliyordu.

— Yüzbaşının emirleri nedir?

— Emirleri mi? Rahatsız edilmek istemiyor, nöbeti gelmiş...

— Belki doktor çağırmak gerekir?

Teğmen Schmidt bir kahkaha attı:

— Doktorlar bu hastalığa karşı bir şey yapamazlar... Generallerin yatakta öldüğü söylenir ya... Yüzbaşı Von Gerlach da general olmaya kesinlikle kararlı…

Komşu köylerdeki Almanlar da ürküp kente sığınmışlardı. Sokaklarda madenciler bağıra çağıra Marseillaise'i söylüyorlardı. Telefoncu kız, Josette'e, çevredeki dağlarda gizlenen direnişçilerin kente saldırıp ele geçirmeye hazırlandıklarını bildirdi. On beş Temmuz akşamı, Teğmen Schmidt Von Gerlach'a raporunu veriyordu:

— Herkes direnişçilerin kente saldırmaya kararlı olduklarını söylüyor. Buraya kadar gelmelerine fırsat verirsek felaket olur. Madencileri silahlandırabilirler. Hepimizi parça parça etmelerini mi bekleyeceğiz?

Yüzbaşı hafifçe gülümsedi:

— Her ne pahasına olursa olsun savaşmak istiyorsunuz demek delikanlı? Peki bunda hiçbir sakınca görmüyorum... Yazık ki size komuta edecek halim yok, bugün dünden de kötüyüm...

Savaş, öğleden akşam karanlığına dek sürdü. Almanlar otuz iki kişi kaybettiler. Partizanların da kayıpları ağırdı. Akşam, Teğmen Schmidt kente çekilme emrini verdi. Almanlar kışlalara kapandılar.

Üç yüz direnişçi alana sıralanmıştı. Madenciler onları kucaklıyor: "Bize silah verin, Albi'ye saldırırız..." diyorlardı. Direnişçilerden pek çoğunun aileleri kentteydi; herkes evine dağıldı. Gece ateşli, karanlık ve gürültülüydü: Şarkılar şöyleniyor, naralar atılıyor, herkes birbirini kutluyordu.

Belediye binasında, müfrezenin komutanı Noel ile Pauline kışlaların nasıl ele geçirilebileceğini tartışıyorlardı.

— Kaç tüfeğin var? diye sordu Pauline.

— Yirmi sekiz; iki makineli, kırk üç tabanca, otuz altı el bombası var ayrıca. Adamlarımızdan çoğunun silahı yalnız bıçak. Buralarda bir şey bulunabilir mi?

— AS'nin silah deposu yakında. Bir işbirliği toplantısı yaptık, ama silah vermeye yanaşmadılar. Bizim elimizdeyse topu topu benim makinelimle on yedi tabanca var.

Gece on birde, Astsubay Krantz Yüzbaşı Von Gerlach'a mühürlü bir zarf getirdi. Yüzbaşı zarfın içinden çıkan mektubu okudu:

"Bildiğiniz gibi kent ve çevresi bizim denetimimiz altındadır. Yarın "Özgürlük" müfrezesiyle Binbaşı Leger'nin alayı toplarıyla buraya gelecek. Boş yere kan dökülmesinden kaçınmak için, bu mektupla sizi teslim olmaya davet ediyorum. Bütün Alman subay ve askerlerine uluslararası anlaşmalara uygun davranılacaktır. Cevabınız 17 Temmuz 1944 günü en geç saat altıda bize verilmelidir.

YÜZBAŞI NOEL."

Von Gerlach divandan yere atladı; hastalığını bile unutmuştu... Ne korkunç şey! Savaş sona eriyor, ben burada öleceğim! Neden Normandiya'da değilim sanki? Orada her şey çok daha kolay olup bitiyor... Karşımdakiler Amerikalı olsa hiç düşünmeden teslim olurum... Ama direnişçilere teslim olmak imkansız. Hesaplaşmaya kalkarlar... Fransızlarla bir arada, hırıltısız dırıltısız yaşamak istiyordum. Ama beni bile savaşmak zorunda bırakıyorlar...

Gece yarısına doğru, belediye binası çevresinde nöbet tutan direnişçiler bir Alman askeri yakaladılar, doğru belediye başkanının odasına götürdüler. Pauline bir koltukta oturuyordu. Başını kalın bir kanun kitabına dayayan Noel uykuya dalmıştı. Alman hemen:

— Ben Avusturyalıyım, dedi.

Noel uyanıp yerinden fırladı. Makinelin var mı?

— Hayır yok.

— Makinelin yoksa burada işin ne?

— Avusturyalı olduğumu söyledim size. Artık savaşmak istemiyorum. Çok ileri gidildi. Şimdi Almanların yenileceği açık seçik ortada. Oysa ben Avusturyalıyım, bir de Polonyalı arkadaşım var; o da kaçmaya karar verdi. Ama Almanların teslim olacaklarını sanmayın. Yüzbaşı Von Gerlach, Albi'deki yüksek komutanlığı aradı. Az önce de Teğmen Schmidt dayanmamız gerektiğini söyledi. Çünkü gün doğarken Albi'den bir müfrezeyle birkaç tank gelecek...

Noel, sinirli sinirli:

— Peki, dedi. Git de bir makineli bul. Başka türlü seni aramıza alamayız.

Alman gidince Noel, Pauline'e:

— Durum kötü, Albi'de çok askerleri var. Gitmek zorundayız, aksi halde tuzağa düşeceğiz...

— Bir kere daha Legland'la konuşmaya çalışayım, dedi Josette. İki yüze yakın hafif, bir sürü de ağır kakineli var ellerinde. İyi biliyorum, silahlar indirildiğinde bizimkilerden biri de yanlarındaydı...

Savaştan önce Café Royal'e uğrayanlar orada Noter Legland'ı her zaman görebilirlerdi. Kahvenin öteki müşterileri gibi iskambil oynamazdı; ya son yerel seçimleri ya da yakın gelecekteki genel seçimleri tartışır dururdu. Hükümeti eleştirir, kabine krizi baş göstereceğini söyler, bir Vatikan'ın tutumuna içerlerdi, bir Moskova'nın. Önceleri sosyalist olan Legland, sonra radikallerin safına katılmış, tekrar sosyalistlere dönmüştü. Eski bir dostuyla bile konuşsa, siyasetten söz ederken karşısındakine "yurttaş" derdi, mutlaka yeleğinin düğmesine yapışır, adamın suratını tükürük yağmuruna tutardı. 1940 yılında Legland birden: "Siyasetten nefret ediyorum," demişti. Ailem var benim, ne serüvene aşığım, ne de çocuk." O sıralar çok korkmuş, ulu orta Pétain'e övgü düzmesine ramak kalmıştı. Karısı vazgeçirmişti onu bundan. "Bu pis işlere yeniden burnunu sokman neye yarar?" demişti. Şimdi Legland, 1940'dan bu yana General De Gaulle tarafından kendisine verilen sayısız gizli görevin üstesinden geldiğini söyleyip duruyordu. Kimse kendisini ciddiye almadığı halde AS'nin kent şubesinin başkanı ve Londra'daki Fransızların delegesiydi. Herkes Legland'dan vazgeçilemeyeceğini anlıyordu; savaştan önce belediye başkan yardımcısı, "İnsan Hakları Kuruluşu"nun kent şubesinin başkanı, "Tarım bölgesi Laik Okulundan Yetişenler Demeği" nin de ruhuydu.

Josette uzun uzun çaldı kapıyı. Saat sabahın ikisiydi. Bayan Legland, kapıyı kocasını götürmeye gelen Almanların çaldığını sanıyordu. Pauline'i görünce o kadar sevindi ki neredeyse boynuna sarılıp öpecekti. Çizgili pijamasının üzerine bir yağmurluk geçiren Legland da göründü.

— Albi'den bir müfreze istediler, dedi Josette. Hiç olmazsa direnişçileri silahlandırmazsak hapı yuttuk demektir...

Legland eliyle ağzını kapayarak esnedi, içini çeker gibi yapıp:

— Bunun delice bir serüven olduğunu size söylemiştim yurttaş Pauline, dedi.

— Bize silah verirseniz her şey değişebilir...

— Beni şaşırtıyorsunuz. Önemli biri, FTP temsilcisisiniz, çocuk gibi düşünüyorsunuz. Evimi, tabancamı, hayatımı emrinize verebilirim. Ortak çalışmayla, tehlikeyle bağlıyız birbirimize... Ama silahlar benim değil, cumhuriyetin malıdır. Bize çocuksu serüvenlere atılmak için değil, harekete geçme günü kullanılmak üzere verildi.

— İlkbahar boyunca harekete geçeceğiniz günün müttefiklerin çıkarma yapacağı gün olduğunu tekrarladınız. O günden bu yana altı hafta geçti.

— Beni yanlış anladınız. Harekete geçme günü birkaç ay uzayabilir. Londra bize genel ayaklanma işareti verdiği gün ortaya çıkacağız.

— İyi ama ayaklanma başladı.

— Biraz erken. Ayaklanma, müttefik kuvvetler yaklaştıkça bölge bölge patlak verecek. Siz bir tek partinin, bir tek sınıfın çıkarlarına uygun hareket ediyorsunuz. Biz bütün ulusu düşünüyoruz. Amacımız müttefik kuvvetlerin Fransa'yı kurtarmasını kolaylaştırmak. Oysa müttefik kuvvetler daha Normandiya'da; demek oluyor ki şimdilik aramızda bin kilometreyi bulan bir uzaklık var...

Josette yerinden kalkmıştı:

— Ne olduğunuzu bir türlü anlamıyorum? Fransız mısınız? "İntelligence Service" ajanı mı, yoksa Amerikalıların ordonat subayı mı?

Legland birden kendini kaybetti; Josette'in üzerine yürüyüp yüzünü tükürük yağmuruna tutarak haykırdı:

— Biz doğduğumuz günden bu yana Fransızız. Oysa siz, 22 Haziran 1941 günü emirle Fransız oldunuz. Anlaşıldı mı?

Josette, düşünceli, kendi kendine konuşurcasına alçak sesle:

— Aynı sözleri '39'da, bizleri hapse atıp teslim olmaya hazırlandığınız günlerde de duymuştum. Yine Almanlardan değil işçilerden korkuyorsunuz. Hoşça kalın Bay Legland, rahatsız ettiğim için özür dilerim.

Direnişçiler kenti boşalttıklarında hava karanlıktı. Pek çok işçiyle grevi yönetenlerin aileleri de onlarla birlikte ayrıldı kentten. Noel, küçük gruplara ayrılma emri vermişti. Dağda, boğazın orada birleşeceklerdi; nasılsa Almanlar oraya kadar gelmezlerdi. Josette, aileleriyle birlikte ilerleyen madencilerin başına geçmişti. Dört yol ağzı yakınında Almanları gördüler. "Stop!" diye bağırdı Almanlar. Koca kayalar ve kül rengi, diken gibi otlarla kaplı bir vadinin dibindeydiler. Birçok kişinin kayalar ardında kaybolduğunu gören Almanlar ateş açtılar. Josette haykırdı:

— Kaçın!

Sonra bir kayanın ardına sinip ateş etti; iki Alman devrildi. Ötekiler yere yapışıp ateşe devam ettiler. Gençler, kadınlar ve çocuklar tehlikeyi atlatmıştı; dağın derin çatlaklarla kaplı yamacına kadar sürünecek zamanı bulmuşlardı hepsi.

Almanlar yeniden yürüyüşe geçtiler. Kente varmak için acele ediyorlardı. Madenciler Josette'e koştular; yere uzanmış, kollarıyla bir kayaya sarılmıştı. Yüzündeki gerilimi ölüm bile silememişti, sanki devam ediyordu ateşe. Madenciler Josette'in ölüsünü dağın tepesine taşıdılar. Boğazın yakınına, koca dallı bir karaağacın altına gömdüler. Gerçek adını kimse duymamıştı; yalnız madenci kızı olduğu ve Pikardiya'da doğduğu biliniyordu. Arkadaşları mezar taşına şunları yazdılar: "Pauline. Madenci kızı, halk kızı 17 Temmuz 1944."

Teğmen Schmidt kollarıyla geniş hareketler yapıyor; sevinçten uçuyordu neredeyse:

— Direnişçiler tüymüş!..

— Neden sevindiğinizi anlayamıyorum, dedi Von Gerlach. Bugün gittiler, yarın gelecekler...

Yüzbaşı düşünüyordu: Ah! Şu Boucher'imi de alıp Schwalbach'a gidebilsem! Hayır, kurtulabileceğimi hiç sanmıyorum... İnsanın Schmidt gibi bir sersem olması çok daha iyi; hâlâ 1940 yılındayız sanıyor... Bitkin düşen Von Gerlach kendini sedire bıraktı ve:

— Söyleyin de beni hiç rahatsız etmesinler, dedi.

Yıllanmış karaağaç Josette'in mezarının yanında nöbetçi gibi dikiliyordu. O çevrede pek az orman vardı; ağaçlar tek başlarına, içlerine kapanık yaşar: Civar köylerde yaşayanlar da bu yalnız ağaçların hepsini bilirlerdi. "Değirmenin yanındaki dişbudağın altında dinlendim." "Marie ile yıllanmış akçaağacın altında buluştuk." "Kaynaktaki çınarın oraya gelin." derlerdi hep. Direnişçiler kente karşı girişilecek yeni saldırının hazırlığını yapıyorlardı. Albi'den gelen biri Noel'e: "Yıllanmış karaağacın altında buluşalım" demişti. Noel onu bekliyor ve Pauline'i düşünüyordu. Ne büyük bir güç vardı bu incecik kadında! Sonra Noel devamlı hışırdayan yapraklara kulak verdi ve düşündü: Ağaç konuşuyor ama neden söz ediyor? Sır... Ağacın dili hem basit, hem de gizemli; tıpkı Josette'in sevdiği müzik gibi...

9

Minaev savaşın dördüncü yılında iyiden iyiye efkar bastığını duyduğunda, aferin anacığıma, diyordu serzenişte bulunurcasına kendi kendine. Harika mektuplar yazıyor! Oysa Maria Mihailovna, bir süreden beri tükendiğini hissediyordu; mektuplarında Mitya'ya yorgunluğundan hiç söz etmiyordu tabii, gündüzleri yine dayanabiliyordu da, yatar yatmaz her yanını ağrılar kaplıyordu. Eskiden de birkaç yastığı üst üste koyup başını dayayarak uyumayı severdi, şimdi geceyarısı uyanıyor, karanlıkta oturuyor ve gözleri açık, komşuları, Mitya'yı, savaşı düşünüyordu. Yorgunluktan düşünceleri iyiden iyiye birbirine giriyordu ama uykusu da bir türlü gelmek bilmiyordu.

Minaev'in "Nuh'un Gemisi" diye adlandırdığı bu aile evinin hayatında pek çok şey değişmişti. Kazakov çifti Parşinlerin odasına geçmişti. Sonra Parşinler Barnaul'dan döndüler; Kazakovlar odadan çıkmayı reddettiler; mahallenin konut yönetmenliği Parşinlerin kiralarını zamanında ödemediğini belirtiyordu; mahalle savcısı onların savunmasını üzerine almıştı; duruşma dört ay sürdü ve sonunda Parşinler odalarına kavuştular. Şura'nın kocası, geçen sonbaharda Gomel önlerinde ağır yaralanmıştı; tek bacağı kesik dönmüştü geriye. Koltuk değnekleriyle gürültü yapıyor, karısına: "Senin için yük oldum artık!" diyordu. Şura da kocasına şu cevabı veriyordu: "Yok öyle şey, seni eskiden de çok seviyorum. Kendini üzme, geçinmenin yolunu buluruz nasılsa..." İrina Petrovna Kovaleva'nın oğlu yeniden yararlık göstermiş, ilkbaharda izinli geldiğinde Kremlin'e, nişanını almaya gitmişti. Evi ayak sesleriyle, tayfalara özgü ağır şakalarıyla ve epey uzakta kalan kuzey deniziyle ilgili hikâyeleriyle dolduruyordu. İrina Petrovna'nın kızı Nataşa da evlenmişti. Katsman'ın karısı Alma-Ata'dan dönmüş, evden içeri adımını atarken başlamıştı hüngür hüngür ağlamaya... Burada herşey ona oğlu Grişa'yı hatırlatıyordu. Savaş çoktan Moskova dışından Polonya'ya, Karpat dağlarına, daha sonra da Almanya'ya doğru uzaklaşmıştı. Hayat koşulları eskisi kadar güç değildi. Belki bu nedenle insanlar, şimdi her şeyi daha zor beğenir olmuşlardı. Eskiden İrina Petrovna günlük hayatın sıkıntılarını fark etmezken, şimdi, vesikalarının karşılığını zamanında alamamaktan ya da elektriğin kesilmesinden yakınıyordu. Üç yıl boyunca insanlar yıpranmış, sinirleri iyiden iyiye bozulmuştu. Birden İrina Petrovna, bir tencere yüzünden Parşina ile bozuştu; sonra kendisi utandı yaptığına. Sanki savaş sona erdi de... Moskova sokaklarını gören kişi savaşı unutabilirdi. Pek çok otomobil ve savaş öncesinden daha çok insan görülüyordu ortalıkta. Tiyatro biletlerinden, kiralık odalardan, yiyecekten, öncelikle alınabilecek vesikalardan söz ediliyordu. Ama kentin dış görünüşü yanıltıcıydı. İnsan her şeye alışır, Moskovalılar da savaşa, zaferlere alışmışlardı. "Bugün," deniyordu, "iki kere top atıldı. Birincisi Paskov için, ama öbürü neresi için pek anlayamadım." Ayrılıklara da alışılmıştı. Ama bu görünür durgunluğun ardında kuşku, sevilenlerin acısı, yakın gelecekte yuvaya dönüş umudu yatıyordu.

Katsman geceleri yeşil ve kırmızı ışıklarla aydınlanan gökyüzüne baktıkça, Grişa'nın bir daha hızla odasına dalıp: "Baba Dinamo 3-1 galip!" diyemeyeceğini bütün acılığıyla duyuyordu. Spiker, "Kahramanların zaferi sonsuz olsun" sözünü tekrarladığında da David Grigoryeviç savaşın ilk yılını anımsıyordu. O sıralar, ne füze vardı, ne de top atışı...

Maria Mihailovna şimdi Mitya'sı için eskisinden de çok korkuyordu. Mitya evlenmişti; karı-koca huzur içinde yaşayacak, balayına çıkacaklardı ya, neredee? İkisi de savaşmaya devam ediyorlardı... Geceleri kulak kabarttığında, ya Volkov'un koltuk değneklerinin sesini duyardı ya da Katsmanların odasından boğuk çığlıklar gelirdi. Gece kocası gazetede çalışmaya gittiği sıra ağlıyordu Anna Borisovna. Ve Maria Mihailovna'yı da bir korkudur alıyordu. Komodinin gözünden Mitya'nın mektuplarını, yeni gelininin ve kimlik kâğıdından söküp çıkardığı oğlunun fotoğrafını alırdı. Fotoğraflara bakar, dudaklarına götürür, avucunda sıkar, pamuk ipliğine bağlı bu mutluluğu korumaya çalışırdı sanki.

Sıcak bir temmuz günüydü. Maria Mihailovna dikiş dikerken Katsman seslendi:

— Dışarı bakın...

Sadovaya Sokağı'ndan Alman tutsakları geçiyordu. Volkov kapıyı vurdu; penceresi avluya baktığından Maria Mihailovna'nın penceresinden seyretmek için izin istedi.

Kalabalık kaldırımlara yığılıyordu. Ne haykırış duyuluyordu, ne kahkaha. Ses çıkarmadan bakılıyordu Almanlara. İnsanın güç dayanabileceği bir sessizlikti bu. Kadınların bakışlarına dayanamayan bazı Almanlar başlarını çeviriyorlardı.

O ana kadar Maria Mihailovna, Grişa'yı öldürenler, Volkov'u sakat bırakanlar ve yığınla kötülük edenler hakkında belirli bir fikir edinememişti. Almanlara bakıyor, anlamaya çalışıyordu.

Önde generaller yürüyordu; içlerinden birini gördüğünde Maria Mihailovna başını salladı: Yaşlı başlı bir adam, nasıl da utanmadı? Derken subaylar göründüler. Onların arasında da pek çok yaşlı adam vardı. Dizi durdu. Maria Mihailovna'nın bakışları bir subayınkilerle çatıştı; adamın gözlerinde öylesine büyük bir nefret okunuyordu ki Maria Mihailovna buz kestiğini duydu. Alçak sesle:

— Gerçek birer katil hepsi, diye söylendi.

Volkov homurdandı:

— Yeterince gördüm herifleri...

Odasına döndü. Katsman da bakmıyordu artık. Öylesine bitkin bir halde yatağına çökmüştü ki, Maria Mihailovna geldi, yanına oturdu.

— Hepsini yakaladık, yıktıkları kentleri elleriyle yapacak uğursuzlar. Ama ölenleri canlandıramayacaklar işte...

— Size hepsi katil gibi geliyor, dedi Katsman. Ben onları katil olarak bile görmüyorum. Sıradan insanlar hepsi; başka türlü giydirilseler insanın kuşkulanacağı bile gelmez... Yürürken bir şeyler atıştırıyor, gülüyor, aralarında konuşuyorlar. Öte yandan da küçük çocukları diri diri gömüyorlardı. İşin en korkunç yanı bu: Bir insan her kalıba sokulabilir. Eninde sonunda onların da çocukları var.. Ama Grişa...

Sözünü bitiremedi. Maria Mihailovna boynuna sarıldı:

— Dünyaya gelirken birbirimize benzemiyoruz, doğru. Ama her şey insana aşılanana bağlıdır... Ruhtan söz ediyorum... David Grigoryeviç, şunu düşünün: Zaferi Grişa kazandı...

Tutsaklar arasında Schirke de yürüyordu. Merakla kenti, insanlarını incelemekteydi. Berlin'deki gibi koca koca yapılar, yanı başlarında da küçük kulübeler vardı. Epey de kalabalıktı... Schirke Rusların kendilerine küfür edeceklerini, taşlayacaklarını sanıyordu. Ama susuyordu Ruslar. Nefretle düşündü: Şark işte... İngiltere'yle görüşme işi Ribbentrop'a verilmemeliydi. En iyisi İngilizlerin isteklerini kabul etmek, Amerikalıları safımıza çekmek ve bura insanlarını ezmekti ya... Bundan böyle savaşı kazanacağımız düşünülemez. Her şeyi yirmi yıl geciktirmek gerekecek... Bize sık sık sigara verip vermeyeceklerini merak ediyorum... Schirke temkinliydi; Führer'e karşı çıkan subaylara katılmanın yerinde olup olmadığını düşünüyordu. Savaşı kaybedeceksek, geleceği sağlama bağlamak yönünden onlara katılmak gerekir. Er ya da geç Amerikalılarla İngilizler Kızıllarla kapışacak nasılsa; o zaman da bizim saatimiz çalacak. Ne anlamsız yüzleri var Rusların! Şu pencerede duran ihtiyar adamla kadına bak; bön bön bizi seyrediyorlar. Kızgınlık bile sezilmiyor bakışlarında...

Schirke'nin yanında bir yüzbaşı yürüyordu:

— Korkunç! dedi. Sanki insan değilmişiz gibi bakıyorlar bize. Küfür etseler çok daha sevinirdim...

Schirke omuz silkti. Böyleleri savaşı kaybetmemize yol açtılar. Herif yüzbaşı olmuş ama beş para etmez... Führer'in çevresi bir sürü alçak ve ikiyüzlü ile dolu. Söylenenlere bakılırsa Kızıllar sınırın yakınına gelmezler... Önemi yok, nasılsa sıra bize de gelecek. Benim yapamadığımı Hans yapacak, Moskova sokaklarından geçecek; hem de galiplerin safında...

Birden, küçük bir çocuk Schirke'yi göstererek bağırdı:

— Anne, ne kötü bir yüzü var şu Almanın!..

Annesi gülümsedi: ,

— Küçük sersem! Korkma, tasması boynunda...

Akşam, Maria Mihailovna oğluna şunları yazıyordu:

"Sevgili Mitya!

Bugün katilleri Moskoya sokaklarından geçirdiler; arkalarından da yolları yıkadılar. Taşları yıkamanın böylelerini yıkamaktan çok daha kolay olduğu düşüncesi bir türlü aklımdan çıkmıyordu; ne kadar sabunlasalar temizleyemezler bunları. Sonra David Grigoryeviç'le uzun uzun konuştuk. Doğru söylüyor, bir insanı her kalıba sokmak mümkün... Yalnız anlayamadığım şey bu kadar büyük sayıda cani yaratabilmiş olmaları. İçlerinden birinin yüzü tam sabıkalı yüzüydü, nasıl yakaladıklarını merak ediyorum doğrusu. Mektupların neşeli ama iyi bilirim seni. Yüreğin kan ağlasa bile şaka edersin. Sağlık durumundan, bol bol Olga'dan söz et bana. Artık her şey yakında sona erecek. Almanların geçişini seyretmek çok şaşırtıcıydı; sayılarını tam bilmiyorum ama belki yüz bin kişi vardı. Benim için üzülme, iyiyim, çalışıyorum ve sabırsızlıkla siz sevgililerimin geri döneceğiniz günü bekliyorum."

Uzun süre soyunamadı, oturdu; gözlerinden ağır ağır yaşlar akıyordu. Sonra ürperdi: Ağlayacak ne var? Kendi kendine sorusunun cevabını verdi: İnsanların haline ağlıyorum.

10

General Von Salmuth açıklamıştı: "Albay Gabler haindir. Onun gibileri yok etmek gerekir." Birkaç gün sonra, aynı general, Gabler'i kutluyordu: "Tam zamanında çemberden sıyrıldınız. Başarılı, parlak bir manevraydı..." Gabler acı acı güldü: Ne hallere düştük, geri çekilmeyi bile zafer sayıyoruz.

Gabler'in komuta ettiği tümen, dokuzuncu ordunun öbür birliklerinin başına gelenden kurtulmuştu. Gabler'i soğukkanlılığının mı, yoksa askerlerin üzerine çöken bozgun havasının mı kurtardığını kestirebilmek güçtü? Herhalde ikisinin de rolü olmuştu. Askerlerinin sıfıra inen moralini görünce Gabler, aldığı emrin tersine aceleyle tümenini geri çekivermişti.

Richter, tümenlerini tehdit eden tehlikeyi albayın ağzından duymuştu. Doğrusu, Minsk'le, Bobruisk çemberiyle ilgili korkunç hikâyeler dinlemişti ama uzun süreden beri bir şeye inanmamak gerektiğini biliyordu. Kimi Amerikalıların denize döküldüğünü söylüyordu, bir başkası da Kızılların Doğu Prusya'yı işgal ettiklerini. Bir üçüncüsü "V" füzelerinin Londra'yı yerle bir ettiğini anlatıyordu.

Sonradan hepsinin palavra olduğu çıkıyordu ortaya. Gazetelerde elle tutulur bir şeye rastlamanın yolu yoktu. Ünlem işaretli birtakım kışkırtıcı sözler, ufak tefek savaş hikâyeleri, hepsi o kadar. Führer'in gizli bir orduyu yedekte tuttuğu, bu ordunun sonucu belli edeceği de belirtilmekteydi ama belki bu da palavraydı...

Soluk almamıza fırsat verdiler, iyi oldu; yıkandık, esaslı bir uyku çektik, yüzümüz yeniden insan yüzüne döndü. Örneğin ben Hilda'nın yaşadığını hatırladım. "V" füzelerinden çok daha ilginç bir şey... Ama şu an ne yaptığını kim bilir? Herhalde İtalyanıyla cilveleşiyordur... Her şey bir yana, yeniden bunları düşünebiliyorum ya, çok önemli...

Richter, Albay Gabler'i hiç bu kadar heyecanlı görmemişti. Sönük purosunu çiğniyor, eliyle masaya vuruyordu. Sakın yeniden kuşatılmayalım, dedi Richter kendi kendine.

Felaket sözünü Gabler'in kendisi etti.

— Belki Stalingrad'dan çok daha az etki yapıyor.

Yas günü ilan etmediler... Ama bizim için bu darbe çok daha korkunç. Merkezi birliklerde kırıntı denecek kadar az kişi kalmış. Hem de Volga kıyılarında değil... Nerede bulunduğumuzdan haberiniz var mı? Polonya'dayız.

— Savaştan hemen önce bu köyden geçtim, dedi Richter. Burada başladık ilerlemeye.

— Aynı yere döndüğünüz için sizi kutlamaktan başka şey gelmez elimden. Suç sizin değil, biliyorum. Askerlerimiz olağanüstü savaştılar... Ama elden ne gelir? '42 yılına kadar zafer kazandıysak, bağırıp duranlar sayesinde değil onlara rağmendir bu zafer. O sıralar da ayakbağı oluyorlardı. Şimdi Almanya düşmek üzere, orduyla aralarındaki hesapları görüyorlar...

Richter, Gabler'in üstleriyle başının dertte olduğunu sandı. Engel, albayı ödleklikle suçladıklarını anlatmıştı.

— Haber Führer'e ulaştığında tümenimizi kurtardığınızı anlayacak, demek cesaretini gösterdi Richter.

Gabler neşesiz, uzun ve aralıklı dişlerini göstererek güldü. Tam o sıra telefon çaldı. Albay açtı ve hemen sinirli bir hareketle yanına bıraktı. Richter'e bağırdı:

— Gidebilirsiniz!

Birden kendini toplayıp elini uzattı:

— Bağışlayın, çok meşguldüm de...

Richter çıktığında epey şaşkındı. Albayın kuşkusu ona da bulaşmıştı: Yeni dostu Engel'e albayın pek çok düşmanı olabileceğini anlatmak istedi, ama Engel ağzını açmasına bile fırsat vermedi.

— Ne dersin olanlara? Ha? Albay sana bir şey söylemedi mi? Haberi iki saat önce verdiler... Führer'in üzerine bomba atılmış, ama sağ salim kurtulmuş.

Öylesine beklenmedik bir haberdi ki bu, Richter sordu:

— Kim atmış? İngilizler mi?

Engel sırıttı:

— Ne İngilizleri? İlgisi var mı? Bir Alman subayı atmış bombayı. Korgeneral Beck de işin içinde...

— Bir şey anlamıyorum...

— Kimsenin anladığı yok. Ama soru sormanın sırası değil, bombasız da havaya uçma tehlikesi var...

İşte Gabler'in sinirliliğinin nedeni. Ne iğrenç şey! Kızıllar Alman sınırına yaklaşıyorlar. Führer'le hesaplaşmaya kalkan alçaklar çıkabiliyor! 1918 yılının tekrarını istiyorlar. Bir korgeneralin komünistlerle işbirliği yapabilmesi olacak şey mi? Akıl alır gibi değil...

Kısa süre sonra Richter yüksek politika sorunlarını unuttu, mektuplar gelmişti. Hilda, Wernigrode'de moralin iyice bozulduğunu, yine de kendini kötümserliğe kaptırmamaya çalıştığını, Kurt'un dönüşünü beklerken kendi halinde bir mimarla tenis oynayarak vakit geçirdiğini yazıyordu. Richter homurdanmaya başladı. "Tenis"le ne demek istiyordu? O "kendi halinde mimar"ın pis yüzünü görmek isterdim! İtalyan ya da bir bankacı; bir hamal olsa daha iyi. İnsanda, en basitinden bir namus anlayışı bulunmalı: Bir mimar karısı kocasını meslektaşıyla aldatmaz...

Bu sefil köyde uzun süre konakladılar. Richter ister istemez geçmişi, temmuz gecesini, Klepper'in saf bakışlarını, Turna'nın görünüşünü hatırlıyordu. Eski dostlarından kimse kalmamıştı. Moskova önlerinden kaçarken Klepper öldürülmüştü. O sıra hava çok soğuktu, herkes kötü kötü düşünüyordu; ama gerçek bir yenilginin ne olabileceği akla gelmiyordu daha. Klepper palavracının tekiydi ya kötü değildi. İkide bir resmini çıkarıp gösterdiği bir kızla evlenmeyi düşlerdı. Hamburg'da güzel bir evi vardı. Herhalde evden de iz kalmamıştı şimdi... O kış Astsubay Bauer ölmüştü. Kendi halinde, sessiz bir adamdı. Turna, Bauer'in hain olduğunu söylerdi; Ruslarla tatlılıkla konuşuyordu. Ve bir Rus öldürmüştü Bauer'i... Nerede kaldı mantık denen şey? Zavallı Turna; çok okumuştu, soyut düşünürdü. Böyle bir adam çok yaşayamazdı nasılsa. Kursk üzerine yürüdükleri sıra şehit düşmüştü. Kesinlikle inanıyordu başaracağımıza. Siperlerde korkunç bir savaş oldu. Ruslar kızgınlıktan çılgına dönmüşlerdi... Ne garip bir ulus şu Ruslar! Aslında Rusun mayası iyi, ama kızdırılmaya görsün, her şeyi unutur... Tercümanı Braun, Oidipus'a sunulan bilmeceden söz etmişti: Savaşı kim kazanacak, Rus mu, şeytan mı? Oidipus da şu cevabı vermişti: "Şeytanın Rus ya da Prusyalı olmasına bağlı. Eğer şeytan Russa kazanabilir..." Braun Rjev'de, "Ruslarda moral sorunu üzerine" başlıklı bir muhtıra hazırlarken mayın patlaması sonucu ölmüştü... Desna önlerinde geri çekildiğimiz sıra da Karafatma gitti. Bütün bu olayları andıkça insan mezarlıkta yürüdüğünü sanıyor. Kısa süre önce Karl, bütün Kızılları asmaya yetecek ağaç bulunduğunu söylüyordu. Şimdi o da orada yok; son çekilmede Teğmen Hase ile birlikte kayboldu.

Richter, üzücü anılara kendini kaptırmıştı ki Engel, her zamankinden büyük bir heyecan içinde koştu geldi:

— Albay Gabler tutuklandı. Kurmay başkanlığından General Hellwitz geldi ve tümenin komutasını devraldı...

Engel, Richter'in tek güvendiği kişiydi ona:

— Korkunç bir şey bu! dedi. Albay bizi çemberden kurtardı. Rjev'de Führer'den bir teşekkür mesajı aldı. Sen bu işten bir şey anlayabildin mi?

Engel, kurnaz bakışlarını arkadaşının üzerinde gezdirdi.

— Burada insan ya hiçbir şey anlayamaz, ya da çok iyi anlar, dedi. Her ikisinin de kendine göre tehlikeleri var...

— İyi ama... sen albayın bu işe karıştırılmasını kabul edebiliyor musun?

— Sanki üç yıldır genelkurmayda çalışıyormuşum gibi anlatayım sana. Yaşlı subaylar gericidir. Durumun ciddi olduğunu düşünüyor ve ülkenin nüfuzlu kişileriyle ilişki kurmak istiyorlar. Yine de Bolşeviklerle pazarlığa girişecek değiller tabii... Böylesine görüşmeler için özel bir hava gerekir. Onun için de istenmeyenleri ortadan kaldırmakla işe başladılar. Hiç kuşkusuz bunların hepsi hain, Gabler de içlerinde...

Richter, Engel'in yürekten albayı tuttuğunu ama bunu açıklamaktan çekindiğini anladı. Hem söz konusu Engel değildi... Demek Gabler isyancıların safındaydı; albayın telaşının nedeni anlaşılıyordu şimdi... Eşine az rastlanır usta bir şef, eski Almanya'nın kendine özgü bir temsilcisiydi. Hakkı da var: Amerikalılar yüksek rütbeli subaylarla, kiliseyle, Bruning'le pazarlığa girişebilir ama Nazilerle değil... Oysa durum çok kötü, gazetelere göz atmak yeter. Amerikalılar Britanya'yı ele geçirmişler, herhalde oradan Paris üzerine yürüyecekler. Kızıllar da Vistül kıyılarında! Ve bu manyak, Alman generallerini astırıyor. Richter, düşüncede bile olsa Führer'i manyaklıkla suçladığı için ürperdi. Hemen sonra topladı kendini. 1938 yılında da aynı şeyleri düşünüyordum. Gençler coşku doluydular; ben Hilda'ya bütün bunların çok kötü sonuçlanacağını söylemiştim. Tanrıya şükür, Nazi değilim. Huzur içinde yaşamaktan, ev yapmaktan başka şey istemeyen beni savaşmak zorunda bıraktılar... Evvelki gün Albay Wilke'nin de isyancılar arasında bulunduğu söylendi. Doğal bir şey: Haberalma servislerindekiler herkesten çok şey bilir... Üstelik Wilke'nin bir şeyden de haberi yoktu, savaş öncesinde "yarı barışçı sızma"dan söz ediyordu. Savaş zar atmak gibi bir şey... Artık önemli olan hayatta kalmak; yitik bir dava uğruna ölmek çok aptalca olur.

O günden sonra Richter'in kafası bir tek yönde çalıştı: Ne yapıp etmeli de bu cehennemden kurtulmalı? En akıl almaz şeyleri düşünüyor, isteyerek yaptığının anlaşılmaması için bir subayın yakınında kaza gibi gösterip kendini yaralamayı, Gabler'in ihaneti konusunda çok şey bildiğini, ancak bildiklerini tuttuğu günlüğü gözden geçirebilmek için Berlin'de söyleyebileceğini açıklamayı; firar edip savaşın sonuna dek bir Polonyalı kadının evinde gizlenmeyi kuruyordu. Askere alınmadan önce Charlottenburg'da bir ayakkabıcı dükkânı işleten Engel, günün birinde:

— Aslında evlerimizden pek uzakta sayılmayız, dedi...

Ve Richter, başladı düş kurmaya: Belki her şey tatlılıkla sona erer? Çekileceğiz, çekileceğiz, derken birden Hilda'yı görüvereceğim. Sevgili mimarı istediği kadar öpsün, aldırdığım yok, yeter ki onun yanına varayım…

11

Küçük ırmaktan tarlaya doğru yürüyorlardı ve bir Rus tarlasının bütün çiçekleri -basit üç yapraklı yonca, beyaz ve güzel kokulu ciğerotu, boru çiçekleri, mavi gözlü Cezayir menekşesi, papatyalar, yabani karanfiller sarı amberler, öksürük otları ve daha birçok altın sarısı, pembe ve mor çiçek- sıcak bir günün sonunda insanlarla arıları sarhoş eden o yaz kokusuyla Sergey ile Valya'yı karşılıyordu. Valya'nın mutluluğu öylesine büyük, öylesine eksiksizdi ki ne soru soruyor, ne de bir şey anlatıyordu. Yakınında durduğuna güven getirmek için arada bir Sergey'in elini tutmakla yetiniyor, sonra hemen bırakıyordu. Aydınlık günlerin ne gözleri vardır, ne de belleği. Valya bir yabani hindiba kopardı ve üfledi.

— Hepsi dökülmedi ki...

— Ne tutmuştun kafanda?

Valya utandı, gülümsedi; bir şey istemişti ama ne olduğunu bilemiyordu.

Sergey gelmeden önce Valya hep düşünürdü: Karşılaşmamız nasıl olacak acaba? Belki konuşamayacağız bile? Neredeyse üç yıldır bambaşka bir hayat sürüyor Sergey. Hem ne kadar beraber kaldık ki? Sergey içeri girip kendisini kucakladığında bütün sorularının cevabı verildi: Bir atılımda, birbirlerine doğru koştukları o an.

Mutluluk günleri hem ağır (ne bir olay vardı, ne de anlamlı sözler), hem de çok hızlı geçiyordu. Geleli dört gün olmuş, mümkün mü? diye soruyordu Sergey kendi kendine, inanılmayacak kadar güzel... Aşkları kıskançtı; Sergey o kadar beklemişti; yeni bir ayrılığın yakın olduğunu biliyordu ve bu ikisine de kendilerini toplama fırsatı vermiyordu; aşk onları ormanda kovalıyor, yüksek ve kokulu otları çiğnetiyor kanatlılar ailesinin her tonunda şarkı söyletip ıslık çalıyor, Valya'nın minicik odasına bir kucak çiçek dolduruyor, küçük başucu lambasını sabırsızlıkla söndürüyordu.

Altıncı ya da yedinci gün, Sergey başından geçenleri anlatmaya başladı. "Bunları neden hatırladığımı biliyor musun?" dedi gülümseyerek karısına. "Yakında yine oralara döneceğim..." Valya'nın karmakarışık olayları anlayamamasından çekiniyordu. Ama Valya'nın duyguları öylesine bilenmiş, Sergey'in yaşadıklarını yaşama isteği öylesine gelişmişti ki her şeyi görüyordu: Mermilerin delik deşik ettiği ovayı, Binbaşı Şileyko'nun bulunduğu barınağı ve Dinyeper üzerindeki küçük sandalı. Hayat ve insanlarla ilgili olayları kendine göre, yeniden yaşıyordu. Epey önceleri, bir gün Sergey'e şöyle demişti: "Ne kötü! Hiçbir şeyin boyutlarını olduğu gibi; gözümün önüne getiremiyorum; sanki dürbünle bakar gibiyim. Her şey ya çok yakın ve çok büyük geliyor, ya da tam tersine, epey uzak bir görüntü çıkıyor karşıma." Şimdi Sergey'i dinlerken savaşın katı gerçeğini duyuyordu. Şaşkınlıkla bakıyordu kocasına: Onu tanıdığımı sanıyorum, oysa şu an hiçbir yanını bilmez gibiyim... Bu güç, bu rahatlık ona nereden geliyor?

Sergey anlatıyordu:

— Ağustos ya da eylül ayında Stalingrad'daydık. Evin içinde altı kişiydiler. Almanlar saldırıyorlardı. Su yoktu, dayanılmaz bir sıcak çökmüştü ortalığa. Tam beş gün direnip sonunda iki kişi kaldılar:

Şustov ile Vanya (herkes onu bu adla çağırıyordu). Sonradan Binbaşı Şileyko onlara sordu: "Nasıl dayanabildiniz? diye. Vanya cevap verdi: "Ne olacak, inancımız var." Kişinin yürekliliğiyle mi ilgili sanıyorsun? Yürekli Almanlar gördüm. Sorsam ne cevap verebilir: "Almanım," diyecek. Hepsi bu kadar. Aradaki fark bu; şaşkına dönmelerinin, ne yapacaklarını şaşırmalarının nedeni de bu. İnsan inançla darağacına bile yürüyebilir." "Ben Almanım" ne demek? Zafer kazandıkları sürece bu sözün bir anlamı olabilirdi. Ama şimdi aynı söz kendilerine bile garip geliyor... Bu savaş öncekilere benzemiyor. Fransa'yı ne kadar sevdiğimi bilirsin. Paris'i unutamadım, asla unutamayacağım. Taşları. İnsanları... Öteki ülkelerde de, hiç kuşkusuz ne harikalar var: İspanya'da, Hindistan'da, Meksika'da, her köşede. Sorun Almanların daha aşağılık bir ırk olmaları ya da bizde bulunan şeyin onlara üstün geldiği değil. Dinle Valya. Bu anlatacağım Orel'de geçti... Almanca kitaplar yerlerde sürünüyordu, bir sürü paçavra: Faşist propaganda evrakı, polis romanları. Taburumda bir Kazak vardı; kitapları gördü, büyük bir özenle toplamaya koyuldu. İçinde ne olduğunu bilmiyordu bile, ama düşünceye, bilgiye saygısı vardı. Bu yanımızla, herkesten önce yola çıktığımız için üstünüz... Düşmanı gözetlemek için ileri kol çıkarmak en güç iştir; oysa biz bir ileri kol, bir gözcü müfrezesiyiz. Bunun için nefret ediyorlar. Yine bunun için seviyorlar... Minsk yakınında yabancı gazeteciler gördüm... Hayır, şu sıra sana onların sözünü etmek istemem, bayağı kaçar... En iyisi Fransa'daki Roche Ainé fabrikasında gördüğüm Fransız işçisini anlatmak... Bir ana oğlunu asla ele vermez; oysa her birimiz yüreğimizde taşıyoruz çocuğumuzu. Adı da "gelecek". Yalnız benim, bizim geleceğimiz değil, bütün dünyanın geleceği. En güzeli, bir başka yüzyıla varan köprü...

Birden gülmeye başladı:

— Ne halde olduğumu görüyor musun? Köprü yapıyorum, herşeyi de köprüye benzetiyorum.

Söylediklerinden rahatsız olduğu için böyle demişti. Ama Valya kolunu Sergey'in boynuna doladı:

— Gülecek bir şey yok. Gerçeği söyledin...

Kulüpteki gösteri Sergey'in mektubundan çok önce kararlaştırılmıştı. Ama Valya, şimdi sahneye çıkıp oynamak istemiyordu. "İmkansız!" dedi Lida. "Son anda bizi aldatamazsın!" O zamap Valya, Sergey'den gelmemesini rica etti. Senin karşında oynayamam... Hem sonra oyun da çok saçma. Gerçekten gelmeni istemiyorum... Rahatsız olacağım..." Ama Sergey karısını dinlemedi; mutlaka gelmek istiyordu.

Valya öyle heyecanlıydı ki bir türlü makyajını tamamlayamadı. Lida kollarını havaya kaldırıp:

— Dur, dur! dedi. Ağzın boya içinde kaldı!...

Adı duyulmamış bir yazarın Staritsalı Genç Kız adlı oyunu oynanacaktı. Çocuksu, akıl almaz olaylarla ve dokunaklı monologlarla dolu bir oyundu. Almanlar, elde kırbaç, figüranlar sahnede gidip geliyorlardı. Saçı sakalı birbirine karışmış, ipek gömlekli partizanlar da durmadan ateş ediyorlardı. Bir Sovyet subayı Almanları dağıtıyor ve onlara şöyle haykırıyordu: "Alçaklar! Rus barutunu koklayın bakalım biraz!" Sergey birinci sırada, kent komitesi sekreteriyle tiyatronun sahneye koyucusu arasına oturmuştu. Üçü de bıyık altından gülüyorlardı. Oyunda dokunaklı sözler, edebiyatla pek az ilgisi bulunan bir adamın şiiri vardı. Amatör oyuncular bu sözleri öylesine alışılmış biçimde söylüyorlardı ki, dokunaklı oyun güldürü havasına bürünüveriyordu.

Kuliste Valya'nın içi içine sığmıyordu. Ağzımı bile açamayacağım. Sergey salonda... Neden kabul ettim? Beni gülünç bulacak...

Valya sahneye çıktığında, Sergey oyundaki bütün tutarsızlıkları unuttu. Valya öylesine bir ruh yüceliği, öyle büyük bir duygululukla konuşuyordu ki bütün salon dondu kaldı. Sesi, sözcüklerin anlamına göre değişiveriyordu. Şişko bir Alman onu sorguya çekiyor, Valya şu cevabı veriyordu:

— Adımı mı sordunuz? Bilmiyorum. Staritsalı bir genç kızım ben. Demiryolu köprüsünü uçurmaya beni iten şeyin ne olduğunu öğrenmek istiyorsunuz demek? Hanımeli ve kuş kirazıyla konuştum. Anamın mezarını ziyaret ettim. Bir sabah penceremde öten tarla kuşunun sesini duydum. İlk yaz yağmuru beni uyandırdı, tepemde trampet çalıyordu. Kalktım ve yola çıktım... Beni öldürebilirsiniz, hiç de güç bir iş değil. Köprü uçurmaktan çok daha kolay. Ama yarın bir başkası gelecek ve size: 'Ben Staritsalı bir genç kızım...' diyecek."

Valya, sanki bir kızgınlık ve duygululuk görüntüsüydü. Bütün salon alkıştan yıkılıyordu. "Tiyatromuzda çalışmasını önermeliyiz..." dedi sahneye koyucu. Sergey'in bir şey duyduğu yoktu; hep o pürüzsüz sesin dünyasında yaşıyordu:

"Kuş... Hanımeli... Kalktım ve yola çıktım..."

Gece Valya'ya:.

— Annem haklı, dedi. Moskova'ya gitmelisin. Belki tarafsız kalamadığımı söyleyeceksin. Ama seyirciler üzerinde yaptığın etkiyi gördüm... Neden istemiyorsun?

— Sana çok uzak kalmaktan korkuyorum... Sergey karısının ellerini avuçlarına aldı, uzun uzun öptü.

— Valya, iki kere karşılaştık. Bir buraya vardığımda, bir de sahneye çıktığında. Bir şey anlamadın değil mi? Tıpkı oyundaki gibi saçma sapan şeyler söyleyeceğim, bana gücenmemelisin. Pek çok yıldız vardı gökyüzünde. Birden, sanki birini yakalayıp ateşböceği gibi avucumda sıkabileceğimi sandım... Uzak olanla yakın olan neymiş, anladın mı şimdi? Savaştan önce bana, dürbünün öbür yanından da bakılabileceğini söyleyen sendin. Mektubunda yazdıklarını tekrarlasana...

— Hatırlamıyorum...

— "Aşkımın zenginlikleri öylesine arttı ki..."

— "Altınımın yarısını sayamıyorum." Doğru sevgili Sergey...

12

Dédé'nin müfrezesine temmuz ortasında silah verilmişti. Gustave silahların hikâyesini şöyle anlattı: "Paraşütle bir İngiliz binbaşısı indirdiler. Müttefik kuvvetlerin Normandiya'da güçlük çektiklerini itiraf etti. Bu nedenle de FTP'ye karşı tutumlarını değiştirmişlerdi, bütün umutları bizdeydi artık. Ona açıkça söyledim: "Umut mumut bizim işimizi görmez; bize silah gerek." Adam da şu cevabı verdi: "Başkaları ne düşünür bilmem, ama bir AS gibi FTP'ye de silah verme kararındayız." Böylece silahlar elimize geçti. Kahır yüzünden lütuf diye buna derler. Müttefikler yerinde sayıyor, bu sayede biz ilerleyebiliyoruz...

Bir ayda epey iş görmüşler, bütün bölgeyi Almanlardan temizlemişlerdi; Almanlar ancak sokaklarını barikatlarla kapadıkları, binalarını tahkim ettikleri Limoges kentinde tutunabilmişlerdi. Oradaki garnizon epey kalabalıktı, pek çok SS vardı aralarında. "Limoges'u almanın sırasıdır," dedi Gustave. Müttefikler gelene kadar bekleyecek değiliz ya!.."

Dédé müfrezesini sıraya dizdi. İşte bembeyaz bıyıklı, İspanya İç Savaşı sırasında Başbakan Blum'a yazdığı: "On altı yıl sosyalist kaldım; Madrit'te olup bitenlerden utanç duyuyorum..." diyen mektubuyla övünme meraklısı köylü Charles. İşte on dokuz yaşındaki Parisli partizan işçi Givet; Brive'de bir Alman subayını öldürdü. İşte madenci André; '43'de madenden aşırdığı dinamitleri getirmişti. İşte Fransa'daki bütün toplama kamplarından ve çeşitli direniş kuruluşlarından geçen Barcelonalı şoför Manolo. İşte Çek, Pierre, Charlot, Ayı, Mado... Müfreze aşağı yukarı altı yüz kişi...

Köylerin önünden geçiyorlar. Köylüler hepsini selamlıyor:

— Bunlar direnişçi...

Charles cevap veriyor onlara:

— Direniş artık sona erdi, Limoges üzerine yürüyoruz.

Başka yollardan öteki müfrezeler, Fernand'ınki, Bernard'ınki, Georges'unki de kente yaklaşıyor. Limoges kuşatıldı.

Almanlar kuşatmayı kuzeye doğru yarmayı deniyorlar; Paris yolu üzerinde savaş veriliyor. "Adolf Hitler" tümeninin SS'leri bir arıza sonucu Limoges'dan çıkamamışlar. Manolo içlerinden birini enselemiş; üzerinde de bir fotoğraf bulmuş: Bir kulübe, kar, yarı soyunuk ağlayan bir genç kız... "Kızın fotoğrafını sen mi çektin?" diye soruyor Manolo. SS askeri başını sallıyor. Manolo fotoğrafı Ayı'ya götürdü. Voronov baktı, yüzü çöktü sanki. "Merak etme," dedi Manolo dostuna. "Hesabı görüldü..."

Charles'ın Oradour'da bir kardeşi vardı. Almanlar onu çocuklarıyla birlikte yakmışlardı. "Belki Amerikalılar kiminle savaşacaklarını bilmiyorlar, diyordu. Ama ben çok iyi biliyorum..."

Kentin çevresindeki çember daralıyor. Almanların son çıkışı Aix yakınlarında püskürtüldü.

Dédé'nin kurmay başkanlığına çağrıldığını duyan direnişçiler: "Yarın saldırıya geçiyoruz," diyorlardı.

Dédé en iyi partizan şeflerinden sayılırdı. Kısa boylu ve tıknaz, kırk yaşlarında, cin gibi keskin bakışlı, yüzüne öfkeli bir anlam veren alt dudağı fırtlak bir adamdı. Savaş öncesinde savaşı hiç düşünmemişti bile; öğrencilerinin ödevlerini düzeltir ve övünerek okulunun "çevrede hep birinci" olduğunu söylerdi. Limoges yakınlarındaydı bu okul. Ama Dédé pek sözünü etmezdi. Kafası hep Alman trenleri, patlayıcı maddeler ve makinelilere takılmıştı.

Dédé Gustave'ın kendisini bir askeri toplantıya çağırdığını sanmıştı. Oysa Gustave:

— Almanlarla görüşmeye gideceksin, dedi. General Gleinitzer teslim olma koşullarını konuşmak istiyor.

— Ne koşulu? Ellerini havaya kaldırsınlar, oldu bitti...

Gustave durumun nazik olduğunu anlattı. Almanlarda top vardı. Müttefik komutanlığının temsilcisi olan o İngiliz binbaşısı yanında olacaktı.

— Almanlar bize teslim olmak istemiyorlar; müttefiklerle görüşme isteğindeler. İş bu kadarla kalsa iyi; binbaşıyı kendilerine tanıştırırız yeter; isterlerse teslim olmasınlar. Binbaşı onlarla görüşecek, ama gözünü dört aç; eli ayağına dolaşmasın! Bir barış konferansında bulunduğunu sanabilir. Böyle şeyleri pek sever...

Kente doğru yola çıktılar. Yolda İngiliz Dédé'ye;

— Almanlarla tarafsız bir yerde, İsviçre konsolosunun evinde buluşacağız, dedi. Teslim olma koşullarını okumuşlardır, bir adım geri çekilmem... Sigara içer misiniz? Bir Alman tuğgenerali gerçek bir Fransız partizanıyla konuşmak zorunda kalacak. Çok hoş.

Herhalde aşırı soldasınız. Ben, kendi hesabıma siyasetle hiç ilgilenmem; bizde çok solcu vardır ama hepsi ılımlıdır...

General Gleinitzer binbaşıyla konuşuyordu; Fransıza aldırmamaya özel bir dikkat harcamaktaydı; Dédé'ye göz atınca sinirden kıpkırmızı kesildi. Şu işe bakın; rahat rahat oturmuş ve ben kendisini Gestapo'ya teslim edemiyorum!..

— Teslim olanlar kapsamına Gestapo'nun adamlarının da alınmasında diretiyorum, dedi general.

İngiliz başını salladı. General metni onuncu kez okudu.

— Tutsakları kim teslim alacak? AS alsın isterdim...

— İşte size güvence veremeyeceğimiz bir nokta. Artık, "Fransız İç Kuvvetleri" denen müfrezeler karışmıştır... Oysa burada FTP'lilerin sayısı onların en az iki katı...

Dédé, İngilizce, alçak sesle:

— Yazık ki beraberinizde ılımlı İngilizlerinizden birkaç yüzünü getirmediniz, dedi. Baksanıza, ter içinde yüzüyor zavallı.

General, küçük bir ipek mendille yüzünü, ensesini sildi kısa ültimatomu bir kere daha okudu.

— Peki. Önerilerinizi kabul ediyorum.

Heyecanlanan İngiliz binbaşısı:

— Sağolun generalim, dedi.

Dédé lafa karıştı:

— Asıl teşekkür edilmesi gereken FTP birlikleridir...

Dönüşte binbaşı kendini doğrulamaya çalıştı:

— Bana sitemde bulunmanız haksızdı. Protokol böyle davranmayı gerektiriyor. Size neler borçlu olduğumuzu çok iyi biliyoruz. Amerikalılar da biliyorlar. General Eisenhower kısa süre önce "İç Kuvvetler"in en azından on beş müttefik tümenine bedel olduğunu açıkladı. Oysa "İç Kuvvetler" her şeyden önce sizsiniz...

— Şimdi bize gerek duyuyorsunuz, diye cevap verdi Dédé. '42 ve '43 yazında bize silah vermeyi reddettiniz. Almanları kovunca korkarım bize yine soğuk davranırsınız. Oysa aşkta en önemli şey devamlılıktır, değil mi binbaşım?

Binbaşı gülümsedi. Ah şu Fransızlar boş sözlerden bir türlü vazgeçmezler...

Alan büyük bir kalabalıkla tıklım tıklım doluydu. Dédé bir kaidenin üstüne çıktı. Zorlu yıllardan, halkın gözü pekliğinden, Direniş Hareketi'nden söz etti.

— Şimdi kahramanlarımızı analım! dedi sonra. '41'de şehit düşen Makinist Paul Devaux, Miki adını verdiğimiz Nicolas Fouger, İspanyol José, Dordogne'lu Désiré, özgürlük uğruna bütün can verenler. Stalingrad kahramanlarını da analım, bizi de kurtardılar...

Dédé, Voronov'a sarıldı.

— Ayı, bu alana Stalingrad Alanı adını verelim...

Bir genç kız Voronov'u öptü; Ayı yanağını ıslatan gözyaşlarını duydu. Leningrad'ı, küçük Mişka'yı, Nina'nın ellerini anımsadı. Dédé, Limoges, bulutlar, her şey birbirine karışıyordu.

— Dinle Ayı, dedi Mado. Sergey'e rastlarsan bu günü anlat. Dédé'nin sözlerini, Fransız kızlarının seni nasıl öptüklerini anlat. Miki'nin şarkısını anımsıyor musun:

> Hayatın keyfini çıkarabilirdik
> Ama bizim kaderimiz başka.
> Duyamadan ölmek gerek
> Doğan günü karşılayan horozu...

— Ayı, Sergey'e Mado'nun da yanıbaşında yürüdüğünü söyleyeceksin...

Çiçekle, kucak kucak çiçekle kaplıydı ortalık. Sanki Oradour'da ne tank vardı, ne acı; güller, şebboylar yıldızlar, şakayıklar. Mado elinde bir demet kırmızı gül tutuyordu. Bir şey düşünmüyor, bir şey hatırlamıyor, geleceği yoklamak istemiyordu. Hayatta seyrek anlar vardır ki mutluluk havaya yayılmıştır; anılarından, düşüncelerinden, gücünü ve güçsüzlüğünü aldığı her şeyden sıyrılan insanoğlu, bakmakla, soluk almakla, gülümsemekle yetinir.

— Barcelona'yı tekrar göreceksin Manolo, dedi Mado.

Dédé okuluna dönecek. Çek yine saat onaracak. Ayı Leningrad'a gidecek. İşte trene binme zamanı geldi, veda niyetine eller sallanıyor, çiçekler öpülüp göğüste sıkılıyor... Ve Mado güllere gömüyor yüzünü. İstasyonu, vagonun camını, Sergey'i anımsıyor... Hayır, düşünmemek gerek! Givet koşarak geliyor:

— France, radyo söyledi... Paris'te halk ayaklanmış. Kentin aşağı yukarı tümü Almanlardan temizlenmiş...

Mado, Givet'yi öptü. Paris, sevgili Paris'im, barikatlar, savaş, kestane ağaçları, sıra!..

13

Lancier dayanılmaz bir hal almıştı. Bir hıçkırıyor, sonra da hayatında hiç bu kadar mutlu olmadığını söylüyordu. Ardından, tek başına dokunaklı söylevler veriyordu. Kendini sedire atıyordu derken: Kalp krizi geçiriyorum, hemen Doktor Morillot çağrılmazsa ölebilirim. Bir saat sonra da doğrulup bilinmeyen bir yere koşuyordu.

Marthe dayanamadı, başladı hıçkıra hıçkıra ağlamaya. Lancier şaşırdı, karısının olup biteni fark etmediğini sanmıştı hep. Derken yumuşadı, onu avutmaya koyuldu.

— Belki her şey iyi bir sonuca varır. Aksi halde birlikte ölürüz...

— Bombadan ya da top mermisinden kortuğumu mu sanıyorsun? Yalnız seni düşünüyor, senin için korkuyorum. Ara sıra delirmişsin gibi geliyor.

— Deliren ben değilim, dünyanın ta kendisi. Akılcıyım ben, mantığı severim. Oysa olup bitenlere anlam vermek mümkün değil. Karabasan gibi bir şey!..

Önceki gün Pinaud, Lancier'yi görmeye gelmiş ve büyük bir neşe içinde anlatmıştı:

— Herriot Paris'te, bundan hiç kuşkum yok. Onu çağıran da

Laval. Yeni bir hükümetin sözü ediliyor. Amerika'nın temsilcisi iki kez Pétain'i görmeye geldi. Hükümetin kurulması için hazırlıklara başlandı. Amerikalılar Blum'un, Herriot'nun ya da Chautemps'ın adaylığını ortaya atıyorlar. Almanların içinde, Paris'i ne pahasına olursa olsun elden çıkarmamak isteyen çılgınlar var. Ama Abetz iyi düşünüyor... Ben gelecek konusunda iyimserim. Komünistlerin yaklaşmasına fırsat vermemekte Amerikalıların da çıkarı var; demek anlaşma mümkün. Laval, Herriot'ya: "Ben Almanların hoşuna gidiyordum, siz Amerikalıların hoşuna gidiyorsunuz," dedi. "Askeri harekatın sürüp gittiği sahnede değişiklikler oldu. Yerlerimizi değiştirmemiz gerekiyor..." Akıllıca sözler, değil mi?

İlkbahardan bu yana Lancier kendinde değildi. Pinaud kaç kere, Cezayir'dekilerin Almanlarla işbirliği yapmak zorunda kalan Fransız sanayicilerine anlayış gösterdiklerini söylemişti. Peki ama Cezayir'in bu işle ne ilgisi vardı? Cezayir çok uzakta, hemen yakında "kara liste"leriyle direnişçiler var. Onların gözünde ben bir hainim. Lejean'ı hatırlamak yeter. Ortalık sakin, polis görevinin başında ve bu şarklıların elinin altında tabanca yoksa insan onlarla rahat rahat konuşabilir. Ben Lejean'a acıdım. Ne olduğunu bilmiyorum ama o bana acımaz, bundan eminim.

Pinaud'nun ziyaretinden sonra, Lancier'nin içine su serpildi. Laval namussuzun biri, kuşku yok, ama parlamento oyununun kurallarını çok iyi biliyor. Mareşale gelince, namuslu bir Fransız, buna hep inanmışımdır. Amerikalılar ise her şeyden önce işadamı, onlara düzen gerekli. Ruslarla aramızda Almanya'nın bulunması ne büyük bir mutluluk! Kızıl Kazaklar buraya kadar gelse neler olacağını düşünüyorum da... Almanlar Paris'i Amerikalılara teslim edecekler, gerçek bir bayram olacak o gün... Ve Lancier birden bağırdı:

— Marthe, buraya gel! Sana çok önemli bir şey söyleyeceğim. Yalnız yüksek sesle konuşma. Ayın kaçı? On altısı mı? Bir eylülden önce Amerikalılar buraya varacak, Louis de onlarla beraber olacak. Düşünebiliyor musun?...

Sabah Lancier'yi görmeye gelen Morillot:

— Herriot tutuklandı, dedi. Laval Belfort'a kaçtı. Gazete diye bir şey kalmadı ortada, kiralık kalemlerin hepsi tüyüyor. Almanlar da çarpışmaya karar verdiler. Büyük bir şenlik bekleyin.

Lancier haykırdı:

— Gülüyor musun? Ama bu gerçek bir dram!...

— Maurice, kavgadan bu denli korktuğunuzu bilmiyordum.

— Benim bir şeyden korkum yok. Verdun'de savaştım. Ama komünistler sokağa inerse neler olup biteceğini düşünebiliyor musunuz? Polis grev yapıyor. Korkunç bir kıyım olacak.

— Almanlar son dakikada Amerikalılarla anlaşırlar sanırım. Komünistler sokağa mı inecek diyorsunuz? İşte bu hiç fena olmaz. Sokaklarımız öylesine çamurlu ki ancak kanla yıkanabilir. '40 Haziranı, Almanlarla geçen dört yıl, gülümsemeler, karlar, cepte sıkılan yumruklar...

Lancier, Morillot'ya öyle bir baktı ki doktor geri çekildi.

— Sakin olun Maurice!..

— Benim kanım mı gerekli size? İyi ya, boğazlayın, ama açıkça söyleyin komünist olduğunuzu.

Morillot cebinden küçük bir kutu çıkardı.

— Şunu alın Maurice, hemen yatışırsınız.

— Yatışmak istemiyorum! Ben Fransızım, Fransa için acı çekiyorum!..

Yine de bir hap aldı, sedire uzandı ve daldı.

Kalktığında başı müthiş ağrıyordu. Oda karanlığa gömülmüştü. Ne elektrik vardı, ne radyo. Belki Amerikalılar Paris'e yaklaşıyorlardı? Belki kıyım başlamıştı? Kimsenin bir şey bildiği yoktu ki... Lancier akşam ve gece kendi kendini yedi durdu. Sabah, kentte olup bitenlere bir göz atmaya karar verdi. Sanki uykudan uyanmamıştı. Ya da Marthe'in dediği gibi aklını kaçırmıştı. Sokaklardan Alman kamyonları geçiyordu; hepsi de eşya, denk, makina ve sandık doluydu. İşte evlerden birinin cephesine asılmış Amerikan bayrağı; orak çekiçli Rus bayrağıyla yan yana. Hemen yanında eski bir afiş: "Avrupa'nın Bolşevizme savaş açmasının üçüncü yıldönümü şenlikleri..." Aradan en çok üç ay geçmiş... Şu sıra Nivelle'in ne yaptığını merak ediyorum... Herhalde yatağının altına sinmiştir. Bu düşünce birden Lancier'yi eğlendirdi. Yine de Almanların tüymelerini görmek iyi bir şey! Benim başımı da az ağrıtmadılar: Yok Leo ile neden çalışmışım, yok Louis neredeymiş? Louis herhalde müttefiklerle birlikte dönecek. Belki Mado da oradadır?.. Marceline'in bu mutlu günü görecek kadar yaşayamaması ne acı; Almanlardan her zaman nefret etmişti. Amerikalılar buraya geldiğinde Roy'a da bir çift sözüm var... İşte belediye binasında Fransız bayrağı. Ve Almanlar üzerine ateş etmiyorlar, hayret... Cennete yeniden kavuşacağımızı sanıyorum... Lancier, olağanüstü bir sevinç belirtisi olan sıçramalı hoplamalı yürüyüşüyle ilerliyordu. Birden, duvardaki çağrıyı gördü. Yaklaştı:

"Biz Paris temsilcileri, başkent ve çevresi halkını ayaklanmaya çağırıyoruz... İngiliz-Sovyet-Amerikan işbirliği... Büyük Parisimiz... Marcel Cachin, Maurice Thorez, Jacques Duclos." Lancier geri çekildi, elleriyle yüzünü kapadı. Amerikalılar nerede kaldı?... İşte, bunların hepsi komünist! Ben de seviniyor, Almanlara sinirleniyordum; bunlar beni boğazlayacak...

Avunmaya çalıştı. Laftan ibaret! Kim dikkat ediyor ki? İşte bir tank, bir Alman tankı; bunlara "Panzer" diyorlar. Amerikalıların da çok iyi tankları var. Ya komünistlerin nesi var? Bildirileri, o kadar. Beni korkutamazlar onlar...

Dayanılmaz bir sıcak vardı. Eskiden, bu mevsimde Paris boşalır, herkes deniz kenarına, kırlara açılırdı. Lancier de Gelinotte'un bahçesinde gezinirdi... Ne sıcak! Asfalt insanın ayağının altında eriyor! Lancier şapkasını çıkardı, uzun uzun alnını kuruladı. Susamıştı; küçük bir kahvenin terasına oturdu, maden suyu istedi. Loire Irmağı'nı, Marceline'i, Mado'nun resimlerini görür gibiydi. Kahvenin önünde bir Alman kamyonu durdu. Üç asker tekerleklerden biriyle uğraşıyordu. Nereden çıktığı anlaşılmayan gençler göründü. Lancier kendini toplama fırsatını bulamadan Almanlar yere serilmişlerdi bile. Güneşin altında kanın görünüşü hiç de doğal değildi, yağlı boya gibi yoğundu. Kamyonun kasasına tırmanan gençler makinelileri boşaltıyorlardı. Aralarında bir de genç kadın vardı; rüzgâr altını sarısı saçlarını havalandırıyordu. Bu yüz bana yabancı değil, diye düşündü Lancier. Bunun savaş olduğunu anlayamıyor, genç kadının kimliğini bir türlü hatırlamıyordu. Sonra peşinden koştu ama yetişemedi; kadın arkadaşlarıyla dönemeçte kaybolmuştu. Leontine'in makineliyle ateş edeceği kimin aklına gelirdi? Dans etmeye, Leo gibi çılgınlıklar yapmaya bayılırdı; hayatında siyasetle ilgilenmemişti. Evet, ama bunun da bir nedeni vardı... Leo'yu çok sevmişti. Marceline, Leontine'den söz ederken: "Dünyanın en iyi kalpli insanı," derdi. Şimdi anlıyorum neden çarpıştığını; çok soylu bir tutum! Nasıl da inanmış bir görünüşü vardı! Gerçek bir Delacroix tablosu gibi... Bu çılgınlıkta büyük bir güzellik var. Ne yazık ki onu canlandıracak büyük ressam yok artık, hepsi geçmişte kaldı... Her şey çok daha kaba oldu... Yazık ki Leontine'e yetişip elini sıkamadım... Aslında Leo'ya karşı hiç de iyi davranmamıştım. Ona yardım edeceğime söz vermemiş miydim? Söz vermek de çok saçmaydı. Ne yapabilirdim? Sanki Almanlar beni çok sayıyorlarmış gibi... Cehennemin dibine sürülmem Leo'ya ne kazandırabilirdi? Dumas bağırıp çağırıyordu, sonunda bedelini çok pahalı ödedi. Aptalca bir şey... Bunlar çok daha başka; Almanları öldürüp silahlarını aldılar. Herhalde müttefiklerle de ilişkileri var. Leontine'in komünist olduğuna inanmak gülünç olur.

Yeniden silah sesleri duyuldu. Yayalar koşmaya başladılar. Lancier de onlara katıldı. Bu kez Almanlar ateş ediyordu. Birkaç sokak geçtikten sonra durdu. Birden korktu, gri mavi asfalt üzerindeki taze kanı hatırladı. O da böyle öldürülebilirdi. Kısa bir süre kenti serinleten rüzgâr durmuştu. Sıcak, daha da büyük bir yakıcılıkla ortalığa çöktü. Lancier, güçlükle evine kadar sürüklendi. Marthe'a:

— Anlaşılır gibi değil, dedi. Komünistler halkı ayaklanmaya çağırıyorlar. Alpert'in karısı Leontine'i elinde makineliyle gördüm. Amerikan bayrakları vardı... Komünistlerin de ortaya çıkıp gelecek seçimler için oy toplamak istediklerini sanıyorum. Bütün bunlar çocukca şeyler. Almanlar, pek acele etmeden hazırlıyorlardı denklerini. Mutlaka bir anlaşma yapıldı; Amerikalılar Paris'e vardıklarında gidecekler...

Akşam Morillot, Lancier'ye uğradı. Lancier ona Leontine'den söz etti. Morillot en ufak bir şaşkınlık belirtisi göstermedi.

— Leontine'in Paris'te olduğunu biliyordum; ilkbaharda onu tedavi ettim... Maurice, şenlik gerçekten başladı. Paris Kurtuluş Komitesi ayaklanmayı ilan etti. Yaralılara bakmak üzere doktor olarak beni de silah altına aldılar...

— Kim silah altına aldı? Amerikalılar mı?

— Albay Rol. Bir Fransız. Kazan işçisi. İki yıl Berty'nin fabrikasında çalışmış.

— Ko... komünist mi?

— Evet.

Morillot öksürüyor, ellerini oğuşturuyordu.

— Sonra da her şey yerli yerine konacak. Anlıyor musunuz Maurice, insanın hiç olmazsa hayatında bir kere sokaklarda insanların namuslu işler yaptığını görmesi ne güzel şey!...

Lancier'nin tartışacak gücü yoktu; Morillot'dan, birkaç gün önce verdiği ilacı istemekle yetindi. Çabucak, sıkıntılı bir uykuya daldı. Derken haykırdı. Marthe kocasını uyandırmakta çok güçlük çekti. Gecelikle başına dikilmiş, hem Lancier'yi sarsıyor, hem de korkudan titriyordu.

— Ulu Tanrım, nasıl bağırdın, korkunçtu...

— Karabasan görüyordum...

Düşünde Leontine'in karşısına çıktığını Marthe'a söyleyemezdi. Ayakta, saçlarını koyvermiş, makinelisini ağır ağır kaldırıp kendisine nişan alıyordu. Ve çevrede, gri-mavi, kıpkırmızı kana boyanmış taştan bir tarlanın dışında hiçbir şey yoktu.

14

Gece kentin üzerinde kopan fırtına havayı yine serinletememişti. Öylesine sıcak bir pazardı ki, Binbaşı Luc'un karargâhının yerleştiği çamaşırhaneye giren isyancılar rahat bir soluk alıyorlardı. Neyse, kısa bir süre de olsa serinleyebileceklerdi.

Kentin batısındaki mahalleler bu pazar her zamankinden farksızdı. Oda hizmetçileri sabah erkenden evin köpeğini gezdirmeye çıkarmışlardı. Sonra, ellerinde kara kaplı dua kitaplarıyla siyah giysili kadınlar göründü. Sokakta şebboylar, hercai menekşeler satılıyordu. Bisikletli kadınlar gürültüsüzce geçip gidiyor, garip saç biçimleri ve üzerinde çorap lastiğinin izini taşıyan çıplak baldırlarıyla yayaları şaşırtıyorlardı. Kapı önlerindeki çöp tenekelerine kimsenin kaldırdığı yoktu; pis bir koku pazar gezintisinin canına okuyordu. Bütün bunların yanı sıra, komünistlerin belediye binalarını ele geçirdikleri ve hain saydıklarını öldürdükleri söyleniyordu. Saygıdeğer kişiler içlerini çekiyorlardı. Şu Amerikalılar da ne zaman gelecek?

Seine kıyılarında dalgın balıkçılar, hep aynı düşün, sazan balığı yakalamanın peşindeydiler. Filozofca, bu uzun pazar günü boyunca pek çok şey düşüneceklerdi.

Yoksul mahallelerin görüntüsü bambaşkaydı. Evlerin cepheleri süslenmiş, duvarlar çeşitli kuruluşların rengarenk bildirileriyle donatılmıştı. Çatışmadan çekinen meyhaneler kapılarını kapamışlardı. FTP grupları görünüp kayboluyordu, bazılarında makineli ya da tüfek vardı. Ara sıra zırhlı bir Alman arabası geçiyordu sokaklardan. Sık sık tüfek sesleri duyuluyordu.

Çamaşırhane, kuyu gibi derin bir avlunun dibindeydi; pencereleri iki sokağa birden bakıyordu. Saldırı halinde pencerelerden kolayca kaçılabilirdi. Lejean gelip gidenleri dinliyor, onlara:

— Belediye binasını işgal edin, diyordu... Roger'ye makineli tüfek gerekli, yoksa paçayı kurtaramazlar. Şuradan kamyonlar geçiyor... Kaç şişe var elinde?

Artık direnişçilerin elinde yeterince ağır ve hafif makineli vardı: Önceki gün silah yüklü iki kamyon ele geçirmişlerdi. Ama tanklara karşı savaşmak güçtü. Pek çok şişeye gerek duyuyorlardı. Lejean, bağlantıyı kurmakla görevli adamlarından birini Fernand'a yollamıştı: Benzinimiz var, bize sülfürik asit yolla..." FTP'liler, yangın çıkaran benzin dolu şişelere "Molotofkokteyli" diyorlardı. Hepsi de bu silahın doğu cephesinde başarıyla kullanıldığını biliyordu.

— İki Almanı temizledim dedi Leontine.

Haklıydı Lancier; Leontine'in yüzü gerçekten davasına inanmış kişilerin yüzüydü. İlk kez aklından geçenleri, bütün çektiklerini dile getirme fırsatını buluyordu. Bunun da yolu ateş etmekti: Böylesine duyguları belirtecek başka bir dil yoktu ki. Leo'yu son kez gördüğü o saydam sonbahar gününü unutmamıştı. "FTP'lilerle görüştüreceklerine söz verdiler," demişti Leo. "Çarpışmak istiyorum. Neden biliyor musun? Mutluluğu tattım. Seninle tattım hem..." Leo'yu götürmüşlerdi, Leontine nerede olduğunu bilmiyordu. Leo herkese kolayca güvenirdi... Bütün kış ve ilkbahar boyunca, Leontine, kocasının bulamadığı adamları aramıştı. Mayıs ayının sonunda Doktor Morillot, bir öğrenciyle bağlantı kurmasını sağladı. Bildiri taşıdı. Ne zamandır beklediği saat gelip çatmıştı; Leontine mutluluğunu parçalayanları yargılıyordu... Rob, benim küçük Rob'um! Minicik bebeği duman boğmuştu; Leontine kucağında sallıyordu hâlâ... "Bayan, onu gömmek gerekiyor..." "Waleri-Walera..." "Kocanız mı? Ari ırkından değil mi?" Paris ayaklanmıştı, kentin sokakları kadar eski olan isyan rüzgârı Leo'nun "Paris kaldırımlarının çiçeği" diye adlandırdığı küçük işçi kızı coşturuyordu.

Alman kuvvetlerinin komutanı General Von Scholtitz'in, olaylar karşısında morali sıfıra inmişti. Yedinci ordunun Paris içinden kazasız belasız geçmesini sağlamak görevi verilmişti kendisine. General Von Scholtitz'in elinde 20.000 asker, bunların arasında pek çok SS, seksen tank ve uçak vardı. Bu kadarı Parisli "köpeklerin" hakkından gelmesine yeterdi... Ama işe siyaset karışıyordu. Komutanların ne istediğini anlamak çok güçtü. General Van Scholtitz savaşmaya, emirleri yerine getirmeye alışkındı, siyaset yapmaya değil. Elinden geldiğince Amerikalıları durdurmaya çalışmıştı: Bir kolorduya komuta ediyordu. Almanlar Saint-Lo'da yenilmişse suç onun muydu?... Führer sinirlenmiş ve onu Paris'e, pisliği temizlemeye yollamıştı. Von Scholtitz'e kent yıkmaya niyeti olup olmadığı sorulduğunda şu cevabı veriyordu: "Ben küçük bir general, bir emir kuluyum; emir verirler, yaparım." Hastaydı, nefes darlığı çekiyordu. Uğursuz savaş olmasa bu hastalıkla daha yirmi yıl yaşardı...

— "Paris çok güzel bir kent, diyordu general Fransızlara. Ama içinizde pek çok it, kopuk ve haydut var... Birkaç gün önce her şey açık seçik ortadaydı. Biz Paris'i savunmayacak, Amerikalılar da kente saldırmayacaklardı; Amerikalılar kent dışındaki ilk mahallelere girdiğinde biz de Paris'i boşaltmayı kabul etmiştik. Kentin başıboş kalması komünistlerden başka kimsenin işine gelmez... Öyleyse neden Führer, köprüleri atıp kenti sonuna dek savunmamı istiyor? "Büyük Almanya"dan bana yüz elli tank yollamak istiyorlar. Tek kelimeyle çıldırmış hepsi! '42 yılında değiliz, Von Paulus'ün rolünü oynamaya da hiç niyetim yok. Bu kadar saçmalık yeter!... Zaman kazanmak zorundayız...

İşte bu nedenle General Von Scholtitz, "SKF bilyalı yataklar anonim şirketi yönetim kurulu başkanı" ve İsveç Konsolosu Bay Nordling'le görüşmeye razı oluyordu. Aklı başında bir adamdı bu Nordling. General, İsveçlinin müttefiklerden yana olduğunu görüyordu. Kötüydü bu, bir Kuzeylinin Almanya'yı sevmesi gerekirdi. Hem İsveçliler her zaman iki yanlı oynamışlardı. Ama şimdi durum o hale gelmişti ki fazla direnmenin hiç yeri yoktu. Bay Nordling her zaman için komünistlerden çok daha iyiydi... Almanya'nın tek umudu kalmıştı artık: Müttefikler Bolşeviklerin ne büyük bir tehlike olduğunu görecek ve Kızılları Almanya'ya sokmayacaklardı. Paris yakılıp yıkılamadı, bu davranış her türlü anlaşmayı olanaksız hale getirirdi...

Bay Nordling bir ateşkes önerisinde bulundu. Bu küçültücü bir şeydi kuşkusuz, yine de Paris'te yeni bir cephe açmaktan iyiydi. Üstelik, önemli olan da yedinci ordunun rahatça geri çekilmesini sağlamaktı. General Von Scholtitz:

— Peki ama anlaşmayı kiminle imzalamamı istiyorsunuz? diye sordu. Kopuklarla, isyancılarla, komünistlerle konuşamam ya...

General "komünist" sözcüğünü hecelerin üzerine basarak söylemişti; böylece duyduğu tiksintiyi de ortaya koyuyordu. Bay Nordling onu yatıştırdı:

— Görüşecekleriniz komünist değil, Cezayir hükümetinin temsilcileri, aklı başında adamlar. Fransız olsaydınız generalim, siz de De Gaulle'ün safına katılırdınız...

Von Scholtitz karşı çıkamadı. Düşündüğünü gerçekleştirmesi ve hiç olmazsa bir hafta kazanması gerekiyordu.

Leontine arkadaşlarıyla dışarıdaydı ki, hoparlörlü ve Fransız bayraklarıyla donatılmış bir araba geçti:

"Fransız Cumhuriyeti Geçici Hükümeti ve Ulusal Direniş Örgütü, kent boşaltılana dek halkı, işgalcilere karşı her türlü düşmanca hareketten uzak durmaya çağırır."

Leontine sordu:

— Artık ateş edemeyecek miyiz?

— Kim imzaladı bu anlaşmayı? Ah, alçaklar!..

— Münihçiler!..

— Bu sözler, Almanların üzerine ateş etmemize engel olamaz...

— Gidip Luc'ü bulalım. O bir şey söylemeden...

Luc'ü bulamadılar, kurmay başkanlığına gitmişti.

Gülümseyen Almanlarla dolu kamyonlar geçiyordu. Arabalardan birine makineliler yüklenmişti; bir başkasına da piyano, heykelcikler; kuştüyü şilteler. Parisliler bakıyor, alay ediyorlardı. Kahveler tıklım tıklımdı. Her şey çıt çıkmadan olup bitmişti; şimdi Amerikalıları beklemek gerekiyordu...

İyice rahatlayan Lancier, Marthe'la birlikte gezintiye çıkmıştı; sıcaktan yakınıyordu ama mutluydu. Fransızlar yine de Fransızlıklarını göstermişlerdi; Descartes gibi birini yetiştirmemiz boşuna değil; mantığı severiz!..

Bu arada, Ulusal Cephe Komitesi'nin toplantısında Lejean:

— Niyetleri açıkça belli, diyordu. Halkı uzak tutmak istiyorlar. Ama, 1940'da değiliz. Üç Alman tümeninin Paris içinden geçmesine fırsat veremeyiz. Müttefikler bize ihanet etmeye hazırsa, biz onlara ihanet etmeyiz. İşte önerim...

Başkanlık yerindeki kişi karar tasarısını okudu:

"... Ateşkesi, iki gündür işgal kuvvetlerine karşı yiğitçe çarpışan Paris halkının sırtına saplanmış bir hançer sayıyor ve kınıyoruz..."

Sokaklarda silahlar patlıyordu. Hoparlörle yapılan yayın çok kişiye inandırıcı gelmemişti.

Lejean matbaadaydı. Partinin çağrısını acele bastırmak gerekiyordu: "Ateşkese karşı çıkıyoruz; bu anlaşma Paris'in teslimi anlamına gelir... Paris ileri!.. Almanlara ölüm!..."

Ertesi gün yine toplantı vardı. Ateşkesi imzalayanlar da toplantıya katılıyordu. İçlerinden biri, bir Fransız generali:

— Von Scholtitz'le bir ön anlaşma imzaladık, dedi.

Lejean generalin sözünü kesti:

— İngilizlerin de böyle bir anlaşma imzaldıklarını unuttunuz sanırım. Hem de Mussolini'yle... Eğer ateşkese uymak niyetindeyseniz FTP'liler tek başlarına dövüşecekler... Hem bu, isyancıların sayısına büyük ölçüde etki yapmaz...

General Von Scholtitz iyice şaşırarak kulak verdi: Dışarda ateş ediliyordu. Bay Nordling ne derse desin, bunların hepsi kopuk...

Albay Rol, her yere barikat dikilmesini emretmişti. Genç kızlar kum torbaları taşıyorlardı; rıhtımlar ve ana caddelerdeki kestane ve çınar ağaçları kesiliyor, evlerden somyalar ve dökme sobalar çıkarılıyor, parkların demir telleri, yolların parke taşları sökülüyordu. Her kentin kendine göre bir sözü vardır; Paris de kendine özgü "barikat" sözcüğünü duyup canlandı. 1848'de işçiler, 1871'de Komüncüler gibi, Renault işçileri, Comedie-Française tiyatrosunun kadın oyuncuları, öğrenciler, Birinci Dünya Savaşı'na katılan eski muharipler, yeraltı çalışması yapanlarla saf terzi kızlar, liseliler ve yaşlı kadınlar büyük bir coşkunlukla barikat dikiyorlardı. Belki bu engeller topçu ateşine dayanamayacaktı; belki sayıları yetersiz, yapımları derme çatmaydı. Ama şu sıra göz gibi, ses gibi gerekliydiler Paris'e. Bu kenti yaşatan her şeyi, ihtirasını, kızgınlığını ve heyecanını dile getiriyordu barikatlar.

Saint-Michel Bulvarı'nın yakınında, Saint-Germain Bulvarı üzerinde tank ağır ağır ilerliyordu. Gürültü çıkarmasa Leontine yerinde saydığını sanacaktı. Ardından daha küçük bir tank geliyordu. Leontine; iki kanatlı büyük bir avlu kapısının girintisine sinmişti. Burayı seçişinin nedeni hemen önünde bir barikatın bulunuşuydu. Tank durmak zorunda kalacaktı nasılsa. Leontine saatlerden beri aynı yerde bekliyordu sanki. Yüreği hızla çarpıyor, kulaklarında bütün gürültüyü bastıran bir ses, Leo ile tanıştıkları küçük dansingin akordeonu çınlıyordu:

Mutluluk yüreğime doldu,
Bir gece, ay ışığında...

Tank durdu. Kızgın bir Alman kuleden başını çıkardı. Leontine şişesini savurdu. Üst katlardan biri "Yanıyor!..." diye haykırdı. Ateş ediliyordu. İkinci tank ilerlemeye devam etti. Leontine kaldırıma yığılmıştı. Gören, evin duvarına sırtını vermiş sanırdı, başı göğsüne düşmüştü; meltem saçlarını hafif hafif uçuruyordu.

Evden, koşarak birtakım insanlar fırladılar. Leontine'in küçük cebinde Leo'nun Drancy'den yolladığı mektubu buldular (muska gibi göğsünde taşıyordu bunu): "Leontine, sevgilim, dudaklarımda adınla yaşadım, yine dudaklarımda adın, öleceğim..." Biri duvara kömürle: "Burada bir Alman tankını ateşe veren Leontine şehit düştü..." yazdı. Sonra sağlık görevlileri genç kadını götürdüler. İçlerinden biri yaşadığını söylüyordu; öbürünün ağzını açtığı yoktu.

Doktor Morillot, Leontine'e koştu ve hemen uzaklaştı. Uzun süredir ölüme alışmıştı, şu günler kurşuna dizilen genç kızlar, öldürülen çocuklar görüyordu hep. Ama Leontine'e, o güleryüzlü ve saf kıza karşı bambaşka duygular besliyordu. Kaç kere, kendi kendine: Kızım olabilir, demişti... Son günlerde Morillot işine dalıp gitmişti; kurşun yağmuru altında koşmak, tavan aralarına tırmanmak, mahzenlere inmek zorunda kalıyordu. İsyancılardan ya da salak salak çevresine bakınan yayalardan pek çok yaralıyla uğraşmak zorundaydı. Kimini kızdıran, kiminin de içine su serpen ateşkesten haberi bile yoktu. Nasılsa hem Almanlar, hem de FTP ateşe devam ediyorlardı. Ne kendi hayatını düşündüğü vardı, ne de Almanları kovduktan sonra olup bitecekleri. Paris'in gençliğine kavuştuğunu görmek onu mutlu kılıyordu. Ama gittikçe bulanan gözleri, artık işe yaramayacak olan altın sarısı saçlarıyla Leontine'i gördüğünde Morillot büyük bir üzüntü duydu. Belki Pierre'in ölümünü düşünüyordu (René de mutlaka ölmüş olmalıydı), belki de en iyilerin gittiğini, geriye hainlerin kalacağını anlayıp dehşete düşmüştü. Asık suratla ufak tefek yaşlı kadının yarasını sarıyordu, kadın durmadan aynı şeyi tekrarlıyordu: "Benim hiç suçum yok doktor bey. Fırına gidiyordum..."

Saint-Germain Bulvarı'nda yine ateş ediliyordu.

Leontine'in şehit düştüğü duvar dibine bir demet yıldız çiçeği bırakılmıştı. Duvardaki yazıyı okuyan biri koymuştu anlaşılan çiçekleri. Yıldızlar çabucak solmuştu; hava kuru ve çok sıcaktı.

15

Savaştan önce Sembat Lejean'a: "Hır çıktığı zaman görürüz..." demişti. Kışın bir gizli kuruluşa katılması önerildi. Sembat bu öneriyi geri çevirdi: "Ben asla böyle işleri beceremem. Bir kere çok konuşurum... Hem sonra "örgütlemek"ten söz ediyorsunuz; ben bu işten hiç anlamam. Eyleme geçildiğinde tamamen..." İlk silah sesini duyunca ilgisiz bakışları atölyesinde gezindi, nedenini bilmeden bir tekmede arkalıksız bir iskemleyi yere devirdi ve isyancılara katıldı.

İyi nişancıydı; eline bir tüfek verdiler. Tavan arasına, damlara çıkıyor, Almanları kolluyordu. Mutluydu; yıllardan beri ilk kez kuşkularından, iç dünyasındaki ikilemden kurtulmuştu. İri yarı ve neşeli, küfür etmeyi bilen, ekmeğin tadına varmış, evlerden Almanları kovup şakalaşan alanlara, molotofkokteylleriyle tanklara saldıran, duygulu şarkılar söyleyip yemyeşil çimenlere koşarcasına kanla yıkanmış ırlayan bu adamların arasında yabancılık çekmiyordu. Sembat, arkadaşlarına da kendini sevdirmişti. "Hippo" adını vermişlerdi ona: Genç bir kız: "Hipopotama benziyorsun" demişti. Beceriksiz "Hippo"nun eğimli damlarda yürüyüşüne bakıp eğleniyorlardı.

Ateşkes haberini alınca Sembat, kayıtsızlıkla "Hadi be!" dedi. Arkasından bir kamyon şoförüne nişan aldı.

Ne garip, diyordu kendi kendine Nivelle. Almanları "Siegfriedler" diye adlandırıyordu. Kabul, hepsi birer Siegfried"*.

Ama şimdi biz onları tepeliyoruz, biz tesviyeciler, çamaşırcılar, Ressam Sembat; namı diğer "Hippo"... Halkta akıl almaz bir güç var; insan bunun farkına varmadan bütün ömrünü geçirebilir. Sönük olduğu söylenen bir yanardağ gibi; üzerine bir yeraltı treni, turistler için bir lokanta, rahat koltuklar, tepeden bakmak için bir de dürbün yerleştirmişler. Birden sönmüş denen yanardağ başlıyor kükremeye, hepsi toz! Yazık ki Nivelle'i temizleyemiyorum. Tahtakurusu, kim bilir hangi aralığa gizlendi...

Almanlar birer adacığı andıran beş, altı noktada direniyorlardı. Kabaran denizin üzerinde gidercesine, tanklar bu noktalar arasında dolaşıyordu. Sokaklar çok kalabalıktı. Bisikletliler Humanité, Ce Soir, Liberation gazetelerini getirdiler. Ara sıra Almanlar bir karşı saldırı denemesine giriyor, bir belediye binasını ya da FFİ'lilerin (Fransız İç Kuvvetleri) işgal ettiği bir bakanlığı ele geçirmeye çalışıyorlardı. Sembat, tam üç saat süreyle Saint-Michel alanında, sonra da beşinci bölge belediye binası önünde çarpıştı. Parmağıyla kendini göşterip "eşsiz bir hedef" diyordu..

Sokak savaşı beş gündür devam ediyordu. Büyük Alman kuvvetleri Champs-Elysées'den geçmekteydi. Üzerlerine kurşun yağdı. Tanklar, toplarıyla ateş açtılar. Bir tank alev alev yanmaya başladı... Belleville'de, Austerlitz garının yakınlarında, eski Buci Mahallesi'nin daracık sokaklarında savaşılıyordu. Savaş gece de sürüp gidiyordu. Karanlıkları yırtan bir ses:

* Niebelungen efsanesi kahramanı.

— Kim o? diye haykırıyordu.

— FFİ.

Passy ve Auteuil'de oturanlar, korku içinde, "ipten kazıktan kurtulanlar sokağa döküldü" diye mırıldanıyor, Pétain'in resimlerini, Almanların verdiği vizeleri, telefon numaralarını yazdıkları defterleri yakıyorlardı. Öte yandan direnişçiler arasında bile çekinmeye başlayanlar vardı; kimi, Almanların geçmişin değerli anıtlarını yıkabileceği düşünüyor, kimi de aklından geçeni açıkça söylüyordu: "Paris komünistlerin eline bırakılamaz..."

— Amerikalılar nerede kaldı?

Lancier bu soruyu belki yüzüncü kere soruyordu Marthe'a.

Sinirlenen General Von Scholtitz de:

— Amerikalılar nerede kaldı? diye bağırıyordu.

Nordling, generale:

— Bana bir geçiş izni verirseniz Saint-Phalle kontuyla birlikte Eisenhower'in karargâhına gidebilirim, dedi.

"Kont" sözcüğü generalin yüreğine su serpti; bir kont nasılsa komünist olamazdı.

— Peki. İzninizi vereceğim...

Yirmi dört Ağustos günü akşamı radyo açıklama yaptı: "Fransız tankları Paris'e giriyor." Yüzbinlerce Parisli kaldırımlara yığılmıştı. Karanlıkta gülümsediklerini kimsenin gördüğü yoktu, ama hepsinin yüzü aydınlıktı.

Lejean'ın yüzü gülmüyordu:

— Almanlar on birinci bölge belediye binasına saldırıyorlar. Hemen iki yüz makineli tüfekliyi oraya gönderin...

Sembat binaya daldı, bir Alman yüzbaşısını sürükleyerek çıkardı. Adam, elleri ensesinde yürüyordu. Sembat dikkatle inceledi: Uzun boylu, zayıf, upuzun bıçak sırtı gibi bir yüz, tam bir bağnaz suratı. Birden kendi kendine, El Greco için nefis bir model olurdu, diye düşündü... Sonra Sembat bir şey düşünmez oldu. Sesi kısılana dek haykırıyor, genç kızları, ihtiyarları sakalları yüzüne batan direnişçileri öpüyor ve kendini çok mutlu hissediyordu. Pek genç sayılmayacak, ama yılların yükünü sırtından atmış bir adam ancak böyle sevinebilirdi.

— Pes ettiler!

— Yaşasın özgürlük!...

Gaston Roy, Port-Royal Bulvarı'na bakan küçük pencereye yaklaştı ve kulak kabarttı. Bir hoparlör sesleniyordu.

— Teslim olma anlaşması, İle-de-France FFİ Kuvvetleri Komutanı Albay Roy, İkinci Zırhlı Tümen Komutanı Tuğgeneral Leclerc ile Paris Bölgesi Alman Kuvvetleri Komutanı General Von Scholtitz arasında imzalanmıştır...."

Roy, tedbirsizlik sonucu kalmıştı Paris'te; Albay Von Schlieffer hiçbir tehlike olmadığını söylemekle kötü bir oyun oynamıştı Roy'a. Oysa kendisi bir hafta önce gitmişti. Roy kentin içinde dolanıp duruyor, bir türlü evine dönemiyordu. Belki komünistler eve yerleşmişlerdi bile? Tavan arasındaki bir sandık odasında saklanıyordu. Elektrikçi Gaston Duquesne adına kimlik kağıdı da çıkartmıştı. Ama bir tek şeyi, ölümü düşünüyordu. Ayaklanmanın ilk günlerinde yine umutluydu. Nasıl olsa Almanların bir sürü tankı, Bourget havaalanında en az elli uçakları vardı; küçük bir bombardıman, ardından da tankları salıvermekle bu çapulcu alayı dağıtılabilirdi... Ama Von Scholtitz de gevşek çıkmıştı. FFİ ile anlaşmaya vardığına göre Almanların günleri sayılı demekti. Bir hayduta teslim olmak ha! Albay Roy dediklerinin albay olmadığı, Roy adını taşımadığı açıkça ortada... Artık umut kalmadı... Yoldan geçen biri kendisini tanıyabilirdi; halkın karşısına çıkıp konuşma yapmamış mıydı?... Roy, komodinin üzerinde asılı küçük bir aynada kendini seyretti; solgun, anlamsız, küçük bir bıyığın süslediği yüzü ona bütün suratlardan ayrı geldi. Hayır, gizlenmek olanaksızdı...

Tabancasını çıkardı. Beynine bir kurşun sıkmak o kadar basitti ki... Öbürleri daha kurnaz davranmışlardı. Almanlarla işbirliği yapıp benden çok daha fazla para kazandıkları halde bayram edip rahat uyuyabilirler... Herhalde Pinaud şu sıra Albay Roy'u selamlıyordur.

Benim aracılığımla bir Yahudinin evini yok pahasına satın aldığı anlaşılana kadar, iki üç ay, belki de altı ay geçecek, ortalık durulacak. Pinaud Direniş Hareketi'ne üç kuruş verdiğini ya da ödlek bir gevezeyi bir geceliğine evinde sakladığını kanıtlayacak ve işin içinden sıyrılacak. Oysa benim, nedenini bile öğrenemeden ölmem gerekiyor! Sanki lanet olasıca siyasetleri beni ilgilendirirmiş gibi! İş çeviriyordum. Başka şey değil. Führer'e övgü düzmek ya da Yahudilerin tepesine binmek zorunda kalışım da bir Alman kuruluşunda çalışmamdan ileri geliyordu...

Yeniden baktı pencereden. Aşağıda herkes sevinç içindeydi. Roy tiksinerek düşündü: Hepsi mutlu... Çığlıklar, şarkılar, bayraklar midesini bulandırıyordu. Birden silah sesleri duyuldu, kalabalık çil yavrusu gibi dağıldı. İki kişinin, kolluklu bir kadınla bir gencin yerden kaldırılışını gördü. Roy yatağına uzandı. Birbiri ardından sigara içmeye koyuldu. Sonra tekrar pencerenin başına koştu. Bir uyurgezer gibi, kendinden geçmiş halde, ama büyük bir dikkatle hareket ediyordu. Attığı kurşun hedefine varmadı. Pencerenin altında haykıran bir genç kız yüz üstü kapaklandı. Yine kalabalık çil yavrusu gibi dağıldı. Roy, kapının yanında durmuş dinliyordu. Adamlar merdivenden çıkıyorlardı. Sahanlığa fırladı ve içlerinden birini öldürdü: Bir el daha ateş etmek istedi ama vakit bulamadı. Trabzanın üzerine yıkıldı, başı asansör boşluğuna sarktı; ağzından kan damlıyordu.

Dışarda eğlenti devam ediyordu. Hitler'in fotoğrafları yakılıyor, herkes öpüşüyor, el çırpıyordu. Sembat'nın müfrezesindeki genç kızlar ressamın kollarına yapışıp başladılar bağırmaya:

— Hippi! Hippo!..

Arkasını da Sembat getiriyor, koca sesini işiten dönüp bakıyordu:

— Po-tam! Po-tam!

Doktor Morillot, bir koşu Lancier'ye gitti.

— Kutlarım Maurice.

Lancier arkadaşını kucakladı, gözünden bir damla yaş aktı:

— Ne yazık ki Marceline bu günü göremedi... Sizin mahallede çok ateş edildi mi?

— Pek değil... Evime doğru dürüst uğramadım bile... Yaralılarla uğraşıyordum... Leontine öldü...

Lancier, genç kadının saçlarını uçurarak nasıl kamyona koştuğunu anımsadı. "Leo'ya yardım etmek istedim, edemedim. Suç Alman domuzlarının!" diyemeyecekti genç kadına, büyük bir hüzün çöktü üzerine. Yüksek sesle kendi kendini avutmaya koyuldu:

— Korkunç bir şey!... Ama ne güzel bir ölüm! Tıpkı Verdun'dekiler gibi! Gençlerin bu denli yiğit olabileceklerini sanmazdım... Leo onunla övünebilir. Leo geri döner mi dersiniz?

— Nereden? Öteki dünyadan mı?

— Neden her şeyi büyütüyorsunuz? Pek genç sayılmaz belki, ama çok sağlam bünyesi vardı. Dayanacağından eminim...

Morillot, cevap vermek zahmetine katlanmadı.

Lancier Louis'yi düşünüyordu.

— Bizimkiler kente girerken siz de halkın arasında mıydınız? Havacılar yok muydu içlerinde?

— Hayır, hepsi tankçıydı...

— General De Gaulle'ün söylevini dinledim. İyi konuştu, bütün Fransızların el ele vermesinden söz etti. Şimdi pek çok şeyde yanıldığımı anlıyorum. Ne yaparsınız, Almanlar bize doğru söylemiyorlardı. Anlaşıldığı kadarıyla komünistlerin rolü ikinci planda kalmış...

Morillot acı acı güldü:

— Colin'in bir afişini gördüm. İki isyancı iki ayrı yöne ateş ediyordu. Altında da 1789, 1830, 1848, 1871, 1944 tarihleri. Sansür afişi yasakladı... İçiniz rahat edebilir Maurice, halk kazandı ama bu zaferi bir günlüğüne bırakacaklar ona. Şöyle bir doyasıya şarkı söyleyip bağırsın diye... Sonra... -Morillot bir süre sustu.- Hep güldüğüm için kızdınız mı Maurice? Bir şey söyleyeyim mi? Artık gülemeyeceğimi sanıyorum...

Sembat atölyesine çıktı. Şaşkınlıkla resimlerine, sehpasına baktı; sanki yabancı bir odaya girmişti. Buradaki her şeyi, insanların kitaplarda "yaratıcılık sancıları" diye adlandırdığı heyecanı hatırlıyordu.

Atölye genişti ama Sembat'ya şimdi dar geliyordu. Hayatı dar geliyordu artık.

Pencereye yürüdü. Atölyesi çok yüksekteydi; sokaklar, evler, kiremit damlar görünüyordu. Bu damlara benzeyen damlardan ateş etmişti. Bacaların boruları toplantı yapan cüceleri andırıyordu. Güneş batıyordu; Sembat bu görüntüyü kaç kere hayranlıkla seyretmişti. Ama şimdi, savaşlardan, kandan, ölümden, düşünmeden kazanılan zaferlerden sonra Paris onu allak bullak etti. Kent değil bir taş ormanı. Öteki kentler bir plan uyarınca inşa edilir; geometrik biçimler gibi dümdüz, açık seçik yollar yapılır. Burada evler ağaç gibi yerden bitmiş, biri öbürüne yapışmış; her yüzyıl, her kuşak bu taşlara damgasını basmış. İsten kararmış, nemli hava tarafından kemirilmiş taşlar yüzyılların fırtınalarına göğüs germiş. Makale yazmak kolay. Bunun için gerekli olan nedir? Kafa, düşünceler, bir de kalem. Ama bir roman plana uyularak yazılmaz. Romanı yaşamak gerekir. Tıpkı Paris gibi... Uzun, karışık bir roman.

Sembat kurşuni-mor karışımı alacakaranlıkta uzun süre durdu. Durmadan aynı şeyi tekrarlıyordu: "Paris!.. Paris'im!.."

16

Nivelle, çoktan başlamıştı Almanlardan soğumaya; bildirilerin görüşleri üzerinde ne ölçüde etki yaptığını kendi bile fark etmiyordu. Bir yıl önce günlüğüne şunları yazmıştı: "Manevi değerler aşamasıyla askerlerin keyfiliği arasında hiçbir ortak yan yoktur." Almanların Kursk önünde bozguna uğradıkları gündü. İtalya düşünce Nivelle deftere şunları karaladı:

"Sonuca giden bir adım daha. Saf bir eser yaratmak için tertemiz eller gerektiğine gitgide daha fazla inanıyorum. 'Düşünce diktatörlüğü' yeni düzen olamaz."

Kendini kurtarmaya çalışıyordu. Pek çok hata yaptım, diyordu. Gazetelerde yazı yazmak büyük sersemlikti. Ben siyaset adamı değilim, şairim. Bir düşünceyi savunuyorum. Alman komutanlığının ya da Gestapo'nun, bu düşünceyi maddileştirmesinin hesabını nasıl verebilirim?

Polis müdürlüğündeki memurlardan bazıları De Gaullecülere bağlıydı. Nivelle hepsini biliyor, ama güvenlerini kazanmak için boşuna uğraşıyordu. İşgal kuvvetlerinin yaptıklarını eleştirdiğinde karşısındaki ya susuyor ya da başlıyordu Almanları savunmaya.

İlkbaharda Nivelle, Lancier ile karşılaştı; bir kahvede oturmayı önerdi. Bu konuşmanın Lancier'yi ürküttüğü açıkça belliydi. Nivelle Almanlara veriştirirken, Lancier çevresine bakınıyordu. Nivelle'in yanında görülmek onu korkutmuştu.

Lancier birden sözünü kesti; çocuksu bir saflıkla:

— Direnişçilerin gelişi sizi korkutmuyor mu? diye sordu.

Nivelle sinirlendi:

— Ne demek istediğinizi anlamıyorum. Belki Emniyet Müdürlüğü'nde çalışmam hoşunuza gitmiyor? Ama benim ne fabrikam var, ne de Corbeille gibi bir malikânem. Şiir de adamın karnını doyurmuyor...

— Ama siz...

— '41'de Bolşevizme karşı savaşı sevinçle selamladım, doğru. Ama bu bile Almanların Batılılara karşı açtığı savaşı benimsediğim anlamına gelmez. Gazeteci değilim, şairim, sadece şair... Her türden şarlatanın eserlerimi siyasal amaçlarla kullanmasının sorumlusu sayılamam. Üç yıl önce, André Gide'in NRF'teki notlarıyla ilgili konuşmamızı hatırladınız mı? Hitler'in bilgeliğine hayranlık duyduğu için suçlanabilir mi? Şimdi André Gide Cezayir'de, De Gaullecüler onunla övünüyorlar. Doğal bir şey. Esin perileri, yaratıcılığın dokunulmazlığından faydalanırlar. Olayların gelişmesinden çekinmiyor, bunu bekliyorum...

Lancier karaciğerinin ağrıdığını bahane edip kalktı ve çabucak uzaklaştı. Nivelle düşünceliydi: Lancier bile Almanlara bağlı olduğumu sanıyor... Çok önemsiz bir rol oynadım; bu nedenle beni harcamak için yanıp tutuşuyorlar. Pinaud ve öteki sanayiciler tereyağından kıl çeker gibi temize çıkacaklar... Onlara bir kurban gerekli... Şairi ele verecekler...

Talih Nivelle'e güldü. Eski bir tanıdığı, Albay Von Hallenberg onu kurtardı, İsviçre'ye geçebilmesi için vize sağladı. Müttefik çıkarmasının birkaç gün öncesiydi, 2 Haziran günüydü. Sınırı geçtiğinde Nivelle düşündü: Akıl tanrıçası ilk kez akılsızlığın rahibini kurtarıyor!...

Cenevre gölünün üzerinde küçük bir köye yerleşti. Orada basit bir pansiyon keşfetmişti. Beraberinde getirdiği Fransız frankları beş para etmiyordu. Her şeyden vazgeçti, sigarayı bile bıraktı. İki, üç ay sonra dilenmek zorunda kalacaktı...

Cenevreli gazeteci Sénot, Nivelle'in gelişini duyunca bunu bir siyasal manevra sandı. Nivelle onu dostça kabul etti, arkasından da hemen bir açıklama yaptı:

— Ben şairim, yalnız şair. Tarihin her çağında, inzivaya çekilenlerle hayalcilere kollarını açmış bir ülkede bulunduğuma memnunum. Şu sıra "Ruhumun Sekizgeni" adını verdiğim yeni bir şiir kitabı üzerinde çalışıyorum.

Gazeteci sordu:

— Diktatörlüğün savunmasını yaptınız değil mi?

— Asla. Ben yöneticileri savundum. Yenilgiden sonra ülkemin içine düştüğü acı durumu unutmamalısınız. Bu korkunç çağda, fikir babalarından saydığım biri büyük bir yüreklilikle şunları söylemişti: "Dünkü düşmanla anlaşma yapmak hainlik değil bilgeliktir..." Batı uygarlığını Bolşevizme karşı koruma yolunda yaptığım çağrı herkesi yanılttı. Yine Kızılların düşmanıyım, ama büyük önem taşımayan kişiliğimden söz ediyorsanız her şeyden önce bir Fransız olduğumu belirtmeyi unutmayınız. Gotik katedrallerin kapısında, yargıcın yüzünün hep Batı'ya dönük olduğunu herhalde bilirsiniz. Benim de bir yargıcım var; bu yargıç vicdanımdır: Büyük bir sükûnetle Atlantik Okyanusu'nun yeşil dağlarını seyrediyor...

Nivelle çok sıkılıyordu. Kuruşunu hesaplamak pansiyon sofrasında tatsız, bayağı konuşmaları dinlemek zorundaydı. İsviçre'nin sefil sanat dergileri, şiirlerinden ancak ikisini basmak külfetine katlanmışlardı. Kendi kendine, bütün iş iki-üç yıl dayanmakta, diyordu. Batı dünyasıyla komünizm arasındaki çatışma kaçınılmaz olacak. Fransa'nın iç işleri oynanan kumarın bir kartı, belki çok önemsiz bir kartı hem... Hiç kuşkusuz, kendine saygısı olan her Fransız De Gaulle'ü sevinçle karşılayacak. De Gaulle geleceğin galiplerini önceden kestirdi. Pétain onun kişiliğinde kendine layık bir ardıl görüyor. Ama De Gaulle, komünistlere belirli bir süre katlanabilir. Müttefikler de Moskova'ya öyle... Param olsa rahatça beklerdim günümü. Ne yazık ki şairin, kayanın tepesinden kendini uçuruma atmak zorunda kalacağı anlaşılıyor.

Göl kıyısındaki hüzünlü bir gezinti sırasında, rastlantı sonucu Amerikalı bir kadınla, Mary Low'la tanıştı. Mary iki yıl Paris'te yaşamıştı, savaş patladığında da Fransız başkentindeydi. Ülkesine dönecek zamanı bulamamış, hasta haliyle Leman gölü kıyısındaki lüks otellerden birine kapağı atmıştı. Zengin bir çiftlik sahibinin kızıydı. Missisipi deltasında pamuk, zenciler ve sıkıcı bir baba arasında doğup büyümüştü. Genç yaşta dul kalan babası tek kızına tapıyor, onun her isteğini yerine getiriyordu. Mary bir türlü evlenmemişti, babasını da en çok üzen buydu. Suç benim diyordu. Onu çok kötü yetiştirdim. Ama bu yitik köşede başka ne yapabilirdim?..

Mary New York'a uzandı, oradan Avrupa'ya geçti. Paris'te gerçeküstücülerle moda evlerine bayıldı; Joyce okuyor, psikanaliz yaptırıyor, ama evlenmiyordu. Belki meraklısını bulamamıştı, hiç güzel değildi çünkü. Nivelle onu gördüğünde, ne çirkin şey, demişti kendi kendine. Karmakarışık, tepede toplanmış saçlar koca bir çene. Giysileri de hep gösterişliydi; Fransızcayı rahatlıkla konuşuyordu ama öyle dili çalıyordu ki, Nivelle ne dediğini her zaman anlayamıyordu. Mary, anlamını hiç bilmediği kaba sözcükler kullanmaktan da hoşlanırdı.

Nivelle öylesine büyük bir yalnızlık içindeydi ki, bu rastlantı bile onu mutlu kıldı; hem Mary ona, Fransız şiirine bayıldığını söylemişti. Nivelle, Mary'nin çok zevksiz olduğunu hemen anladı doğrusu; ama şu iğrenç siyasetin yerine şiirden söz etmek ne büyük mutluluk!...

Genç kadına son kitabından birkaç şiir okudu. Klasiklerden ayrılıyor, şiirde "uyum" ve bir "hava" arıyordu. Mary kendinden geçerek: "Ne güzel, harika!" diye bağırıyordu.

Mary Low için şöyle başlayan bir şiir yazmıştı:

Bir sarı delta. Pamuğun beyazlığı;
Yıldızdan bir tarlada simsiyah
Bir gökyüzü. Yüreğin ürkütücü mırıltısını
duyuyor musun?
Ey Missisipi'nin kızıl gülü?

"Missisipi'nin kızıl gülü" deyince Mary bir çığlık attı, Nivelle'in elini tutup göğsüne bastırdı:

— Nasıl attığını görüyor musunuz?

— Bir hafta sonra Nivelle, balo salonu kadar geniş banyosuyla nefis bir otel odasına taşınıyordu.

Günlüğüne şunları yazdı: "Bu başlayan ikinci eğilim. Bir üçüncüsü olmayacak. Yeraltı beldesinin acılarını tadan sevgili Prosperine'ime, bana güç vermesi için yalvarıyorum." Kendini avutmaya çalışıyordu: Alışacağım, hem o kadar çirkin de sayılmaz. Yalnız biraz daha gösterişsiz şeyler giymesini öğretmek gerek. Hem sonra kalbi tertemiz...

Mary'nin çok huysuz olduğu kısa sürede ortaya çıktı, herhalde babası bu yanını çok iyi biliyordu. Sevişmek istiyor ve otuz dokuz yaşına kadar yitirdiği günlerin acısını çıkarmaya bakıyordu. Nivelle "İyi geceler sevgilim" dese hemen şu karşılığı veriyordu. "Hiç uykum yok; bana şiir okusana. Benim için yazdığınla başla..." Nivelle, kıpkızıl, pırasa gibi saçlara bakıp, uysal, tekrarlıyordu: "Missisipi'nin kızıl gülü..." Fransa'da durumun iki, üç yıldan önce aydınlanmayacağını anlamıştı. Oysa Mary: "Savaş biter bitmez Amerika'ya gideriz," demişti. "Ayıp olmasın diye babama da uğrar, ama New York'ta otururuz; orada gerçekten sanatçıların özlemini çektiği bir hava vardır..."

Nivelle, Journal De Genève gazetesini açtığında Paris'te olup bitenleri öğrendi. Sevincini gizleyemedi. Talihim varmış!... İşe Emniyet Müdürlüğü'nden başlamışlar... Paris'te kalsaydım parçalardı beni...

Mary, Nivelle'in sevincini kendine göre yorumladı.

— Seni kutlarım sevgilim! diye mırıldandı. Beni daha, daha öp!..

Şampanyalı, nefis bir yemek ısmarlamıştı. Şarabın etkisiyle yüzünde kırmızı benekler belirdi, gözleri donuklaştı. Birden Nivelle'i sıkıştırdı:

— Sevgilim, odamıza gidelim. Çok yorgunum...

Odaya girdiklerinde Mary Nivelle'i deli gibi öpmeye koyuldu. Bir yandan da:

— Paris'in kurtuluşu üzerine bir şiir yazmalısın, diyordu. İçinde Partizanlar, Amerikalılar, Montparnasse ve aşkımız, her şey, herkes olmalı...

Nivelle de sarhoştu; Mary'nin gevezeliğini dinlemiyordu bile. Kafasında bir tek düşünce vardı: Şu sıra Paris'te olmayışım ne devlet!

Mary durmadan sırnaşıyordu:

— Kimim ben, söylesene?

Nivelle, "Missisipi'nin kızıl gülü" demek gerektiğini biliyordu. Ama birden tüm varlığı isyan etti. Daha ne kadar katlanacaktı bu işe? Yerinden fırladığı gibi pantalonunu giydi, ışığı yaktı ve Mary'ye dilini çıkardı. Kadının üzerine saldırıp dövmeye kalkacağını, ağlayacağını, her neyse, bir şeyler olacağını sanıyordu... Ama Mary gülümseyerek:

— Harika! dedi. Ancak Fransızlar insanı böyle sevebilir...

17

Nina Georgiyevna iki olayı kutlamaya karar vermişti: Sergey'in gelişini ve Vassia'nın doğum yıldönümünü. Vassia yoktu, ama Nina Georgiyevna Nataşa ve Olga'ya: "Onun doğum yıldönümünü de kutlar, akşamı Sergey'le birlikte geçiririz," demişti. "Yarın gidiyor." Masanın üzerinde Vassia'nın Vilnus'ta çekilmiş fotoğrafı, yanında da bir demet papatya duruyordu (kısa süre önce yollamıştı fotoğrafı) Nataşa'ya kocası yanında oturuyormuş gibi geliyordu, kendi kendine kaç kere onunla kadeh tokuşturmuştu. Vassia'dan ilk mektubu alalı bir aydan fazla oluyordu, ama hâlâ mutluluğuna alışamamıştı. Kocasının adını her duyuşta gülümsüyordu. Bulunmuştu Vassia, her gün mektup yazıyordu!... Daha bir gün önce uzun bir mektubunu almıştı; canavarın "inine" doğru ilerliyorlar. Vassia da, karısıyla oğlunu göreceği günü düşlüyordu. Mektubunda o kadar çok okşayıcı söz vardı ki, Nataşa düşündükçe kızarıyordu. Mektubun askeri sansürden geçtiği, okunduğu aklına geldi ve ürktü. Neden sonra içi rahatladı. Sansür memurunu tanımıyorum nasılsa, hayatımda da görmeyeceğim. Üstelik aldırmıyorlardır, bu mektup gibi binlercesi geçiyordur ellerinden. Küçük Vassia annesini çok utandırmış, hemen bir bardak kırıp topçu babanın oğlu olduğunu kanıtlamıştı. Sergey'in kahkahalarına: "Bum! Bum!" sesleriyle karşılık veriyordu. O akşam Bükreş'in alınışı şerefine top atılmıştı -Olga'nın deyimiyle büyük bir şenlikti- Nina Georgiyevna torununa derin bir sevgiyle bakıyordu.

Bayram havası esiyordu evin içinde. Olga, zafer bayramının provası, diye düşündü. Oysa olağanüstü bir şey yaptıkları da yoktu; aile masa başında toplanmıştı yalnız; yemek yendi. Nina Georgiyevna'nın hazırladığı nefis bir et ezmesinin tadına bakıldı. Herkes başından geçenleri anlattı; birbirlerinin sözünü kesiyor, sonra birden susuveriyorlardı. Yürekler mutlulukla dolup taşmaktaydı.

Sabah Olga, Teğmen Siniakov'dan mektup almıştı. Siniakov Romanya'nın bir köşesindeydi; işlerin yolunda gittiğini, yakında görüşebileceklerini söylüyordu... Olga onu geçen kış Kuybişeg'te, yaralanıp dinlenmek üzere annesinin yanına geldiği sıra tanımıştı. Uzun boylu, çekingen, sivil hayatta tarım mühendisi bir gençti. Otuz yaşlarında olduğu halde, Olga çocuk gibi bakıyordu ona. Evlenmişlerdi. Nina Georgiyevna sevincinden uçuyordu. Olga, yeni kocasından söz ederken kızarıyordu artık; Labasov gibi değildi bu... Nina Georgiyevna, Sergey'e: "Olga'nın bu kez gerçekten sevdiğini sanıyorum," dedi. "Ne dersin?" Sergey dalgın dalgın gülümsedi: "Tarım mühendisi, teğmen mi dedin? Öyleyse gerçekten seviyor, kuşku yok."

Nina Georgiyevna ile Sergey bütün günü birlikte geçirdiler. Nina Georgiyevna, üç yıl boyunca çektiği acılardan söz edebileceği tek dost bellemişti büyük oğlunu. Savaş süresince yüreğindeki gençlik ateşi sönmemişti. Olga annesine gülümseyerek: "Sen bizim Komsomolumuzsun" derdi. Önce Nina Georgiyevna, Sergey'in çok değiştiğini sandı. Korktu; oğlu belki kendisinden uzaklaşmıştı? Sergey'de en çok dikkatini çeken içine kapanıklılığıydı. Ağzından kaçan acı bir söz yaşlı kadının da içine kapanmasına yol açtı. Oğlunun yüreği katılaşmış mıydı yoksa?... Sonra Sergey'in hiç değişmediğini anladı... Kendi kendine tekrarladığı gibi, coşkun, ateşli ve "inançlı"ydı hep. Ama dış görünüşü şimdi daha sakindi; çok acı çektiği anlaşılıyordu... Konuşurken bir konudan öbürüne atlıyorlardı. Nina Georgiyeyna ona Almanları soruyor: "Seninle açıkça konuşuyorlar mıydı?" diyordu. Sonra başlıyordu ölümden söz etmeye. Derken düşünceleri, Sergey'inkilerle birlikte, ayaklanan Paris'in sokaklarında geziniyordu; savaştan sonra neler olabileceğini düşlüyor, işini anlatıyor, Migliatov adlı birinin dar görüşlülüğünden yakınırken Stçeglova adlı bir başkasının tükenmeyen enerjisine duyduğu hayranlığı belirtiyordu. '41 sonbaharı üzerine yazılacak kitapların neler olacağını anlamak derdindeydi. Sergey, kendi kendine, yaşıtlarımın pek çoğundan daha yakın bana, dedi. Eski kuşağın insanı olduğunu hissetmiyorum bile.

— Sergey, seni nereye yollayacaklarını biliyor musun? diye sordu Olga.

— Güneye. Talihim var. Belki Balkanlar'a uzanırım. Bir Alman tutsağı, ülkeler birbiri ardına ele geçirilirken tek şeyin keyfini kaçırdığını anlatmıştı. Yeni bir kente girdiklerinde perdeleri ve kepenkleri sımsıkı kapalı buluyorlarmış. İnsanlar, vebadan kaçarcasına kaçıyormuş onlardan... Bir de bizi nasıl karşıladıklarını görecektin!... Biliyor musun anne, eskiden sevinç gözyaşlarının yalnız kitaplarda yeri olduğunu sanırdım. Oysa gördüm sevinç gözyaşlarını. Kurtulan her kentte... Belki armağanların en büyüğü bu yaşlardı...

— Almanlar teslim olduklarında Paris'te neler olup bittiği gözümün önüne geliyor Sergey. Çünkü Parislilerin yaradılışını biliyorum. Gazetede barikat kurduklarını okuduğumda...

Olga gülümsedi:

— Anne, barikatlar Victor Hugo'nun romanlarında kaldı. Bugün sonucu tanklar belli ediyor, Amerikan birlikleri geldiğinde...

— Aslında gelen Fransız birlikleriydi, dedi Sergey. Neyse söz konusu bu değil... Partizanlar büyük rol oynadılar, özellikle psikolojik bir rol... Yine de önemli olan sonucun Paris'le ilgisinin bulunmadığı...

Olga sordu:

— Normandiya'da mı alındı sonuç?

— Volga kıyılarında. Orada bir telefoncu vardı, Almanlarla burun buruna geldi; üçünü öldürüp çıktı ortaya; bir elini kaybettiğine üzülüyordu. Bu tür şeyleri anlatmayı beceremiyorum, yazar değilim ki... Ama sözünü ettiğim telefoncu Paris'i kurtaranlardan biridir.

— Paris'te bir genç kızın koca bir Alman tankını uçurduğunu gazetede okudum, dedi Nataşa. Gençlerin Pravda'sındaydı yanılmıyorsam...

Sergey başını geriye atıp düşünceye daldı. Çalışma masasının üzerine tırmanıp hokkayı deviren küçük Vassia onu bu dalgınlıktan kurtardı. Sergey bastı kahkahayı:

— Tıpkı Vassia'nın eşi! Küçüklüğünü hatırlıyorum... Onun partizan müfrezesi üzerine yazılanları okudum da gözümün önüne getiremedim bir türlü çektiklerini... Bizim işimiz daha kolaydı; başımızda bir ordu komutanı vardı, cephe gerisinde harekat hazırlığı yapılıyordu. Ama onun gibi tam üç yıl ormanda savaşmak... Vassia'nın sağlığına içelim!

Nataşa, kadehini Sergey'inkiyle tokuşturduğunda genç adam gözlerini kırpıştırdı. Öylesine güçlüydü Nataşa'nın iri mavi gözlerinden ortalığa yayılan ışık.

Küçük Vassia'nın babasının eşi olduğunu öğrenmek Nataşa'yı çok mutlu kılmıştı. Bu yönden de kendisini kocasına yaklaştıran bağların ortaya çıktığını sanıyordu. Ama huyları aynı değil... Büyük Vassia sakindi, oysa bu... Neden tırmanır masanın üzerine? Bir an bile insanın gözünü üzerinden ayırmaması gerekiyor... Bu yanını kendisi gibi delifişek olan dedesinden almış. Nataşa, Dimitri Alekseyeviç'in evlerindeki duvar saatini onarmaya kalkışını hatırladı. İçinde ne var ne yok sökmüş: "Bir çeyrek sonra gözlem evinin saati gibi düzenli çalışacak," demişti. Sonra da öyle bir nara atmıştı ki, bütün komşular koşup gelmişlerdi: "Tüüh be! Ne aptalım! Şu parçayı nereye takacağımı unuttum. En önemlisi de bu parça. Yerine takamadıkça hiçbir şey yapamam..." Olayı hatırlayan Nataşa kendi kendine gülümsedi.

— Valya'nın sağlığına içiyorum, dedi Nina Georgiyevna.

Sergey gelir gelmez annesine anlatmıştı: "Valya'yı bir tiyatro okuluna girmeye razı ettim. Fabrikadakiler de onu salıvermeyi kararlaştırdılar. Karımı destekle anacığım..." Nina Georgiyevna hayatından çok hoşnuttu. İşi, her zamanki gibi bütün zamanını alıyor, ama ara sıra yalnızlık çöküyordu omuzlarına. Kızı Olga'yla ilişkileri her zamanki gibi karmaşık, sevgiyle kuşku karışımıydı. Nina Georgiyevna, Nataşa'yı çok seviyordu; kıvanç duyuyordu onunla (Vassia iyi bir seçim yapmıştı); ama iki kadın arasında büyük bir yakınlık yoktu. Savaşın başlarında Nataşa, onun gözünde hep bir küçük kızdı; çocukmuş gibi konuşuyordu küçük geliniyle. Sonradan, tekrar buluştuklarında Nina Georgiyevna şaşırdı; Nataşa'nın dış görünüşü bile değişmiş (yeni yetmeyken güzel bir kadın olmuştu), üstelik kafaca da olgunlaşmıştı. Peki ama neden onunla rahat konuşamıyorum, diyordu Nina Georgiyevna kendi kendine. Kendisini Olga'dan ayıran şeyin bilincindeydi. Kızının pratik kafası, sağduyusu, onu anasından ayıran başlıca özellikleriydi. Ama Nataşa, Olga'dan farklıydı... Nina Georgiyevna, Nataşa'yla konuşurken neden tedirgin olduğunu anlayamıyordu. Belki son yılların ürünü olan bu sağlam yaradılış, sağlam karakter onu çekingen yapıyordu? Nina Georgiyevna, Nataşa'nın ayaklarının yere bastığını, ayaklarının altındaki yerin de sağlam olduğunu fark etmişti... Nataşa susmayı, duygularını gizlemeyi öğrenmişti. Zaman zaman, Nina Georgiyevna, bu durgunluğun altında bir kınama sezer gibiydi. Nataşa'nın yanında benim ciddilikten uzak bir görünüşüm var; bu rahatsız edici bir şey... Nataşa, Nina Georgiyevna'ya bir kerecik açılsa; o hüzünlü ciddiliğiyle ve sertliğiyle birleşen çocuksu duygulunu gösterse; Nina Georgiyevna gelininin Vassia'ya yazdığı mektuplardan birini okusa; askeri sansürü hatırladığında duyduğu çocuksu utancı bilse; Nataşa'nın kendininkiyle kardeş bir ruh taşıdığını anlardı. Ama şimdi ona uzaktan hayranlık duyuyor ve Valya'nın dönüşünü bekliyordu. Valya ona coşku dolu ya da büyük üzüntülerin izini taşıyan mektuplar yazıyordu. Nina Georgiyevna hayatında şiir yazmamış, piyano çalmamış, tiyatro oyuncusu olmayı düşünmemişti, ama sanatçılık, Valya gibi onun da doğal yanlarından biriydi. Valya'nın mektupları, sözcüklerle kendini gösteremeyen derin bir anlamla yüklü gibi geliyordu Nina Georgiyevna'ya; bu derin anlamı yaratan sesindeki büyüleyicilikti, görüntülerin tılsımıydı. Valya kendi düşlerinin dile gelişiydi. Kaç kere şaşkınlıkla sormuştu kendi kendine: Bu silik, gülümseyişinden başka süsü olmayan, hocalarının hiçbir yeteneği bulunmadığını söyledikleri genç kızda, Sergey, nasıl yapmış da yüreğinin aradığı eşi bulabilmişti? Sabırsız Sergey, Valya'yı fark etmişti, anlamıştı onu...

— Artık ortalık çok gürültülü, dedi Nina Georgiyevna. Toplar hem cephede gürlüyor hem de burada, sevinçten... Yeryüzü sessizleştiği an ne olacağını hep düşünüyorum? Büyük bir içe dönüş görülecek, sanat yücelecek. Geçen çarşamba, beşinci sınıf öğrencilerine ders veriyordum. Bu küçükler çok şaşırtıcı. Birden aklıma geldi: 1812 Savaşı'nda Puşkin de onların yaşındaydı...

Nataşa canlanmıştı:

— Herhalde yitirdiğim son yıl olacak. Dün, eski hocalarımdan birine rastladım. Kuzeyde meyve ağacı yetiştirmeye çalışıyormuş. Kuzey kutbunun ötesinde yemiş bahçesini düşünebiliyor musunuz? Yaptığı aşıların sonucunda elde ettiği şaşılacak bir meyveden söz etti...

Nina Georgiyevna, koca bir koltukta uyuya kalan torununa bakıyor, çocukları düşünüyordu. En olağanüstü bitkileri yetiştiriyoruz: Ne ateşten, ne yalandan, ne de doğanın körlüğünden çekinen yarının adamlarını.

— Sergey, geleceği düşündüğün oluyor muydu? Ya da hiç düşünecek zaman bulabiliyor muydun?

— Doğrusu vaktim olmuyordu... Minsk yakınında yabancı muhabirler gördüm. Gazeteci olarak iyi miydiler, yoksa kötü mü pek bilmiyorum. Ama bende çok kötü bir izlenim bıraktılar. Hele biri, tam faşist ağzıyla konuşuyor, savaştan sonra Almanya'da ne yapacağımızı soruyordu. "Amerikalılar kuşku içinde..." diyordu hep.

— Bir şey anlamıyorum, dedi Olga. Bu adamlar bizim müttefiklerimiz değil mi?

— Kendileriyle konuştuğumda anladım. '42'de uçurumdan aşağı iteceklerini, ancak bunu yaparken de kollarını bacaklarını kıracaklarını sanıyorlardı. O zaman da büyük hakim ortaya çıkacak, hak yerini bulacaktı. Oysa olaylar tersine döndü... Ford, Gorki fabrikaları işçilerini neden sevsin? Yaradılışına aykırı olur. Dinle Olga, gazetelerin ötesinde kitaplar var... 1940'da gazetelerimiz "faşist" sözcüğünü kullanmıyor, nezaket kurallarına dikkat ediyorlardı. Ama faşistler yine faşistti. Kendisini Almanların pençesinden kurtardık diye Fransız burjuvazisinin bize aşık olduğunu sanıyorum belki? Bu yaptığımızı asla bağışlamayacak! Stalingrad'ın anısına dikilen bir anıt için yüz frank, sosyalizmle mücadele için yüz bin frank harcayacak.. O Amerikalılarla konuşurken bunu anladım; Paris'i, tartışmaları, görev maskesi altında yolladıkları heyetleri hatırladım...

— İyi ama bu korkunç bir şey Sergey! diye bağırdı Nina Georgiyevna. İnsanlar hiç rahat yüzü görmeyecekler mi?...

Uzak bir buluta karşı, gövdesiyle küçük Vassia'yı korumaya çalışır gibiydi.

Sergey gülümsedi:

— Stalingrad'dan sonra bizi bir şey korkutmuyor... Ağızlarına geleni söyleyebilirler, ama ısırabileceklerini sanmıyorum. Hem, gücümüzü fark ettikleri için sövüyorlar bize. Güçlü bir ülke, güçlü bir ulus, güçlü insanlar olduğumuzu, en iyilerin bizim saflarımızda bulunduğunu gösterdik onlara. Paris'te olup bitenleri pek bilmiyorum, gazeteler çok az sözünü ettiler. Ama orada kaldığım süre içinde bir mühendis, bir genç işçi ve daha nicelerini gördüm. Sokağa inen onlar, bundan eminim, bizlere çamur sıçratanlar değil...

Ayrılacakları sıra Nina Georgiyevna birden küçüldü, ufalıverdi; Sergey'in boynuna sarıldı, sonra gözyaşlarını göstermemek için arkasını döndü. Bir sigara yaktı ve başladı öksürmeye. Olga bütün geceyi annesinin yanında geçirdi. Sergey, Nataşa'yı evine kadar götürdü. Yolda, genç kadın birden:

— Yalnız değiliz, dedin. Atkarsk'da, elime geçen eski bir dergide, Labrador ikliminin değiştirilmesiyle ilgili bir yazı okudum. Bir bilgin, "gulf-stream" akıntısının yolunu değiştirmeyi öneriyordu. O zaman, Labrador'da bile limon ağaçları bitebilirmiş. Bir düş herhalde... Ama biz, üç yılda dünyanın havasını değiştirdik. Bunu nereden çıkardığımı soracaksın. Pek az şey biliyorum, gazetelerdeki haberlerin dışında pek bir şey okuduğum da yok. Ama hastanemize yaralı bir Yugoslav partizanı getirdiler, bir genç kadın. Onunla uzun uzun konuştum; o an aklıma geldi... Paris'te de bu kızın benzerleri bulunmalı. Tankı ateşe veren genç kız gibiler...

Sonra Sergey, karanlık kentte tek başına yürüdü. Ilık bir yaz gecesiydi ama sonbahar karanlığına bürünmüştü bile. Kropotkin Sokağı'yla Arbat arasındaki karışık yollarda yönünü şaşırdı. Valya'nın sevgisi, annesiyle yeniden birlikte olmak, Vassia'nın yaşadığını öğrenmek, uçsuz bucaksız, hem yaşlı ve hem de şaşılacak kadar genç olan onarılmaktaki Moskova'yı görmek onu mutlu kılıyordu. Sonra Paris'te bir tankı uçuran genç kızı düşündü; ve uzaklarda, sevgili gölgeler arasında, kuru yapraklarla kaplı ağaçlı yoldan Mado'nun kendisine doğru geldiğini gördü.

18

Cephe artık Paris'in çok uzağındaydı. Ama barış bir türlü Lancier'nin içini rahatlatamıyordu. Louis'yi boşuna aramıştı. Nerede olduğunu bilen yoktu. Bakanlıkların işe başlamasına kadar beklemesi söylenmişti. Her şey belirsizdi. Sokaklarda silahlı direnişçiler dolaşıyordu. Duvarlara, çeşitli kuruluşların ürkütücü çağrıları yapıştırılmıştı. Gazeteler temizlik istiyorlardı. Fiyatlar yükseliyor, dükkânların kapılarında oluşan kuyruklarda şu sözler duyuluyordu: "Alman işgalinden bin beter..." En iyi otellere Amerikalılar yerleşmişti; sabahlara kadar eğleniyor, onların şerrinden genç kadınlar gece sokağa çıkmaya korkuyorlardı. Lancier, ateşler içinde yaşıyordu sanki. Marthe bile kocasını sevindiren ya da kızdıran şeyleri anlayamaz olmuştu. Kentin kurtuluşundan kısa süre sonra, bir gün caddede yürüyorlardı ki; gençlerin çevresine toplandığı yarı çıplak bir kadının geldiğini gördüler. "Ben Almanlarla yattım!" yazılıydı göğsünde. Marthe bağırdı:

— İğrenç bir şey!... Yöneticiler böyle olaylara nasıl göz yumuyorlar?..

Kocasının da aynı duyguları paylaştığından emindi. Ama Lancier:

— Bu kahpeye niçin acıdığını anlamadım, dedi. Kardeşleri ya da babaları Fransa için can verirken birtakım karıların Almanlarla kırıştırdıklarını düşünmek bile insanın tüylerini ürpertiyor!

Morillot, Lancier'ye, direnişçilerin sanayici Boissy'yi tutukladıklarını anlattı.

— Boissy mi? diye haykırdı Lancier. Ama neden?

— Almanlarla işbirliği yapmış.

— Ne demek "işbirliği yapmak" Alman işgalinde çalıştı. Herkes gibi. Hastalarınızın görüşlerini sordunuz mu hiç? Alman ya da İngiliz diye ayrım yaptınız mı? Hepsine baktınız ve karşılığında ücretinizi aldınız. Boissy'nin işçileri arasında az mı komünist vardı? Onlar da Alman işgalinde hayatlarını kazanıyorlardı, hem iyi kazanıyorlardı. Neden komünist işçileri de tutuklamıyorlar? Bunun adına ne denir biliyor musunuz? Dehşet, yılgı düzeni, "terör".

Lancier kötü haberleri can kulağıyla dinliyordu. Güneyde polis olmadığı, komünistlerin namuslu kişileri ihanet suçuyla yargılayıp kurşuna dizdikleri anlatılıyordu. Paris'te bir hükümet, onun yanı sıra da Amerikalılar olduğu halde, durum daha parlak sayılmazdı. Boissy gibi binlerce suçsuz kişi Drancy'de yatıyordu.* Neden şimdiye dek FFİ'lilerin silahlarını ellerinden almadılar? Anladık, hepsi kah-

---

* 1941-'44 yıllarında Almanların siyasal tutukluları, kurtuluştan sonra da Fransızların geçici bir süre "işbirlikçileri" attıkları kamp.

raman, Paris'i kurtardılar, bunu herkes biliyor. Ama Paris'te Alman yok artık... Bize yeni bir komün hazırlıyorlar, işin aslı bu! De Gaulle neler düşünüyor? Amerikalıların kafayı çekip hır çıkarmaktan başka işleri yok. Düzeni sağlasalar daha iyi ederler...

— Olup bitenleri duydunuz mu sevgili dostum? dedi Lancier Pinaud'ya. Bir felaketin eşiğindeyiz.

Pinaud, her zamanki kederli ve tumturaklı havasıyla burnunu sildi.

— Fazla büyütmeyelim. Halk çocuk gibidir. Acıklı oyunu doyana kadar oynamalı. "Adaletin doruğu." Neyse ki, can yakmaktan çok, gürültü koparıyorlar. Bir-iki ay sonra her şey yoluna girecek.

Çoğu kez, Marthe, kocasını çam devirmekle suçluyordu:

— İnsanları ne güç durumlara soktuğuna hiç aldırmıyorsun. Lancier şu cevabı veriyordu: "Ne yapayım karıcığım, ben böyleyim..." Lancier, bir kere daha bu yanını gösterdi. Hiç ilgisi yokken Pinaud'ya sordu:

— Her şey yoluna girecek, diyorsunuz. Peki ama bu süre içinde sizi de içeri tıkmalarından korkmuyor musunuz?

— Beni mi? Niçin tıksınlar içeri?

— Çünkü "işbirliği" yaptınız, bayıldıkları deyim bu. Sanki bu türden bir sürü deyime gerek varmış gibi. Biri Schirke ya da Hauser'le yemek yediğinizi anlatır. Levi şirketinin hikâyesi su yüzüne çıkarılır...

Genellikle ölçülü davranan ve kolay parlamayan Pinaud, bu kez çileden çıktı. Lancier'nin kendisini ele vereceğinden korkmuştu. Yerinden kalktı ve ağır ağır, kendini kaybetmeden cevap verdi:

— Hükümet, '42'de hayatım pahasına Direniş Hareketi'ni desteklediğimi biliyor. Hainlere düzülen övgülere gelince, onların hiçbirini ben yazmadım..

Sonradan Pinaud, küçük bir kahkaha atıp kendi kendine: Lancier'yi ne ciddiye alırsın be adam? dedi... Gevezelik ediyor, işte o kadar. Öte yandan Lancier de Marthe'a itirafta bulunuyordu:

— Pinaud'yu kırmakla hata ettim, birden kanım tepeme çıktı. Ama bu işten bir şey anlamıyorum. Söylediğine göre, '42'de Londra'yla ilişkisi varmış. Oysa, Schirke'ye nasıl yağ verdiğini çok iyi hatırlıyorum. Bir haftada, hayat boyu kazanamadığım kadar para geçiyordu eline. Onu kıskandığımı mı sanıyorsun? Yok canım, hayatım boyunca zenginliği istemedim. Pinaud para kazanmayı biliyor, ama harcamaktan haberi yok. Tek derdi iş çevirmek. Peki ama sorarım sana, neden çıkardı o uğursuz yazıyı karşıma?

Marthe içini çekti:

— Yayınlamamak gerektiğini söylemiştim sana.

— Kadınlar da hep böyle yapar (Lancier bağırıyordu). Adam ölüm döşeğindedir, karısı açık pencerenin yanında oturmaması, iki kadeh atmaması gerektiğini tekrarlar durur. Hiç olmazsa bana acıyabilirsin. Hapı yuttum...

— Maurice kimsenin sana dokunmayı düşündüğü yok. Buraya gelmediler bile...

— Sen gelmelerini mi istiyordun yoksa? O zaman bana acıyacak zamanı bile bulamazsın. Hapı yuttum... Amerikalıların bizlere aldırdığı yok; ciplerini deli gibi sürüyor, yayaları eziyorlar. De Gaulle de Eyfel kulesi kadar uzun olmakla övünüyor. Dikilmiş duruyor, hep zafer düşlüyor. Gözü dönüklerin suçsuzları boğazlaması onu ilgilendirmiyor bile. Belki birkaç günlük ömrüm kaldı.

Marthe doktor çağırmak istiyordu, ama Lancier karısına engel oldu:

— Bırak da rahat öleyim! Morillot tedavi etmiyor, insanla dalga geçiyor...

Pinaud'nun ortağıyla bozuşmaya hiç niyeti yoktu. İki gün sonra ona uğradı ve lafa bir atasözüyle başladı. (Atasözlerini çok sever, "atasözleri ulusların bilgeliğidir" derdi)

— Eski dostluk pas tutmaz. Ufak tefek kavgalara aldırmamak gerek. Şu sıra herkes sinirli. Çağın gereği...

İşlerden söz ettiler. Sonra Pinaud:

— Bakan, savaştan önce sizinle tanıştığını söyledi. Büyük bir yakınlıkla söz etti sizden...

O an Lancier'nin keyfi yerine geldi. Bir "sedobrol" kürü yapmam gerekiyor. Marthe'ın hakkı var, sinirlerim bozuldu. Ufak tefek tartışmalara ne aldırırsın? Önemli olan Almanların kovulması. Fransa yine Fransa oldu. Ve Lancier dostlarına şunları söylemeye koyuldu: "Ne kadar mutlu olduğumu bilemezsiniz! İçine kapanık bir yaradılışım vardır. Ama şu dört yıl boyunca belki hepinizden çok acı çektim. Peki, peki, hepimiz sudan çıkmış balığa döndük. Ne yaparsınız, Fransız, özgürlüğü olmadan yaşayamaz..."

Hava çok güzeldi. Pastırma yazının son günlerini yaşıyorlardı. Havanın saydamlığıyla ve özgürlük üzerine düşünceleriyle içi iyice rahatlayan Lancier yürüyordu. Louis ile ilgili bir haber olup olmadığını anlamaya karar verdi. Kendisini geniş bir çalışma odasına aldılar. Burada her şey yakın geçmişin olaylarını hatırlatıyordu insana; kırık yerlerine kâğıt yapıştırılmış camlar, hantal bir çalışma masasının yanında ince, zarif bir koltuk, Amerikan konserveleriyle yan yana yığılı dosyalar. Albay Rejeune, uzun boylu, kır saçlı, sağlam yapılı, sanki nişan vermek, söylev verip bir anıtın açılışını yapmak için yaratılmış tiplerdendi. Sesi de çok tatlı, soyluydu.

— Size çok üzücü bir haber vermek zorundayım Bay Lancier, dedi. Oğlunuz Teğmen Louis Lancier, Fransa, uğruna kahramanca şehit oldu. Legion d'Honneur Nişanı ve Sovyetlerin "Ulusal Savaş" Nişanı'nı aldı...

Lancier şapkasını tartaklıyor, gözyaşları yanaklarına akıyordu.

— Oğlunuzla övünebilirsiniz Bay Lancier...

Lancier albayla nasıl vedalaştığını, eve nasıl döndüğünü hatırlamıyordu. "Louis..." dedi karısına, Marthe hemen anladı.

Yarı karanlık odada oturmuş oğlunun fotoğrafına bakıyordu. Marthe, ayaklarının ucuna basarak giriyor, damlalarını veriyor, elleriyle saçlarını okşuyordu. İki yıllık ortak hayatlarında Lancier'nin boş yere umutsuzluğa kapıldığını çok görmüştü. Şimdi kocasının acısı gerçekti; onu anlıyor, kendine daha yakın hissediyordu.

Önceleri Lancier bir şey düşünemez olmuştu; yalnız oğlunun çocukluğunu, geçirdiği hastalıkları, Marceline'in nasıl dertlendiğini, çocuğun yaramazlığını, şen kahkahalarını ve Bordeaux'daki son karşılaşmalarını hatırlıyordu. Sonra Lancier kendi kendini suçladı: Louis'nin gerçek değerini bilemedim; Mado, benim gözümde ondan çok üstündü: Oğlumu şiddet yanlısı, şamatacı buluyor, duygulardaki incelikleri anlamadığını sanıyordum. Oysa her şeyi anlıyordu... Fransa'yı gerçekten seviyordu. Gelinotte'un karaağaçlarına hayranlık duymak yetmez, onlar uğruna insan hayatını verebilmeli. Ne garip, Louis Rusya'nın bir köşesinde Verdun'ü savunanların destanını yeniden yarattı. Benim kanımdan geldiğini anlar gibi oluyorum... Neden oraya gittiğini de biliyorum; tehlikeyi arıyordu. Benim gibi oğlum da nefret ediyordu siyasetten... Rus hükümetinden bana ne! Ne kadar iyi savaştılar; Alman basını bile bunu itiraf etti. Amerikalıları ülkemizde görmeyi yeğlerim ama, Stalingrad olmasa Almanların Paris'ten çıkamayacaklarını da kabul etmek gerekir. Ruslar hakkında yanıldığımı anlar gibiyim; Alman gazeteleri bizi şaşırtıyordu. Ruslar, gerçek bir ulusal savaş verdiler. Savaşta yararlık gösterenlere taktıkları nişanın adı da buna tanıktır... Bizim komünistlere karşı çıkabilirim, ama Rusların yurtseverlikleri önünde de eğilmek zorundayım. Louis bunu benden önce anlamıştı. Albay haklı, oğlumla övünüyorum. Marceline gibi onun da mangal gibi yüreği vardı. Belki de en iyi yanlarımı, Verdun'ün anısını ona aktardım... Ama Louis'yi yitirmek ne acı!... İçeri giren Morillot'ya:

— Louis öldü, dedi... Oğullarımızla övünebiliriz. Ölünce ardımda, saçma sapan koleksiyonlarımdan ve Roche Ainé'den başka ne bırakacağımı sık sık düşünürdüm. Şimdi, birinin çıkıp Louis'nin başarısını minnetle anacağını biliyorum. Çok önemli bir şey: Verdun'ün ateşi Fransa'yı hep aydınlatıyor...

— Neyse ki Mado yaşıyor, dedi Morillot.

— Kim bilir. Belki o da Rusya'da, Afrika'da can vermiştir...

Ekim başlarındaydı. Kısa süre sonra Lancier, Mado'nun kapıdan içeri girdiğini gördü.

Haftalarca önce Paris'e gelen Mado, bir türlü babasına uğrayamamıştı. Limoges'da bulunduğu sıra yanındakilerden biri: "Roche

Ainé'de çalıştım," demişti. "Lancier Almanlara yağ veriyordu..." Mado babasını tanıyordu, söylenene aklı yatmıştı. Çocukluğunu geçirdiği evi görmek, babasının terkedilmediğinden emin olmak isterdi. Morillot, babasının evliliğinden söz etmiş ve Marthe'ı övmüştü. Ama babasıyla karşı karşıya geleceğini düşündükçe Mado'nun bütün varlığı isyan ediyordu. Morillot: "Louis'nin ölümünden sonra çok çöktü..." deyince onu görmeye karar verdi.

Lancier çığlık attı, bir süre konuşamadı; gözyaşları içinde boğulacak gibiydi: Mado sevgiyle öptü babasını, masanın üzerinde duran Louis'nin fotoğrafını aldı, uzun uzun baktı.

— Nerede öldüğünü biliyor musun? dedi Lancier. Rusya'da... Tehlikeyi arıyordu... Siyaset bir yana, Rusların herkesten iyi savaştığını kabul etmek gerek. Louis'nin neden Rusya'yı seçtiğini anlıyorum. Savaştan önce buraya gelen mühendisi hatırlıyor musun? Daha o sıralar Rusların iyi savaştığını söylemişti de Nivelle inanmamıştı... Nivelle'in de ne hain olduğu çıktı ortaya. Almanya'ya kaçtığı söyleniyor. Zavallı Leo! Bir toplama kampına gönderildi, hiç haber yok... Onu kurtarmak istiyorduk, ama Almanlar bizden güçlüydü. Dumas'yı tutukladılar. Leontine'e gelince, ölümlerin en güzeliydi onunki. Louis'nin ölümü gibi...

Peki ama neden anlatıyorum sana bütün bunları? Çok yaşlandım Mado, her şeyi birbirine karıştırıyorum... En önemlisi seni bulmuş olmam. Neredeydin son yıllarda?

Mado cevap vereceğine, babasına, kardeşiyle ilgili sorular sordu. Sonra çok geride kalan yılları, Marceline'i, Gelinotte'u andılar. Ama Lancier sorusunu tekrarladı:

— Neredeydin Mado?

(Kocasını neden bıraktığını sormak istiyor, ama Berty adını anmak onu ürkütüyordu. Ya Berty için yazdığı yazıdan haberi olmuşsa?)

— Taşrada, direnişçilerle birlikteydim. Daha önce de burada bir süre çalıştım...

— Neden hiç eve gelmedin?

— Gelemezdim. Çarpışıyordum...

Lancier gülümsedi: Şimdi herkes "çarpıştığını" söylüyor. Mado asker olacak ha? Hadi canım sen de!... Bir direnişçiye aşık olmuş, onun resmini yapmıştır herhalde... Sevgiyle baktı kızına, birden rahatsız oldu. Hayır, Mado değil bu, değiştirmişler onu... Gözleri buz gibi. Deli gözlerini andırıyor... Tıpkı Marceline'in yaradılışı. Marceline kendini tüm aşkına vermiş, benimle yaşamak için babasını bırakmıştı. Mado ise, direnişçilerle birlikte çarpışmak için kocasını bıraktı...

— "Çarpışıyordum" ne demek? Elde tüfek, ateş etmedin ya?

Mado'nun yüzünde hüzünlü bir gülümseme dolaştı.

— Herkesin yaptığını yaptım.

Ağzından fazla bir şey alamayacağını sezen Lancier, utana sıkıla:

— Burada kalacaksın değil mi? dedi. Sana bir oda hazırladık.

— Hayır. Üsteleme olmaz.

— Ama neden?

— Artık başka bir hayat yaşıyorum.

Sustu, sevgi dolu ama uzak bakışlarını babasının yüzüne dikti. Lancier dehşete düşmüştü: Sakın partizan olmasın?... Bu soruyu sormaktan, "evet..." cevabı almaktan korkuyordu. Birden Mado'nun kolunu, dirseğinin az üzerindeki mor yara izini fark etti. Her şeyi unutup, karşısındaki küçük bir kızmış gibi sorguya çekti:

— Nasıl oldu bu? Düştün mü?..

— Önemli değil. Gestapo'nun işi...

Şaşkın, bir şey diyemeden kalakaldı Lancier. Mado bir süre de Marthe'la konuştu, sonra kalktı. Lancier kızını öptü; çocuksu bir gülümsemeyle sordu:

— Söyle, beni görmeye geleceksin değil mi? Mado da gülümsedi. "Gelirim" dedi. Lancier anlamıştı, kızı bir daha gelmeyecekti. Kapıya kadar geçirmek istedi, fenalık geçirip divana uzanmak zorunda kaldı. Marthe'la Mado bahçeye çıktılar. İki kadın hemen birbirlerinden hoşlanmışlardı. Mado, seven bir yüreğin babasının yanında oluşuna seviniyordu. Mado'nun gelişinden önce, evlendiği için babasına çatacağından çekinen Marthe da üvey kızının yanında rahat etmişti.

— Maurice çocuk gibi, dedi.

Mado başını salladı.

— Bir direnişçi müfrezesinde miydiniz?

— Evet.

Marthe, içten bir atılımla Mado'yu kucakladı.

— Eşsiz bir kızın var, dedi sonradan kocasına.

— Evet, sağlıksız görünüşlü ama ne kadar güzelleşmiş, hayret...

— Onu demek istemedim. Beni çok şaşırttı; üstün bir insan olduğu hissediliyor...

Lancier, alçak sesle:

— Marceline'e çekmiş, dedi. Ama zaman çok değişti. Eskiden onun gibiler severdi; artık hepsi çıldırdı, savaşıyorlar...

Uzun süre karanlıkta oturdu, acı acı yaşlılığı, yalnızlığı, Mado'yu düşündü. Sanki Almanlara karşı değil, babasına karşı savaşmıştı. Bunun için bir şey söylemek istemiyordu...

Birkaç gün sonra Lancier, Pinaud ve Avukat Garcy ile yemek yiyordu. Paris'in kurtuluşunu kutlamaya karar vermişlerdi. Yemeği seçme işini Lancier üzerine aldı; kendilerine fazlaca kokuşmamış, şaraplı, gerçek bir tavşan yahnisi vereceğinden emin olmak için lokanta patronunu uzun uzun sorguya çekti. Öyle ya av mevsimi açılmamıştı daha...

Pinaud'nun danışman avukatı olmaya aday Garcy, işgal yıllarını anıyordu. Evini kaç kere AS'nin hizmetine vermişti. Bir gün Châtelet, onun evinde Lejean'la buluşmuştu. Garcy'nin bütün anlattıkları romantik bir havaya bürünüyordu:

— Örgütün toplantıları hep benim evimde yapılıyordu. Elimin altında bir tabanca vardı, Almanlar gelirse beynime bir kurşun sıkmaya hazırdım. Gestapo'nun eline canlı düşmek istemiyordum...

Pinaud düşünüyordu: Bu herif ağırlığınca altın eder, herhangi bir mahkemeyi uyutacak güçte. Ve sesini yükselterek:

— Bütün dünyaya Fransa'da da kahramanlar olduğunu kanıtladık, dedi. Ben ülkeme faydalı olacak yaşı çoktan geçmiştim. Yine de olanaklarım ölçüsünde yardım etmeye çalıştım, direnişçilerin gizlice sınırı geçmelerine yardım ediyordum... Baştan aşağı bir destan...

Sustu ve iştahla tavşan yahnisine saldırdı.

Lancier, bir şey söylemeden gülümsüyordu. Meyveyle peynir arasında söze karıştı:

— Çağımızın değerini bilemedim, dedi. Gençler kahraman olduklarını gösterdiler. Aşırılıklardan korkmam; gençlik ılımlı hava nedir bilmez. Louis, birçokları gibi Londra'nın gece kulüplerinde pineklemedi. Rusya'da cehennemin göbeğine atıldı. Komünist değilim, Tanrı korusun, ama bu davranışı karşısında eğiliyorum. Mado da direnişçilere katıldı; hem esaslı dövüştü... Gestapo'dan bile korkmadı. İncecik, dal gibi bedeniyle onu gören, gücünün nereden geldiğini merak eder. Belki ben ona bir şeyler kattım? Çocuklarıma hep, Verdun ruhunu aşılamaya çalıştım. '40 Haziranından beri fırtınalı havada soluk alıyorum. Bu süre boyunca neler yaptığımı sizlere anlatacak değilim: Bugün alçakgönüllü olmak daha iyi. Sahte kahramanlar, şişinenler çoğunlukta. Belki en az iş görenler en büyük şamatayı koparıyor... Kaç yüzyıllık Villon'un şu dörtlüğü ne güzel:

> Yalan gibi gerçek söz,
> Ödlek gibi yürekli kişi,
> Müzik gibi iğrenç ses,
> Aşık gibi aklı başında.

— Müthiş bir belleğiniz var, dedi Garcy.

Ciddi bir adam böyle zırvalarla nasıl eğlenir? diye düşündü kendi kendine Pinaud. Avukat olsa durum değişirdi... Neyse, yemek çok güzeldi, gelecek parlak görünüyordu. Sabah Pinson kayınpederine, FFİ'lilerin silahlarının alınmaya başladığını söylemişti. "Direniş Hareketi'nin erkek ve kadın kahramanları şerefine kadeh kaldırma"yı önerince Garcy, yürekten kaptı içki bardağını.

19

Mado Corbeille'e gittiğinde Sergey'le ilk kez konuştuğu pencerenin önünde durdu. "Paris'e aşık oldum," demişti Sergey orada. Bu sözler Mado'ya şimdi bir itiraf gibi geliyordu. Bir süreden beri çok sık düşünmüştü Sergey'i, belki hayatında ani bir değişiklik olmasından geliyordu bu. France yine Mado adını almıştı; son yıllarda kendisini avutan o büyük atılımın devamını her günkü yeni hayatında bulması gerekiyordu. Sembat'yı görmeye gitmiş, kısa süre önce uzak ve bulanık bir geçmişte kaldığını sandığı resim sanatı birden canlanıvermişti. Sembat, Direniş Hareketi'nden söz etmesi için diretiyor, ama Mado kendinden geçmiş, onun resimlerini seyrediyordu. Ne büyük bir sadelik, ne gösterişsiz renkler, nasıl da yapmacıktan kaçış vardı Sembat'nın eserlerinde! Bir ırmak ve ağaçlar, ağaçlar ve bir ırmak. Bezin üzerine bir şey yapmamıştı sanki: Kurşuni, soluk yeşil, ara sıra da pek az mavi. Ağaçlar arasında yaşayan beni, resimdeki bir ağaç neden bu kadar duygulandırıyor? Mado en sevdiği uğraşa yeniden dönüp dönmeyeceğini bilmiyordu; ya da sanatı, hayat, mücadele, Lejean'a söylediği: "Yıkıntıların iyi kötü onarılıp saray ilan edilmeleri benimsenemez..." sözleriyle nasıl bağdaştıracağını kestiremiyordu. Yarınından haberi yoktu. Sembat'nın atölyesinde Sergey'le karşılaşmasını, papatyaları, mutfaktaki çaydanlığı, Sergey'in şaşkın bakışını anımsamıştı. Hayır, bunları asla unutamazdı...

Ayı Marsilya'ya gönderildiğini, oradan vapurla Odessa'ya geçeceğini söylemişti. Mado, Sergey'e mektup yazmaya karar verdi; birden aklına gelmişti bu fikir. Akşam, odasına çekilip büyük bir ateşle yazmaya koyuldu. Elektrik kesilmişti, tek mumu yoktu, hava iyice kararana dek mektubu bitirememenin korkusu içindeydi; ışıklar söndüğünde bitiremezse hiç bitiremezdi bu mektubu... Açık pencerenin önünde yazıyor, böylece her şeyi daha iyi görüyordu. Soğuk bir sonbahar yağmuru yağmaktaydı. Birkaç damla kağıda sıçradı. Mado korktu; mürekkebin üzerine düşmesin! Neyse ki hayır. Sonra Sergey ağladığını sanabilir...

"Sergey, haberlerini nasıl aldığımı anlatmak istiyorum. Beş Haziran günü ormandaydık, o geceyi hiç unutmayacağım; çıkarmanın yapılacağı bildirilmişti. Bir rastlantı sonucu, Ayı bana senden söz etti. Ormanda yürüyordum, sen de yanımdaydın. Sonra bizimkiler köprüleri uçurdular. O gece Miki öldü; giderken çok sevdiği şarkıyı söylüyordu; şimdi de kulaklarımda: *"Hayatın keyfini çıkarabilirdik, ama bizim kaderimiz baflka. Duyamadan ölmek gerek, do¤an günü karfl›layan horozu."* Ayı nasıl savaştığımızı sana söyler. Herhalde hatırlarsın, ben bir şey anlatmayı pek beceremem, karıştırırım. "Son yıllarda seni çok düşündüm; Paris'te bana bütün söylediklerini ve söylemediklerini ya da söylemek istemediklerini anladım. Neden bilmem ama, Stalingrad'da çarpıştın gibi geliyor bana. Aptalca bir şey, anlıyorum, cephe çok geniş, nerede olduğunun da önemi yok. Stalingrad bizim için Rusya. Bütün bu süre boyunca sizlerle birlikteydik gerçekten. Savaşlarda ya da Gestapo'nun elinde can veren arkadaşlarımız olmasa bunu sana söyleme cesaretini kendimde bulamazdım. Sergey, ikimizin de ayrı bir hayatı olacağını söylemiştim, hatırlıyor musun? Dediğim oldu. Evlendiğini biliyor ve seviniyorum. Benim de bir ailem var, mutluyum. Ama geçmişi unutmadım, unutamam. Ne düşündüğünü pek bilmiyorum, ama geçmişi senin de unutamadığını sanıyorum. Birlikte olduğumuz sıra çok sersemdik herhalde. Kavga ediyor, sonra barışıyorduk; yine de, o yaz her şeye rağmen birlikte çok büyük bir şey keşfettik. Yaşamama, iyice derinlere battığım bir sıra yüzeye çıkmama yardım etti birlikte keşfettiğimiz şey. Belki bir gün karşılaşırız, şimdi değil –şimdi karşılaşmamamız gerekiyor–, iyice yaşlandığımız sıra. İyice yaşlansam da sana eskinin gözleriyle, "ayrı bir hayatı olduğunu söylediğin gözlerimle" bakacağımı biliyorum. Hayatta öyle baktığım tek kişi sensin. İlk zamanlar bana bir düş armağan ettiğini sanıyordum. Ama hayat alt üst olunca düş sandığım şey gözümün önünde gerçeğe dönüşüverdi. Mektubum çok dağınık, ama inan, hayatım mektubumdan çok daha açık ve basit. Ayı'ya sorarsan, soğukkanlı olmayı becerdiğimi sana anlatır;

müfrezemizde bir tek aklı havada kadın yoktu. O kadın, bildiğin bir yerde, kestane ağacının altındaki sırada kaldı. Oraya gittim, sıra hep aynı yerde, ağaçlıklı yol aynı, kent de öyle. Aslında şimdi her şey değişik tabii, her şey çok daha hüzünlü. Değişik ama bir anlamda da aynı. Mutlu ol Sergey! Mado mutlu olmanı istiyor. Biraz Rusça öğrendim; hocam da Ayı'ydı. İyi ve sabırlı bir insan. Ana dilinde yazmak istiyordum ama beceremeyeceğimden korktum. Yalnız şunları ekliyorum...

Ve özenerek, büyük harflerle, Rusça şunları yazdı:

"PROSTCHAİ, MOLA LIOUBOV*!

MADO'n"

Kalemi bıraktı ve ağladı. Sonra bir kere daha okumak için mektubu eline aldı. Hayır, dedi kendi kendine, bir kere daha okursam yollayamam.

Mektubu bir daha okumadan, kendisiyle vedalaşmaya gelen Ayı'ya verdi.

Voronov, ne yapacağını şaşırmış gülüyordu. Partizan kız France'ı tanımıştı o, şimdi karşısında zarif elbisesiyle Mado duruyordu. Yine de şaşkınlığı çabuk geçti. Mado müfreze anılarını arkadaşlarını, Miki'nin ani kızgınlıklarını, José'nin düşlerini hatırlıyordu.

— Ne zaman varacaksın oraya? Kısa süre sonra mı?

— Bilmem. Marsilya'da uzun süre vapuru beklemem gerektiğini söylüyorlar.

— Canlı bir kenttir. Yalnız Marsilyalıların her şeyi yüz kere büyüttüklerini unutma.

Voronov gülmeye başladı:

— Bizim de Marsilyalılarımız vardır... Odessalılar.

— Yurduna döndüğün için memnun musun?

Cevap yerine, geniş bir gülümsemeyle Voronov'un bütün yüzü aydınlandı.

---

* Elveda aşkım!

— Ayı, müfrezemizi unutma. Sizi ne kadar sevdiğimizi biliyorsun, orada anlat... İhtiyar Désiré'nin selamını da ilet. Ölmeden önce söylediğini hatırlıyor musun? Moskova yöresinde üzüm yetiştiğini düşlüyordu... Herhalde düşü bir gün gerçekleşecek. O zaman, Limousin ormanını hatırlayarak yapılan şaraptan bir yudum iç. Bizde pek çok şeyin yolunda gitmediğini gördün; şimdiden sonra da hayat pek keyifli geçmeyecek. Dün Luc bizimkilerin silahlarını aldıklarını söyledi. Bir yandan da hainler her köşede kahramanlıklarını ilan ediyorlar... Ama Fransa'da bir Luc'un, bir Dédé'nin olduğu unutulmasın. Sayıları çok, kolay kolay sindirilemeyecekler. İnan bana, kentten kente, köyden köye gezdim, halkımızı gördüm... Biri yola çıktığında ona çiçek verilir, ama çiçekler çabuk solar. Elimden gelse, yol armağanı diye sana Fransa'nın sevgisini sunardım...

Voronov merdivenden inerken Mado yetişti. Bir solukta:

— Vlakhov'u görürsen söyle ona, dedi... Yazmayı unuttum... Rusların beni iki kere ölümden kurtardıklarını söyle. Birincisini o biliyor ikincisi de senin gelip bizleri hapisten çıkardığın gündür. Elveda Ayı!...

Voronov dayanamadı, gerçek bir ayı gibi, beceriksiz bir hareket'le Mado'yu karanlık merdivende öptü...

Pencerenin önünde duran Mado, Voronov'un uzaklaşmasını, maviliklerde kaybolmasını izledi. Elveda Sergey! diyordu durmadan. Elveda aşkım!... Sergey'i görmüş ve yeniden, bu kez büsbütün ondan ayrılmış gibiydi. Mado yüreğine gem vurmayı öğrenmişti, mutluluk düşü kurmuyordu artık. Yeni mücadelelere, zorlu, güç bir hayata hazırdı. Önceki gün genç kadını gören Lejean, ondaki soğukkanlılığa, huzura ve inanca şaşmıştı. Yine de hayır! Aklı bir karış havada olan Mado savaş öncesinin park sırasında, kestane ağacının altında kalmamıştı. Buradaydı, penceresinin önünde, ayakta; iyice açılmış, pırıl pırıl gözleriyle boşluğa yılların ötesine, her zamankinden çok sevdiğine bakıyordu.

20

— Tam fotoğrafınızı çekmenin sırasıdır binbaşım. Resmi bir dergiye yollarız, dedi Teğmen Babuşkin.

Sergey gülmeye koyuldu. Gerçekten az rastlanır bir görüntüydü bu: Cip, güllerin, kadife çiçeklerinin, şakayıkların altında kayboluyordu. Bir araba olduğu bile belli değildi. Ve çiçeklerin ortasında, yolların tozunu tepeden tırnağa yemiş bir istihkâm binbaşısı.

İlk Bulgar kentine yaklaşıyorlardı. Halk yol boyunca dizilmişti. Kara gözlü, fırlak ve geniş alınlı, tatlı ve ciddi genç kızlar, üniformalarını giymiş liseliler, kır bıyıklı yaşlı köylüler (ihtiyar Zaporog Kazaklarının resimleri de böyleydi), eski frenklerden yeryüzüne inmiş gibi, yanık yüzlü Ortodoks papazları, Alman hafif ve ağır makinelilerini taşıyan partizanlar, öğretmenler ve ipekli ceketler giymiş yardımcı doktorlar, çıplak ayaklı, ama bayramlıklarını giymiş köylü kadınlar, bağrışıp duran çocuklar vardı aralarında. Arabaların içine, tekerleklerin altına çiçek atıyor ve aynı şeyleri tekrarlıyorlardı: *"Na Dobr Tchas!"* (Talihiniz açık olsun!) Bir gecede dikilen kemerin üzerinde de şunlar okunuyordu: "Dobre Dochlı" (Hoş geldiniz). Sonra Sergey omuzlarda taşındı. Şaşkın şaşkın gülümsüyordu. Yaşlı bir adam onu kucakladı, Şıpka Geçidi'nde çarpıştığını söyledi. Siyah başörtülü bir kadın, çok güzel bir genç kızın fotoğrafını gösterdi; Almanların kurşuna dizdiği kızı Lelian'dı. Kadın şöyle diyordu: *"Mnogo mi ei tejko... Drougar!... Roussia... Pobédata..."* (Çok üzgünüm... Yoldaş!... Rusya zafer...) yeniden çiçekler, morbeyaz süsen çiçekleri, buğulu kara üzüm, koca koca parlak elmalar, kokulu ayvalar yağıyordu.

Bembeyaz evcikler ve damlarında kuruyan kırmızı biberler. Döne döne giden yollar. Yüzyıllık meşeler, çınarlar, incir ve sedir ağaçları. Bağlarla örtülü vadiler. Dağların yamaçlarında, bembeyaz bulutları andıran koyun sürüleri.

İnsanların neşesi yatağından taşıp yeryüzünü kaplayan bir ırmağı andırıyor. Yollarda büyük ve güçlü bir ordu ilerliyor. Kimsenin karşısına çıkamayacağını biliyor şimdi. Yüzlerce tank homurdanıyor. Uzun boylu toplar batıya dönük. Tümenler, süngeri andıran balçıkta, yakıcı toz ve çakıl taşları üzerinde ilerliyor. Ve gelip geçen adamlar en az yol kıyısına dizilenler kadar mutlu. Savaş bir kaç günlüğüne kaybolmuş güller ve genç kızlardan bir çitin ardına gizlenmiş. Dükkânların tabelalarındaki yazıların Rus harfleriyle oluşu, bu yabancı dilin birden anlaşılır, alışılmış bir konuşma gibi gelişi, nehir ve ırmakları aşıp savaşlar veren, en çetin sınavları atlatarak ilerleyenleri coşturuyordu. Orta yaşlı bir asker, Bulgarlar'a: "Stalingrad'daydım," diyordu. "Bakın, şimdi nereye geldim." Hemen adamı şeref köşesine oturtuyor, sonbahar başlangıcı gibi kokan serin bir şarap sunuyorlardı.

— İşte Yugoslavya'dayız, dedi Babuşkin.

Sergey gülümsedi. Kaç kere, Yugoslav partizanlarından sözeden gazeteleri okurken bu olağanüstü ülkeyi gözlerinin önüne getirmeye çalışmıştı. Savaşılmamış, Karadağ ve Bosna tepelerinde gizleme tulumu giyilmemiş, madenin sert, amansız dili duyulmamış gibi geliyordu ona...

Askerler kayalara tırmanıyorlardı. Daracık, sarp yollara tırmanıyordu tanklar. Sapsarı seller yataklarında köpürüyordu. Birden önlerinde derin bir boğaz açılıveriyordu.

— Almanlar saldırıyı durdurmaya çalışıyor, sağda solda savaşlar veriliyordu.

General Belski, Sergey'e:

— Bu gece tanklar geçmeli, dedi. Naroçatov çok güç durumda. Orada Almanların otuz tankı var, onunsa hiçbir şeyi!..

Sergey, altmış ton taşıyabilecek harika bir köprü yaptığında Almanlar setleri uçurdu; su çabucak yükseldi ve kıyıyla bağlantıyı kopardı. İstihkâm erleri yılmadan çalışıyorlardı. Gün doğmadan tankların geçmesi gerekliydi...

— Ağaçlara bağlayın! dedi Sergey.

Kendisi de çekiyordu halatları. Gece soğuktu ama durmadan terini silmesi gerekiyordu.

Uzun süre önce Ay Sergey'in gözünde sevimliliğini soyut yanını yitirmişti. Şimdi Ay onun can düşmanıydı. Karanlık geceleri çok seviyor; "istihkâmcı geceleri" diye adlandırıyordu: oysa o gece aydınlık ve düşmandı. Almanlar geçiş noktasını makineli ateşine tutmuşlardı. Ay sabahın ikisine doğru battı; köprü bitmişti. Sergey gün ışığına dek uyudu. Sabah hayranlıkla baktı köprüye. O an, çevredeki dağları, altın sarısı yapraklı ağaçları, Yugoslavya'da olduğunu bile unutmuştu. Sergey'in gözünde köprü her şeyden önce bir köprüydü; boya sanatçı için, lale çiçekçi için neyse, köprü de onun için aynı şeydi.

Sonra sert ve sabırsız cip yoluna devam etti.

Sergey, soğuk ve yağmurlu bir sonbahar günü Yugoslav partizanlarını gördü. General Belski'nin yanındaydı ki, generalin yaveri Yugoslav ordusu temsilcisinin geldiğini bildirdi.

İçeri üç kişi girdi: Belgrad Üniversitesi'nin eski birinci sınıf öğrencilerinden Yüzbaşı Lukoviç, uzun boylu ve cılız köylü Mirko, bir de mat tenli, Vida adındaki çok güzel kız. Lukoviç generalin yanına koştu, çok duygulanmıştı.

— Drouje!..* diyebildi.

Onları gönderen Albay Yovanoviç'ti. Yüzbaşı raporunu verdi. General, zaman zaman tercümanın sözünü kesiyordu: "Anladım..." Söz konusu, kırk kilometre güneydeki Sırbistan'ın bir kentiydi. Yolu kesikti, köprüsü uçurulmuştu... Partizanlar orayı eylül ayında kurtarmışlardı ama o sabah Almanlar tanklarla gelmişlerdi. Albay Yovanoviç'in elindeyse ancak dört top vardı...

— Tankları kaç tane? diye sordu Belski.

— Sekiz ya da dokuz; iki tanesi büyük...

— Kent halkının hali içler acısı, dedi Mirko. Almanlar hepsini öldürecek, çocukları bile. Albay Yovanoviç: "Kızılordu çok uzakta değilse..." dedi.

— Ne diyeceğimi bilmiyorum, karşılığını verdi Belski... Bambaşka bir yönde, kuzey batıya doğru ilerlemek zorundayız. Burada durup vakit kaybedemeyiz. Ama durum gözönüne alınırsa... Size on kadar tank verebilirim. Tankların oraya nasıl gideceğini binbaşı bilir...

---

* Yoldaş...

General Yugoslavları masasına çağırdı:

— İki saatim boş. Birlikte yemek yiyelim... Burada gördüğümüz ilk insanlar sizsiniz. Bunu kutlamalıyız.

Sergey, bir yapması gereken köprüyü düşünüyordu, bir partizanların hikâyelerine kulak veriyordu. Üçü de '42 ilkbaharından beri savaşmaktaydılar. Dört, beş Alman saldırısından söz ediyorlardı; dağlardaki boğazlar dizboyu kardı, çizme bulma güçlüğünü anlatıyorlardı. "Danko'nun bacağı dondu, kangren oldu. Kesmek gerekti, elde alet yok. Bacağını baltayla kesmemizi istedi..." Almanlara, İtalyanlara, Macarlara, Hırvat milliyetçilerine karşı savaştıklarını söylüyorlardı; o korkunç sonbaharda radyoyu dinlemişlerdi: "Stalingrad ce doch drji..." (Stalingrad hâlâ dayanıyor.) General tercümana: "Çevirmenin gereği yok anladım", dedi. (General duygulanmıştı, o da Stalingrad'da savaşanlar arasındaydı.) Partizanlar, Rusların galip geleceklerinden hiç kuşkuya düşmemişlerdi. Votkayı içince, Mirko kendinden söz etmeye koyuldu: Kapısının eşiğini öpmüş, karısını, oğlunu yanına alıp partizanlara katılmıştı. Oğlu öldürülmüştü. Karısı çarpışıyordu... Yüzbaşı Lukoviç: "Tankların saldırısını iki kere püskürttük" dedi... "Birini Vida uçurdu..." Başını geriye atan Sergey genç kıza o kadar uzun süre baktı ki, Vida kızardı. Hiç aklıma gelmezdi, diyordu Sergey kendi kendine!... Bu kızı bir tankın yanı başında düşünmek korkunç şey... Sonra hatırladı; Nataşa, Paris'te bir genç kızın tank uçurduğunu anlatmıştı... Eskiden belli belirsiz gözünün önüne getirirdi böyle şeyleri. Şimdi gözleriyle görüyordu, gerçekti anlatılan. İşte bizim dostlarımız! Geçiş noktasında dururken Volga gece köpürüyor ve bunlar dağlarda çarpışıp haberi kulaktan kulağa yayıyorlardı: "Stalingrad hâlâ dayanıyor..."

Sergey dayanamadı, yerinden fırlayıp odada gezinmeye koyuldu. Özgürlüğün Avrupa üzerinde dolaştığını görür gibiydi; Bulgaristan'ı aşmış, şimdi aceleyle Adriyatik Denizi'nin yeşil sularına doğru ilerliyordu, dünyayı dolaşacaktı...

— Onlara yardım etmek gerek binbaşı, dedi General Belski. Ben duramam. Tam on birde yola çıkıyoruz. Burada ne bırakabiliriz? On tankla Binbaşı Prikhodko'yu, sizi ve bir istihkâm bölüğünü... Şu işi bitirmeye çalışın...

Yüzbaşı Lukoviç'le Sergey haritanın üzerine eğilmişlerdi. Mirko, Vida'ya fısıldadı: "Bir Rus... Anlıyor musun?" Genç kız, sert bir sesle: "Sus," dedi. "Onları rahatsız ediyorsun." Sergey'i hayranlıkla seyrediyordu Vida. İlk kez bir Rus subayı görüyordu. Çok sevimli bulmuştu binbaşıyı; güçlü olduğu hemen seziliyordu, tatlı yüzünde belli belirsiz bir gülümseme vardı; tıpkı aynanın duvara yansıyan ışığı gibi...

Köprü iki saat içinde yapıldı; sağlam, iyi, kazıklar üzerine oturtulmuş bir köprü. Mirko hayranlıkla seyrediyordu. "Nasılsa Tuna Nehri değil..." dedi Sergey. İstihkâmcıları sıkıştırıyordu: "Almanlar yirmi dört saattir kente egemen; Lukoviç hepsinin Yunanistan'dan gelen SS'ler olduğunu söylüyor."

Albay Yuvanoviç'in karargâhında büyük bir coşku vardı. Herkes öylesine büyük bir sevgiyle Sergey'in yüzüne bakıyordu ki, utandı. "Köprü bir şey değil," dedi. "Asıl yük tankçıların sırtında..."

Partizanlar arasında pek çok genç kız vardı. Sergey düşündü: Belki Mado da, elde tüfek, dağların arasında savaşıyordur? Her şey nasıl değişti! Bütün bunların biteceğine güç inanıyor insan. Bitince de Mado resimle uğraşacak, Lukoviç sınavlara girecek, ben de standart köprüler konusunda Belçev'le tartışmaya devam edeceğim... Barış çağında savaşı gözümüzün önüne bile getiremiyorduk; şimdi de istediğim kadar düşüneyim, barış çağını gözümün önüne getiremiyorum. Neden bilmem, barışın ilk anında büyük bir sessizlik olacakmış gibi geliyor. Tıpkı Stalingrad'da, Almanların teslim olduğu andaki gibi. Hava tatlı, rüzgârsız olacak; belki Moskova'da, incecik bir yağmur yağdığı sıra görülen kurşuni bir gökyüzü. Ve herkesin yüzü gülecek... Savaş bittiğinde de Mado'nun ne olduğunu, yaşayıp yaşamadığını öğrenirim belki...

Elagin, mangasıyla yoldaki mayınları temizlemişti. Tanklar arasındaki savaş orada oldu. Üç "T-54" havaya uçtu, Binbaşı Prikhodko yaralandı. İki "Kaplan"la daha küçük iki tank savaş dışı kaldı. Alman tankları batıya döndüler. Bu kez asıl saldırı başladı. Kentin yakınlarında Türkler tarafından yapılmış eski bir kale vardı. Sergey mayın döşeyen askerleri yola çıkardı. Öğleye doğru da kalenin mahzeninde gizlenen Binbaşı Lessing beyaz bayrağı çekti. Ateş kesildi; herkes işin bu kadarla biteceğini sanıyordu. Kent merkezine çekilen Almanlara hemen bir heyet gönderildi, Binbaşı Lessing'in direnmekten vazgeçmelerini emrettiği bildirildi. Ama başka bir birliğe bağlı SS'ler teslim olmayı kabul etmediler. Savaş bütün gün, bütün gece ve ertesi gün öğleye dek sürdü. Birliklere Albay Yovanoviç'le Sergey komuta ediyorlardı. Öğleden sonra saat dörtte, Yugoslav topçuları, son Alman askerlerinin de eller havada dışarı çıktığını haber verdiler.

O ana kadar kent ıssız gibiydi. Şimdi bütün sokaklar insanla dolup taşmaktaydı. Eğlenti başladı; askerler öpülüyor, "kolo" dansı yapılıyordu. El ele vermiş yüzlerce kişilik dizi alana yayılıyor, akçaağaçlara ve ıhlamurlara uzanıyor, derken uzun bir yılan gibi sokaklarda sürünüyor ve birden kalenin yakınlarındaki çimenlikte birleşiveriyordu. Güneşin cılız, pembe ışığı şehre egemen tepeleri aydınlatırken, daracık sokaklar alacakaranlığın maviliğine bulanıyordu. Sergey yanında Mirko ile bu yollardan birinde yürüyordu. Arkalarından genç kızların ve çocukların çoğunlukta olduğu, coşkun bir kalabalık geliyordu.

"Moskova! Belgrad!" diye bağırıyorlardı. Birden makineli tüfek takırtısı ortalığı kapladı. Sergey hemen anladı: Ses ilerdeki mahzenden geliyordu. Mirko olduğu yerde donmuş kalmıştı sanki. Sergey, Mirko'daki el bombalarından birini kaptığı gibi dişiyle açtı ve mahzene fırlattı. Aynı anda da sırt üstü devrildi.

Sergey'i hemen belediye hastanesine götürdüler. Kent, ağır hastası olan bir ev gibi sessizliğe bürünmüştü. Ne şarkı kalmıştı, ne şen çığlıklar. Hastanenin önüne genç kızlar birikmişti. Rusun sağlık durumunu soruyor, kan vermek gerekip gerekmediğini öğrenmeye çalışıyorlardı.

Sergey sayıklıyordu; sayıklaması da hayatı gibi, fırtınalı, gürültülü ve aceleciydi. Ya uçakla Moskova'dan Paris'e uçuyor, geçtiği yerler alev alev yanıyordu; ya da başında Ofelya gibi çiçeklerden bir taç, Valya'nın tepesinde durduğu kayaya tırmanıyordu. Valya ona: "Dobre dochol!" diyor ve kendini uçuruma atıveriyordu. İşte Voronov; uçsuz bucaksız bir köprü yapıyor. Sergey ırmağın adını sordu; Voronov başladı gülmeye: Bu ırmak değil... Peki nedir öyleyse? Sergey sonu gelmeyen bir köprü üzerinde ciple ilerliyor; yanında Vida mı var, yoksa Mado mu, kestiremiyor bir türlü... Herhalde Mado var. Şarkı da söylüyor: "Asker on yıl savaştı..." Ben ne kadar savaştım? Derken yeniden savaş patlıyor. Sonra ortalık duruluyor, tıpkı rüzgâr kesildiği an okyanusun görünüşü gibi. Nina Georgiyevna üzerine geliyor: "Sergey, yavrum, hiç de korkulacak bir şey değil." Sergey cevap veriyor: "Korktuğum yok anne, kendimi çok iyi hissediyorum. Eve döndüm işte. Yurdumda ne kadar iyiyim değil mi? Moskova çevresinde yağmurun yıkadığı, basit çiçeklerle dolu bir tarla; bilincine vardığı son görüntü oldu. Yaşamadığı halde canlı gibiydi. Ne anılar, ne de ölümün soğukluğu iz bırakmıştı yüzünde. Sanki, otlarla, papatyaların kapladığı tarlada yürümeye devam ediyordu.

Sonradan Yarbay Verşin'in, General Belski'ye:

— Kolordunun en iyi istihkâmcısı... Pisi pisine öldü! dedi.

Belski kızdı:

— Ne demek "pisi pisine"? Cenaze törenini anlatmadılar mı size? Bütün kent katılmış, o kadarla kalsa iyi, civar köylerden gelen de pek çokmuş. Bir Yugoslav albayı konuşma yapmış: "Sovyet subayı, karılarımızı ve çocuklarımızı korurken şehit düştü..." Buranın insanlarına çok şey borçluyuz. Askeri yardımın sözünü etmiyorum. Koca Alman ordusu tepelerine çullanmıştı, bize nasıl yardım edebilirlerdi zavallılar? Üç bin verst uzaktaydılar, üstelik yeterli sayıda tüfekleri bile yoktu... Ben başka şeyin sözünü ediyorum: '41 yılında kim şerefiyle savaştı? Biz ve onlar. Sayıları çok değilse de önemi yok; önemli olan çekinmemeleri, kendilerini sakınmamaları. Binbaşı Vlakhov'a çok değer veriyordum. Kolordumuz için büyük kayıp. Ama ölümlerin en güzeliyle öldü, önünde eğilmekten başka yapacak bir şey kalmıyor bize...

Sergey'i öldüğü kente, bir akçaağacın altına gömdüler. Mezarı, sonbaharın son çiçeklerinin, şebboylarla Latin çiçeklerinin altında kayboluyordu. Akşam kadınlar mum yaktılar, durmadan oynaşan küçük ışıklar artık çarpmaz olan yüreğindeki büyük sevgiyi gösterir gibiydi.

Tankçılarla Albay Yuvanoviç'in askerleri de aynı yerde savaş vermişlerdi, ama kent halkı istihkâm binbaşısının sözünü ederken: "Kentimizi o kurtardı" diyordu. Akçaağaçlarla kestanelerin altında sevgilileriyle buluşan genç kızlar; Rus subayının adını anıyorlardı. Loş ve dumanlı meyhanelerde yaşlılar onun sözünü ediyorlardı; öğretmenler öğrencilerine onu anlatıyorlardı; ve ölen partizanların anaları, alacakaranlık çöktüğünde, mezarının üzerindeki küçük mumları yakmayı unutmuyorlardı. Geniş ve hızlı adımlarla yürüyen ince, uzun ve dalgın, başını geriye atmış binbaşıyı herkes görür gibiydi. Arkadaşları Rus binbaşısının ne dediğini Vida'ya sorduklarında, genç kız susuyordu. Sergey ona yoldan ve kent haritasından başka söz etmemişti, ama Vida, kendisine çok önemli bir şey söylediğini sanıyordu; uykuya dalarken ırmaktan kente giden yolu kesen yüksek kayalıklar üzerinde gölgesini görür gibiydi. Ve ihtiyar hemşire, Rusun ölümünü anlatırken: "Birini istiyordu, ama kim olduğunu anlayamadım..." diyordu.

21

Krilov yeni yılı tümen komutanının evinde kutladı. Şampanya içiliyor, Albay Elizarov hurda bir piyanoda eski valsleri çalıyordu. Genç bir Polonyalı kız dumanı tüten bir yemek getirdi, büyük bir hızla, "pış, pış" seslerinin sık geçtiği, pek anlaşılmayan, ama çok terbiyeli birkaç söz etti. General kadehini kaldırdı: "İyi bir yıl geçirmeniz dileğiyle!" Krilov kadehini onunkiyle tokuşturdu. "Adamın dediği gibi, iyi şeyleri ufak ufak tatmak dileğiyle. Tek kelimeyle, hepimizin gelecek yılbaşını kendi köşesinde geçirmesini istiyorum." General gülmeye başladı: "Öyle olacağına güvence veririm. Yakında herkes evine gitmeye başlar..."

Gerçekten de son ve kesin saldırı fazla gecikmedi. Dimitri Alekseyeviç savaşın başından beri cephedeydi; ama şimdiye dek böyle şey görmemişti. Üç yıl önce kendisine tutarsız, irili ufaklı, birbirlerine güç bağlanan binbir olayla dolu gelen savaş, şimdi dev bir fabrikayı hatırlatıyordu. Krilov alay ediyordu: Eskiden herkeste "Doğru!" demek merakı vardı ya, hiçbir şey "Doğru" değildi. Şimdi bu deyimin modası geçiyor. Oysa her şey öylesine doğru, öylesine yerli yerinde ki Almanların bile ağzı açık kalıyor. Dün bir Alman teğmeni içini çekiyordu: "Savaş öncesinde trenlerimiz bir dakika gecikmezdi; bununla çok övünürdük. Şimdi sizin tanklarınız saat gibi işliyor..." Öylesine büyük bir topçu gücü sağlamıştı ki, Krilov homurdanıyordu: Kulak zarlarının nasıl dayandığını anlamıyorum. Ve topçular rastgele değil, hayatları boyunca düşman mevzilerini elleriyle koymuşcasına, büyük bir isabetle ateş ediyorlardı. Toplar ateş etmeden hedefi bulacakları belli, diyordu Krilov kendi kendine. Sonra tanklar, göz kamaştıran farlarını yakarak gecenin karanlığında geçip gidiyorlardı. Düşman gerilerine iyice gömülüyor, karargâhları, depoları, sıra sıra askerleri, Narvik savaşına katılmış tecrübeli subayların iskambil oynadığı, acemilerin, yürekleri sevgiyle dolup taşan karılarıyla ve dullarla dans ettikleri subay gazinolarını topa tutuyorlardı. Tanklar, bir saat önce başyazarın, Führer'in büyüklüğüyle ve Londra'nın sonuyla, dünyayı yerle bir eden "ölüm silahı"yla ilgili yazılar döşendiği gazete binalarına ateş ediyor, çizgili pijamalarıyla yarbayların, tank albaylarının dışarı uğradığı evlere saldırıyordu; hepsi şaşkına dönmüş, cephenin yüz kilometre gerisinde, kimin üzerlerine ateş edebildiğini anlamaya çalışıyorlardı.

Yollar inanılmaz görüntülerle doluydu: Savaş dışı edilmiş tanklar, komodinler, koltuklar, gece elbiseleri, kuş kafesleriyle dolu arabalar; deliye dönmüş bir sürü Alman, kimsenin sağmadığı çılgın inekler, sahiplerinin bırakıp gittiği kısa bacakları üzerinde insanların deliliğinden kurtulmaya çalışan köpekler; yarılan şiltelerden fışkıran kuştüyünden fırtına. Geciken bir sonbahar ya da sırasız bir ilkbaharı andıran bu güneşli ve donuk kış gününde kuştüyü fırtınası bir türlü bitmek bilmiyordu.

Önceleri Krilov, bombalanmış, ıssız kentler görmüştü. Bu kentlerin halkı batıya kaçmıştı. Boş evlere dalıyordu; sağda sabunu üzerinde bir tıraş fırçası –adam sakalını sabunlayacak zamanı bile bulamamıştı–, solda üzerinde çorba kâsesiyle bir yemek masası –ev halkı hazırlanan yemeği yiyememişti.- Bir belediye binasında, belediye başkanının masası üzerinde resmi evrak duruyordu; o da imzalayacak sırayı bulamamıştı. Dimitri Alekseyeviç kendisine yabancı gelen bu hayatın bütün ayrıntılarını büyük bir dikkatle inceliyordu. Diyecek şey yok, rahatları yerindeymiş. Banyoları geniş ve güzel, mutfakları düzenli. Basit bir köylü evi ama şöyle bir yatakta yatmak hoşuma gider doğrusu... Bu düzenin yanında nasıl da bir fikir yoksulluğu! Bir dolap kitaplık, içinde nefis ciltler. Ama insan kitabı açtığında öylesine akıl almaz bir pislikle karşılaşıyor ki elini yıkayası geliyor. *"Irk Sa¤lı¤ı"*, *"Jeo-politik"*, *"Kavgam"* bir polis romanı. Bütün duvarlarda; hep o ünlü çılgının fotoğrafları. Zevksiz renkler, kumbaralar, küçük vazolar, küçük kediler, bebekler. Birtakım uyaklı cümleler: *"Düzen içinde yaflayanlar, deliksiz uyur sabaha kadar"*, *"Ulu Tanrıyı sevenler, günden güne yükselirler."* Dimitri Alekseyeviç, bir masanın üzerinde tuvalet taşına benzeyen bir kül tablası buldu. Üzerinde: "Yalnız sigaralar içindir" yazılıydı. Sinirlenip kırdı tablayı. Nereden çıktıkları belli, itoğlu itlerin. Göbeklerini hoplatarak, yelek düğmelerini patlatırcasına gülüyor, kumbaralarına fenikleri dolduruyor, bebeklerini hayran hayran seyrediyor, şakalaşıyor –işte, tablaları meydanda–, ardından da şairliğe özeniyorlar(Deliksiz uyur sabaha kadar). Heine gibi şairi nasıl yetiştirmişler, hayret! Sonra başkasının petrolünü ele geçirmek için saldırıp, fırsattan yararlanarak karılarına da bir kürk manto getirmeyi kuruyorlar; bütün dünyayı kirlettiler. Eyfel kulesinin tepesinden tükürdüler. Akropol'de içlerini boşalttılar. "Kültürlerine bizi ortak etmek istiyor, on birincinin çizmelerini yalayacağı umuduyla on kişiyi ipe çekiyorlar.

Sonra Krilov kalabalık kentlerden de geçti: Çekine çekine pencereden dışarı göz atıyor, titrek adımlarla sokağa çıkıyor, yerlere kadar eğilip yalandan bir alçakgönüllülükle selam veriyor, yolları temizliyor, bozulan arabaları itip kenara çekiyorlardı. Sonra dilleri dolaşarak: "Bizim suçumuz yok... Her şeyi yapan SS'ler... Biz kendi halinde insanlarız" diyorlardı.

Sovyet askeri komutanlığı binası önüne yığılan Almanlar, asılan afişi okuyorlardı. Krilov komutana sordu:

— Ne okuyorlar?

— Emirleri. Dün gelir gelmez hemen astık bildiriyi.

— Ne yazılı afişte?

Komutan biraz şaşırdı:

— Pek okuyamadım. Dün akşam çok yorgunduk hepimiz; afişin asılmasını emrettiğim gibi kendimi yatağa attım. Ölecektim uykusuzluktan...

Almanlar bildirideki her cümleyi ezberlemişlerdi bile. Nelere izin verildiğini, nelerin yasaklandığını biliyorlardı...

Krilov kentlilerle konuşmaya çalıştı, ama aldığı cevaplar öylesine büyük bir dalkavuklukla dolup taşıyordu ki yüzü kızardı. Yeter!...

O güne dek, pek farkına varmadan, Almanya'da bu acıklı oyunun anahtarını, Auschwitz ve Maidanek'in sırrını bulacağını ummuştu. Oysa neydi karşısına çıkan? Tertemiz, küçük perdeler, asık suratlı ve ürkek insanlar, yıkıntılar, molozlar, kuştüyü. İçki içmekle geçen bir geceden sonra sersem sepelek kalkılan bir sabah, kusma ve tabak kırmalar...

Belediye hastanelerinden birinin başhekimi, Krilov'a:

— İzninizle kendimi tanıtayım binbaşım, dedi. Doktor Eppen. Yardımınızı istemeye geldim. Hastaların yiyecek ekmeği yok. Ben Nazi değilim, doktorum. Aşırılıkları her zaman kınamışımdır...

Krilov hastalara ekmek buldu. Doktor Eppen:

— Teşekkür ederim, dedi. Bilim, siyasal çekişmelerin üzerindedir... Bizim suçumuz yok...

— Aynı sözü bin kere duydum. Benimle yapmacıksız konuşamaz mısınız siz? Sizi tutuklamam, işim değil, anlaşıldı mı?... Bilimin siyasetin üzerinde yer aldığını söylüyorsunuz. Çok soylu bir görüş. Ama sizin doktorlarınız, Yahudilerin üzerinde tifüs mikrobu taşıyan bitleri ürettiler. Sizce bu türden bir davranış da siyasetin üzerinde midir?

— Böyle bir olaydan haberim yok binbaşım. Ama bilimsel geleneklerimiz...

—Gelenekler mi? İlk savaş sırasında da doktordum, üniversite sıralarından yeni ayrılmıştım. Savaştan sonra Profesör Jurgens'in kitabını okuduğumu hatırlıyorum; bize Berlin'den yollamışlardı. Bu kitapta profesör, Rus savaş tutsakları üzerinde, bitin tek tifüs mikrobu taşıyıcısı olup olmadığını denediğini söylüyordu. Bir, cahilin tekiydi; daha ben öğrenciyken, Fransız Bulaşıcı Hastalıklar Uzmanı Nicolle, kobaylar üzerinde yaptığı deneylerin sonuçlarını açıklamıştı bile. İki, hayvanın tekiydi. Sizin Gestapo ajanlarını bile geride bıraktı. Doktor olduğunuza göre bu tür bilginler hakkında ne düşünüyorsunuz?

— Doğrusu, ne diyeceğimi pek bilemiyorum... Ben bulaşıcı hastalıklar uzmanı değil, basit bir doktorum. Ama bilginize de hayranım. Eğer bütün Rus doktorları size benziyorsa bilimde çok ilerleyeceksiniz...

—Sizden beklediğim övgü değil. Yeterince yaltaklandınız! Cevap istiyorum. Yahudi ya da Rus ya da zenci, rastgele bir adama el atıp ona bir kobay gibi işkence eden "bilim adamları" hakkında ne düşünüyorsunuz?

— Binbaşım, siyasetten her zaman uzak kaldım. Sadece şunu söyleyebilirim ki tıp, ülkemizde çok ileri gitmiştir. Hastanın fikirlerine aldırış etmeyiz, onun bedenini iyileştirmeye bakarız. Pek çok Nazi'ye baktım ama pogramları beni ilgilendirmiyor. Sanıyorum ki bizi Ruslardan ayıran birtakım siyasal görüşlerdi. Yalnız, beni şaşırtan bir şey var binbaşım: Ari ırkın temsilcileriyle Yahudileri ve zencileri, nasıl oluyor da eşit görebiliyorsunuz? Ne de olsa tıp, birtakım özellikleri hesaba katmak zorunda...

— Yeter! diye haykırdı Krilov. Devamı açıkça anlaşılıyor. Siz doktor olacaksınız ha? Asla! Baytarsınız! Hayvanlara baka baka baytar olmuşsunuz.

Bir soru, durmadan Krilov'un kafasını kurcalamaktaydı. Nasıl olmuştu da, üniversiteleri, tertemiz ve çok iyi düzenlenmiş dispanserleri, güzel anıtları olan koca bir ulus bu denli alçalabilmişti? Almanlara işi düştüğünde kızgınlık ve acıma karışımı bir duygu kaplıyordu içini. Şu doktor belki hiç kötülük yapmamıştı, ama "saf" bir insan olduğu söylenebilir miydi? Hayır. Birkaç kelime konuşmak yetti, başladı ırkçı görüşleri kusmaya. Demek savaş tutsaklarına işkence edilebilirdi; yapmadıysa fırsat bulamadığındandır... Kangren mikrobu topuna aşılanmış. Hesabını kim verecek? Örneğin hıncımı şu ihtiyardan alamam; "Neden torunların Trostianetz'de küçücük çocukları yaktı?" diye soramam. Bu ihtiyara acıyorum. En çok da çocuklara acıyorum... İşte yine sokakta yürüyorlar. Nereye gideceklerini şaşırmışlar. Korkarım, adam haksız çıkacak... Gerçek suçlular gizlenecekler. Ne Hitler, ne de Göring sözünü ettiklerim. Onların tüymesi çok çok güç. Ama milyonlarca bilinçli cani var; onlar gizlenebilmeyi becerecekler. Biri Marksist geçinecek, öbürü demokrat, bir üçüncüsü koyu dindar, dördüncüsü de barışsever... En çok acı çeken kim? Küçük insanlar, kalabalık aileler, yaşlılar, çocuklar...

Krilov, nefretten konuşamayan askerlerin Almanya'ya girdiğini görmüştü. Her birinin acısı yüreğindeydi: Öldürülmüş bir kardeş, sürülmüş bir kız çocuğu, yakılıp yıkılmış bir ev. Hepsi Trostianetz'i, Ponary'yi görmüştü. "İntikam!" diye haykırıyorlardı. "Canavarların ini burada başlıyor!" diye yazıyorlardı direklere. Ama çılgına dönen göçmenler karşısında kolları kalkmaz olmuştu. Dimitri Alekseyeviç, ufak tefek bir askeri anımsıyordu. Kadın giysisi satan bir dükkânın vitrininde bir manken bulmuştu, güler yüzlü ve pespembe bir bebek; küçük asker süngüsüyle mankeni delik deşik ediyor, bebek ölüyor, ama küçük asker hırsından gözyaşı döküyordu...

— Ne yapıyorsun? Aklını mı kaçırdın yoksa? diye sordu Krilov.

Küçük asker, alçak sesle cevap verdi:

— Beyaz Rusyalıyım... Alçaklar, kimim varsa öldürdüler...

Eli, kent halkına kalkmamıştı; bir mankeni parçalayarak hırsını alıyordu... Dimitri Alekseyeviç içini çekti. İnsanca bir şeydi yaptığı, saçma ama akla yakın.

Ordu, gitgide artan bir hırsla durmadan batıya doğru ilerliyordu. Artık Almanlar da sonun yaklaştığını anlamışlardı. Günden güne daha çok yere eğiliyor, birbirlerini ele veriyorlardı: Müller'in evinde bir Rus kızı vardı, her gün döverdi zavallıyı..." Görnit'in iki oğlu da SS'dir..." "Schmidt'e inanmayın, '32'den beri partiye kayıtlıdır..." Mide bulandırıcı bir mırıltı kulakları dolduruyordu. Buz gibi kuzey rüzgârı esiyordu, ama kar yoktu görünürde. Dimitri Alekseyeviç hapşırıyor, homurdanıyor ve durup dinlenmeden çalışıyordu. Yaralı eksik olmuyordu ki. Almanlar savaşı kaybettiklerini anlamışlardı, ama aldıkları emir gereğince dayanıyorlardı.

Berlin'e yaklaştıkça, Krilov bütün gördüklerini daha çok düşünüyordu. Elli beşine basmıştı. Üç buçuk yıl gevşemeden savaşmıştı; sağlık durumu kötüydü. Tarih öncesinden kalma gaz lambaları gibi soluk alıyorum, diyordu. Neyse, Moskova'dakileri kaldırmışlar, göze çirkin görünüyordu... Çok çalışmaktan Krilov'un uykusu da düzensizdi. Dalıyor, bir saat sonra uyanıyor, yatağında durmadan düşünüyordu. İlk sonuç: Voroneje'den Königsberg'e kadar yıkıntıdan başka şey yok. Gerisini görmedim ama rahatça gözümün önüne getirebiliyorum: Köningsberg'den Havre'a kadar da yıkıntı. O kadar çok adam öldürüldü ya da sakat bırakıldı ki, insanın kafası bu sayıyı alacak gibi değil. Kadınlar çocuklarını dokuz ay taşıyor, doğuruyor, büyütüyorlardı. Derken herifler kendilerini insan üstü yaratıklar sandılar... Belki yeni doğmuş bir Puşkin'i öldürdüler, "V" füzeleriyle beşikteki bir Newton'u ortadan kaldırdılar, Maidanek'te küçük bir Marx'ı yaktılar? Adaletin sözünü etmek gereksiz; bu tür davranışlara karşı verilecek bir ceza var mı? Karabasanın sonu geliyor. Yazın kesinlikle teslim olacaklar. O zaman anamın sözlerini tekrarlamalı: "Rüzgâr, yine gerisin geri, kendi topraklarına dönüyor." Hayır, bunun anlamı başka... İki ayrı dünya çatıştı: Akıl ve Kör inanç, kardeşlik düşüncesiyle hayvanlık, -saf ırk inancı (hastane başhekimi olacak sersem bile bunun gerçekleştiğini sanıyordu)- onların toplumuyla bizimki. Harika mikroskopları, not defteri diye kullanılabilecek nefis tuvalet kâğıtları ve daha bir sürü, şeyleri olduğunu da ekleyelim. Onlarda her şey zeka ürünü, yalnız insanlar hayvan. Alman olduklarından değil, beyinleri yıkandığından. Ve herkese savaş açtılar. Kaçınılmaz bir şeydi bu, her şey savaşa yöneliyordu. Faşistleri iten, yalnız açgözlülük değil, aynı zamanda nefret ve korkuydu: Bizim adam gibi giyinmemizden, iyi yerlerde oturmamızdan, tuvalet kâğıdı edinmemizden çekiniyorlardı. Bizim de insanımız, pantolonumuz olduğunu bütün dünya görecekti. İşlerine gelmiyordu, çünkü kendi ülkelerinde pantolonu hayvanlar giyiyordu. Savaşı kazanacağız, bu sonuç her şeyi ortaya çıkaracak. Tarihçi şunları yazacak: "1942'den önce dünyada, yüzyılın en büyük deneyi sayılan olaya kimsenin inanmadığı görülüyordu." Savaşın başında ülkemize gelen Amerikalıyı hatırlıyorum. Dolmakalemini sallayarak: "Rusya bir çağdır," diyordu. "İleri bir tekniğimiz var, sonunda zaferi kazanan biz olacağız." Şu sıra ne düşündüğünü merak ediyorum. Onun gibi biri düşünme yeteneğinden yoksundur. Onlarda da düşünen kişiler olduğuna kuşku yok. Belki göz boyamak için saçma sapan şeyler söylüyorlar, ama olup bitenleri anlıyorlar. Kimin, niçin kazandığını biliyorlar... İşte bu savaşın anlamı... Yalnız Kozii Visselski köyünü sıradan bir Alman başçavuşuna karşı korumadık; yeni çağı, kendi çağımızı, aynı zamanda Fransızlarınkini, Amerikalılarınkini de kurtardık...

Bulundukları kentin cezaevinde iki Alman antifaşistinin, iki yaşlı adamın bulunduğu Krilov'a bildirildi. Bitkindiler, ayakta güç duruyorlardı. İkisi de hastaneye nakledildi. Krilov coştu. İki kişi olmalarının önemi yok! Önemli olan düzene boyun eğmemiş iki namuslu kişiye rastlamak. İnsanın yüreği ferahlıyor...

Biri matbaa mürettibiydi; kırk dört yaşındaydı ama ihtiyar bir adamdan farkı yoktu. Krilov'a cezaevinde yedi yıl yattığını anlattı; oğlu Dachau'da yapılan işkencelere dayanamayıp ölmüştü.

— Öleceğimden hiç kuşkum yok, diyordu. Bir şey yiyemiyor, lokma mideme inince çıkarıveriyorum. Yine de sizi gördüğüm için mutluyum... "İstediğiniz kadar bağırın, savaşı kaybedeceksiniz" dediğim için beni hapse attılar.

— Siz mi öleceksiniz? Yok canım! diye kükredi Krilov. Sizi tedavi etmeye başlayacağım hemen. Yalnız, önce elinizi sıkmama izin verin. Alman olmanızın önemi yok! Şeytanın ta kendisi de olsanız namuslu birisiniz, önemli olan da bu...

Öğretmen olan öteki:

— Bugün Almanların durumu çok zor, dedi. Nazilerden nefret ediyorum, yaptıklarıyla uzaktan yakından ilgim yok. '37'den beri cezaevindeyim. Yine de sorumluluğun bilinci ağır basıyor. Bu ağırlığı uzun süre duyacağız...

Krilov bir süre daldı, sonra tatlılıkla cevap verdi:

— Doğru, sizin durumunuz daha güç. Ama geleceğe bakın, mutluluk orada. Ne siz ne de ben pek genç değiliz, ama güvenle geleceğe bakabiliriz.

Askeri hastaneye dönen Krilov, hemen Yüzbaşı Soloveyçik'i görmeye çıktı. Beş gündür yüzbaşıyı ölümün elinden kurtarmaya çalışıyordu; kolunu kangren olmaktan kurtarmıştı, ama yüzbaşı şimdi de zatürree geçiriyordu. Bir kendini kaybediyor, bir sayıklıyor; karısından, Gomel'den, işinden, odundan yapılan hamurdan, kibritten, bir çeşit sıvıdan söz ediyordu; küçük Paul'ü yetiştirmek gerektiğini söylüyordu... Kendini hemen Krilov'a sevdirmişti; yaşlı adam kurtulup kurtulmayacağını merak ediyordu. Gece yüzbaşı öldü.

Krilov bahçeye çıktı. Hava soğuktu. Doktor yıldızlara bakıyor, isteksiz, düşünüyordu. Her yerde birbirinin aynı... Serin havada bile boğulacak gibiydi. Omuzum ağrıyor, makine çalışmak istemiyor, açıkça belli... Sonra Minsk yakınlarında gördüğü ihtiyarı hatırladı. Adam ağaç gövdelerini toplamış, bir kulübe yapıyordu. Krilov sormuştu: "Kendine mi yapıyorsun evi?" İhtiyar adam cevap vermişti: "Hayır. Karımdan başka kimsem yok. Ne kadar yaşayacağız daha? Onu da yakınlarımızın yanında geçiririz nasılsa. Ama çocuklarıyla yapayalnız kalan bir asker karısı var; ona yapıyorum..." Varya yok artık. Nataşa'nın da Vassia'sı var. Yine de yaşamak, odunları toplayıp ev yapmak gerek... İnsanlar var, bütün bir ulus var... Hadi Dimitri Alekseyeviç, bir süre daha dertlenmeye devam edeceğiz!..

Toplar gürlüyordu. Gökyüzü, ufukta bulanık bir kırmızı renge bürünmüştü. Saldırı devam ediyordu.

22

Astsubay Helmut Reiner izindeydi; acı olay onu evinde yakaladı. Üç gün önce Rusların yolunun kesileceğine inanıyordu. Ne de olsa burası bir sınır kentiydi. Ruslar daha önce de gelmişlerdi buralara. Ama Hindenburg öyle bir pataklamıştı ki onları. O sıra Reiner on altı yaşındaydı, cepheye gitmeyi düşlüyordu. Şimdi yaşı kırk yedi. Bu yaşta ateşin başına oturup çocuklarına gençlik günlerini anlatmak çok daha doğrudur. Ama bir yıl önce askere alınmış, demiryolunu haydutlara karşı korumak üzere Baranoviçi'ye gönderilmişti. Partizanlarla yapılan çarpışmalara katıldığı oldu. Bir gün, altı kilometre boyunca hiç durmadan koşması gerekti. Ellisine yakın adamın işi değildi bu. Güçlükle paçayı kurtarmıştı Baranoviçi'den. Neyse, talih yüzüne gülmüştü de tifüsten altı hafta hastanede yatıp izin alabilmişti. Doğduğu küçük kenti gördüğünde, Reiner duygulandı. Burada büyümüş, burada evlenmiş, bütün hayatını burada geçirmişti. Kentte oturan herkesi tanıyor, parktaki bütün ıhlamur ağaçlarını, bütün dükkân tabelalarını biliyordu. Belediye binasının tam karşısında, büyük alandaki tütüncü dükkânı eskiden bölgenin en iyi tütüncüsü olarak ün salmıştı. Reiner purodan anlardı; malını gösterişli sunmak peşinde koşmaz doğrudan Hamburg ve Bremen'den getirirdi. Müşterileri de önemli kişilerdi. Büyük bir malikaneyle bir bıçkıhane sahibi Belediye Başkanı Bay Seilel, Müze Müdürü Schmiedke, parti şubesi başkanı, kısacası kentin bütün ileri gelenleri. Kentte en ufak bir yıkıntı yoktu, bir kere bile bombalanmamıştı. Herkes aklını kaçırmıştı sanki. Bir kere, sakin bombalanmayan bir köşe arayan yığınla insan Almanya'nın batısından buraya koşmuştu. İlk aklı başından gidenler de bu göçmenler oldu. Bağıra çağıra bombaların Ruslara yeğ tutulacağını söylüyorlar, sınırdan tıklım tıklım dönen trenlere saldırıyorlardı. Sonra şaşkınlık sırası kentin kırk yıllık insanlarına geldi. Schmiedke kimsenin kentten ayrılmasına izin vermiyor, hepsinin "halk ordusu"na katılmasını istiyordu.

Belediye Başkanı "Tannenberg mucizesi"nin tekrarlanacağını söylüyordu; ama bir gece otomobiline atladığı gibi kaçtı. Reiner de ne yapacağını bilmez haldeydi. Sonradan, ailesine kavuşma sevincinin kendisini yaktığını söyleyecekti. İlk gençliğini çoktan geride bırakan, etleri pörsümüş karısı Emma, en büyüğü on altı yaşındaki Anna, en küçüğü de Stalingrad yenilgisinin ertesi ilan edilen yas günü doğan Greta olan dört kızı da sağ ve iyiydi. İzinli olduğu için askerin dertlerinden uzak kalan Reiner zamanında kaçamamıştı. Şu bozguna bakın, diyerek gülüyordu. Oysa, daha Baranoviçi'ye bile varan yok!...

Ama önceki gün, gerekirse yaya yola çıkmayı bile göze aldığında geç kaldığını anladı. Heinrich, bütün yolların Ruslar tarafından tutulduğunu açıklamıştı.

Reiner, iki gün boyunca çırpındı durdu. Ya mucizeye inanıyor ya da dehşete düşüp susuyordu. O sabah hiç umut kalmadığını anladı. Kentte yüz kadar SS askeri vardı; belediye başkanlığının mahzenindeki romu yürütüp kafayı bulmuş, bağıra çağıra teslim olmayacaklarını söylüyorlardı. Bir top mermisi alanda, tam tütüncü dükkânının bulunduğu yerde patladı.

— Ne yapmalı? diye sordu Reiner Heinrich'e.

— Bekleyeceğiz... Korkmuyorum, '32'ye kadar sosyal demokratları tutuyordum...

Reiner, Heinrich'in de Ruslardan korktuğunu seziyordu, yine de ona gıpta etmekten kendini alamadı. "Heinrich partili değil... Beni asacaklarına kuşku yok. '35'de herkes gibi partiye katıldım... Sonra Rusya'ya gönderildim: Haydutları gizleyen köylere ceza vermekle görevli birlikteydim. Kimsenin gözünün yaşına bakmadık... Şimdi bedelini ödemek gerek... Gazeteler, Rusların korkunç şeyler yaptıklarını yazıyor. Schmiedke 'Tarih böyle şey yazmamıştır...' diyor. Beni asacaklar, Anna'yı kirletecekler, Emma'yı öldürebilirler. Öldürmeseler de çocukları besleyemez. Dükkân hapı yuttu... Her şeyimizi yitirdik..."

— İntihar etmek zorundayız, dedi Reiner Emma'ya. Yapacak başka şeyimiz kalmıyor...

Emma çığlıklar attı:

— Ulu Tanrım, ne dediğinin farkında mısın? Çocukları nasıl bırakırız?

— Çocuklarla birlikte intihar etmeliyiz...

Emma başladı ağlamaya:

— Delisin!.. Korkutuyorsun beni!..

Reiner karısının kır, seyrek saçlarını okşadı:

— Şaka ediyorum.

Emma güzel bir yemek hazırladı; niyeti kocasını oyalamak, çocukları da sevindirmekti. Hem sonra yiyecek saklamanın gereği de kalmamıştı, nasılsa Ruslar her şeye el koyacaklardı. Domuz kızartması, kimyonlu lahana haşlaması, reçelini ve yumurtasını esirgemediği bir de puding yapmıştı. Yedekte sakladığı bir şişe "kummel"i* de ortaya çıkardı. Neşelenen Reiner'in yüzü kızarmış, Anna'ya takılıyordu: "Otto sana asılıyor; ama kekeme olduğundan aşkını bir türlü itiraf edemeyecek..." Emma keyiflendi, Helmut'un aklı başına gelmişti...

Akşama doğru Ruslar şehri işgal ettiler.

Ossip bıçkıhanenin sahibi Seidel'in geniş çalışma odasına girdi; söylenerek şapkasını geyik boynuzlarına astı. Günün birinde Alman kentlerinden birinin askeri komutanı olacağı aklına bile gelmemişti. Askeri konsey temsilcisine, bu işin bir başkasına verilmesi gerektiğini boşuna kanıtlamaya çalışmıştı... Bir şeyle avunuyordu: Bir hafta sonra, alayı cephenin yolunu tuttuğunda kendisini bu görevden alacaklarına söz vermişlerdi...

Tiksintiyle inceledi duvarları. Bu resim de kimin? Kendini beğenmiş bir surat, pala bıyıklar, takma yakadan destek alan yanaklar. Üzerinde boynuzlu hayvan resimli armalar. Pislik, ne olacak... Burada her şey Ossip'in midesini bulandırıyordu, Kiev'in özlemini çekmeye başlamıştı. En kısa zamanda geri dönebilsem!... Bunu düşündüğü anlar yüreği eziliyordu: Yuvam yok artık.

Askeri kurul temsilcisine söylediğinin tersine, Ossip iyi bir askeri vali çıktı. Örgütçü yanı vardı, tecrübeliydi; savaştan önce, büyük şantiyelerde çalıştığı sıra iktisatçı ve planlama uzmanı olarak çeşitli görevler yapmıştı. Sokakların temizlenmesini emretti; kilit noktalara devriyeler yerleştirdi (kendi alayı değildi buradaki; askerler sarhoş olabilirlerdi) Sosyalist parti kartını göstermeye gelen Heinrich'e:

— Anladık, dedi. Seçim zamanında değiliz. Kentin dışında gezinen pek çok başıboş inek var. Genç kızlarınızı yollayın, inekleri toplayıp baksınlar... İneklerin bir bölümünü halkın emrine verip

* Özellikle Almanya'da yapılan kokulu ve kimyonlu bir içki.

süt çocuklarının beslenmesini sağlayacağız. Anlaşıldı mı? Müze müdürü nerede?

— Kaçtı. Gericinin tekidir. Weimar Anayasası'nı savunmak üzere söz aldığımda...

— Anlaşıldı. Müzede ne var? Rembrandt'ın tabloları mı, yoksa Hitler'in bıyık filesi mi?

— Bir sürü şey var; kelebek koleksiyonları, bayraklar, Tannenberg'den* resimler. Kendi hesabıma, hiç gitmedim müzeye; antifaşist kuruluşların toplantılarına katılmaktan vakit bulamıyordum...

Ossip onu güç bela kapı dışarı edebildi. Derken Asteğmen Vorobiyev göründü; küçük bir kız çocuğu getirmişti.

— Binbaşım, işte size bir baş belası! Bakın, şu kızı görüyormusunuz? Belediye binasının yanındaki evden birine girdik. Ne görelim? Bir sürü ölü: Genç kızlar, bir kadın, bir de Alman askeri... Bu da haykırıp duruyordu... Komşuları sorguya çektim. Karısıyla kızlarını öldüren bir Almanmış. Alçak herif!... Bunun nasıl kurtulduğunu anlayamadım. Ya acıdı ya da vuramadı?... İnsanlıkla ilgileri yok, işte örneği!... Ne yapmalı bu küçüğü?

— Bir Alman ailesinin yanına yerleştirmeli... Bekle. Karnı acıkmış olmalı. Nastia yemek verir. Şimdilik burada kalsın. Nastia ona bakar, burası büyük, tam yirmi odalıymış alçağın evi.

Vorobiyev gidince Ossip kız çocuğunu Nastia'ya götürdü. Sonra çalışma odasına döndü, masanın üzerine tırmandı, resmi indirip yüzü duvara gelecek şekilde kenara koydu.

Bütün gün çalıştı, kenti, belediye binasını, müzeyi gezdi: Gestapo arşivlerini buldu. SS'leri sorguya çekti. Hepsi de sivil giyinecek zamanı bulmuşlardı. Akşam yemeğinde küçük kız içeri girdi. Ossip güçlükle bir kaç Almanca sözcük hatırladı:

— Adın ne senin?

— Greta...

---

* 1914'de Almanların Rusları yendiği Polonya Köyü...

Önce küçük kız rahatsız oldu; ama Ossip'in gülümsediğini görünce rahatladı, dizlerine tırmandı. Ossip, Greta'yla oynuyordu: "İşte böyle oynar minicik kuklalar..." Greta bir şeyler anlatıyordu ama Ossip hiç anlamıyordu dediklerini. Bu küçüğün varlığı ona hem iyi geliyor, hem de çok acı çekmesine yol açıyordu: Küçük Ala hep aklındaydı. Kiev'den ayrıldığında kucağındaki kız kadardı... Belki Ala'yı öldüren Greta'nın babasıydı?... Ossip uyuya kalan küçük kıza sevgiyle, hüzünle bakıyordu; sonra onu yine Nastia'ya götürdü.

Askeri valilik görevine başlayalı on gün olmuştu. Şehir halkı onu şimdiden tanıyor, saygıyla selamlıyor, gülümsüyorlardı: "Günaydın binbaşım..." Nefretten uzak, acıyarak bakıyordu bu insanlara. Karşısındakilerin insan olduklarına bir türlü inanası gelmiyordu; ne gülümsemelerine inanıyordu, ne ezilip büzülmelerine, ne de aşağı yukarı bütün kentin "Kızıl" olduğuna yemin eden Heinrich'e. Burada kimseye inanmıyordu. Ancak Greta'ya baktığında gözleri değişiyor, tatlı ve hüzünlü bir anlam kazanıyordu.

Birlik yola çıktı. Ossip köy evlerinden birinde sahra telefonunun önüne oturmuştu. Almanlar, kente egemen eski şatoda tutunma çabasındaydılar. Ossip bağırıyordu:

— Zakharçenko? Beni duyuyor musun? Bütün gücünle ateşe devam...

Yine yabancı ve temiz bir kent daha... Şubat ayına yeni girilmişti, ama ilkbahar kendini şimdiden gösteriyordu. Ossip bahçede bir kar temizleme aracı gördü. Kiev'de ilkbahar nefistir, hiçbir yerde benzerine rastlanamaz! Raya kır menekşelerine bayılırdı... Artık Almanların fazla dayanacak güçleri kalmadı, en fazla bir, iki ay... İyi ama savaş bittiğinde ben ne yapacağım? Kimsem yok... O da ne demek?.. Yüz seksen milyonum var... Çalışırım, işte yapacağım şey... Minaev'le Olga'yı davet ederim; Kiev'i bol bol gezerler. Onları parka götürürüm. Eskiden Raya ile yaptığımız gibi dolaşırlar... Parkta her zaman bir sürü çocuk vardır. Bıcır bıcır konuşur, cıvıldaşırlar... Onları bir süre dinler, sonra işime giderim...

23

"Alman erkekleriyle kadınları bir süre rahat uyuyamayacaklar," dedi Minaev Olga'ya. "Üstlerine örtecek şeyleri yok. Yorganları hep delindi, kuştüyleri uçtu gitti... Çarşaf da yok... Bayrak yapmak için hepsini yırtmışlar..."

Almanlar inatla karşı koymaya devam ediyorlardı; her kenti saldırı sonucu ele geçirmek gerekiyordu. Ama Sovyet birlikleri kentin merkezine vardığında, tılsımlı değnek dokunmuşcasına her şey değişiveriyordu. Bütün kent halkı, bir saat önce ateş edenler bile kurban, Hitler rejiminin kurbanı oluveriyorlardı. Herkes hummalı bir çalışmayla çarşaf yırtıyordu. Bütün evlerin cephesinden, pencerelerden kocaman beyaz paçavralar sarkıyordu; kalanla da Almanlar kendilerine kolluk yapıyorlardı.

Her köşeden yıllar boyu ezilen tutsaklar çıkıyordu. Christine Staube ya da bir başka cadının durmadan tokatladığı Ukraynalı genç kızlar; yeraltı fabrikalarında ya da kırmızı suratlı hayvan sahiplerinin ahırlarında ağlamaktan gözleri bozulmuş kişiler; beş yıl Silezya madenlerinde inleyen Fransızlar; Alman cezaevlerinin soyluları, Varşova pastanelerine devam ederken hamallık yapmak zorunda bırakılan İngiliz ve Amerikalılar; asker tuvaletlerini temizlemek zorunda bırakılan Praglı üniversite profesörleri. Minaev her çeşidini görmüştü. Shakespeare kahramanlarından birinin konuşmasını seyirciler alkışlarıyla yarıda kestiler diye tutuklanan bir Hollandalı aktör vardı aralarında; Von Paulus'un askerlerinin ruhuna zamanında ayin düzenlemediği için tutuklanan bir Norveçli papaz; biraz gecikmekle birlikte, gürültüyle Mussolini'den kopan bir Milanolu avukat. Minaev anlatıyordu:

— Avusturalyalılara bile rastladım. Dünyanın öbür ucundan gelmemiş de Rusya'nın herhangi bir bölgesinin halkındanmış gibi, neşe içinde yürüyorlardı...

Minaev şakalaşıyordu, ama aslında bu dokunaklı görüntü onu etkilemişti; diyecek şey yok, özgürlüğü getiriyoruz!... O uğursuz tepede debelenirken, Almanya'ya kadar gideceğim, iri yarı, Michigan eyaletinden bir Amerikalının bana "Thank you!" diye bağıracağı aklıma gelir miydi? Bir Çek göçmeninin oğlu olan biraz Rusça bilen bir Amerikalıyla konuşmuştu Minaev:

— Buraya gelişiniz çok iyi, diye bağırmıştı Amerikalı. Ben de Patton'un birlikleri tarafından kurtarılacağımı sanıyordum. Bir de ne göreyim: Gelenler Rus... Önemli olan karşılaşmamız değil mi?

— Öyle, dedi Minaev. -Bir süre düşündü, sonra gülümsedi.- Biliyor musunuz, sizlere rastlamayı çok istemiştim '42 Eylülünde. O sıra stepte geziyordum; savaş iyice kızışmıştı, pek eğlendiğimiz yoktu... İşte aklıma o zaman geldi Amerikalılara rastlamak. Caz seven, şen çocuklar olduklarını biliyordum. Ben de caz severim... Kendi kendime "şakalaşır, birlikte eğleniriz," diyordum. Ama bu rastlaşma bir türlü olmadı... "Sizi kurtardığımız, Brandebourg'da karşılaşabildiğimiz için çok mutluyum. Geç olsun da temiz olsun. Kadınlar bunu hiç anlamıyorlar. Bir tanesi yüzüme karşı açıkça: Hiç rastlaşmamak daha iyi dedi."

Amerikalı bir kahkaha attı:

— Bakın da soytarıya! Bir de Kızılların hiç gülmediği söylenir... Minaev'in askerleri durmadan ilerliyordu. Kısa ama amansız savaşlar veriliyordu. Yatak çarşaflarının parçaları yeniden çıkıyordu ortaya... Askerler şarap içip sövüyorlardı. Hepsi, sonuçtan önceki saatlerin sabırsızlığına kapılmıştı.

Yollarda Rusların Almanlardan kurtardığı insanlar yürüyordu. Amerikalılarla İngilizlerin elleri boştu; gürültülü Amerikalıların dertleri, geçen her Rusa ille de sarılmaktı; genç kızlara iltifat yağdırıyor, Rus tanklarını seyrediyor; rastladıkları teğmenlerden, duşlu bir evin emirlerine verilmesini sonra da hemen Oklahoma ya da Nebraska'ya gönderilmelerini istiyorlardı. Sakin ve kendini beğenmiş İngilizler, özgürlüklerini gürültü yapmadan kutluyor ve belli etmeden beş çaylarını düşlüyorlardı. Fransızların sayısı daha fazlaydı. Çoğu Alman bisikletlerine atlamış, kimi bir kaz götürüyor, kimi yaklaşan soğukları düşünüp bir yün kazak, kimi de bir akordeon kapıp gidiyordu. Durumu en çabuk onlar kavramıştı; Rusların kendileriyle uğraşacak halde olmadıklarını görüyorlar dolayısıyla da kendi olanaklarıyla yolu tutuyorlardı. Başıboş bir koyun ya da domuza rastladıklarında hayvanı kısa sürede öyle bir yahniye dönüştürüveriyorlardı ki, yaptıkları yemeklerin tadına bakan Ruslar: "Ne adamlar!" diyorlardı. Her Fransız başlı başına bir aşçı..."

Minaev de bir gün bu yemeklerden birinde bulundu. Birliği, topların gelişini beklemek zorunda olduğundan sekiz gün kadar yerinden kımıldayamayacaktı. Minaev, küçük bir evin kapısında iç açıcı bir tabela gördü: "Müttefik Kuvvetler İçin Şeytanın Mutfağı Lokantası" Kurtulan Fransızların bir şakasıydı bu. İçlerinden biri, kırık dökük Rusçasıyla, iki yıl fabrikada Ruslarla çalıştığını anlattı. Rom kattıkları yemekle Minaev'e gerçek bir şölen verdiler. Sonra avaz avaz şarkı söylediler: Şarkının sözleri açık saçıktı, ama ölüm marşını andırıyordu. Hepsi yiyip içip, bağırdıktan sonra Rusça bilenleri Minaev'in yanına oturdu ve Rusya ile ilgili sorular sormaya başladı. Minaev şaşırdı. Fransız, Dinyeprostroy'u, Moskova metrosunu, Mayakovski'nin şiirini biliyordu. Zaman zaman Minaev'in sözünü kesip cümlesini tamamlıyordu.

— Kim anlattı bunları size? Savaş tutsakları mı?

— Hayır, Fransa'da öğrendim. Öğrenciydim; bizim öğrenciler arasında Sovyetler Birliği'ni merak edenler bile vardı. Bile diyorum, çünkü öğrencilerimizin çoğu ilerici sayılmaz... Savaş başladığında bir yeraltı kuruluşuna girdim. Sonra Paris'ten Marsilya'ya geçmem gerekti. Orada birtakım saldırılara katıldım. Alman askerleriyle dolu bir kışlaya saldırıp tutuklu arkadaşlarımızı kurtardık. Marsilya'nın Alman birlikleri tarafından işgalinden sonra bize destek olan tek şey Stalingrad savunmasıydı. Arkadaşım Nico bir Alman teğmenini öldürüp göğsüne Stalingrad için yazısını iğneledi.

— Bizim bir şeyden haberimiz yoktu!... Ben de Stalingrad'daydım çünkü. Uzun süre lanet olasıca bir tepenin üzerinde kaldım.

Heyecanlanan Fransız arkadaşlarına bir şeyler söyledi. Hepsi Minaev'in çevresine toplandılar. Yüzüne bakıyorlardı. Öyle ya Stalingrad'da bulunmuş bir Rus! Minaev gülmeye başladı:

— Bunda şaşılacak ne var? Stalingrad'dan dönen bir Almana kolay kolay rastlayamazsınız, ama bizimkiler arasında, oradan kurtulan aramadığınız kadar çok asker çıkar. Arkadaşınız Nico'nun Stalingrad için bir Alman öldürmesine sevindim. Böylesi kutlama telgrafı çekmekten çok daha iyi...

— Telgrafları bizler çekmedik. Nico kurşuna dizildi; olaydan bir ay sonra yakaladılar onu. Savaş öncesinde partiliydi. Ben '41'den beri...

Şimdi karşısındakine şaşkın bakma sırası Minaev'e gelmişti.

— Bir yabancı ilericiyle konuşma fırsatını hiç bulamamıştım. Fransa'da sizin gibi düşünen çok insan var mı?

— Aşağı yukarı halkın üçte biri; üçte biri de tam tersini düşünür...

— Bir dakika. Geri kalanlar?

— Onlar da bir şey düşünmezler.

— Peki, siz bu görüşü nasıl benimsediniz?

— Tam karşı görüşten yola çıkarak. Babamı çok severim, çok namusludur ama sapına kadar kuşkucudur. Benzerlerine yalnız Fransa'da değil, her yerde rastlanır sanıyorum... Çocukluğumdan beri söylediği sözler hatırımda. İnsanların hepsi alçaktır. Henüz köpeklerin namuslularına küçük köpeklerin kemiğini kapmayan, soylululuklarından övünme payı çıkarmayanlarına rastlanıyor. Ama insanlar arasında böyle birini görmedim." Şöyle devam ederdi babam sözüne:

"Fransa üç buçuk devrim gördü (buçuk dediği 1830 devrimiydi) Sonucu ne? Kral Louis'lerin çağında dük markinin, marki de kontun üzerindeydi. Şimdi değerler değişti: "Rio-Tinto", "Royal-Dutch", "Mexican Eagle" Babam bunları siyasetten nefret etmem için anlatıyordu ama, yine de ilk gözümüzü açan o oldu... Bizim yanılgımız, kuşkuculuğu inanç haline getirmiş olmamız; Fransa'da kuşkuculuktan gözü dönmüş kişilere rastlarsınız. Babam doktordur; hastaları için çırpınır durur, sonra da: "Zatülcenp'den kurtarırız, nefretten ölür," der. Eskiden insanlar vebadan can verirdi. Neyse, "İnsanlığın belası" ortadan kalktı. Bu kez, bilinçli olarak kanserden ölmeye başladı insanlar. Kanser yenilince yeni bir pislik ortaya çıkacak..." Ben de bir Fransızım, gülmeyi severim, güneşte bile lekeler bulunduğundan haberim var;

yalnız her şeyi alaya almakla yetinemem. Çoktan beri eskileri ters yüz edip giyiyoruz. Kumaştan elbise yaptırmanın sırasıdır. Arkadaşlarımın Fransa'da, burada öldüklerini gördüm. Bir akşam Marsilya'da, genç bir kızla, ertesi gün buluşup denize girmek üzere sözleşmiştik. Gestapo ajanları onu gece yakalayıp işkence ederek öldürdüler. Yeniden Daladier'nin Reynaud'yu devirmesi, Reynaud'nun da Blum'u alaşağı etmesi için mi öldü o kız? Hayır artık bunun değişmesi gerekir...

Minaev'le vedalaşırken şunları ekledi:

— Bir gün Paris'e gelirseniz, size, bugünkinden daha iyi şeyler sunarım iyi arkadaşlar tanıştırırım. İşte adresim... Adım René Morillot.

Minaev anasına şunları yazıyordu:

"Dün Fransızlarla yemek yedim. Şaşılacak kadar güzel bir şey yedirdiler bana. Sonra da bunun, bir Alman gölünde "vak-vak"lamaktan gına getiren adi bir ördek olduğunu söylediler. Ama ben içimden, bunun gizemli bir karışım olduğunu düşündüm: Örneğin sığırla kurbağa etinin karışımı gibi bir şey. Neyse sorun bu değil. En korkunç saatlerde, ülkemiz büyük olduğu için, cesaretimin kırılmaması gerektiğini yazdın. Tartışılmaz bir gerçekti yazdığın. Ama dün, ülkemizin, daha da büyük olduğunu keşfettim. Döndüğümde bunu, uluslararası durumla ilgili bir konuşma biçiminde sana anlatacağım. Berlin'in yakınındayız, ama daha savaşmamız gerekiyor. Almanların durumu anlamaları ne kadar güç oluyor, bilemezsin! Oysa, bizim bekleyecek halimiz yok; herkesin acele etmek için bir nedeni var. Örneğin ben, seni bir an önce kucaklayıp öpmek istiyorum. Olga da selam ve sevgilerini sana iletmemi söylüyor; sağlıklı ve mutlu olduğunu da bilmeni istiyor. Ama benim bundan kuşkum var. Almanlar Olga'nın çok canını sıkıyorlar, ayrıca senin iflah olmaz Mitya'n da başının etini yiyor."

Gece rutubet, deniz ilkbahar kokuyordu (mart ayının baş döndürücü gecesi) Minaev, kendi kuşağının kaderi üzerinde kafa yormaktaydı; uykuya dalarken dertli bir hayat yaşamak zorunda olduğunu anladı. Ama bu derdi dünyada hiçbir şeye değişmezdi.

24

Son zamanlarda Bill Coster'in talihi hiç de yolunda gitmemişti: Kışın gelmişti Fransa'ya. Ordu yerinde sayıyordu. Kendi kendine, "bin sözcüklük yazımı neyle dolduracağım" diyordu. Tabii, bir sürü ilginç olay yaşanıyor. Montgomery'nin Bradley'i nasıl uyutmayı düşündüğünü yazsam, okuyucuların ağzının suyu akar.

Ama olanaksız, sansür bu tür şeyleri geçirmiyor! Askerlerimiz kafayı tütsüleyip, Fransızların farfara ve pis olduklarını, leş gibi de sarımsak koktuklarını öne sürüyorlar. Sonra da başlıyorlar bağırmaya: "Bizi neden buraya yolladılar? Savaşmak gerekliyse Japonlarla kapışmak çok daha iyi..." Ama bu da ilginç bir konu değil...

İlkbahar gelmiş, askeri manevralar başlamıştı ve çığ gibi bir muhabir akını başladı Avrupa'ya. Bir ağızdan, aynı şeyleri yazmak gerekiyordu; oysa Bill "koro"dan hoşlanmazdı. Ününe gölge düşürmek istemiyordu. Üstelik "kem talih" yakasına yapıştı: En önemli olayın nerede patlak vereceğini önceden bir türlü kestiremiyordu. Köln'ün bombalanmasıyla Remagen Köprüsü'nü atlamıştı. Başkalarının söylediklerini yazmak zorunda kalmıştı: Tabii, ne canlı renkler, ne küçük fıkralar, ne de bir özellik, ayrı bir hava vardı bu yazılarda!

Bill, Paris'e gitmeye karar verdi. Belki orada bir şeyler yakalaması mümkün olabilirdi? Söylenenlere bakılırsa, Almanlar Vatikan'ı yokluyorlardı. Hiçbir şey bulamazsam, sinema oyuncusu Xavier ile bacağı kesilen bir Amerikalı havacının aşkını anlatırım. Almanya'dan dokunaklı bir şey yollamanın yolu yok, hemen sansür işe karışıyor. Halkla içli dışlı olmak yasak. Kuybişev'deyken Ruslara içerliyordum, bizim askerlerin de onlardan farkı yok. İçlerinden biri, başkomutanlık bildirisi yayınlanmadan bir kentin alındığını haber vermemem gerektiğini söyledi. Öyleyse, kendine saygısı olan bir gazeteci ne yapsın?

Paris'te Bill, sonradan "çok çekici" olarak anlattığı bir hanımla zevkli bir gece geçirdi.

— Bundan böyle yalnız Amerikalılarla düşüp kalkıyorum, demişti kadın. Ne yapayım: İngilizler çok cimri, bizimkilerin cebinde metelik yok. Ne kötü iş...

Bill kadını avutmaya çalıştı :

— Üzülme, yakında her şey düzelir...

— Öyle mi dersin? Komünistlerin sayısı çok. İşçilerin kuruş kaptırdıkları yok, hepsi siyasetle uğraşıyor. Bu durumda patronların kepengi indirmesine şaşmamak gerek. Tüccar malını bırakıp gidiyor, kimse işlerin düzeleceği inancında değil. Tersine... Kiki zengin bir Amerikalı buldu; adam onu New York'a götüreceğine söz vermiş. Oysa ben, hep senin gibi dalgacılara çatıyorum...

Kadın esnedi. Bill karşılık vermeye kalktığında kadının uyuduğunu gördü. Hiç de uykusu yoktu. Kızın çizdiği görüntüyü düşündü. Birden yataktan atladı: Evreka! (Buldum!) Hemen genel yayın müdürüne bir mektup döşendi. Graffitt cephede kaldı. Harika bir yazı serisi öneriyorum. Başlığı da "Fransızların boynuna geçen kızıl ilmik." Halk yığınlarının yarattığı dehşet havası; iktisadi çöküntü ardından konuşmalar işadamlarının, politikacıların, polisin, sokaktaki adamın düşünceleri. Kadına, anlaştıkları fiyattan beş dolar fazla verdi, üstüne de bir karton Amerikan sigarası. İş hayatında namuslu davranmaktan hoşlanırdı. İki gün sonra, genel yayın müdürünün kutlamalarını bildiren cevabı eline geçiyordu.

Avukat Garcy, FFİ'lilerin namuslu bir tüccarın apartmanında nasıl arama yaptıklarını Bill'e anlattı. Bill, olayın çarpıcı bir görüntüsünü çizdi: Gece, bir sürü komünist eve dalıveriyorlardı. Genç bir kadının yorganını çekip onunla hoşça vakit geçiriyor, içine dolar gizlendiğini söyleyerek küçük bir Meryem Ana heykelini kırıyorlardı. Sonra da, evde ne kadar mücevher varsa alıp götürüyorlardı. Bill yazısını şu sözlerle bitirdi: "Ohio ya da Teksas'ın yiğitleri kanlarını bunun için mi akıttılar?" Garcy yığın halindeki tutuklamaları da anlattı.

— Binlerce kişiyi neyle suçluyorlar? Cinayetle değil de, sadece milise ya da PPF'ye katılmakla. Yasaları ayaklar altında çiğnemekten başka şey değil! Robespierre'den bu yana Fransa böyle şey görmedi...

Soluk yüzlü genç kızın, bir komüniste, cezaevi parmaklıklarının ardından: "Asla peşinizden gitmeyeceğim. Ülküm keyfi yönetim değil, Atlantik ötesindeki Büyük Cumhuriyet'te hüküm süren adalet ve özgürlüktür!" dediği için nasıl öldürüldüğünü Bill okurlarına anlattı.

Garcy, Bill'i Pinaud'ya tanıştırdı. Pinaud, gerçek bir haber kaynağıydı. Bill rakamlara da dayanarak üretimin komünistlerin yıkıcı etkilerinden ötürü azaldığını kanıtladı. Tatsız konuları ilgi çekici kılıkta anlatmayı becerirdi, Avrupa'nın kurtuluşunun Amerika'nın ilerlemesine bağlı olduğunu söyledi. Bir de işin tuzu biberi kalıyordu geriye... Bill kendisini "matrak bir Fransızla" tanıştırmasını Pinaud'dan rica etti... Pinaud düşündü: Onu Lancier ile tanıştırsam nasıl olur? Gevezeliğiyle bir gazeteci için bulunmaz nimettir...

Paris'in kurtuluşundan bu yana altı ayı aşkın bir süre geçmişti, ama Lancier'nin içi bir türlü rahat etmiyordu. Hayatının sonuna kadar rahatlayamayacağını da anlamıştı. Marceline tam zamanında ölmüştü, geçmiş yeniden canlandırılamazdı.

Yine de durulduğu günler oluyor, koleksiyonlarına dönüyor, tabaka koleksiyonuna ve zenci heykellerine gülümsüyordu. Bir gün Marthe'a:

— Corbeille'de eksik olan nedir biliyor musun? dedi. Sudan karacası. Artık bir başkasını edinmenin olanaksızlığını görüyorum. Belki bir oğlak alırız kendimize, çok şirin hayvandır...

Rahatladığı anları korku nöbetleri izliyordu. Savaştan önce Lancier, yanında siyasetten söz edilmesine kızardı; şimdi tartışmayı kendisi açıyordu. Birden başlıyordu bağırmaya: "Belediye seçimlerini geciktirmek gerek..." Marthe kocasını paylıyordu: "Ne sinirleniyorsun? Senin işin değil ki..." Lancier şu cevabı veriyordu karısına: "Beni savaş öncesinde tanımadın. 'Kötü düşünce iyiyi kovalar,' diye bir söz vardır. Kafamda siyaset, bütün öteki yüce düşünceleri siliyor."

Fabrika da haftada ancak üç gün çalışıyordu. Ne hammadde vardı, ne de yakıt. Hayat neden düzene girmiyor? diye söyleniyordu Lancier. Savaş biteli, Almanlar yenilgiye uğratılalı epey oluyordu.

Amerikalıların, önceki gün hangi Alman kentini aldıklarından bana ne? Böyle bir olay ancak askerleri ilgilendirir. Ama Paris'te işler durmadan kötüye gidiyordu. Herkes kışı nasıl atlattığına hayret etmekteydi. Havalar çok soğuk geçmişti, kömür bulunmuyordu. Şimdi ortalık ısınmıştı, ama kuyruklar her yerde uzayıp gidiyordu. Ev kadınları yakınıyorlardı. Bir şey bulma olanağı kalmamıştı, hayati maddeler bile ortada yoktu. Karaborsada fiyatlar yükseliyordu. İşçiler, bu gidişe bir son vermek gerektiği görüşündeydiler. Açıkça belli olan belediye seçimlerinde zaferi komünistlerin kazanacağıydı. Bizdeki Tatarların boyunduruğuna düşmek için Almanlarla savaşmaya değer miydi? diye düşünüyordu Lancier.

Pinaud, ünlü bir Amerikalı gazetecinin kendisiyle görüşmek istediğini Lancier'ye söylediğinde, epey ağırdan aldı:

— Neye yarar? Onların gazeteleri bizimkilerden beter. Yazarlara diyeceğim yok, evet, ama...

— Amerika'da basının rolü çok önemlidir. Amerikalıların dertlerimizi öğrenmeleri bizim çıkarımızadır; yardımımıza ancak onlar koşabilir. Coster'e; iş çevrelerinde sizin kadar ileri görüşlü birini bulamayacağı söylenmiş. Sizi tanımak için yanıp tutuşuyor. Bir saatliğine kabul etseniz...

— Bir saatliğine mi? Yok canım! Bütün yurttaşları gibi yabaninin biridir, bundan kuşkum yok. Akşam yemeğine çağıracağım kendisini; Fransız kültürünün ne olduğunu gözleriyle görsün. Yarın Marthe'ın küçük kızkardeşi Claire, Poitiers'den geliyor. Bu basit olayı ailece kutlayacağız, Sizi ve Bayan Pinaud'yu da bekliyoruz sevgili dostum...

Lancier yemek listesini hazırladı. Kolay iş de değildi hani. Durmadan Marthe'a: "Şunu bulabilir miyiz? Bu var mı?" diye sormak gerekiyordu. Aslında iyi bir sanatçı, hiçten büyük eser yaratabilendir. Lancier, şişte turna balığı ve tavuk dolmasında karar kıldı.

Masayı çiçekler, küçük Amerikan ve Fransız bayraklarıyla süsledi. Claire:

— Ne güzel! dedi. Yaşadığımız kötü günleri unutturuyor...

Claire şen, çok tatlı bir genç kızdı: Beş yıldır mutlu olmayı bekliyordu. Nişanlısı tutsaktı. Kendisi bir dairede çalışıyor, geceleri hep gözyaşı döküyordu. Bill ilk görüşte onu beğendi. "İşim olmasa bu piliçle uğraşırdım" dedi kendi kendine. Ama eğlenmeye gelmedim. Hemen ev sahibini incelemeye koyuldu: "Gerçekten ilgi çekici bir tip..."

Birden Lancier'nin hüzünlü bakışları sofrada dolaştı. Savaş öncesi akşamlarını hatırlıyordu. Pinaud, Dumas ya da Nivelle'le kıyaslanabilir mi? Evet, Nivelle kötü yola saptı ama yine de iş konuşmaktan ve burnunu silmekten başka şey bilmeyen Pinaud gibi değil. Ya şu Amerikalı... Hepsinin yabani olduğunu söylerken haklıymışım. Gelir gelmez ayaklarını masanın üzerine uzattı ve başladı sigara içmeye. Yemekten önce şarap, balıkla soğuk su içti. Yemek yerken sigarasını tüttürüyor, insanın ağzının tadını kaçırıyor... Ona iyi yemekler sunmaya çalışmak boşuna. Kendi konservelerine alışmış. Hem sonra hiç sıkılmadan nasıl da bağırarak gülüyor! Görmemişin teki: Savaştan önce buraya gelen Rus çok daha ince, çok daha kibardı, minyatürlerimi de beğenmişti. Buna Madam Recamier'nin resmini gösterdim. "New York antikacılarında bunun pek çok benzerini bulmak mümkün. Fiyatları da düştü. Fransa'dan getirtiliyor. Elli dolara alınabilir..." demez mi? Yabaniye bakın! Yine de Lancier, evsahipliği görevinin gereklerini unutmuyor, konuğa ilgi gösteriyor, bardağına şarap koyuyor, sorduğu bütün sorulara kibarca cevap veriyordu:

— Oğlunuzun cephede öldüğünü duydum; Leclere'in ordusunda mıydı?

— Hayır, Rusya'da şehit düştü. Oğlumla övünüyorum...

— Rusya'da mı? Demek komünistti?

— Asla! Benim gibi siyasetten nefret ederdi. Fransa'yı Almanlardan temizlemek istiyordu. Müttefik çıkarmasından çok önce Rusya'ya gitti. Harekctinin ne anlama geldiğini çok iyi anlıyorum. Hem Sovyet Rusya ile bizim komünistleri karıştırmayın Rusların ulusal ülküleri var..

— Ben de Rusya'da bulundum, dedi Bill. Ama o çağda, Rusya'da, Fransızların izi yoktu: Moskova savunması sırasında, gördüm Rusları. Hepsi gözü dönük insanlar. Topraklarını, rejimlerini, bir de yanılmıyorsam Dimitri Nevski adlı prenslerini seviyorlar. O sıra herkes, Rusların işinin bittiğini sanıyordu. Ben, Rusların Moskova'yı vermeyeceklerini yazdım. Ulusal ülküleri olduğunu söylüyorsunuz değil mi? Kabul belki ulusal ülküleri bütün Avrupa'yı ele geçirmektir? Amerika'da, Rus tehlikesinin varlığına inanan pek çok kişi var... General Bradley'in karargâhında, Mareşal Montgomery'nin Ruslardan erken davranıp Berlin'e daha önce girmek istediğini anlattılar. Bu doğru olamaz. İngilizler başkasının bahçesindeki yemişleri koparmak istiyorlar. Berlin'e Patton ya da Hodges girmeli herkesten önce. Ama onlar yetişmezse, Ruslardan önce Montgomery'nin girmesi daha iyidir.

— Ben, Rusların herkesten önce davranacağı inancındayım, dedi Lancier. Belki rejimleri çok kötü, ama savaşı sanat haline getirmişler. İşgal yıllarında onların zaferlerine sevinme alışkanlığını edindik.

— Haklısınız, dedi Bill. Biz de çok sevinirdik. Alman işgalinde yaşamak çok güçtü değil mi?

— Korkunçtu..

Lancier bu sözü büyük bir inançla söylemişti. O an, işgal yıllarındaki acıyı, hayatı boyunca çekmediğine içten inanıyordu. Bill birkaç not aldı, ağzına bir parça tavuk attı, kahveyi bekleyen konyak şişesini kapıp bardağına doldurdu ve birden:

— Herhalde Almanlarla iş yaptınız, dedi. Fransa'da herkes onlarla iş yapıyordu...

Lancier sinirlendi:

— Alman birlikleri beşinci caddeden geçseydi görürdüm Amerikalıların halini! Önceleri Pétain'e inanmıştım, doğru. Sizler de ona güveniyordunuz. Büyükelçiniz Vichy'de tam iki yıl kaldı. Şimdi Pétain'i namuslu bir Fransız sayıyorum. Verdun'de, onun komutasında savaştım. Yanıldı işte... Hepimiz olanaklarımız ölçüsünde direndik. Bakın Bay Pinaud'ya ne genç bir adam, ne de duygularının tutsağı; ama '42 yılında katıldı Direniş Hareketi'ne, hayatını tehlikeye attı. Bütün bunlardan sonra bir de bize serzenişte bulunuyorsunuz öyle mi?

Bill, tatlılıkla:

— Alınmamanız gerekir dedi. Bir gazetecinin her zaman kışkırtıcı bir yanı vardır. Düşüncelerimi değil, Amerika'da yaygınlaşan birtakım saçmalıkları anlatıyorum. Görüşlerinizi ortaya koyup bu söylentileri çürütebilmeniz için. Ben, kendi hesabıma Fransa'yı çok seviyorum; akla gelebilecek en zarif ülke. Ama anlayamadığım bir şey var Bay Lancier. Direnişte nasıl oldu da komünistlerle bağdaşabildiniz?

Cevabı Pinaud verdi:

— İnsan her zaman müttefiklerini seçemez bunu sizler de iyi biliyorsunuz. Karşılığında ben size sorayım: Bolşeviklerle nasıl bağdaşıyorsunuz? Amerika halkının komünistlerin direnişte önemli bir rol oynadıklarına inanması çok yanlış. Komünistler şamatacılıkta ustadırlar. 1940 yılını hatırlamak yeter. O sıralar sesleri çıkmıyordu; Hitler Rusya'ya saldırınca başladılar bağırmaya...

Bill hep not alıyordu. Marthe'nın binbir güçlükle bulabildiği keçi peynirini tatmasını söylemek istedi Lancier. Ama birden her şeyi unuttu, başladı komünistlere veriştirmeye. Kendisi bile onlardan niçin bu kadar nefret ettiğini bilmiyor, kinini yurttaşlık duygularına bağlıyordu. Bir keresinde Marthe, komünistlerin fabrikasına el koymalarından mı korktuğunu sormuş, Lancier alçak sesle şu cevabı vermişti: "Fabrikama mı? Onun ne önemi var?... Benim elimden Mado'yu aldılar."

Artık kendinden geçmişti:

— '39 yılında, savaş başladığı sıra gördüm o yurtseverleri! Rusları savunuyorlardı. O sıra Lejean'a "Fransız değil Tatarsınız siz," dedim. Belki aynı Lejean ilerde, Almanlara savaş açmıştır ama ihanetini asla bağışlayamayacağım... Şehitlerin kanlarıyla zenginleşmek. Oradour yıkıntılarını sömürüp oy kazanmak istiyorlar. Hepsinin gözü dönük; Fransa'yı ikiye böldüler, her aileyi parçaladılar. Yüreğim kan ağlıyor...

Pinaud; Lancier'nin kızının partizan olduğunu Bill'e anlatmıştı. Bu yüzden Bill görüşmek istemişti onunla... Bomba gibi patlayacak bir yazı hazırlamayı kuruyordu: Ak saçlı bir babanın dramı! Doğrusu,

Lancier'nin dış görünüşü onu düş kırıklığına uğratmıştı biraz; ama kendini çabucak topladı. Değişik bir yanı vardı: İyi yaşamayı seven, gülüşünün ardında gözyaşlarını gizleyen bir baba.

Pinaud, Lancier'nin kızından söz açılırsa kendisinden bilgi aldığını söylememesini istemişti. Bill, konuyu açmanın sırası geldiğini anladı:

— Solcu bir gazetede genç ve güzel bir kadının resmini gördüm. Altında Madeleine Lancier yazıyordu. Yakınlarınızdan biri mi acaba?

— Benim kızımdır Bay Coster. (Lancier'nin sesi titriyordu. Marthe, Amerikalıya nefretle baktı. Pinaud öksürüyordu. Claire: "Burası çok dumanlı" dedi ve kalkıp pencereyi açtı) Evet kızımdır... Zavallı Marceline'imin dışında kimseyi onun kadar sevmezdim. Mado büyük bir ressam olabilirdi. İşte, ilk denemeleri duvarda asılı... Marquet parlak bir geleceği olduğunu söylüyordu... Onu partizanlar aldı elimden. Doğruluğundan bir an bile kuşkulanmıyorum. Ama şimdi aramızda bir uçurum var. Buraya geldiğinde bütün gücümü topladım ve açıkça söyledim ona: "Kimi daha çok seviyorsun, babanı mı yoksa o çılgınları mı?..." dedim.

Lancier, peçetesiyle gözlerini sildi. Bill durmadan yazıyordu. Yemekten sonra pardösüler giyildi, bahçeye çıkıldı. Akşam şimdiden ilkbahar kokmaya başlamıştı. Kestaneler çiçek açıyordu. Bill ve Claire önden yürüdüler. Yaşlılar evden fazla uzaklaşmadılar. Lancier, Pinaud'ya:

— Ne yabani insanlar! dedi. Sandığımızdan da betermişler... En ufak bir saygı kırıntısı yok adamlarda!... Doğrusu, tavuk dolması için boşuna uğraşmışız. Marthe bütün gününü harcadı... "Porridge" ve "corn-flakes" verseydik çok daha hoşuna giderdi...

Claire göründü; sonra Bill arkadan yetişti ve evsahipleriyle vedalaştı.

Konuklar gittiğinde, Marthe kardeşinin yanına çıktı. Lancier, acı acı barışı düşünüyordu. Savaştan iki dev galip çıktı: Amerika ve Rusya. En korkuncu hangisi, pek kestiremeyeceğim... Marthe odaya girdi. Genellikle sakin görünüşlü olan karısı sinirliydi:

— Maurice, bir daha böylelerini eve çağırma...

Lancier korktu:

— Ne yapmış?

— Claire'e saygısızlık etmiş. Claire'in ne kadar duyarlı olduğunu fark ettin mi? Birtakım iltifatlar etmiş; kardeşim de içkiyi fazla kaçırdığını sanmış ve işi şakaya vurmuş. Ama kartını uzatıp: "Yarın beni görmeye gelirseniz kırk dolar veririm!" dememiş mi kıza?

— İnanılır gibi değil. Hem de saygıdeğer bir evde!...

Az sonra Marthe, kocasına her şeyi anlattığına pişman oldu. Lancier bütün gece gözünü kırpmadı, homurdanarak bir odadan öbürüne koştu durdu. Sabah da karısına:

— Her şeyi satıp Gelinotte'a çekilsek nasıl olur? dedi. Ne dersin? Basit bir hayat yaşarız. Keçi, tavşan ve tavuk yetiştiririz. Büyük bir masrafımız yok aslında. Artık genç de değiliz. Hiç olmazsa Gelinotte'da ne Amerikalılar olacak, ne komünistler, ne de Pinaud. Bu hayatın kabalığında boğulacağım... Ancak şimdi anlıyorum kırda yaşamanın ne büyük mutluluk olduğunu. Claire evlenecek, çocuğu olacak, kendi torunumuz gibi şımartırız onu... Belki Mado da bana acır, birkaç günlüğüne görmeye gelir? Şu lanet olasıca siyasetin sözünü hiç etmeyiz, Marceline'i anarız...

Lancier'nin Gelinotte'la ilgili düşleri uzun sürmedi. Garcy onu yemeğe çağırdı ve bir kere daha Paris hayatının akıntısına kendini kaptırıverdi.

Bill yazısına şu başlığı koydu: "Kral Lear'ı ağlarken gördüm."

25

Bir yıl önce Gerta, beklenmedik bir sıra topal Günther Speier'le evlendiğinde herkesin görüşü değişikti. İrma kardeşinin seçimini onaylamadı. Yiyecek dağıtım servisinde şef! İnsan böyleleriyle yiyecek karnelerinin dağıtıldığı merkezde karşılaşır, kendi yatak odasında değil... Günther burnunu silerken gürültü yapıyor, masada ağzından yemek saçıyor, hem sonra bir insan bu kadar çirkin olamaz.

Gerta benden ancak iki yaş büyük; kendine çeki düzen verip yüzünü boyaması dikkati çekmesi için yeterdi. Üstelik biraz parası da var. Acele edecek ne vardı sanki?... O sıra Biarritz'de bulunan kardeşleri Friedrich de çok kızdı. Keller'in kayboluşundan bu yana bir yıl geçmiş ve Gerta hemen yerine birini buluvermişti. Ya Johann hayattaysa? Ölüm haberini almışlardı aslında; ama Stalingrad'dakilerin ne olduğu kesinlikle bilinebilir miydi? Doğrusu, şu kadınlar beş para etmez; onlar için savaşırsınız, size ne sürprizler hazırlarlar!.. Annesi de haberi aldığında Johann'ı düşünüp birkaç damla gözyaşı döktü. Aslında Gerta akıllıca davranmıştı: Otuz bir yaşındaydı, iki çocuğu vardı ve kendisiyle evlenmek isteyenlerin sayısı da şu sıra pek azdı. Bayan Frenzel, gerektiği gibi bir koca bulduğu için arkadaşına gıpta etti. Yiyecek, üniversiteden çok daha önemli bir sorun. Evlerinde yemek yemek, Gerta'nın o adamla neden evlendiğini anlatmaya yeter. Başkalarının aşkı gözlerinde; Gerta'nınki ise yemek masasında... Frenzel içini çekti; Keller bir bilgindi, bu Speier neyin nesi? Hırsızın teki. Bilmiyorum, belki bir şey çalmıyor ama bunların hepsi hırsızdır... Frenzel Gerta'ya: "Kararınız hoşuma gitti," dedi. "Sizin aracılığınızla Speier, Johann'ın kafatasında yanan ışığa konacak." "Kafatası" sözcüğünü duyduğunda, Gerta'nın neden bembeyaz kesilip kapıya tutunduğunu anlamadı.

Gerta, Günther'le sakin bir hayat yaşıyordu aslında Adam, iki kere sarhoş olup Gerta'yı dövmüş, onu "havasız bir karı" olmak, "kocası ölmeden bir kere daha evlenmek"le suçlamıştı. Ama Gerta küçük bir kız değildi; erkeklerin mantıktan yoksun olduklarını biliyordu. Ya savaşmak zorundaydılar, ya da kızgınlıklarını karılarının sırtından çıkarmak. Gerta da Günther'in eseri olan bir kaç çürüğü bağışladı. Günther'i bir gereklilik sayıyordu; insanın sırtında iki çocuk varsa kocasız yaşayamaz.

Şimdi, birlikte geçirdikleri bir yılı düşündüğünde aslında mutlu olabilirim, diyordu. Günther çocuklara iyi davranıyor; savaş bittiğinde bir çocuk daha yapacağımıza söz verdi. Ama bitmiyor ki bu uğursuz savaş. Bombardımanlar da cabası. Annem dayanamadı, Breslau'ya, teyzemin yanına gitti. Doğuda herkesin çok daha rahat olduğu söyleniyordu. Oysa tam cehennem ateşinin göbeğine düştü. Buradan yüz kere kötü orası. Ruslar Breslau'ya kadar ilerlediler... Olga'yı yollamakla ne iyi etmişim. Tam sırasıydı, karı gırtlağımı kesiverirdi. Sonbaharda, daha Ruslar Almanya'yı işgal etmeden öylesine küstahlaşmıştı ki... Bana "Yaptıklarınızın hesabını vereceksiniz" dedi bir gün. Suratına anahtarla vurmamın doğru olmadığını söylemişti Günther; kırbaçlasam çok daha iyiydi... Bizimki de çok duygulu. Kim bilir belki kız hoşuna gidiyordu... Ah! Hayatı boyunca burnu kırık kalsa! Artık onu dövmek bile işime yaramaz. Bitip tükenmek bilmeyen felaketler kol geziyor; insan radyo dinlediğinde serseme dönüyor. Ruslar Berlin'in pek uzağında değil. Amerikan tanklarının da Mayence yakınlarında olduğu söyleniyor. Yolda karşılaşanlar selamlaşıyor, her şeyden önce birbirlerine şu soruyu soruyorlar: "Neredeler?"

İrma, kızkardeşine:

— Bir Nazi'yle evlenmekten daha sersemce şey yapamazdın dedi.

Martha Frenzel, biraz daha üstü kapalı konuştu.

— Kocam partili değil... Johann'ın da partiye kayıtlı olmadığını sanıyorum...

O güne dek Gerta, Günther'in düşünceleriyle ilgilenmemişti. İyice düşünüp taşındıktan sonra, "iyi bir işi var," demişti kendi kendine. Bir bacağı da öbüründen kısa demek cepheye göndermeleri mümkün değil.

Şimdi soruyordu kocasına:

— Neden partilisin?

— Nasıl, neden mi? Kimse partiden atmadı da ondan.

— Neden partiye yazıldığını soruyorum?

Günther sinirlendi:

— Birden hepiniz başımıza açıkgöz kesildiniz! Sanki partiye kaydolan tek kişi benmişim gibi! Eskiden neydim? Sıradan bir katip. Naziler işbaşına gelince sözü dinlenen biri oldum. Hatırlatmak bana düşmez ama bir üniversite hocasının dul karısı yatağımı paylaşmak istedi... Şimdi de "neden" diyor! Bu işin böyle biteceğini önceden kim kestirebilirdi? Führer benden çok daha akıllı, onun bile aklına gelmedi.

— Öldürülmekten korkmuyor musun?

— Neden korkacak mışım? Parti yöneticisi değilim ben, uzmanım. Amerikalılar da gelse yine yiyecek karnesi dağıtılacak, ne kadar un kaldığı hesaplanacak...

İrma, siper kazmaya gönderileceğinden korkuyordu. Yattı yatağa, o kadar iyi numara yaptı ki doktor, sıtmalı olduğunu gösteren bir rapor verdi. Yarattığı hasta kişiliğini öylesine benimsemişti ki, gerçekten ateşler içinde yanıyordu.

Günther eve döndüğünde:

— Gelip Heidelberg'e yerleştiğim güne şükrediyorum, dedi. Gerta bir şey anlamadı: Niçin şükrediyordu kocası? Herkes topların yakında kente ateş açacağından söz etmekteydi.

— Sarhoş musun sen?

Günther başını salladı.

— Burada yaşadığım için mutluyum. Savaştan sönce Dresden'de oturduğumu biliyorsun. Rusların kenti ele geçirdiklerine hiç kuşku yok. Yaşlı Karl Hünert'in, elinde kumbarasıyla kıkırdadığını görmek isterdim.

Günther acı acı güldü. Frenzel, homurdanarak geldi:

— Anlaşılır gibi değil... Führer nerede? Kartal bakışları bu dramı görmeli. Suç küçük burjuvazinin karayılanlarıyla Himmler'in akreplerinde...

Günther ona:

— Vazgeçin sızlanmaktan, dedi. Kimsenin Führer'i düşündüğü yok; bırakalım köpekleri, kediler bile unuttu onu. Artık insanları ilgilendiren, buraya kimin geleceği. Keyfim yerinde çünkü Amerikalıların geleceğine inanıyorum. Berlin ya da Dresden'den söz ettiğim yok. Oraları gerçekten karabasan gibi; Kızıllardan daha korkunç bir şey düşünülemez. Yine de dairemi Stuttgart'ın en lüks eviyle değişmem.

— Neden? diye sordu Gerta.

— Çünkü Stuttgart'a Fransızlar gelecek. Ruslardan daha iyi, ama onlar da kötü. Almanlar Amerika'ya kadar uzanmadılar ama Fransa'da dört yıl kaldılar. Bir bakıma, "iade-i ziyaret"te bulunuyorlar. Hem sonra, Fransızların topu sapık. Zencilerden hoşlanmaları boşuna değil. Oysa Amerikalılar mert kişiler, ari ırkının gerçek temsilcileri.

Ertesi gün, Günther, çok önemli bir haberle döndü.

— Onları karşılamaya gittiler?

— Kimler?

— Subaylarımızdan sekizi. Arabalarına da bir "Kızılhaç" yaptılar.

— Bir şey anlamadım. Kimi karşılamaya gittiler?

— Führer'i değil herhalde. Amerikalıları karşılayacaklar. Kenti bir an önce işgal etmeleri için. Fransızların buraya girmesine izin verecek değiller ya... Hem sonra içimizde de epey ayak takımı var, Ruslar, Polonyalılar, Fransızlar. Bu güruh, sanırım, adam öldürmekten hiç kaçınmaz. Milletvekillerimiz, Amerikalılara, en ufak bir direnme gösterilmeyeceği konusunda güvence verecekler. Geçen her saatin değeri var...

Gerta dolabı karıştırdı, yırtık bir çocuk çarşafı buldu, balkona astı.

Amerikalılar Gerta'nın hoşuna gittiler. Hemen iyileşen İrma'ya gelince, pencereye çıkmış gülümsüyordu:

— Gerta, şu subaya bak. Hani bir sinema oyuncusu vardı, onu hatırlatıyor... Adı bir türlü aklıma gelmedi... Ne tatlı gülüyor!

Ertesi gün İrma, bir Amerikalıyla konuşmaya kalktı. Asker alaycı bir sesle:

— Güzel bir yüzün var ama, bir karıya altmış beş dolar da pek fazla, dedi. Olanaklarım bu kadarına elvermez...

İrma ağlıyordu; beni orospu sandı. Günther, Amerikalıların halkla ilişki kurmalarının yasaklandığını anlatınca, İrma, akşama doğru biraz rahatladı; yasağa uymayanlar cezaya çarptırılacaklardı.

Bana o çirkin sözleri söylemesinin nedeni buymuş, dedi İrma... Yine de çok saçma. Führer'le konuşmak istememelerini anlarım. Ama benim suçum ne? Amerikalılar çok hoşuma gidiyorlar. Hep Hollywood'a ve Miami'ye gitmeyi düşledim.

Birkaç gün sonra Johann'ın çalışma odasına el kondu. Genç Teğmen Harper oraya yerleşti. Daha ilk gün, Gerta'ya bir kutu konserve, İrma'ya bir paket çikolata getirdi. Gerta sordu genç teğmene:

— Şu uğursuz savaş yakında bitecek mi?

— Yakındır sonu. Tanklarımız diledikleri yere dalabiliyorlar artık. Belki şimdi Avusturya'dadırlar. Ruslar da iyi savaşıyorlar. Artık işler yolunda. Ama kışın, hiç de şakaya gelir yanı yoktu çarpışmaların. İtalya'dan söz etmiyorum, orası cehennemden farksızdı. Sağ çıkamayacağımı sanıyordum. Üstelik karımla bir de çocuğum var...

Duygulanan Gerta, gözlerinde biriken yaşları sildi.

— İnsanlar gerçekten deli dedi... Neden savaşırlar?

— Savaşa siz başladınız. Yani Almanlar... Bizde yazılanlara göre böyle. Neden savaştığınızı bilebilir miyim sanıyorsunuz? Amerika'ya da gözdağı vermişsiniz. Bana sorsalardı savaş açmazdım... Chicago'da bundan çok daha rahat bir dairem var. Ama sizin ev de fena değil; Fransızların pisliğinden sonra insana çok iyi geliyor. 'Her şey bir yana, Almanlar hoşumuza gitti. Sonunda uygar bir ülkeye gelebildik,' diyor subaylarımız. Askerlerimize gelince, onların bir şeye aldırdıkları yok. Yiğit çocuklar, iyi savaşıyorlar ama uluslararası politikayla ilgilenmezler. Akılları fikirleri evlerine dönmekte...

Koltuğuna yayılan Harper, hayranlıkla İrma'yı seyrediyordu. O gece, İrma'nın kısa süre önce duyduğu kırgınlık geçti. Ertesi sabah, okulda öğrendiklerini geliştirmeye karar verdi. Birtakım İngilizce sözcükleri defterine yazdı ve başladı çalışmaya.

Günther işinde kaldı. Eski Nazilerin sonradan gözden geçirileceği söylenmişti, ama neşeli Amerikalıya bir göz atınca içi rahatladı. İki gün sonra da Frenzel ziyaretine geldi.

— Amerika'nın meşalesi Goethe'nin ışığını yayıyor, dedi. Washington ve Eisenhower, tek başlarına en büyük Alman düşünürlerinin düşlerini gerçekleştirdiler.

Sinirlenen Gerta, adamın sözünü kesti:

— Ne yapacaksınız şimdi? Herhalde "Neşenin Gücü"nü kapatmışlardır?

— Şu sıra bir "Hıristiyan ve Demokratik Birlik" kurmak üzereyim. Amerikalılar, ellerinden geldiğince bize yardım edeceklerine söz verdiler.

Küçük Gretchen, gülerek içeri girdi: Amerikalı çocuğa bir şeker vermişti. Tek teslim olmayan Gerta'nın oğlu Rudi'ydi. "Büyüdüğümde onları yeneceğiz" diyordu.

Gece, Gerta kocasına sordu:

— Günther çok mu mutsuzsun?

— Herkes gibiyim... Tabii başımıza gelen büyük bir felaket. Ama haklıymışım, biz talihli çıktık. Umutsuzluğa düşmemek gerek. Önümüzdeki beş yıl çok sıkıntılı geçecek. Hitler şarlatanın biriydi, hesaplarını yanlış yaptı. Olaylara boyun eğmek gerek. Kim bilir, belki yirmi yıl sonra Almanya onları ezer. Rudi o günleri görebilir...

Gerta ağlamaya başladı:

— Johann gibi ölmesini mi istiyorsun? Hepiniz delisiniz, başka şey değil...

Günther daldı, horlamaya başladı. Duvarın ötesinden belli belirsiz bir fısıltı geliyordu: İngilizcesini ilerletmeye çalışan İrma'nın sesiydi bu. Pencerenin altında Amerikalılar böğürüyordu. Gerta, yatağında düşünüyordu. Benim için savaş sona erdi: Bilançosunu yapabilirim. Bir üniversite öğretim görevlisinin karısıydım; Profesör Borhardt'ın evine girip çıkıyorduk. Paris'te, ünlü bir bilginin evine gitmiştik. Johann saftı ama düşünmesini biliyor, kitaplar yazıyordu. Günther'e gelince, bir hiç. Amerikalılar onu bugün tutuyorlar, ama yarın kapı dışarı edebilirler. Alman markı da artık beş para etmiyor. Sefalete düşeceğiz. Ya terzilik yapmak ya da bir odaya kapanıp çalışmak zorunda kalacağım. Ülkenin bütün geride kalan bölümleri gibi yaşadığımız kent de iflas etti. Johann Fransa'dan döndüğü sıra ne kadar iyiydik! Herkes bize saygı gösteriyordu. Şimdi, sanki topumuzda veba mikrobu var. Şu sıra İrma Amerikalıyla yatıyor; korkunç bir şey. Ölmediyse, Willi'nin cephede olduğunu, savaştığını düşündükçe... Ben de matah sayılmam! Amerikalıya gülümsüyor, armağanlarını geri çevirmiyorum. Frenzel ne demişti? "Kafatası" mı?... Korkunç! Belki şu sıra Rusya'da karlar erimiştir, kafatası bir tarlanın ortasında sürünmektedir. Johann'ın dişleri, göz çukurları... İşte ondan, mutluluğumuzdan, bütün Almanya'dan arta kalan.

26

Vassia ağabeyinin ölümünü kışın haber almıştı; bu büyük darbenin altından kalkması epey uzun sürdü. Çocukluğunda, annesinin Sergey'e gösterdiği büyük sevgiyi kıskanırdı. Vassia, gizli düşüncelerini ağabeyine göstermemişti hiç. Çekinirdi: "Söylersem beni çok aptal bulacak..." Zamanla dost oldular, ama aralarında hep bir uzaklık vardı. Çok güzel, erişilmez bir kadını severcesine seviyordu Sergey'i. Kendi kendine: "Bunu Sergey bilir" ya da "Sergey bunun çözüm yolunu bulur" derdi hep. En ufak bir kıskançlık da duymuyordu. Sergey'e hayrandı, övünüyordu onunla. Sergey'in öldürülmüş olabileceğine bir türlü aklı yatmıyordu. Kendisi, Vassia, tıpkı Avanesyan; Nesterov, Grişa gibi ölebilirdi. Ama Sergey, asla...

Nina Georgiyevna küçük oğluna öylesine soğukkanlı, öylesine sade bir mektup yazdı ki Vassia, mektubu okurken gözyaşlarını güç tuttu. Annesinin duygularını sezebiliyordu. Sergey onun bütün hayatıydı. Şöyle diyordu Nina Georgiyevna: "Sana, gazeteden kesilmiş bir yazı yolluyorum. Sergey'in nasıl şehit düştüğünü General Belski'nin mektubundan öğrendim. Mektubu sade ve dostçaydı. O da '43'de bir oğlunu kaybetmiş. Sonra iki Yugoslav kadınından mektup aldım. Sergey'in oturdukları kenti kurtardığını söylüyorlardı. Durmadan bunu düşünüyor, bununla avunuyorum. Ölümü korkunç bir şey ama Sergey'in böyle ölmesi gerekirdi. Valya yanımda; birbirimize destek oluyoruz, acıya birlikte katlanmak daha kolay geliyor. Valya'nın ne kadar yıkıldığını söylemem gereksiz; genç bir kadın için zor şey. Sergey'e çok bağlıydı. Neyse ki Valya'nın sanatı, sahnesi, kendine göre bir hayatı var; kendini daha kolay toplayabilir. Sevgili Vassia'cığım, bana sık mektup yaz. Senden uzun süre mektup almayınca çok kaygılandığımı gizlemiyorum. Nataşa beni avutmaya çalışıyor; mektup yazmaktan hoşlanmadığını söylüyor. Ama Sergey'in ölümünden bu yana çok düşündüm. Şu iş bir an önce bitsin de mutlu ol yavrum. Pek bir şey kalmadı savaşın sonuna..."

Acıyla karışık bir şaşkınlıkla, "Sergey yok artık" diyordu Vassia kendi kendine. En iyiler öldü... Annem çok acı çekiyor. Artık bitsin şu iş! Halk dayanma gücünün son kertesine geldi. Biz mi daha çok yorulduk, yoksa geridekiler mi, onu da bilmiyorum ya...

Yeni arkadaşları olan topçularla dost olmakta gecikmedi. Kendini topçulara yakın hissetmesi de boşuna değildi. Albay Nikitin, soğuk, canlı bir duygudan yoksun sayılıyordu. Vassia, bir akşamını onunla birlikte geçirdi; herkesin hayatta işlediği ve sayıları epey fazla olan hatalardan, dostluktan, yalnızlıktan söz ettiler. Vassia, Nikitin'in ihtiraslı ve ateşli bir yaradılışı olduğunu, ama bu yanını gizlediğini anladı; yüreğinin en derin girintilerini aklın ışığında gözden geçiriyordu. Vassia, topçulardaki hesap ve matematikle uyuşan, tahminlere, varsayımlara, sezgilere boş veren heyecanı seviyordu. Ben de onlar gibiyim galiba... Belki değilim de öyle olduğumu sanıyorum... Neyse, savaş bittiğinde Nataşa'ya sorarım. O sorumun cevabını daha iyi verecek durumda... Peki ama savaş ne zaman bitecek?

Bu küçük Alman kentinde konaklayalı çok olmuyordu belki ama Vassia iyiden iyiye yaşlandıkları düşüncesine kapılmıştı. Takvime bakmak gereksiz diyordu kendi kendine. Almanları gördükçe çok uzun bir süreden beri burada oturduğumuzu anlıyorum...

Her gün, yolda, başında yeşil şapkasıyla şişman bir Almana rastlıyordu. İlk günler sözkonusu Alman, Ruslardan öylesine korkuyordu ki sonunda Vassia, Teğmen Şerubiyev'e: "Eli titremezse insan bu adamın resmini yapamaz" dedi. "Baksana, ne kadar bulanık bir görünüşü var, titriyor." Artık adamın güveni yerine gelmişti; görünüşü daha belirgindi; eski bir tanıdık gibi selamlıyordu Vassia'yı. Vassia, üzerinde "Berlin: 64 Km" yazılı tabelaya baktı. "Daha ne kadar pinekleyeceğiz burada?" diye söylendi.

Nataşa sanki hep Vassia'nın yanındaydı. Beyaz Rusya ormanlarındaki gibi gölgesi değil, canlı, ılık bir Nataşa. Dudaklarını garip bir biçimde büzüp sıcak çayı üflerken görüyordu karısını. Başı omuzunda, çiçek resmi çiziyordu; başında bir mavi bere, gülen gözleri ve o garip kalkık burnuyla Gorki Sokağı'nda ilerliyordu. Ne zaman kucaklayacaktı karısını? Dört yıla yakın bir süre sabırla beklemişti, artık dayanamıyordu. Elinde olmaksızın yaptığı hareketin farkına vardığında epey şaşırdı. Buluşma saatini geçirmekten korkarcasına, sık sık saatine bakıyordu.

Ve yeniden ilerlemeye başladılar. Vassia günlük emri okudu. "Berlin'e doğru ileri" dediğinde sesi titredi, durdu, neredeyse mırıldanarak: "İşgalci Almanlara ölüm! diye ekledi. "Berlin'e!" sözünü sık sık tekrarlamıştı. Ama bu söz o zamanlar bir parola, bir düş, bir yemindi. Şimdi belirli bir talimat olmuştu: Berlin üzerine yürüyoruz... İvan'la birlikte bu saati ne kadar beklemiş, SS'ler peşlerindeyken ne kadar çok sözünü etmişlerdi. İvan'ı astılar, mutlu günü göremeyecek.

İnsan yüreği de, olayları kendine göre bir sıraya dizer; gecenin bu son saatinde (Vassia saatine baktı: Dört buçuğu gösteriyordu) yer sarsılmaya başlayıp gökyüzü kıpkırmızı kesildiğinde Vassia'nın aklına güzel bir yaz günü geldi. Minsk, rüzgâr esiyordu; Nataşa yanında yürüyor; küçük bir çocuk kırık bebekler gibi yatıyor yerde, bir kadın hıçkırıklarının arasında ona sesleniyor: "Petro!"Başlıyor! Bu söz öylesine yüksek sesle söylendi ki, Kustrin'in epey uzağında, Berlin'deki dairesinde Hilda uyandı, gözlerini ovuşturdu ve Walter'e seslendi: "Ulu Tanrım, yine bombardıman ediyorlar!" Ricther çok sonraları şunları anlatacaktı: "Karlshorst'ta mevzilenmiştik. Uykumda, bir fırtınanın patlak verdiğini sandım. Hepsinin aklı başından gitti! Teğmen Schemmer: "Rusların gizli bir silahı olmalı" diyordu.

Albay Nikitin savaşın ilk aylarını hatırlıyordu: Almanlar çok güçlüydüler; ama o sıra bile belirli bir savaş planları yoktu. Ayrıntılarla ilgili emirleri olduğu gibi yerine getiriyorlardı. Plan da şuydu: "Moskova'yı almak. Kızıl Meydan'da geçit töreni düzenlemek." Ama ellerinde belirli bir saldırı planı yoktu. Bir şeyler uyduruyorlardı. İşte başarıya ulaşırsa ne ala, başarıya ulaşmazsa biraz daha sağa ya da sola yönelmekle iş olup biter. İskambil oyunu gibi bir şeydi, "şimendifer" partisi çeviriyorlardı sanki: Ellerinde iyi kartlar vardı, ama kafalarını katmıyorlardı oyuna. Şimdi biz, satranç oynarcasına, hiçbir şeyi rastlantıya bırakmadan, kendimizi bütünüyle oyuna verip ilerliyoruz.

Saldırı uzun uzun düşünülüp taşınılarak hazırlanmıştı. Her gece, Oder'in batı kıyısına piyade ve topçu tümenleri, tanklar, cephane geçiriliyordu. İçlerinde Sergey'in eski dostları Stalingrad'da çarpışmış pek çok savaşçının da bulunduğu istihkâmcılar bombalarla top mermilerinin iyice hırpaladığı köprüleri kısa sürede onardılar. Her akşam, Ossip ufak bir kara parçası daha ele geçirmek için ileri kol çıkarıyordu. Haritasının üzerinde Alman alaylarının, taburlarının, bölüklerinin yerleri işaretlenmişti. Alaycı bir gülüşle:"Üçüncü bölüğün yalnız adı bölük" diyordu. "Topu topu on yedi kişi kaldılar, hepsi de son seferberlikte askere alındılar..." Direniş yuvalarının, kale haline getirilmiş resmi binaların, barikatların işaretlendiği Berlin haritasını gören Minaev pek keyiflendi: "Şu işe bakın! Almanlardan da Alman çıktık..."

Geçen yıl Albay Gabler'in yerini alan General Hellwitz, tümenindeki subaylarla askerlere: "Führer Berlin'in düşmeyeceğine inanıyor" dedi. "Buraya dev güçler, bol araç-gereç ve cephane yığdık. Faustpatronelerimiz* olduktan sonra Rus tanklarından korkmuyoruz. Başkomutanlık "V" füzelerini, düşmana karşı kullanmaya karar verdi... Bolşevikler, Volga'ya sırtlarını vererek aylar boyu Stalingrad'da direnmeyi nasıl başardılarsa, biz de güçlük çekmeden Alman ulaştırma şebekesinin düğüm noktası Berlin'de dayanacağız. Zaferi kazanmak için gerekli her şey bizden yana. Her birimizin büyük özveri göstermesini istiyorum." Astsubay Engel, Richter'e: "Teğmen Schemmer de burada pek çok asker olduğunu söylüyor. İki yüz bin kişi varmış" dedi. Richter, dikkatle onun yüzüne baktı: Berlin'i korumak istediklerini sanıyorum. Teğmen gizli kalması koşuluyla, haziran ya da temmuza kadar dayanırsak iki taraftan biriyle barış yapabileceğimizi söyledi. Ruslarla mı, yoksa Amerikalılarla mı, ondan haberi yok. Berlin'i nasıl koruyabiliriz? Savaşın başı olsaydı başka... General, Stalingrad sözünü

* Bazuka benzeri bir tanksavar silahı

etmekle yanlış iş yaptı... Bak, ben bir astsubay mıyım? En iyimser bir görüşle, artık astsubayın sekizde biriyim şimdi.

O sıra gazeteler, düşman savunma hattını yarmak için yirmi iki bin toptan yararlanıldığını yazdılar.

Ama savaş sırasında Vassia'nın rakamlarla uğraşacak hali yoktu. "Ateş!" diye haykırıyor, kimsenin sesini duymadığını görüyordu. Gürültü öylesine büyük kulakları sağır ediciydi...

— Ateş! diye haykırıyordu Vassia.

Almanlar bataryayı ateşe tutmuşlardı. Jdanov öldü. Sedyeciler Greçko ile Luntz'u götürdüler. Arızalanan parçalar değiştiriliyor, mermi taşınıyordu. Herkesin yüzü kapkara bir terle kaplıydı. Askerler bir şey duymuyor, görmüyor, hatırlamıyorlardı. Ama verilen komutları iyice işitiyor düşmanın ön saflarını görüyorlardı. Bir şey de unutmamışlardı aslında. Bu cehennemde bile, Çernov, karısıyla küçük Genya'nın kendisini beklediğini biliyordu; onları düşünmüyordu, bir şey düşündüğü yoktu o an, Çernov amansızdı, ciddiydi, top namlusu gibi, kızmış, yanıyordu; ama yine de karısıyla Genya yanındaydılar. Çernov çok yakında olduklarını, Berlin'i geçer geçmez oracıkta beklediklerini biliyordu... Herkesin anıları, korkuları, bir hedefi vardı: Leningrad'daki açlık yılı, bahçe çitinin yanında duran Maşa; Harkov Traktör Fabrikası'nda öldürülen anasının bir parmağını emen süt çocuğu, Stalingrad'da yüz gün, cehennem ateşinde bin gün. Ortasına geldiği sıra bıçak gibi kesilen yağ filtreleri üzerine bir tez, seferberlikten sonra doğan küçük Valya kadınlar, kentler, nehirler, anayurt... Vassia haykırıyor: "Ateş!" Önünde, duman ve alevden bulutun, pembeyle gri karışımı şafağın (sanki sise kan karışmış gibi) içinde Nataşa'yı, sevgili, düğme burunlu karısını görüyordu.

"Berlin'e gelmekle aptallık ettim," diye düşündü Hilda. "Kurt bana "mart kedisi" demekte haklı. Neden geldim sanki Berlin'e? Johanna vızgelir bana. Walter burada olduğu için geldim. Böyle bir serseme de nasıl aşık oldum? Onun için geldim Berlin'e. Neredeyse her gece kenti bombalıyorlar, beni yatıştırmak bile istemiyor..." Hilda Walter'e sarıldı. Genç adam homurdandı: "Daha erken... Uykum var..."

Saat sekizde Walter işinin yolunu tuttu. Kapının ününde toplanan kadınlar, gece olup bitenleri konuşuyorlardı. Bayan Müller (kocası uçaksavarcıydı): "Oder üzerine ateş eden bizim topçumuz" dedi. "Ruslar geçmeye çalıştılar, ama Hans başaramayacaklarını söyledi." Ev sahibinin oğlu, on beş yaşındaki Paul Wick, Hilda'nın yanına yaklaştı; kepçe kulaklıydı, çakmak çakmak gözleri mor halkalarla çevrilmişti. Merdivenin karanlığında karşılaştılar. "Cepheye gidiyorum Hilda," dedi Paul. "Beni öper misiniz?" Dalgın dalgın çocuğun yanağından öptü Hilda. Paul, genç kadının başını çevirdiği gibi dudaklarına yapıştı: "Asker miyiz değil miyiz, yahu?" Yanından ayrıldığında, Hilda korku içinde düşündü: "Bunun gibi küçük çocukları da gönderiyorlarsa durum çok kötü demektir..." Bir Morgenpost aldı. Gazeteleri hiç okumazdı; bu yüzden, önemli haberleri aradı durdu. Ama gazete, Rus saldırısından hiç söz etmiyordu. Almanların Elbe yöresinde başarılı bir karşı saldırıya geçtikleri belirtiliyordu yalnız. Bir de "Kızılların yaptığı işkenceler" başlıklı bir yazı; korkunçtu. Hilda sonuna kadar okuyamadı... Kurt, Rusların Asyalı olduklarını söylüyordu, inekleriyle birlikte yatarlarmış, doğru dürüst tuvalet yokmuş evlerinde. Bizimkiler de halka çok işkence ettiler. Kurt, kadınları astıklarını anlattı. Rusları kızdırdılar iyice, şimdi de Ruslar kapımıza dayandı… Korkak değilim, bombardımanlara da alıştım, diyordu Hilda kendi kendine. Her şey yerli yerinde: Yıkıntılar, balkonlarında çiçekleriyle ayakta kalan evler, dükkânlar tramvaylar; duvarlarda afişler: 'Zafer ya da Bolşevik kargaşalığı." Neden korkuyorum öyleyse?... Pudra almaya karar verdi. Dükkân sahibi kadın küçük kutuyu özenle sardı, parayı saydı ve başladı hıçkırmaya: "Magdeburg'a gitmek istiyordum, arabam bozuldu..." Hilda düşündü: Johanna'nın yanına dönsem belki daha iyi ederim."

İstasyonda göçmenler oturmuş ya da yere uzanmışlardı. Aralarından yol açıp geçmek çok güçtü. Biri haykırıyordu: "Bavulum! Bavulumu çaldılar!" Bir kadın ağlıyordu: "Stettin'den güçlükle kaçabildik; Ruslar oraya da girdiler. İstasyon memuru Hilda'ya hayretle baktı: "Hasta mısınız? Nasıl gideceksiniz? Amerikalılar oraya girdiler bile."

Hilda geri döndü. Evinin duvarına, halk ordusundan bir yumurcak, özene bezene, "Berlin Alman kalacaktır" yazıyordu. Walter eve döndü. Hilda boynuna sarıldı: "Tanrım, ne oluyor? Seni o kadar merak ettim ki..." "Bana yiyecek bir şey ver" dedi Walter. "Hem öpüşüp koklaşmanın sırası değil." Hilda sinirlendi: "Ben namuslu bir kadınım, kocam var, benimle nasıl böyle konuşursun? Senin için hayatımı tehlikeye atıyorum. Şu sıra Johanna'nın yanında olabilirdim. Amerikalılar oraya varmışlar bile... Hayvanın birisin!" Yumurta tozuyla omlet yapıyor, gözyaşları tavaya akıyordu.

Binbaşı Minaev'in alayı Berlin'in doğu kesimine doğru güçlükle ilerlemekteydi. Her yanı çok iyi tahkim etmişlerdi. Almanların savunması da sıtma nöbetini andırıyordu: Bir coşup bir gevşiyor, sonra yine coşuyordu. Ya Almanlar, inatla karşı koyuyor, kent dışındaki evlerde mevzilenip dayanıyor ve karşı saldırıya geçiyorlardı; ya da zorlu rüzgârın önüne katılan sonbahar yaprakları gibi batıya doğru kaçıyorlardı... Minaev sinirinden çıldıracaktı: "Heriflerin, bir saat sonra bile ne gibi bir oyun oynayacakları belli değil..." Özellikle bir tepeyi almakta epey güçlük çektiler. Sanki Minaev olanları görmüş gibiydi: Sağda alev alev yanan şu ev dikenli tellere yapışan bir istihkâmcının ölüsü, yoğun, boğucu duman. Önce Don tepelerinde, sonra Çernobil'deki gibi, Şibariyov "daha da yüklenmeyi" öneriyor, General Lutşitski telefonda bas bas bağırıyordu:

— Ne sallanıyorsunuz?

Ortalıkta kimse kalmadığını sandıkları bir sıra, Almanlar ateş açıyor, en önemli anda Kojevnikov'un bataryası susuyordu. Kilometreler sayılıyordu; bu üç kilometre yüzlercesine bedeldi... Savaş bütün gece sürdü. Ortalık aydınlanmaya başladığında, Minaev tepede, kurşuni ve iç kapayıcı bir renkle karşılaştı; dumana karışan sis, güneş ışığına bir türlü boyun eğmek istemiyordu.

General Lutşitski kırk sekiz saattir yatmamıştı. Kısacık bir küçük kanapeye büzüldü, uzun bacaklarını altına aldı. Şimdi ilerleme sırası Kaşkin'deydi. Tankların öne sürülmesi iyi olmuştu; Almanlar her yanı mayınlamamışlardı, rahatça yol alınabiliyordu. Üstelik istihkâmcılar yiğit kişilerdi! Bir saat uyuyabilirim herhalde. Uyku da bir türlü gelmek bilmiyordu. İşte, Berlin.. Berlin'i düşündüğü yoktu, aslında bu düşünce onda yer etmişti; tıpkı savaştan önceki hayatı, Moskova, incecik kırışıklarla çevrili Geyna'nın tatlı bakışları gibi. Sekiz yıl önce basit bir tabur komutanı olan Lutşitski, güneşin altında kavrulan Madrid sokaklarından birini izliyordu. İspanya'ya gönüllü gitmişti. Talihim varmış, diyordu kendi kendine. Herkes buraya gelmek için can atıyor... Faşistlerin, "ilericiliğin" düşmanı olduğunu biliyordu; kitaplarda, gazetelerde okuduğu için biliyordu. Cuatro-Caminos Mahallesi'nin sefil ve daracık bir sokağında çocuklar oynuyorlardı. Geldiğinin ertesi günüydü. "Ne çok çocuk var İspanya'da" diye düşündü. Birden büyük bir patlama oldu. Ve Lutşitski yol boyu, kandan bir derenin aktığını gördü. Zamanla, daha pek çok şey gördü ama o sıcak günü unutamadı. Yirmi iki Haziranda Brest-Litovsk'daydı. Elbisesi yırtılmış, kucağında çocuğuyla bir kadın: "Bizi kurtarın!" diye haykırıyordu. Kadını arabasına aldı. Çocuk ölmüştü. Lutşitski, Oskol'dan Voroneje'ye dek çekildi. Üniversitenin birinci sınıfında okuyan büyük oğlu orada öldü. Generalin emrindekiler: "İyi bir komutandır" diyorlardı. "Ama biraz serttir. Oysa yüreğindeki yara durmadan kanıyordu. Şimdi, gözlerini kapamış, gülümsüyordu: Berlin!...

Minaev, düşlerinin akışına kendini kaptırıyordu: Çocukluğundan beri leylakları severdi. Çiçekten başka şey olmayan çiçekler vardı; ama leylakların özelliği başkaydı. Belki ilkbaharda açtıkları sessizlik ve uzun Kuzey gecelerinin tekdüzeliği yerini uğultuya lokomotiflerin düdüğüne, genç kızların kahkahalarına, sevme isteğine ya da çok uzaklarda bir yere gitmek arzusuna bıraktığında, kısacası olağanüstü bir şey yapmak istediğinde insanın kurduğu düşleri hatırlattıkları için. "Bak, beş yapraklı bir yonca"dedi Minaev Olga'ya. Olga güldü ve minicik çiçeği yuttu. "Merak etme, bunsuz da mutlu oluruz" Müncheberg'in işi bitti; demek ki, kibar Almanların deyimiyle "nach Berlin,"

Yemekleri sevimli bir evde yiyorlardı: Saks porselenleri içinde konserve atıştırıyor, kristal bardaklarda da su içiyorlardı. Siyasal Komiser Tereşkoviç: Bu ev kimin acaba, merak ediyorum? dedi. Herhalde bir bankacının olmalı. Şimdilik Yaroslavlı bir dülger ailesinin çocuğu Piyotr Tereşkoviç yerleşti buraya. Bir süre düşündü sonra Minaev'e; "Nasıl oldu da sen Yaroslav'a hiç gelmedin? Daha güzel bir kent olamaz. Volga'nın üzerindeki cadde, bütün yolculuğa bedeldir! Moskova'da oturuyorsun, başkentin hemen yakınında olduğu halde Yaroslav'a gitmedin ha? Şeyden..." Birden durdu: Munchausen'den mi? Müncheberg'den daha iyi, diyelim... Tanya ile tanışırsın; Marksizm hocası, o kadar diyorum sana. Üstelik gerçekten harika bir kadın. Küçük Maya'm dört yaşında. Savaşın başından beri göremedim. Mayısta, savaş başlamadan bir ay önce doğdu... Tanya, küçüğün daha o sıra güldüğünü söylüyordu ama kuruntu tabii... Mutlaka beni görmeye geleceksin. Ne aptalca şey yahu: Avrupa'nın yarısını gezdik, sen Yaroslav'ı görmedin. Bu hikâye de neredeyse bitecek...

Hilda'nın oturduğu evin yakınında bir mermi patlamıştı. Mutfak camları zangırdadı. Hilda bir isteri nöbeti geçirdi. Bombardımandan korkmuyordu; komşularla Walter cesaretine şaşıp kalıyorlardı. Berlin'e dönerken neyle karşılaşacağından haberi vardı... Ama bu kez sinirleri dayanamamıştı. Pencereden dışarı bir göz attı, ortalık simsiyahtı; karanlıkta Rus tanklarının homurdandığını duyar gibi oldu. Az sonra Bolşevikler eve dolacak. Bir elbombası sallasalar neyse, hepimize işkence edebilirler... Bir bardak su içti, alt dudağını ısırdı, aynada kendini seyretti. Şu Walter de ne aptal. Tabii ki yüzüm kötü; geçirdiğim gecelerden sonra daha iyi olabilir miydi? Ama yine de fena sayılmam. Küçük Paul Wick'i görür gibiydi; akşama doğru koşarak gelmiş, soluk soluğa: "Bana da bir Faustpatrone verdiler" demişti. "Çok ağır ama önemi yok taşıyabiliyorum. Bir tek tank geçirmeyeceğim. Hilda, erkek gibi dudaklarımdan öpün beni." Hilda çocuğu öptü. Paul bu öpüşün etkisiyle düşecek gibi oldu.

Ertesi gün Hilda'yı kum torbası taşımak zorunda bıraktılar. Çok kızgındı: Bir ses, bir asker şarkısının nakaratını söylüyordu:

Kızıl tanyeri erken ağardı
Göğsümde bir delik var...

Hilda düşündü: Ya Kurt öldüyse? Olamaz böyle şey Kurt'u çok seviyorum, hepsinden daha çok. Benim ilk dolayısıyla da gerçek aşkım, yıllarca bağlı kaldım. Ona yardım etmek zorundayım bu torbalar onu kurtaracaksa fıtığa bile razıyım. Bir okul kitabını hatırladı. Ren Nehri'miz, Almanya, asırlık meşeler, Fredéric'in havancıları. Yanında yaşlı, yüzü mavi damarlarla dolu, minicik kır bıyıklı bir adam çalışıyordu. Durmadan yakınıyordu adamcağız: "Siyatiğim var. Yaşım altmış iki. Yük kaldıramam. Ceremesini gençler çekmeli!..." Budapest Strasse ile Köningratzer Strasse'nin köşesinde bir top mermisi patladı. Hilda denizde yüzercesine kollarını açıp kaldırıma kapandı. Siyatikli adam doğrulduğunda mendiliyle pantolonunu, sonra yüzünü sildi: "Tamam! dedi. "Sorarım size bayan, bu barikatlara kimin ihtiyacı var? Oder Nehri'nde Rusları durduramadıysak bu sokakta nasıl durdurabiliriz? Hem sonra kim durduracak? Halk ordusuna yazılan sümüklüler mi? Yoksa ben mi? Göebbels tepesinde taşısın kum torbalalarını, hak etti bunu..." Hilda düşündü: Bütün diller çözüldü. Haklı adam. Walter anlamak istemiyor, çünkü kafası sınırlı. Sonra Emniyet Müdürlüğü'nde çalışıyor, düşünecek cesareti yok. Daha 1940'da, Kurt bu işin sonunun kötüye varacağını söylemişti. Ben bile, geri vermek zorunda kalacağımızı bildiğime göre, Paris'i almak ne işe yarardı? Ne kadar da insan öldü! Hadi, Paris üzerine yürümeyi anlayabilirim, çekici gelir insana Paris... Hayatım boyunca oraya gitmeyi düşledim. Ama Rusya'ya burnumuzu sokacak ne vardı? Savaştan önce bile ormanları ve Bolşevikleriyle korkunç bir ülke olduğunu Kurt söylerdi. Orada ne geçti sanki ellerine? İneklerle aynı odada yatıyorlardı... Şimdi Ruslar buraya geldi; beni öldürecekler, oysa nedenini bile bilmiyorum. Belki benden hoşlanırlar. Hem sonra Kurt eve dönecek... Deliler için ölmek neye yarar! Savaştan önce, Kurt her şeyin yoluna gireceğini söylemişti; korkacak şey yoktu, çünkü biz fırtınaydık. Ne aptalca söz. Ben fırtına değilim, benzerlerim gibi bir kadınım, barış istiyorum... Kum torbalarını sürüklüyor, gözlerinden yaşlar akıyordu.

Walter eve dönmedi. Hilda onu bütün gece boşuna bekledi. Ertesi sabah polis müdürlüğüne koştu. Walter'in Silezya İstasyonu'nu savunduğunu söylediler. Ama oraya gitmek olanaksızdı, ateş ediliyordu dört yandan. Yine de Hilda, bir yolunu bulup Silezya Garı'na varabildi; birkaç kere kaldırımlarda sürünmesi gerekti. "Sana sandviçle çikolata, bir de kolonya getirdim" dedi Walter'e. (Kocasına gönderecek zamanı bulamamıştı.) "Ne yapıyorsun? Çılgınlık seninkisi..." Ayaklarının ucunda yükseldi, sarı saçlarını sallayarak onu öptü. Walter bir küfür savurdu: "Allahın belası dişi! Olup biteni görmüyor musun?" Sonra kendini topladı: "Sinirlerim çok bozuk da... Çabuk geri dön..." Hilda uzaklaştığında bir küfür daha savurdu. Bu orospular için mi ölmemiz gerekiyor? Rus tankları, iki kere Frankfurter Allee'de görünmüştü. Uçaksavar toplarıyla tankların üzerine ateş ediliyordu. Walter düşünüyordu: İster öldürsünler, ister bıraksınlar gideyim. Ama şu iş bitsin artık. Fazla dayanamayacağım...

Linctenberg'den Silezya İstasyonu'na doğru ilerleyen tankların en önündekinin içinde, farkına varmadan Valya'ya babasıyla ilgili korkunç gerçeği anlatan Asteğmen Mişa Zolatorenko vardı. Mişa uzun süre kendini bağışlamamıştı. "Peki ama nereden esti de söyledim?" Eskiden Zina ve "Pickwick-Kulüp"ün öteki kızları, onu incelikten yoksun, kaba saba biri sayarlardı; oysa herkese acıyan, yufka yürekli bir çocuktu Mişa. Kaba görünüşü utangaçlığından geliyordu; kocaman, yüzgeci andıran ellerini saklamak ister, bu yüzden de durmadan sallardı. Az da olsa kendinden söz etmeyi sevmediği için, yüksek sesle son futbol maçından ya da en yeni otomobillerden dem vururdu. Zina, Mişa'dan hoşlanmamıştı ama, o hep genç kızı düşünüyordu. Öldüğünü haber alınca hayatını aydınlatan kendisine çok gerekli ışığın söndüğünü sandı. Oysa, savaştan önceki iki yıl Zina'yı hiç görmemişti. Şimdi Mişa, ceketinin üst cebinde Zina'nın resmiyle Valya'ya gösterdiği gazeteden kesilmiş yazıyı taşıyordu. Zina da Berlin'e vardı dedi kendi kendine... Sönük, tekdüze evleri ilgisiz bakışlarla süzüyordu. Buranın her şeyinden nefret ediyordu; tek avunduğu nokta sonunda Berlin'e varmış olmalarıydı!

Mişa'nın beşinci tankıydı bu... Daha önce iki kere yaralanmıştı Kuban'da ve Harkov önlerinde... "Tankın içi de amma sıcak!" Kruglikov'a baktı; yüzünden terler akıyordu, duşun altından yeni çıkmış gibi... Mişa zorlu darbeyi hissetti; bağırmaya çalıştı, sesi çıkmadı.

Mişa Zolaterenko'nun ölüsünü tankın içinden çıkardılar. Arkadaşları somurtmuş, susuyorlardı. Ama hepsinin düşüncesi aynıydı. Savaşın sona ermesinden beş dakika önce...

Tanklar durmadan ilerliyordu. Önlerine bir barikat dikilmişti: 69 numaralı bir tramvayla devrilmiş arabalar. Walter barikatın arkasındaydı. Tanklar iyice yaklaştığında, birden elindeki Faustpatrone'yi atıp kaldırıma doğru sürünmeye koyuldu. Bu yol da amma geniş kaldırıma varamayacağım galiba, dedi kendi kendine. Yine de kaldırıma ulaştı; geniş bir kapıdan içeri süzülüp üst kata çıktı... Hem merdiveni çıktığı, hem de korkudan ödü patladığı için yüreği hızla çarpıyordu. Yaşıyorum? Olabilir mi? Kolluğunu söküp attı. Sersemliğin de bir sonu var. Führer'in canı isterse bu oyunları oynasın. Ben sıradan bir adamım, yaşamak istiyorum...

Silezya İstasyonu'nun yakınındaki işçi evlerinde SS'ler mevzilenmişti. Vassia ateş açma emri verdi. Bir yaşlı adam sürünerek Rusların yanına geldi. Onlara: "Tanrı aşkına ateş etmeyin" dedi. "Evlerde kadınlarla çocuklar var..." Vassia ateşi kestirdi: "Sivil halka on dakika izin veriyoruz: Dışarı çıkın!..." Evlerde oturanlar, çocuklarını, bavullarını, paketlerini taşıyarak koşa koşa çıkıyorlardı dışarı. "Ah, şu yavrular!" diye homurdandı Asteğmen Gorbatenkov. Çocuklara çok acıyordu. Ama SS'ler makinelileriyle hem alanı, hem de alana çıkan iki sokağı kurşun yağmuruna tutmuşlardı. Artık evlerden çıkanlara da ateş ediyorlardı. Derken Vassia komut verdi: "Ateş!"

General Lutşitski, Minaev'e: "Dün, Berlin kuşatmasıyla ilgili günlük emri aldık" dedi. "Yalnız kentin merkezi dayanıyor..." Bir süre düşünüp devam etti: "Harekât başarıyla gerçekleştirildi. Plana gelince, sözünü etmek gereksiz... Stalingrad'daki elin eseri..."

Krilov, Rummelsburg İstasyonu'ndaydı. Halk trene saldırdı. En açıkgözler baltalarla vagonları kırıp konserve, şeker, tütün ve mercimek çuvallarını götürüyorlardı. Öbürleri de elleriyle tahtaları sökmekteydiler. Çocuklar, tozşekerini önlüklerine, balı da kasketlerine dolduruyorlardı. Dimitri Alekseyeviç, Hemşire Şeveleva'ya: "Şu somun pehlivanlarına, şu sahte kabadayılara bak!" dedi. "Akılları başlarından gitmiş, kendi ülkelerinde, Berlin'de olduklarını unutuyorlar. Bir de namuslu oldukları, bizim ülkemize girince soysuzlaştıkları söyleniyordu: Olamaz, şuraya bakın, bir çocuğu çiğniyorlar..." Krilov kalabalığa saldırdı: "Durun, yoksa ateş ederim! Sefiller, kendi çocuklarınıza da mı acımıyorsunuz?..." Yerden yedi sekiz yaşlarında bir kız çocuğunu kaldırdı: "Revire götürün... Bir kolunu kırmışlar..."

General Hellwitz beş katlı bir evin bodrumuna sığınmıştı. Emir subayı raporunu verdi: "Ruslar, Kayzer Wilhelm Strasse'de." General cevap vermedi. Tümen komutanıydı; elinden geldiğince savaşmıştı. Ama bu savaş değil, delilikti artık. Genelkurmaydakiler ne düşünüyor acaba? Belki artık Keitel değil de Göebbels ya da Führer türünden bir cahil orduya komuta ediyor? Bu deli, dünyanın en iyi ordusunu yok etti... General Hellwitz, birliğinin kendinden önceki komutanı Albay Gabler'i düşündü. İlk gençliğinden beri onu tanırdı. Askerlik sanatını birlikte öğrenmişlerdi. Naziler onu kurşuna dizdiklerinde Hellwitz: "çok acıdım, iyi bir komutandı" demişti. "Ama cezasını haketti; siyasete karışmamız doğru değil." Şimdi bu sözleri hatırlayan general alaylı alaylı güldü. Ya Naziler? Askeri harekata karışmaktan başka şey yaptıkları yok. Hitler'i devirmek isteyenler haklı. Yazık ki Schauffenberg isabet ettirememiş... '44 yazında bile zararsız bir barış anlaşması yapabilirdik. Şimdi bizi dizüstü çökertecekler. Müttefikler, Korgeneral Beck ya da Von Schulenburg gibileriyle rahatça anlaşılabilirdi... Emir subayı yanına gelerek sordu: "Generalim Binbaşı Ramm ne zaman cephane alacağını soruyor; 41 ve 42. blokları savunuyor da, cephanesi tükenmek üzereymiş." "Binbaşı Ramm yakında cephane bulur nasılsa" dedi General Hellwitz kendi kendine. "Ne yanı hoşuna gidiyorsa, ister gögsüne ister kıçına yer bir kurşun."

Sinirli bir sesle emir subayına cevap verdi:

— Siz bana bir bardak suyla haplarımı verin, daha iyi; kaputumun cebinde olacak.

Richter düşünüyordu: Yanılmıyorsam bu ayın yirmi dokuzu. Demek şimdiden sekiz gün ediyor... Buradan eve iki kilometre var, fazla değil. Ben de bir zamanlar Moskova önlerindeydim ha!... Şanlı ordunun zaferle dönüşü... Diyecek şey yok... Teğmen Schemmer Berlin'in kalbini korumamızı istiyor. İyi ama bu kalpte ne kaldı? Belki Führer? Neden onu koruyacak mışım? Hayatımı mahvetti. Berlin'i yıktı. Yeni bir hükümet bile gelse, kenti yeniden inşa etmek için yirmi yıl yetmez. Birtakım sersemler, yıkıntıların üzerine: 'Berlin Alman kalacaktır!' yazmışlar. Oysa Berlin diye bir şey kalmadı; ne Alman, ne Rus, ne de Peru Berlin'i... Richter, Teğmen Schemmer'e sordu: "Demek bu yıkıntıların altında ölmemiz gerekiyor?" Schemmer omuz silkti: "Aynı soruyu Binbaşı Ramm'a sordum. Bir türlü General Hellwitz'le görüşemiyor ki cevap verebilsin." Richter yılmadı: "Ama biz..." Teğmen sözünü kesti: "Yeni emir gelmeden eskisi yürürlüktedir." Dresden Bankası'nın koca binasının içindeydiler. Dört Rus topu binaya ateş ediyordu. Köşedeki evlerden biri yıkılmıştı bile. Astsubay Engel, Richter'e: "Yaşama alanımızı koruyoruz. Sieg Heil! diye bağırmayışına hayret ediyorum," dedi. Beş dakika sonra Engel bir şey diyemez olmuştu. Ağzı açık, muhasebe defterlerinin arasında yatıyordu. Richter, tüyme sırasının geldiğini anladı. Yangın merdiveninden indi. Bizim sokakta Ruslar varsa hapı yuttum demektir. Bütün gece bırakılmış bir evin kapısına büzüldü. Toplar bir dakika sussa Rusça konuşulduğunu duyar gibi oluyordu. Sonunda, duvar diplerinden koşarak yolu tuttu, kimse de onu durdurmadı.

Richter'i gören Hilda bağıramadı, kocasına sarılacak gücü bile kendinde bulamadı. Başladı hüngür hüngür ağlamaya. Ne o an, ne de daha sonra, sevinçten mi yoksa üzüntüden mi ağladığını kestirmeyecekti. Sonunda güçlükle,"Yaşıyor musun?" diyebildi. Richter haykırdı: "Saçmalama! Çabuk bana bir elbise bul üstümü başımı değiştirmem gerekiyor..." Hilda anlamamıştı. "Peki ama neden?" Richter sinirlendi:

Gebermek istiyorsan keyfin bilir! Adresi bile verebilirim. Tiegarten'de eline bir oyuncak tutuştururlar, tüfekle birlikte Führer tarafından bir güzel de kutsanırsın. Ama benim canıma tak etti. Ne bekliyorsun? Çabuk, bir elbise bul!..."

Hilda, sandığın içindeki bütün giyecekleri boşalttı: Kadın bluzları, gece elbiseleriyle pabuçlar; hepsinin altında eski bir ceketle bir golf pantolonu bulabildi. "Herhalde bunları giymezsin!" dedi kocasına. Richter pantolonu ayağına geçirmeye koyulmuştu bile: "Şimdi oldu işte..." Hilda, kocasına sokuldu, kedi gözlerini iyice açıp ona baktı: "Kurt sensin demek? Ne büyük mutluluk! Ama olup bitenler korkunç. Rusların buraya kadar geldikleri doğru mu?" Richter, bir işaretle karısını doğrulayıp başını çevirdi. Hilda, yere düşmüş bir ipek bluzu kaptığı gibi, pencereyi açarak bayrak niyetine asıverdi. Bütün evlerden beyaz paçavralar sallandığını o an gördü. Kurt, bakışlarını dolaptan ve sandıktan ortalığa yayılan elbiselerde gezdirdi ve homurdandı: "Gören de şimdiden evimizi ziyaret ettiklerini sanır ..."

Bir avuç insan Tiegarten'de mevzilenmişti. Aralarında, Hilda'nın yeşil gözlerine bayılan Paul Wick de vardı. O sıra Hilda'yı ve Führer'i düşünüyordu. Çocukluğundan beri aynı şeyi işitirdi: Führer uğruna can vermek gerek. Şimdi bir sürü Alman Führer'e ihanet ediyor, ona sövüyor ve Ruslara teslim oluyordu. Paul onlar gibi değildi, on beş yaşındaydı ama gerçek bir askerdi. Berlin'i kurtardığında gidip Hilda'yı bulacak, Hilda da ona dayanamayacaktı. Hilda İsolde'dir, bense Tristan...*

Düşlediği Faustpatrone yerine bir tüfek vermişlerdi eline. Hava iyice kararmıştı. Birden Paul üç kişi kaldıklarını fark etti. Öbürleri tüymüştü. Hitler gençlik kuruluşundan bir öğrenci durmadan bağırıyordu: "Hadi aslanlar, yüklenin!" Yaşlı bir adam: "Senin gibi sümüklüler bana vızgelir" dedi. "Ama Polonyalılarla Ruslardan nefret ederim. Bu Asyalılara teslim olmaktansa ölmek yeğdir bence." Paul körlemeden ateş ediyordu. "Kurşunlarını boş yere harcama" dedi yaşlı adam. Ama Paul ateş etmeden duramıyordu ki. Ufak tefek öğrenci de ona cesaret veriyordu:

"Aferin, yüklen aslanım!" Ara sıra bir mayın patlıyor ağaçlar çatırdayarak devriliyordu. Yaşlı adam yuvarlandı; uzun süre tekdüze iniltisi duyuldu. Sislerin arasında Paul, Hilda'nın gözlerini ve kızıl kara gökyüzüne doğru kolunu kaldıran Führer'i görüyordu. Hava aydınlandığında Paul, yolda ilerleyen Rusları fark etti. Ateş açtı, sonra karnını tutarak düştü.

---

* Tristan ve İsolde. Ünlü Besteci Richard Wagner'in en sevilen operalarından birine konu olan bir Ortaçağ efsanesinin kadın ve erkek kahramanları

Minaev'in birliği kentin merkezinde savaşıyordu; Postdamer Platz'ı almak üzereydiler. Almanlar metroda mevzilenmişlerdi. El bombası atıp düşmandan alınan Faustpatronelerle ateş açarak onları dışarı uğratıyorlardı. Tereşkoviç, Minaev'e: "Bugün 1 Mayıs" dedi. "Bayramın kutlu olsun..." Berlin'in dış mahallelerinde bayramın kutlandığı görülüyordu; bayraklar ve resimler asılıyor, şarkılar söyleniyordu. Ama burada, bütün korkunçluğuyla savaş sürüp gitmekteydi. Bir kaç dakikalık bir durulma oldu, Tereşkoviç düşlere daldı: "Acaba Tanya nasıl kutluyor bayramı? Oralar epey neşelidir; savaşın son saatlerinin yaşandığını biliyorlar. Ne güzel bir rastlantı: İlkbahar, 1 Mayıs ve zafer..." Karargâh, bir binanın beşinci katındaydı. Tereşkoviç, askerlerin topçu ateşiyle yıkılmış bir barikat önünde durakladıklarını fark etti. Yoruldu çocuklar, dedi kendi kendine... Onları yüreklendirmek gerek. Askerler, onun ardından ileri atıldılar. Ama Tereşkoviç olduğu yerde sallandı, yana devrildi. En yakın eve taşıdılar. Minaev koşarak geldi. Tereşkoviç hırıldıyor, kimseleri tanımıyordu. Minaev bir süre ses çıkarmadan başında durdu, sonra yola çıktı. Yan sokaklar temizleniyordu. Ancak akşam olduğunda Tereşkoviç'i düşünebildi. Minaev savaşta pek çok dostunu yitirmişti. Uzun süredir ölüm onun gözünde şaşırtıcı olmaktan çıkmıştı. Ama bu 1 Mayıs günü, akşama doğru duyduğu derin acıyı daha önce hiç duymamıştı. "Onu Yaroslav'da görmeye gidemeyeceğim demek... Herhalde karısı ceketini ütülemiştir; bugünden yarına geleceğini umuyor belki... Belki de savaşın son günüydü, Tereşkoviç tam sonuna geldiğinde öldü..." Tereşkoviç'in ölümü Minaev'e inanılmaz, giderek çok acı geliyordu. Çavuş Korolev: "Ne adamdı!" dedi. "En ufak şeyle ilgilenirdi..." Bir süre sustuktan sonra ekledi: "Ben de Yaroslavlıyım."

Krilov'un çok işi vardı. Hem Rus askerlerini, hem Almanları, hem de serseri kurşunların kurbanı Berlinlileri düşünüyordu. Neden bizimkilerin Stalingrad için savaştıkları gibi onlar da Berlin için savaşmıyorlar? Eninde sonunda onların kenti, onların başkenti... Bizim daha güçlü olduğumuz söylenecek. Topçumuzun gücü şimdi Almanlardan kırk kat fazla dedi albay. Doğru olmalı, ama yeterli bir cevap sayılmaz. Kırk kat daha yüreksiz onlar, işte gerçeğin ta kendisi. Neden savaştıklarını bilmiyorlar; şimdi de ölmek istemiyorlar doğal olarak. Diledikleri kadar Alman ulusu, diye bağırsınlar. Halkın beraberliğini sağlayamamışlar. Bir milyon hayvanın komuta ettiği milyonlarca kafasız vardı ordularında. İşler yolunda gittiği sürece bina ayakta duruyordu; bugün her yanı çatırdıyor. Almanlar yerlere kadar eğilip bizi selamlıyor, birbirlerini ele veriyorlar; kendilerine iyi bir dayak attığımız için neredeyse bize teşekkür edecekler. Ne kötü şey.

Bir yaralı Astsubay Gussev, Krilov'u çağırttı. Güçlükle konuşuyordu. Birkaç kere Krilov onu susturmaya çalıştı: "Konuşmamalısın!" Ama çavuş, kendisini dinlemesi için yalvarıyordu Krilov'a: "Öleceğim, hissediyorum, öleceğim... '41 Ekiminde 132. İstihkâm Taburu'ndaydım. Sonra bu tabur dağıtıldı. O sıra bir arkadaşım vardı, adı da Nikita Vassiyutin. Birlikte yola çıktık. Büyük bir iş gördü: Havaya uçurmak için kendini bir tankın altına attı. Ben de yaralandım. Sonra raporumu yazdım. Birliğin dağıtıldığını, hem sonra bu işin çok gerilerde kaldığını bildirdiler... Nikita, ihtiyar anasıyla babasının Vologda yöresinde yaşadıklarını söylemişti... Ben ölünce yaptığı işi kimse öğrenemeyecek. 'Savaş bittiğinde Stalin'e yazarım' diyordum. İhtiyarları bu zevkten yoksun bırakmasınlar... Tanklar göründüğünde Nikita bana: 'Biraz tütün ver' dedi, 'bir sigara sarmak istiyorum.' Sonra sürünerek yolu tuttu..." Astsubay, soluk soluğa sustu. Yüzü terle kaplanmıştı; komaya girdi. Akşam da öldü. Krilov allak bullak olmuştu. Yazacağım Stalin'e, diyordu. Bizim insanlarda büyük bir yüreklilik var. İşte örneği, adam ölüyor da arkadaşını düşünüyor. Derdi günü ölenin yaşlı anasıyla babasını sevindirmek. Yazık değil mi, neden öldü? Krilov bahçeye çıktı. Ortalık ilaç, leş, (komşu evin yıkıntıları altına SS ölüleri gömülmüştü) akasya ve duman kokuyordu. Savaş kokuyor, diye homurdandı Krilov, oysa savaş bitmek üzere...

Hilda dehşetle bakıyordu Ruslara. Aşağıdan, yoldan geçiyorlardı. İki asker geldi, evde silah bulunup bulunmadığını sordular. "Beni şuracıkta öldürecekler" diye düşündü Hilda... Ama Ruslar dönüp gittiler. Hilda, Kurt'un anlattıklarını hatırlıyordu... Çekik gözlü bir Asyalının yatak odasına inek sokacağı anı bekliyordu hep... Üçüncü gün biraz düzeldi, yüreklenip Bayan Müller'le sokağa çıktı; gerektiğinde içeri kaçabilmek için kapının ağzından pek ayrılmıyorlardı. Bir Rus subayı önlerinde durdu: "Tiegarten'e nereden gidilir?" Hilda sağa sapması gerektiğini işaret etti. Adam gülümsedi. Hilda da karşılık verdi. O an, yeşil gözleri daha bir canlandı. Kurt, yüzünü duvara çevirmiş somurtarak yatıyordu. Hilda, bir yandan ev işlerini görüyor, bir yandan da düşünüyordu: Yatak odasına inek sokmayacaklar. Bütün anlatılanlar sersemce şeyler. Adamların sevimli bir yanı da var. Böyle bir subaya insan aşık olabilir. Fırtınalı gökyüzünü andıran; bebeklerinde minik bir ateşin oynaştığı kurşuni gözler. Dengeli bir adam, hemen anlaşılıyor...

Vassia'nın topları kara suratlı bir binayı dövüyordu. Binanın cephesindeki koca koca melekler, utanmadan, taştan bedenlerini sokaktakilere gösteriyorlardı. Sonra Almanlar, elleri havada, binadan çıkmaya başladılar. Vassia ile Asteğmen Gorsatenkov, Reichstag* binasının içini gezdiler. Salonlar eşya, taş ve bırakılmış silahlarla doluydu. Rus askerleri, kurşunlarla delik deşik olmuş duvarlara adlarını yazıyorlardı. Gorsatenkov, ceketinin cebinden Stalin'in resmini çıkardı. "Yüzbaşım" dedi, "'42'de bir resimli dergiden kesmiştim. Rossoch'tan Kalaç'a oradan da Berlin'e dek savaş boyunca bizimle geldi. İşler kötü ya da iyi gittiğinde hep yanımdaydı. Hiç cebimden çıkarmadım. Şimdi, Berlin'e vardığımıza göre duvara asmak istiyorum. Küçük resmi duvara yapıştırdı.

Minaev, bir Alman generalini ordu karargâhına götürüyordu. "Dikkat," dedi, "burada bir çukur var. General cevap verdi: "Bir şey duymuyorum. Toplarınız kulaklarımı sağır etti." Karargâhta Minaev'e "Bir daktilo bulmaya gittiler" dendi. General Weidling teslim olma emrini imzalayacak. Weidling'in yanındaki albay gözündeki monoklu düşürdü, hemen havada yakalayıverdi.

* Millet Meclisi Binası

Sonra Minaev özene bezene yıkandı, temizlendi, bir bardak Fransız şarabı içti, annesine mektup yazdı: "Mitya'n şu sıra, bir Almanın gösterişli çalışma odasına yerleşmiş durumda. Odanın sahibi kurşun asker koleksiyonu yaparmış. Diyecek şey yok, bunların hepsi savaşa bayılıyor. Ancak şimdi bu merakları azaldı. Çevremde, her ülke ve her çağdan binlerce kurşun asker görüyorum. Bizimkilerden bile bir tane var; çeşit çeşit mızraklı süvarinin ardında, kendi halinde duruyor. Yine de Berlin'e vardı ve bugün ona boyun eğmeye gelen Almanlar gördüm. Başkalarının felaketiyle alay etmemek gerektiğini bana hep söylemişsindir. Ama, teslim koşulları imzalanırken saç çizgisinin düzgün olup olmadığına bakan, monoklunu yerine oturtan Alman albayına ne dersin? Ona benzeyen içi geçmiş kurşun askerler yüzünden, hem de en iyilerinden milyonlarca kişi öldü. Düşünmek bile insana dehşet veriyor. Önceki gün Yüzbaşı Tereşkoviç'i gömdük. Berlin'e bakıyorum da hep Stalingrad önlerindeki, mektubumda sana durmadan sözünü ettiğim tepeciği düşünüyorum. Sevgili anacığım, artık her şey bitiyor. İsteğini yerine getiremediğim için üzgünüm, Hitler'i canlı yakalayamadım. Almanlar, kendi kendini zehirlediğini söylüyorlar. Olga yanaklarından öpüyor. Yoldan geçerken onu gören Almanların gözleri dışarı uğruyor. Herhalde, Göebbels'in sözünü ettiği, küçük Alman çocuklarını votkasına meze yapıp çıtır çıtır yiyen o ünlü ve korkunç Bolşevik kadını sanmışlardı.

Her şey bir yana, bunlar çok aptal insanlar anne. Başka şeyin sözünü etmiyorum, ama bunlar gerçekten birer salak..."

O akşam, ne zamandır beklenen sözler Moskova'yı çınlattı durdu: "Alman başkenti, Alman emperyalizminin merkezi ve saldırganların yuvası Berlin'i ele geçirdik." Gökyüzünden donanma fişekleri fışkırıyordu. Maria Mihailovna Minaeva, penceresinin önünde gözyaşı döktü. Sonra Katsmanlara uğradı: "David Grigoryeviç, biz de vardık oralara... Grişa da vardı... Az şey değil, zaferi kazandık..."

27

Yer yer çarpışmalar oluyordu. Ama Berlin'de sessizlik hüküm sürmekteydi ve bu sessizlik Richter'i boğacak gibiydi. Her an, Sibirya'ya sürmek üzere birinin gelip kendisini götüreceğini sanıyordu.

Hilda, soluk soluğa içeri girdi:

— Evlere el konuyor!... Bir Rus subayı!... Richter düşündü: Demek her şey bitti. Beni hemen götürecekler... Hilda'ya sordu:

— Nasıl biri?

— Bilmem. Gelen emireri: Uzun boylu, yakışıklı...

— Aklın fikrin hep aynı şeyde...

Hilda, Rus subayı için dairenin en iyi odasını ayırdı. Savaştan önce burası Richter'in çalışma odasıydı. Derken Bayan Müller göründü.

— Bende de bir Rus kalıyor, bir teğmen. Çok iyi insan. Artık her tür ziyaretten korunuyorum, korkum kalmadı...

Richter düşündü: Belki ben de bir Rus subayı tarafından kurtarılırım? Eğer başımı belaya sokmayı aklına koymazsa tabii...

— Doğu cephesinde bulunduğumu ona sakın söyleme, dedi Hilda'ya. Önce Fransa'daydım, oradan da Berlin'e atandım; hastalık nedeniyle de terhis edildim.

Çok sevimli, hiç de korkunç bir görünüşü yok, dedi Hilda kendi kendine, Vassia'yı görünce. Böyle birinin odasına inek aldığına ya da genç kızları kazığa geçirdiğine hiç inanmam. Neden Kurt böyle hikâyeler anlatıyor? Göebbels hepimizi yeterince aldattı... Hilda, Vassia'nın çevresinde pervane gibiydi ona en iyi çarşafları, kuştüyü yastığını verdi. Yemekte ne istediğini sordu. Vassia bir şey anlamamıştı.

— Rusça konuşsana onunla, dedi Hilda kocasına.

— Delirdin mi, nerede savaştığımı hemen anlar. Benden kurtulmak istyorsun, anladım…

— Kurt, saçmalama. Bu subaya kendimizi sevdirirsek rahat ederiz. Ama beni anlamazsa ona nasıl yaranabilirim? Evliliğimizden önce uzun süre Rusya'da bulundun. O sıralar Almanlarla Rusların arası çok iyiydi. Dillerini de o zaman öğrenmiş olabilirsin. Böylece daha da iyi davranmasını sağlarsın...

Kurt, eski belgeleri karıştırdı. Hapşırıyor, sabırsızlanıyordu; sonunda Kuznetsk'de Rus mimarlarıyla çektirdiği fotoğrafı bulabildi. Vassia'nın kapısını vurduğunda bir şeyin farkında değildi. Saldırıya geçtiği anları hatırlıyordu. Karısını gösterip:

— Karım, yemeği kaçta yiyeceğinizi öğrenmek istiyor, dedi.

— Sağolun. Gereği yok. Kendi subay gazinomuzda yiyoruz yemeğimizi.

Hilda gitti. Richter, bir sanık gibi dikilmişti kapıya. Bir an önce sorguya çekse bari? Ama Vassia susuyordu.

— Rusça bilmem sizi şaşırttı mı?

Vassia gülümsedi:

— Yok canım, hiç şaşırtmadı.

— Belki Doğu cephesinde savaştığımı sanıyorsunuz. Savaş sırasında Fransa'daydım. Rusya'yı eskiden beri bilirim. On üç yıl önce Kuznetsk'e gitmiştim. Orada sizin mimarlarınızla birlikte fotoğraf çektirdim.

Fotoğrafı uzattı. Vassia ayıp olmasın diye aldı, hemen geri verdi.

— Şimdi anlıyorum buradaki kitaplarla planların nereden geldiğini... Demek siz de mimarsınız?

— Evet.

— Ben de mimarım...

Uzun bir sessizlik oldu. Vassia karşısındaki Almana ne diyeceğini bilmiyordu. Richter Rusa gerekeni söylemediğini sandı. Kitapların sayın yüzbaşıyı rahatsız edip etmediğini sordu.

— Marksizmle ilgili kitaplarım da vardı. Ama Nazi yönetiminde hepsini yakmak zorunda kaldım. Yalnız özel baskılarla klasikleri sakladım. Kuznetsk'e gittiğim sıra Marksizme çok yakındım…

— Yok canım?

Richter, karşısındakinin sözlerine inanmadığını anlamıştı; selam verdi ve çıktı.

Hilda, ikide bir Vassia'nın odasına dalıyordu. Ona bir kül tablası getirdi, pencerelerin ışık sızdırıp sızdırmadığına baktı. Tatlı, kurnaz bakışlarla Rusu süzüyor, konuşmadan da ne demek istediğini anlayacağını sanıyordu. Ama Vassia terbiyeli ve kayıtsız davranıyordu hep. Bu da nesi? Beni hiç fark etmiyor işte... O kadar çirkinleştim mi yoksa? Uzun süre aynada kendini seyretti, boyandı, çok yaraşan yeşil elbisesini giydi ve kapıyı vurdu. Sanki Hilda içeri girmemiş gibi, Vassia yerinden bile kımıldamadı. Hilda, odasına döndü ve hüngür hüngür ağladı. Kurt haklı, bu adamların hepsi korkunç! Bana bakmadı bile... Ertesi gün, akşama kadar üzgündü. Kocası, ancak gece geç vakit neşelendiğini, canlandığını fark etti.

— Biliyor musun, dedi Richter'e. Emireri çok sevimli. Biraz da Almanca biliyor...

Richter, bu sözlerin ardında gizleneni hemen anladı. Adet yerini bulsun diye, isteksiz bir kavga çıkardı. Sonra dehşete düşüp, bir Rus askeriyle ilişki kurması hoşuma bile gidiyor, diye düşündü. Ne kadar alçalmışım, onu kıskanamıyorum bile...

Birkaç gün sonra Vassia neşe içinde eve döndü. Kapının önünde Richter'e rastladı, ona gülümsedi. Richter'in de keyfi yerine geldi. Yüzbaşı bugün neşeli, onunla konuşmalıyım... Kapının aralığından içeri baktı, Vassia bir şeyler yazıyordu. "Şşşşt" dedi karısına, "çalışıyor."

Rusun açık pencerenin önünde durduğunu görür görmez kapıyı vurdu.

— Karartmayı unuttunuz yüzbaşım.

Vassia, akşam serinliğinden istemeyerek ayrıldı. Gündüz hava çok sıcaktı, tam yaz sıcağı...

— Karartma diye bir şey kalmadı. Anlamıyor musunuz? Savaş bitti. Sizinkiler kayıtsız şartsız teslim oldular...

Richter'in yüzünde en ufak bir değişiklik olmamıştı; aynı saygılı ve donuk suratla gülümsüyordu. Bir süre sustuktan sonra:

— Sizi kutlarım yüzbaşım, dedi.

Vassia birden rahatsız oldu. Silindir gibi ezdik adamları, bizi kutluyorlar...

— Oturun, dedi Vassia. Sigara içer misiniz? Evet, artık savaş bitti. Bundan böyle çalışmaya başlayabilirsiniz. Bina yapacaksınız… Yıkıntı eksik değil nasılsa...

— Sizin kentleriniz de çok zarar gördü. Smolensk, Minsk... (Richter birden sarardı, ağzıyla kendini ele vermişti) Sinemada gördüm...

Vassia, alaycı bir gülümsemeyle:

— Nerede gördüğünüz önemli değil, dedi. Gördünüz ya. Sizinkilerin neler yaptığını biliyorsunuz.

— Savaş korkunç bir şey. Ben Hitler gençlik kuruluşundan değilim; bambaşka bir havada yetiştirildim. Remarque'ın romanlarını, Pistacor'un sahnelediği oyunları, Thaelmann'ın söylevlerini hatırlıyorum. Barıştan başka şey istediğimiz yoktu. Albay Gabler'i yakından tanıdım; ona bir ev yapmıştım. Hitler'i öldürmek isteyenler arasındaydı, Naziler kurşuna dizdiler. Kısa süre önce de, bir yıl önce barış yapmak istediklerini öğrendim... Görüşüm pek önemli değil belki yüzbaşım, ama Alman askerlerinin Kafkasya'ya girişine hiç sevinmedim; bu işin kötü sonuçlanacağını seziyordum. Savaş bir kargaşalıktır, kimse akıl erdiremez.

— Yanılıyorsunuz. Üç yıl boyunca bir partizan müfrezesinde çarpıştım: Sizinkiler bizi "haydut" gibi görüyordu. '42'de ordularınız Kafkasya'ya vardı. Ormandaydık. Bizi cezalandırmakla görevli alaylar peşimizden koşuyordu... Zaferden kuşkuya düştüm mü sanıyorsunuz? Bir an bile düşmedim. O sıra bile Berlin'i alacağımızı biliyordum. Tabii ölebilirdim, o zaman da benim yerime bir başkası oturacaktı bu koltukta...

Richter yine saygıyla gülümsedi, iyi geceler diledi ve çıktı. Yüzbaşının bir haydut olabileceği aklıma gelmemişti. Terbiyeli, görgülü. Rusya'da savaştığımı neden gizledim sanki? Artık barış yapıldı... Davranışımda kötü bir yan var. Onun gibi mimar olduğum halde davranışım küçültücüydü; otur dediği halde ayakta durdum... Ne kadar alçaldığım ortada!... Yeni binalar yapacağımı söylüyor.

Ne yapacağım? Kimin için yapacağım? Zevk sahiplerinin artık beş parası yok, paralılar da çoktan tüydü. Uydur kaydır bir şeyler yapar görünmek, yıkık evleri, yıkık hayatı onarmak gerek, ilgi çekici yanı yok bu işin...

Hilda koşarak geldi:

— Kurt, imzalandı!.. Bayan Müller haber verdi...

Kendinden geçti, camı kaplayan siyah kağıdı çekti kopardı.

— Biliyorum, dedi Richter, Rus söyledi...

— Neden bana bir şey söylemedin?

— İlgi çekici bulmadığımdan.

— İlgi çekici değil mi? Kurt, çıldırdın galiba sen! Savaş bitti, önemli olan bu. Altı yıla yakın bir süredir acı çekiyoruz...

— Aslında sen acı macı çekmedin. Keyif çattın. Asıl acılarımız şimdi başlıyor...

— Çorap ya da şeker bulamamak önemli değil. Ben huzur istiyorum. Eskiden ulusumuzun fırtına olduğunu söylerdin, Göebbels türü propaganda... Fırtına olmak derdinde değilim... Bütün istediğim, benzerlerim gibi bir kadın olmak...

Evin en sevdiği yeri haline gelen mutfağa girdi. Kurt ellerini yüzüne kapatmıştı, oturduğu yerden kımıldamadı. Hilda'nın hakkı var, Alman ulusunu fırtınaya benzetmek saçma. Bir fırtına rolü oynadık. Fırtına üzerimize saldırdığında fazla dayanamadık. Sonra kentlerin yerinde yıkıntılar kaldı. Ben de bir yıkıntıdayım. Ortalık temizlendiğinde beni de çöplerle birlikte bir çukura atacaklar. İlgi çekici yanı olmayan bir olay...

Richter çıkınca Vassia yine pencereye döndü. Bu Alman ne iğrenç bir herif! Gerçek bir sümüklüböcek... Ülkemizde neler yaptığını kolayca düşünebiliyorum; şimdi durulmuş... En iyisi böyle şeyler düşünmemek, gece o kadar güzel ki... Vassia subay gazinosunun yolunu tuttu. Nalibok Ormanı'nı, ağaçların mırıltısını, Avanesyan'ın aşkını düşünüyordu; hem yakın, hem de çok uzak topraklarda şehit düşen Sergey'i andı.

Vassia'nın içinde öylesine bir duygu birikimi vardı ki -hüzün, coşku, kıvanç- asla bunları sözcüklerle dile getiremezdi. Karanlık ve ılık gecede, yalnız, Nataşa'nın sık sık düşlediği mavi gözleri parıldıyordu.

Subay gazinosunda, başka bir iyi haber Vassia'yı beklemekteydi.

— Yarın uçakla Moskova'ya gidiyoruz, dedi Albay Nikitin...

Vassia çevresindekilerden hemen koparak gülümsedi: Şimdiden son hızla Nataşa'ya doğru uçuyordu.

28

Minaev'le Olga, parktaki ağaçlıklı yollardan birinde yürüyorlardı. Leylaklar mutluluk içinde yayılıvermişlerdi. Minaev Olga'nın elini tutuyordu. Evleneli neredeyse iki yıl olacaktı, yine de aşkını yeni itiraf eden iki sevgili gibiydiler. Şu son iki yıl gürültü ve zorlukla dolu geçmişti; aşk sözleri ağızdan çıkar çıkmaz sönüveriyordu. Sekiz gün önce, Olga, Berlin'in yıkık bir evinin bodrumundaydı; durmadan aynı şeyleri tekrarlıyordu: "Ben saksağan. Oka'yı verin." Şimdi bütün bunlar sona ermişti...

— Bundan böyle Olga'sın. Evet, evet, itiraz etme. Gül oldun, derken gonca, Ay, Poltava, Dvina, Kırlangıç. Tepeciğin Üzerindeyken "Gül" "Gazal"ı istiyordu. Oysa, oralarda gülün izi bile yoktu; her yer kuru ot ve mayın doluydu. "Şafak" olmuş Çegodayev'i istiyordun, ama bir top mermisi onu öldürmüştü. "Çegodayev kesiminde her şeyin yolunda gittiğini bildiriyor" dedin o zaman. "Yani Çegodayev öldürüldü. Yerine konuşan Babuşkin." Postdamer Platz'da "Saksağan"dın Tereşkoviç, şakacıktan, "Doğrusu, saksağan gibi geveze..." diyordu senin için. Koşarak sokağa fırlamasından bir saat önceydi. Anlatılanlara göre dün Keitel, imzasını atmadan önce mareşallik asasını koyacak yer bulamamış. Bir Amerikalı fotoğrafçı, mareşallik asasını bol sigara karşılığında ele geçirmek için yanıp tutuşuyordu. Almanların hesabı görüldü Olga. Bunun ne demek olduğunu biliyor musun? Artık ne saksağansın, ne Dvina. Bundan böyle sana kırlangıç da desem, telefonda değil, kimsenin duymaması için kulağına söyleyeceğim. Savaş bitti; artık ne gülsün, ne de gonca. Bundan böyle Olga'sın, benim Olga'm!...

O güne dek karısının adını hiç söylememişti sanki, tekrarlamaktan büyük zevk alıyordu.

— Seni ilk gördüğümde çok korkmuştum, biliyor musun? dedi Olga. Beş Ağustos günüydü, Kletskaya önlerindeydik. Bağlantı kopmuştu. Albayla konuşmak istiyordun. Sinir içindeydin. "Telefonla konuşmayı biliyor musunuz?" diye sordun bana. "Yoksa telefonu çamaşır makinesi mi sandınız?..." Neden "çamaşır makinesi" dedin de ardından güldün? Başka şey yapsan dertlenmezdim. Savaşta insanın dilini tutamadığını biliyordum. Ama "çamaşır makinası"nı duyunca ağlayacak gibi oldum.

— Ben de o sıra içimden, ne şirin kız, diyordum.

— "Çamaşır makinası" ha?... Mitya, açık söyleyeyim sana rahat rahat bırakamayacağımı o dakika anladım... Saldırı sırasında -hatırlıyor musun, şubat sonunda Orel'e karşı girişilen o başarısız saldırıyı?- soğuktan donmuş halde girdin içeri. Ben de sana sıcak su verdim. İçtin ve bana "Dikkat edin ha!" dedin. "Karım çok kıskançtır."

— Çünkü elini tutmak için dayanılmaz bir istek duyuyordum... Sen de dediğime inandın mı?

— Bana takılmak istediğini sandım; evli olmadığını kaç kere söylemiştin.

— Bir türlü içimi dökemiyordum. Ancak Çernigov'da...

— Neden Çernigov'da?

— Irmağın, kestane ağaçlarının yüzünden... Şu leylaklara bak, ne güzel değil mi?

— Son leylaklar. Hatırlıyor musun, Orel'den önce Dumiçi'ye uğradığımızı? Bir demet yapıp sana getirmiştim.

— Ama bomba yağdırmışlardı tepemize! Babacan yaralanmıştı... Tepede birlikte olduğumuz dostlardan pek kimse kalmadı. Yazık ki Ossip bizimle değil.

— Nerede?

— Daha güneye, Postdam'a doğru indiler. Biliyor musun Olga, Ossip çok temiz yürekli bir insan. Ama duygularını dile getirmeyi beceremiyor. Tıpkı benim gibi... Hem kim duygularını eksiksiz açığa vurmayı becerebilir? Belki şairler, onların da fazla bir şey duyduklarını sanmıyorum: Ben, duygularımı açığa vuramayınca her şeyi alaya alırım. Ossip somurtur durur...

— Mitya, orada, tepeciğin üzerindeyken kurtulacağın aklına gelir miydi?

— Kurtulamayacağımı düşünürdüm ama kurtulacağımı da sezerdim. Bana kalırsa herkeste vardı aynı sezgi: Birileri ölecek ama ben sağ çıkacağım, diyordu bütün arkadaşlar içlerinden:.. Kısa süre önce, Tereşkoviç bizi Yaroslav'a çağırıyordu. Hatırladın mı?

— Evet... Tanya ile küçük Maya orada...

— Ya Zarubin, hatırladın mı "Mister"i? O kadar ağır konuşurdu ki, iki söz arasında insan rahatça kestirebilirdi. Bir karşı saldırı sırasında öldürüldü; herkesten ileri fırlamıştı. Ya dans kralı Magaradze... Gözlem evinden yıldızlara nasıl baktığını anlatan Brodski bir mayına basıp havaya uçtu. Lina'yı unuttun mu? Ufacık gövdesiyle Şapovalov'u sırtında taşımıştı... Hiçbirini unutamayacağım. Bir gün seni terkedeceğimi söylemiştin. Hayır. Birbirimizden asla ayrılamayız, tepeciğin üzerinde beraberdik.

— Geçen yaz, Orsa'ya varmadan önce, Amur Irmağı kıyılarına gitmek istediğini söylemiştin, hatırlıyor musun? Neden? diye sormuştum sana. Cevabın şu oldu: "Orada kaplanlar vardır" Ben de Alman tanklarından söz ediyorsun sanmıştım o sıra.

— Yok canım, çizgili kaplanlar. Oraya gideriz, sonra Kafkasya'yı gezeriz. Lermontov'u okumak gideceğimiz yeri tanımaya yetmez; dağlara bile tırmanmak istiyorum. Her şeyimiz büyük olmalı: Yolculuk edecek, çalışacak, gülecek, sevişeceğiz. Kabul mü?

Köpeğine seslendi: Hep aynı köpekti bu. Sahibinin ardından gidiyordu. Bir yıl önce Minaev adını değiştirmişti. "Bundan böyle Doktor Göebbels'in adı Guepka olacak. Beyaz tüylerine saygım var benim. İyi yürekli ve namuslu bir köpeğe hakaret etmemek gerekir." Gerçekten de Guepka'nın tüyleri ağarmaya, kendisi de durulmaya başlamıştı. Çılgınlıklarını istemeyerek yapıyordu artık.

— Guepka, anayurda döndüğüne memnun musun? Yadsıyor musun yoksa? Ben senin ülkende olduğuma, buraya geldiğime çok memnunum. Ama geri döneceğim gün daha da mutlu olacağım. Guepka, seni neler bekliyor biliyor musun? Moskova'yı göreceksin! Yalnız bir şartla: Milislere ve anneme havlamayacaksın. Dinle Olga, herhalde haziran ya da temmuzda, sıcakların iyice bastırdığı sıra oraya varız. İlk işin dondurma istemek olmalı. Beyaz Rusya Garı'nda ineriz. Sonra Gorki Sokağı'ndan geçeriz. Ev, Puşkin Anıtı'yla sevimli aslan heykellerinden pek uzakta sayılmaz. Küçük kule ve Balerin Lepeşinskaya'nın heykeli. Sağda Puşkin'in heykeli. Yolda çocuklar cıvıl cıvıl oynaşır, anneler sıcaktan uyuklar. Sonra Metrostroyevskaya Sokağı'nı izleriz. Aslında, daha önce Sadovaya Sokağı'na sapmalıydık. Ama Puşkin'i selamlamak gerek. Eskiden onun heykeli altında düş kurardım: "Ah! Beni öpücüğe boğ, senin öpücüklerin benim gözümde bal ve şaraptan tatlıdır" On üç yaşındaydım o sıralar, bir kadını öpmeye gelince... Küçümserdim bu işi... Yine de "Beni öpücüklere boğ"... Hemen sonra anneme gideriz. Küçük anacığımın ne iyi bir insan olduğunu görürsün!..

Düşünde dünyayı gezdikçe Olga'nın yüzünde hem neşe, hem de derin bir şaşkınlık beliriyordu. Onu iyi tanımayanlar da bu şaşkınlığı dehşet sanabilirlerdi. İşte dünyanın gözü önünde Mitya ile el ele yürüyorlar.

Daha uzun süre, altın sarısı kumla kaplı patikalarda, leylaklar arasında gezindiler. Bir şey konuşmuyorlardı. Düşünce ve duyguları öylesine birbirinin aynıydı ki, sözcüklere gerek kalmıyordu. Teğmen Koruşkin'in kendilerini beklediği eve dönerken Minaev durdu ve Olga'nın kulağına:

— Söylemeyi unuttum, dedi. Zaferi kazandık, kesinlikle anlaşıldı.

29

Galoşka yerde yatıyor ve SS'lerden Paul'ün gelmesini bekliyordu. Artık çalışamaz olmuştu, dolayısıyla da Paul yanında koca bir Alman çoban köpeğiyle gelecek ve köpek üzerine saldırıverecekti. Vera'yı, bir Fransız kızını, Mira'yı, bir Macar Yahudisini böyle öldürdüler. SS bir türlü gelmek bilmiyordu. Galoşka kendinden geçti. Ayıldığında bir sürü otomobil gördü. Zina bağırıyordu: "Amerikalılar geldi!" Galoşka'yı kaldırdılar, hastaneye götürdüler üç gün yattı. Bizimkileri görmemem mümkün mü? diyordu kendi kendine. Açık havaya çıktığında başı döndü, bir eliyle duvara dayandı. Araba Kızılhaç işareti taşıyordu. Şen bir Amerikalı, genç kızların fotoğrafını çekip bağırıyordu: "Haraşo, Haraşo!"* "Gerçekten çok iyi..." dedi Zina. Kapkara, pırıl pırıl beyaz dişli zenci şoför koştu geldi. Bir eli göğsünde, Galoşka'ya çikolata uzattı. "Bunu yürekten armağan ediyorum size" der gibiydi. Rüzgâr esiyor, yağmur yağıyordu; sonra hava açıldı... Galoşka ilk Kızılordu erini gördüğünde yağmur yine yağmaya başlamıştı. İncecik, gümüşsü telleri güneşte parlıyordu. Galoşka askeri öptü ve ağlamaya başladı. Yaşlı, çok uzun boylu, yüzü sert ve kır sakallarla kaplı bir adamdı bu. Duygulandı, birden:

— İyi ama bu kızlar bizden! diye bağırdı.

— Ne oluyor? diye sordu Galoşka.

— Almanlar teslim oldular dedi biri… Zaferi kazandık.

Sorguya çekme sırası askerlerdeydi:

— Nereden geliyorsun?

— Bir esir kampından -Galoşka'nın gücü yoktu ama konuşuyor, susamıyordu.- Hayır, aslında Kiev'den geliyorum. Şevşenko Bulvarı'nda otururdum. Uzun süre önce daha Stalingrad'a varmadan bizi buraya sürdüler. Fabrikada çalıştık. Başımızda Christine adlı bir Alman kadın vardı, çok kötüydü. Durmadan tokatlıyordu hepimizi. Fransızlar da vardı. Pierre, Kızılordu'nun kazanacağından emindi. Kiev'in kurtulduğunu bize o haber verdi. Öldü. Yaşlı bir kadını

---

* Çok iyi, çok iyi!

andırıyorum herhalde, oysa çok gençtim... Ceza olarak beni bir kampa yolladılar. Her ülkeden bir sürü kız, en çok da Rus kızı vardı kampta. Konuşmayı unuttum. "Çağrılıp cevap vermeyince gardiyandan dayak yedim" yerine ne derdik biliyor musunuz: "Kadın subay, Janina'nın bir gözünü kör etti." "Kadın gardiyan, Nadia'yı ele verdi. Çalışamadığını haber verdi, gaz odasına attılar kızı." Çalışamaz hale geldiğimizde Paul ıslıkla köpeğini çağırıyor, hayvan da genç kızları boğazlıyordu. Ya da onları gaz vagonuna atıyorlardı. "Gazladılar" diyorduk aramızda. Nadia'nın bir nişanlısı vardı, Tankçı Yegor Nikitenko. İçinizden biri ona rastlarsa, Nadia'yı gaz vagonuna sürükledikleri sıra kızın yurdundan ve Yegor'dan söz ettiğini iletin. Benim durumum onlarınki kadar güç değildi, kimsem yoktu nasılsa. Bir tek Lenia Dayı'm kalmıştı, onu da Almanlar öldürdüler... Dostlar, rahat konuşamıyorum da... İlk gördüğüm Rus askerleri sizlersiniz... Yakında olduğunuzu biliyorduk. Başımızdaki kadın geldi: "Boşuna sevinmeyin," dedi. "Hepinizi geberteceğiz!" Fransız kızı Colette, Rus askerlerinin Berlin yakınlarına vardığını söyledi. Haberi kimden aldığını bilmiyorum. Ama Paul, deli gibi koştu geldi, köpeğini Maşa Udaltsova'nın üzerine saldı. Maşa Kırım'dan getirilmişti; çok güzel şarkı söylüyordu... Yasaktı şarkı söylemek; o yine de bir denizci şarkısı mırıldanırdı:

Kuşatılalı onbir ay oluyor,
İkimiz de aslanlar gibi dövüştük.
Ama Sivastopol düştü ve biz
Denizin derinliklerine gömüldük...

Aramızda bir Parti örgütü kurmuştuk. Fransızlar ve Çeklerle işbirliği yapıyorduk. Ekim'in yıldönümünde bağlılık yemini ettik. Almanlar da hemen Şura Vinogradova'yı gazla boğdular. Zina, bir bıçkıhaneyi ateşe verdi... Dostlar, gerçekten siz misiniz gördüğüm? Nerelisiniz?

— Ben Kievliyim, dedi askerin biri. Petçerski Mahallesi'nde otururdum.

— Kievli, Petçerskili mi? Ne büyük mutluluk!

Otların üzerine çöken Galoşka, öylesine soluk, öylesine bitkindi ki, askerler içlerini çekerek başlarını çeviriyor ve yumruklarını sıkıyorlardı: Ne hale sokmuşlar canım kızı! Galoşka'nın gözleri hem buğuluydu, hem de parlak; bakışları pembe, tüy gibi bulutlarda, amber çiçekleriyle süslü çayırda, askerlerin yüzlerinde geziniyordu. Birden bastı kahkahayı. Arabadan inip boynuna sarıldığı yaşlı asker:

— Neden gülüyorsun? diye sordu.

— Bilmem. Gülmeyeli o kadar çok oluyor ki. Gülmeyi bile unuttum... Kiev'de hiç durmadan, olur olmaz yerde gülerdim. Neden güldüğümü sorduklarında da, bilmem, derdim... Almanların teslim olduğunu söylüyorsunuz değil mi? Gülmem boşuna değilmiş demek... Siz Kievlisiniz. Petçerski Mahallesi'nde oturuyorsunuz... Sık giderdim oraya, dayım otururdu... Almanlar bize çok işkence ettiler; çizmelerini yalatmak istiyorlardı. Ama ben istediklerini yapmadım, bir Rus vatandaşı olduğumu asla unutmadım. Artık gülebilirim... Adımın Galina, Galoşka olduğunu söylemiştim. Kiev'de bana "sırıtkan" derlerdi... Şimdi sırıtkan canlandı, benim sevgili, iyi yürekli dostlarım...

Cankurtaran arabasına taşıdılar genç kızı. Üstü açık arabada oturmuş, sapsarı bir yüzle gülümsüyordu; sonra başını çevirdi, bir kere daha askerlerle vedalaşmak istedi. Batan güneş yanaklarını pembeleştirdi, rüzgâr sarı saçlarını uçuruyordu...

30

Amerikalıların sekiz Mayıs öğleye doğru gelmeleri bekleniyordu; kamplardan kurtulan çeşitli ülkelerden tutsakların ne yapılacağı görüşülecekti. Ossip konuklarına bir yemek vermeyi düşündü. Kaldıkları evin içi düzeltildi, masanın ortasına büyük bir çiçek demeti yerleştirildi. Aşçıbaşı, sıcaktan ve koşuşmaktan kıpkırmızı kesilmiş, belki yüzüncü kere soruyordu: "Acaba süt domuzu yerler mi?"

Binbaşı Smiddel çok uzun boylu, yanık yüzlü, kır saçlıydı. Kızıllarla nasıl konuşulacağını bilmediğinden, terbiyelice gülümsemekle yetiniyordu. Tersine, Yüzbaşı MacCorn'un kayıtsız bir görünüşü vardı, gürültülü kahkahalar atıyor, elini kolunu sallıyor, ayak ayak üstüne atıp hep aynı şeyi tekrarlıyordu: "Rus olan herşeyi severim."

Amerikalılar yanlarında bir tercümanla gelmişlerdi. Adam, Ossip'e:

— Babam Vilna'da doğmuş, dedi. Çarlık döneminde Rusya'dan ayrılmış: Adı Hirstein'dı. İngilizce Hirestone oluyor. Tercümanlıkta biraz yetersiz kalıyorum...

Astsubay Hirestone alçakgönüllülük gösteriyordu; söylenenleri iyi anlamakta, kelimesi kelimesine çevirmek için çaba harcamaktaydı. Tek kusuru, birtakım süslü kalıplara meraklı oluşuydu; işte orada epey tekliyordu. "Sükût nakittir" , "çorbadaki kıllar gibi çıkıveriyor ortaya", "Eisenhoower büyük bir strateji ustasıdır ama Patton da dünkü çocuk sayılmaz", gibi örneğin.

Aşçıbaşının boş yere dertlendiği anlaşıldı: Konuklar bol bol yediler, yemekten çok da içki içtiler. Yemekten sonra bir er şöyle diyordu: "Büyük bardaklara votka dolduruyor, sonra da yudum yudum içiyorlar. Bakıyorum, bardaklar yine dolu. Ben masada ne varsa kaldırdım, herkesin çayını koydum, onlar likör gibi votka içmeye devam ediyorlardı. Görmek bile ürkütüyor insanı..."

MacCorn, zaferin Moskova'da nasıl kutlandığını sordu Ossip'e. "Herhalde Berlin'de yapılacak anlaşmalardan sonra kutlama törenleri düzenlenecek" dedi Ossip. MacCorn bir kahkaha attı:

— Amerika'da kutlama törenleri başladı bile! Biz Amerikalılar aceleciyizdir.

Ossip, '42 yazını, stepi, Minaev'in düşlerini hatırladı. O zamanlar Amerikalılar hiç de acele etmiyorlardı...

Votka içmekten MacCorn'un yüzü kızarmıştı, bağırıyordu:

— İngilizler sümüklüböcek gibidir. Onlar kabuklarından çıkana kadar insan yüz kere uyuyup uyanabilir. Bizler, vakit kaybetmekten hoşlanmayız. Sizin gibi genç bir ulusuz biz. Söyler misiniz binbaşım, bütün bu nişanlar nereden geliyor? Herhalde muvazzafsınız siz?

— Hayır, savaştan önce iktisatçı ve planlama uzmanıydım...

— Aferin! Çok iyi bir meslek. Kafası işleyen biri, bu meslekten, Amerika'da ayda yirmi bin dolar kazanabilir. Orta halli bir planlamacı Rusya'da ne kazanır?

— Pek cevap veremeyeceğim sorunuza. Doların değerini bilmiyorum, hem sonra bizim ücret sistemimiz değişiktir...

— Önemi yok canım, kendinizi toplayacaksınız. Sizin de dolarınız olacak. Büyük, çok büyük bir ülkesiniz. Tıpkı Amerika gibi. Savaş sırasında size yardım ettik, savaştan sonra da gene yardıma devam edeceğiz sanırım. Her yanda barışın ve düzenin sağlanmasını istiyoruz. Canımıza tak dedi; yirmi beş yılda bir, önce Avrupa'yı kurtarmak, sonra da karnını doyurmak zorunda kalıyoruz. Rus olan her şeyi severim. Savaşmanız hoşuma gitti; hem sıçrayıp topuklarınızın üzerine düşerek dans edişiniz de çok güzel, bir gece kulübünde görmüştüm. Votkayı da severim. Kendinize özgü bir rejim kurduğunuzu biliyorum. Amerikalılar sizin gibi yaşayamazlar. Ama bu sizin bileceğiniz bir iş tabii... Örneğin tek siyasal partiniz var. Sizinki gibi büyük bir ülke için çok az. İngiltere'de altı ay geçirdik. Onların partileri üç tane: Bir ilerici, bir de ılımlı; üçüncü partiye ne gerek duyuyorlar, hiç anlamıyorum? Bilmem, bu da onların sorunu. Amerika'da iki parti vardır, ikisi de ilericidir: Demokratlar cumhuriyetçi, cumhuriyetçiler de demokrasi yanlısıdırlar... Birbirlerine benzediklerini söyleyebilirsiniz; doğru ama yine de aralarında seçme olanağı elinizde ya. Binbaşı Chesterfield sigarası içiyor, ben Camel'leri seviyorum. Karanlıkta bu sigaraların birbirinden ayrılmadığı, ağızda aynı tadı bıraktığı söyleniyor; seçme yapma olanağı benim elimde ya, Camel içiyorum... Bazı subaylar, komünist oldukları için Ruslarla bozuşacağımızı sanıyorlar. Size rastladığım için çok mutluyum. Amerika dönüşü, Rus komünistlerinin Amerikan komünistlerinden çok başka olduğunu anlatacağım. Herhalde siz de komünistsiniz? Binbaşısınız... Yakında ülkenize, mesleğinize döneceksiniz. Demek ki benim gibi bir adamsınız. Amerika'da komünistler ya deli ya da haydutturr. Bakın ben, on sentle işe başladım, şimdi küçük bir yağmurluk fabrikasının sahibiyim. Su geçirmez bir karışım buldum, bu karışım aynı zamanda insan bedeninin rahatça soluk alıp vermesini de sağlıyor. Buluşumun değeri yüz bin dolar. Komünistler fabrikama el koyarlarsa haydutluk olur, çünkü fabrikayı namusumla, çalışmamın sonucu elde ettim.

Yüzbaşı, bir an sustu. Sözlerini çevirmekte güçlük çeken tercüman (ter içindeydi) kendi hesabına da şunları söyledi:

— Bütün söylediklerine aldırmayın. Çok içer, ağzı da bozuktur.

MacCorn yerinde duramıyor, ikide bir ayağa fırlayıp elini kolunu sallıyordu. Binbaşı Smiddel, utangaç bir gülümsemeyle Ossip'e:

— Yüzbaşı MacCorn'un sözleri sizi şaşırtmasın, dedi. Tam bir Kuzeylidir. Ben Louisianalıyım. Bizim eyalete gelseniz hoşunuza gider; güzel bir yerdir. Geleneklerimize bağlı kişiler oluruz biz; düş kurmaya bayılırız, çoğunluk konukseveriz. Tabii Kuzeyli kafası bizlere de yerleşiyor, fabrikalar yapılıyor, kazanç hırsı başlıyor, durmadan dolar sözü ediliyor. Yine de New Orleans, New York değildir. Biz insanlara çok daha yakın oluruz. Rusları, Kuzeyli yurttaşlarımızdan çok daha rahat anlayabileceğimizi sanıyorum. Tolstoy gibi büyük bir yazarınız var, bilirim. Romanlarından birinden aktarılmış bir film seyrettim. Şairane bir bölüm vardı, katilin kızağa binip kent dışındaki meyhanenin yolunu tuttuğu bölüm. Derken atın boynuna asılı çıngıraklardan biri sökülür, içine votka doldurulup içilir.

— Elimin altında çıngırak bulunmadığı için kusura bakmayın, dedi Ossip. İzninizle votkayı size bardakta sunacağım.

Binbaşı teşekkür etti, altıncı ya da yedinci kere zaferin şerefine içti. MacCorn ise içmek için hiç nazlanmıyor, durmadan da konuşuyordu:

— Binbaşım, rica ederim şu doların üzerini imzalayın. Tarihi bir dolarım olacak: Zaferi kazandığımız gün Elbe üzerindeki karşılaşma. Çok, çok iyi savaştınız! Stalingrad'la ilgili bildirileri okuduğumuzda, dayanma rekorunun kırıldığını söylüyorduk birbirimize. Bir yeğenim var, avukat. Kızıl oldukları için Ruslardan nefret eder. O bile Stalingrad savunmasının "kırılmaz bir kahramanlık rekoru" olduğunu söyledi. Siz orada savaşırken, biz de Rusların yararına epey dolar topladık. Böyle bir günde size rastladığım için çok mutluyum.

Konuşmanızı karıma ve dostlarımıza anlatacağım. İnanın bana, Jim MacCorn hiç de diplomat değildir; gizlisi saklısı yoktur. Rusları sevdiğini söylüyorsa gerçekten seviyor demektir. Hem, garip bir düzen kurmuş olmamız bana vız gelir. Benim için bir komünist değil, iyi bir askersiniz. Herhalde iyi bir planlama uzmanısınız da. Aynı meslek, Amerika'da da var, çok, çok iyi bir iş. Örneğin ben, müşterilerimin fikirleriyle ilgilenir miyim hiç? Katoliklere de, komünistlere de satarım malımı hatta zencilere bile. Binbaşı Güneylidir, ön yargıları çoktur onların: Biz Kuzeyliler daha geniş görüşlüyüz. Tabii zencilerle dostluk etmem ama ister zenci olsun ister beyaz, malımı kime sattığımı düşünmem bile. Alışverişsiz gelişme olamaz. Oysa biz dünyanın en ileri ülkesiyiz; subaylarımızdan bazıları, sizin Amerikan komünistlerine dolar yolladığınızı söylüyorlar. İnanmıyorum. Ciddi insanlarsınız, dolar yollamak yerine dolar edinmeyi istersiniz. Doları size kimin vereceği de umurunuzda değildir sanırım. İster demokratlar versin, ister cumhuriyetçiler: Komünistler size bir şey veremezler, çünkü hepsi birer baldırı çıplaktır. Bir soru sormak istiyorum... Açık, askerce konuşuyorum. Haritaya baktım; ülkeniz uçsuz bucaksız. Size dolar verirsek, pek çok yeni kent yaparsınız. Yabancı kentlere ne gerek var? Bunu bir türlü anlamıyorum binbaşım.

— Hangi kentlerden söz ediyorsunuz, anlamadım... Berlin'i neden aldığımızı bilmiyor musunuz?

— Hayır, Berlin kabul... Berlin'in düşmesi şerefine bol bol içtim, daha da içeceğim... Öteki kentlerden söz ediyorum. Bize danışmadan Riga'yı, Belgrad'ı aldığınızı duydum...

Ossip, bu kaba konuğu başından atmak istedi ama kendini tuttu:

— Neden söz ettiğinizi bilmiyorsunuz herbalde. Riga bir Rus kentidir. Belgrad ise Yugoslavya'nın başkenti; sadece kurtuluşuna yardım ettik.

Tercümanın sabrı taştı.

— Aldırmayın yüzbaşıya, dedi Ossip'e. Çok içti, üstelik kafası da pek işlemez, saçma sapan gazeteler okur ve her okuduğuna da inanır. Bu adamın postunu tilkinin sırtına geçirseniz açlıktan ölürdü...

Geveze yüzbaşının söylevlerindeki gibi binbaşının kuşkulu suskunluğunda da sezdiği haykırışlar, kahkahalar ve canlılık Ossip'i yormuştu. Tutsakların ülkelerine gönderilmeleri sorununa dönüldü. Binbaşı Smiddel:

— Bizim şoförlerimiz içinde pek çok zenci var, dedi. Askerlerinizi şaşırtmaz herhalde.

Ossip hayret etti:

— Bunda şaşılacak ne var?

— Bizim askerler zencilerle bir arada oturmaz da. Anlayamazsınız, çünkü ülkeniz tek ırktan insanlarla dolu.

— Bizim ülkemizde de ayrı ırklardan insanlar var, ama haklısınız anlamamız çok güç.

Rusun konuşması Smiddel'e hakaret dolu geldi. Ruslarda özgürlük olmadığını herkes biliyor. Terbiyeli davrandım, ülkesi hakkındaki düşüncelerimi söylemedim. Yalnız, Amerikalıların Polonya sorununu başka türlü gördüklerine değindim. Zencilerle her türlü ilişkiden kaçmasa Amerika'yı büyük tehlikelerin beklediğini bu Kızıl neden anlamak istemiyor?... Ve Binbaşı Smiddel:

— Kızınız var mı binbaşım? diye sordu.

— Bir kızım vardı...

Smiddel, acısını paylaştığını belirtmek amacıyla içini çekti; yine de Avrupa'da sık sık sormak fırsatını bulduğu soruyu sormaktan geri durmadı:

— Kızınız sağ olsaydı binbaşı aşağı ırktan biriyle evlenmesine göz yumar mıydınız?

— Binbaşı, kızım sizin gibi düşünenler tarafından öldürüldü.

— Binbaşı da sersemin teki, dedi. Hangisinin daha kötü olduğunu kestiremiyorum, herhalde ikisi de. Babam çarlık döneminde Rusya'dan ayrılmıştı, ama şöyle derdi: "Gökdelenleri gördüğümde Vilna'daki evlerin küçük, ama ora insanlarının yüreğinin büyük olduğunu düşündüm... Bütün saçmalıklarını çevirmek zorunda kaldığımdan bana kızmayın binbaşım, ben bir astsubayım: Ama şu sıra, babamın Vilna'da doğmuş olmasıyla kıvanç duyuyorum..."

Akşam, silah arkadaşları Leonidze, Poliştçuk, Çali ve Şarikov, Ossip'i ziyarete geldiler... Zafer kutlandı. Aşçıbaşının keyfi yerine gelmişti: Yalnız Amerikalılara değil, biraz da kendi yurttaşlarına çalışmış oluyordu.

— Moskova Radyosu'nun haberi ne zaman vereceğini merak ediyorum. Bu akşam mı, yoksa yarın mı?..

— Devamlı radyo başında beklemek gerek...

— Herhalde Stalin konuşacak...

Leonidze sordu:

— Ya Amerikalılar? Anlaştınız mı?

Ossip, o tatsız görüşmenin sözünü etmek istemiyordu. Eğlentilerinin bütün keyfi kaçacaktı. Sonra anlatmak en iyisiydi.

— Evet, evet... Anlaştık, cevabını verdi.

Bütün gün, Amerikalılarla aralarında geçen konuşmaları düşündü. Bize yabancı oldukları kuşkusuz, kimse başka türlüsünü düşünemez... Ama onları daha akıllı sanır, savaştan bir şeyler öğrendiklerini düşünürdüm... Yooo, değişen hiçbir şey yok... "Almanlar çok iyi örgütçü" demedi mi binbaşı? Almanya'da neyin hoşuna gittiğini anlıyorum. Yüzbaşı da ülkelerinde bütün yazılanları, iftiraları, nefret dolu yalanları tekrarladı. Biri kölelikten yana, öbürü de bezirgan. Tercüman haklı, "ikisi de kötü"... Talihe bak ki tam bugüne rastladı bu kötü armağan; doğrusu üzücü...

Poliştçuk, alayın şerefine kadeh kaldırdıktan sonra:

— Artık her şey bitti, dedi. Önemli olan bu. Evime, Nejin'e dönebileceğim. Almanlara ders vermekten bezdim artık. Ukrayna'da çocuklarımız bizleri bekliyor; hepsini eğitmek gerek.

Şarikov, büyük bir coşkuyla fabrikasından sözediyordu. Aldığı mektupta, en kısa zamanda geri dönmesi rica edilmekteydi; yeni atölye neredeyse hazırdı. Leonidze kuşkulanıyordu: Kaybettiğim zamanı karşılayabilecek miyim? Bütün bu yaşadıklarımdan sonra yeniden kitaplara dönmek garip bir şey; ama içimde büyük bir okuma isteği var... Çali, birtakım edebi hazırlıklar yapıyordu. Aşağı kurtarmazdı, dört yüz sayfalık bir kitap yazacaktı. Yakınlarından söz ettiler. "Bizim küçük Kostia iflah olmaz bir yaramaz..." diyordu Poliştçuk. Leonidze anasını, dağın eteğindeki küçük evini, bağlarını anlattı.

Ossip, bir an Babi Yar'ın beyaz kumunu görür gibi oldu. Sigara almak bahanesiyle yerinden kalktı, yan odaya geçti, pencerenin önünde durdu. Gece çok karanlıktı: Ne yıldız vardı görünürde, ne de bir ışık. Ossip, Raya'yı görür gibiydi, uzun kirpiklerini kırpıştırıyor, mırıldanıyordu: "Seni ne kadar sevdiğimi anlayamayacaksın, hiçbir şeyi anlayamayacaksın..."

Ossip'in arkadaşları başına gelen felaketi biliyorlardı. Üç yıl içinde onu tanıyıp sevebilmişlerdi.

— Bana konuk gelirsin, dedi Leonidze. Bizim oralar gerçek bir cennet, göreceksin. Sana bir şarap tattıracağım ki...

Poliştçuk gülerek:

— Nejin'de şarap yoktur, küçük salatalıklardan başka şey bulamazsın, dedi. Ama beni de görmeye gelmelisin. Kiev'den pek uzak sayılmaz... Gevezelik ederiz, o kadar çok ortak anımız var ki... Terhis olunca ne yapmayı düşünüyorsun? Kiev'de mi oturacaksın?

Ossip istemeyerek cevap verdi:

— Bilmem... Ne derlerse onu yapacağım...

— Ya istediğin işi seç derlerse?

— Orduda kalırım.

Ossip'in yüzü asıldı. Ne ailem, ne yuvam var, yine de direndiğimi sanacaklar... Oysa doğru değil bu. Her yerde çalışabilirim. Kiev'de ya da Peçora Havzası'nda. Evim ülkemin her köşesinde; vatanım uğruna savaştım... Poliştçuk, her şeyin artık bittiğini söylüyor. Kim bilir... İki Amerikalıyı dinledikten sonra içime kuşku düştü. Her şeyin bitmesini istiyoruz. Ama yeniden başlatmak isteyenler de çıkabilir...

— Orduda kalsan iyi edersin, dedi Leonidze. Çok iyi bir komutansın. Gel seni bir öpeyim...

Balkona çıktılar. Sakin bir geceydi, tıpkı kır geceleri gibi. Uzaklarda bir köpek havlıyordu. Bu alışılmamış sessizliği içlerine sindiriyorlardı.

— Zafer kazanmamız ne büyük mutluluk, dedi Ossip. Bugün ilk kez, kocam, oğlum, babam nerede sorusu sorulmadan rahat bir uyku uyunacak. Volga'dan Elbe'ye dek yürümemiz boşuna değil demek. İnsanların huzurunu geri getirdik…

31

Dumas, on bir nisan günü salıverilmişti. Amerikalı subaylar arasında, profesörün adını duyan bir Harvard üniversitesi öğretim görevlisi vardı. Yaşlı profesörü hemen Paris'e giden bir uçağa bindirdiler. Bitkindi, yürüyemiyor, güçlükle konuşuyordu. Onu tepeden tırnağa gözden geçiren Doktor Morillot: "Gerçek bir mucize bu," dedi. "Nasıl kurtulduğunu aklım almıyor."

Dumas evinde yatıyordu. Marie yemek yapıyor, inci çiçeği getiriyor, kiliseye koşup profesörün iyileşmesi için mum yakıyordu. Dumas yavaş yavaş hayata dönmekteydi. Çektiklerinden söz ettiği yoktu. "Hatırlamasam daha iyi olur..." diyordu. Yalnız bir keresinde Morillot'ya: "Cephelerde büyük savaş sürüp giderken ben de küçük savaş veriyordum," dedi. "Kampta bir SS vardı, adı da Hubert. Bana öldüresiye işkence etmesi, gaz fırınına göndermesi kolaydı ama bu kadarı ona yetmiyordu. Önünde küçülmemi, birini ele vermemi ya da kendisine yalvarmamı istiyordu..." Morillot sordu: "Peki, ne oldu sonunda?" Dumas cevap verdi: "Görüyorsunuz ya… Kaybetti."

Son birkaç gün içinde profesörün sağlık durumu hissedilir biçimde düzelmişti. Gazeteleri okuyor, Marie ile şakalaşıyordu. Sekiz Mayıs sabahı, Morillot son haberlerle geldi:

— Genel prova Reims'de yapıldı. Bugün Berlin'de gala gecesi var...

— Bunları gördüğüm için yaşadığıma şükrediyorum... Evime gelen bir salağa, bir antropoloji uzmanına söylemiştim. O sıra kent üzerine kent alıyordu. Bu işin o nasıl biteceğini anlatmıştım ona...

Dumas, iyice kararmış piposuna yarı yarıya içilmiş tütün tozu dolduruyordu. Morillot başını salladı:

— İçmeseniz daha iyi edersiniz...

— Hadi canım siz de! Gaz odalarının dumanına dayandım... Paris'te neler olup bitiyor, onu söyleyin daha iyi. Öyle ya, bir şeyden söz etmedik daha.

— Buralarda mı neler olup bitiyor? Pek hoş şeyler değil. Almanların kovulduğu ağustos ayında durum çok iyiydi. Genel iyimserlik havası bana bile bulaşmıştı. Halk her şeyin değişeceğini sanıyordu. İnsanca bir istek, başka ne olabilir? Derken kış geldi. Korkunç bir kış... Yalnız açlık ve soğuktan söz etmiyorum. Herkes bir şeyin değişmediğini, değişmeyeceğini anladı...

Sokağa bakan pencereden kalabalığın neşeli gürültüsü geliyordu. Morillot devam etti:

— Tabii bugün bayram, eğleniyorlar. Artık herkes, düşlenen zaferin kazanılmadığını biliyor. Biz kendimizi kurtarmadık, kurtarıcılar dışardan geldi. Kömürcü evinin efendisidir, derler. Bizim kömürümüz yok, kömürcü bile değiliz; ülkemizde yabancılar hüküm sürüyor. Şu sıra, geçen savaşın sonundaki İtalya gibiyiz aşağı yukarı. Ya da daha büyük çapta bir karşılaştırma istiyorsanız, ihtiyarlayan ve yürümesi için koltuğundan tutmak gereken Kral Davut gibiyiz. Amerikalılar General De Gaulle'e: "Hadi bakalım generalim, kısaltın biraz boyunuzu," diyorlar. "Yoksa yerinize Blum'u geçiririz ha." "Bakın delikanlı" diyorlar Blum'a da, "Adam olmanız için..."

Morillot bir kahkaha attı.

— Ya halk? diye sordu Dumas.

— Her zamanki gibi "Ormanda Uyuyan Güzel" rolünde. Uyanması için değil, yüzyıl daha uyuması için öpüyorlar dudağından. Halk ateş etti, haykırdı, sonra dizginleri kısıldı: "Yeter!" Ortalık gerektiği gibi havalandırılmadı bile, her yer leş gibi hain kokuyor. Yargılananlar da olsa onlar el kulağından başka şey değil. Alman işgalinde milyonlarına milyon katan bazı sanayiciler yalnız halkın nefretine mahkûm edilebildi. Tabii, milyonlarına dokunan çıkmadı. Şu sıra "Kanunsuz tutuklamalar" yaptıkları gerekçesiyle FTP'liler hapse atılıyor. Bir afiş gördüm. Pinaud, Direniş'in gerçek temsilcisi gibi konuşuyor, yeni bir Jeanne d'Arc. Lancier'nin evinde her türden insana rastlamak mümkün: Amerikalılara, Pinaud'ya, Garcy'ye, birtakım Katoliklere. Lancier bile sofulaşmış. Tütsü kokusunun hayatı boyunca midesini bulandırdığını söylerdi. Şimdi kiliseye gidiyor. Meryem'in kendiliğinden gebe kaldığı görüşünü bile benimsediğini söyledi sekiz gün önce. Karaciğerinin onu iyiden iyiye ürküttüğünü sandım, çok kızdı: "Fransa'yı komünizmden ancak kilisenin kurtarabileceğini" ileri sürdü. Her şeyi çıkardılar ortaya: İki metre boyundaki generali, dolarları, buhurdanlıkları, yüzük peşinde koşup Fransızların parmaklarını kesen Bolşevikleri bile. Almanları Rusların değil, Lourdes kentindeki azizeyle Amerikan süttozlarının yendiğini bile iddia ediyorlar. Kısacası acıklı oyun sona erdi, alışılmış pisliklere geçilebilir... Yakında sizi ayağa kaldıracağımı sanıyorum. Ama heyecan yok, anlaşıldı mı?

Dumas gülümsedi:

— Daha iki, üç yıl yaşamam gerekiyor, eserimi bitirmeliyim. Her şeyden önce ırk özellikleriyle ilgili saçmalıklarını çürütmek zorundayım. Kör inançlarını bütün dünyaya bulaştırdılar! Heyecana gelince, ondan uzak kalamam, yapacak şey yok, çağın gereği... Sizi şaşırtacak bir haberim var, dün Parti'ye girmek için başvurdum. Verdiğim kararı onaylıyor musunuz?

— Hayır. Sağlık durumunuz ve insan özgürlüğüyle ilgili görüşlerimden ötürü onaylamıyorum. René de komünist; aşağı yukarı her gece tartışıyoruz. Bugün komünistler, öbürlerinden daha sevimli geliyorlar, iktidarda olmamalarından ötürü. Pinaud'nun milyonlarına da el konmasından yanayım, kabul. Ama insanlar yine insan kalacak; bir haksızlığı ortadan kaldıracaksınız, bir başkası beliriverecek. Siz bile, komünistlerde en sevmediğiniz yanın bağnazlık olduğunu söylemiştiniz.

— Son yıllarım boşuna geçmedi. Orada yalnız bir SS'le boğuşmadım, bol bol da düşündüm... Bugün de komünistlerin birçok şeyini benimsiyorum. Ama bu ayrıntıların ne önemi var? Söz konusu, kültürün geleceği. İyi ama, kültürü kurtaracak adamın yüzünde et beni var, diyorsunuz siz de bana. Sembat yakınıyor:

Komünistler renkli fotoğraf gibi resmi Cezanne'ın resminden üstün tutuyorlarmış. Benim et benleri ya da resimle uğraşacak halim yok. Buchenwald'daydım doktor... Önemli olanı düşünüyorum. Rusların neden savaşı kazandıklarını anlıyor musunuz? Herhalde siz de onların savaşı kazandıklarını yadsımayacaksınız? Stalingrad'la karşılaştırıldığında Afrika seferi eğlence kalır; üstelik Almanlar esaslı bir kötek yedikten sonra çıkarma yapıldı. Ruslar neden kazandı öyleyse? Çünkü onlar yalnız ulus değil, üstelik bir de fikir. O uğursuz kampta tam iki buçuk yıl kapalı kaldım, türlü insan gördüm. Yürekli Katolikler, kralcılar, istemediğiniz kadar adam: Partililer hepsinden iyi davranıyorlardı. Neden mi? Yalnız farklı bir yaradılışları yok; farklı yaradılışın üzerinde bir de fikirleri var. Siz insanlarla eşyaları eleştiriyorsunuz; kanımıza işlemiş, en kolay şey bu. Eskiden kuşkuculuk bir canlandırma öğesiydi; uzun süreden beri uyuşturucu...

Aşağıda Marseillaise, Enternasyonel söyleniyordu. Dumas nakaratı tekrarladı:

Enternasyonal
İnsan türü olacak...

— Dinleyin Morillot, daha çok zor günler yaşanacak. Almanlar, hepsinden üstün bir "efendiler ulusu" olduklarını ilan ediyorlardı. Karşılığında her ulus kendini göklere çıkarmaya koyuldu; doğal bir şey, bir türlü haklı savunu. Ama ulusçuluğa, dar görüşlülüğe, körlüğe çok yakın. Buna karşı kim direnebilir? Partililer. Kampta Fransızlar, Ruslar, Çekler, Almanlar vardı ve ancak partililer ortak bir dil bulabildiler. Fransa'yı çok severim, bunun söylenmesi bile gereksiz. Ama insanlığı da severim...

Morillot tartışmaya girmedi. René'yle kapışmaktan bezmişti. Şimdi de Dumas gelmişti ortaya. Kimi kiliseye gidiyor, kimi partililerin safına katılıyor. Acı gerçeği kabul edenlerin sayısı gitgide azalıyor...

— Sizden bir tek şey istiyorum, dedi Morillot. Gereksiz heyecanlardan uzak durun. Çok acı çektiniz. Önemli olan kalbiniz.

Dumas gülümsedi:

— Tıpta önemli bir nokta var değil mi? dedi. Yarın soğuk alabilir, midesini bozabilir. Neye yarar Dumas'nın kalbini düzeltmek? diye düşünmüyorsunuz. Bir şey söyleyeyim mi Morillot, siz de geleceksiniz, yalnız, dikkat edin de çok geç kalmayın. Unutmayın ki her davanın Stalingrad'ı ve Normandiya'sı vardır...

Morillot gittikten sonra, Dumas uzun süre, aynanın tavana yansıttığı ışığı izledi. Sonra, dışarı çıkmak üzere giyindi. Marie şaşırmıştı:

— Nereye gidiyorsunuz beyefendi? Doktor yatmanız gerektiğini söyledi..

— Doktor başka türlü konuşamaz. Onun gözünde yürek bir kastır. Ama bir başka yürek, doktorların ilgilenmediği bir yürek var... Dışarda herkes bayram yaparken ben nasıl yatarım?

Bastonuna dayanarak yürüdü. Güneş çıkmıştı, gürültü vardı. İnsanlar, sonu gelmeyen bir sel gibi akıyorlardı; şarkı söylüyor, renkli bayraklar taşıyorlardı. Profesör ağır ağır ilerliyor, Paris'e, zafere, hayata gülümsüyordu. Bir kadın küçük oğluna: "Dikkat etsene Jeannot, dedi. Yaşlı adamı ittin..." Dumas dönüp şaşkın şaşkın baktı; yaşlı olduğunu unutmuştu. Kendisi için söylemişlerdi "yaşlı adam" sözünü. Kâğıttan küçük bir bayrak sallayan yumurcağa baktı. Çocuk Pépé Millet'nin oğluydu. Dumas, Marie'yi tanımıyordu. Pépé'nin yiğitçe savaşından haberi yoktu. Önünde, yatmak bilmeyen perçemiyle bayrağını tutan küçük bir çocuk duruyordu. Dumas:

— Haydi bakalım bayraktar, dedi. Öne geç. Ben de ardından geliyorum. Birlikte yürüyelim, ha?

32

Kalabalığa her girişindeki gibi mutluydu Sembat; insanları seviyor, kolayca sevinçlerine ortak olabiliyordu. Bütün gün sokaklarda gezmiş, henüz yepyeni bir söz olan "Zafer"i çeşitli sesle, çeşitli türkülerle çağırmıştı. Her zamanki gibi evine dönmüş, atölyesinin boğucu havasında, resimlerinin ardında ciddi, neredeyse somurtuk bir görünüşe bürünmüştü. Bir şeyin sona erdiğini hissediyordu. Yarın başka türlü yaşamak gerekecekti. "Savaştı geçip giden" diyerek insanın kendini kendi gözünde haklı çıkarması mümkün değildi. Uzun ve sıkıcı bir gün sona ermemek için direniyor, alacakaranlığı alışılmış gölgelerle dolduruyordu.

Fırtınanın boş bulunduğu bir sıra, kırklık çocuk Leo burada gizlenmişti. Leontine buraya gelirdi; aralarında mutluluğu konuşur, basit sözleri insanın yüreğini paralardı. Sembat dayanamaz, başını çevirirdi. Ağustos ayında Leontine son sözünü söylemiş, tank alev almış, kendisi de duvarın dibine yığılmıştı. Josette ilk kış uğramıştı atölyeye; resimlere bakıyor, Paul'den söz ediyordu. Oğlunu kurşuna dizmişlerdi; Josette de güneyde bir yerde ölmüştü. İşte, Sembat'nın savaştan önce başlayıp bitiremediği bir portre. Yanık yüzlü, kanarya sarısı elbiseli bir genç kız; kiraz dudakları aralık. Ona, Margot derlerdi. Gestapo, Bertrand'ın nerede olduğunu öğrenmek için genç kızı sorguya çekmişti. Ağzını açmamış, Almanlar da onu öldürmüşlerdi... Bütün bunların ılık bir ilkbahar sisi gibi geçip gitmesi mümkün müydü?

Düşüncelerinin konusu ne olursa olsun Sembat, dönüp dolaşıp yine sanata geliyordu. Şu an bile belki kendi kendisiyle, belki de çağıyla tartışmaktaydı. Leontine'in tank yakarken resmini yapanlar çıkacaktı, doğal olarak. Talaştan bal yapıldığına göre, kahramanlıkla kötü resmi birleştiren bir sözde sanatın ortaya çıkması mümkündü. Basit bir görüntüyle (bir yol, rüzgârın salladığı ağaçlar) dam üzerine yatıp ateş ettiğim o ağustos ayı canlandırılabilir mi, bilmem... Belki konuyu başka türlü ele almak gerekir? Olaylara kayıtsız kaldıklarını söyleyenlere değil; Goya'ya inanıyorum. Uzun yıllar çalışmış, hem çok iyi hem de sıradan resimler yapmıştı; İngiliz ekolüne bağlı, kibarların ressamıydı. Derken fırtına İspanya'yı kasıp kavurdu. İşte o zaman gerçek bir Goya doğdu. Yaşı elli beşti. Savaşı gördü, isyancıların nasıl ezildiğini resimlerinde canlandırdı, anısı işgal boyu yakamı bırakmayan şeyler yaptı. Leontine'in nasıl öleceğini biliyordum; Leo'nun cellatlarını tanırdım. Onları bana Goya tanıtmıştı... Pinaud'nun yanına girip halılar için resim yapmak, direnişçileri de

Versailles sarayındakiler gibi kocaman tablolarda canlandırmak istemiyorum. O zamanlar resim ne kadar büyük olursa o kadar çok para getirirmiş... Resim diliyle insandan söz etmek istiyorum ben. Ama sanata ihanet etmeden gerçeği nasıl dile getirmeli?

Nisan sonunda Mado, Sembat'ya uğradı. Ona bakarken düşünüyordu Sembat: Mado'yu eskisinden de çok seviyorum; onu her zaman seveceğim ama duygularımı bir türlü açamayacağım... Mado manzara resimlerine bakıyor beğendiğini söylüyordu. Sonra bakışları birden boşalıverdi, gözleri açık uyuyordu sanki. Belki burada Sergey'le karşılaşmasını hatırlamıştı? Hüzünlü ama sakin bir sesle Sembat'ya: "Savaştan önce amma da çocukmuşuz!" dedi. Sembat düşündü: Ben de olgunlaştım, artık mutluluğu düşünmüyorum. İstediğim başka şey: İnsanların ölüme yürümesinin, sanatın ortaya çıkışının nedenini dile getirmek.

Eskiden Sembat, sanatçının çevresini görebilmesi gerektiğini sanırdı: Sonradan, gördüğünü anlaması gerektiğini de fark etti. Artık bunun da yetmediğini biliyordu; önemli olan her şeyi duyması, kendinde duyabilmesiydi. Savaş ormanlardan, tarlalardan kopmuştu. Atölyenin kapısını vuruyor, hatırlatıyordu Sembat'ya: Bütün bunları yaşadın, Margot'yu tanıdın, Leontine'le Leo vedalaşırken yanlarındaydın. Dışarda insanlar, savaş bittiği için seviniyorlar. Oysa sanatçının savaşı bitmez, içindedir; ya Goya'nınkine eşit bir şey yaratacak ya da boğulacaktır.

Ağustos ayında her şey basitti, ateş etmekten başka şey yoktu. Ama insanın yadsıyamayacağı bir dileği vardır. Sanatın kolay iş olduğu düşünülür. Resim yapmayı öğrendin, yap işte resmini. Oysa sanata iyi niyet, derin düşünceler ve ustalık yetmez. Görmek ve anlamak yeterli değildir. Yaratırken insanın kendi kendini tüketmesi de gerekir. Sanat yalnız geriye bakmaz; sağlam bir bellekle de yetinmez; ileri görüşlülüktür aynı zamanda...

Sembat pencerenin önündeydi. Gölgelerin çevresine doluştuğunu görür gibi oluyordu; çağırıyor bir şeyler istiyor, suçluyordu bu gölgeler. Sokaktan durmadan insanlar geçiyor, haykırıyor, şarkı söylüyorlardı. Birden bir şarkı, Limousin yöresi direnişçilerin sevdiği şarkı atölyeye kadar yükseldi:

Hayatın keyfini çıkarabilirdik
Ama bizim kaderimiz başka.
Duyamadan ölmek gerek
Doğan günü karşılayan horozu...

Canlarını verenlerin, Paul'ün, Margot'un, Stalingrad savaşçılarının, havacıların, direnişçilerin yaşamayı ne kadar istediklerini söylememi diliyorlar... Ama bu dileği nasıl yerine getirmeli? Sembat, hep pencerenin başında, görünmeyeni görmek istercesine bakışlarını hiç durmadan gecenin derinliklerinde gezdiriyordu. Kent çoktan susmuştu. Sonunda gece ürperdi, her şey bulanık, belirsiz, gerek göz ve gerekse yürek için ürkütücü bir görünüşe büründü. Derken, iyice soluk gökyüzünde Paris'in uzaklardaki kuleleri, ağaçlar, damlar, bacalar belirdi. Adamın biri, tüfeğiyle kiremitlerin üzerine uzanmıştı. Gözü camlaşmıştı, ölü gibiydi; koyulaşan, boyaya benzeyen kanı sanki epey önce sürülmüştü üzerine. Ve Sembat, soyunmadan uzandı, atölyeye dolan parlak gün ışığında hemen uykuya daldı.

Yüzlerce ölünün birlikte gömüldüğü çukurlardan birinin üzerine anıt dikilmişti. O gün, zafer günü, anıtın açılışının yapılması gerekiyordu. Mado ve Lejean, bitmek tükenmek bilmeyen bir yolda ilerliyorlardı. Yıllanmış kestane ağaçları. Bir cezaevi. 1940'da buraya atılmıştı. Tam karşısında, biraz yana düşen küçük bir kahve vardı. Bardaktan boşanırcasına yağmur yağdığı bir gün Sergey'le Mado buraya sığınmışlardı. Sergey, talika ile stepte nasıl gezdiğini anlatıyordu. Josette, sırtında deniz mavisi bir tayyörle cezaevine gelirdi... Mado ve Lejean susuyorlardı; anılarına dalıp gitmişlerdi.

Sonra Lejean:

— Artık Paris ne kadar yoksul, dedi.

— Ve hüzünlü, dedi Mado. Ve hoş...

Yapraklar henüz yeşildi, mayıs ayının başlarıydı daha. Bu renkte dokunaklı bir saflık seziliyordu. Yayalarınsa gözleri donuk, bakışları sertti; almışlardı boylarının ölçüsünü. Ağustos ayının ardından kış gelip bastırmıştı... Çevrelerindeki Paris; evler yaşlanmış kırışıklarla kaplanmıştı cepheleri. Pek çoğu, '89 devrimini yapanların kardeşlik düşüncesini savunmak için verdikleri yemini hatırlıyordu. Derken

"Directoire" yönetiminin zarif erkekleriyle kadınları, "r" leri yutan, dili peltekleşen, eski Yunan özentisi giysiler içindeki dişilerle şık erkekler ortaya çıktı. Seyisler iğreti gözlük taşıyan birer marki oldular, domuz kılı ticareti yapanlar da, kendilerine birer asalet unvanı satın aldılar. Kül rengi eski evler '48 yılını, özgürlük ağaçlarını, tulumlu adamların kanıyla daracık sokakları yıkayan general Cavaignac'ı gördüler. Komünün mart rüzgârı tavan aralarında, döne döne yükselen merdivenlerde esti; mahzenlere süzüldü, kaldırım taşlarını söktü; mayıs ayının tatlı yeşilliğinin ortasında istihkâmların tepesine çıkan bıyığı terlememiş gençler Versailles'lıları taşlarla püskürtmeye çalıştılar. Bunca şey bilinir, hatırlanır mıydı? Geçen yaz Paris'in ruhu yeniden köpürmeye, sokaklar barikatlarla kesilmeye başladığı sıra, evler nasıl olmuş da anlatmamışlardı hepsini? Ağustos ayından bu yana ne kadar zaman geçmişti? Sadece sekiz ay. Şimdiden (gürültüsüzce, top sesleri duyulmadan) Thiers'in* mirasçıları Paris'e el koyuyorlardı. Önceki gün Lejean, yakasında Legion d'Honneur rozeti taşıyan erdemli bir tüccarın şöyle dediğini duymuştu: Almanlar bize büyük kayıplar verdirdiler. Yine de faydalı bir iş gördüler... Ama bu işin sonunu getiremediler; ortada daha pek çok komünist var...

Lejean, son yıllarda çok değişmişti; belki de güçlü belleğiyle Luc'ün başını az kalsın belaya sokan garson şimdi onu tanıyamazdı. Josette'in ölümü ona büyük bir darbe olmuştu; kişisel mutluluğunun sonu, Direniş Hareketi'nin de bitişine rastlamıştı. Herkesin kendini sevincin kollarına bıraktığı yuvasını, yakınlarını, gezintileri, çocuklarının oyuncaklarını, tatlı sözleri düşündüğü sıra Lejean yapayalnızdı. Düşünceli düşünceli sokakları arşınladığı olurdu; derken bir piyano sesi taşardı dışarı... Evine döndüğünü sanırdı o an; geç kalmıştı. Josette merak edebilirdi... Kısa süre önce Sembat'ya uğramıştı, oğlunun resmini görmek istiyordu. Sembat, daha küçücük bir çocukken yapmıştı Paul'ün resmini. "Resmi al," dedi Sembat. Lejean başını salladı: "Koyacak yerim yok. Yuvam yok, herhalde bundan sonra da olmayacak. Sık sık yolculuğa çıkıyorum, istasyonlarda yaşar

---

* Adolphe Thiers (1797-1877) Komün ayaklanmasını bastıran tarihçi ve devlet adamı. 1871'de devlet başkanı oldu. 1873'de kralcılarla muhafazakârların işbirliği sonucu düştü.

gibiyim..." Lejean, Mado'yu gördüğünde rahatlıyordu; onunla birlikteyken acısını gizlemezdi. Mado eskiden evlerine gelirdi, Josette'i tanımış, Mimi ile oynamıştı...

Yan gözle Mado'ya baktı. Ne kadar zayıfladı. Dinlenmek istemiyor... Bir deri bir kemik kalan yüzünden iri gözleri sanki daha da büyümüş gibi, ışıl ışıldı bu gözler, suratından ayrılıyor, alev alev bakışları uzaklara dalıp gidiyordu.

Mado şubatta Voronov'dan haber almıştı. Sergey'in ölümünden hiç kimseye, Lejean'a bile sözetmedi; kaç kere konuşacak olmuş yapamamıştı bir türlü. Geceleri durmadan ağlardı; Sergey'i yitirdiğinden değil –çoktan yitirmişti onu– öldüğü için ağlardı. Bir türlü alışamıyordu bu düşünceye. Yıllarca yüreğini kilitlemişti; ara sıra kızıyor, bu sevgi canına kıymak gibi geliyordu. Öyle ya, Sergey'in bir özel hayatı var, düşüncede bile o hayata karışma hakkına sahip değilim... Şimdi öyle düşünüyordu: Seviyorum onu, hep seveceğim; böyle bir sevgi tekrarlanamaz, her şeyimi verdim ona. Sergey'i canlı görür gibiydi. Nedenini bilmiyordu ama Yugoslavya dağları Limousin yöresindekilerin eşiydi sanki, o dağlar da akçaağaçlar ve gürgenlerle kaplıydı. Dağın eteğinde Sergey, tüfek omuzda ilerliyordu. Ve Miki şarkı söylüyordu:

Hayatın keyfini çıkarabilirdik
Ama bizim kaderimiz başka.

Ve Mado, Sergey'e: "Doğru" dedi: "Hayatın sevinci bizim de olabilirdi, ama kaderimiz başkaymış... Sana bütün yazdıklarım yalan. Kimsem yok, yine eskisi gibi seninim. Mektubumu almadığın iyi olmuş; sana hiç yalan söylemedim, bundan sonra da söylemeyeceğim. Benim tek aşkımsın. İtalya alanındaki atlıkarıncayı, ışıkları hatırlıyor musun? Artık Paris çok kasvetli. Bir şey göremiyorum..." Sanki Sergey yanı başındaydı, Limousin dağlarında yürüyorlardı. İşte Ayı, Dédé, Miki. Büyük bir köprü... Uykuya dalıyor, birden "Sergey!" diye haykırarak uyanıveriyordu. Cezaevindeydi. Ve Sergey ona cevap veriyordu: "İnanma söylenenlere, ben ölmedim. Geliyorum..." Sergey, Mado'yu cezaevinden çıkarıyor, önünde ayakta duruyor. Başını hafifçe geriye atmış, göz kırpıyor. Sevgilim benim!..

Mavi kağıdın yerinde durup durmadığını anlamak için çantasına bir göz attı. Hiç yanından ayırmazdı bu kâğıdı.

— Çok kalabalık olacağını sanıyorum, dedi Lejean. Açılışın zafer gününe rastlaması ne iyi... Bizi korkutmadıklarını göstermemiz gerekiyor. Mado, '42'de zaferden sonra neler olacağını nasıl düşünürdük, hatırlıyor musun? Ben pek iyimser değildim, ama bu kadarı da aklıma gelmiyordu doğrusu… Ne çabuk unuttular, şaşılacak şey... Vichy'cilerden söz etmiyorum, onlar, başımıza kahraman kesildi. Benim üzerinde durduğum ötekiler. Dün Garcy'ye rastladım; onu '43'de görmüştüm. AS saflarındaydı. "Sizinkiler ülkeyi bölmek istiyorlar; ulusumuzun De Gaulle'ü destekleyeceğini sanıyorum…" dedi bana. Güçlü duygulardan yoksun sanırdım onu; Almanlar karşısında çok sakindi. Bizden nefret ediyor. Nedeni ortada, savaştan biz galip çıktık. Biri Fransa'nın şerefini kurtarmışsa o da FTP'dir, Halk bunu biliyor. Geçenlerde Oradour'a gittim. Kent halkından pek azı hayatta kalmış, ama yaşayanların hepsi FTP'ciler. Başka türlü olamazdı, kanın da bir hakkı vardır...

Üzerinde "FTP yiğitlerine" yazılı bir mezar taşı. Çiçek, kucak kucak çiçek: İnci çiçekleri, menekşeler, renk renk laleler, şakayıklar, nergisler -altın yürekli beyaz yıldızlar-, leylaklar ve ilk şebboylar. Bütün bunların çevresinde büyük bir kalabalık: Yıpranmış kasketleriyle kır saçlı işçiler, Almanya'daki kamplardan dönen askerler, direnişçiler, Ren kıyılarında savaşıp yaralananlar, esir kamplarından kurtulanlar, yaşlı ve yüzü buruş buruş kadınlar, yeni yetmeler, balıkçılar ve bisiklet yarışı meraklıları, hayalciler ve yumruğuna hakim olamayan kavgacılar, dökümcüler, duvarcılar, tornacılar, dok işçileri, makinistler, deri işçileri, şoförler, matbaa işçileri, marangozlar, aşçılar, fırıncılar, hamallar, genç kızlar, okullular, eski muharipler, nasırlı elleri çiçek dolu insanlar, hem yaşlı hem de şaşılacak kadar genç Paris.

Konuşma sırası Mado'daydı.

"Size tanıdıklarımdan söz edeceğim. Arkadaşımız Lejean'ın

Paul adlı bir oğlu vardı. Küçücükken tanımıştım onu. Daha hayata yeni adım atıyordu; şu ilkbahar günü gibiydi. Kurduğu birliğe "Stalingrad" adını vermişti. Karanlık bir çağdaydık; Fransa henüz susuyordu... Almanlara saldırdılar. Paul yaralandı. Ona işkence ettiler, tek kişinin adını vermedi. Bizden kimse ağzını açmadı. Gestapo'yu bilirim; Almanlar Maurice'e işkence ediyorlardı. Kimseyi ele vermedi... Cellatlar aralarında: "Ne bekliyoruz? Kimseyi ele vermeyecek..." diyorlardı. Size Millet'ten söz etmek istiyorum. Direnişte ona Pépé derlerdi. '41'de bir Gestapo ajanını öldürdü. Ölmeden önce de bir mektup bıraktı, karısına ya da bir dostuna değil, partisine. Bütün sevgisi partisine yönelmişti, bizim sevgimize, bizim aşkımıza! İftira ediyorlar bizlere. Fransa'yı gömenler bizler için: "Onlar kötü Fransızlardır..." diyorlar. Bu toprakları bizden çok kim sevebilir? Suresnes'de büyümüş, orayı sevmişti, orada kurşuna dizildi... Fransa, sevgili Fransa'mız! Bu sözler mürekkeple değil, Partizanların kanıyla yazılmıştır! Ölüler neden öldüklerini söylesinler. Fransa yeniden hainler, işbirlikçiler, Alman marklarını tam zamanında Amerikan dolarlarıyla değiştirenler tarafından yönetilsin diye değil. Yalnız olmadığımızı anlatmak istiyorum. Yugoslavya'nın direnişçileri, Norveç'in partizanları, Belçikalı savaşçılar bizimle. İstendiği kadar peşlerine düşülsün, Borinage madencileri, Liege'li demir-çelik işçileri topraklarından ayrılmazlar. Büyük bir dostumuz var, bizi kurtardı, bize ihanet etmez. Paris'in cellatları Volga kıyılarında yenilgiye uğradılar. Benim müfrezemde bir Rus subayı vardı. Göğsü bir kurşunla delinmiş, stepte yatarken geçmişti Almanların eline. Bizim aramıza katıldı; Ayı demiştik ona. Limoges'a ilk girenlerden biriydi. Tanıdıklarımdan söz etmek istiyorum. Bir başkasını tanıdım. Stalingrad'da çarpışıyor, Paris'i seviyordu. Kurtuluş götürdüğü Yugoslavya dağlarında şehit düştü. Paul, Lejean, Josette, Guy Moquet, Sampaix, Miki gibi. Onları yaşatan bizim gerçeğimiz, inancımızdı. İnsan sözüne, dostuna; kocasına ya da karısına ihanet edebilir. Ama ölülere ihanet edilmez. Bu mezar başında hep ileri gideceğimiz, taşlara, sıcağa, kana rağmen dağı aşacağımıza yemin edelim: İlerleyecek ve başaracağız! Yemin ediyoruz!

Güneş batıyordu. Birtakım sözler çınlıyordu havada. Koca koca çelenkler taşınıyordu. Çiçeklerin, hava kararmak üzereyken çok tatlı bir kokusu olurdu. Kurşuni elbiseli bir genç kadın kalabalıktan uzak bir köşeye, bir ağaç dibine çekilmişti. Gözleri büyümüştü. Dikkatle uzayıp giden yola bakıyordu. Ama ne insanları, ne kurşuni evleri, ne de yemyeşil yapraklarla pembe güllerden yapılan çelengi görebiliyordu. Bekliyordu. Sergey ona doğru geliyordu. Bir sokak değil, iki yanı ağaçlı bir yol. Sağanak yeni dinmişti; ıslak yaprak kokusu sarmıştı ortalığı: "İçimden geleni söylemedim..." diyordu Mado. Soruyordu Sergey: "Ne diyecektin?" Cevap veriyordu Mado: "Az önce söylediğimi..."

34

Ne arkadaşları, ne de komşuları Valya'nın çektiklerinin farkındaydı. Savaşın başından beri bu incecik, dal gibi genç kadın duygularını varlığının derinliklerine gizlemeyi öğrenmişti. Bir komşu kadın, kocasına: "Bir şey anlayabilene aşkolsun," diyordu. "Meraklanıyor, dört gözle mektup bekliyordu. Kocası öldüğünde bir damla gözyaşı bile dökmedi..."

Yanında hiç ağlamadığı halde, Valya'nın yüreğinden geçenleri yalnız Nina Georgiyevna biliyordu.

Nina Georgiyevna, çok hasta olduğunu Vassia'dan gizlemişti. Sergey'in ölüm haberinden kısa süre sonra ağır bir zatürreye yakalanmıştı. Herhalde kentin boşaltılması sırasında çok yorgun düşmüş olmalıydı. Doktor, her geçen gün onda yeni bir hastalığa rastlıyordu. Ama yaşlı kadının bir şeyden yakındığı yoktu; yalnız, her doğrulmaya kalktığında yüzü ter içinde kalıyor, suç işlemişçesine, utana sıkıla: "Bir süre daha yatmam gerekli..." diyordu Valya'ya. Valya, bütün boş zamanlarını onun başucunda geçiriyordu; sık sık, ölü değil de çok uzaklara gitmiş gibi, soğukkanlılıkla Sergey'den söz ediyorlardı. Valya'nın dayanıklılığı Nina Georgiyevna'ya da geçmişti. Valya'ya büyük oğlunun çocukluğunu, ilk gençliğini anlatıyordu. Valya merakla onu dinliyor, yeniden Sergey'i bulmuş gibi oluyordu.

Onun konuştuğu pek seyrekti, söyleyecek şeyi yoktu ki... Ara sıra, Sergey kendisine yeterince açılmamış gibi gelirdi; dağınık ve karmakarışık görüntüler, parmaklar arasından akan kum taneleri gibi belleğinden geçip gidiyordu. Sonra kendini toplayıp, yalan, diyordu, Sergey benim içimde -hayatının önemli anlarını, yaptıklarını (rastlaşmamızdan önce neler yaptığını, nasıl savaştığını hiç bilmiyorum) değil– en önemli yanını, sevgisini, kuşkusunu, yüreğini verdi bana. Bunun için hayatında her şeyi anlayabiliyorum. En ufak ayrıntılarına, hatalarına, eğilimlerine, Sırbistan dağlarına gitmesinin nedenlerine varıncaya dek...

Gece sırtüstü, hareketsiz, gözleri açık yatıyordu. Böyle gecelerden sonra stüdyoya gitmek, konuşmak, gülümsemek, neşeli kolhozcu kız ya da hain düşes rolüne çıkmak, Nina Georgiyevna'ya bakmak ve onun çevresinde sakin, hüzünlü ama tatlı bir hava yaratmak için büyük güç gerekiyordu. Gece yattığında, Valya bir şey düşünmüyordu: Yitirdiğinin üzüntüsünü maddi bir acı gibi duyuyordu hep. Sergey'in, ellerinin, dudaklarının, hareketinden önceki gün bitkin, ağırlaşan, ılık başını göğsüne dayayarak uyuyuşunun anısı çok canlıydı.

Yine de bu çaresiz acı, dayanabilmesini sağladı. Öylesine güçlü ve devamlı bir duyguydu ki bütün varlığına egemen olmuştu. Valya farkına varmasa da sanatında kendini duyuruyordu. Şimdi, onun için "çok yetenekli" diyorlardı. Acı çektikçe övgüyle karşılaşıyordu. Valya'nın sanatına hayranlık duyanların hiçbiri, bu kudretli sesi, hem dikkatli hem de uzaklara giden bu gözleri, "bir şey isteme benden her şeyi görüyorum..." dercesine, hem otoriter hem de güçsüz davranışları ne pahasına edindiğinin farkında değildi...

Nisan ayında, Nina Georgiyevna sokağa çıkmaya başladı, hemen, doktorların yasaklamasına ve Valya'nın yalvarmalarına aldırmayıp işine döndü. "Çocukları başıboş bıraktım; artık hastalanmaya hakkım yok," diyordu. Akşam yorgun argın dönüyor, iyi uyuyamıyordu. Doktor uyku ilacı verdi. "Bu ilaçtan korkuyorum" diyordu Nina Georgiyevna. "Uykuya daldığımda uçuruma düşer gibiydim. Ama deliksiz uyuyorum hiç olmazsa..."

Sekiz Mayıs akşamı herkes sonucu bekliyor. Önüne gelen yakınlarına telefon açıyordu: "Dinliyor musunuz?" Nina Georgiyevna da radyosunun başındaydı, bekliyordu. Ama sonuna dek bekleyecek gücü kendinde bulamadı, çok yorgundu; veronal aldı, yattı ve çabucak uyudu.

Valya da yatağına uzandı; ama gözleri açıktı, uyumuyordu. Kapının dışındaki hoparlörün sesini hemen duydu.

Valya da ötekiler gibi bu bildiriyi bekliyordu. Yine de allak bullak oldu. Nina Georgiyevna'yı uyandırmamak için gürültü yapmadan giyindi, sokağa çıktı.

Gün doğuyordu. Herkes evlerin kapısına çıkmıştı. Ufak tefek bir yaşlı kadın Valya'ya koştu, başladı genç kadını öpmeye. Valya, nereye gideceğini hiç düşünmeden Kızıl Meydan'ın yolunu tuttu. Şimdiden kalabalık birikmişti alana. Bir sürü insan şaşkın şaşkın yürüyordu; sevinçten ne yapacaklarını şaşırmışlardı. Ne şarkı, ne haykırış duyuluyordu. Büyük, etkileyici bir sessizlik çökmüştü ortalığa.

Alana yaklaştığında, Valya yürümüyor, koşuyordu. Tıpkı dört yıl önce Sergey'in oturduğu eve yaklaşırken koştuğu gibi. Son aylarda karışık ve dertli ne biriktiyse sabahın bu erken saatinin derin sevincinde birden kaybolup gidiyordu. Valya birden anladı: Sergey kazanmış, savaşı bitirmiş, zafere dek yaşamıştı; canlı ve mutlu, dönmüş gelmiş, doğduğu kente bakıyordu... Valya'yı ötekilere bağlayan da buydu; kolsuz subaya, dudaklarını ısıran şu yaşlı kadına, yıkanıp tıraş olma fırsatı bulamamış şu iki askere, birini arar gibi herkese dikkatle bakan bereli genç kıza... Valya kutlanıyor, o da başkalarını kutluyordu, tek kollu subayı öptü. Kalabalık gitgide artmaktaydı. Doğan güneşte sıcacık, hem yaşlı hem de genç, üstelik delicesine genç Kremlin'e bakıyordu. Valya'nın görünüşünü her zaman değiştiriveren, geçmişte Sergey'in kaç kez düşlediği o gülümseme yüzünü kapladı. Valya, ayakta, Kremlin'in duvarına karşı gülümsüyordu. Bir gazete muhabiri fotoğrafını çekti. Şaşıran Valya sordu: "Neden benim fotoğrafımı çekiyorsunuz?" Fotoğrafçı cevap vermedi. Üzgün bir kadın, Valya'ya: "İzin verirseniz sizi öpeceğim..." dedi.

Nina Georgiyevna uyuyordu. "Zafer kazanıldı..." dedi Valya. Kucaklaştılar ve ilk kez hüngür hüngür ağlamaya başladı. Sonra Nina Georgiyevna gelinine serzenişte bulundu: "Beni neden uyandırmadın?.."

Valya, ne cevap vereceğini bilemedi. Sergey'le gizlice buluşmuş gibiydi, ama bunu söyleyemezdi.

Nina Georgiyevna da Kızıl Meydan'ın yolunu tuttu. Ne gösteri vardı, ne yürüyüş, ama herkes kendiliğinden alana koşuyordu. Aralarında Sergey'in arkadaşları, Volga'yı hatırlayan istihkâmcılar, Briansk ve Nalibok Ormanı partizanları da vardı. Madalyalı bir genç kız geçti. Geçen yıl, Minsk yakınındaki bir kulübede İstihkâm Binbaşısı Vlakhov'u hayranlıkla seyreden Tanya'ydı bu kız. "İntikamcılar" partizan müfrezesinden Teğmen Sazonov geçti. Kolu askıdaydı. Omuzlara alındı. "Neden beni omuzlarınıza alıyorsunuz? Ben önemli bir şey yapmadım ki!" diyordu. Maria Mihailovna Minaeva sertçe sordu teğmene: "Hitler yakalandı mı?" Bayramlıklarını giymişti sırtına; önüne gelene: "Oğlum Mitya Berlin'de," diyordu (Her zamanki gibi ilk hecenin üstüne iyice basarak). Genç bir kızın yol gösterdiği bir kör asker geçti; görmeyen gözleriyle bakıyor ve gülümsüyor, zaferi görebiliyordu. Yaşlı bir kadın, elinde kocaman bir fotoğraf tutuyordu: "Vanya'mın da bu günü görmesini istedim," diyordu. Oğlu Budapeşte önlerinde şehit düşmüştü. Sevinç öylesine derin, aklı başında, gözyaşları öylesine tatlı, sessizlik öylesine etkileyiciydi ki, yüzler, sözler, alınyazıları birbirine karışıp kayboluyordu. Nina Georgiyevna düşündü: Stalin halktan söz ederken doğru söyledi; halk gerçekten ölümsüz.

Bütün yaşlılar gibi, hayatı kopuk kopuk ama görünmez bir başla birleşen görüntüler halinde gözünün önünden geçiyordu: Öğrencilik yılları, Nasıl Yapmalı?*, yeraltı çalışmaları, cezaevi, mutluluk konusunda genç bir Fransızla yaptığı tartışma, kocası ve Montsouris Parkı'nın sırası, silah sesleri, ekimde ortaya çıkan bayraklar, okul, Victor Hugo'nun şiirleri, '41 sonbaharının karanlık gecesi, tren, uyuyan çocuklar ve Sergey –uzaklarda bir yerde, o dalgın ve tatlı gülümsemesiyle yüksek bir dağın tepesinde–, Nina Georgiyevna o günün

* N. Çernişevski'nin bir romanı

bütün önceki yıllarına, aşkına, mücadelesine, işine bağlı olduğunu anladı. Ertesi gün okula dönecek, yine görecekti çocukları... Vassia yakında gelecekti herhalde. Bir karısı, bir oğlu var. Olga da mutlu: Siniyakov önceki gün telgraf gönderdi, temmuza döneceğini sanıyor. Olga çocuk bekliyor... Valya, acıya iyi katlandı. Büyük bir oyuncu. Belki Sergey'de olanı dile getirebilirdi?... Ya ben?.. Okulum, anılarım, halkım var... Ve Nina Georgiyevna, öğrencilik yıllarının genç gözleriyle, tıpkı Sergey'in büyük bir özenle sakladığı fotoğraftaki gibi, çevresine gülümsüyordu. Ama Nina Georgiyevna'nın çarpıntısı artmıştı. Hem büyük mutluluk vardı içinde, hem de büyük acı. Yanında duran küçük bir kızı öptü. Ona, yalnız bir şey anlamayan bu kıza, gençliğini anlatabilir, Sergey'den, halktan söz edebilirdi. Her şeyi, rüzgâr gibi alanı dolaşan şu sözlerle ifade etti: "Zaferi kazandık!..."

Nataşa da küçük Vassia ile Kızıl Meydan'ın yolunu tutmuştu; sonra Nina Georgiyevna'ya uğradılar. Her şey öylesine olağanüstüydü ki, Nataşa düş gördüğünü sanıyordu... Eve döndüğünde babasından gelen mektubu buldu, "Mektubu bir havacı getirdi", dedi komşu kadın.

Dimitri Alekseyeviç şunları yazıyordu:

"Sevgili Nataşa!

Az önce, Almanların, Reims'de ön anlaşmaya imza attıklarını söylediler; yarın uçakla buraya gelecekler. Artık her şey bitti. İlk yaptığım iş de sana bu mektubu yazmak oluyor. Şekerim, benim çok sevgili minik kızım, bu yıllar boyunca neler çektiğini çok iyi biliyorum. Yiğitliğini gösterdin, yılmadan çalıştın. Bu zaferin hepimizin zaferi olduğunu söylememek mümkün değil. Minsk'ten dönüşünü, hemen cepheye gitmek istediğini bana söyleyişini hatırlıyorum. Uzun süre kalamadıysan da, önemi yok; bu savaşta herkes çarpıştı. Beni üzen, annenin bu günleri görememiş olması; insan bir ömür boyu yaşayıp böyle bir mutluluğu tadamayabilir. Düşün bir kere, kazandık! Berlin yakınlarında, benden önce herifin birinin oturduğu küçük bir evdeyim şimdi: Banyosu badem yeşili, kitaplığında Göebbels'in bütün eserleri var. Hayır, şu sıra onları düşünmek istemiyorum. İyi, yürekli, yüreğine ve alınyazısına sadık halkımızı düşünmek istiyorum.

Vassia yakında sana kavuşacak. Berlin'de olduğunu söylediler. Bir türlü bulamadım. Burası gerçekten bir Babil kulesi. Ama, Almanların teslim olmasından sonra onu görenler var. Demek ki işler yolunda. Üç yıldır, seni düşündükçe yüreğim sızlıyor; mektuplarında hiç yakınmıyordun, ama içinden geçenleri çok iyi anlıyordum. Şimdi, bu yönden de içim rahat. Vassia ile uzun uzun konuştum. Gerçek bir erkek. Çok gençtin onu seçerken, ama yanılmadın. Belki ilk bakışta dikkati çekmiyor, ama insan onu tanıdıkça daha çok seviyor. Son yılları boşuna yaşamadık: Kocanla birlikte mutlu olacaksın, torunumu görmek için sabırsızlanıyorum. Senden rica ederim, şamatacılığına kızma. Kişiliği olan ara sıra bağırmak gereğini duyar. Kim bilir? Belki dağları oynatacak, bugün düşüncemizde göremediğimiz bir şey keşfedecek?

Beni merak etmen çok yersiz. Yaş dediğin, adet yerini bulsun diye uydurulmuş bir şey: '41'de, bozgun sonucu neredeyse yetmiş yaşında hissediyordum kendimi. Oysa şimdi dans edebiliyorum; hayranlarının hepsini cebimden çıkarırım. Kaplıcalara gitmemi istiyorsun. Hadi canım sen de! Çok işim olacak. Askerler savaşı bitirdiler; şimdi dizginler bize geçiyor. Ayağa kaldırılması gereken yaralıların dışında, bir de hasta olacaklar var; büyük gerilimlerin ardından hastalık çok kişide görülen bir olaydır. Önemi yok, ben dayanırım nasılsa.

Yarın ya da öbür gün Moskova'da olup bitecekler gözümün önüne geliyor. Yazık ki orada bulunamayacağım. Berlin'in alınışında bulundum ama. Bugün, son olarak, sağda solda tek tük ateş eden vardı. Şimdi savaş sonrasının durgunluğu çöktü ortalığa; Moskova'yı özlüyorum. Gogol Bulvarı'nda olmak, küçük Vassia gibi bir şamatacının çığlıklarını dinlemek isterdim şu an. Benim için öp onu, herkesi öp. Benim için Kızıl Meydan'a git! Sonra, benim için bütün irili ufaklı evleri selamla.

Nataşa, artık sonuna geldik!"

O gün Nataşa'nın gözleri hep yaşlıydı: Hem Nina Georgiyevna'nın, hem de sokaklarda, hastanede gördüklerinin yüzünden. Babasının mektubunu okuyunca yine başladı ağlamaya. Ölmeden kısa süre önce: "Artık her şey değişecek gibi geliyor bana..." diyen annesini anımsadı. Stalingrad daha kurtarılmamıştı o sıra. Sonra Nataşa, mutluluktan söz eden Nina Georgiyevna'yı düşündü; bir ara "Sergey" demiş, sözünün arkasını getirememişti... "Babam herhalde hasta seziliyor. Kimseye söylemeyecek, sonuna dek böyle ateşli kalacak." Nataşa babasının hayatını da düşündü. İri yarı, gürültücü, her zamanki canlı görünüşüyle önündeydi sanki... Küçük Vassia'nın belki dağları oynatacağını yazıyor; oysa kendi, bir şey keşfetmeden oynatıyor dağları. Çevresindeki insanları değiştiriyor, onlara yaşama sevincini aktarıyor... Onun gibi yaşamak isterdim; zaman zaman benden çok gençmiş gibi geliyor. İşte yüreklilik budur!...

Nataşa küçük Vassia'nın yemeğini yedirdi, yatırmaya kalktı. Kolay değildi çocuğu yatırmak, uyumayacağını söyledi. Çünkü o gün "bin top atışı" vardı. Sonra birden olduğu yerde dalıverdi. Nataşa onu soydu, çocuk uyanmadı bile. Amma da ağır, diye düşündü, yakında kaldıramayacağım...

Uçak yolculuğu boyunca, Vassia savaş süresini hesaplıyordu. Neredeyse dört yıl, yani bin günden fazla olmuştu; hesabını şaşırdı. Ama ona en uzun gelen şey, havaalanından Kropotkin sokağına otomobille gidişi oldu. Yollar insan doluydu, araba çok ağır ilerliyordu. Vassia bir şey görmeden, evleri, sokakları fark etmeden bakıyordu sağa sola. Çocuklar gibi, dörder dörder çıktı basamakları. Odaya girip Nataşa'yı görünce bir şey diyemedi; eşikte durmuş, karısının yanına bile yaklaşamıyordu. "Vassia" diye baykırdı Nataşa, ona doğru koştu, sonra durdu. Uzun uzun kucaklaştılar. Nataşa, bir şey söylememek gerektiğini anlıyordu. Birtakım işler gördü: Vassia'yı banyoya götürdü, suyu açtı, çay yapmak için çaydanlığı hava gazının üzerine yerleştirdi. Bütün bunları robot gibi yapıyor, gözlerinden yaşlar akıyordu.

— Vassia, gözlerimin hep yaşlı olduğunu sanma. Ancak bugün ağlayabiliyorum. Senden haber alamadığım sıra da ağlamıyordum. Gündüzleri çok güçtü katlanmak, geceleri nasılsa düşümde seni görüyordum...

— Ben de, ormanda kaldığım sürece düşümde hep seni gördüm, dedi Vassia.

Konuşamıyor, yalnız durmadan "Nataşa" adını tekrarlamaktan da kendini alamıyordu. Karısını öpüyor, ondan ayrılamıyordu bir türlü. Toplar gümbürdüyor, gökyüzünden ışıklar fışkırıyordu. Vassia hiç durmadan karısının yüzünü, ellerini öpüyor ve "Nataşa" diyordu durmadan.

Birden küçük Vassia uyandı. Top sesi duyulduğu sıra "Bum!" dedi. Sonra ürküp sordu:

— Anne, bir asker!

Vassia oğlunu kucaklamak istedi, ama küçük kaçtı; uzun geceliğiyle ayağa kalkmış gözlerini ovuşturuyor, utana sıkıla gülümsüyordu.

— Küçük aptal, o senin baban, Büyük Vassia.

Çocuk inanamadı:

— Babam mı? dedi. Hayır... Benim babam böyle...

Eliyle babasının daha uzun boylu, daha iri olduğunu gösteriyordu. Vassia kahkahalarla gülerken, küçük dizlerine tırmandı, kararlı hareketlerle apoletleriyle oynamaya koyuldu.

— Lenia'nın babası general. Şişko hem. Bugün top attın mı? Annemle meydana gittik. Bir subayı omuzlarında taşıyanlar gördüm. Küçük bir çocuğun babası mıydı? Seni de omuzlarına aldılar mı?

Babasının dizlerinde uyudu, Nataşa onu yatırdı.

Işıldaklar gökyüzünde, aynadan yansıyan ışıklar gibi kayıyordu. Birden yükseklerde, bulutların üzerinde bir kırmızı bayrak belirdi... Aşağıdan kalabalığın haykırışlarını duydular.

Vassia karısını öpüyordu; birden ondan ayrıldı. Tıpkı Minsk'deki gibi, demişti kendi kendine... İki gece arasında neler olup bitti?...

Karısına baktı: Ne kadar da güzelleşmiş! Değişmiş de... Geçmişi canlandırmak istediğimiz için deliyiz belki... Dört yıl geçti. Onun hayatı bambaşkaydı. Ben şimdi bir yabancıyım.

Nataşa, kocasının yanında, aynı şeyleri düşünüyordu: Zamanın gücünü, ayrılıklarını. Vassia onu şaşırtıyordu, eskisi gibi değildi.

Daha sert, daha ciddiydi şimdi... Birbirlerini anlayacaklardı belki, ama kim bilir kaç gün gerekecekti.

Bir saat geçti. Hava karanlıktı daha. Ama uzun uzun konuşmak, duygularını anlamaya çalışmak gereksizdi artık. Birbirlerini bulmuş, dudakları, et benini, gülümseyişi, düşünceleri tanıyıvermişlerdi.

— Her şey neden bu kadar kolay oldu biliyor musun Nataşa? Çünkü her an birlikteydik, şimdi anlıyorum...

— Öyleyse neden bir şey anlatmıyorsun? Anlamayacağımdan mı korkuyorsun?

— Hayır. Anlayacağını biliyorum. Daha sonra anlatacağım... Bugün bir şey sona erdi. Önce uçakta düşündüm... Yarın on mayıs, sıradan bir gün, hayatımızda belki gözle görülür bir değişiklik olmayacak. Yine de her şey değişecek. Geçirdiğim yılları unutacağımı mı sanıyorsun? Asla. Ne insanları, ne ormanı, ne de kuşkularımızı unutabileceğim. Şimdi başka şey düşünüyorum: Yarın ne olacak? Bilemem. Belki zorlu günler geçireceğiz. Ama bildiğim, birlikte olacağımız. Ağaçlarına, başaklarına kavuşacaksın; benim de evlerim olacak. Uzaktan bakınca bir şey değişmemiş gibi geliyor. Oysa her şey değişti. Seni Minsk'de böyle mi öpüyordum? İnsanın böyle öpebileceğini bilmiyordum bile... İkimiz de eskisi gibi değiliz. Lermontov'un bir şiiri vardı: Sevişiyorlardı, öteki dünyada rastlaştılar ve birbirlerini tanımadılar. Şimdi, sanki başka bir hayatta karşılaşmış gibiyiz; eski hayat yok artık. Ama birbirimizi tanıdık...

— Kuşatıldığınız sıra sana yazıyordum. Konuşuyordum seninle...

— Hissettim yazdığını. Bunun için tanıyabildik birbirimizi. Ayrıldığımız sıra ikimiz de çocuktuk. Bugün bir oğlumuz var... Ben eskisi gibi değilim; sen de değiştin... Ama seni eskisinden çok seviyorum.

— Vassia, sevgilim!

— Ateş büyüdükçe rüzgâr körükler, denir.

— Aşk mı?

— Her şey. Aşk... Hayat... Ve halk... Uçakta halkımızı düşündüm; bugün ne denli büyük! Acısı gibi gururu, izleyeceği yol da öyle...

Pencereye yaklaştılar. Gün ışıyordu. Yollar ıssızdı. Evler pembeleşmekteydi. Büyük bir sessizlik çökmüştü ortalığa yandaki küçük bahçede serçelerin cıvıldaşmasından başka ses duyulmuyordu. Fırtınadan, top ateşinden, çığlıklar ve gözyaşlarından sonra alışılmış bir sessizlik. Konuşamaz olmuşlardı. Şimdi yanyana, ayakta duruyor ve birbirlerine bakmıyorlardı. Vassia, sıcacık, iri avucunda tutuyordu Nataşa'nın elini. Pembeleşen evlere, uçsuz bucaksız, iyice açılan gökyüzüne bakıyorlardı; belki bir şeye bakmıyorlardı da sabahın derin sessizliğine kulak vermekteydiler. Birden ikisi de ürperdi; arkalarında biri gülmüş, küçük Vassia uyanmıştı.

BİTTİ

Ocak 1946 - Haziran 1947